DIE STILLE STUBE

Christiane Fuckert

Die stille Stube

Roman

Gardez! Verlag Michael Itschert
Verlag Christoph Kloft
Roland Reischl Verlag

Alle Hauptfiguren und Handlungen sind frei erfunden.
Ähnlichkeiten mit lebenden und verstorbenen Personen sind rein zufällig.

Alle Nutzungsrechte dieser Ausgabe bei

Gardez! Verlag Michael Itschert
Richthofenstraße 14, 42899 Remscheid, www.gardez.de

Verlag Christoph Kloft
Südstraße 5, 56459 Kölbingen, www.christoph-kloft.de

Roland Reischl Verlag
Herthastraße 56, 50969 Köln, www.rr-verlag.de

Lektorat: Christoph Kloft, Roland Reischl

Satz und Umschlaggestaltung: Roland Reischl

Titelbild: Theresia Müller-Kunz, Öl auf Leinwand

Druck: TZ-Verlag & Print GmbH, Roßdorf

© 2017 Christiane Fuckert. Originalausgabe, 1. Auflage März 2017

ISBN 978-3-89796-270-5

In liebevoller Erinnerung an meine Großeltern

für unvergesslich schöne Kindheitserlebnisse

1

Lydia weiß, was dieser Streifen am westlichen Horizont zu bedeuten hat. Von ihrer Position aus ist sie denen da unten einen Schritt voraus. Ein paar Minuten im Vorteil, weil sie über die Hügelkette auf der anderen Seite hinausschauen kann.

Wenn die im Tal es sehen, ist es auch schon da, das Unwetter. Kaum mehr Zeit, nach Hause zu laufen, um die Dachluken zu schließen und die Kellereingänge zuzustopfen. Und dieser bedrohlich dichte Graustreifen wird viel Wasser mit sich bringen, das ist gewiss. Anders der Wind. Der wird das Tal nur streifen, sich hier oben hingegen mit voller Wucht austoben.

Bis heute kann sie sich nicht entscheiden, was sie mehr fürchten soll: die Wassermassen oder den Sturm. Beides ist jedoch nahezu unbedeutend im Vergleich zum Feuer – das fürchtet sie wie den Weltuntergang.

„Na komm, Wotan, packen wir's an! Der Blitz wird sich nicht gerade uns aussuchen, es gibt genügend hohe Bäume hier droben."

Der Appenzeller, der zu Lydias Füßen vor der Bank ruht, hebt den Kopf von den gestreckten Vorderpfoten. Seinem wachen Blick ist zu entnehmen, dass er Geschäftigkeit wittert. Die starken Hinterläufe richten sich auf und der warme große Schädel reibt sich an Lydias Hosenbeinen.

„Bist ein Guter", raunt sie dem Tier zu; ein paar wohltuende Worte in Anbetracht dessen, was die folgende Stunde mit sich zu bringen droht.

„Aber wetterfühlig warst du noch nie, mein Junge. Weißt du eigentlich, dass dein Name »Donnergott« bedeutet?" Sie schmunzelt und streicht dem Hund über den breiten schwarzen Rücken. Dabei betrachtet sie den Horizont und blickt anschließend besorgt zur Weide hinüber. Den besseren Instinkt für einen Wetterumschwung traut sie den Kühen zu. Schon eine ganze Weile stehen sie reglos da und starren vor sich hin. Weder das saftige Gras noch der wiederverwertbare Mageninhalt wollen sie interessieren. Die aggressiven dicken Fliegen dürfen sich ungestört um die Hinterteile tummeln, die Kuhschwänze machen keine Anstalten, sie zu verscheuchen.

Es wäre gut, die beiden Kühe im trockenen Stall zu wissen, wenn das Unwetter ausbricht. Doch dafür bleibt keine Zeit, sie müsste die Tiere über die Wiese zum Weideausgang treiben und von dort an Haus und Scheune vorbei in die Stallungen führen.

Lydia schlingt das Flanellhemd ihres Mannes fest um den mageren Körper und steigt zwischen der Zaunbespannung hindurch. Dann dehnt sie die Drähte auseinander, sodass der Hund mit gezieltem Sprung folgen kann – eines der Rituale, die sie beide im Schlaf ausführen könnten.

Während Lydia auf die zwei braun-weiß gefleckten Kühe zuläuft, hämmert ihr Herz, als fülle es den gesamten Brustkorb aus. Hektik und Aufregung bekommen ihr nicht mehr. Seit dem letzten Sommer fühlt sich alles anders an.

Mit Klapsen und wedelnden Armen versucht sie, das halsstarrige Vieh zur Überdachung am Weiderand zu treiben.

„Worauf wartet ihr noch? Ihr wisst doch Bescheid!"

Als Antwort erhält sie nur stumpfe Blicke. Noch nicht einmal der Hund kann Lydias durchgreifende Gebärden einordnen und fühlt sich zum Spielen animiert. Bellend umkreist er die Kühe, kneift zwischendurch in Lydias Gummistiefel und legt erwartungsvoll ein Stöckchen vor ihren Füßen ab. In Wotans sonores Gebell mischt sich das erste ferne Donnergrollen. Der graue Streifen liegt mittlerweile wie eine schmutzige Filzmatte über der Hügelkette. Jetzt müssen die da unten auch begriffen haben, was sie erwartet. Sobald die ersten Keller vollgelaufen sind, wird das Martinshorn der Feuerwehr ertönen, einer hilft dem anderen – oder auch nicht. Jedenfalls sind andere in solchen Situationen zu zweit, zu dritt, zu viert …

Die Gedanken an die vielen Vorkehrungen, die noch zu treffen sind, drohen Lydia aus dem Gleichgewicht bringen: Kühe, Wäsche, Vogel, Hühner, Fensterläden …

Dass sie resigniert an der Rückwand der Weideüberdachung kauert, wird ihr erst bewusst, als der Hund seine Schnauze in ihren Schoß drückt und die warmen Leiber der Kühe sie wie ein Schutzwall umgeben. Die beiden sind ihr gefolgt, ohne dass Lydia es wahrgenommen hat.

„Na also, jetzt sind wir auch zu viert", lächelt sie matt. Hier möchte sie sitzen bleiben, einfach sitzen und warten, bis das Gewitter sich verzogen hat. Wie gern würde sie sich ausruhen und das vertraute Aroma der mächtigen Tiere atmen. Wenn es losgeht, werden die Kühe sich hinlegen oder ihr Hinterteil dem Wind zuwenden, um ihre Euter zu schützen; eine Reaktion aus Zeiten, in denen noch eine Milchbildung stattfand.

Ihre Hand gleitet durch das weiche Fell des Hundes, der neben ihr im Heu liegt, bereit für die gepflogenen Kraulminuten.

„Nein, alter Knabe, nicht jetzt. Auf uns wartet noch jede Menge Arbeit. – Dann mal los!" Der motivierende Tonfall gilt ihr selbst. Mit beiden Händen auf den Knien schiebt sie sich an der Bretterwand hoch. Ihr Rücken wird ihr nicht mehr lange dienen. Schon morgens aus dem Bett in die Senkrechte zu gelangen, wird von Tag zu Tag beschwerlicher. Stöhnend wendet sie sich den Kühen zu.

„Und ihr bleibt, wo ihr seid!" Als Zeichen ihrer Konsequenz drückt sie ihre Handteller fest gegen deren breite Stirnseiten, so, als wolle sie die Tiere rückwärts gegen die Wand schieben. Die üblichen Gesten der Zuneigung sind jetzt fehl am Platz.

Der Hund hat den Kopf leicht gesenkt und betrachtet schielend das ungewöhnliche Schauspiel, wartet auf das, was jetzt geschieht. Lydias Geste scheint zu wirken: Es geschieht gar nichts, die Kühe bleiben stocksteif stehen, selbst als Lydia und Wotan sich fortbewegen.

Vor dem hohen Außenkäfig zwingt Lydia sich zur Ruhe. Wenn sie jetzt nur die kleinste Nervosität zeigt, wird der Vogel sich nicht einfangen lassen. Mit zitternder Kehle versucht sie sich an dem vertrauten Singsang und lockt so den Nymphensittich auf die Sitzstange in Augenhöhe. Dann betritt sie langsam den Käfig.

„Vögel sollen sich auch wie Vögel fühlen!", hatte ihr Mann entschieden und diese Voliere gebaut. Drei mal drei mal drei Meter, gleich neben dem Hauseingang. Entgegen Lydias Wunsch hatte er obenauf nur einen kleinmaschigen Draht befestigt – ein Vogel muss den Himmel sehen können –, und auf den winzigen Schlupfkasten will Lydia sich bei einem Unwetter nicht verlassen.

„Du wirst nass, Mozart, komm zu mir", sagt sie mit gepresster Stimme. Der Vogel legt den Kopf schräg und beäugt aufmerksam die

Menschenhand, die sich ihm verdächtig langsam nähert. Kein Futter. Sie hätte ein Salatblatt für ihn mitbringen sollen, vor allem aber den Käfig aus dem Haus.

„Was ist nun, magst du mit mir kommen?"

Natürlich mag er nicht. Längst weiß der Vogel den Unterschied seiner Behausungen zu bewerten. Der winzige kuppelförmige Käfig im Hausinnern verheißt nichts als Langeweile und Gefangenschaft. Und diese ausgestreckte Hand ist jedes Mal der Vorbote dorthin.

Lydia pfeift ein paar der Töne, die ihren Mann dazu animierten, diesen Vogel Mozart zu nennen. Fasziniert interpretierte er damals die ersten zufälligen Vogellaute als einen Auszug aus der »Zauberflöte«.

„Gar nicht so untalentiert, unser Federvieh", hatte er mit dem Stolz des Besitzers festgestellt, „wer weiß, was der noch alles draufhat."

Doch danach folgten nur noch Eigenkompositionen, kein einziges Mal mehr die »Zauberflöte«, so oft Mozart auch in der Stube neben dem Plattenteller saß. Bis er nach einer Weile kaum mehr einen Ton von sich gab.

„Er braucht Gesellschaft", hatte Lydia kritisiert. „Du redest auch nicht, wenn du alleine im Zimmer bist."

„Im Gegensatz zu dir", hatte ihr Mann erwidert, doch umgehend bekam Mozart sein Nymphenweibchen Constanze, grau und schmucklos, aber heiß geliebt. Das Pärchen sang seine Duette und Soli, völlig unbekannte Werke, doch das Glück der beiden war perfekt. Und als der nächste Sommer bevorstand, bekamen sie die Voliere im Halbschatten, unter freiem Himmel.

Ob Mozart den Bauern vermisst? Darüber hat Lydia noch nie nachgedacht. Sein Weibchen Constanze, ja, das vermisst der Vogel schmerzlich. Er wirkt einsam seit jenem schwarzen Tag im letzten Frühling: Mozart hockte auf der Stange, der kleine Kopf mit dem gebogenen Federsträußchen zuckte von rechts nach links, die Perlaugen schossen ratlos hin und her, gleich unter ihm lag seine geliebte graue Federkugel auf dem Boden, die dürren Füßchen gen Himmel gestreckt.

Nicht jetzt an so etwas denken …

Plötzlich durchfließen wellenartige Zuckungen den Vogelleib und der zarte Bauchflaum zittert. Für ein paar Sekunden ist es totenstill auf dem Berg. Kein Blatt scheint sich zu bewegen, kein Vogel singt mehr.

Dann fährt der erste Windstoß durch Lydias Haar, brüllend laut und so heftig, dass sie ins Wanken gerät. Doch sie reagiert blitzschnell, greift zu und umfängt mit beiden Händen den erstarrten Mozart. Noch während sie über die Haustürschwelle eilt, schlägt hinter ihr die Tür der Voliere mehrmals auf und zu. Hektisch setzt sie den Vogel im Hauskäfig ab und verriegelt die kleine Gitterpforte.

Was nun? Die Wäsche?

Wie für ihr Erscheinen programmiert, zuckt ein Blitz hernieder, als Lydia das Haus verlassen will. Einundzwanzig ... zweiundzwanzig ... dreiundzwanzig ... Den folgenden Donnerschlag spürt sie in den Fußsohlen. Das war genau über dem Dorf. »Noch einen Kilometer, dann hat es mich!«, denkt Lydia mit erneutem Herzklopfen.

„Wotan! Wo bist du? Gib Laut!"

Sie weiß, wie der Hund reagieren kann, wenn er erschrickt: Er rennt los, sucht das Weite, weil der Ort des Erschreckens die Gefahr für ihn birgt.

Nicht auch noch ihn verlieren! Ihn braucht sie am meisten, seit sie alleine hier leben muss. „Wotan!"

Der klägliche Laut kommt von drinnen. Donnergott Wotan hat sich ins Haus verflüchtigt, folgert Lydia erleichtert. Zum Glück hat er so reagiert, wie es gut für ihn ist.

Jetzt setzt ein immer stärker werdendes Rascheln ein. Der Regen kriecht den Berg hinauf. – Die Hühner!

Sie eilt um den Wohntrakt herum zum Gehege, weiß schon jetzt, was sie erwartet: Alle Hühner mitsamt Hahn werden sich in den Stall verzogen haben, bis auf das eine orientierungslose. Es wird in seiner Panik immerzu gegen die Wand fliegen, bis es besinnungslos liegen bleibt ...

Als Lydia um die Ecke biegt, das nächste Donnerkrachen im Rücken, bestätigt sich ihre Vermutung.

„Dummes Tier, mach es doch den andern nach!" Während sie am Riegel zerrt, um in das Gehege zu gelangen, verfängt sich ihr vom Wind aufgeblähtes Flanellhemd an einem Nagel neben dem Gatter. Die ersten dicken Tropfen klatschen seitlich gegen ihr Gesicht. Sie reißt an ihrem Hemd, ruckelt gleichzeitig am Tor, dabei ist der Sturm ihr steter Gegenspieler. Im Gehege streift das ängstlich flatternde Federvieh ihre Hüfte. Lydia greift blindlings zu und packt die stricknadeldürren Beine des Tieres. Mit einer Hand stützt sie sich an der Wand neben der Stallluke ab und schleudert das Huhn ins Innere zu den anderen.

Die hölzerne Verschlussklappe wird vom Wind so fest gegen die äußere Stallwand gepresst, dass sie mehrmals Lydias Hand entgleitet und zurückschlägt.

Im nächsten Moment hat die Regenfront sie erreicht. Das Hemd saugt sich an ihrem Rücken fest. Den folgenden Blitz nimmt sie nur aus den Augenwinkeln wahr, grell, zackig und scharf, zugleich den Donnerschlag, der sie für ein paar Sekunden lähmt.

„Es hat mich gewiss erwischt ... Verdammt, Gustav! Wie konntest du nur? Du wusstest, was du riskierst, jetzt häng ich hier alleine!"

Der Wind verzerrt ihr Wutgeschrei. Sämtliche Kraft weicht aus ihrem Körper. Mit resignierten Bewegungen drückt sie die Klappe des Hühnerstalls zu, klemmt den Hebel in das Verschlusseisen und sackt auf dem lehmigen Boden in sich zusammen. Zitternd umschlingen ihre Arme den eigenen Körper, ihre Knie versinken im feuchten Hühnermist.

Ob es Wassertropfen oder Tränen sind, die über ihre Wangen laufen, weiß sie nicht. Ihre Zähne schlagen gegeneinander, sie verliert die Kontrolle über ihre Kiefermuskeln. Vornüber gebeugt verharrt sie so, bis die Wut ihr neue Kraft verleiht.

„Glaub ja nicht, dass ich mich aufgebe!", flüstert sie in ihre Armbeuge hinein, „und dass ich die Tiere im Stich lasse, wie du mich!" Mit steifen Fingern zieht sie sich am Gitter auf die Füße. Die Regenwand ist so dicht, dass sie von hier aus das Wohnhaus kaum mehr erkennen kann. Langsam setzt sie einen Fuß vor den anderen, schleppt sich gebeugt über den Hof.

„Wenigstens trag ich Gummistiefel", sagt sie zu sich mit halbwegs fester Stimme.

Fest gegen die zugefallene Haustür gedrückt, wartet der steifbeinige, zahnlose Kater. Das struppige Fell, in dessen Grau man die Rotspuren vergangener Zeiten nur noch erahnen kann, ist so durchweicht, dass es tropft. Auch ihn hat es eiskalt erwischt, denkt Lydia, der es bei diesem Anblick gelingt, ihre Mimik zu entspannen, bis nur noch Mitleid für das Tier und für sich selbst übrig bleibt.

„Alles alt und marode bei uns, was? Du, ich, der Hof ...“

Im nächsten Augenblick stürzt das Wasser vom Dach, überspringt die Regenrinne und klatscht auf Lydias Nacken. Resigniert hebt sie den Blick zum Himmel. „Das war deine Antwort auf meinen Vorwurf, Gustav, nicht wahr? Wieder mal ein Volltreffer.“

Trotz des Regenwassers in ihrem Mund schmeckt Lydia die Bitterkeit auf ihrer Zunge. Doch sie weiß schon jetzt, dass ihre Wut schwinden wird, sobald sie dem vertrauten ausgebeulten Hut im Garderobennetz begegnet.

2

Lydia sitzt unter dem Dachüberstand, der ihr vor noch einer Stunde die unfreiwillige Dusche beschert hat. Mittlerweile ist die rustikale Bank neben der Haustür angetrocknet und eine alte Decke liegt auf der Sitzfläche. An der rechten Hausseite ächzen die Giebelbalken. Überall tropft es. Wie ein flüsterndes Glockenspiel, denkt Lydia. Selbst die feuchten Perlen, die ihr rhythmisch auf die Schultern und ins Haar springen, empfindet sie als wohltuend – sie sind letzte Beweise dafür, dass sie das Unwetter gut überstanden hat.

Die Läden am Haus sind wieder geöffnet, ebenso die Fenster von Küche und Schlafzimmer. Diese gereinigte Luft ist eine wertvolle Entschädigung für Angst und Mühsal. Auf allem, was Lydia umgibt, sitzen Wassertröpfchen, in denen sich die Sonne spiegelt. Was sie eben noch als einen Racheakt Gustavs auslegte, zeugt jetzt von der Schönheit der Schöpfung.

Ihr Blick schweift über die nahe Umgebung. Die Hühner staksen leise gurrend im aufgeweichten Gehege umher. In der Voliere hüpft Mozart munter von einem Ast zum nächsten. Sogar der alte Kater nutzt die auflebende Wärme für ein wohliges Räkelmanöver, gleich neben Lydias Bank. „Marschall, wie alt bist du jetzt eigentlich?" Lydia denkt an den Tag, an dem ihr Schwiegervater Magnus das fuchsrote Knäuel mitten auf dem Küchentisch absetzte: „Darf ich vorstellen: unser neuer Marschall im Kuhstall. Er wird jeden Eindringling vertreiben, seht euch nur seine Krallen an."

Somit hatte der Kater seinen Namen. Marschall nahm seine Aufgabe sehr ernst, knurrte nach seinem ersten Lebensjahr selbst die Gänse an, die sich frei auf dem Hofgelände bewegen konnten. An die zwanzig Jahre musste das her sein.

Damals, Anfang der sechziger Jahre, gab es viele Gänse am Brausehof, dazu Kühe, Schweine, Ziegen, Schafe und einen Ackergaul. Der Hof war ordentlich bevölkert, nicht nur von Tieren.

Die Milchkühe verbrachten die Sommermonate auf der Südseite des Berges.

„Die scheucht man nicht hin und her", entgegnete Magnus, wenn jemand ihn belehren wollte, dass das Melken auf der Weide unnötigen Arbeitsaufwand bedeuten würde. „Wir leben nicht von der Milchwirtschaft, aber Kühe leben von frischem Gras."

So sammelten sich die Tiere mit ihren prallen Eutern aus freien Stücken am Melkstand auf der Weide – und lieferten immerhin so viel Milch, dass täglich mehrere große Kannen von einem Ladenbesitzer aus dem Tal abgeholt werden konnten; ein willkommenes Zubrot, das jährlich zum Erntedankfest unter allen Arbeitskräften des Hofes aufgeteilt wurde.

Ein warmes Gefühl macht sich in Lydia breit, als sie zurückdenkt an diese, wenn auch armen, so doch kontaktreichen Zeiten. Wobei »Arbeitskräfte« nicht die korrekte Bezeichnung war für die Helfer und Mitbewohner am Brausehof. Es war dem guten Herzen der Bäuerin zuzuschreiben, dass die kleine Gruppe von Menschen vier Jahre nach Ende des Ersten Weltkrieges eine neue dauerhafte Bleibe fand. Mit nichts weiter als dem karg geschnürten Bündel auf dem Rücken hatten diese Fremden sich auf der Flucht vor dem sicheren Hungertod zusammengetan – und tauchten Anfang der Zwanzigerjahre erschöpft und unterernährt hier oben auf, im Alter von vierzehn bis dreißig Jahren.

Und sie, Lydia, war eine von ihnen gewesen: die jüngste von allen, ein Waisenkind fast ohne Erinnerung an die Eltern, ein zartes weißblondes Mädchen, das so eingeschüchtert war wie ein gejagter Hase im umstellten Kornfeld. Es dauerte lange Wochen, bis gehaltvolle Nahrung und ungestörter Schlaf all diesen ausgemergelten Zugewanderten Gesundheit wie auch die Schaffenskraft ihrer Hände zurückgeben konnten.

Die Inflation mit all ihren Wirren ließ weder hier am Brausehof noch sonstwo in der Umgebung Entlohnungen zu, doch darum ging es keinem der Neuankömmlinge – was zählte, waren Sicherheit, Geborgenheit, Nahrung und eine Schlafstätte, zudem ein wohltuendes Miteinander und Zusammenhalt.

Man baute an, erntete, betrieb Viehzucht und versorgte sich weitgehend selbst – wie eine einzige, große Familie.

Im Jahre 1928 fand die Hochzeit statt. Gustav, der Sohn des Bauern, hatte sie, Lydia, um ihre Hand gebeten. Wo schon so lange so viel verborgene Verliebtheit von beiden Seiten bestand, durfte jetzt öffentlich besiegelt werden, dass man zusammengehörte. Lydia blühte auf, genoss die Liebe und den Respekt ihres Ehemannes und ebenso das Bewusstsein, zum Gedeihen des Brausehofes beitragen zu können.

Auf der Südseite des Berges gab es Kartoffelfelder und gehaltvolles Grünfutter, das getrocknet und für den Winter im Schober gelagert wurde. Zahlreiche Wiesen, Apfel- und Birnbäume wie auch ein langgezogenes Erdbeerfeld gehörten damals zum gepachteten Bereich des Hofes, dessen Landwirtschaft sich vom Hügel bis weit ins südliche Tal erstreckte. Dank verschiedener Wasserquellen konnten viele ertragreiche Jahre verbucht werden; die Sommer arbeitsreich und Hand in Hand wohltuend erschöpfend, deftige füllende Mahlzeiten an den langen Winterabenden, Gesellschaftsspiele, Handarbeiten und Planungen für das kommende Frühjahr. Bis nach vier Jahrzehnten des gemeinsamen Schaffens und Einvernehmens ein einziger Satz die Idylle trübte.

„Ein fruchtbarer Berg!", hatte Lydias Schwiegervater mit seinem ganz eigenen ländlichen Dialekt am langen Esstisch stolz geäußert, als im Herbst 1965 die Vorratskammern und der Heuschober bis an den Rand gefüllt waren. „Und was für ein gutes Gefühl, dass dieser Berg uns die Zukunft sichert. Hätte diese Fruchtbarkeit nicht anstekkend sein können, um auch das Fortbestehen des Hofes zu sichern?" Dabei flog sein Blick wie beiläufig zum entgegengesetzten Tischende und streifte sie, die Schwiegertochter, und Gustav, ihren Mann. Dieser schob seinen Teller beiseite, stand auf und wechselte nie wieder ein Wort mit seinem Vater.

Zwei Jahre später beerdigten sie den alten Bauern, ohne jeden Versuch der Aussöhnung.

Lydia seufzt und betrachtet ihre knotigen, abgearbeiteten Hände, die plötzlich schmerzhaft verkrampft auf ihrem Leib liegen. Das Fortbestehen des Hofes, ja, das liegt jetzt ganz allein in diesen Händen …

Als hätte der Appenzeller ihre Gedanken erfasst, hebt er den Kopf und schleckt ihre Handrücken ab. Dann prüfen seine wachen Augen ihre Miene und werden erst zu zufriedenen Schlitzen, als sein Frauchen sich bemüht zu lächeln.

„Wir Menschen mit unseren zermürbenden Gedanken, was? Damit habt ihr Tiere nichts zu tun. Habt ja recht, ist im Grunde nur Zeitverschwendung, lässt sich im Nachhinein sowieso nichts mehr ändern. Na los, Wotan, sehen wir nach den Kühen!"

Die beiden Kühe haben sich wie vermutet unter der Überdachung gedreht, die Hinterteile zur Wetterseite hin. Immer noch stehen sie stocksteif da.

„Gibt es hier oben irgendeinen, der keine Angst vor Gewittern hat?", ruft Lydia ihnen zu. Als hätten die beiden sie verstanden, drehen sie sich auf der Stelle und sehen ihr entgegen.

„Ab mit euch, in die Sonne!"

Bald wird das Gras hier hüfthoch sein. Das schaffen diese beiden Tiere nicht alleine. Fürs Mähen würde sie sich jemanden herbestellen müssen, aber das wiederum lässt ihr Portemonnaie nicht zu.

Sie geht hinter den Tieren her, weiß nicht, ob sie sich jemals einsamer gefühlt hat. Nur zwei Kühe sind ihr geblieben. Falls Lydias Kräfte im selben Maße weiter nachlassen, wird sie auch diese beiden bald abholen lassen müssen. Wenn sie an den Abtransport vor einem halben Jahr denkt, an die Rampen, den letzten Blick der Tiere mit den ihr zugewandten Köpfen, fragend und ohne die Chance auf eine Antwort, daraufhin Resignation und schwere Schritte hinauf ins Wageninnere, ins Nichtverstehen oder Befürchten – was auch immer in den Hirnen solcher duldsamen, mächtigen Tiere vor sich gehen mag ...

Für den Moment will der Weg bis zur Weidenmitte Lydia an den letzten Weg mit ihrem Mann erinnern. Einen Fuß vor den anderen setzend, mechanisch und unzähligen Blicken ausgesetzt, war sie alleine in vorderster Reihe dem Buchensarg gefolgt. Selbst ihre Gedanken auf jener kurzen Wegstrecke sind wieder greifbar.

„Warum, Gustav?", hatte sie nur immerfort still gefragt. „Du warst so gesund, hättest vielleicht noch viele schöne Jahre haben können. Aber du musstest ja alles auf eine Karte setzen, und das war die falsche, Gustav, du hast bewusst zu hoch gepokert, hast die mit dem Sensenmann gezogen, obwohl der sich dir warnend gezeigt hat ... Und all die Leute hier, wie die mich anstarren! Für die bin ich dessen Gehilfin. Durch deinen Dickschädel, Gustav! Denn der Pfarrer hat nicht recht, wenn er behauptet, es habe dem allmächtigen

Gott gefallen, unseren Bruder Gustav Brause zu sich zu holen ... Gefallen hat ihm das nicht, nein, du hast dich förmlich angeboten, geholt zu werden ...“

Dann hatte Lydia sich geschworen, diese wenigen Minuten noch durchzuhalten, den Anklägern, die hinter vorgehaltener Hand ihren schrecklichen Verdacht gegen sie äußerten, die kalte Schulter zu zeigen, und war, noch bevor die schwarze Versammlung sich auflöste, mit kleinen, hektischen Schritten auf ihren Berg geflohen.

Am Rande der Weide steht die Wäschespinne. Wie schlaffe Körperteile hängen dort ihre regenschweren Kleidungsstücke. Ein Fremder würde glauben, hier oben wohnte ein Mannsbild, denkt Lydia beim Anblick der großen Hemden, in die sie sich täglich einhüllt wie in einen Schutzmantel. Trotz der Sommerwärme friert ihr ausgemergelter dünner Körper immerzu.

Ihr Blick schweift hinüber zur Vogelscheuche im Kräutergärtchen. Der Sturm hat sie schief gelegt. „Mit deinem alten Strohhut auf dem dicken Sackkopf sieht sie dir ähnlich, Gustav, die langen Arme ausgebreitet wie du, wenn du hinter den Gänsen her warst.“

Sie spürt, wie gut es tut, die eigene Stimme zu hören. Sie kann getrost weitersprechen, dies ist der letzte Ort, an den sich die Dorfbewohner freiwillig begeben würden.

Die zwei Milchkühe sind stehen geblieben und schauen misstrauisch auf das Tal, aus dessen Richtung sich eben noch die Gefahr genähert hatte. Lydia legt ihre Strickjacke ins feuchte Gras und lässt sich darauf nieder. Mit den Armen umschlingt sie ihre Beine und erinnert sich an eine Szene, fast genau an dieser Stelle.

„Ach Gustav, du und dein Viehzeug! Weißt du noch, die Fanni, deren langen Euter du mit einem Gurtnetz hochgebunden hattest, damit sie sich nicht darauf trat, wenn sie sich setzte? Und den kranken Kühen hast du einen Aderlass gemacht. Die Kälbchen durften an deinen Fingern nuckeln. Als wir frisch verheiratet waren, hast du mich hinter dir her in den Stall gezogen, zu einer Geburt. Irgendwie schämte ich mich, vielleicht, weil du als Mann mehr darüber wusstest als ich. Vielleicht schämte ich mich auch, weil uns beiden bewusst war, dass unser Kind einmal auf vergleichbare Weise auf die Welt kommen würde. Doch so weit durfte es ja nicht kommen.“

Lydias Stimme ist leiser geworden, ein altvertrauter Druck krampft ihr die Kehle zusammen, und sie versucht, wie so oft, diesen Schmerz hinunterzuschlucken.

In der Wiese um sie herum zuckt es, als wären Hunderte von Grashüpfern unterwegs. Doch schnell erkennt sie, dass es die einzelnen Halme und Wildblumen sind, die sich nach dem heftigen Regen mit Hilfe der Sonne wieder aufzurichten versuchen. Jedes einzelne Gewächs vollführt seine eigene kleine Auferstehung.

Zu Lydias Geburtstag Mitte Mai hatte Gustav ihr vor ein paar Jahren ein Sträußchen aus Gänseblümchen gebunden, und da er eine heimliche Liebe zur Poesie hegte, lag ein sorgfältig ausgewähltes Zitat von Erich Kästner dem Gebinde bei: »Wer wagt es, sich den donnernden Zügen entgegenzustellen? – Die kleinen Blumen zwischen den Eisenbahnschwellen!«

Darunter hatte er mit seiner krakeligen, wuchtigen Handschrift geschrieben: »Ich wünsche meiner Liebsten, dass auch sie, egal was geschieht, immer die Kraft haben wird, wieder aufzustehen.«

In diesem Jahr hat sie erstmals ihren Geburtstag alleine verbracht, hat ihn ignoriert, um jedoch am Abend aus genau diesem Wunsch ihres Mannes neue Kraft zu schöpfen. Sie hat sich vorgenommen, seinen Wunsch zu verinnerlichen. Immer wieder aufstehen – sie will es versuchen, um ihrer selbst willen, vor allem aber ihren Tieren zuliebe.

Während Lydia versonnen lächelt und sich auf die Beine bemüht, lässt eine Autohupe sie zusammenschrecken. Ruckartig dreht sie den Kopf, ihr Nacken knackst und sie weiß jetzt schon, dass sie am Abend Kopfschmerzen haben wird. Doch vorrangig ist die Frage, welcher Mensch jetzt etwas von ihr will. Vielleicht ein Ausflügler, der sich verfahren hat? Diese Touristen: „... Kann ich ein Glas Wasser haben? ... Wie komme ich über den Berg auf die andere Seite? ... Darf ich kurz Ihre Toilette benutzen? ...“

„Meine Toilette ist verstopft, der Wald ist sicher groß genug!“ – Niemand gelangt in ihr Haus, nicht mehr, seit sie alleine hier lebt! Womöglich will man es ausspionieren, um sie später zu bestehlen ...

„Frau Brause, ich bin's!“ Der Förster, der am Fuß des Berges wohnt und wahrscheinlich die Waldschäden begutachtet. Jetzt erkennt sie ihn, sein Gesicht zeichnet sich über dem grünen Pullover vom Grün der Hecke ab.

Ob er sich ernsthaft um sie sorgt? Oder kommt er nur seiner Pflicht als nächster Nachbar nach? Wie mag er überhaupt über sie denken? So, wie die im Tal?

Diesen Mann sieht sie nur dann, wenn sie ihm zufällig auf ihren Spaziergängen begegnet. Bei ihr auf dem Hof hat er sich seit Gustavs Tod nicht mehr blicken lassen.

Zu Gustavs Zeiten gab es eine Skatrunde, mit viel Selbstgebranntem: Gustav, der Förster und der ehemalige Arzt aus dem Ort, der seit seiner Praxisschließung über vierzig Kilometer weit entfernt lebt und doch regelmäßig zum Skatspielen kam. Theo, der Arzt, war es auch, der sich gleich nach der Beerdigung mehrmals telefonisch bei Lydia erkundigte, wie es ihr gehe und ob sie sich über Besuch freue.

„Danke, es geht, und nein, ich freue mich nicht über Besucher, und das wisst ihr alle ganz genau!", hatte sie ihn knapp wissen lassen, damals, als der Telefonanschluss noch funktionierte.

Zwei Mal hatte sie aus Unwissenheit die Telefonrechnung nicht überwiesen. Gustav hatte ihr seine persönliche Bürokratie vorenthalten. Mit seinen Worten hatte er sie »entlastet«. So wusste sie weder Bescheid über die eigenen Finanzen noch über Geldangelegenheiten im Allgemeinen. Immer wieder hatte sie das Thema angeschnitten: „Was mache ich, wenn dir mal etwas zustößt, wenn ich selbst etwas erledigen muss?"

„Dann gehst du zu Herrn Schulthe von der Sparkasse, der erklärt dir alles, was du wissen musst."

Was die Frauen vom Brausehof wissen mussten, war seit jeher auf das Häusliche und Landwirtschaftliche begrenzt. Der hilfsbereite Herr Schulthe hatte Lydia ein Vierteljahr nach Gustavs Tod aufgeklärt.

„Sie vermuten richtig, eigentlich müssten Sie einen Brief erhalten haben. Das Telefon funktioniert nicht, weil die Rechnungen nicht beglichen wurden. Na ja, wenn es sich bei den beiden letzten auch nur noch um die Grundgebühr handelt. Telefoniert haben Sie wohl gar nicht mehr ...? Ihr Mann hat immer alles selbst überwiesen, er mochte keine automatischen Abbuchungen. Die Mitteilung der Telefongesellschaft ... nun ja, vielleicht sehen Sie doch noch mal im Briefkasten nach? – Und hier ist Ihr Sparbuch."

Offensichtlich hatte Gustav es in einem Bankschließfach deponiert und Herrn Schulthe aufgetragen, es seiner Frau irgendwann einmal, beim notgedrungen ersten alleinigen Bankbesuch, auszuhändigen. Eintausendfünfhundert Mark, die sie nicht antasten wird, bis sie wirklich in allergrößter Not steckt. Letztendlich aber sagt ihr die Höhe dieses Betrages kaum etwas, weil Geldbeträge ihr schlechthin nichts sagen.

Was sie gerade so überschaut, ist ihre kleine Rente, die sie mittlerweile jeden Monat zur Hälfte abhebt und in einer Zigarrenkiste, ganz unten im Kleiderschrank, für ihre unerlässlichen Einkäufe aufbewahrt. Den Rest sollen diejenigen abbuchen, die etwas von ihr zu fordern haben. Wer auch immer das sein mag, interessiert sie nicht.

„Frau Brause, wir haben uns lange nicht gesehen", sagt der Förster, der ihr über die Wiese ein Stück entgegengekommen ist. „Sie machen keine Spaziergänge mehr? Ich hätte mich sowieso demnächst bei Ihnen gemeldet. Aber jetzt war ja das starke Unwetter, und da dachte ich, das ist ein Grund, mal nach der Frau meines alten Skatbruders zu sehen."

„Ein Grund, ja", wiederholt Lydia mechanisch, weil ihr die Worte fehlen, mit einem Menschen zu sprechen. Weil sie nach so langer Zeit nicht mehr weiß, wie man das macht.

Mit hängenden Armen steht sie dem Mann gegenüber, von dem sie weiß, dass er eine rothaarige Frau, Greta, und zwei fast erwachsene Söhne hat. Nein, sie weiß es nicht nur, sie hat seine Familie gekannt, in alten, ungetrübten Zeiten, die Lydia vor knapp einem Jahr selbst beendet hat.

Der Förster gibt ihr die Hand und Lydia erwidert kraftlos den Begrüßungsdruck.

„Gibt es Schäden?"

„Keine, nein, ich habe keine entdeckt."

„Das Dach ist dicht geblieben? Hat es nirgendwo hineingeregnet, ins Wohnhaus, in den Stall?"

„Nirgends, nein", sagt sie, spürt jedoch im selben Augenblick Panik in sich aufsteigen. Was, wenn doch? Sie hat noch nicht überprüft, ob alles trocken ist im Haus. Und in den Stall hat sie nicht mal hineingeschaut. Doch das alles geht den Förster nichts an.

Gustav hatte das Stalldach mit Hauswurz bepflanzt, der es schnell als geschlossene Decke besiedelte. Das wirkte zwar ungepflegt, aber schien dicht zu halten – und aus Überlieferungen wusste er, dass in diese Pflanze niemals ein Blitz einschlagen würde. „Sogar auf Ziegeln gedeiht das Zeug!", hatte er ihr versichert, damals, nach dem Feuer.

„Ja, wenn dann also alles in Ordnung ist bei Ihnen", startet der Förster seinen Abschied.

„Das ist es", sagt Lydia, „alles ist gut." Er soll wieder wegfahren. Er ist nur da, um sein Gewissen zu erleichtern, glaubt Lydia seinen über-schwänglichen Gebärden zu entnehmen. Sie braucht weder geheuchel-tes Mitgefühl, noch liegt ihr etwas am Seelenheil ihrer Mitmenschen.

Der Mann wendet sich seinem Jeep zu, dessen Fahrertür flucht-bereit offen geblieben ist.

Er steigt ein, deutet mit erhobener Hand einen Gruß an und wen-det sein Fahrzeug. Dann bremst er noch einmal ab, ruft ihr zu: „Ich fahre in den Ort, einkaufen. Wenn Sie etwas brauchen, ich kann es Ihnen mitbringen!"

Nach fast einem Jahr fällt ihm das ein. Wie fürsorglich, denkt Lydia bitter, obwohl ihr durchaus bewusst ist, dass sie auch ihn ge-meint hatte mit ihrem Aufruf, sich vom Hof fernzuhalten. Dennoch, sie bräuchte Lebensmittel: Brot, Butter, Kaffee, Mehl, auch etwas Obst täte ihr gut, Waschpulver und Toilettenpapier und Zahnpasta … Wann war sie das letzte Mal mit dem Traktor drunten zum Einkaufen?

„Ich brauche nichts, alles ist da."

Sie sieht, wie der Förster die Schultern zuckt, dann fährt er davon. An den Motorgeräuschen erkennt Lydia, wo er sich gerade befindet, welche Kurve er den Hang hinabnimmt. Nach so langer Zeit hier oben haben ihre Sinne vieles gespeichert, was andere kaum registrieren.

Mit großen Schritten stapft Lydia am Wohnhaus vorbei zum Stall. Sie öffnet die zweigeteilte Tür, erst den oberen, dann den unteren Ver-schlag. Nicht hinauf zur Decke schauen, nimmt sie sich vor; mit Nes-tern, Kokons, Spinnweben und verdreckten Fledermausschlafplätzen will sie sich im Moment nicht befassen. Nur der Fußboden ist von Bedeutung. Meter für Meter schreitet sie den leeren Stall ab. Keine Pfützen, nicht die geringste Nässe. Befreit atmet sie durch und lässt die Türverschläge weit offen stehen, damit auch hier die warme, tro-ckene Luft Einzug halten kann.

Zuversichtlich geht sie weiter zum Scheunentor, öffnet nur die Schlupftür und steigt hindurch. Es riecht nach frischem Heu wie lange nicht mehr. Das Aroma erinnert sie an heiße Sommertage auf der Südseite des Berges, an hölzerne Heugabeln, Gelächter, kratzende Waden, an Instantkaffee und reich belegte Pausenbrote.

Sie schließt die Augen, lockert ihren Körper und saugt gierig den Erinnerungsduft ein, genießt die Bilder der Vergangenheit, die sich hinter ihren Lidern aneinanderreihen.

Ein Schauder durchläuft sie, von den Haarspitzen bis hinunter in die Fußsohlen: Warum riecht es hier nach so langer Zeit nach frischem Heu? Bitte nicht, denkt sie inbrünstig.

Doch ihr Verdacht bestätigt sich, als sie erst nach oben zur Tenne, dann hinunter zum aufgestapelten Heuberg sieht. Der angenehme Geruch rührt von frischer Luft, die durch ein großes Loch im Scheunendach strömt und von den darunter gelagerten regennassen Heuballen.

Ein Großteil ihres Vorrats liegt in einer Wasserlache, die sich ausgebreitet hat bis zur anderen Seite der Scheune, wo zu allem Übel auch das Stroh zum Auskleiden des Kuhstalls wie eine Insel von Wasser umgeben ist. Schon jetzt weiß Lydia, dass sie nicht die Kraft haben wird, diese Massen an Heu und Stroh auseinanderzuzerren, damit sie trocknen können. Und mit derselben Überzeugung weiß sie auch, dass sie weder das Geld hat für eine Reparatur, noch, um neues Viehfutter für den nächsten Winter heraufbringen zu lassen – auch wenn es nur noch für zwei Kühe reichen muss.

Sie hört, wie Wotan durch die Schlupftür springt, vernimmt das patschende Geräusch, das seine aufsetzenden Pfoten im stehenden Wasser erzeugen. Bei ihren eigenen Schritten war ihr das nicht aufgefallen – ihre Hoffnung muss sich über Verstand und Ohren gebreitet haben.

Nun, sie hat sich getäuscht, hat sich selbst und den Förster belogen. Ob der eine Lösung für sie gefunden hätte? Niemals würde sie diesen Mann um Rat fragen, und um Hilfe bitten schon gar nicht! Aber jemand anderen hat sie nicht mehr als Ansprechpartner.

„Verdammt, Gustav, ich habe deinen Starrsinn übernommen! Du hast mich allein gelassen und lässt mich jetzt vereinsamen!"

3

In dieser Nacht wartet sie vergeblich darauf, einschlafen zu können. Selbst wenn Gustav neben ihr liegen und alles mit ihr besprechen würde – unter diesen Umständen wären Sorgen so oder so berechtigt. Bis auf den Unterschied, dass es mit ihm an der Seite das wohltuende Wörtchen »wir« gäbe.

Lydia hat ihr Bett verlassen. Es ist sinnlos, derart verkrampft dem Schlaf aufzulauern.

Aus verschiedenen Blechdosen mischt sie in der Küche getrocknete Kräuter für einen Tee zusammen. Sie weiß nicht, welche Wirkung diese Zusammenstellung haben wird – auf das Kräuterlexikon in ihrem Kopf hat sie im Augenblick keinen Zugriff.

Schafgarbe, Kamille, Rosmarin, Pfefferminz, Beinwell ... Vielleicht wird sie noch unruhiger, als sie es ohnehin schon ist.

Sie lässt sich auf dem abgewetzten Sofa nieder und betrachtet Gustavs Sessel, das Kissen, das sein schweres Kreuz gestützt hat. Für dieses Möbelstück ist die Zeit schon lange stehen geblieben, nicht einmal die Kissenfüllung hat sich wieder aufgerichtet – der Abdruck der Kehrseite ihres Mannes ist noch genau so, wie seine abendliche Haltung ihn geformt hat.

Nach seinem Tod hat nie wieder jemand diesen Sessel benutzt. Wenn sie jetzt hinübergehen und ihre Nase in die Polster drücken würde, Gustavs Geruch wäre sofort präsent. Lydia hat sich ihn oft genug auf diese Weise zurückgeholt: ein Aroma aus Mulch, Erde und Schmierseifenwasser.

Sein Foto hingegen verwahrt sie in einer Schublade. Noch mag sie ihm nicht unvorbereitet in die Augen sehen. Es ist die einzige Porträtaufnahme, die ihres Wissens von ihm existiert. Auf dem Brausehof wurde nicht fotografiert. Nur ein kleiner Karton existiert, eine spärliche Ansammlung von Bildern aus einer Zeit, in der man den Moment noch für wesentlich hielt. Später diente ein Motiv nur noch dem Vergleich der Entwicklung von Jungvieh beim Wachstum. Vorher-Nachher-Fotos.

„Fotos erinnern einen doch nur daran, dass es einmal anders war. Und die Zeit, die man braucht zum Justieren und den Auslöser zu drücken, geht einem an wahren Eindrücken verloren."

Mit solcher Art von Argumenten setzte Gustav gern seine Sichtweise durch. Er hatte eine recht helle, laute Stimme. Nur wenn er leise sprach, sackte sie in einen warmen Bariton ab.

„Wenn du wüsstest, dass wir ein Loch im Dach haben", flüstert Lydia dem Sessel zu. „Ein Baum ist genau auf die Stelle gefallen, die du mit einem Stück Wellblech repariert hattest. Hat wieder gepasst, was? Dem gesamten Rest vom Dach hätte das wahrscheinlich nichts ausgemacht. Und jetzt ist das Heu nass, Gustav. Das, was noch im Trocknen liegt, wird nicht mehr lange reichen für die Kühe. Hast du überhaupt mitgekriegt, dass ich nur noch die zwei alten Kühe habe, die nicht mehr kalben? Die vier anderen musste ich abholen lassen, allein wäre ich mit den Milchkühen nicht mehr fertiggeworden. Und du weißt, wie schwer es mir immer gefallen ist, mich von unserem Viehzeug zu trennen. Gelitten hab ich jedes Mal, als ginge es mir selbst ans Leder! Und dann dieser letzte Abtransport, den auch noch ich veranlassen musste ... Aber das sag ich dir: Diese beiden letzten kriegen auf dem Brausehof das Gnadenbrot, und wenn es tausendmal gegen den bäuerlichen Grundsatz ist, unrentables Vieh durchzufüttern. Und ausgerechnet jetzt ist das Winterfutter nass. Ach, Gustav, wenn du wüsstest ... Aber vielleicht weißt du es ja und schickst mir eine Idee, wie ich die ganze Misere überstehe?"

Lydias zitternde Hände wärmen sich an Gustavs großem Teebecher.

„Die Weidezäune müssten auch neu gespannt werden. Ein paar Pfähle sind morsch. Aus deinem Komposthaufen wuchert das Unkraut. Du immer mit deinem Kresse-Test, ob die Erde gut war zum Durchsieben. Jetzt könnte ich mit Queckengras und Giersch handeln, das müsstest du sehen, Gustav, du würdest Fotos machen von deinem Komposthaufen, als abschreckende Erinnerung, eine Vorher-Nachher-Aufnahme. Außerdem ist die Tränke an der Weidequelle vermoost. Den Kühen schmeckt das Wasser daraus nicht mehr, es wird sofort trüb und schmierig. Jetzt muss ich regelmäßig den Wassertank beim Eingang füllen. – Ach ja, und es gibt Tausende von Maulwurfshügeln in diesem Jahr. Ich kann nicht wie du mit der Maulwurferde meinen Salat anziehen, bin froh, wenn ich überhaupt ein paar vernünftige Köpfe ernten kann. Mir wird das alles zu viel. Ich bin schwach geworden, Gustav, und sehr sensibel, kann nicht mal mehr ein Spinnennetz wegmachen, weil ich auf einmal daran denken muss, wie viel Arbeit in so einem haarfeinen Gebilde steckt. – Hach, weißt du was? Ich hol mir was von deinem Selbstgebrannten!"

Lydia rappelt sich auf die Beine. Der Schnaps steht seit Gustavs Tod unangetastet in der hinteren Ecke im Schrank. Endlich hat sie einen Grund, eines der kleinen Gläschen zu benutzen, die ihr so gut gefallen. „Ich weiß, das sind Likörgläser, aber das muss dir jetzt egal sein. Hier wird nicht mehr nach Richtlinien gelebt, hier wird sich nur noch irgendwie über Wasser gehalten. Und wenn ein falsches Glas die Stimmung hebt, was soll's!"

Der lange, gebogene Ausschank lässt die klare Flüssigkeit über den Rand des winzigen Glases schießen. „Guck weg, Gustav, den Rest schütte ich sowieso in den Spülstein. Das will ich mir nämlich nicht anfangen ..." Lydias Zunge tastet den Schnaps, dessen Geruch allein ihr schon immer widerlich war. Ekel überkommt sie, dann kippt sie den Inhalt in ihren weit geöffneten Mund und schüttelt sich. „So, angefangen und sofort wieder abgewöhnt."

Mit eigentümlicher Genugtuung trägt sie die Flasche in die Küche und lässt den Schnaps in den Ausguss gluckern.

„Das tut weh, Gustav, ich weiß, so sparsam, wie wir immer gelebt haben. Aber freu dich über meinen Entschluss: Ich bin ja jetzt schon zu zerbrechlich, was mit dem Alkohol zum Freund noch schlimmer würde."

Hinter sich hört Lydia leise Schritte auf den Holzdielen. Wotan hat seinen Schlafplatz im Flur verlassen und trottet müde auf Lydia zu. Er rechnet nicht mit Besuch, hat sich längst an die Selbstgespräche gewöhnt. Vermutlich hat das Wort »Hunde« ihn veranlasst, zu kommen. Er folgt Lydia zum Sofa, legt sich auf dem abgenutzten Teppich auf die Seite und schläft sofort wieder ein. So lag er abends bei ihnen, wenn der Fernseher eingeschaltet war.

Lydias nackter Fuß schlüpft aus der Wollpantine und krabbelt durch das warme Hundefell. Sie muss dringend ihre Füße baden, die Fußsohlen sind hart vom vielen Stiefeltreten, es könnten sich Druckstellen entwickeln. Jetzt, wo der Hof von ihr abhängt, kann sie sich krank sein nicht mehr leisten, denn alles könnte vor die Hunde geh'n.

Seit gewiss zehn Jahren hat sie keinen Arzt gebraucht.

„Wozu eigentlich die teuren Beiträge?", hatte Gustav vor ein paar Jahren gemeint, „meine Lydia mit ihren Wildkräutern weiß mehr als jeder Doktor." Gustavs Überschlag zufolge wären die wenigen Arztbesuche, die eventuell wahrgenommen werden mussten, immer noch viel günstiger gewesen als die Versicherungsbeiträge. Freiwillige »Prognosegelder« lehnte er grundsätzlich ab.

Welch ein Glück nun für Lydia, dass ihr Mann durch seine nebenberufliche Tätigkeit bei der Straßenwacht pflichtversichert war und sie damit ebenso. „Wer weiß, was dir Querkopf eingefallen wäre ohne diese automatischen Abzüge. Wahrscheinlich hättest du es irgendwie fertiggebracht, uns völlig ungesichert meinem Kräuterlexikon zu überlassen, du altmodischer Dickkopf, der du warst! Ein Wunder, dass wir überhaupt einen Fernseher besitzen!"

»Apropos Fernseher!«, schießt es ihr heiß durch alle Glieder. Der Stecker ist während des Unwetters in der Wanddose geblieben! Ob dieser einzelne heftige Schlag in das Gerät gefahren ist? Seitdem hat sie es nicht wieder eingeschaltet.

Noch mehr belastende Gedanken kann sie im Moment jedoch nicht gebrauchen. Sie wird morgen testen, ob der Fernseher noch läuft. Nur den Stecker will sie für diese Nacht herausziehen.

Während sie sich über das Gerät beugt, nimmt sie ein leises Trommeln über sich wahr. Es hat wieder zu regnen begonnen, nicht stark, aber mit einzelnen dicken Tropfen. Die Tür zur Speichertreppe steht offen, erinnert sie sich. Dort oben schlägt der Regen seinen Rhythmus auf das Fensterchen aus Plexiglas, das sie im letzten Jahr hatten einbauen lassen, damit diese Dachbodenseite ein wenig mit Tageslicht versorgt wurde. Genau so würde jetzt nebenan das Heu in der Scheune besprenkelt werden.

Lydia wundert sich über die innere Ruhe, die sie plötzlich erfüllt. Ihr ist wohlig warm. Sie greift nach der Wolldecke am Sofa-Ende, zieht sie sich bis über die Schultern und lässt sich zur Seite sinken.

Ob das Scheunendach eigentlich gegen Wetterschäden versichert ist? Aber an wen wendet man sich in solch einem Fall? Sie weiß es nicht, im Grunde weiß sie gar nichts. Nur, dass ein paar Meter weiter eine arme Tanne aus dem Boden gerissen wurde und das Dach in Mitleidenschaft gezogen hat ...

Bei aller Liebe zur Natur bringt der Gedanke an den umgestürzten Baum sie zum Schmunzeln. Was, wenn sie das gemeinsam mit dem Förster entdeckt hätte? Bestimmt hätte der sich mehr für seinen Baum interessiert als für ihren Dachschaden. Wieder muss sie lächeln. Vielleicht bekommt sie selbst ja nach und nach auch einen Schaden – und alles wird ihr nichts mehr ausmachen ...

Wotans dicker Schädel hechelt den heißen Hunde-Atem genau in ihr Gesicht.

Lydia ist verwirrt, weiß weder, welche Tageszeit es ist, noch, warum sie auf dem Sofa liegt. Die Zeiger der Wanduhr gegenüber stehen auf halb fünf, das Pendel bewegt sich nicht. Hat sie einen Mittagsschlaf gehalten? Aber am helllichten Tag verschließt sie doch niemals die Klappläden zur Frontseite hin ... Durch den schweren Vorhang am seitlichen Fenster fällt ein Spalt Tageslicht auf die Wand mit der Uhr und dem verstaubten Sims gleich daneben. Dieser Anblick ist ihr nicht vertraut, nicht aus der Liegeposition heraus. Lässt ihr Gedächtnis nach? Fühlt es sich so an, wenn man entdeckt, dass man sich auf die eigene Orientierung nicht mehr verlassen kann?

Als sie auf dem Tisch nach ihrer Brille angelt, bleibt ihr Blick an dem Likörglas haften. Und sofort erschließen sich ihr alle Antworten: Sie hat die Nacht hier verbracht, mit dem Kopf auf der Sofaseite, die seit jeher ausnahmslos die Fußseite war. Und Wotans unruhiges Hecheln signalisiert, dass er dringend ins Freie muss, weil es schon spät ist.

Erleichtert über ihre plötzliche Klarheit steht sie auf und öffnet die Haustür. Sofort zeigt der Hund Unruhe, klebt mit der Nase auf dem Boden und nimmt Spur auf, Richtung Stall und Scheune.

Der Fuchs war da, folgert Lydia. Sie sieht, wie der Hund sich dreht und die Spur zurückverfolgt, doch dann läuft er an ihr vorbei und aus dem Hof hinaus.

„Wotan, hierhin!" Nein, ein Fuchs ist nichts Weltbewegendes mehr für ihren Hund, den handelt sein Geruchssinn ab wie die anderen Nachbarn, die Hasen, Rehe, Igel und Marder.

Sie hört ihn in der Ferne bellen, mutet es sich jedoch nicht zu, erneut so laut zu rufen – ihr Herz rast jetzt schon schneller, als es darf.

Im Nachthemd setzt sie sich auf die Bank neben der Haustür und wartet, betrachtet die alten Pflastersteine, durch deren Ritzen sich das

Unkraut emporndrängt. Kaum mehr zu bewältigen, das alles; doch sie darf solche Nebensächlichkeiten nicht mehr an sich heranlassen, sonst kann sie gleich aufgeben.

Mit einem Mal erstarrt ihr Blick. Nicht weit vor ihren Pantoffeln liegt eine ausgetretene Zigarette. Hier war jemand. Aber wer?

Das also ist der Grund für Wotans aufgeregte Stöberaktion. Womöglich hat jemand auf dieser Bank gesessen, während sie gleich hinter dem nächsten geschlossenen Laden geschlafen hat. Wotans Wegstrecke zufolge muss dieser Mensch zu Stall und Scheune gegangen sein. Der Förster kann es nicht gewesen sein, der hatte weiter vorn geparkt und auf der Wiese mit ihr gesprochen ...

Warum hat Wotan nicht angeschlagen? Kann sie sich jetzt nicht mal mehr auf ihn verlassen? Lässt er genauso nach wie sie? Doch im Moment wäre sie einfach nur erleichtert, wenn er überhaupt zurückkäme.

„Gustav, wenn du das kannst, dann gib acht auf mich, ich hab niemanden mehr ..."

Das Selbstmitleid treibt ihr heiße Tränen in die Augen und sie spürt, wie ihr Körper sich verkrampft. Dann hört sie es rascheln, kurz darauf sieht sie Wotan, der auf sie zugerannt kommt. Bei dieser Mobilität ist nicht zu befürchten, dass ihr Hund nachlässt.

Wotan ist jetzt neun, ein robuster Appenzeller, dessen Rasse eine durchschnittliche Lebenserwartung von zwölf Jahren hat. Bei seinem Anblick wünscht Lydia, dieses Tier möge sie überleben, wird aber unmittelbar von ihrem Gewissen aufgefordert, so egoistisch nicht zu denken. Sie wünscht sich stattdessen, selbst gerade lange genug zu leben, um Wotan bis zum letzten Atemzug versorgen und behüten zu können.

Er trägt etwas im Maul, einen toten Vogel, den er sachte vor Lydias Bank ablegt. Sie weiß, dass er die Amsel in diesem Zustand gefunden hat. Gustav hat es nie zugelassen, dass Wotan Vögel jagte, geschweige denn verletzte.

„Da ist nichts mehr zu machen, mein Guter", sagt Lydia, indem sie den geknickten Flügel der erstarrten Amsel zwischen zwei Finger packt und damit ums Haus herumschlurft. An der Rückseite des Wohntraktes endet der Privatbereich des Brausehofes, wenngleich auch das Stück unbearbeitete Land dahinter noch dazugehört. Hier hat man die Natur allezeit sich selbst überlassen. Farne und Gräser reichen meterhoch, und ein paar alte Tannen halten die sommerliche Glut der Südseite vom Haus fern.

Lydia legt den toten Vogel ins Gras. Soll der Fuchs ihn holen – auch das regelt die Natur von selbst.

Wieder nimmt Wotan intensive Witterung auf. Es ist jemand hier gewesen, folgert Lydia erneut, vielleicht bekommt sie gleich einen Schlag auf den Kopf, wer weiß ...

Solche beklemmenden Situationen sind ihr nicht unbekannt. Wenn man alleine in der Wildnis lebt, weit abseits jeder menschlichen Siedlung, wird man irgendwann selbst zu einem Teil des Waldes. Wenn man dann noch dasselbe Pech hat wie die linke Tanne, die schräg auf dem Scheunendach liegt, ist man selbst auch ganz schnell ein gestürzter Baum, dem es die Lebenskraft mitsamt den Wurzeln ausreißt.

„Siehst du, Gustav, dein Vater hatte recht: »Eines Tages werden uns die Tannen so nah beim Haus zum Verhängnis.« Du hast dich durchgesetzt, hast erst letzten Sommer noch gesagt: »Das Ozonloch lässt mit den Jahren die natürlichen Schattenspender immer kostbarer werden ...« Jetzt kannst du entscheiden, was kostbarer ist: der Baum oder unser Dach ... Aber was muss dich das noch kümmern ...“

Der hohe Flurspiegel, den Gustav stets »Lügner« nannte, weil er den Betrachter lang und unterernährt wiedergibt, bringt Lydia dazu, über sich selbst zu lachen. Bevor ihr draußen jemand etwas zuleide getan hätte, wäre derjenige selbst geflüchtet. Sie sieht aus wie ein geschundener Geist. Das Nachthemd ist nass und schmutzig von den Waden bis hinauf zur Hüfte. Ihr offenes weißgraues Haar liegt in langen Strähnen auf ihren Schultern, die Brille ist befleckt und ihre Nasalfalten wirken in dem Zerrspiegel wie Narben von Axthieben.

Ehe ihr herausrutschen will: „Gustav, dreh dich weg, sieh nicht hin!“, verschluckt sie die Äußerung lieber. Am besten macht sie gar nicht erst auf sich aufmerksam. Vielleicht beschäftigt er sich ja noch mit der umgestürzten Tanne hinter dem Haus.

4

Das kurze Gespräch mit dem Förster hat Lydia seltsam aufgewühlt.

Sie fragt sich, ob es daran liegt, dass sie so unverhofften Kontakt zu einem Menschen hatte – oder ob es insbesondere dieser Mensch war, der ihr noch im Nachhinein zusetzt, weil er ein Freund ihres Mannes war.

Nichts von alledem ist der Grund für diesen Gemütszustand, so findet sie selbst heraus, nein, es liegt daran, dass sie den Förster mit all ihren Antworten belogen hat. Schließlich hatte er mit seinen Fragen den Finger in die Wunde gelegt:

Ja, sie könnte Hilfe gebrauchen. Ja, es hat einen Schaden gegeben. Und ja, sie benötigt dringend bestimmte Dinge aus dem Ort.

Wie einfach wäre es gewesen, sie hätte ihm eine Einkaufsliste mitgegeben! Wie wertvoll, wenn sie mit ihm gemeinsam das Loch im Scheunendach entdeckt hätte!

Er hätte es sich nicht nehmen lassen, ihr mit der Reparatur und dem nassen Heu zu helfen, allein der Anstand hätte ihm das geboten. Vielleicht hätte er sogar gewusst, ob der Schaden ein Fall für die Versicherung ist, immerhin gehörten solche Vorfälle zu seinem Beruf.

„Wotan, wir fahren runter ins Tal!"

Der Appenzeller ist aufgesprungen und blickt zu Lydia empor. Kurz hält seine Rute inne, als warte er auf eine Erklärung, eine Übersetzung des aufscheuchenden Tonfalls mit zumindest einem hundeverständlichen Begriff.

Lydia muss lachen. „Ja, du hörst richtig, wir fahren", wiederholt sie überdeutlich, „mit dem Bulldog!"

Ob das knatternde Vehikel noch anspringt? Sie hat seit gewiss zwei Monaten den Anlasser nicht betätigt. Aber zuvor will Lydia Schränke, Vorratskammer, Kühlschrank und Tiefkühlfach inspizieren – und natürlich ihre Geldreserven in der Zigarrenkiste.

Während sie murmelnd vor sich hin werkelt, bleibt sie nicht unbeobachtet. Und als sie schließlich die Haustür öffnet, jagt Wotan sogleich voraus zum Traktorschuppen. Die Verbindung muss er hergestellt haben, als sie ihr Portemonnaie in den großen Einkaufskorb gelegt hat. Und so selten das geschieht, ist es jetzt kaum verwunderlich, dass für ihn zu diesem Zubehör auch der Traktor zählt.

„Du alter Schlaukopf, du wirst mir auch noch eine Verbindung zu der Zigarettenkippe auf dem Pflaster herstellen", sagt sie guter Dinge.

Beim vierten Versuch springt der froschgrüne Lanz mit den gelben Felgen an.

„Aus dem Weg, Wotan!" Lydia spürt uralten Empfindungen nach, als sie gekonnt den knatternden Traktor aus dem Schuppen bis vor das Wohnhaus steuert.

So hatte Gustav sie gern gesehen: hoch oben auf dem wippenden Sitz, seine »Königin der Felder«. Angeblich beherrschte niemand dieses Gefährt so gut wie seine Lydia.

„Ich wäre auch noch zu mehr lernfähig gewesen, Gustav, du hättest mir ebenso gut das Alleinleben beibringen können, die Selbstständigkeit. Diese Lektion haben wir leider übersprungen."

Wieder bleibt ihre lautstarke Bemerkung nicht unbeantwortet. Wotan bellt fragend und ungeduldig.

„Gewöhn dich mal daran, dass du nicht der Einzige bist, mit dem ich mich noch unterhalte. Soll dein Herrchen dort oben ruhig ständig die Ohren spitzen, ich hab ihm immer noch jede Menge zu sagen." Am Anfang hatte Lydia sich schwergetan mit ihren einseitigen Gustav-Gesprächen und sich gefragt, ob sie wirklich bei ihm ankamen. Doch nach und nach gehörten sie zu ihrem Tag dazu, bis sie schließlich nichts Ungewöhnliches mehr darin sah und beschloss, sie so lange weiterzuführen, bis ihr jemand das Gegenteil beweisen konnte.

Der Motor brummt sich aus und Lydia setzt ihre Füße zuerst bedächtig auf das Trittbrett, bevor sie ganz absteigt. Früher ist sie einfach gesprungen, mit einem schwungvollen Satz aus der Sitzschale heraus gleich nach hinten auf den Erdboden. Damals gab es noch kein Steigbrett, das hat Gustav erst vor ein paar Jahren für ihrer beider alternde Gliedmaßen zwischen den Hinterrädern angebracht. Ein Auto wurde längst nicht mehr benötigt; die wenigen Fahrten hinunter ins Tal oder in nahe gelegene Ortschaften waren gut mit dem Lanz zu bewältigen. Und die Kanister mit Diesel wurden stets aufgefüllt bereitgehalten.

Gerade will Lydia das Haus betreten, um sich für diese seltene Ausfahrt umzuziehen, als sie beim Anblick ihres Hundes innehält. Wotan setzt da an, wo ihre Gedanken noch vor wenigen Minuten waren: Mit der Nase auf dem Boden nimmt er eine Spur auf, ausgehend vom Fundort der Zigarettenkippe. Bis zur Tür der Voliere.

„Was gibt es da, Wotan?", fragt Lydia bange. Langsam nähert sie sich dem Außenkäfig. Es wird doch niemand ihrem Vogel etwas zuleide getan haben? Er war doch am Morgen noch quietschfidel. Sie hat Mozart doch gefüttert, erst nachdem sie den Zigarettenstummel entdeckt hat ...

Mozart sitzt hellwach auf seiner Lieblingsstange und hebt das Köpfchen, als sie am Gitter steht. Doch Wotan bellt weiter, bellt nach oben. Lydias Blick folgt seiner Schnauze.

„Wie kommt das denn dahin?" Zögernd greift sie nach der kleinen Papierrolle zwischen den Gitterstäben. „Das war kein Tier, hier muss ein Mensch gewesen sein", folgert Lydia, und ihr fällt auf, dass sie »ein Mensch« so schrill betonte, als wären ihre Artgenossen ungewöhnliche Erscheinungen.

Nach näherer Betrachtung erweist sich der Fund als ein kleiner, prall gefüllter Briefumschlag.

Keine Einzelperson hat ihr so viel zu schreiben. Hier wird sich der halbe Ort zusammengetan haben, um ihr die Meinung zu sagen.

Mit aufgerichtetem Rücken und erstarrter Miene verharren ihre Finger auf dem geblümten Wachstuch. Wie von den verblichenen Streublumen im Muster der Tischdecke eingerahmt, liegt der zerknitterte Umschlag in sicherer Entfernung. Wäre es ein Päckchen, hätte Lydia es schon draußen fortgeschleudert – und auf einen Knall gewartet. So aber wird der bedrohliche Inhalt aus Tinte bestehen, aus Buchstaben, denen Anklage und Verachtung aus allen Windungen springen.

Soll sie sich das antun, noch vor ihrer Fahrt ins Tal? Denn hinunter muss sie auf jeden Fall, ihre Vorräte sind auf ein Überlebensminimum geschrumpft. Oder soll sie besser Gustavs Regel folgen? – Was ich nicht weiß, macht mich nicht ...

Moment, die Herdplatte ist noch eingeschaltet! Das nächste Feuer auf dem Brausehof wäre vorprogrammiert, wenn sie jetzt einfach das Haus verließe.

Doch sie hat sich getäuscht. Natürlich hat sie den Herd ausgeschaltet, nachdem das Frühstücksei gekocht war. Es ist die Angst vor dem Feuer, die sich bei den geringsten Anlässen breitmacht.

Wieder sitzt Lydia am Tisch und ringt mit ihrer Neugierde auf den Brief. Und wieder sind es bange Gefühle, die sie zögern lassen. Warum eigentlich hat der Absender nicht den Briefkasten vorn an der Abzweigung zum Brausehof benutzt? Sollte dieser Brief möglichst rasch gefunden werden? War es ein Bote, beauftragt, die Post sozusagen vor ihrer Nase zu platzieren, damit keine Zeit verloren geht? Was, wenn sich gerade hieraus etwas Wichtiges erschließt, das sie wissen sollte, bevor sie sich hinunter in den Ort begibt?

Doch wie sollte jemand ahnen, dass sie sich gerade heute dazu entschließen würde? Sie stellt fest, dass sie in ungeordneten Zusammenhängen denkt. Dies ist kein guter Moment, einen, wie es scheint, anonymen Brief zu öffnen.

Vielleicht ist das Ganze auch nur ein dummer Jungenstreich auf ihre Kosten: „Jagen wir der Alten mal so richtig Angst ein und beobachten sie dabei aus der Deckung heraus ..."

„Na wartet!" Wie elektrisiert eilt Lydia aus dem Haus, schaut sich nach allen Richtungen um. Mit frechen Bürschlein wird sie noch fertig werden, da genügt die Drohung, sie bei der Polizei anzuschwärzen. Ihr Herz rast, mehr vor Ärger als aus Furcht.

Was ist jetzt?, fragen Wotans dunkle Augen, die zwischen Lydia und dem bereitstehenden Einkaufskorb hin und her fliegen.

„Hast recht, Guter, ein Schritt nach dem anderen. Je unbekümmerter das Opfer auftritt, umso mehr vergeht dem Täter die Lust am üblen Spiel, hat dein Herrchen mal gesagt. Außerdem hättest du es längst bemerkt, wenn sich hier oben jemand versteckt halten würde. Lassen wir den Umschlag einfach zu! Vielleicht soll er uns einschüchtern und enthält am Ende noch eine ... Talsperre. Dann aber jetzt nichts wie runter!"

Sie lacht ihrem Wortspiel hinterher, nicht ohne festzustellen, wie belegt ihre Stimmbänder sind.

Ausnahmsweise in eigene Garderobe gekleidet, startet Lydia erneut den Motor. Gustavs große Hemden würden ihr zwar gerade im Tal ein Stück weit mehr an Selbstsicherheit schenken, doch diesen Anblick gönnt sie all den Lästermäulern nicht.

So trägt sie ihre rotbraun gestreifte Strickjacke und einen wadenlangen braunen Rock mit abstehenden großen Seitentaschen. Ihre Füße stecken in hochgezogenen Socken und Arbeitsschuhen. Sie hat nie anderes besessen als zweckmäßige Kleidung und gesteht sich ein, dass es sie im Grunde gar nicht mehr interessiert, wie die Hüllen aussehen, in die sie ihren Körper verpackt. Zum Glück sah Gustav das genauso. „Zeitverschwendung, sich mit so unwichtigen Dingen zu beschäftigen", lautete seine Meinung zur Mode. „Protzige Gewänder sind nur da zum Ablenken. Sieh den Leuten in die Augen, da erfährst du, was du wissen willst!"

Natürlich hat sie einmal anders darüber gedacht, sie war ja schließlich eine Frau. Aber es mag eine besondere Fähigkeit ihres Mannes gewesen sein, seine Ansichten nach und nach auch zu den ihren zu machen. Dass ihr das heute nicht viel hilft, wird ihr nun immer mehr bewusst.

Längst kennt Wotan seinen Platz auf dem Traktor. Angegurtet liegt er vollkommen ruhig auf der Metallfläche, die Gustav eigens für ihn über der Kupplung angebracht hatte, nachdem kein Heuwagen mehr angehängt werden musste.

Gleich bei ihrer ersten Alleinfahrt ins Tal hinunter hatte sie dem Hund erklärt: „Du kommst mit, mein Freund, ohne dich setze ich keinen Fuß auf den Boden dort drunten. Allein bin ich niemand mehr, weißt du?"

Auch heute sieht sich Lydia von Gedanken dieser Art belagert. Allein stellt sie lediglich eine Angriffsfläche dar, mit ganz dünner Haut, und seien es nur feindselige oder anklagende Blicke, die sie durch das verbliebene Häutchen ihrer Selbstachtung verwunden könnten. Die da unten sind nicht auf ihrer Seite, das spürt sie seit Gustavs Beisetzung bis herauf auf ihren Berg.

Selbst an der Seite ihres Mannes hatte sie sich in Gegenwart der Talbewohner meist wie ein Mitbringsel gefühlt, ein exotisches Tierchen, das man amüsiert beäugte und nicht weiter ernst nahm. Und er hatte nie versucht, das zu ändern. Vielleicht weil er wusste, wie wenig ihr an der Dorfbevölkerung lag. Oder lag ihm womöglich etwas daran, seine Frau abzuschirmen, um sie – oder vielleicht auch sich selbst – gegen Angriffe zu verteidigen?

Erst seit seinem Tod kommen solche Fragen in Lydia hoch. Davor hatte sie ihren Alltag als normal und selbstverständlich empfunden. Aber damals gab es ja auch noch ihn, der diesen Zustand aufrechterhielt, und sie entbehrte nichts, war nicht auf fremde Sympathien und Hilfe angewiesen – und erhielt auch keine rätselhaften Briefe. Alles, was jetzt passiert, fordert ausschließlich sie selbst.

Als sie den breiten Waldweg erreicht, der recht steil ins Tal hinabführt, hält Lydia den Traktor an. Sie steigt ab und öffnet die Klappe des blechernen Briefkastens, der leicht schief an einem Pfahl befestigt ist. Das Fach ist wie erwartet leer. Schon lange kommt hier nichts mehr an. Nur ab und zu mal eine Rechnung oder etwas Amtliches, was sie über alle Maßen verabscheut. Die Werbeblättchen mit den Sonderangeboten bringt längst niemand mehr hier rauf.

Trotz der Plexiglas-Überdachung der Führerkabine umweht Lydia ein leichter Wind, als sie bergab fährt, und sie spürt, dass sich eine lange Strähne ihres zurückgesteckten Haares befreit hat. Aber was soll sie das bekümmern, für die da unten ist sie sowieso ein rotes Tuch. In ihrer Sitzschale wippt sie über den unebenen Weg wie zu alten Zeiten über die Furchen der Felder.

Dass sie singt, wird ihr erst bewusst, als ihre eigene Stimme sie erschrickt. Ein altes Lied, ihr Unterbewusstsein muss es anhand ihrer momentanen seelischen Verfassung ausgekramt haben – sie hat es seit Jahren nicht mehr gesungen: „Im Tal, da liegt der Nebel, auf den Höhen, da ist's klar, und was die Leute von uns reden, ist alles gar nicht wahr ...“

Ob sie so laut gesungen hat, dass jemand sie hören konnte? Als hätte es diesen Gesang gar nicht gegeben, wechselt Lydia beschämt von der Singstimme in einen Befehl für ihren Hund: „Dass du mir ja ruhig liegen bleibst, Wotan!“

Beklommen stellt sie fest, dass es ihr eben doch nicht gleichgültig ist, wie man hier unten über sie denkt. Sie wird hart an sich arbeiten müssen, bis sie wieder gesellschaftstauglich ist. Vermutlich wird man ihr diese Chance aber gar nicht mehr geben. Nach jenem dummen, unbedachten Vorfall damals, in aller Öffentlichkeit ...

Die Erinnerung daran lässt sie wie jedes Mal erschaudern, doch schon im nächsten Moment wird dieser Gedanke abgelöst, denn zu ihrer Linken taucht die lang gezogene Hainbuchenhecke auf, hinter deren Schutz all die Verstorbenen unter ihren Kreuzen und Steinen zur letzten Ruhe gebettet liegen. Den Friedhof hat sie seit Gustavs Beisetzung nicht mehr aufgesucht.

Lydia bremst den Traktor ab und tuckert im ersten Gang weiter. Jetzt ist es ihr egal, ob sie vielleicht bei ihrem Selbstgespräch beobachtet wird: „Hallo Gustav! Ich komm nicht zu dir rein, dafür hab ich noch zu viel Wut im Bauch. Aber stell mal kurz die Ohren auf: Wenn du den Eindruck hast, dass der Motor von unserem alten Lanz irgendwelche Mucken macht, dann gib mir ein Zeichen, damit ich früh genug danach schauen lasse."

Lydia wartet erst ab. Dann tritt sie das Gaspedal kräftig durch, schaltet einen Gang hoch und wieder zurück, vollzieht dieses Testspiel bis zum Ende der Hecke und murmelt vor sich hin: „Gut, das war's für dich. Was ich gleich im Ort erlebe, erzähl ich dir nachher daheim. Angenehm wird es wohl kaum."

Lydia gibt Vollgas. Die Abgase des gen Himmel gerichteten Auspuffs scheinen sie für einen Moment wie zur Unterstützung zu umhüllen. Sie braucht eine härtere Schale, eine Ausstrahlung, die dem entspricht, was man hier unten ohnehin über sie denkt.

Dann sieht sie auf der rechten Straßenseite die ersten Menschen: die Frau vom Frisör mit ihrem ewig hochtoupierten Hinterkopf – und die Tochter vom Landgasthof, die den Lenker ihres Fahrrades umklammert. Die beiden sind in ein angeregtes Gespräch vertieft, das abrupt unterbrochen wird, als sie den Traktor nahen sehen.

Lydia schaut geradeaus, als sie an ihnen vorbeifährt. Am Rande ihres Gesichtsfeldes nimmt sie wahr, dass die Frauen ihr hinterherreden, natürlich tun sie das, sie hat es nicht anders erwartet. Gleich darauf hört sie den Motor eines Autos, das ansetzt, sie zu überholen. Auf gleicher Höhe wirft Lydia einen Blick in den dunkelblauen Wagen. Es fällt ihr nicht schwer, von den Lippen der Beifahrerin abzulesen: „... die alte Brause ...", zumal ein auf sie gerichteter Zeigefinger die lautlosen Worte begleitet.

„Ja, hetzt ihr nur", murmelt Lydia mit innerem Beben, „wenn es euch guttut – hier habt ihr eure Außenseiterin. Einen Buhmann braucht ja jeder Ort."

Sie hat die Beifahrerin erkannt: eine Angestellte aus dem kleinen Drogeriemarkt. Eine Frau mit einer scharfen Zunge. Schon vor Jahren bei der Geschäftseröffnung hatte Lydia das erfasst. Kaum hatte sie ihr damals den Rücken zugekehrt, hörte sie diese Verkäuferin hämen: „Die Brause vom Berg, die ist so weltfremd, dass ich wette, sie hält unsere Drogerie für einen Umschlagort für Drogen."

„Vermutlich hatte sie damit recht, Gustav", nimmt Lydia auf ihrem Traktor den leisen Dialog wieder auf, „wahrscheinlich hast du dich ständig für mich schämen müssen und mich deshalb so bewusst von allem ferngehalten. Du und die Dorfbewohner, ihr wart schon eins, lange bevor ich als Mädchen zu euch auf den Hof kam. Das wolltest du dir bewahren. Denn eine Kriegswaise mit einer Karriere als Hofmagd fasst nicht so leicht Fuß in einer verschworenen Gemeinschaft, selbst wenn sie einen Bauern heiratet."

Lydia schaltet einen Gang zurück und fährt stotternd in die Auffahrt des kleinen Supermarkt-Parkplatzes, wobei der Auspuff eine schwarze, stinkende Wolke ausstößt.

5

Eine Stunde ist verstrichen. Der grüne Lanz steht vor dem Friedhofstor. Wie von selbst hat er auf dem Rückweg hier abgebremst, ohne den eigentlichen Willen der Fahrerin. In Lydias Gefühlswelt kämpfen Starrsinn und Herz schmerzhaft gegeneinander. Hitze und Kälte. Bedürfnis und Wut. Sie streicht die Strähnen an ihren Schläfen zurück und wirft einen bangen Blick durch die schmiedeeisernen Stäbe. Stein an Stein, Kreuz an Kreuz, alles in Reih und Glied angeordnet und gepflegt wie die Balkone und Vorgärtchen im Ort.

„Na gut, Gustav, ich komm mal kurz rein. Aber nur, um nach dem Rechten zu sehen."

Dem Hund befiehlt sie, auf seinem Trittbrett ruhig zu bleiben. Dabei braucht Wotan in solchen Situationen gar keine Kommandos – das meiste zwischen ihr und dem Tier geschieht in stillschweigender Übereinkunft.

Das Tor klemmt und quietscht, wie um ihr die Gelegenheit zu geben, ihrem bisherigen Standpunkt treu zu bleiben und weiterzufahren. Für einen Moment verharrt sie auf dem Kiesweg. Noch immer versteht sie nicht, warum sie hier angehalten hat.

Dort hinten rechts in der Ecke, unter den Zweigen des einzigen Baumes auf dem Friedhofgelände, hatten sie ihn bestattet. Eine lichtlose Ecke, in der es nie so richtig Tag zu werden scheint. Lydia erkennt das hölzerne Kreuz, das der Wind oder die Schneemassen des vergangenen Winters in Schieflage brachten.

Noch wagt Lydia nicht den Weg dorthin. Sie schlägt die entgegengesetzte Richtung ein. Das Doppelgrab ihrer Schwiegereltern ist bedeckt mit altem Laub. Nur eine einsame Pflanze ragt aus der einen Seite empor. Der Anblick bringt Lydia zum Schmunzeln, und ein plötzlicher Mitteilungsdrang lässt sie schnurstracks zur dunklen Baumseite eilen.

„Das solltest du sehen, Gustav, drüben bei deinem Vater dringt die Kratzbürstigkeit durch den Erdboden. Eine gigantische Distel, die sich sogar in deine Richtung neigt!"

Gleich darauf schlägt sie die Hände vor die Augen. „Tut mir leid, Gustav. Es hat ja niemand danach gesehen. Fast ein ganzes Jahr lang nicht."

Die Gräber ihrer Familie werden jedem Betrachter bestätigen, was längst in dessen Gedächtnis geschrieben steht: Hier stimmt etwas nicht! „Dabei seid ihr alle im Ort daran schuld, dass ich mich hier nicht mehr habe blicken lassen", flüstert Lydia. Durch den wässrigen Schleier vor ihren Augen blinzelt sie auf das windschiefe Kreuz. „Es wird Zeit, dass ich dir einen festen Rahmen aus Stein besorge." Sie fingert in ihrer Jacke nach einem Taschentuch, wischt sich über das Gesicht und schnäuzt sich, vergewissert sich dann, dass sie alleine ist, dass niemand sie hören kann.

„Ich war im Supermarkt, Gustav. hab mich kaum zurechtgefunden, so lange war ich nicht mehr ausgiebig einkaufen. Dafür wurde ich immerhin zweimal begrüßt, hörst du? Lydia Brause, die Hexe vom Berg, wurde hier unten im Tal von zwei Menschen begrüßt! Einmal von der halbblinden alten Schweigerhofmutter, der andere Gruß kam von der Fremden an der Kasse. Davon muss ich jetzt zehren, bis ich wieder herunterkomme, bis ich wieder mal unter Menschen bin. Ha, aber Blicke hab ich zu Genüge erhalten, Blicke, die mir den Rücken durchbohrt haben. Doch ich werde einen Teufel tun und mich rechtfertigen! Dann müsste ich nämlich weit ausholen und deinen Dickschädel beschreiben. Und der war dermaßen dick, dass mir niemand so lange zuhören würde."

Während sie spricht, harken ihre Finger durch die von Unkraut überwucherte Erde um die beiden kleinen Buchsbäumchen herum. Wer sie gepflanzt hat, weiß sie nicht; in Anbetracht der verwahrlosten Grabstätte muss es noch vor dem letzten Winter gewesen sein.

„Vermutlich dein Freund Theo, der Doktor. Oder jemand, dem klar war, dass die kriminelle Lydia ihrem Opfer eh keine Blumen bringt. Womit er recht hätte, bis auf die Tatsache, dass es keine Kriminelle gibt und der Alleinschuldige Gustav heißt."

Lydia hat sich erhoben und ihre Wut verleiht ihr die Kraft, das Holzkreuz mit Wucht in den Boden zu rammen, sodass es wieder gerade steht.

„Das war's dann", murmelt sie mit hohler Stimme. Sie wendet sich ab und eilt aus dem Friedhofsgelände hinaus.

Am Traktor lehnt ein kleiner Junge. Das Kind schaut ihr direkt in die Augen, wendet sich den wuchtigen Hinterrädern des Traktors zu. „Ist das deiner?", fragt es und drückt den Daumen in das schmutzige Profil des Reifengummis.

„Meiner, ja. Und jetzt geh aus dem Weg, ich fahre gleich los."

Lydia steigt an Wotans Kopf vorbei auf ihren Sitz. Den gefüllten Korb und eine weitere Tasche mit Einkäufen hat sie zu beiden Seiten an den Rückenstützen der Beifahrersitze festgezurrt.

„Darf ich deinen Hund streicheln?", fragt der Junge.

„Nein, er beißt."

„Schade." Der Junge strotzt vor Dreistigkeit, findet Lydia. Sie hat einfach keinen Draht zu Kindern, weshalb sie auch nicht annähernd ihr Alter schätzen kann. Sonst sind es immer die Söhne und Töchter von Spaziergängern, die plötzlich droben auf dem Hof auftauchen und die unverschämtesten Wünsche äußern.

Sie startet den Motor.

„Jetzt scher dich endlich fort, Junge, mach schon."

„Darf ich ein Stück mitfahren?"

„Nein."

„Warum nicht?"

„Darum. – Solltest du nicht in der Schule sein?"

„Ich bin krank."

„Ah ja, das sehe ich. Und jetzt Abmarsch, zehn Schritte nach hinten!" Das fehlt noch, dass man sie bezichtigt, fremde Kinder auf ihren Bulldog einzuladen! Lydia zwingt sich, das Kind eindringlich und böse anzusehen, damit es den Ernst ihres Befehls erfasst. Der direkte Blickkontakt scheint den Jungen jedoch erneut zu ermutigen.

„Wo wohnst du?", ruft er gegen den tuckernden Motor an.

„Da oben auf dem Berg."

Warum hat sie das nur verraten?, fragt sie sich beim Davonfahren. Es liegt doch nahe, dass dieser Junge daheim erzählt, eine Frau mit Traktor habe ihm gesagt, sie wohne auf dem Berg – und somit eine Art Einladung ausgesprochen, ein Lockmanöver ...

„Gustav, ich brauche einen Fürsprecher, das ist ja allein nicht mehr auszuhalten", klagt Lydia laut vor sich hin, und ihre Hände scheinen für einen Moment zu schwach, das Lenkrad zu umfassen. Selbst das Aufblitzen der Sonne zwischen den Wolken scheint sie warnen zu wollen. Sie sehnt sich zurück auf ihren Hügel. Doch dort wartet auf dem Küchentisch noch immer dieser bedrohliche Umschlag ...

Mit einem Mal hat Lydia das Gefühl, ihre Nahrung vom Morgen von sich geben zu müssen. Sie gelangt gerade noch aus dem Ort heraus, um anzuhalten, vom Traktor zu klettern und sich über den Straßengraben zu beugen.

Es ist merkwürdig ruhig, nachdem Lydia den Schlüssel aus dem Zündschloss gezogen hat. Sie parkt genau vor ihrer Haustür. Wotan passt sich ihrer Reglosigkeit an. Selbst Mozart sitzt auf seiner Stange wie ausgestopft. Ob wieder jemand hier war? Jemand hier ist?

Sie verspürt nur noch das Bedürfnis, sich ins Sofa fallen zu lassen und ihre Gedanken zu sammeln. Doch bis dahin gilt es, alle Kräfte zu bündeln. Sie steigt ab und blickt um sich. Rasch befreit sie den Hund von den Gurten des Trittbretts.

„Such, Wotan, such!" Wer immer sich momentan in der Nähe aufhält, wird sich nun reflexartig bemerkbar machen, mutmaßt sie und trägt auf wackligen Beinen ihre Einkäufe in die Küche.

Der Brief liegt mitten auf dem Tisch – mit den Knitterfalten sieht er aus wie ein grinsendes Maul. Im nächsten Moment hat Lydia den Umschlag vom Tischtuch gefegt. Sie weiß nicht einmal, wo er gelandet ist.

„Ich bin alles so leid, Gustav! Worauf soll ich denn noch hinleben?", keucht sie, während sie den schweren Einkaufskorb auf einen Stuhl wuchtet, damit sie sich beim Ausräumen nicht bücken muss.

Gemeinsam mit ihrem Mann waren die Einkaufsfahrten wie Ausflüge. Mittlerweile ist jede Fahrt ins Dorf ein einziges Spießrutenlaufen, allein und völlig ungeschützt.

„Gustav, du sorgst dafür, dass ich von jedem Verdacht reingewaschen werde! Hast du gehört? Das ist ein Befehl. Der erste, den ich dir in unserer gesamten Ehe erteile. Und lass mich umgehend wissen, wie ich deinen Grabstein finanzieren soll! Das Geld vom Sparbuch lasse ich aufs Konto überschreiben, damit was da ist für all die Rechnungen für Haus und Grund, von denen ich nicht die geringste Ahnung habe. Die lassen sich ständig etwas einfallen, um mich zu schröpfen. Wer weiß, ob das alles seine Richtigkeit hat! Der elektrische Strom ist teurer geworden, aber den zahl ich gerne, bin ja froh, dass die Leitungen über unsern Berg führen."

Die Mittagssonne hat ihren Weg in die Küche gefunden. Die Fensterscheiben sind beinahe blind, einzig ihre Wischereien aus der Stunde nach dem Unwetter unterbrechen die Trübung des Glases. Wotan, als Silhouette im Gegenlicht, steht schwanzwedelnd vor ihrem Stuhl und scheucht Staubfahnen durch die Luft.

Lydia muss niesen. „Wir ersticken im Mief", sagt sie weinerlich zu ihrem Hund. Ihr Blick wandert hinüber zur Eckbank, zu Gustavs leerem Platz, gewiss zum tausendsten Mal seit dem letzten Herbst – und die Verzweiflung saugt ihr die Kraft aus dem Leib. Sie schlägt mit der flachen Hand auf den Tisch. „Entweder meiden wir künftig die Küche oder wir verscheuchen die Erinnerung und räumen um!"

Die Konsequenz in ihrer Stimme lässt den Appenzeller innehalten und die Ohren aufstellen. So zumindest deutet Lydia einstweilen Wotans Haltung. Als ihr das Tier jedoch im nächsten Moment die Kehrseite zuwendet und knurrend hinausläuft, weiß sie, dass Gefahr im Verzug ist. Sie glaubt zu versteinern, unfähig zur geringsten Bewegung. Nur ihr Gehör nimmt noch Anteil daran, was sich vor dem Haus abspielt.

Sie wohnt lange genug in diesem Gebäude, um die Geräusche von draußen entschlüsseln zu können. Das stumpfe Schaben auf dem Pflaster rührt von Schuhen, von kurzen, zielstrebigen Schritten. Dann ein Rascheln, ein leises Poltern, das Winseln ihres Hundes, ein weiterer Polterschlag – und dann Totenstille. Wenn soeben jemand ihren Hund ausgeschaltet hat, kann sie froh sein, ihr eigenes Leben zu behalten. Aber ein Leben ohne Wotan, hier oben ganz allein?

Das nächste Geräusch, das zu ihr in die Küche dringt, ein Laut von quietschenden Eisenfedern, bringt Leben in ihre erstarrten Gliedmaßen. Sie stößt sich vom Tisch ab, rappelt sich auf und schleicht wie ein Einbrecher durch ihren eigenen Hausflur. Langsam schiebt sie den Kopf am Türrahmen vorbei, ihre Augen fliegen über den Vorhof. Wenn man ihr den Lanz stehlen will, bitte sehr! Auf ihn kann sie verzichten. Nur sollte ein Dieb sie selbst nicht unbedingt zu Gesicht bekommen.

Ruckartig zieht sie den Kopf zurück, mit der bangen Frage im Hinterkopf, wo denn eigentlich ihr Hund abgeblieben ist ...

Erneut reckt sie den Hals, so weit, dass ihr Blickwinkel die großen Hinterräder des Traktors erfasst. Auf einmal atmet sie durch, tief und befreit. Das Bild, das sich ihr bietet, ist an Einklang nicht zu übertreffen: Der Appenzeller liegt auf dem Trittbrett des Traktors und gleich über ihm thront in der Fahrerschale der Junge. Auf beiden Mienen liegt ein Ausdruck des Triumphs: Der Junge hat, was er will, und ihr Hund glaubt, es gehe wieder auf große Fahrt. In der Tiefe ihres Herzens ist sie erleichtert und gönnt beiden den Genuss des Augenblicks. Doch solche Gefühle sind ihr nicht mehr erlaubt, wenn sie klare Verhältnisse bewahren will. Der Kloß in Lydias Hals fliegt zugleich mit ihrer schrillen Stimme über die gesamte Umgebung.

„Was fällt dir ein, mich so zu erschrecken? Run-ter da, so-fort!" Sie betont jede Silbe, denn sie hat kaum mehr die Kraft, sich zu wiederholen. In Strümpfen steht sie auf dem kalten Steinboden und wartet darauf, dass das Zittern ihrer Knie nachlässt.

„Das ist ein toller Traktor!", entgegnet der Junge, als habe es Lydias Befehl nie gegeben. „Fahren wir denn jetzt mal ein Stück und ich darf lenken?"

Diese Kinderstimme klingt etwas zu tief, denkt Lydia. Die Vorderzähne sind zu groß, seine Haare wirken ungepflegt und der bunt geringelte Pullover mit den Goldknöpfen am Ausschnitt wurde dem Jungen offenbar von einem Mädchen vererbt.

Dass sie plötzlich nachgibt, mag an dieser vernachlässigten Aufmachung liegen oder an der Gewissheit, dass hier nichts Schlimmes im Gange ist. Vielleicht spielt aber auch ein eigennütziger Gedanke mit, als sie sagt: „Na gut, dann verhalt dich ruhig, ich zieh mir die Schuhe an." Sie wirft einen letzten tadelnden Blick auf den Jungen, der mit geballten Fäusten dasteht und erwartungsvoll nickt. Wotan erhält noch ein stummes Kopfschütteln von ihr, bevor sie sich im Hausflur ihre Arbeitsschuhe anzieht.

Während ihr Gehirn in gebeugter Haltung gut durchblutet wird, nistet sich unter einem Lächeln eine befreiende Idee ein, die ihr auf der Stelle neue Kraft verleiht.

6

Die Wangen des Jungen sind tiefrot, der Stolz springt ihm aus jeder Pore. Lydia kennt nun seinen Geruch von Schmutz und Knabenschweiß. Er hat keine Ruhe gegeben, bis er den Traktor von ihrem Schoß aus über den Hof in den Flachdachschuppen gleich neben der Scheune lenken durfte. Das war eindeutig zu viel Nähe. Ein fremdes Kind, so eng an ihren Körper gedrückt, so etwas braucht sie nicht. Doch nun ist sie dem Jungen entgegengekommen, dafür wird auch er ihr bei einigen Dingen behilflich sein.

Wie viel Zeit seit ihrer Rückkehr vergangen ist, kann sie nur schätzen – es dürften keine zwanzig Minuten sein. Dieser Bengel ist gut zu Fuß, hat den steilen Weg mit seinen kurzen Beinen erstaunlich schnell zurückgelegt. Im Traktorschuppen wendet er sich erst von dem alten Lanz ab, nachdem er ihn mehrmals umrundet und genau begutachtet hat. „Was ist hinter der Gardine?", will er jetzt wissen.

Lydia seufzt. Sie hat sich den Übergang von den Interessen des Kindes hin zu ihren eigenen zügiger vorgestellt. Ihr Blick folgt dem kurzen, dicken Zeigefinger. Die Gardine, auf die er zeigt, ist der Sackvorhang zum Geräteschuppen. Nun, warum nicht? Sie selbst hat diesen abgetrennten Bereich seit Gustavs Tod nur noch selten betreten. Zu viele Erinnerungen an bessere Zeiten. In Begleitung dieses wissbegierigen Jungen aber könnte es ihr leichter fallen, den Kontakt zur Vergangenheit wieder aufzunehmen.

„Dahinter bewahre ich die alten Arbeitsgeräte auf", antwortet sie beinahe höflich. Der Junge scheint das als Einladung aufzufassen. Er schiebt die zwei staubigen Säcke auseinander und ist dahinter verschwunden, noch bevor Lydia es ihm erlauben kann.

„Ich seh nicht viel. Machst du das Licht an?", vernimmt sie die leicht heisere, tiefe Kinderstimme von der anderen Seite.

Wie selbstverständlich doch heute der Knopfdruck für die Jugend ist, denkt sie ein wenig schadenfroh. „Es gibt kein Licht. Wenn du mehr sehen willst, musst du das Stroh aus dem Loch in der Wand herausholen."

Das hatte sie schon lange vor, warum nicht auch hier die kindliche Neugier nutzen? Sie verlässt den Schuppen, um zufrieden festzustellen, wie nach und nach das zugestopfte Fenster von innen her freigezupft wird. Selbst ihr Hund, der dem Jungen bislang an den Fersen geklebt hat, meidet den staubigen Schuppen und liegt stattdessen lieber draußen auf dem Pflaster. Sobald sich die Geräteecke mit Sauerstoff gefüllt hat, wird sie mit Wotan nachkommen und all die unvermeidlichen Fragen beantworten. Vielleicht wird ihr eine Unterhaltung mit einem so unbedarften Gesprächspartner sogar guttun.

„Du kannst reinkommen, ich bin fertig!", ruft der Junge. Es ist die günstigste Tageszeit für die Lichtverhältnisse in diesem Teil des Schuppens. Durch das Loch in der Außenwand fließt ein breiter Sonnenstrahl ins Innere, genau auf die lange Wand mit dem Haltegestell und den unzähligen Aufhängern. Schon Gustavs Vater hatte es als junger Bauer dort angebracht, um die Geräte für den landwirtschaftlichen Bedarf ebenso ordentlich wie übersichtlich aufzubewahren.

In der linken Ecke hängt das Milchgeschirr, verbeulte Eimer, die sie als junge Frau so gern auf Hochglanz brachte, damit sie gefüllt und auf der zweirädrigen Karre, angehängt an Gustavs Moped, ins Dorf hinuntergebracht werden konnten.

„Ist das ein Schirmständer?", unterbricht der Junge ihre Gedanken.

„Nein, ein Käsefass. Darin wurde Quark geknetet. Und das hier ist eine Käsepresse."

Es geht ganz schnell, stellt Lydia erstaunt fest, die Bilder der Erinnerung formen sich hier drinnen wie von selbst. Sie sieht ihre Schwiegermutter mit blaugestreifter Schürze stampfen und kneten, die Haare unter einem streng geknoteten Kopftuch verborgen, auf der Stirn feine Schweißperlen, die in die milchige Masse tropfen ...

„Und das Ding da? Es hat nur ein Rad, fehlt da eins?"

„Nein, das ist eine handgesteuerte Sämaschine. Schau, so wurde sie gehalten!" Der schmale gerundete Griff fühlt sich in Lydias Hand wie Spielzeug an. Es muss Jahrzehnte her sein, dass sie dieses Teil geführt hat.

„Ist das hier ein Dosenöffner?"

„Gib mal her. Das ist eine Tätowierzange für Schweineohren. Und mit dieser kleinen Säge hat der Bauer den Kühen die Hörner gestutzt."

Der Junge kaut aufgeregt an seinem Daumennagel und tritt von einem Fuß auf den anderen. „Darf ich das alles mal anfassen? Ich will nämlich auch Bauer werden."

Er schaut Lydia mit hochgezogenen Brauen und gekräuselter Stirn an, als würde er ein »Nein« erwarten. Doch Lydia nickt. Was soll er schon kaputt machen? Unterdessen nutzt sie die Gelegenheit, sich ungestört auf die Bilder einzulassen, die in ihren Gedanken ablaufen wie Filme aus vergangenen Zeiten.

Der gelbschwarze Schlauch in der rechten Ecke, immer noch ordentlich um die Führung geschlungen, sie wird ihn ausrollen und zum Auffüllen des fahrbaren Wassertanks für die Kühe benutzen. Warum ist sie darauf nicht früher gekommen? Jeden Tag unzählige Male hin und her laufen mit gefüllten Eimern – ihr Verstand hätte ihr getrost schon früher diesen Fingerzeig geben können.

Lydia kommt ihr erster Morgen als frisch gebackene Ehefrau in den Sinn – mit solch einem Schlauch hatten sie und Gustav die Hinterteile der Kühe abgespritzt. Ihr Mann hatte ihr zugezwinkert, als er mit Schalk in der Stimme verkündete: „Jetzt schminken wir sie!" – und die Euter mit farbiger Vaseline einrieb. „So zeugen sie für beste Gesundheit", hatte er erklärt und mit ernster Miene hinzugefügt: „Nur an euch Frauen mag ich keine Schminke. Im Gegensatz zu Kühen seht ihr damit krank aus. Scharlachlippen, Fieberbäckchen und Prügelaugen." So lange Lydia zurückdenken kann, hat sie nie einen Lippenstift aufgetragen oder sich Wangen und Augen angemalt.

„Nie! Dir zuliebe. Und was machst du? Bringst dich mit deinem Leichtsinn selbst ins Grab!"

Der Junge direkt neben ihr lässt erschrocken die Rübenzange fallen, die er gerade untersucht hat.

„Du bist nicht gemeint", gibt Lydia kühl zu verstehen. Sie weiß, wie hölzern sie mit diesem fremden Kind umgeht, und sie weiß ebenso, dass sie es nicht besser kann. Er ist einer von denen da unten, und die sind allesamt nicht auf ihrer Seite, sonst hätte sich längst jemand bei ihr blicken lassen und sie um Verzeihung gebeten.

„Wen hast du denn dann gemeint? Hier ist doch keiner", hakt der Junge nach.

„Ich meine den, der das Ding dort aufgehängt hat." Ihre Augen schweifen hinüber zum Joch an der Wand neben dem Fensterloch, bleiben haften am Bogen und den schweren Ketten – und sie glaubt, dieses Joch auf den eigenen Schultern zu spüren.

Dem Jungen ist anzusehen, dass er mit ihrer Bemerkung nichts anfangen kann, doch mit solchen Situationen geht er auf seine Weise um. „Wie nennt man das Ding?"

„Joch."

„Ja, gut, dann halt Joch. Und das hier?" Er scheint einen Hauch von Feingespür zu besitzen, denn er handelt dieses Thema damit ab und nimmt den langen Jaucheschöpfer ins Visier. Doch für Lydia ist das Maß an Erinnerungen jetzt voll.

„Die Museumsstunde ist beendet. Machen wir, dass wir aus dem stickigen Schuppen rauskommen. Ich koche Kakao für uns."

Wie fremd solch ein Satz in ihren Ohren klingt ... Wann hat sie das letzte Mal für jemanden Kakao gekocht? Sie fegt diese Überlegung beiseite, das Kind hat gesehen, was es wollte, jetzt ist sie an der Reihe! Sie sollte es auch nicht mehr lange hinauszögern, der Junge muss schleunigst ins Tal zurück.

Als sie nebeneinander den Hof überqueren, stellt sie fest, dass das Kind ihr bis zum Kinn reicht.

„Wie alt bist du?", fragt sie ohne ehrliches Interesse.

„Zehn."

Wie groß ist man mit zehn?, fragt sich Lydia. Ist er groß für sein Alter? Sie selbst war immer eine relativ große Person im Vergleich zu anderen Frauen; sie muss aber auch bedenken, dass sie in den letzten Jahren kleiner geworden ist. Ihre Rückenwirbel scheinen ein wenig eingefallen zu sein, der immer wiederkehrende Schmerz im Rückgrat könnte der Beweis dafür sein.

„Wie heißt du eigentlich?", hört sie sich fragen und dass sie beim Wort »eigentlich« ins Stutzen kam. Denn im Grunde genommen interessiert sie weder der Name des Jungen noch irgendetwas anderes aus dem Tal. Zudem wird es keine Gelegenheiten mehr geben, Namen in den Mund zu nehmen. Es genügt, dass so manch einer nicht mehr aus dem Kopf zu kriegen ist, den sie zu gerne löschen würde.

„Olav mit Vogel-F", sagt der Junge, und sie ist erleichtert, dass er nur den Vornamen genannt hat und sie ihn damit nicht zuzuordnen weiß.

„Ah ja, mit Vogel-F", wiederholt Lydia bedächtig. Immerhin, er scheint schreiben zu können. Natürlich kann er das, wahrscheinlich besser als sie, denn was hat sie in letzter Zeit schon anderes zu Papier gebracht als Einkaufslisten?

„Wo ist dein Bauer?"

Lydia schluckt. „Der Bauer ist ..." Was geht das dieses Kind an? Der heutige kurze Kontakt braucht keine persönliche Ebene zu erlangen. Ihr Gegenüber ist ein dummer kleiner Junge. Er wird seinen Kakao bekommen und ihr zwangsläufig noch kurz Gesellschaft leisten.

„Setz dich dort auf die Eckbank!", weist sie ihn in der Küche an.

Der Junge gehorcht und schaut sich von seinem Sitzplatz aus in der Küche um.

„Ach, noch was, Olav, kriech doch mal unter den Tisch, mir ist da heute ein Brief runtergefallen."

Auch hierauf reagiert der Junge ohne zu zögern. Mit kindhafter Gelenkigkeit taucht er ab. Sein aufragendes Hinterteil ist schmutzig, das Muster des Hosenbodens verblichen. Kurze Hosen sind zu dünn für diese abgekühlten Temperaturen nach dem Unwetter, denkt Lydia – und ärgert sich über ihren plötzlichen Anflug von Fürsorge.

Auch der Hund befindet sich mittlerweile mit der Schnauze unter dem Tisch. Dieses Suchmanöver wird er wie immer mit Futter verknüpfen.

„Hier ist aber kein Brief", vernimmt Lydia die vom Unterbau der Eckbank gedämpfte Knabenstimme.

„Sieh richtig nach, er muss da unten liegen."

Der Hosenboden verschwindet zur Seite und der Kopf des Jungen taucht auf, übersät mit Spinnwebfäden und Staubflocken. Lydia verkneift es sich aufzulachen – der Anblick entschädigt sie einen Moment lang für die Häme und Ignoranz der Talbewohner: Einer von ihnen trägt den Fußbodenschmutz der Brausehofküche in den Haaren ...

„Nur das hier hab ich gefunden", keucht der Junge, als er sich zwischen Tisch- und Stuhlbeinen wieder emporhangelt.

„Nur das hier", wiederholt Lydia langsam und im Flüsterton. Sie spürt, wie die Wärme ihres Blutes aus dem Kopf nach unten abfällt, immer mehr, bis in ihre Fußspitzen. Sie nimmt dem Kind die verstaubte Armbanduhr aus der Hand. Ihr Mann hatte sie schon lange vermisst, sie hatten gemeinsam den ganzen Hof danach abgesucht.

Lydias Daumen fährt über das staubige Glas – der Sprung muss entstanden sein, als die Uhr unbemerkt vom Tisch fiel. Zu jedem

Abendessen hatte sie neben Gustavs Teller gelegen und er hatte sich mit der anderen Hand die von der Arbeit feuchte Stelle am Handgelenk unter dem Lederband gerieben, zufrieden mit seinem Tagwerk.

„Wieso weinst du?"

Lydia wischt sich hastig über die Augen. „Ich habe eine Stauballergie. Deshalb sollst ja du unter dem Tisch suchen. – Und? Wo ist jetzt mein Brief? Such noch mal genauer. Wenn du ihn findest, bekommst du ein Bonbon."

Bonbons sind immer gut, hoffentlich hat sie welche. Sie geht hinüber zum Schrank, kramt in Dosen und Schubladen und entdeckt Gustavs Eukalyptusbonbons, die ihr seitdem nie mehr begegnet sind. Sie sind alt und weich, das Papier wird an der Zuckermasse festkleben. Sie hat ihren Mann gern kauen sehen. Bonbons zu lutschen, kam für ihn nicht infrage, er hatte sie immer gleich zerbissen, mit denselben Geräuschen wie früher die Pferde, wenn sie den mit Eukalyptus getränkten Würfelzucker zermalmten. Gustav hielt ätherische Öle auch für diese Tiere für wertvoll und sah sich darin bestätigt, weil niemals eines von ihnen bronchiale Probleme zeigte.

„Hier ist ein Papierknäuel, aber kein Brief."

Der Junge streckt ihr seinen Fund entgegen. Natürlich ist das deformierte Bündel der gesuchte Brief.

„Wo hast du das gefunden?"

„In der anderen Ecke, unterm Fenster." Sie muss mit erstaunlicher Kraft und Entschlossenheit bei der Sache gewesen sein, dass der Umschlag so weit fliegen konnte. Nun aber sitzt hier ein Talbewohner, dem sie bei Bedarf eine schriftliche Antwort gleich mit hinunter an den Absender geben könnte. Ja, für diesen Fall hätte auch sie ihren persönlichen Boten.

„Setz dich wieder hin, ich mache uns jetzt den Kakao."

Aus der rechten Schrankschublade holt sie ein kleines hölzernes Kistchen mit einem Schiebedeckel. Sie öffnet es und schüttet den Inhalt vor dem Jungen auf den Tisch.

„Gib dir ein bisschen Mühe, du legst die Dominosteine immer so, dass die mit der gleichen Augenzahl sich berühren. Wenn du das richtig anstellst, gelangst du bis zum anderen Tischende."

Ganz kurz hält sie inne und genießt das lange vergessene, klappernde Geräusch der Spielsteine. Während sie Milch erhitzt, betrachtet sie den kleinen Briefumschlag neben dem Kochfeld, der sich mittlerweile zur Form einer Wiege entrollt hat.

Vielleicht könnte der Junge ihn ihr vorlesen? Er wird Wort für Wort abstottern, wird noch nicht so lesefest sein, dass er vorliest und gleichzeitig erfasst, was man ihr zur Last legt – wenn es sich denn um Vorwürfe handelt ... Was aber, wenn es wirklich nur ein Scherz sein sollte? Dann würde sie vor Erleichterung eine Runde Domino mit diesem Knilch spielen. Ja, diesen stillen Handel würde sie eingehen, sollte der Brief ihr nicht zu sehr zusetzen.

„Hier, dein Kakao. Und da, ein Messer. Öffnest du mal den Umschlag für mich? Ich muss erst meine Brille suchen." Ohne großartig nachzudenken, hat sie ihr Problem weitergereicht. Wie gut das tut: Sie kann es fürs Erste mit jemandem teilen.

Der Junge stellt sich ungeschickt an, erwischt mit der Messerschneide nicht die Kante und zerreißt ein Stück des Umschlags. Lydia nestelt ihre Brille aus der Seitentasche ihres Rockes, den sie seit ihrer Talfahrt noch immer trägt.

„Du musst ja gar nicht deine Brille suchen", stellt der Junge mit frech entlarvendem Tonfall fest. Er ist zu gewitzt, es ist ein Wagnis, ihm so unbedacht dieses Schriftstück zu überlassen. „Gib mal her." Sie wartet nicht ab, bis er es ihr reicht, sondern beugt sich über den Tisch und entreißt ihm den Umschlag.

„Ich wollte nur mal sehen, ob du Briefe schon richtig öffnen kannst. Anscheinend hast du das noch nicht gelernt. Ich zeige dir gleich, wie man das macht."

Der Junge zuckt mit den Schultern und widmet sich seinem Spiel. Lydia nimmt ihm gegenüber Platz. Mit zitternden Fingern schiebt sie die Oberseite des Briefes auseinander. Wie sie vermutet hat: viele klein gefaltete Seiten ...

Moment, diese Farben! Sie steht auf und geht zum Fenster. Das kann nicht sein!

Sie hört ihr Herz hämmern, wirft noch einmal einen Blick hinein, betastet mit spitzen Fingern das innen liegende Papier ...

„Du musst gehen! Sofort. Man wartet daheim mit dem Mittagessen auf dich!", befiehlt sie in einem Tonfall, der dem Jungen ein stummes Staunen entlockt. Dann springt er auf: „Ich dachte, du wolltest mir zeigen, wie man Umschläge öffnet!"

„Ich hab aber keine Umschläge, muss erst welche besorgen. Jetzt ab mit dir, lauf heim! Die Bonbons darfst du alle mitnehmen."

„Aber ... wann darf ich wieder Traktor fahren?"

„Gar nicht mehr. Wenn uns die Polizei erwischt, sind wir reif. Deshalb erzähl es ja nicht weiter, sonst geht es dir ans Schlafittchen!"

„Aber ich will noch mal Traktor fahren! Die anderen im Ort lassen mich nicht." Das Gesicht des Kindes hat sich zornig verfärbt.

Im Grunde kommt Lydia diese Reaktion zugute: „Dann machen wir es so: Du erzählst niemand, dass du hier bei mir warst. Wenn du das wirklich für dich behältst, fahren wir irgendwann noch mal und du darfst wieder lenken. Abgemacht?" Er soll jetzt verschwinden. Und ihr sein Versprechen zur Verschwiegenheit geben.

„Abgemacht! Ich sag keinem was. Wann soll ich wiederkommen?"

„Beweise erst mal eine ganze Weile, dass du schweigen kannst wie ein Grab."

Der Junge nickt, steckt sich die Bonbons in die Hosentasche und rennt aus der Küche, durch den Flur, über den Hof; er wird den ganzen Hügel in diesem Tempo hinablaufen, allein durch die Aussicht auf eine Wiederholung dieser Stunde, da ist sich Lydia sehr sicher. Doch die Unruhe lebt umgehend wieder auf, als sie sich am Tisch niederlässt und sich dem zerbeulten, halb zerrissenen Umschlag zuwendet.

7

Wenn sie gleich aufwacht und sich an diesen Traum noch erinnern kann, wird sie stolz sein, ihre Probleme zumindest für die Zeit des Schlafens alleine lösen zu können. Sie wird ihrem Mann davon erzählen, auch, dass sie diesen erträumten Brief als eine Antwort von ihm betrachtet hat.

Da sie so klar denken kann, müsste es gleich so weit sein: Der Hahn wird krähen, sie wird die Augen aufschlagen, auf die Deckenleuchte ihres Schlafzimmers schauen und ihrem Traum nachhängen, wie man einen eindrucksvollen Spielfilm noch eine Weile auf sich wirken lässt.

Etwas unter ihr regt sich. Es muss Wotans dicker Schädel sein, der sich am Fußende des Bettes an ihre Beine schmiegt.

Lydia hebt den Kopf. Sie blinzelt gegen das grelle Sonnenlicht an, das schräg von der Seite durch die trübe Scheibe des Küchenfensters fällt, auf sie und auf das Tischtuch, auf ihre Arme, die ihren Kopf gehalten haben. Sie ist wahrhaftig am Tisch eingeschlafen, hat sogar geträumt, von dem Jungen aus dem Tal, für den sie Kakao gekocht hat.

Ihr Rücken schmerzt beim Aufstehen, ihre Pupillen flattern, als sie sich zuerst in der Küche umsieht und danach mit einem Anflug von Begreifen ihren Blick auf das Tischtuch senkt. Ganz links liegen die alten schwarzen Dominosteine, mit denen sie früher einmal die Winterabende gefüllt haben, daneben steht der Kakaobecher des Jungen. Und zwischen ihren angewinkelten Ellbogen liegen sie alle, nach Farben sortiert, blau, braun, grün, sogar zwei große rotbraune ...

Der Schock muss ihre Sinne derart verwirrt haben, dass sie einen Aussetzer hatte. Sie hat nicht geträumt! Und bei diesem Brief kann es sich nur um einen äußerst geschmacklosen Scherz handeln. Wer macht ihr schon solch ein großzügiges Geschenk? Dreitausend Mark, zusammengerollt und nur mit einer kurzen Notiz versehen, das Ganze zwischen die Gitterstäbe der Voliere geklemmt – und der einzige Hinweis auf den Absender ist eine ausgetretene Zigarette auf den Pflastersteinen.

Lydia wischt sich über die Wangen, rückt ihre Brille zurecht und betrachtet die handschriftliche Notiz auf dem kleinen beigelegten Zettel: »3.000 DM – rechtmäßiges Geschenk für Lydia Brause.«

Schon beim ersten Lesen, so erinnert sie sich jetzt, gleich nachdem der Junge gegangen war, hat sie im Innenohr beim Betrachten dieser bündigen Mitteilung ein Auflachen vernommen. Es war Gustavs Lachen. Obwohl diese schwungvollen Buchstaben mit seiner Handschrift nicht die geringste Ähnlichkeit haben. Wie sollten sie auch, Gustav ist seit fast einem Jahr tot und begraben!

Kurz entschlossen klaubt Lydia die glatt gestrichenen Geldscheine zusammen, packt sie in einen kleinen Kochtopf mit Deckel und verstaut diesen in der hintersten Ecke ihres Kühlschranks. Sie schiebt den Turm der frisch eingekauften Lebensmittel davor – Butter, Käse, Quark, Wurstaufschnitt –, schließt die Kühlschranktür und verlässt fluchtartig die Küche. Es muss das Gefühl von Aufbruch sein, das den Hund zielstrebig zur Haustür laufen lässt. „Hast recht, Wotan, ich brauche jetzt unbedingt frische Luft!"

Sie gehen zur Weide, die sich vom Ende des Hofes sanft Richtung Abhang zieht. Den zwei Kühen scheint es gut zu gehen. Die Tiere heben nur kurz die malmenden Mäuler und wenden sich gleich wieder dem Weidegras zu.

„Der hohe Fruchtzuckergehalt nach einem heftigen Regen verändert den Geschmack der Halmspitzen. Wie frisch geerntete Zuckererbsen auf deiner Zunge", hatte Gustav ihr einmal erklärt. Er besaß das Talent, die belanglosesten Dinge für sie anhand von ausgewählten Worten kostbar werden zu lassen. Und noch jetzt, da seine Stimme für immer verstummt ist, kann Lydia sie abrufen wie ein Tonband, das sie stets mit sich trägt, vielmehr noch: Sie kann seinen Tonfall aufleben lassen, als stünde ihr Mann gleich hinter ihr.

Warum vernimmt sie sein Lachen, jedes Mal, wenn sie die wenigen Wörter betrachtet? Es muss einen Grund dafür geben.

„Verlass dich drauf, Gustav, das krieg ich noch raus!", stößt sie aus, als sie mit Wotan am Hang steht und gegen die hoch stehende Mittagssonne die Hügelkette auf der anderen Seite betrachtet. Gleich darauf gleitet ihr Blick hinunter ins Tal.

Was haben die im Ort jetzt wieder mit ihr vor? Wahrscheinlich ist es Falschgeld, mit dem sie auffliegen soll, sobald sie es in Umlauf bringt ...

Lydia senkt den Kopf, betrachtet die blinkenden Ösen ihrer Arbeitsschuhe, in denen sich die Sonne spiegelt, und kommt sich vor wie ein Leuchtturm, einsam auf hoher Warte und gut sichtbar für jeden im Tal. Ein abschreckender Leuchtturm mit kreisendem Warnlicht: Bleibt nur weg von hier, ihr wisst ja, wie gefährlich ich bin!

Der Vierklang der Kirchenglocken dringt zu ihr herauf. Um diese frühe Nachmittagsstunde wird eine Beisetzung stattfinden. Wenn sie sich ein paar Schritte weiter vorwagt, wird sie die schwarzen Punkte ausmachen können, die sich am Fuß des Berges Richtung Friedhof bewegen. Da werden sie dann alle versammelt sein, natürlich auch die Gelegenheit nutzen, mit abschätzigen Blicken auf die vernachlässigten Brause-Grabstellen die Hexe vom Berg zum Thema zu machen, und sie selbst wird, wie schon so manches Mal, das Bedürfnis haben, einen Felsbrocken den Abhang hinunterstürzen zu lassen.

„Du meine Güte, Gustav, schau mich nur mal an! Wie bitter bin ich geworden? So hättest du mich niemals akzeptiert. Aber seit du fort bist, hat sich alles verändert. Das Leben verhöhnt mich. Nicht mal mehr zu einem kleinen unschuldigen Jungen kann ich freundlich sein. Ich sehe nur noch Feinde, keinen mehr, der es gut meint mit mir. Das alles hättest du verhindern können, wärest du bei mir geblieben. Aber du mit deinem ewigen Eigensinn und deiner Rechthaberei!“

Mit den letzten Worten hat Lydia ihrem Bedürfnis nachgegeben und einen – wenn auch kleinen – Stein von sich fortgeschleudert, so heftig, dass der plötzliche Ruck durch ihren Rücken sie aufstöhnen lässt.

„Komm, Wotan, laufen wir ein Stück!“

Sie wendet sich vom Tal ab, betrachtet die sattgrünen Baumspitzen, die in einen tiefblauen Himmel ragen. Als sie mit ihrem Hund den nahen Wald betritt und die Sonne ihre Strahlen schräg durch die Zweige vor ihr auf den von Springkraut umrankten Weg wirft, hat sie das Gefühl, der einsamste Mensch am schönsten Fleckchen der Erde zu sein. Seit Lydia denken kann, ist die Natur ihr kostbarster Reichtum gewesen, ein Reichtum, den sie mit dem kostbarsten Menschen teilen konnte, und den sie jetzt nur noch mit einem Hund, einem Vogel, zwei Kühen und einem alten Kater teilt ...

„Wo treibt sich eigentlich unser alter Marschall rum? Seit der Junge hier war, habe ich ihn nicht mehr gesehen. – Wir suchen ihn. Such, Wotan, such Marschall! Aber langsam, mein Guter, damit ich mithalten kann."

Sie braucht eine sinnvolle Aufgabe, und wenn das Ergebnis etwas so Wichtiges wie das Aufstöbern des gebrechlichen Katers wäre, hätte sich dieser völlig konfuse Dienstag ihres Lebens schon gelohnt.

Wotan hat den vermissten Kater wahrhaftig gefunden. Auf einer Lichtung unweit des Brausehofes. Lydia hat ihn nach Hause getragen – und nun liegt das struppige alte Tier wie meistens vor der Haustür auf dem Pflaster, an seinem Lieblingsplatz. Mit dem Unterschied, dass es jetzt nicht wie sonst auf den Hinterläufen kauert, sondern auf der Seite liegt. Marschall ist tot. Ob es ein Fuchs war oder ein Bussard, der ihm so übel zugesetzt hat, kann Lydia an den Verletzungen in seinem Genick nicht ausmachen. Er muss noch die Gelegenheit gehabt haben, sich zu wehren, an seinen Krallen klebt Blut. Das zahnlose Mäulchen ist weit geöffnet.

So gern würde Lydia jetzt ihre Gefühle einfach ausschalten, und im tiefsten Inneren weiß sie auch, dass dieser unerwartete Angriff eine Gnade für ihren alten Kater gewesen ist, der schon lange dem Tod näher war als dem Leben.

Dennoch verspürt sie eine Trauer wie um einen Menschen. Schließlich gehörte Marschall zu den Hofbewohnern, von denen nicht mehr allzu viele übrig sind. Wotans Winseln entlockt Lydia ein müdes Lächeln. „Ja, übernimm du die Trauer um deinen alten Freund. Für mich heißt es jetzt: nichts mehr fühlen, nicht mehr denken, sondern handeln. – Marschall muss beerdigt werden."

Der Tierfriedhof des Brauseanwesens liegt etwas abseits der Weide, am Rande des Waldes, einem Bereich, den kein Fußgänger jemals aufsuchen würde, da ein Stück Stacheldraht jeden Spaziergänger wie von selbst daran vorbeilenkt. Nicht einmal der Förster weiß, wie viele Knochen und Kadaver dieses Stückchen Erde birgt. Seit jeher wurden hier die Haustiere begraben, ebenso die Nutztiere, die den Bedingungen einer Schlachtung nicht mehr standhielten. Hinweise darauf, welches Tier wo begraben liegt, gibt es keine – man hatte immer nur einen großen Stein ein Stück weiter gelegt, damit man wusste, wo sich die Reihe fortsetzen musste.

„Soll nur ja keiner kommen und meckern!", lautete Gustavs und auch die Meinung seines Vaters. „Wir bezahlen brav unsere Grundsteuern, außerdem werden keine Privatgrundstücke mit den Abwässern dieser Grabstellen belästigt."

Es ist das erste Mal, dass Lydia hier alleine Hand anlegt. Gebeugt steht sie da, stützt sich auf den Spaten in der Rechten und wischt mit der Linken den Schweiß von ihrer Stirn. „Und jetzt kehren wir sofort um, Wotan. Wir sollten mal was essen. Dir muss doch schon der Magen knurren."

Auf dem Rückweg zum Haus schielt sie zum Scheunendach, wirft einen Blick auf die schräg liegende Tanne über dem hinteren Dachteil, das von hier aus nicht einzusehen ist, von dem sie aber bestens weiß, wie es aussieht. Und ohne es zu wollen spürt sie, wie sich ihre Mundwinkel nach oben ziehen, ganz kurz nur, aber nicht ohne ein eigenartig beruhigendes Gefühl in ihr zu hinterlassen, als ihr inneres Auge ihr einen Rückblick auf den Küchentisch vom Mittag gewährt.

Vielleicht scheint da jemand aufrichtig besorgt um sie zu sein?

Wer kann schon wissen, was sich so alles zwischen Himmel und Erde abspielt, zwischen Menschen, die mit dem Band der Liebe verbunden bleiben, wo immer sie sich auch gerade aufhalten?

8

Der Junge scheint Wort gehalten zu haben.

Es sind drei Tage vergangen, ohne dass jemand aufgetaucht ist, um ihr einen Vortrag über unbefugte Einladungen an fremde Kinder zu halten. Es hat auch niemand mehr vor ihrer Tür eine Zigarette ausgetreten.

Ein eigenartiges Schweigen umgibt den Brausehof, obwohl sich im Grunde nichts im Vergleich zu den vorangegangenen Tagen dieses Trauerjahres verändert hat. Wie immer steht sie alleine da mit ihrer Arbeit und ihren Tieren. Und doch will es Lydia so vorkommen, als habe etwas diese triste Normalität unterbrochen.

Es muss die kurze Gesellschaft des Kindes gewesen sein, die ein altbekanntes Bedürfnis in ihr wiedergeweckt hat. Dem Knaben namens Olav mit Vogel-F war es kurzfristig gelungen, die zähflüssige Atmosphäre um sie herum aufzumischen und durchzulüften. Nachdem er gegangen war, roch es in ihrer Küche nicht mehr nur nach Einsamkeit, alten Putzlappen und feuchtem Hund. Für eine Stunde waren es einmal nicht die Tiere gewesen, die sie auf Trab hielten, und weder Gustav, um den ihre Gedanken kreisten, noch die unvermeidlichen Selbstgespräche, die nicht zuletzt ihre Stimmbänder beweglich halten sollten. Nein, sie hatte unvorbereitet reagieren müssen, war gefordert worden von den Fragen und Bemerkungen eines Gegenübers.

Trotz der vermeintlichen Zuverlässigkeit dieses Jungen bleibt Lydia auf der Hut, denn die dort unten sind unberechenbar.

„Stopp!", appelliert sie an sich selbst. „Reiß dich zusammen und lass nicht wieder diese Bitternis aufsteigen. Denk nur an schöne Dinge. Irgendwann müssen doch mal bessere Zeiten anbrechen, die schlechten hast du ja nun alle durchgemacht."

Ob Geldscheine im Kühlschrank brüchig werden? Sie eilt in die Küche und holt den kleinen, eiskalten Topf hervor, hebt den Deckel und starrt auf das Bündel von Banknoten, obenauf rotbraun die größten, von einem Gummiring umschlungen.

Unvorstellbar, wenn sie drunten im Supermarkt mit einem Tausender bezahlen würde ... Ein anderer Empfänger wiederum würde diese Größenordnung als normal einstufen, einer, der ihr vielleicht ...

„Was meinst du, Gustav? Soll ich es wagen?" Ganz kurz fragt sie sich, ob er, wenn er sie hört, auch ihre Gedanken mitverfolgen kann. Doch mit dieser Überlegung will sie sich später beschäftigen, dann, wenn sie wieder einmal entmutigt dasitzt und etwas Sinnvolles zum Nachdenken braucht.

Während Lydia sich mit Eimer und Schwamm das blinde Küchenfenster vornimmt, arbeiten ihre Gedanken an anderen Ansätzen weiter.

In Sachen Geld und Bürokratie entspricht ihr Wissen dem eines Kleinkindes. Etwas, mit dem man nie in Kontakt gekommen ist, bleibt so lange Fremdland, bis man sich dorthin auf den Weg macht, um Erfahrungen zu sammeln und zu lernen.

Sie hat keine Ahnung, wie das Finanzen-System funktioniert, auch nicht, ob man Geldgeschenke stillschweigend annehmen darf. Der bündige Begleittext enthält ein Wort, das sich nach dem Vokabular eines Sachkundigen anhört: rechtmäßig. Der gefüllte Umschlag soll also ein rechtmäßiges Geschenk sein.

Würde ihr dieses zerknitterte Blatt Papier ohne Unterschrift nützlich sein, wenn das Ganze sich als teuflischer Plan entpuppte, wenn es gestohlenes Geld wäre, das man bei ihr wiederfinden würde?

Lydia legt den triefenden Schwamm zur Seite. Sie beginnt sich auf eine andere Art für die Scheine zu interessieren und betrachtet sie näher, durch ihre Brille und gegen das Licht. Geldscheine haben ein Wasserzeichen und einen eingewobenen Silberstreifen. So viel glaubt sie jedenfalls zu wissen. Dass es 500-Mark-Scheine gibt, ist ihr hingegen neu.

Sie drückt eine der beiden großen Banknoten an die feuchte Scheibe, streicht darüber, bis sie wie festgeklebt dort haften bleibt. Dann tritt sie einen Schritt zurück. Der rasierte Mann mit dem breiten Hut und dem Pelzkragen blickt redlich drein, so, als wolle er Lydia beruhigen, dass er wirklich der ist, für den sie ihn halten soll: der Hüter eines rechtmäßigen Schatzes.

Nacheinander pappt Lydia alle Geldscheine an die Scheibe. Sie muss kichern: Ein Fremder draußen könnte glauben, es handele sich um das Schaufenster eines Geldfälschers, einer Blütenfabrik.

Der erste Schein, der abfällt, wird ausgegeben, handelt Lydia im Geiste mit sich aus. Sie muss nicht lange warten, bis die Scheibe zu trocknen beginnt und ein grüner Zwanziger auf die Fensterbank segelt. Damit könnte sie drunten im Laden ihren kleinen Einkaufskorb mit dem Nötigsten füllen, kalkuliert sie kurz. Nach und nach löst sich ihr gesamter suspekter Reichtum vom Glas. Übrig bleibt die Frage, was sich mit einem solchen Geldbetrag so alles ausrichten ließe ...

Lydia kennt weder Lebens- noch Instandhaltungskosten, durchblickt gerade noch die Preise für Lebensmittel. Im vergangenen Frühjahr benötigte sie neue Gummistiefel. Bis heute weiß sie nicht, ob man in dem kleinen ortsansässigen Schuhgeschäft den rechtmäßigen Preis, die Hälfte oder das Doppelte des wahren Wertes von ihr gefordert hat. Die Schuhe waren nicht ausgezeichnet, und ihr ging es nach erfolgreicher Anprobe einzig noch darum, zu bezahlen und den Laden so schnell wie möglich mit diesen Stiefeln zu verlassen, um sich wieder auf ihren sicheren Berg zurückzuziehen.

„Warum hab ich solche Angst vor Menschen, Gustav? Wie dumm bin ich eigentlich? Wahrscheinlich so dumm, wie du mich gern gesehen hast. Als eine Frau, die nie nachfragt, die alles hinnimmt, wie man es ihr vorsetzt. Aber jetzt kann ich nichts mehr einfach hinnehmen, weil niemand mehr da ist, der mir etwas gibt, verstehst du, Gustav? Jetzt muss ich mir selbst etwas geben. Aber das habe ich nie gelernt. Ich war nie anspruchsvoll. Das Einzige, worum ich ständig gebettelt habe, waren frische Farben. Aber für den Brausehof war immer alles gut genug. Wann kam uns auch mal jemand besuchen? Ja, deine Skatbrüder. Und wen von denen hat es geschert, wie unsere Wände aussehen? Schau dich doch um in meiner Einsiedlerklause. Hier wird nicht mehr gelebt. Alles ist karg und schäbig, die Tapeten im ganzen Haus sind schmuddelig. Verblichene Muster in allen Zimmern. Ich brauche wenigstens einen Raum, der mich freundlich aufnimmt. Ich will nicht mehr länger von draußen aus dem bunten Licht in ein finsteres Loch wechseln, wenn ich mein eigenes Haus betrete. Du hast es gut, treibst dich jetzt im puren Himmelblau herum, dabei war genau das immer meine Farbe! Nicht Grau und Braun und schmutzig und verlebt und verblichen und trist und ... ach, lass mich doch in Frieden!"

Diese Rede hat Kraft gekostet. Lydia sitzt auf der Eckbank. Was hat sie da gerade von sich gegeben? Etwas, das ihr erst beim Aussprechen bewusst geworden ist? Hat sich so viel Unzufriedenheit in ihr angestaut? Oder haben diese Geldscheine sie so schnell verführt, Pläne für Erneuerungen zu schmieden? Möglich auch, dass Trauer einen Knoten bildet, der irgendwann gelöst sein will. Vielleicht gelingen Gedanken in eine andere Richtung nur, wenn zuerst die Umgebung sich verändert und die vielen Erinnerungen dadurch ein wenig beiseitegedrängt werden? „Und wenn schon, mein lieber Gustav. Schau halt weg, wenn's dir nicht passt!"

Mit Hingabe erhält jede einzelne Banknote ihren Platz nun auf dem Tischtuch. Lydia schiebt und sortiert, bis das Gesamtbild vor ihr ein geordnetes Muster ergibt.

An dem völlig verschmierten Fenster ziehen Wolkenfetzen vorbei, denen Lydia augenblicklich eine irdische Gestalt zuspricht. Sie ist schon immer eine Wolkendeuterin gewesen. Die Formationen am Himmel sind ihre ganz persönliche Literatur, und hier oben ist man den Wolken so nah, als würde man die Nase in ein Buch stecken.

„Das ist dein Grinsen, das da gerade vorbeifliegt, stimmt's? Du bist gar nicht aufgebracht über meine Standpauke. Bestimmt bist du derjenige, der diesem Umschlag den Weg zu mir gezeigt hat."

Die Wolken wandeln sich zu einem breiten schlafenden Gesicht und sind im nächsten Moment in der rechten Fensterecke verschwunden.

„Wie du meinst, dann mach dich halt aus dem Staub! Dir sind solche Dinge ja egal, du willst nicht, dass ich dich damit noch belästige. Hast ja recht, mit alldem hast du nichts mehr zu tun. Aber ich, Gustav, ich bin noch hier, ich kann nicht einfach wegsehen und davonfliegen wie ein Luftballon."

Lydias kurz erwachte Lebenslust zieht sich zurück, dahin, wo sie nicht bewusst abgerufen werden kann. Sie betrachtet ihre Bäuerinnenhände mit der pergamentdünnen Haut über dem hervortretenden Adergeflecht, beobachtet wie ein neutraler Zuschauer, wie diese Hände die Geldscheine sorgfältig einsammeln und sie gewissenhaft in der Zigarrenkiste im Kleiderschrank verstauen. Nur der symbolhafte Zwanziger verbleibt in der Küche, gut sichtbar eingeklemmt zwischen dem Schiebeglas ihrer Vitrine, durch die das Perlmutt-Service ihrer Schwiegermutter schimmert.

Beim Anblick der zierlichen Mokka-Tässchen wird Lydia von einem Gedanken regelrecht geflutet, so spürbar klar, dass ihr Herz einen Satz macht und sie sich nicht mal mehr über die eigene, sauber melodische Singstimme wundert, mit der sie ihren Fensterputz fortsetzt. Immer noch summend nimmt sie sich auch den Rest der Küche vor, hängt dabei fasziniert und zugleich schuldbewusst ihrer Idee nach.

Sie isst ihr Nachmittagsbrot, spült den Teller und das Messer ab, bürstet vor dem Haus Wotans Fell durch und kann sich endlich überwinden, die beiden kleinen Fressnäpfe von Marschall zu entsorgen. Hier neben der Bank haben sie nichts mehr verloren. Es gibt keinen Kater mehr, genauso wenig, wie es auf diesem Hof noch einen Bauern gibt. Nur Marschalls Schlafkorb will sie aufbewahren – wenigstens eine Erinnerung an ihren treuen Hofkater muss ihr verbleiben.

Die Arbeit hat Lydia nun fest im Griff, die energischen Bewegungen tun ihr gut. Sie reinigt das Hühnergehege inmitten der gurrenden Schar des Federviehs. Und immer wieder reibt sie sich zwischendurch die Augen hinter den Brillengläsern und lässt ihren Blick über das Panorama aus türkisgrünen Tannenspitzen und sattem Himmelblau schweifen. Genau das ist es, denkt sie dann jedes Mal, genau das wird meine Seele heilen.

Es wird noch ein paar Tage brauchen, bis sie es sich erlaubt, die Tür am Ende des Wohntraktes zu öffnen. Aber wer sonst, wenn nicht sie, hat das Recht dazu? Und wann, wenn nicht jetzt, sollte sie sich dieses Recht nehmen? Es wird Mut erfordern, das ist gewiss, aber wenn sie den erst gefasst hat, wird sie sich fragen, warum sie diesen Mut nicht schon vorher hatte, gerade weil sie schon so lange ein Recht darauf hatte ...

Lydias Gedanken schlagen Purzelbäume: Rolle vorwärts, Rolle rückwärts, und dazwischen jedes Mal einen Salto der Zuversicht. So lange, bis sie spätabends in ihrem Bett liegt, todmüde von der Arbeit des Tages und immer noch überwältigt von ihrem Vorhaben. Doch jedes Mal, wenn sie glaubt, wohlig in den Schlaf zu gleiten, zieht ein Film wie ein giftiger Faden durch ihre Träume: die Bilder ihres tödlich verletzten, leblosen Katers, den sie an den Hinterbeinen vor sich hält, um ihn in seine kleine Erdgrube zu betten.

„Marschall, flieg zu Papa und lass dich trösten, er hat jetzt sehr viel Zeit für dich."

9

Vom Weg wehen Geräusche zum Hof herüber, die wie Kinderlachen klingen. Spaziergänger, mutmaßt Lydia, Fremde, die gleich hier auftauchen, weil für sie die Linksabzweigung einladender aussieht als die Fortsetzung des Waldweges.

Sie sitzt auf der Bank neben der Haustür, hat schlecht geschlafen letzte Nacht. Marschall hatte nicht, wie geraten, den Weg zu Papa gesucht, sondern sich ununterbrochen mit seinem kläglichen Miauen an Lydia gewandt. Mehrmals ist sie aufgestanden und hatte das Fußende des wuchtigen Ehebettes umrundet. Immer hin und her, in der Hoffnung, dieser Trott würde eine angenehme Müdigkeit über sie ausbreiten. Stattdessen stellten sich die wirrsten Gedanken ein.

Vielleicht lag es am Vollmond, der durch die abgebrochene Latte des Fensterladens seinen silberweißen Schimmer gespenstisch in die Schlafstube warf und einen unnatürlich hellen Streifen auf Lydias Bettdecke zeichnete. Irgendwann hielt sie die Stille und die knarzenden Bodenbretter ihrer stummen Wanderung nicht mehr aus. Sie drückte eine Wolldecke von innen gegen den Lichtschacht über der Fensterbank und verkroch sich tief unter ihrer Bettdecke.

„Der Fensterladen müsste repariert werden, Gustav, am besten wäre ein neuer", murmelt sie mit dumpfem Ton in ihre Armbeuge hinein. „Das Holz ist angefault. Aber kein Wunder, bei all dem wilden Gestrüpp am Haus. Die ganze hintere Wand ist feucht. Das war sie aber schon lange, und das weißt du."

Wie sie sich doch an ihre Monologe gewöhnt hat! Früher hätten Selbstgespräche am Brausehof für Irrsinn gestanden; niemand hätte es gewagt, in einem leeren Raum vor sich hin zu plappern. Mittlerweile ist Lydia zu der Erkenntnis gelangt, dass laut ausgesprochene Gedanken überlebenswichtig sind. Sie ist nicht stumm und auch nicht taub geboren, sie braucht den Klang der eigenen Stimme, damit sich die Welt um sie herum mit Leben füllt.

„Du merkst schon, dass ich dir immer noch böse bin. Eigentlich sollte ich ja dankbar sein für deinen Leichtsinn und den Dickschädel.

Wut tut gut. Denn sobald die Wut nachlässt, setzt die Trauer ein. Und ob ich mit der allein fertig würde, kann ich nicht beurteilen. Weil es nämlich gerade die Wut auf dich ist, die mich aufrecht hält. Wir haben noch ein Hühnchen miteinander zu rupfen, Gustav, und mir kommt es vor, als hätte ich noch einen wichtigen Termin im Leben. Nicht mit dir, sondern wegen dir – für mich. Für meinen Ruf, den ich der Nachwelt hinterlasse.

Aber ich will dir was verraten: Wenn es mich überkommt und ich dich zu arg vermisse, sage ich mir, dass für jeden von uns längst der Augenblick feststeht, an dem wir uns von der Welt verabschieden müssen. Demnach schlug dir vor einem Jahr ohnehin dein letztes Stündlein, sodass ich auch ohne dein Zutun jetzt allein wäre. Ein verqueres Denken ist das, Gustav, ich weiß, aber das musst du nicht verstehen, für dich sind solche Grübeleien nicht mehr von Belang. Es genügt, wenn ich selbst irgendwie damit zurechtkomme."

Solch ausführliche Kopfarbeit führt meist dazu, dass sich eine erschöpfte Schläfrigkeit einstellt, anders als nach körperlicher Anstrengung. Auch jetzt fühlt Lydia, wie alle Kräfte sie verlassen und sie nur noch abschalten will. Die Stimme ihres Mannes zieht sich wie im Protest durch ihre Gedankenfetzen und auch der Kater scheint unentwegt mitmischen zu wollen. Lydia öffnet die Augen, macht sich bewusst, dass sie alleine in ihrem Schlafzimmer liegt und reibt sich die Schläfen. „Jetzt gib Ruhe, Gustav, und du auch, Marschall! Nicht nur ihr, auch ich brauch mal Schlaf."

Wenn sie früher nachts unruhig war, kam es vor, dass ihr Mann das bemerkte. Dann zog sein Arm sie an sich, ohne dass er selbst dabei richtig aufwachte. Und sie drückte das Gesicht in seinen Nacken und lauschte seinen äußerst geräuschvollen Atemzügen, bis sie wieder eingeschlafen war.

Jetzt, da sie alleine in dem großen Bett liegt, packt sie stattdessen sein gerolltes Federkissen und schlingt ihren Arm darum, entlastet somit gleichzeitig ihre verkrampften Schultern, und sollte sie diese Haltung zufällig bis zum Morgen bewahren, erwacht sie ohne den üblichen Spannungskopfschmerz.

An diesem Morgen jedoch will das dumpfe Pochen nicht nachlassen. Es steigert sich, je länger ihr Blick über das wildwüchsige Gestrüpp zwischen den Pflastersteinen um sie herum gleitet. Es drückt dem gesamten Brausehof einen Stempel der Verwahrlosung auf. Wozu aber soll sie hier noch Ordnung schaffen, und vor allem: für wen? Bestimmt nicht für die Augen der fremden Spaziergänger, die sich soeben dem Hof nähern, wie Lydia vernimmt, allen voran eine plappernde Kinderschar.

Der Appenzeller hat sich längst breitbeinig und mit wachsamen Augen vor Lydias Bank aufgebaut. Doch eine zusätzliche körperliche Reaktion des Hundes lässt Lydia stutzen: Wotans Rute bewegt sich immer stärker hin und her. Ihr Hund wedelt eigentlich nur bei vertrauten Klängen und Gerüchen mit dem Schwanz, es muss sich jemand nähern, der hier nicht fremd ist. Gleich darauf erkennt Lydia die mittlere Gestalt der dreiköpfigen Truppe, die unweit des Hauses am Rand der Buchenhecke auftaucht.

„Sieh an, Olav, der Herumtreiber!", springt es ihr über die Lippen, und sie weiß, dass ihre Stimme fröhlich klingt, beinahe erfreut. „Und das sind wohl deine Freunde?"

Während dieser Worte haben die zwei Jungen und das Mädchen die letzten Meter im Laufschritt zurückgelegt und stehen jetzt schwer atmend vor Lydias Bank. Olav schüttelt den Kopf. „Geschwister", verrät er bündig und starrt Lydia seltsam erwartungsvoll an.

Natürlich, er will prahlen, denkt Lydia amüsiert, und er will den anderen beiden zeigen, wie er Traktor fahren kann. Sie hat sofort erfasst, dass alle drei abgenutzte Kleidung tragen, auch der Junge, der Olav um einen halben Kopf überragt. Entweder gibt es ein noch älteres Geschwisterteil, das dem größten dieser Kinder die Sachen vermacht, oder sie erhalten getragene Anziehsachen von anderen. Zu gern wüsste Lydia, aus welchem Nest diese drei stammen und ob sie die Familie einzuordnen weiß. Entgegen ihrer Einschätzung von neulich könnte ihr ein solcher Anhaltspunkt heute sehr hilfreich sein im Umgang mit den Kindern. Normal ist es keinesfalls, dass drei Kinder dieses Alters am Vormittag bei ihr hier oben ohne Begleitung auftauchen.

„Wieso seid ihr nicht in der Schule?"

„Sommerferien", informiert Olav sie in seiner wortkargen Weise, wobei er strahlend seine übergroßen Schneidezähne zeigt.

„Ah so. Und? Habt ihr daheim gesagt, wohin ihr geht?"

Die drei Kinder schütteln synchron die Köpfe. Lydia kann sich nicht entscheiden, welchem ihrer Gefühle sie nachgeben soll. Zum einen macht sich Erleichterung in ihr breit, zum anderen wittert sie, wie immer, wenn sie es mit Dorfbewohnern zu tun hat, eine Art Bedrohung. Gleich darauf schießt ihr ein Gedanke bis in den kleinen Zeh, der im Moment stärker ist als jedes Abwägen von eventuellen Folgen.

„Wie heißt ihr?"

„Verena."

„Viktor."

„Olav!", hängt der Mittlere mit gewissem Schalk in den Augen an.

„Ah ja, also alle mit Vogel-F", sinniert Lydia laut, um Zeit für einen Übergang zu gewinnen.

„Mit V", korrigiert die kleinste der Runde, das Mädchen. Sie sieht aus wie ihre Brüder, trotz der hellblonden, hochgebundenen Affenschaukeln über den Ohren. Überhaupt wirken die drei Kinder ein jedes wie die Kopie der beiden anderen, bis auf die obere Zahnreihe des Mädchens, die noch nicht ganz aus dem Kiefer herausgewachsen ist.

Olav boxt dem Mädchen in die Seite und seine Stimme klingt erbost. „Nein, das nennt man Vogel-F! Was weißt du schon! Kommst grade erst ins zweite Schuljahr!" Zwischen Olav und seiner Schwester entbrennt eine Diskussion um Rechtschreibung, für die Lydia jedoch kein Verständnis und auch nicht die Nerven hat. Ein solches Wortgerangel ist ihr fremd, sie selbst hat weder Geschwister noch eigene Kinder. Was sie dagegen über Schulkinder weiß: Deren Sommerferien sind für gewöhnlich recht lang.

„Streitet euch, wo immer ihr wollt, aber nicht hier!", mischt sie sich streng ein, und sofort herrscht Stille. Lydia genießt diese Reaktion auf ihren Tonfall – eine recht unbekannte Situation für sie.

„Ihr habt also Ferien. Und jetzt wollt ihr euch wohl ein bisschen Geld verdienen, damit ihr euch Süßkram kaufen könnt?" Sie weiß, dass ihre Augen an Freundlichkeit nicht mithalten, als sie abwechselnd die Kindergesichter anlächelt. Noch ist sie nicht eins mit ihrem Plan, immerhin ist Kinderarbeit hierzulande verboten. Allein der Vorsatz könnte ihr den Aufenthalt in einer Gefängniszelle bescheren.

Ein kurzer Schauder läuft ihr den Rücken hinunter, doch diese Gelegenheit ist zu verlockend, als sie ungenutzt verstreichen zu lassen, zumal die Geschwister überzeugt nicken.

„Dann wartet. Setzt euch hierhin!" Sie überlässt den Kindern ihre Bank und verschwindet mit überraschender Gewandtheit im Haus.

„Schritt eins, Gustav", murmelt sie, als sie vor der Küchenvitrine steht und den Zwanziger zwischen den Glasscheiben hervorangelt. „Warte ab, wie es weitergeht!" Sie faltet den Geldschein vier Mal, ehe sie ihn in ihrer Faust verschwinden lässt.

Sie sitzen da wie angewurzelt, denkt Lydia und fragt sich, wessen Erwartungshaltung im Augenblick größer ist: die der Kinder oder ihre eigene?

Wie alt mögen die anderen beiden sein? Das Mädchen ist einen halben Kopf kleiner als der zehnjährige Olav, der Bruder wiederum einen halben Kopf größer.

Wie Orgelpfeifen, zitiert Lydia im Stillen den altbekannten Vergleich, und sie überlegt, wann sie das letzte Mal in der kleinen Kirche im Ort gewesen ist.

Während sie nun den Geldschein vor den Augen der Kinder entfaltet, erinnert sie sich, dass ihr Schwiegervater jedes Jahr am Heiligen Abend eine Papiernote in den Klingelbeutel am Kirchenausgang gesteckt hatte, mit geräuschvollem Rascheln, im Gegensatz zum üblichen Kleingeldgeklimper der Mitbesucher.

„Der kann euch gehören, wenn ihr mir ein wenig behilflich seid", sagt sie mit lockendem Unterton. Die drei Augenpaare vor ihr weiten sich. Doch Lydia hat bereits geahnt, dass sie mit ihrem Angebot einen neuen Disput entfacht.

„Zwanzig geteilt durch drei geht nicht", merkt der Älteste an.

„Dann rechnet. Wer zuerst die richtige Lösung nennt, bekommt den Rest dazu."

Das war unfair, weiß Lydia noch im selben Moment, natürlich wird der Große gewinnen, doch jetzt hat sie ihre Entscheidung geäußert und muss dazu stehen.

„Jeder kriegt sechs Mark und ... sechsundsechzig, die zwei Pfennige gehören mir." Das hat das Mädchen gesagt, bevor Lydia anfangen konnte zu rechnen.

Dass die Brüder gar nicht erst angefangen hatten zu rechnen, erkennt sie an den unbeteiligten Gesichtern. Die Jungs wussten, dass sie gegen die Kleine keine Chance hätten. Ein gescheites Kind, hier wird sie vorsichtig sein und gut aufpassen müssen, was sie tut und sagt.

„Natürlich dürfen Kinder nicht für Geld arbeiten", belehrt sie die Geschwister, indem sie den grünen Schein wieder zusammenfaltet. „Ihr werdet zuerst daheim fragen müssen, ob man euch das erlaubt. Aber ich denke, wenn eure Eltern davon hören, werden sie es euch verbieten. Damit hätten sie ja auch recht ..." Lass es wirken, sagt sie sich, wohl ahnend, was nun folgt.

„Die brauchen doch nichts davon zu wissen", sagt Olav.

„Genau, wir sagen am besten nichts", bestätigt Viktor, der Große. Die kleine Verena fügt hinzu: „Sonst können wir dir ja nicht behilflich sein. Du bist doch schon so uralt. Und für so alte Leute soll man im Bus aufstehen und sich auch für sie bücken oder ihnen beim Tragen helfen, weil die alten Knochen schon morsch sind."

„Na, wenn ihr meint ...", sagt Lydia zögernd, und beschließt, das Geplapper der vorlauten Göre am besten zu ignorieren. „Aber sagt mir hinterher nicht, ich hätte euch nicht belehrt."

Hier waren drei Ohrenpaare Zeuge, es dürfte eigentlich nicht zu Vorwürfen von Seiten der Eltern kommen; zumindest eines der Kinder wird sich an Lydias Mahnung erinnern.

Lydia strafft die Schultern und bemüht sich um eine feste Stimme. „Wir werden sehen. Wenn es uns gelingt, ein bisschen Ordnung am Hof zu schaffen, fahren wir hinterher eine Runde mit dem Traktor."

Wie auf Knopfdruck sind die Kinder aufgesprungen. „Was sollen wir denn arbeiten?"

Lydia deutet auf die Pflastersteine. „Hier müsste das Unkraut herausgekratzt werden. Ihr habt junge Gelenke, ich kann das nicht mehr." So uralt, wie ich bin, fügt sie in Gedanken nun doch hinzu. Erneut holt sie tief Luft und spricht weiter: „Ihr lasst den Schein bei der Sparkasse wechseln, das ist Bedingung."

Das Mädchen Verena schnippt eifrig mit den Fingern, als befände es sich in der Schule. „Die prüfen dort auch, ob dein Schein echt ist, stimmt's?"

„Vielleicht", sagt Lydia betont gleichmütig.

Bei diesem Kind ist Vorsicht geboten, es wird die Intelligenz schon mit der Flasche aufgenommen haben. „Dann folgt mir jetzt. Wir holen alle Geräte, die ihr braucht."

Jetzt kann Olav endlich zeigen, dass er mehr weiß als seine jüngere Schwester. Er rennt voraus zum Traktorschuppen und zieht seine Geschwister hinter sich her, durch den Sackvorhang in die Geräteecke. Mit hochroten Wangen sucht er Spatel, spitze Schraubenzieher und andere schmalkantigen Werkzeuge zusammen.

„Ihr könnt euch auf die gefalteten Kartoffelsäcke knien. Und das Unkraut fegt ihr zwischendurch immer mal zusammen und stopft es in diesen Sack. Den leert ihr drüben auf dem Kompost aus. Und so weiter. Ich denke, ihr wisst, wie man so was macht."

Alleine vom Anblick der wuselnden kleinen Körper und flinken Hände wird Lydia warm ums Herz. Wann hat ihr das letzte Mal jemand geholfen? Sie wird einen extra großen Topf Kakao kochen. Und Waffeln wird sie backen. Und vielleicht weiß sie schon morgen, ob sie es bei dem Geschenk mit echtem Geld zu tun hat ...

Sollte das nicht der Fall sein, wird sie sich etwas einfallen lassen müssen. Darüber wird sie noch ausführlich nachdenken, aber erst, wenn die Kinder sich wieder auf dem Weg ins Tal befinden. Vorher jedoch will sie etwas ganz anderes in Angriff nehmen.

Ihr weites Hemd weht wie eine Flagge hinter ihr her, als sie mit langen Schritten ins Haus eilt. Mit dem Bewusstsein, dass draußen Regsamkeit wie in alten Zeiten herrscht, wird sie schon heute den Mut für ihren Plan vom Vortag aufbringen.

Noch im Haus klingt das Schaben und Kratzen der Kinder draußen im Hof wie Musik in Lydias Ohren. Im kleinen Badezimmer gegenüber der Küche wäscht sie sich Hände und Gesicht, trocknet sich ab und öffnet den halb aufgelösten Haarknoten am Hinterkopf.

Die waren einmal richtig braun, denkt sie, als sie ihre langen weißen Haare bürstet. Mit gekonnten Bewegungen zwirbelt sie ihren gesamten Haarwuchs mehrfach um sich selbst zu einer einzigen dicken Strähne und steckt sie am oberen Hinterkopf fest, sodass es sich anfühlt wie ein Knäuel aus feinem Garn.

„Du bist schon so uralt", flüstert sie ihrem Spiegelbild mit der Betonung des Mädchens zu. Nicht diese Bemerkung ist es, die Lydia schmunzeln lässt, vielmehr hat sie soeben eine Lücke in all der frühkindlichen Bildung der kleinen Verena entdeckt: Wer so viel weiß, sollte Erwachsene nicht einfach mit Du ansprechen!

„Ich bin Frau Brause, du kleiner Intelligenzbesen da draußen", sagt Lydia schnippisch, wenngleich sie sich fragen muss, ob sie sich den Kindern überhaupt vorgestellt hat. Dennoch weiß sie nicht recht, was sie von diesem Mädchen halten soll; ganz geheuer ist ihr das Kind nicht. Andererseits konnte sie Kinder noch nie gut einschätzen, bevor sie nicht ihre persönlichen Erfahrungen mit ihnen gemacht hatte. So wird sie auch bei Verena erst beobachten müssen, wie mit ihr umzugehen ist. Aber das sollte kein Problem darstellen – entweder fügt sich die Kleine oder sie ist das letzte Mal hier oben gewesen.

Lydia greift in das geöffnete Einweckglas und verteilt eine Portion Pflegecreme auf Gesicht und Hals, massiert sie mit kreisenden Bewegungen ein und nutzt den glänzenden Überschuss für ihre Hände.

Auf ihre glatte Haut war Gustav immer sehr stolz. Seine Frau hatte nie ein kosmetisches Fertigprodukt gekauft, ihre selbst gemischten Tiegelinhalte aus gelber Taubnessel, Bienenwachs und Öl, die viele frische Luft und die Arbeit in der Natur schienen seit jeher bessere Erfolge zu bringen als die Tübchen und Dosen der Vorzeigedamen des Ortes. Lydias gesamte Kosmetik wird aufbewahrt in zwei tassengroßen

Gläsern mit Dichtungsgummi und Schnappverschluss – in ehemaligen Wurstgläsern aus der Zeit der Hausschlachtungen.

So lange sie zurückdenken kann, wurde am Brausehof alles wiederverwertet und weiterbenutzt, indem man es zweckentfremdete.

So sitzt sie nun alleine auf einem Berg von gläsernem Leergut, Eimern ohne Henkel und gesammeltem Kleinkram. Den von draußen begehbaren Lagerraum für all die gestapelten Behältnisse, gleich neben dem Wohnhaus, nennt sie seit jeher etwas zynisch »Antiquitätenkammer«, was ihr Schwiegervater Magnus kommentierte:

„Ihr Verschwender würdet euch umsehen, wenn ihr all das Zeug bei Bedarf kaufen müsstet. Würden wir nach euren Maßstäben wirtschaften, wären wir längst bankrott."

Die einzige Plastikflasche, die der Brausehof je gesehen hat, stammte von einem Wanderer, der sie achtlos neben der Außenbank liegen ließ. Sie existiert immer noch – als Sammelbehälter für mehrfach benutzte Bratfette, die dann wiederum als Schmierfett eingesetzt wurden. Noch heute will Lydia dieses ekelhafte Ding entsorgen.

„Jetzt entscheide ich, was hier wie und wo eingesetzt wird!", sagt sie mit festem Ton zu ihrem Spiegel-Zwilling, von dem aus die immer noch klaren blauen Augen mit bemühter Strenge zurückblicken. Sie wird lernen müssen, ihren Vorsätzen auch Taten folgen zu lassen. Noch ist sie nicht aus Überzeugung, sondern nur der Erbfolge nach die alleinige Besitzerin des Brausehofes.

Unter dem Türspalt am Ende des langen Flures fließt kein Licht hindurch, im Gegensatz zu all den anderen Türen des Wohntraktes. Die Türen des Brausehofes enden allesamt etwa fingerbreit über dem Boden, damit die Holzdielen Platz haben, sich bei Wetterveränderungen auszudehnen.

„Gute Handarbeit", merkte Schwiegervater Magnus stolz an, wenn die Brausefrauen ihren Hausputz bewerkstelligt hatten. Die gelobte Handarbeit bezog sich nicht auf das Werk der Frauenhände, sondern auf die selbst geschnittenen und eigens gelegten Bodenbretter.

Nun steht Lydia vor der Tür des immerdunklen Zimmers. Seit dem Tod von Gustavs Mutter, die ihren Mann Magnus um zwei Jahre überlebt hatte, wurde dieser Raum nur noch zum Lüften und Säubern geöffnet. Hierin hatte Adelinde, genannt Ada, sich zurückgezogen, hier hatte sie geschlafen und hier war sie gestorben. Ihre wenigen Besitztümer schlummern weiter genau so vor sich hin, wie Ada sie mit den Füßen voraus verlassen hat.

Für Adas Sohn Gustav war diese Kammer ein dritter Augapfel. Er hatte es sich nicht nehmen lassen, zweimal die Woche Fenster und Läden zu öffnen, um frische Luft einzulassen und dieses besondere Erbe zu entstauben.

Gustav hatte seine Mutter verehrt, wie es ihm das Vaterunser gebot. Für seinen Vater hingegen galt seit dessen verhängnisvoller Äußerung über einen fehlenden Hoferben keines der Gebote mehr; er hätte dem alten Magnus vermutlich nicht einmal mehr in Lebensgefahr geholfen. Bis heute kann Lydia nicht einschätzen, ob Gustav sich in der eigenen Ehre verletzt fühlte oder ob es ihm um die Ehre seiner Lydia ging.

Die stille Stube, wie Adas Kammer seit ihrem Tod vor dreizehn Jahren genannt wird, ist auch heute noch still. Ihrem Mann zuliebe hat Lydia diese letzte ganz persönliche Erinnerungsstätte – vielleicht sogar Begegnungsstätte von Mutter und Sohn – stets gemieden. So lange Gustav lebte, lebte auch diese Kammer, weil sie geöffnet und betreten wurde. Erst gestern ist Lydia bewusst geworden, dass sie selbst Adas kleines Reich seit dreizehn Jahren nicht mehr betreten hat. Es hat einfach nicht mehr existiert, war tabu für sie wie ein Kellerraum, der für jemanden mit Angst vor Ratten verschlossen bleibt; tabu wie der Austritt durch eine gemauerte Wand. Tabu wie die private Post anderer Personen. Doch diese Wand ist in Wirklichkeit eine Tür zu einem Raum, auf den niemand mehr außer ihr ein Anrecht hat.

„Andenken heißt, beim Betrachten von Dingen an jemanden zu denken", so Gustavs Gebrauchsanweisung für die stille Stube. Als Lydia jetzt zum ersten Mal selbst den Schlüssel vom oberen Türrahmen nimmt und ihn ins Schloss steckt, hält sie inne. „Stimmt, Gustav, Andenken sind da, um betrachtet zu werden. Man kann Andenken aber auch benutzen. Und jetzt lebe ich alleine hier, verstehst du? Ich bin übrig geblieben. Alles, was hier ist, werde einmal ich hinterlassen. Und dann darf es hier ruhig so aussehen, als hätte ich meinen Besitz auch benutzt."

Lydias Hand zittert und ihr Herz schlägt heftig. Bedächtig öffnet sie die Tür zur Dunkelheit, ganz vorsichtig drückt sie die Klinke herunter, immerhin wird sie jetzt eine Art Heiligtum betreten. Obwohl sie im Grunde genommen die wenige Habe ihrer Schwiegermutter aus den Stunden kennt, in denen sie gemeinsam in deren Stube an dem kleinen Tisch saßen.

Denkt Lydia aber genauer nach, weiß sie nur sehr wenig Persönliches über diese zurückhaltende Frau. Wahrscheinlich gibt es darüber hinaus auch kaum Erwähnenswertes; man hat sich immerhin täglich gegenseitig beobachten können und hätte außergewöhnliche Ereignisse sofort erfasst. Sie und ihre Schwiegermutter haben beide ein ähnliches Leben geführt, wurden von ihren Ehemännern geschätzt und verehrt, ebenso selbstverständlich war jedoch der tägliche Arbeitseinsatz auf dem Brausehof, und da wäre es beiden Frauen niemals in den Sinn gekommen, zu schwächeln oder sich der Pflicht zu entziehen.

„Siehst du, Ada, jetzt bin ich auch eine Witwe. Aber das wirst du wissen, du hast deinen Sohn ja wieder um dich", sagt Lydia, die einfach ein Geräusch braucht, um gegen die Stille aus der Stube anzukämpfen. Selbst die Stimmen der Kinder im Hof scheinen auf einmal wie gekappt.

„Und du, Gustav, bist gerade bestimmt richtig sauer auf mich, was? Aber wenn's brennen würde, wolltest du auch, dass ich hier hineingehe und lösche."

Nicht noch an Feuer denken, beschwört sich Lydia, das würde ihr den letzten Funken Mut nehmen. „Ich komm jetzt rein, Ada", sagt sie stattdessen mit höflich gedämpfter Stimme.

Der Lichtschalter befindet sich gleich neben der Tür. Es ist ein schwacher Schein, der sich auf die dunklen Möbel legt. Lydia empfindet stärker als vermutet die Bedeutung dieses Augenblicks. Sie hat ja nicht nur vor, einzutreten, sondern verfolgt damit den Plan, alles hier zu verändern, mehr noch: zu zerstören.

Der Geruch verblüfft sie. Er enthüllt unerwartet intensiv das Wesen der einstigen Bewohnerin. Wahrscheinlich ist es das, was Gustav sich mit seinem Alleinrecht bewahren wollte.

Lydia hat damit gerechnet, dass die stille Stube finster und gespenstisch auf sie wirken könnte. Jetzt, da sie eingetreten ist, vermittelt dieses kleine Reich nichts anderes als Ordnung und Anstand. Außerdem hat es etwas Unschuldiges an sich, etwas Warmherziges wie zu Adas Lebzeiten, etwas, das auf dem gesamten Brausehof nur hier zu finden ist. Gustav scheint alles so belassen zu haben, wie es war. Dennoch fehlt hier etwas Lebensnotwendiges ...

Lydia eilt zum Fenster, öffnet den ächzenden Rahmen und stößt die Läden mit aller Kraft auseinander, sodass sie zu beiden Seiten gegen die Hauswand schlagen. Augenblicklich strömt reine Waldluft in die stickige Kammer und Lydia saugt genüsslich den vertrauten feuchtgrünen Sauerstoff ein. Dann wendet sie sich dem erhellten Zimmer zu, lässt ihren Blick über die wenigen Möbelstücke gleiten und erstarrt auf der Stelle.

„Sieh an, ein Eindringling!", vernimmt sie sogleich Gustavs helle, vorwurfsvolle Stimme von der gläsernen Abdeckplatte des Nachttisches her. Lydia hatte ganz vergessen, dass es diese Aufnahme ihres Mannes gibt.

Es ist das erste Mal, dass sie ihm seit dem vergangenen Herbst wieder in die Augen schaut. Er hatte seiner Mutter das Foto zu ihrem letzten Weihnachtsfest geschenkt. Damals war Gustav dreiundsechzig.

Er blickt stark, fröhlich und gesund aus dem braunen Rahmen direkt in Lydias Gesicht. Lydia drückt die Hand gegen ihren Brustkorb und weiß nicht, ob ihr Herz überhaupt noch schlägt. Sie schließt die Augen, ganz kurz nur, dann lässt sie ihren Blick weiter wandern. Gustavs Foto gegenüber steht ein Bild von Ada. Er muss es im Nachhinein so angeordnet haben, eine Zweisamkeit, die an Einvernehmen nichts entbehrt.

„Hallo Gustav", sagt Lydia scheu. Sie ist froh, sich gerade eben noch vor dem Spiegel im Badezimmer aufgehalten zu haben. Dies ist der Moment der ersten Wiederbegegnung, so empfindet Lydia seltsam real. Doch dies soll auch der Moment sein, in dem sie die Karten neu mischt.

Sie nähert sich den beiden Fotos, zieht ruckelnd die Schublade des Nachttisches auf und wundert sich nicht, dass sie darin genau das vorfindet, was sie erwartet hat.

Es liegt obenauf, mit der Vorderseite nach unten. Lydia holt es heraus, hält es sich kurz vor die Augen und stellt es liebevoll auf der anderen Seite von Gustavs Foto auf.

„Das wird dir nicht gefallen", sagt sie zögernd, doch sie bemüht sich um eine feste Stimme, als sie einen Schritt zurücktritt. „Doch so war es einmal und so solltest du es jetzt wieder annehmen, mein lieber Gustav. Auch dein Vater gehörte zur Familie. Und weißt du, was? In seinen letzten beiden Jahren, in denen ihr euch aus dem Weg gegangen seid, du mehr ihm als er dir ... Was ich damit sagen will: Ich habe heimlich mein gutes Verhältnis zu ihm weiterhin gepflegt. Du hast das nicht bemerkt, Gustav, es war wohl das einzige große Geheimnis, das ich je vor dir hatte. Jetzt bist du platt, was? Nein, ich hab euren Hahnenkampf nicht mitgeführt, weil ich nämlich kein Hahn bin, sondern eine sensible Henne. Und deine Mutter, was glaubst du, wie sie darunter gelitten hat, dass ihr Mann und ihr Junge Feinde wurden?

Wie sehr hat sie sich nach Harmonie gesehnt! Ada und ich haben zwar nie darüber gesprochen, ich denke, weil wir wussten, dass es sinnlos war und dass es zwischen euch Holzköpfen nichts mehr zu kitten gab. Aber dein Vater hat unsere versteckte Versöhnung mitgespielt, mir zuliebe, vielleicht auch sich selbst zuliebe. Ich konnte nämlich seine Enttäuschung verstehen. Ein Bauer will einen Nachfolger haben. Einen Sohn und auch einen Enkel. Dass er diese Bemerkung damals fallen lassen musste, ist doch nur menschlich. Natürlich hätte er dir oder uns das unter vier Augen sagen sollen, und nicht an einem Tisch voller Menschen. Aber ich glaube, das muss ich dir jetzt nicht mehr erklären. Jetzt wirst du alles begreifen. Dort oben, wo du bist, wird man wohl keine offenen Fragen mehr haben ... Und erst recht keine Wut."

Lydia schluckt, ihre Stimme ist immer leiser geworden, doch sie spürt, wie gut ihr dieser Monolog getan hat. Sie tritt wieder an den Nachttisch und rückt die drei Fotos noch näher zueinander. Dann legt sie wie segnend ihre Hände darüber, fühlt sich ein wenig wie ein Pfarrer: Was Gott zusammengefügt hat ...

Aber was weiß sie schon – vielleicht tanzen die drei ja längst ihren engelhaften Reigen miteinander, ohne dass sie hier unten etwas ahnt.

Noch einmal langt sie mit den Fingerspitzen nach dem mittleren Rahmen und holt ihn ganz nah zu sich heran. „All das musste längst mal gesagt werden", flüstert sie und drückt einen Kuss auf das verstaubte Gesicht ihres Ehemannes.

Nachdem sie Gustav wieder in der familiären Mitte platziert hat, geht sie hinüber zu dem kleinen Tisch an der linken Wand, gleich beim Fenster. Dort liegt ein nicht minder eingestaubtes Buch, das

Lydia so oft in den Händen ihrer Schwiegermutter gesehen hat; wenn sie recht überlegt, muss es Ada nicht nur über eine lange Zeit begleitet, sondern in den letzten zwei Jahren als Witwe fast ausschließlich beschäftigt haben. Ein Buch, dessen Titel der nach innen gekehrten Frau wie auf den Leib geschnitten schien: »Über allem die Harmonie«, von einer Schriftstellerin namens Edda Zirbel, und vorn auf dem Umschlag eine biedere Dame mittleren Alters mit reinweißer Bluse und langem schwarzen Rock, milde lächelnd in einem hohen Sessel sitzend.

Ein recht dickes Buch, das sich von selbst aufschlägt, weil zwischen den Seiten ein fein gehäkeltes Lesezeichen klemmt. Wahllos tippt Lydia mit dem Zeigefinger auf eine Stelle im Text, um Adas Lesemoment nachzuempfinden: „... denn nichts ergibt sich genau so, wie man es erwartet hat. Was am Ende zählt, sind die Momente, in denen wir geliebt haben. Doch die Liebe setzt innere Harmonie voraus. So ist die Harmonie einer der erstrebenswertesten Zustände in Anbetracht all der Machtkämpfe und Zerwürfnisse unter den Menschen und Nationen ..." Lydia schüttelt mit dem Kopf. „Wie sehr wirst du unter dem Zwist deiner beiden Männer gelitten haben, dass du dich mit solchen Buchtexten beschäftigt hast?"

Ihre Schwiegermutter muss dieses Buch mehrmals gelesen haben, denn immer wieder bezeugen kleine Pfeile nach vorn oder hinten über gekräuselt markierten Textstellen, dass hier ausgiebige Kopfarbeit geleistet wurde.

Lydia selbst hat nie viel gelesen. Die wenigen ruhigen Momente am Brausehof hat sie mit anderen Dingen gefüllt. Da war es schon mehr Gustav, der sich hier und da mit seinen kleinen Gedichtbänden befasst hat. Vielleicht hatte er diese Neigung von seiner Mutter geerbt?

Was Ada außerdem mochte, war kleiner glänzender Zierrat, silber- und goldfarbene Kerzenhalter und Schalen, winzige Mokkatassen ...

Lydia fällt ein, dass es ausgerechnet die perlmuttfarbenen Tässchen in der Küchenvitrine waren, die ihr erst gestern den Impuls gaben, die stille Stube am Ende des Ganges zu öffnen. „Warte ab, meine liebe Ada, bald zieht hier in deine Stube das Leben wieder ein. Du wirst staunen."

Wie aus weiter Ferne hört sie eine helle Stimme rufen. »Die Kinder!«, schießt es ihr durch alle Glieder. Die hat sie ganz vergessen. Hoffentlich treiben sie keinen Unfug, so still, wie sie sich bisher verhalten haben.

Mit Adas Buch in der Hand huscht Lydia geräuschlos durch den langen Flur in die Küche und dort von der Seite unauffällig ans Fenster zum Hof.

Die zwei Knaben hocken auf den gefalteten Säcken und kratzen in den Ritzen herum. Ein Teil des Pflasters sieht bereits wieder manierlich aus. Aber das Mädchen fehlt. Es muss Verena gewesen sein, die nach ihr gerufen hat. Erst jetzt fällt Lydia auf, dass dieses Kind sich doch anständig zu verhalten weiß, es rief „Hallo, Frau Brause!", muss den Namen dem Schildchen über der Haustürklingel entnommen haben, und dass Verena trotz ihrer noch nicht kompletten Zahnreihe schon lesen kann, steht außer Frage. Was wird die Kleine von ihr gewollt haben und wo ist sie jetzt?

Lydia vernimmt die WC-Spülung aus dem Bad gegenüber – das Kind wird nur die Toilette gesucht haben – wohlgemerkt, mit vorherigem Nachfragen. Dass es sie nun benutzt, verrät aber, dass es hier einfach Türen geöffnet hat, ohne Lydias Erlaubnis, was wiederum von Dreistigkeit zeugt.

Am besten bereitet sie sich schon mal auf ein Gespräch mit dem Mädchen vor und legt sich alles zurecht, damit sie sich nachher nicht einem kleinen Gör geschlagen geben muss. Kinder sind so eine Sache ... Mit Kindern konnte sie eigentlich noch nie. Sie sind meist zu direkt, spüren nicht, wann es genug ist, haben kein Feingefühl für kritische oder peinliche Momente ... Mit Kindern sollen sich die herumplagen, die sie in die Welt gesetzt haben. Indem sie selbst jedoch den dreien hier die Gelegenheit gibt, sich nützlich zu machen, trägt auch sie zur Erziehung bei. Zudem sollen diese Kinder ja für ihre Arbeit auch etwas bekommen. Zwanzig Mark ist viel Geld! Und wer weiß, sollte sich dieses Geld als echt entpuppen, dürfen die kleinen Helfer sich gern weiteres Feriengeld auf dem Brausehof verdienen.

Die Tür des Badezimmers öffnet sich. Was die Kleine wohl so lange dort drinnen gemacht hat? Bestimmt hat sie die neugierige Nase in alle Ecken gesteckt.

„Hallo, Frau Brause, da bist du ja wieder. Wo warst du denn?"

„Erstens heißt das Sie, und zweitens: Was geht es dich an, wo ich war?" Lydia verabscheut ihre eigene Stimme, Belehrungen waren nie ihr Ding. Doch zu anderen Zeiten war sie auch umgeben von anderen Menschen, von Erwachsenen, die sich zu benehmen wussten.

„Weil ich dich gesucht habe. Ich musste mal", erwidert das Mädchen keck.

„Du hättest in den Wald gehen können."

„Das tun nur Jungs, sich an einen Baum stellen. Bei Mädchen ..."

„Ja, lass nur, es ist in Ordnung so." Natürlich, ein kleines Mädchen, das mit Brüdern aufwächst, kennt die geschlechtlichen Unterschiede sehr wohl, das braucht dieses Kind ihr nicht unter die Nase zu reiben. Ein ganz anderer Gedanke ergreift plötzlich Besitz von Lydia.

„Sag, Verena, hast du noch andere Geschwister? Vielleicht ... noch einen älteren Bruder?" Lydia spürt die Hitze in ihrem Gesicht aufsteigen und sieht verlegen an dem Mädchen vorbei. Das Kind nickt und entdeckt, wie Lydia ahnt, gleichzeitig die schimmernden Mokkatassen hinter Lydia im Glasschrank. Schon schiebt es sich zwischen der Tür und Lydia in die Küche.

„Ein Puppenservice! Darf ich ..."

„Nein, darfst du nicht! Ich habe dich doch etwas gefragt."

„Was denn?"

„Ob du noch einen Bruder hast, der älter ist als die beiden da draußen."

„Ja, hab ich. Sogar noch zwei. Der eine heißt Frank, der ist vierzehn. Und Boris ist sechzehn, hat schon eine Freundin, aber das dürfen Mama und Papa nicht wissen."

„Aha, aber du weißt es? – Dann ist Boris bestimmt schon groß und ... stark?"

Das Mädchen starrt ununterbrochen zu den perlmuttfarbenen Mokkatassen hinüber, der ganze kleine Körper ist vor Begeisterung angespannt.

„Stark ist er, der Boris, ja, der hebt dich hoch."

„Sie."

„Was?"

„Der hebt Sie hoch", korrigiert Lydia erneut.

„Ja, dich aber auch."

Dieses Kind ist unerträglich hartnäckig, findet Lydia entnervt. Sie gibt es auf. Warum soll sie unbedingt auf einer formellen Ebene bestehen? Außer den Kindern hört ihnen ja doch niemand zu. Sie sollte stattdessen darauf bedacht sein, für weitere Anreize zu sorgen, um den Arbeitseifer der Kinder aufrechtzuerhalten.

„Ich würde sagen, du hilfst deinen Brüdern wieder mit dem Unkraut, und ich backe Waffeln für uns alle und koche Kakao. Und vielleicht überleg ich es mir und du darfst dir für deinen Kakao eine von den kleinen Tassen aussuchen."

Das Mädchen jubelt und springt auf der Stelle, sodass es für einen Moment auf Augenhöhe mit Lydia ist. Dann macht es auf den Fußballen kehrt und verschwindet durch den Flur hinaus in den Hof.

11

Die Kinder sind fort. Der gepflasterte Hof ist so blank gefegt, dass Lydia am liebsten nur noch aus dem Fenster schauen würde, um sich an dem ungewohnten Anblick zu weiden.

Der Zustand der Brausehofküche ist nicht minder ansehnlich. Obwohl hier so ausgiebig geschmaust wurde, zeugt die aufgeräumte Küche von einer strengen Linie in der häuslichen Erziehung: das saubere Geschirr, der gefegte Fußboden, die gefalteten Trockentücher an der Stange des alten schmiedeeisernen Herdes, der nur noch als Erinnerung dort steht und von den Kindern bestaunt wurde wie eine seltene Tierart.

Das einzige Vergehen befindet sich in Wotans Fressnapf – eine angebissene Waffel, die wohl nicht mehr in einen der jungen Mägen hineinpasste.

Dass ihr Hund den Leckerbissen offenbar noch nicht bemerkt hat, wird daran liegen, dass er überaus fixiert war auf das fremdartige Treiben um ihn herum, ob aus Vorsicht, einem Hütetrieb heraus oder einfach aus Neugierde und Ablenkung. Nach der kurzen versprochenen Runde mit dem Traktor, bei der die Kinder hinten auf dem Trittbrett standen, hat Wotan die drei noch bis zur Abzweigung begleitet und steht nun schnaufend in der Tür. Er braucht sein Lob, weil er nach getaner Arbeit sogleich unaufgefordert zurückgekommen ist, und er erhält es, indem Lydia ihn zum Napf verweist.

„Ausnahmsweise mal was Süßes, Dickerchen, wo wir doch sonst unsere Zähne gesund erhalten wollen", sagt Lydia liebevoll, als die Waffel blitzschnell in Wotans Schlund verschwindet. An ihre eigenen Zähne will sie im Moment besser nicht denken. Sobald einer von ihnen anfangen sollte zu schmerzen, wird sie handeln und gewiss mehrfach ins Tal hinabmüssen.

Doch das darf sie momentan getrost in den Hintergrund rücken, jetzt sitzt sie erst einmal am Tisch, trinkt ihren Kakao aus und genießt die wohltuende Stille ebenso wie das Bewusstsein, dass sich statt ihrer der Zwanziger auf dem Weg ins Tal befindet. Sie will den Kindern zutrauen, dass sie ihr Wort halten, hat ihnen zum Schluss noch einmal das Versprechen abgenommen, den Geldschein auch wirklich bei der Sparkasse wechseln zu lassen und ansonsten über ihr heimliches Treffen am Brausehof zu schweigen.

Plötzlich wird sie unruhig: Es wird während ihres Aufenthaltes in der stillen Stube hoffentlich keines der Naseweise in ihrem Schlafzimmer herumgestöbert haben, im Kleiderschrank ... Doch schon eine Minute später stellt Lydia fest, dass die gut gefüllte Zigarrenkiste sich in unverändertem Zustand ganz unten, hinter der Schachtel mit ihren Strümpfen befindet.

Sie erkennt, dass sie in der Tat verlernt hat zu vertrauen. Das aber wird sie neu erlernen müssen, wenn die Kinder Lydias wie nebenbei erwähnte Einladung an die älteren Brüder ernst nehmen. Sie darf nicht aus den Augen verlieren, dass sie damit ein Ziel verfolgt, denn im Grunde hat sie vor pubertären Lausebengeln regelrecht Angst. Solche halbgaren Knaben testen ihre Körperkräfte noch aus, ebenso ihren Wortschatz. Der junge Charakter befindet sich noch in einem ungefestigten Zustand, weiß noch nicht, ob er in die ehrliche und sich einordnende Rolle schlüpfen soll oder der Gesellschaft lieber die Fäuste zeigt.

In Gedanken geht sie sämtliche Familien im Ort durch, die ihr einfallen. Darunter lässt sich jedoch keine ausmachen, die mehr als vier Kinder hat. Wenn das Glück auf ihrer Seite ist, hat sie es mit Zugezogenen zu tun. Und mit noch mehr Glück wurden diese Fremden noch nicht gegen die zwielichtige Person vom Brausehof aufgewiegelt.

Bis heute hat Lydia nicht die geringste Ahnung, wer das böse Gerücht über ihre Mitschuld, wenn nicht gar Alleinschuld an Gustavs Tod unter die Menschen gestreut hat. Sie weiß nur, dass es ein solches gibt, hat Bemerkungen dieser Art aufgeschnappt und fühlt die stumme Feindseligkeit der Ortsbewohner. Wie oft schon hat Lydia nachts von den Anschuldigungen geträumt, die an Gustavs Beisetzung durch die schwarzen Reihen huschten wie vergiftete Pfeile, und deren Schützen sich selbst in der Nähe der trauernden Ehefrau nicht bemühten, diese Pfeile auf Umwegen zu den Empfängern zu schießen, sondern sie haarscharf an Lydias Ohren vorbeifliegen ließen, so nah, dass Lydia den Luftzug schmerzhaft in ihrem Nacken verspürte:

„... wenn sie es nicht war, warum hat sie dann keine Hilfe geholt? Sie war doch bei ihm ..."

„... Aber sicher war sie es, ihr wisst doch, was sie erst neulich am Grab von Gustavs Eltern von sich gegeben hat ..."

„Was ich damals von mir gegeben habe, war ein Scherz!", stößt Lydia jetzt so verzweifelt aus, dass der Hund von seinem Lager auf allen vieren angekrochen kommt, um unter dem Küchentisch Lydias Hand abzuschlecken, die auf ihr Knie einschlägt. „Du hast es doch gehört, Gustav, hast eigentlich selbst den Stein ins Rollen gebracht und noch einen draufgesetzt, damit mein Scherz noch origineller wird! Hast mitgewitzelt und die Leute in unserer Nähe vor deiner Frau gewarnt, die sich als zukünftige Witwe insgeheim schon ins Fäustchen lachen würde ... Verdammt, Gustav, so was kann man doch nicht einfach so stehen lassen, nicht, wenn man anschließend hingeht und alles auf eine Karte setzt!"

Diesen Vorwurf an ihren Mann holt Lydia jedes Mal hervor, wenn die Erinnerung an diese Peinlichkeit zu lebendig wird und sie alleine nicht mehr damit zurechtkommt. Es genügt schon, dass sie den Verlust ihres Ehemannes verkraften muss, doch für diese zusätzliche Bürde gibt es keinen Ausweg mehr, keine Möglichkeit, das Missverständnis richtigzustellen.

Der Hund holt sie zurück in die Gegenwart, bellt so auffordernd wie immer, wenn sein Frauchen nicht geistesgegenwärtig ist. Wahrscheinlich sagt ihm sein Instinkt, dass ihr solche körperliche Starre nicht bekommt, dass sie danach geschwächt ist.

Entgegen ihrem Bedürfnis muss Lydia lachen. „Wotan, mein Therapeut! Hast ja recht, ich sollte mir nicht ständig den Kopf zerbrechen und mich lieber über die Ordnung da draußen freuen. – Und jetzt folge mir, du darfst endlich auch mal Adas Stube betreten. Wie schade, das ihr beide euch nicht gekannt habt!"

Aber wie gut, dass ihre Schwiegermutter all das nicht mehr miterleben musste. Sie hätte den Tod ihres Sohnes noch weniger verkraftet. Und trotzdem ist Lydia sich sicher, dass Ada im Hinblick auf die andere Geschichte mit ihr auf einer Seite gekämpft hätte – wenn man Lydias Zurückgezogenheit und Bitternis denn überhaupt als Kampf bezeichnen kann; vielleicht sollte man es besser Resignation nennen ...

Die Tür der stillen Stube ist nur angelehnt. Sie wird wohl auch nicht mehr verschlossen werden, nimmt sich Lydia vor, als sich der Hund in seiner Neugier an ihr vorbeidrückt und mit der Nase auf dem Boden Spuren aufnimmt, die ihn in helle Aufregung versetzen. Er wird sein Herrchen erschnüffeln, letzte Gerüche von Gustav, die in dieser unbenutzten Stube konserviert wurden.

„Das ist fein, Wotan, was? Such! Such Papa!", entwischt es ihr ungewollt. Aber es tut so gut, wenigstens ein paar Sekunden lang so zu tun, als wäre noch alles, wie es war. Wie es noch sein könnte ...

Als das angenehm trügerische Empfinden vorbei ist, spürt Lydia, wie ihre eigentlich noch recht straffen Gesichtszüge von einem Moment zum anderen erschlaffen. Sogar ihre Muskeln geben nach, ihr gesamter Körper will einknicken, und sie lässt sich kraftlos auf Adas Bett sinken, auf die gesteppte sattgrüne Tagesdecke, die immer so einladend wirkte wie frisches Waldmoos.

Ausnahmsweise reagiert der Hund einmal nicht auf die heftige Veränderung seines Frauchens, er scheint immer noch all die neuen Gerüche für sich einzuordnen und zu sortieren.

„Komm hoch zu mir, Alter, du darfst. Jetzt dürfen wir alles. Niemand kann uns noch irgendwas verbieten", fordert Lydia ihren Hund matt lächelnd auf und klopft auf die Tagesdecke. Umgehend springt Wotan zu ihr aufs Bett und dreht sich wohlig vom Bauch auf die Seite und auf den Rücken. Auch Lydia rückt sich in eine Position, die ihrem Körper angenehm ist. Schade, dass ihre Brille und Adas Buch immer noch in der Küche auf dem Tisch liegen.

Wie lange haben sie in Adas Stube geschlafen? Der Geruch der alten Möbel mischt sich mit der frischen Luft, die durch das weit geöffnete Fenster strömt.

Dieser Schlaf war Erholung pur! Wie gut, dass der Mensch den Schlaf hat, der ihm jede Nacht eine Art kleinen Urlaub schenkt, sinniert Lydia. Das hat ihre Schwiegermutter einmal gesagt.

Lydia fragt sich, warum sie all die kleinen gehaltvollen Anmerkungen dieser stillen Frau nie intensiver wahrgenommen hat. Die Antwort könnte lauten: Man hat Ada wertgeschätzt als Bäuerin, ihr jedoch über die Arbeit am Hof hinaus keine herausragende Intelligenz zugetraut, weil sie insgesamt so wenig gesprochen hat.

Mit Sicherheit wird Lydia in den verborgenen Fächern und Schubladen der stillen Stube einiges finden, was sie in Staunen versetzt. Nichts Weltbewegendes, nichts, was Gustav interessiert hätte oder Adas Ehemann Magnus. Nein, es werden Dinge sein, die wohl nur eine Frau erfasst, die ein ähnliches, zurückhaltendes Dasein geführt hat wie Ada selbst.

„Und diese Frau bin ich, Wotan", sagt Lydia mit gemischten Gefühlen, weil sie sich schon jetzt als Eindringling betrachtet. „Es steht mir aber zu. Mehr mir als denen, die nach mir kommen. Denn das werden Fremde sein, die irgendwann mal unseren Hof ausmisten."

Wie lange das hier noch gut gehen wird mit ihr, ist ein Kapitel für sich. Schon das Ankleiden am Morgen stellt eine herausfordernde Gymnastik dar. Und aus Adas weichem Federgebirge in die Sitzhaltung zu gelangen erst recht.

Bevor Lydia sich erhebt, schmiegt sich ihre Wange liebevoll gegen Wotans breite Stirn. Wie gut, dass es ihn gibt, denkt sie, dann wird ihre Stimme resolut:

„Nun tu nicht so, als wärst du noch im Tiefschlaf, Hund, ich seh doch, dass du blinzelst. – Runter vom Bett! Wir wiederholen das hier noch oft genug. Denk dran: Jetzt dürfen wir alles!"

Der müde Blick, das ausgiebige Gähnen und die erwachenden durchgestreckten Beine, dann die langsamen Bewegungen, mit denen das schwere Tier wie in Zeitlupe vom Bett steigt, all das spricht für sich: Wotan scheint ihr das Versprechen nicht ganz abzunehmen, doch er fügt sich, weil er mittlerweile gelernt hat, wie wertvoll Pluspunkte sind.

Erneut muss Lydia schmunzeln, räkelt sich noch einmal, dann verlässt auch sie die weiche moosgrüne Landschaft und zieht das Fenster zu. Die Läden hingegen lässt sie geöffnet. Hier wird jetzt so verfahren wie mit all den anderen Zimmern: Licht und Zugang zu jeder Tageszeit.

Neben der Tür hängt der Spruch, den Ada vor vielen Jahren in Ton gebrannt und bunt angepinselt hat: »Es sind die kleinen Dinge, in denen die Schönheit und die Freude liegen.«

Ob ihre Schwiegermutter immer so ausgeglichen und zuversichtlich wirkte, weil sie sich jedes Mal, wenn sie das Zimmer verließ, von diesem Grundsatz bestärken ließ?

Lydia fühlt sich Ada seltsam nah, als sie nun mit Wotan deren Stube verlässt und hinaus in den langen, lichtlosen Flur tritt. Ihre Schritte werden leichter und schneller, fast ein wenig unternehmungslustig. Warum das so ist, kann sie nicht einordnen. Es muss die Atmosphäre der Stube sein, die ihr einen Tatendrang mit auf den Weg gibt, den sie – ebenso wie den Wunsch nach Geselligkeit – fast schon vergessen glaubte.

Doch sie macht sich nichts vor: Sie ist der einzige Mensch weit und breit, und die einzigen Geräusche in ihrer Umgebung sind die eigenen Schritte, Wotans Tapsen und der brummende Kühlschrank. In solcher Einsamkeit sind die kleinen Freuden in der Tat erbaulich, zum Beispiel der Anblick des sauberen Pflasters vor ihrer Tür. Zwar hat sie das Werk der Kinder schon am Mittag zufrieden betrachtet, doch jetzt will sie es erneut und ganz bewusst auf sich wirken lassen, immerhin könnte dies den Anfang einer wieder einkehrenden Ordnung am Brausehof bedeuten.

Mit halb aufgelöstem Haar öffnet sie schwungvoll die Haustür, pfeift ihrem Vogel rechterhand in der Voliere einen Gruß zu und schlendert in ihren Wollpantinen über die sauberen, glatten Steine. Wenn es das nächste Mal regnet, werden sie schimmern wie polierter Basalt; auch das wird wieder eine der neu entdeckten kleinen Freuden und Schönheiten sein.

Im Hof zuckt Lydia zusammen, als hinter ihr Wotans wolfsähnliches Heulen ertönt. Das tut er nur, wenn … Sie räuspert sich, schlingt ihr Haar fest umeinander und steckt es neu fest. Dann strafft sie die Schultern und dreht sich langsam um. Wie sie vermutet hat, sitzt jemand auf den Bank neben der Haustür, jemand, den ihr Hund gut kennt und den er zur Begrüßung besungen hat – und an dem sie selbst blindlings wie ein freigelassenes Huhn vorbeigerannt ist.

„Ich wollte dich nicht erschrecken, Lydia. Ich hatte geläutet. Zwei Mal", sagt der Mann, dessen silbergrauer Vollbart das gebräunte Gesicht bis hinauf zu den Schläfen säuberlich umrahmt.

„Oh … du … du trägst jetzt einen Bart", ist das Einzige, was Lydia im Augenblick zu seinem unvermuteten Erscheinen herausbringt. In Wahrheit denkt sie: »Ich hab dich nicht gleich erkannt. Jetzt, da ich weiß, wer du bist, tut dein Anblick mir weh, weil es dich nur im Zusammenhang mit meinem Gustav gibt.« Doch das sagt sie nicht. Stattdessen fragt sie schlicht: „Wie geht es dir, Theo?"

Als der Mann sich von der Bank erhebt, greift er nach einem Stock, bevor er auf Lydia zukommt. Er reicht ihr die Hand zur Begrüßung. Der feste Druck ist ihr noch gut bekannt, doch sie ist nicht fähig, ihn zu erwidern.

„Hast du Probleme mit dem Laufen?", fragt sie stattdessen beinahe schroff. Der überfallartige Besuch passt ihr nicht, und wenn sie sich richtig erinnert, hatte sie Theo wie auch den Förster gebeten, sich erst nach dem Trauerjahr wieder bei ihr zu melden. Schon damals ahnte sie, dass ihr gerade der Anblick von Gustavs alten Freunden zusetzen würde. Im Grunde haben weder Theo noch der Förster auf dem Hof etwas verloren. Es gibt keinen Gustav mehr und somit auch keine Skatrunde. Zwei sind einer zu wenig.

„Eine Knieoperation", sagt ihr Besucher nun, „nichts von Bedeutung. So ein Knie ist ein überaus kompliziert konstruiertes Gelenk. Ich muss es noch eine Weile entlasten."

Da spricht Dr. med. Theodor Treidel, denkt Lydia. Doch wen interessiert es im Moment, wie ein Knie funktioniert? „Und warum kommst du dann den weiten Weg hierher?"

Schon jahrelang, seit Theo seine Arztpraxis drunten im Ort aus Altersgründen geschlossen hatte, kam er jedes Mal über vierzig Kilometer zum Skatabend angereist, damit der Kontakt zu seinen Freunden nicht abriss.

Er wird gar nicht wissen, was hier so über mich geredet wird, denkt Lydia, und ganz kurz kommt es ihr in den Sinn, Theo ihre vertrackte Lage anzuvertrauen.

Andererseits wird gerade er informiert sein, was sich im Ort tut, und besonders, welche Geschichten und Gerüchte um den plötzlichen Tod seines alten Freundes kreisen. Selbst wenn Theo nicht mehr hier wohnt, wird er Kontakte aufrecht erhalten haben, und das bedeutet ...

„Ich bin mit meinem Neffen gekommen. Er hat hier zu tun, und ich dachte mir, dann schaust du mal bei Lydia rein. Wenn du es mir auch bis zum Ende deines Trauerjahres untersagt hast. Ich weiß, es sind noch ein paar Wochen bis dahin, aber darauf darf es doch bei uns nicht ankommen, Lydia. Wir sind doch so lange schon ..." Er unterbricht seine Rede, senkt den Kopf und schaut Lydia über seine Brille hinweg an.

„Was sind wir denn?", fragt Lydia im selben unzugänglichen Tonfall wie zur Begrüßung. „Du meinst, ich bin doch die Frau deines Freundes, die euch an euren Spielabenden so brav und unsichtbar bedient hat?" Sie weiß, dass ihr die Bitterkeit aus allen Poren springt und wünscht sich zum tausendsten Mal, dieses Gefühl möge endlich aufhören, sie immer wieder aufs Neue zu beherrschen. Es bringt doch nichts, immer mehr Menschen in den Stacheldraht um sich zu wickeln. Lydia ist erstaunt, dass ihr solch ein Vergleich in den Sinn kommt. Doch dann fällt ihr ein, dass es Ada war, die ähnliche Worte benutzt hatte, damals, als der Streit zwischen Vater und Sohn ausbrach: „Gustav und Magnus! Ihr seid beide solche Sturköpfe, ihr merkt ja gar nicht, dass ihr immer mehr Stacheln auf den Zaun zwischen euch setzt ..." So in etwa hatte Ada sich ausgedrückt. Und dass sie, Lydia, nun imstande ist, derartige Wortspielereien aufzugreifen, wird an ihrem Aufenthalt in Adas Stube liegen, an der geheimnisvoll kreativen Atmosphäre des kleinen Zimmers.

Der Mann vor ihr räuspert sich. „Schade, dass du das so siehst, Lydia. Du warst für uns zu keiner Zeit eine unsichtbare Bedienung. Du warst ... bist ... Gustavs Frau. Wir haben dich immer sehr geschätzt."

Lydia sieht an ihm vorbei. Sie weiß nichts zu erwidern, denn solche Gespräche ist sie nicht gewohnt. Vor ihrem inneren Auge ziehen Szenen der Männerabende vorüber. Förster Blöchner, dessen Vorname ihr nicht mal mehr einfällt, wie er die Karten neu verteilt, Theodor, der sich eine Handvoll Nüsse in den Mund schaufelt, Gustav, der die kleinen Gläser mit dem Selbstgebrannten nachfüllt und dabei seine belustigten Kommentare abgibt, Gustav, wie er lacht, Gustav, wie er nach ihr ruft, wie er die Arme ausbreitet und ihr begierig den Teller mit den belegten Brothälften abnimmt, Gustav, der mit seinen großen schwieligen Bauernhänden die dünnen Karten sortiert ...

Wie weit sie sich mit ihren Gedanken fortbewegt hat, wird ihr bewusst, als sie feststellt, dass Theo sich längst von ihr abgewandt hat, schweigend in die Ferne blickt und sich eine Träne aus dem Augenwinkel wischt. Dazu hat er seine Brille abgenommen, und Lydia ahnt, dass diese Träne nicht die einzige war. Theos Augen sind rot, als hätte er schon eine ganze Weile vor sich hingeweint. Und es wird nicht ihre

Bemerkung gewesen sein, die ihn zum Weinen gebracht hat. Er vermisst ganz einfach seinen Freund. Alles hier wird ihn an Gustav erinnern, und sie muss berücksichtigen, dass Theo heute zum ersten Mal wieder den Brausehof besucht.

„Tut mir leid, Theo. Ich wollte nicht ... so zu dir sein." Lydia weiß selbst nicht, warum sie derart abweisend auf Theo reagiert hat. Er soll auf keinen Fall ein zusätzlicher Stachel in ihrem Schutzzaun werden. Vielleicht hat er nur den falschen Zeitpunkt erwischt, ist gerade dann aufgekreuzt, als sie sich endlich ein wenig abgelenkt sah und er nun den Hauch von Zuversicht der letzten Stunden zerstört hat.

Nein, Theo meint es gut mit ihr; immerhin war er es, der sich gleich nach der Beisetzung erkundigt hatte, ob er etwas für sie tun könne. Und wer weiß, ob ein ununterbrochener Kontakt gerade mit ihm sie nicht vor so manchem Problem mit der Gemeinde im Tal bewahrt hätte. Doch jetzt ist es, wie es ist, und sie selbst hat diese Distanz gewählt.

„Ich wollte dich wirklich nicht mit meinem Auftauchen irritieren, Lydia. Ich hätte dich ja gern vorgewarnt", sagt Theo, der sich geschnäuzt und seine Brille wieder aufgesetzt hat. „Aber man kann dich nicht mehr erreichen. Du hast dein Telefon wohl abgemeldet?"

„Ich brauche kein Telefon. Mit wem soll ich schon plaudern?"

Entweder greift er jetzt das Thema um ihren Ruf im Ort von selbst auf oder er ignoriert es und beweist damit, dass er nichts weiß. Oder dass er nicht mit ihr darüber reden mag.

Als Theo schweigt, fragt Lydia: „Warst du das, der den Buchsbaum auf Gustavs Grab gepflanzt hat?"

„Ja. Ich denke, das durfte ich mir erlauben."

Im Stillen ergänzt Lydia seine Antwort: „... weil du, Lydia, dich ja nicht darum gekümmert hast ..."

Doch er sagt munter: „Gestern hab ich festgestellt, dass erst vor Kurzem noch jemand dort war, der das Grab gesäubert und die Erde geharkt hat. Das warst du, hab ich recht?"

Gestern?, wiederholt Lydia im Stillen, Theo war gestern schon im Ort? Welchen Kontakt hat er wohl genutzt zum Übernachten? Sie nickt stumm und er fügt hinzu, als könne er Gedanken lesen: „Mein Neffe hatte für abends eine Einladung. Wir haben uns im Landgasthof einquartiert. Gibt ja ansonsten keine näheren Beziehungen mehr hier im Ort für mich." Ganz kurz prüft er ihre Miene, dann lenkt er vom sensiblen Thema ab: „Apropos gepflanzt: Was ist denn aus der Schonung geworden?"

„Die Schonung", wiederholt sie bedächtig. „Ich geh so gut wie gar nicht hin. Zum Glück ist das ein Winkel, den ich umgehen kann, und sogar übersehen."

Auch hierzu nickt er, als hätte er nichts anderes erwartet. „Besser meiden als leiden, hast ja recht, Lydia. Aber wie wär's, wenn wir jetzt mal zusammen hingehen und nach dem Rechten sehen? Dann hätte mein Überfall wenigstens in einem Punkt seine Berechtigung."

Ob er sie therapieren will? Der Gedanke gefällt Lydia nicht. Doch es ist nur das von ihr gewählte Wort für eine Art Freundschaftsdienst: Theo will ihr zur Seite stehen, damit sie ein Stück traumatische Vergangenheit aufarbeiten kann. Und wer sonst, wenn nicht er, weiß, was sie damals, vor acht Jahren, auf dem Grundstück hinter dem Stallgebäude durchlitten hat ... Gustav musste sich notgedrungen um andere Dinge kümmern und konnte gar nicht erkennen, dass seine Frau unter Schock stand, dass sie einem Zusammenbruch nahe war – und Theo in seiner Funktion als ehemaliger Arzt für Lydia der einzige Beistand in einem tosenden Inferno war.

Wenn sie aber jetzt Einzelheiten in sich aufleben lässt, wird selbst Theo sie nicht dazu bewegen können, diesen Ort aufzusuchen.

„Ja, gehen wir", sagt sie deshalb hastig. „Aber sieh dich nicht um. Der Brausehof ist mittlerweile mehr eine Gedenkstätte als ein Bauernhof." Lydia versucht zu lächeln und rechnet damit, auch Theo mit diesem Vergleich ein Schmunzeln abzuringen. Doch der nickt nur erneut, ernst und ohne einen Kommentar abzugeben. „Du hast das längst bemerkt, stimmt's?", fragt sie, begleitet von einem Seufzen.

Sie stehen noch immer am Ende des Hofes, die Gesichter dem Tal zugewandt. Theo holt tief Luft und Lydia spürt, dass er mit sich ringt.

„Nun sag schon, was du auf dem Herzen hast. Außer mir kann dir hier niemand zuhören."

„Ich würde dir tatsächlich gerne was erzählen, Lydia. Darf ich?"

„Ich sag doch: nur zu! Wer so abgeschnitten von der restlichen Welt lebt wie ich, kann Neuigkeiten gut gebrauchen." Die Bitternis – sie hat wieder mitgesprochen und Lydia ärgert sich über ihren zynischen Tonfall.

Theo blickt über das Tal hinweg, zur Hügelkette auf der anderen Seite.

„Gustav hat mal zu mir gesagt: »Theo«, hat er gesagt, »ich glaube, hier in der ganzen Gegend ahnt niemand, was in meiner Lydia wirklich steckt. Sie besitzt eine Art ...«, Moment, wie hat er sich noch ausgedrückt?, ach ja, »... eine Art Grundintelligenz, derer sie sich gar nicht bewusst ist. Sie merkt sich alles auf Anhieb. Ohne großartige Ausbildung weiß sie eigentlich alles, was fürs Leben wichtig ist. Und sie ist eine verdammt gute Bäuerin. Sie überrascht mich jeden Tag aufs Neue. Wenn man bedenkt, was sie schon so alles hinter sich hatte, als sie als junges Mädchen zu uns auf den Hof kam. Als der Erste Weltkrieg begann, war sie sechs Jahre alt, hat kurz darauf ihre ganze Familie verloren, wurde aus der Heimat vertrieben, war jahrelang im Waisenhaus, die Schule hat sie abbrechen müssen. Sie kam ausgehungert hier an, mit fremden Menschen, die sie aus Mitleid mitgeschleift hatten, sie war so voller Angst und ohne ...«"

„Hast du das auswendig gelernt? Warum erzählst du mir das alles, Theo? Ich kenne meine Vorgeschichte selbst. Diese Zeiten sind vorbei, wir schreiben das Jahr 1982 und ich bin eine Witwe." Ihre gedämpfte Stimme klingt aufgeregt, das Schlucken fällt ihr schwer, es ist, als läge ein Band um ihren Kehlkopf, das sich immer mehr zuzieht. Sie kennt den Grund, es ist nicht die Tatsache um ihre schlimme Kindheit, sondern die spürbare Erinnerung an Gustavs Mimik, an seinen bäuerlichen Dialekt, mit dem er Theo all das erzählt hat. Der Gedanke an ihn wird plötzlich zu lebendig, um den Schmerz aushalten zu können. Sie beginnt zu zittern, alles in ihr vibriert, und sie hält schützend die Arme vor ihre Brust, hält sich selbst fest, um standhaft zu bleiben.

Unbeirrt spricht Theo weiter. „Gustav hat dich verglichen mit den anderen Frauen unten im Ort. »Da gibt es keine, die meiner Lydia das Wasser reichen könnte«, hat er gesagt. »Ich will nicht, dass sie zu viel Kontakt hat mit dem Dorf. Da würde ihre Gutherzigkeit nur ausgenutzt. Hier oben auf dem Hof kann ihr nichts passieren, ich halte sie, so gut es geht, fern vom Tal. Ich hab schon aufgeschnappt, dass man sie für eingebildet hält, nur, weil sie Hochdeutsch spricht, und ...«"

„Und so jemandem hängt man nur zu gern etwas an." Lydia erschrickt, weil sie laut gedacht hat. Umso verwunderter ist sie, als Theo schlicht sagt: „So könnte es sein, ja."

Ob er die gesamte Rede genutzt hat, um auf die Verleumdungen überzuleiten? Oder liegt ihm mehr daran, ihr Selbstvertrauen durch Gustavs hohe Meinung von ihr zu stärken?

„Vielleicht hätte Gustav den Leuten im Ort einfach die Gelegenheit geben sollen, seine Frau besser kennenzulernen", sagt Lydia mit konsequentem Schlusspunkt am Satzende. „Komm, gehen wir zur Schonung rüber." Sie wendet sich vom Tal ab und zeigt Theo damit noch einmal, dass sie dieses Gespräch nicht weiter vertiefen will.

Sie nehmen Kurs Richtung Stallgebäude im westlichen Teil des Brausehofes. Gleich dahinter befindet sich ihr Ziel – ein von Wildsträuchern umrahmtes Fleckchen Erde, das Lydia beim Wirken auf dem Hof weder sehen noch betreten muss. Ein Ort, der unwirklich für sie geworden ist.

Lydia lacht kurz in sich hinein, weil Theo an seinem Stock mehr hinkt, als dass er geht, und sie in ihren Wollpantinen mehr schlurft als schreitet. Selbst der Hund passt sich dem trägen Marsch an, er weiß nicht, wo es hingeht und wirkt äußerst angespannt.

„Dein Pflaster ist übrigens tadellos gepflegt, Kompliment!"

Lydia beschließt, sich zumindest diesen kleinen Triumph zu bewahren und wiederholt: „Tadellos, ich weiß."

Es wird genügend Anblicke der anderen Art auf ihrem kurzen Spaziergang geben, da darf wenigstens der Vorhof einen ordentlichen Eindruck hinterlassen.

Sie trotten schweigend vorbei am überwucherten Komposthaufen, am Hühnergehege, das keinen einzigen Grashalm mehr aufweist. Wie gern hätte sie das arme Federvieh schon im letzten Jahr umziehen lassen auf ein Plätzchen mit Grünzeug, oder zumindest das Gehege über die nahe Grasfläche erweitert.

Warum es ihr wichtig ist, dass Theo nicht das beschädigte Scheunendach entdeckt, kann Lydia sich selbst nicht beantworten. Gerade hierin wäre er der beste Berater. Aber dann würde er sich nach ihren Finanzen erkundigen und sie müsste bekennen, dass sie vielleicht sogar genügend Geld für eine Reparatur hätte, weil ihr jemand …

„Ups, da wärst du beinahe gefallen", sagt Theo im selben Moment, in dem Lydia in einen Stolperschritt verfällt. „Nimm mein Bein als abschreckendes Beispiel. Ohne einen intakten Gehapparat wärst du hier komplett hilflos … so allein …"

Hat sie es sich nur eingebildet, oder ist sein Blick soeben wie zufällig über das Dach der Scheune geflogen?

„Das sieht aber einladend aus", merkt Theodor mit einem Fingerzeig auf die alte Jauchegrube an, „zumindest für Insekten." Auf der öligen Oberfläche der Grube modern zahllose Käfer und Fliegen wie einbalsamiert vor sich hin.

»Wie trostlos, mein Zuhause!«, denkt Lydia mit erneuter Leere im Kopf. Doch diese Leere wird sich nach wenigen Metern füllen. Und zwar mit panischer Erinnerung.

Wie gut, dass Theo dann an ihrer Seite ist! Dennoch sollte sie lernen, sich diesem von ihr gemiedenen Ort künftig auch alleine zu nähern, ohne die alte Angst im Gepäck. Schließlich ist sie die Bäuerin des Brausehofes und als solche verpflichtet, ihren Besitz und Boden im Auge zu behalten, und davon dürfen weder Furcht noch Feigheit sie abhalten.

Während Theo sich nun ganz auf den holprigen Untergrund konzentriert, lässt Lydia sich ein paar Schritte zurückfallen und schaut zum Himmel empor, wo der Wind ein eigenartiges Wolkengebilde vor sich hertreibt.

Mit lautlosen Mundbewegungen formt sie ihre Nachricht: „Hat schon ein bisschen gutgetan zu erfahren, wie du über mich denkst. Und jetzt komm mit uns mit, Gustav. Von da oben hast du doch den allerbesten Überblick."

12

Die Schonung liegt gleich hinter den Stallungen, und trotzdem außerhalb des belebten Teils des Hofes. Ein sandiger Weg führt um die Ecke, und was dahinter kommt, davon will sie schon lange nichts mehr wissen. Zu sehr erinnert die Kurve um das Stallgebäude an den verhängnisvollen Abend vor acht Jahren. Selbst als Gustav noch da war, hatte sie sich von diesem Fleckchen Erde ferngehalten. Während ihr Mann fast täglich munter und tatendurstig um die Ecke schritt, hielt Lydia sich stets wohlüberlegt zurück. Fast nie folgte sie ihm in die Schonung und hat bis heute nicht herausgefunden, ob ihm das überhaupt aufgefallen war.

Die Erinnerung gleicht mittlerweile einem Kurzfilm, der mit einem Groschen in einen Münzschlitz nach Belieben gestartet werden kann, und der sich ihr im Zeitraffertempo innerhalb von Sekunden präsentiert. Lydia kennt ihn längst auswendig, nur zu Ende geschaut hat sie diesen Film nie. Ihr genügt, dass sie den Anfang miterleben musste.

Immer startet er an derselben Stelle: Die drei Männer sitzen in der Küche am großen Tisch. Die Glühbirne der Lampenschale erfasst gerade so die Tischplatte, der Rest der Küche liegt im Schummerlicht.

Es ist der Skatabend der drei Freunde, einmal im Monat, an dem Lydia normalerweise die Bewirtung übernimmt. Leise und unauffällig, sie will nicht stören. Diesmal jedoch hat sie sich ins Wohnzimmer aufs Sofa zurückgezogen. Der angekündigte Wetterumschwung setzt ihr schon seit zwei Tagen zu.

„Du bleibst hier im dunklen Zimmer und drückst deinen Kopf ins Kissen", hat Gustav ihr befohlen. Er weiß, was seiner Frau in solchem Zustand guttut.

Die gedämpfte Unterhaltung der Männer dringt durch die angelehnte Tür des Wohnzimmers – in Anbetracht des drohenden Gewitters eine beruhigende Geräuschkulisse. So beruhigend, dass Lydia immer wieder einschlummert, wenn der Schmerz unter der Schädeldecke ein wenig nachlässt.

„Dort hinten wird's schon rabenschwarz", hört sie Theo wie aus weiter Ferne sagen. Dann wird leise die Tür zugezogen, man will sie, so gut es geht, ungestört schlafen lassen. Die nahenden Donnergeräusche mischen sich wie eine finstere klassische Begleitmusik in ihren Dämmerzustand, mal lauter, mal leiser, dann wieder markerschütternd heftig. Zum Glück sind hier bei ihr die Fensterläden geschlossen, sodass zumindest keine zuckenden Blitzlichter in die Wohnstube dringen können. Das Donnern jedoch will kein Ende nehmen. Es scheinen sich mehrere Gewitter aneinanderzureihen, sie hört den Regen gegen die Läden und auf die Pflastersteine klatschen. Aber so war es ja angekündigt: eine lang anhaltende Front von heftigen Herbstgewittern. So weiß Lydia auch, dass sich dieses Schauspiel noch vor Mitternacht wieder verziehen wird.

„Lydia, was ist los? Gehen wir weiter?" Theo durchbricht ihre Erinnerungen kurz vor der Ecke des Stallgebäudes. Er drängt nicht, klingt einfach nur hilfsbereit.

»Bis zur Kurve und keinen Schritt weiter!«, lautet ihr innerer Befehl.

„Hast du ein Déjà-vu?", fragt er besorgt und belustigt zugleich.

„Was soll ich haben?" Jetzt kommt er wieder mit seiner Fachsimpelei, denkt Lydia, er kann es einfach nicht lassen, den Doktor mit ins Spiel zu bringen.

„Ein Déjà-vu-Erlebnis bedeutet, dass man glaubt, etwas Neues schon einmal gesehen oder erlebt zu haben", sagt Theo mit einer Stimme, als würde er gerade ein frisch eingeschultes Kind aufklären.

Lydia hebt die Schultern. „Aha, dann wird das wohl gerade so etwas gewesen sein. Deshalb kann ich auch gut auf die Schonung verzichten."

Sie hofft, dass ihr ein lockerer Tonfall gelungen ist, denn sie schämt sich für ihre fast kindischen Angstgebärden. Sie ist eine Frau von vierundsiebzig Jahren, hat zwei Weltkriege durchlebt, weder Donnerschläge noch Katastrophen sind ihr fremd, das weiß Theo genauso gut wie sie selbst. Ebenso scheint aber auch er derjenige zu sein, der eine Ahnung hat, wie sehr ihr gerade dieser Oktoberabend vor acht Jahren zugesetzt hat.

„Na komm, Lydia, hak dich unter. Wir betreten gemeinsam den Ort des Schreckens."

Theo bietet ihr seine Armbeuge und Lydia überlegt kurz, ob eine solche Nähe bei dem späten Wiedersehen zwischen ihr und dem Freund ihres verstorbenen Mannes nicht übertrieben ist. Im Grunde aber ist ein stützender Arm genau das, was ihr in der Einsamkeit ihrer Erinnerungen Halt verleiht. Im Gegensatz zu Gustav ist Theo bereit, belastende Eindrücke mit ihr aufzuarbeiten, und als ehemaliger Arzt weiß er, wie nachhaltig seelische Erschütterungen sein können, mit denen sie noch dazu jetzt ganz allein dasteht.

Von der Schonung selbst sieht man nicht viel. Das einst bebaute, längliche Grundstück ist umwuchert von dornigem Gestrüpp, von wilden Hecken, Disteln und Brombeerausläufern. All das Grünzeug hat sich längst um den Drahtzaun gewunden, doch gerade das hat Gustav gefallen: „Muss ja nicht jeder sehen, was hier hinten wächst."

Lydia weiß, dass Theo noch im vergangenen Jahr mit Gustav hier war, obwohl er jetzt erstaunt ausstößt: „Na, hier hat in der Tat schon lange keine Menschenseele mehr gewirkt. Vermutlich hat selbst Gustav hier resigniert und alles sich selbst überlassen." Mit seinem Krückstock schlägt er die Brennnesseln nieder, damit Lydia an den Handknauf des kleinen Gartentores kommt und es über das Unkraut nach außen ziehen kann. Auch im Innern steht das Gras hüfthoch, umgibt all die jungen Tannen, die sich daran aber nicht zu stören scheinen und rege vor sich hinwachsen. Gustavs Weihnachtsbäumchen, die dazu auserkoren waren, von interessierten Käufern im übernächsten Winter geschlagen zu werden.

„Die sehen gar nicht so schlecht aus", meint Theo und wagt ein paar Schritte in die unwegsame Schonung. „Schöne Höhe, die Tännchen, halb hoch, gerade richtig für festliche Stuben, was?"

Lydia fällt auf, dass Theo mit brüchiger Stimme spricht. Ob es die Erinnerung an Gustav ist? Sie kann das im Augenblick nicht einschätzen, weiß nur, dass Theo sich seltsam verändert hat, seit sie hier angekommen sind. Er schaut ihr nicht mehr ins Gesicht, wirkt befangen oder verlegen oder was auch immer – etwas stimmt nicht mehr mit ihm. Hat auch ihm der Brand damals mehr zugesetzt, als er zugeben möchte?

Es war ein gruseliger Moment, in dem sich Gustav an jenem Abend über sie beugte, sie an den Schultern packte und gehetzt in ihr Ohr brüllte: „Lydia, steh auf! Es brennt! Ein Blitzeinschlag, Lydia! Werd wach!"

Fast gleichzeitig erschütterte ein Knall das Wohnhaus.

„Was? Was sagst du da?" Lydia war vom Sofa hochgeschossen, als wäre der Blitz ihr selbst in den Leib gefahren. Sie musste in einen tiefen Schlaf gefallen sein und wusste nicht mehr, in welche Richtung sie denken sollte.

„Oh verdammt, da muss drüben gerade ein Tank explodiert sein!"

„Gustav, was ist los? Wo brennt es denn?", hatte sie konfus gefragt, immer und immer wieder.

„Steh auf, zieh dir was über, komm mit!" Unsanft hatte er sie auf die Beine gezogen und lief voraus, durch den Flur, aus der Haustür, über den Hof.

Ein beißender Wind schlug ihr entgegen, als sie draußen stand. Rechts, hinter den Stallungen loderte ein höllenroter Schein in den schwarzen Himmel hinauf. Lydias Kopf begann erneut heftig zu pochen. Sie drückte beide Hände gegen die Schläfen, dann vor die Augen. Das konnte nur der Schober sein, Jahrzehnte alte, trockene Holzbalken und Holzwände, ein Festschmaus für Flammen, gefüllt mit ganz viel Stroh und Heu, zugleich der Unterstand für ihre Landmaschinen ...

Lydia hatte sie alle vor Augen, wie sie in Reih und Glied dastanden: der geliehene Mähdrescher, die noch vom Schwiegervater für teures Geld gekaufte Dreschmaschine, die Reinigungsmaschine fürs Getreide, der Heuwagen ... die Tiere gleich nebenan – nein, zum Glück standen die noch auf der Weide am Südhang, für die nächsten Tage war es warm gemeldet, und jetzt war es auch warm, ja geradezu unnatürlich heiß, je näher Lydia sich wie fremdgesteuert über den Hof bewegte und schwerfällig, immer mit einer Hand an der Hauswand entlang, dann an der Scheune und schließlich an den kühlen Ziegelsteinen der Ställe Halt suchte. Schmerzhaft fest peitschte der Regen auf ihre Schultern, hoffentlich half der beim Löschen ...

»Bis zur Kurve, aber keinen Schritt weiter!«, befahl ihr unentwegt eine warnende Stimme, nicht ins Feuer schauen.

Schwaden wie von verkohltem Papier wirbelten um die Ecke, knapp über ihrem Kopf vorbei. Hoch über dem unversehrten Stalldach sah sie die Flammen, die am dahinterliegenden Schober fraßen, wilde, gespenstisch wirkende Flammen, die senkrecht in den schwarzen Abendhimmel tanzten, dazwischen schoben sich Donnergeräusche wie begeisterter Beifall.

Ganz kurz reckte sie den Hals um die Ecke, sogleich stieg ihr stechender Qualm in Augen und Nase. Sie sah nichts als Rauch, durchbrochen von Regengüssen und roten Feuerzungen in allen Ecken des Schobers. Lydia schloss den Mund, presste die Hand auf ihren Brustkorb und zog den Kopf zurück. Es knisterte und zischte, dann knackte es und ein schwerer metallener Schlag ließ sie die Hände auf die Ohren drücken – das Dach musste eingestürzt sein, war offenbar auf all die Landmaschinen geschlagen. Ein chemischer Dunst kam ihr um die Hausecke entgegen.

Die Männer ... »Lauft nicht ins Feuer!«, wollte sie rufen. Ob sie schon erschlagen worden waren von brennenden Balken? Oder erstickt? Hatte überhaupt jemand die Feuerwehr benachrichtigt?

Wie auf Kommando ertönte aus dem Tal ein Martinshorn, dann noch eines, im unrhythmischen Gesang, dazwischen hörte sie die Stimmen der Männer, die sich Befehle zuschrien – sie lebten, dem Himmel sei Dank!

Doch irgendetwas tief in ihr wollte ihr mitteilen, dass da noch etwas war, das alles noch schlimmer machte, als es schon war. Aber es gelang ihr nicht, die Warnung oder Mahnung, oder was es sein mochte, in ihr Bewusstsein steigen zu lassen.

Wie lange sie reglos an der Stallwand kauerte, konnte sie später nicht mehr ausmachen. Irgendwann wurde es hinter ihr schrill laut und lauter, Motorengeräusche füllten den Hof, und die Umgebung wurde erhellt von gespenstisch zuckenden blauen Lichtern.

Dann tauchte in all dem Qualm, der um die Hausecke stob, eine Gestalt auf. Lydia rief nach ihrem Mann, wusste nicht, ob es Tränen waren oder Regen, was ihr da übers Gesicht bis in den Mund hineinlief. Doch das geschwärzte Gesicht, das plötzlich ganz nah vor ihr erschien, hatte keine Ähnlichkeit mit Gustav.

Es war Theo, der sie am Arm packte und beruhigend auf sie einredete und ihr sagte, dass es Gustav gut gehe und dass auch alles andere wieder gut werde.

Sie weiß noch heute, was sie in jenem Moment gedacht hat: dass, egal, wie gut es werden würde, ein Schmerz niemals mehr versiegen könne, ein Schmerz, der sie für den Rest ihres Lebens verfolgen würde, weil sie allein für einen unverzeihlichen Fehler verantwortlich war.

Und mit diesem letzten Gedanken war sie zusammengebrochen, an Ort und Stelle, an Theos Arm.

„Ja, Gustavs Tännchen. Die sind schön gewachsen", bestätigt Lydia jetzt, „vielleicht gedeihen sie auf unwirtlichen Standorten besonders gut." Das hatte ihr Gustav einmal erklärt. Der aufgearbeitete Boden nach dem Brand würde einer Anpflanzung von solchen Nadelholzgewächsen keinen Abbruch tun, hinzu kämen die günstige Höhenlage und die passenden Temperaturen. In der Tat hatte er sich auf seine »Ernte« gefreut, die für diesen Winter geplant war.

Im Grunde will Lydia nichts von diesen Tannenbäumchen wissen. Erstens hat das Grünzeug ihren Mann schon jetzt um fast ein Jahr überlebt und außerdem war die Anlage dieser Schonung untrennbar mit dem Brand verbunden.

Theo wirft einen letzten Blick auf das Grundstück, dann wendet er sich zum Gehen.

„Kochst du mir jetzt einen Kaffee?", fragt er aufgesetzt fröhlich, ohne auf Lydias Antwort zu warten. „Und dann besprechen wir, wie sich das Problem mit deinem Scheunendach regeln lässt."

13

Wie zerschlagen sitzt Lydia am Küchentisch und starrt auf Theos leere Kaffeetasse.

Sie fühlt sich ausgelaugt, völlig erschöpft. Sie ist nicht mehr geeignet für ausgiebige Unterhaltungen, im Grunde war sie das nie. Mit Gustav funktionierte das, er war der einzige Gesprächspartner, mit dem sie sich nicht nur zweckmäßig ausgetauscht hat.

Und nun hat sie volle zwei Stunden mit Theo geredet.

Das Loch im Scheunendach hatte er schon begutachtet, während sie noch nichtsahnend auf Adas moosgrüner Decke lag. Wahrscheinlich hatte er darauf gehofft, dass sie ihm dieses Problem von selbst anvertrauen würde. So hatte er sie letztendlich aus eigenem Antrieb damit konfrontiert.

Überhaupt war er heute im Umgang mit ihr recht offen, beinahe unangenehm offen.

„Du hast dich sehr verändert, Lydia", hatte er beim Kaffeetrinken gesagt. „Du wirkst verschlossen und in dich gekehrt. Von der alten Lydia ist kaum mehr was übrig geblieben. Sieht aus, als hätte Gustav all deine Fröhlichkeit und Zuversicht mitgenommen. Ich weiß, dass du trauerst, dein Gustav fehlt dir an allen Ecken und Enden. Das wird er auch weiterhin, aber das darf nicht bedeuten, dass es für dich gar nichts Schönes mehr geben kann.

Wenn du wieder auf die Beine kommen willst, dann verschließ dich nicht deinen Mitmenschen gegenüber. Nimm Hilfe an, wenn sie dir angeboten wird. Es wird immer jemanden geben, an den du dich wenden kannst. Pfeif auf die, die dir nicht behagen, aber fang wieder an zu leben und auch zu genießen! Gönn dir irgendetwas, das dir Freude macht, und zwar mit gutem Gewissen! Das können winzige Kleinigkeiten sein, aber dazu darfst du stehen. Du bist nicht auf die Welt und auch nicht auf den Brausehof gekommen, um Trübsal zu blasen und dich zu quälen und zu kasteien. Du bist jetzt hier die Hofbesitzerin, das war schon immer für dich vorherbestimmt. Wir verstehen das Schicksal nicht, aber wenn wir uns darauf einlassen, versteht es uns und unterstützt uns. Und wenn es dir körperlich schlecht geht, dann geh zum Arzt. Vergiss nicht, dass du krankenversichert bist.

Ich weiß, dass mein Freund Gustav dir alles abgenommen hat und ich weiß auch, dass er dich in vielen Dingen außen vor gelassen hat. Das war nicht richtig von ihm, aber das war halt seine Auffassung vom Unterschied zwischen Frau und Mann. Der alte Dickschädel hat sein Leben lang so entschieden, wie er es für richtig hielt. Und du, Lydia, du hast es nicht anders gekannt und dich dankbar mitziehen lassen. Aber jetzt wird es Zeit, dass du an dich denkst, dass du ein wenig egoistisch wirst. Sieh dich doch an, wie dünn und kraftlos du geworden bist. Da muss was passieren. Und wenn Gustav ein Wörtchen mitreden könnte, würde er dir all das genau so sagen und raten. Glaubst du, er würde wollen, dass seine Frau jetzt den Kopf in den Sand steckt und nur noch leidet und sich zurückzieht? Nie und nimmer würde er das wollen, so stolz, wie er auf dich war.

Ich sag's noch mal, Lydia: Nimm Hilfe an! Dieses letzte Jahr hat dir arg zugesetzt." Ohne Fragezeichen am Ende hat er ihr all das mit ernster Miene ins Gesicht gesagt und sich dabei über den Tisch gebeugt, um ihr eindringlich in die Augen zu blicken. Und sie war hin und her gerissen, ob sich solche direkten Äußerungen schickten oder ob Theo sich damit etwas herausnahm, das ihm als Außenstehendem nicht zustand. Aber jetzt war kein Gustav da, um für sie die Lage einzuschätzen und statt ihrer, wie früher zumeist, darauf zu reagieren. In dem Punkt musste sie Theo Recht geben: Jetzt waren allein ihre Entscheidungen gefragt.

Als sie auf all das nichts erwiderte, machte Theo ihr den Vorschlag, eine Kur für sie zu beantragen, an der See, zum Aufbauen und Stärken, er würde alle Formalitäten für sie in die Wege leiten, als ehemaliger Arzt habe er die notwendigen Verbindungen und das Wissen dazu.

»Aber nicht das Recht, über mich zu entscheiden!«, hatte sie im Stillen protestiert. Ihr war bewusst, dass Theo es gut mit ihr meinte, aber mit seiner Hoffnung, auf Knopfdruck eine einsichtige, zuversichtliche Person aus ihr zu machen, lag er nun doch falsch.

„Ach ja? Und du kümmerst dich in der Zwischenzeit um meine Tiere und den Hof?"

Mit dieser Reaktion und gerunzelter Stirn hatte sie das Thema vom Tisch gefegt und ihm zu verstehen gegeben, dass ihm gegenüber immer noch dieselbe Lydia saß wie vor seinen Unterweisungen und wohlwollenden Ratschlägen.

Immer wieder hatte Theo vorhin zu Gustavs leerem Platz auf der Eckbank geschielt. Dort musste er den letzten Eindruck von ihm gespeichert haben. Genau wie sie.

Erst bei der zweiten Tasse Kaffee wirkte Theo ein wenig vertrauter, ein wenig mehr wie früher. Lydia musste sich eingestehen, dass zwischen den Männern eine Art von Freundschaft bestand, die sie bis heute nicht nachempfinden kann, weil sie selbst nie eine Freundin gehabt hat. Außer Margitta, einer Ernte-Helferin, die mit ihnen auf dem Hof gelebt hatte. Aber an die zu denken, tut heute noch genauso weh wie damals, als Margitta gezwungen war, den Hof für immer zu verlassen. Da gab es für den alten Bauern kein Vergeben – Margitta war schwanger, ohne Ring und Siegel. Also zeigte Magnus ihr die Tür auf Nimmerwiedersehen. Und wahrhaftig hat die fleißige und ebenso fröhliche Frau sich nie wieder hier oben blicken lassen.

Es musste ein Bursche aus dem Tal gewesen sein, mit dem sie sich heimlich traf. Natürlich hatte Lydia von ihm gewusst. Seinen Namen hat sie jedoch nie erfahren, denn Magnus ließ den beiden Freundinnen keine Zeit für ein letztes vertrauliches Gespräch. Schimpf und Schande über die Person, die das Kind erwartete, das er sich eigentlich von seiner Schwiegertochter gewünscht hatte!

Das Gefühl, das sie Margitta entgegenbrachte, musste dem ähneln, das die drei Männer füreinander hegten. Ein einziges Mal hatte Lydia die drei streiten hören, vor acht Jahren, gleich nach dem Brand. Es war so heftig zugegangen, dass Lydia sich verkrochen und ihre Ohren zugehalten hatte, weil immer wieder ihr Name fiel. Sie hat auch ihren Mann nie gefragt, worum es bei diesem Streit ging, denn gleich danach war alles wieder wie immer. Und vergangenen Zwist soll man ruhen lassen, so hat Lydia es von Ada gelernt.

Jetzt sitzt Lydia da und denkt über jedes Wort von Theo nach. Natürlich hat er mit dem meisten recht, das er zur Sprache brachte. Nur weiß Lydia nicht, ob ihre Verfassung es zulässt und sie den Willen aufbringt, an der festgefahrenen Lage etwas zu ihren Gunsten zu ändern. Es gibt zu viele Baustellen, die für einen Neubeginn geräumt werden müssten.

Theos Neffe war vor einer halben Stunde aufgetaucht, um ihn abzuholen. Ob die beiden diesen Termin auf Verdacht vereinbart hatten? Auf eine geschätzte Zeitspanne, die Theo für seinen Besuch bei ihr einkalkuliert hatte? Lydia wagte nicht, danach zu fragen. Auch nicht danach, woher dieser Neffe ihr bekannt vorkam, nicht gut bekannt, mehr flüchtig, aber dennoch. Sie würde später darüber nachdenken, wenn sie wieder alleine wäre, mit sich und ihren Gedanken.

Zum Abschied hatte Lydia Theo einen Karton frischer Eier mitgegeben. Die Geste eines Gastgebergeschenks hatte Ada eingeführt, und auch für Lydia war eine Gabe zum Aufbruch eines Besuchers so selbstverständlich wie der Händedruck.

„Dann sag ich also Kuno Bescheid. Er wird kommen und den Dachschaden aufnehmen. Du brauchst dich um nichts zu kümmern", hatte Theo noch einmal betont, bevor er mit seinem Neffen davonfuhr.

Kuno, genau, so heißt der Förster! Mit ihm ist sie bis heute auf Sie und Sie geblieben, auf »Frau Brause« und »Herr Blöchner«, auch wenn Gustavs Vorschlag lautete: „Sag du Kuno und er sagt Frau Brause." Gustav hatte das für am besten erachtet, zumindest von Seiten des Försters, weil Lydia eine gestandene Bäuerin und der andere noch ein »halber Bub« war mit seinen zwanzig Jahren Altersunterschied.

Lydia sieht dem Auto hinterher. „Da fährt er, dein alter Freund. Hast du ihn hergeschickt, Gustav? Musst du dich immer noch in alles einmischen? Erst lässt du mich völlig unselbstständig zurück und dann pochst du darauf, dass ich mich von Grund auf verändere. Merkst du nicht, wie mich das überfordert? Und was ist mit dem Geldumschlag? Als was betrachte ich den nun wieder? Als eine Art Versuchung? Oder als ehrlich gemeinte Unterstützung? Wenn du da deine Finger im Spiel hast, dann sei auch so fair und lass mich erfahren, wer mir den so heimlich hier hingebracht hat. Hör auf mit diesen Spielchen, Gustav! Ich bin deine Frau und keine Marionette, der man von oben zuguckt, wie sie ihre Fäden wieder entwirrt!", stößt Lydia mit einem seltsamen Gefühl von Ärger aus.

„Dein Freund Theo hat hier alles ausspioniert, hat mir auf den Zahn gefühlt, als wäre er jetzt zuständig für mich. Nach meinem

Brennholzbestand hat er mich gefragt. – Kein Bedarf, ich hab noch zweieinhalb Kubikmeter, hab ich ihm zum Glück sagen können, sonst hätte er wahrscheinlich im Herbst einen aus dem Ort geschickt, der mir das Holz hackt. Aber wenn ich es mir richtig überlege, wusste Theo das mit dem Holz schon, bevor wir uns begrüßt haben. So, wie er auch das Loch im Dach längst bemerkt hatte. Ach ja, und was er mit seinen Adleraugen noch entdeckt hat: Adas Buch auf der Fensterbank. Wie gut, dass er dazu den Mund gehalten hat, obwohl er aussah, als hätte er auch dazu eine Bemerkung auf der Zunge. Und überhaupt – wie besorgt er war!

Hätte nur noch gefehlt, dass er mich fragt, ob ich unter Verstopfung leide … Ihm von dem Geldumschlag zu erzählen, hab ich mir verkniffen. Wer weiß, was das wieder ausgelöst hätte, wahrscheinlich hätte er sich mir als Detektiv angeboten. Oder mir vorgeschrieben, was ich mit dem Geld machen soll. Ha, aber das ist jetzt meine Sache! Ein Mal im Leben entscheide ich, wofür ich Geld ausgebe, Gustav. – Wenn es denn echt ist …"

Wotan sitzt vor ihr und hat während ihres Monologes den Kopf schief gelegt. Wem sonst als ihm sollten all die Worte gelten?

Lydia ist froh, dass sie wieder alleine ist und sagen und tun kann, wonach immer ihr zumute ist. Sie spürt, wie unangenehm ihr eine längere Anwesenheit anderer hier auf ihrem Hof ist, das hat sie schon in Gegenwart der Kinder festgestellt. Doch die kann sie nach Belieben herbeizitieren oder auf Abstand halten.

Ob Theo gespürt hat, dass sie ihn gerne loswerden wollte? Und wenn schon, sie hat das letzte Jahr alleine gemeistert, da braucht sie jetzt keine Beratung und Aufsicht von außen. Obwohl – die Sache mit dem Dachschaden darf er gern für sie regeln, das kommt ihr in der Tat entgegen. Aber alles andere … Ein unbekannter Trotz hat Lydia erfasst, mit dem sie nicht umzugehen weiß.

„Jetzt sind wir wieder unter uns, Wotan. Und wir tun genau das, was wir wollen!" Der Hund nähert sich ihr – und Lydia in ihrem ungewohnten Eifer ergreift hinter sich ein Küchentuch, wischt ihrem Hund damit über die Schnauze, anschließend ein paar Krumen vom Tischtuch und fährt sich schließlich selbst damit über den Mund.

„So. Wer kann uns jetzt dafür tadeln? Keiner! Auch Theo nicht mit seinem erzieherischen Tonfall und seinen vernünftigen Blicken.

Unsere Hygiene gehört alleine uns. Und ab heute darfst du beim Fernsehen in Gustavs Sessel liegen. Und diese zerkratzten Dosen hier, die mochte ich noch nie!"

In Windeseile hat Lydia die Blechdosen mit Salz und Zucker vom Küchenschrank genommen und den Inhalt in die beiden mächtigen Bierkrüge entleert, in deren Zinndeckeln die Namen der Bauern eingraviert sind: Magnus und Gustav. In guten Zeiten hatten Vater und Sohn sich abends damit zugeprostet, bevor auch diese Art der Verständigung ein jähes Ende fand und die Krüge auf dem kleinen Regal in der Küche bis heute unberührt blieben.

„Na, Gustav, was sagst du zu dieser weiblichen Logik? Magnus und Gustav – Zucker und Salz. Wer sich welchem der Gewürze zuordnet, ist mir egal. Aber in diese hässlichen Blechdosen wandern jetzt die rätselhaften Geldscheine. Der neue Brausehof-Besitz. Diebe suchen zuerst unten im Kleiderschrank in verborgenen Zigarrenkistchen, aber bestimmt nicht oben auf dem Küchenschrank in solchen Gewürzdosen."

»Tut mir leid, Ada«, fügt sie in Gedanken hinzu, »das waren deine Dosen, du hast mit ihnen gelebt und uns damit bekocht. Aber ich werf sie ja nicht weg, ich gebe ihnen nur einen neuen Sinn. Das sind jetzt unauffällige kleine Tresore, und überleg doch mal, wie viel Zucker und Salz wir für dreitausend Mark kaufen könnten.«

Wie gut es tut, plötzlich aus Überzeugung etwas selbst zu entscheiden und sich Altbewährtem zu widersetzen! Auch Theo hätte sie heute liebend gern hie und da widersprochen, hätte ihm am liebsten gesagt, er solle sich nicht ihren Kopf zerbrechen. Doch sie hat sich zusammengerissen, redete stattdessen um den heißen Brei herum, um kein Streitgespräch zu entfachen. Vielleicht auch aus Eigennutz, wegen der Sache mit dem Sturmschaden und der Versicherung, für die sie fachkundigen Rat gebrauchen könnte.

Als Theo dann aufbrach, war fürs Erste alles gesagt. Der Gedanke, dass sie ausgerechnet mit Theo, der studiert hatte und so viel wusste, Freundschaftsbande knüpfen könnte, erschien ihr zu abwegig. Einen unbehaglichen Augenblick lang befürchtete Lydia, er würde sie zum Abschied umarmen. Aber Theo entschied sich für einen Händedruck, dessen Geste etwas gemeinsam hatte mit einem angedeuteten Handkuss – hochachtungsvoll und irgendwie verehrend.

Er schätzte sie, weil sie die Witwe seines Freundes war, und fühlte sich ihr verpflichtet. Obwohl auch ihm nichts anderes übrig blieb, als sie hier oben auf ihrem Berg allein zurückzulassen.

Ganz kurz genoss sie seinen Zwiespalt. Doch als Theo dann fort war, machte Lydia sich nichts mehr vor: All der kindische Trotz mit den Blechdosen, dem zweckentfremdeten Küchentuch und den Gedankenspielen diente einzig dazu, sich noch eine Weile abzulenken von den Eindrücken, die der Besuch in der Schonung bei ihr hinterlassen hat. Und jetzt ist es so weit: Sie ist mit ihrer Erinnerung wieder alleine. Kleine sengende Flammen nagen an ihrer Seele – und Lydia schafft es nicht, die Bilder zu verdrängen.

Sie weiß noch genau, wie elend sie sich gefühlt hatte, als Theo auf sie zukam und sie am Arm ins Haus führen wollte, während in seinem Rücken der Schober lichterloh brannte. Und wie dort draußen auf dem Hof von einem Moment zum nächsten ihre Beine versagten und ihr schwarz vor Augen wurde. Als sie wieder zu sich kam, lag sie in ihrem Bett. Es dauerte eine Weile, bis sie wusste, warum sie hier lag und was geschehen war.

Draußen war es hell. Sie hatte also den gesamten Rest dieser grauenvollen Nacht geschlafen, ohne noch irgendetwas wahrzunehmen. Sie lag reglos da, in dem zunehmenden Bewusstsein, dass es nicht nur das Feuer gewesen war, das diesen Zusammenbruch bei ihr ausgelöst hatte.

Trotz des geschlossenen Fensters war die Luft im Schlafzimmer beißend scharf. Lydia rief nach Gustav, er kam sofort. Er erzählte ihr, sie sei auf dem Hof umgefallen, Theo habe ihr eine Spritze gegeben; zum Glück hatte er seinen Arztkoffer immer im Auto dabei. Alles sei gut, sagte Gustav tröstend und liebevoll, die Feuerwehr habe den Brand vollständig löschen können, nur ein paar Tannen habe es noch erwischt, aber der ganze restliche Hof sei verschont geblieben.

„Du bleibst heute im Bett, Lydia. Kunos Frau hat einen Topf Suppe mitgeschickt. Gleich kommt ein Gutachter, die Polizei war auch schon da, aber das ist bei einem Brand normal. Es ist also alles erledigt. Mach dir keine Gedanken, wir sind gegen Blitzeinschlag versichert." Gustavs Stimme verriet die Mühe, die ihm die wenigen Sätze kosteten. Er wollte so viel Belastendes wie möglich von ihr fernhalten. Dafür drückte sie dankbar seine Hand.

„Theo hat dir eine Medizin hier gelassen. Sobald du etwas gegessen hast, solltest du wieder schlafen. Lass den Tag vorübergehen. Morgen sieht schon wieder alles anders aus."

Warum sie trotz seiner Beschwichtigungen den Kopf zur Seite drehte und heiße Tränen weinte, konnte er nicht ahnen. Doch sie gehorchte, hielt angesichts ihrer Kraftlosigkeit seinen Rat für am besten. Schließlich fand sie selbst keine andere Linderung für den Schmerz, der ganz tief in ihr versenkt war und beim kleinsten Impuls in ihr hochstieg wie ätzende Säure.

Theos Mittel wirkte erstaunlich gut. Sie verschlief den Rest des Tages und auch die folgende Nacht.

Am späten Vormittag vernahm sie den brummenden Motor des alten Lanz. Wie gut, dass wenigstens der ihnen geblieben war, hatte er doch nicht in der Scheune, sondern im Traktorschuppen gestanden. Sie wusste, Gustav würde damit jetzt zur Kuhweide auf der anderen Seite des Hanges aufbrechen.

Lydia kleidete sich auf wackligen Beinen an und verließ das Schlafzimmer. In der Küche standen sämtliche Gläser und Tassen, die sie besaßen, benutzt auf der Anrichte. Gustav musste alle Löschhelfer mehrmals mit Getränken versorgt haben. Sie wollte gar nicht darüber nachdenken, unter welchem Druck ihr Mann gearbeitet und gelitten hatte. Doch gerade in Extremsituationen funktionierte Gustav besonders gut.

Wie eine Betrunkene torkelte Lydia über den gepflasterten Hof. Hier waren bereits Schmutz und Asche weitgehend zusammengefegt worden. Über dem Stalldach fehlte der Teil des dahinterliegenden Schobers, den man sonst dort herausragen sah. Aber darauf war sie vorbereitet gewesen, das bewegte sie nicht sonderlich.

Auch der Anblick der Zerstörung, gleich nachdem sie um die Ecke bog, die Trümmer und rußgeschwärzten Landmaschinen, rührten sie nicht an. Sie sah nicht einmal genau hin. Sie watete an ihnen vorbei, durch Reste von verkohlten Brettern, wirbelte Asche mit ihren Schuhen auf, musste husten, versuchte, sich innerhalb der Wüstenei zu orientieren, bis sie in die hintere rechte Ecke des ehemaligen Schobers gelangte.

Gerade dort türmte sich Schutt und eingestürztes, von Schaum und Löschwasser durchnässtes Gebälk, doch in ihren Händen wogen die Hindernisse zu ihren Füßen leicht, zerfielen fast ganz zu Staub und Splittern, wenn Lydia sie aufnahm, um sich den Weg zu bahnen. Solange sie räumen und zupacken konnte, schwelte ein Schimmer Hoffnung in ihr, der von Hoffnungslosigkeit abgelöst wurde, als sie glaubte, etwas von dem entdeckt zu haben, was sie befürchtet hatte zu finden. Und dann wurde ihr Verdacht zu bitterer Gewissheit.

Wie sollte es auch anders sein? Sie selbst hatte Gerti und Bertinchen vor dem Gewitter heimlich hier hinten in der geschützten Ecke angebunden. Ihre beiden Ziegen, die sie den ganzen Tag bei der Arbeit auf dem Hof begleiteten und die ihr ans Herz gewachsen waren wie der damals noch junge Appenzeller Wotan.

Was für einen aussichtslosen Kampf mussten die beiden Ziegen ausgefochten haben, festgebunden mit dicken Seilen an dem schweren Stützbalken der hinteren Schoberwand, damit sie auch ja nicht von dort ausbrechen konnten ...

Zaghaft berührte Lydia die winzigen, nach oben gewölbten verkohlten Rippenbögen, die Reste der kleinen Beinknochen, die wie Zeigefinger anklagend auf sie deuteten.

Lydia war auf die Knie gesunken. Wie laut und verzweifelt sie geschrien und geweint hatte, wusste sie später nicht mehr, fühlte in ihrer Atemnot nur den heftigen Krampfschmerz in ihrer Brust, ausgelöst durch herzzerreißendes Schluchzen.

Ob Gustav überhaupt schon bemerkt hatte, dass diese beiden Tiere fehlten? Bisher hatte er sie mit keinem Wort erwähnt. Und den mit Schutt bedeckten kleinen Skeletten zufolge hatte niemand in diesem Trümmerhaufen verbrannte Tierkörper vermutet.

Nur sie wusste es: in ihrem tiefsten Innern schon gleich nach Ausbruch des Feuers. Sie hatte ihre Ziegen schützen wollen. Aus eigener Angst vor Gewittern. Und damit hatte sie die beiden treuen, wundervollen Wesen den Flammen zum Fraß gegeben.

„Lydia, willst du mir nicht sagen, warum du so endlos traurig bist?", hatte Gustav sie noch am selben Abend behutsam gefragt. Auch ihm war klar, dass ein abgebrannter Schober und ein paar demolierte Landmaschinen seine Frau nicht in solch einen Abgrund stürzen konnten, sodass sie weder essen noch sprechen noch angesehen werden wollte.

Und dann erzählte sie ihm stockend von ihren Ziegen. Von ihrer Schuld und ihrer Verzweiflung, mit diesem Verlust fertigzuwerden. Sie rechnete mit einer ersten, harten Reaktion, belehrend und laut, wie ihr

Mann in solchen Situationen werden konnte. Doch dann erlebte sie ihn einfach nur schockiert und über die Maßen betroffen.

„Du glaubst gar nicht, wie leid mir das tut, Lydia. Sag mir, was ich tun kann, damit du dich besser fühlst. Wenn du willst, hol ich gleich morgen neue ... andere ... also, was ich sagen will, ich besorge dir ...“

Lydia ließ ihn nicht ausreden, schüttelte entschlossen mit dem Kopf.

„Nein, Gustav, keine anderen Ziegen. Nie mehr. Hörst du? Nie mehr will ich auch nur eine Ziege anschauen. Und wenn du doch eine bringst, kannst du sie gleich wieder fortgeben. Nie mehr, versprich mir das, hörst du? Hast du gehört?!“

Er hielt sie ganz fest umschlungen. „Ist ja gut, Lydia. Ist gut“, flüsterte er in ihr Ohr.

Die Zeit verging, der Hof wurde nach und nach von allen Spuren des Feuers befreit, die Versicherung ersetzte den Schaden der gemieteten und einen Teil der eigenen Maschinen. Wie viel auch immer es war, es interessierte Lydia nicht im Geringsten. Sie verfolgte nur, dass Gustav den »kleinen Gewinn«, wie er die Geldsumme nannte, nicht wieder für Landfahrzeuge einsetzte, sondern für das den Brausehof umgebende Land: Er kaufte es der Gemeinde ab, damit sie künftig von der Pacht befreit waren.

Wie wertvoll, dass solche Kosten nun nicht auch noch auf sie zukommen, sinniert Lydia heute. Fest steht aber auch, dass seit jenem schwarzen Tag im Oktober vor acht Jahren für Lydia die Unbeschwertheit auf dem Brausehof für immer vorbei war.

Lydia geht ins Wohnzimmer, zieht die Schublade des alten Sekretärs heraus und holt eine kleine Schachtel hervor. Sie klingeln schon beim Öffnen, die zwei Glöckchen an den schmalen, angesengten Halsbändern, die sie noch aus der Asche bergen konnte. Gerti und Bertinchen. Wie gern hatte sie die läuten hören, wenn ihre schneeweißen kleinen Freundinnen hinter ihr her über die Wiese sprangen, voller Lebensfreude und immer treu an ihrer Seite.

14

Zwei Tage verbringt Lydia unter extremer Anspannung. Seit Theo den Förster angekündigt hat, damit der sich um den Schaden in der Scheune kümmert, wartet sie voll Ungeduld darauf.

Sie ist es nicht mehr gewohnt, sich auf Besuch einzustellen. Allein das ungewisse Erwarten der Kinder versetzt sie in Stress. Allmählich bereut sie es, auf die Sache mit dem Dach eingegangen zu sein. Es hätte ebenso gut ihre alleinige Angelegenheit bleiben können, sie wäre schon irgendwie damit fertiggeworden.

Mehrmals täglich lässt sie Wotan vorn an der Hofeinfahrt sitzen, denn für gewöhnlich kündigt er Besucher an. Es passt Lydia nicht, dass es gerade der Förster sein muss, der herkommen wird; derjenige, der sie erst kürzlich nach einem Sturmschaden gefragt und den sie belogen hat.

Das ausführliche Gespräch mit Theo mag für ihn zufriedenstellend verlaufen sein, Lydia hingegen hat es nur noch mehr verunsichert. Mittlerweile ist es eine hinterhältige Art von Angst, die sie immer dann überfällt, wenn sie ohnehin schon durch irgendetwas geschwächt ist. Und nun ist es wieder das Feuer von damals, das sie auf Schritt und Tritt verfolgt, so lebensecht, dass sie es vom Haus aus hinter den Ställen knistern und lodern hört.

Sie lenkt sich ab mit unsinnigen kleinen Arbeiten auf dem Hof, fegt den Schmutz von einer Ecke in die andere, schleicht viele Male um das Hühnergehege und Mozarts Voliere herum, um zu sehen, ob ihr Federvieh sich noch regt, und sucht schließlich Zuflucht in Adas Stube.

Für Förster Blöchner hat sie einen Zettel ans Klingelschild gepappt. Darauf fordert sie ihn auf, mehrmals zu läuten, sollte sie nicht gleich öffnen.

Ganz kurz ist sie versucht, sich auf Adas moosgrüner Decke zusammenzukauern und die Welt zu vergessen. Doch wenn sie nachmittags schläft, geistert sie in der Nacht herum. Und nachts sieht alles viel schlimmer aus als am Tag, das hat sie oft genug erfahren.

Ihr Blick bleibt an den Fotografien auf dem Nachttisch haften, an den Menschen, die nicht mehr da sind. Ada, Magnus und Gustav. Ob ihr eigenes Foto sich bald dazu gesellen wird? Im Augenblick hätte sie nichts dagegen.

Doch wer würde ihr Bild aufstellen? Der Einzige, der in Frage käme, wäre wohl Theo, zumindest für die Zeit, bis der Hof in andere Hände gelangte. Oder abgerissen würde.

Und als wolle man sie zum Narren halten, klemmt unter der Glasplatte von Adas Nachttisch ein ausgeschnittener Spruch: »Lebe jeden Tag, als wäre es dein letzter.«

„Oh nein, so einen trostlosen Anblick gönne ich keinem Fremden. Bevor hier keine Farbe eingekehrt ist, mach ich die Augen nicht zu!", verkündet Lydia der stillen Stube und den drei Gesichtern auf dem Nachttisch.

Sie seufzt, dann lächelt sie: Wenigstens hat ihr Hund zugehört, wenn er auch ihren Tonfall als Kommando gedeutet hat, sich brav in eine Ecke zu legen und mit der Schnauze auf den Vorderpfoten reglos abzuwarten, was sein Frauchen vorhat.

Adas Stube hat eine eigenartig beruhigende Wirkung auf Lydia. Das Fenster an der Seitenwand nach Norden, zum Wald hin, taucht das kleine Zimmer von jeher in einen abgedunkelten, grünlichen Ton. Schon immer war es hier kühl, selbst an den heißesten Sommertagen, und nicht selten brannte selbst dann in Adas kleinem Ofen ein Feuerchen. Kühl oder anheimelnd warm, und immer schummrig und still.

Hier klopfte der an, der sich nach Streicheleinheiten für die Seele sehnte. Auch Gustav zog es oft hier herein. Das Band zwischen ihm und seiner Mutter war stark und stabil bis zu Adas Tod. Und auch danach hielt er sich zwei Mal in der Woche für eine Stunde hier auf. Jetzt ist sich Lydia fast sicher, dass er dann geschlafen hat, im moosgrünen Waldbett, bei geöffnetem Fenster. Sie kann ihn vor sich sehen, wie er ausgestreckt daliegt, die Arme hinter dem Kopf verschränkt und die Augen gegen die Decke gerichtet, bis sie von selbst zufallen. Kurz vor dem Aufstehen brummt er schlaftrunken, wirft einen Blick auf seine Armbanduhr und springt aus dem Bett, erfrischt und tatenlustig.

Nur angerührt hat er hier so gut wie nichts. Wenn Lydia jetzt den halbhohen Kleiderschrank aus Kirschbaumholz öffnen würde, wäre alles noch so, wie Ada es zurückgelassen hat.

Viel Stauraum gibt es hier nicht; außer dem Kleiderschrank nur noch die drei Schubladen des Nachttisches, die mit Sicherheit Adas privateste Schätze bergen.

Lydia kniet davor nieder, kratzt sich nachdenklich die Nase. „Warum nicht?", murmelt sie vor sich hin. „Irgendjemand muss doch der Erste sein, der das hier erkundet."

Die obere Schublade lässt sich leicht öffnen. Sie hat ihrer Schwiegermutter zur Aufbewahrung von alltäglichen kleinen Gebrauchsgegenständen gedient: umhäkelte Taschentücher, Papier und Bleistift, ein zusammengeklappter Reisewecker, der nie auf großer Fahrt gewesen war, Haarnadeln und zwei Broschen, eine davon ein zarter Blütenzweig. In einer Dose ein schwarz angelaufenes Silberkettchen mit einem kleinen Kreuz als Anhänger sowie eine weitere Dose, mit Adas dritten Zähnen – selbst sie wollte Gustav aufbewahren. Ganz hinten Adas abgenutzte Haarbürste, zwischen deren Borsten ein unebener Kamm steckt. Eine ausgedrückte Tube Klebstoff, Adas grüner Knetball zum Erhalt der Beweglichkeit ihrer Hände und zuletzt ein winziges Notizbüchlein mit den Geburtstagsdaten all der Menschen, die in Adas Leben eine Rolle spielten, auch das von Adas kleinem Bruder, der die Geburt nicht überlebt hatte. Um Lydias Namen herum schlingen sich feine handgemalte Blüten, und Lydia freut sich, dass Ada sie so liebevoll bedacht hat. Was sie Ada aber insgesamt bedeutet hat, weiß Lydia bis heute nicht genau.

Die mittlere Schublade braucht ein paar Hiebe gegen beide Seiten, bis sie aus der hölzernen Schiene herausgleitet. Kleine Stapel von Fotografien befinden sich darin, jeweils mit einem Gummiring zusammengehalten. Die meisten Rückseiten sind beschriftet. Wenn Lydia sie auch alle aus gemeinsamen Stunden mit Ada kennt, könnten sie ihr dennoch demnächst ein abendfüllendes Programm bieten. Zwölf, dreizehn Jahre sind eine lange Pause, wenn es um die Eindrücke von Fotos geht. Doch momentan darf sie sich das nicht antun. Zu viele Erinnerungen an schöne Zeiten, an Gustav, aber auch an Gerti und Bertinchen als einjährige spielende Geißen, die auch Ada noch kennenlernen durfte. Später, zum Zeitpunkt des Feuers vor acht Jahren, waren die Tiere nicht einmal vier. Wenn sie diese Jahre bis heute dazurechnet, wären ihre Ziegen jetzt zwölf und hätten vielleicht immer noch ein paar Jahre vor sich, so alt, wie Ziegen werden können ... Lydia schiebt die Lade zu.

Die unterste Schublade lässt sich gar nicht öffnen. Doch Lydia ist plötzlich von einer ihr unbekannten Neugier befallen. Es wird daran liegen, dass sie weiß, sie darf ihr nachgeben. Aus der Küche holt sie einen schmalen, langen Schraubenzieher. Selbst wenn das Holz des Schränkchens beschädigt wird, wer will ihr das anlasten? Irgendjemand wird es ja doch einmal aufbrechen, jemand, der mit dem Inhalt wahrscheinlich gar nichts anfangen kann. Und wenn dieser Inhalt nur aus Adas Strümpfen und Söckchen bestehen sollte, so will Lydia es trotzdem auf der Stelle wissen.

Mit fester Faust umschließt sie den Griff des Schraubenziehers, die Spitze dabei nach unten gerichtet. Eine Bäuerin weiß, wie man hebelt und stemmt. Auch als ihr die ersten Splitter entgegenspringen, hält sie das nicht auf. Vermutlich wird Gustav hier keine Hand angelegt haben, so verklemmt und widerspenstig, wie dieses alte Holz sich darstellt. Es wird in all den Jahren still vor sich hin gearbeitet und sich ausgedehnt haben wie die Bodendielen unter den Türspalten.

Die gesamte Blende fällt ab. Nun lässt sich der Boden der Schublade gar nicht mehr herausziehen. Lydia greift mit dem Arm ins Innere. Sie fühlt einen kompakten Stapel, zieht ihn hervor – eine sehr persönliche Hinterlassenschaft von Ada: Karten, Briefe und Zettelchen, umwickelt mit einem schwarzen Samtband, und obenauf Adas berühmte Vierfachschleife. Die brachte nur sie zustande. Aus Kontrolle? Wenn dem so wäre, hätte Lydia somit zugleich die Bestätigung, dass auch Gustav dieses Band nie gelöst hat.

„Na denn, Ada, zerstören wir mal deine Kunstschleife. Ich garantiere dir schon im Voraus, dass ich die so nicht wieder hinkriege. Das brauch ich auch nicht, dir wird's schon recht sein, dass ich mal reinschaue in deine privaten Schätze. Wenn hier etwas Geheimes dabei wäre, hättest du es längst vernichtet." Lydia hält inne und überlegt. Hätte Ada gerade von ihr erwartet, dass sie diesen Fund ungesehen beseitigt? Ihn vielleicht gar verbrennt, wenn er ihr in die Hände fällt?

„Nein, das bringe ich nicht übers Herz, Ada. Außerdem hab ich's nicht so mit dem Feuer. Ich bin schon froh, dass ich den Ofen anheizen kann, ohne in Panik auszubrechen. Also, du erlaubst …"

Das ernste und zugleich gütige Gesicht ihrer Schwiegermutter scheint ihr ganz unauffällig aus dem Rahmen zuzunicken. Lydia steigt die Hitze in den Kopf. Dann lächelt sie scheu zurück und dreht alle Fotos mit dem Gesicht zur Wand.

Wie nicht anders erwartet, handelt es sich hauptsächlich um alte Ansichtskarten mit Grüßen oder Glückwünschen. Dazwischen uralte ärztliche Befunde, Bescheinigungen, Stempelhefte, Essensmarken, zwischendurch auch mal ein Brief, die meisten wie vermutet in der alten Sütterlin-Schrift, die sie selbst noch in der Schule gelernt hatte, dazu Postkarten mit den professionell aneinandergereihten Zeichen der Frakturschrift. Ein Umschlag sticht ihr besonders ins Auge: »*Für Ada von Wilhelmine*«.

Genau, so hieß Adas engste Freundin, die unten im Ort lebte. Aber ein Brief von Wilhelmine, die nie verreist oder überhaupt unterwegs war? Im Innern befindet sich ein weiterer geknickter Umschlag mit Inhalt. Auf diesem Umschlag wiederum steht in ganz anderer Schriftart: »*Bitte weiterreichen an Ada*«.

Jetzt wird es persönlich, denkt Lydia etwas verschämt, doch sie zieht die beiden Seiten aus dem zweiten Umschlag, wundert sich über das lebhafte, schnörkellose Schriftbild.

Sie liest die erste Zeile, die zweite, dann springen ihre Pupillen weiter nach unten, ungläubig wieder zurück, erneut nach rechts, dann ziellos über die Blätter ... Am liebsten würde sie mit all den Bruchstücken, die sie auswählt, den gesamten Inhalt auf einmal erfassen. Sie verzieht ihre Miene, runzelt die Stirn, gleich darauf öffnet sie staunend den Mund, ihr Blick sucht das Ende des Briefes, die Unterschrift ... Dann fährt sie zusammen. Es hat an der Haustür geklingelt.

Das muss Kuno Blöchner sein, der Förster. Er soll bleiben, wo er hingehört, soll sie nicht stören, nicht gerade jetzt!

Doch Lydia ist bereits auf dem Weg zur Tür. Den Brief hat sie in ihrer Hosentasche versenkt, er scheint durch den Stoff an ihrer Haut zu scheuern. Später, denkt Lydia, in aller Ruhe wird sie das lesen, Wort für Wort. So viele verwirrende Informationen, ziellos aufgenommen durch ihren hin und her schwenkenden Blick – vielleicht ist diese Unterbrechung im Moment sogar wertvoll.

Bevor Lydia die Haustür erreicht, läutet es erneut. Der Förster nimmt ihre Notiz am Klingelschild ernst, oder er ist ungeduldig, weil er so lange warten muss. Wie auch immer, sie wird ihm gegenüber gleichmütig bleiben, auf Abstand und möglichst selbstsicher, wird im Notfall sogar lügen.

Er steht nicht alleine vor der Tür, sondern hat seine Frau mitgebracht. Beide riesengroß – und in den gleichen karierten Hemden – lächeln sie milde auf Lydia herab. Schon mit dem Gruß streckt die Förstergattin ihr einen duftenden Kuchen entgegen.

In Lydias Kehle wetteifern zwei unterschiedliche Reaktionen. Sie möchte Freude zeigen, aber ebenso gern darauf hinweisen, dass ein Kuchen ein Jahr Ignoranz nicht aufwiegen kann. Doch eine Bemerkung von Theo mischt sich darunter: „Denk dran, du hast darauf bestanden, dass wir dich allesamt im Trauerjahr in Ruhe lassen ...“

Ob es daran liegt, dass sie so unschlüssig dasteht oder ob ihre Miene ihre Gedanken widerspiegelt – sie kommt gar nicht erst dazu, ihren Besuch hereinzubitten oder abzuweisen, weil Kuno Blöchner seiner Frau kurz entschlossen den Kuchen aus den Händen nimmt, sich an Lydia vorbeischiebt und so selbstverständlich wie zu Skat-Zeiten auf die Küche zuschreitet.

Lydia dreht sich um sich selbst, schaut ihm wortlos nach, und während sich ihr Blick auf die muskulösen Waden unter der wildledernen Kniebundhose richtet, nimmt sie wahr, wie der Förster beim Betreten der Küche kurz den Kopf einzieht. Genau so wie früher. Und genau so steuert er den großen Tisch vorm Fenster an, stellt den Kuchen ab und stemmt die Hände in die Seiten. Lydia ahnt, dass er Gustavs alten Platz auf der Eckbank fixiert, denn Kuno Blöchner seufzt bis in die Tiefe seiner Seele, bevor er sich zu ihr umdreht.

„So, Frau Brause, ich mach mich auf den Weg in die Scheune. Theo hat mich angerufen, Ihr Dach ist beschädigt. Ich schau es mir an und überlege den nächsten Schritt. Und Sie können derweil mit meiner Frau plaudern.“

Kein Wort zu ihrer Lüge von neulich. Keine Nachfrage, wie es ihr geht. Nur plaudern soll sie, mit der Förstersfrau, so, als wäre dies ein ganz normaler Kaffeeklatsch.

Frau Blöchner steht schon hinter ihr in der Küche. Sie nickt Lydia aufmunternd zu und ruft ihrem Mann nach: „Bis später, Kuno.“

Auch sie ist verlegen, das spürt Lydia ganz deutlich. Wer sagt den ersten Satz? Eine Weile ist nur das Ticken der Uhr von der Wand her zu vernehmen.

„Jetzt haben wir Sie überrumpelt, Frau Brause", sagt sie schließlich. „Wenn man Sie telefonisch erreichen könnte, hätten wir natürlich vorher angerufen. Aber so ... Nun, Sie wussten ja, dass wir kommen würden."

„Dass Ihr Mann kommen würde, ja, das wusste ich." Da hat sie wieder mitgeredet, die Bitternis, gegen die Lydia in gewissen Situationen keine Chance hat. Weil sie sicher ist, dass die Frau des Försters auf der Seite der anderen steht, sonst hätte Frau Blöchner sich nicht zurückhalten lassen – und wenigstens ein einziges Mal nach ihr geschaut. Nach der einsamen Witwe auf dem Hof, dreihundert Meter weiter den Berg hinauf, fast genau auf der Linie des Försterhauses.

„Ja, nun bin aber auch ich mitgekommen", greift die andere zögernd Lydias Bemerkung auf. „Und ich würde mich freuen, wenn wir uns ein Weilchen zusammensetzen könnten. Was meinen Sie, Frau Brause?"

Lydia zuckt die Achseln, weiß keine Antwort auf diese Frage, denn etwas anderes als hier gemeinsam zu verharren, bleibt ihr ja gar nicht übrig. Frau Blöchner wurde in ihrer Küche abgestellt: mit einem Kuchen und dem Plan, zu plaudern.

Aber kann man mit seinen Anklägern plaudern? Würde das nicht zu einem Verhör führen? Jetzt ist das Trauerjahr bald vorüber und man darf sich ihr wieder nähern. Vielleicht soll die Förstersfrau ihr ja auf den Zahn fühlen, so lange, bis das Geschwür unter Lydias Zahnwurzel aufbricht und seinen Eiter an die Oberfläche schickt, auf die Zunge, die dann nicht mehr anders kann, als zu gestehen ...

Was gestehen? Ein Gerücht? Sie hat nichts verbrochen, es gibt nichts, was sie im Sinne der Anklage zugeben könnte!

„Frau Brause? Ist Ihnen nicht gut? Sie sind kreideweiß geworden. Am besten, Sie setzen sich ..."

Ein Stuhl schiebt sich von hinten in ihre Kniekehlen. Sie setzt sich. „Warum sind Sie gekommen?", hört Lydia ihre eigene Stimme unterkühlt fragen.

Die Frau mit der grünweißen Karobluse beugt sich so tief über sie, dass Lydia ihre Haare an der Wange spürt und eine rote Locke sich vor ihrem Auge schlängelt.

„Warum ich gekommen bin? Warum besucht man jemanden, der schon fast ein Jahr lang alleine lebt und deren Mann der Freund des eigenen Mannes war?", fragt die Frau mit einer Betonung, die sich selbst die Antwort gibt: Weil sich das so gehört.

Ob die im Tal schon warten, welche Neuigkeiten sie ihnen nach diesem Besuch mitbringt?

„Sagen Sie, Frau Brause, haben Sie Kaffeepulver da? Oder vielleicht diese selbst getrockneten Teekräuter, die Sie meinem Mann so oft für mich mitgegeben haben?"

Sie schmiert mir süßen Brei um den Mund, damit ich mich auf sie einlasse, denkt Lydia. So klein und ängstlich hat sie sich das letzte Mal gefühlt, als sie nach Gustavs Beisetzung vom Friedhof geflohen war, hinauf auf ihren sicheren Berg, in die schützende Einsamkeit. In der Gegenwart dieser großen, selbstbewussten Frau fühlt Lydia sich wie ein Tier in der Falle, hilflos und in die Ecke gedrängt. Ihr fehlt es an Mut und Kraft, den ungebetenen Gast konsequent zu bitten, sie einfach in Frieden zu lassen und zu gehen.

„Kaffee hab ich und Kräutertee auch. Aber das mach ich schon selbst", sagt Lydia und entschuldigt sich für einen Moment. Im kleinen Badezimmer gegenüber der Küche kühlt sie ihr Gesicht und kämmt ihr Haar zurück, windet es zu einem neuen, ordentlichen Knoten – Bewegungen, die sie im Schlaf ausführen könnte, weil es seit jeher nichts Anderes auf ihrem Kopf gibt als diese Frisur.

Lydia atmet tief durch. Hier, hinter der verschlossenen Badezimmertür, fühlt sie sich sicher. Ob sie diese ruhige Minute nutzen soll, um wenigstens einen Blick auf das Ende des Briefes in ihrer Hosentasche zu werfen, damit sie erfährt, wer ihn unterschrieben hat, diesen Brief an Ada, verpackt in einen Brief für Wilhelmine?

Kein geheimer Liebesbrief, oh nein, das hätte nicht zu Ada gepasst. Aber ein Brief mit ein paar Aussagen, die Lydia im Zusammenhang lesen muss, bevor sie glauben kann, was sie da in Fetzen erhascht hat. Doch solche zusätzlichen Gedanken würden ihr die Konzentration für den Kaffeeklatsch mit Frau Blöchner rauben.

Sie klopft ein paar Mal auf ihre Hosentasche, flüstert den knisternden Seiten zu, geduldig dort drinnen zu verweilen, bis der lästige Besuch gegangen ist. Anschließend klopft sie mit flachen Händen ihre Wangen ab, versucht somit, sich selbst Klarheit und Geduld zu verschaffen. Sie wird das Plauderstündchen hinter sich bringen, mehr schweigsam als schwatzend, und dann wird sie den Förster samt Frau verabschieden und vielleicht wieder ein Stück weit gelernt haben, mit Menschen zu kommunizieren.

Mit den Tieren, ja, da funktioniert das seit jeher. Wie jeder Tierliebhaber kennt auch sie die Aussage, dass Tiere die besseren Menschen sind. Das ließe sich noch erweitern, mit ihren eigenen Erfahrungen und Vergleichen: Tiere sind nicht falsch. Streuen keine Gerüchte. Führen keine üble Nachrede. Schieben keine Schuld dahin, wo sie nicht hingehört. Tiere lassen einen in Frieden, wenn man seine Ruhe haben will. Hören zu und schweigen. Und leben nach ihren Instinkten, und genau das würde Lydia ihnen gleich in der Küche gern nachmachen. Aus dem Bauch heraus reagieren. Ob sie dazu fähig ist?

Die Förstersfrau sitzt auf der Eckbank. Auf Gustavs Platz. Eigentlich ist der für andere tabu, doch das kann sie nicht wissen. Lydia will es ihr nachsehen, denn sie wird nicht lange dort sitzen bleiben, dafür wird Lydia schon sorgen.

Frau Blöchner hat es nicht gewagt, während ihrer Abwesenheit nach der Kaffeedose zu greifen, das spricht für sie. Dreistigkeit lehnt Lydia ab. Sie äugt nach oben zu den beiden Blechdosen – Zucker und Salz. Da muss sie aufpassen, denn dieser Handgriff läge nahe bei den langen Armen der Försterfrau: Ach, lassen Sie doch, Frau Brause, ich hole uns den Zucker vom Schrank ...

Während Lydia schweigsam Wasser in den Behälter der Kaffeemaschine füllt, stellt sie sich die ungläubigen Augen vor, wenn ihr Gast das gerollte Bündel von Geldscheinen in der Zuckerdose entdecken und ihrem Mann berichten würde, die alte Brause habe mehr auf der hohen Kante, als man gedacht hätte. Nein, nicht auf der hohen Kante, sondern oben auf dem Küchenschrank ...

„Darf man mitlachen?", vernimmt Lydia die Stimme der Försterfrau von Gustavs Platz her.

„Worüber?"

„Das weiß ich nicht. Sie haben doch gerade vor sich hin gekichert."

„hab ich das?"

„Ich habs gehört."

„Das haben Sie sich eingebildet." Mir ist das Lachen schon lange vergangen, fügt Lydia im Stillen hinzu und überlegt, wie sie die Zeit überbrücken könnte, die der Kaffee braucht. Besser wäre es gewesen, sie hätte sich erst jetzt ihre Auszeit im Bad genommen.

„Wie geht es Ihnen denn, Frau Brause? Sie leben alleine hier, haben viel Arbeit. Werden Sie fertig mit alldem?"

„Ja, werde ich", antwortet Lydia hastig, bevor ihr scheinheilige Hilfe angeboten werden kann, denn dies ist der erwartete Übergang: Das Verhör ist eröffnet.

„Könnte ich Sie denn überreden, mal zu uns runterzukommen? Wir würden Sie auch abholen."

„Wozu?", fragt Lydia wie mechanisch. Ohne über die Folgen nachzudenken, rutscht es ihr heraus: „Ich gehe nicht mehr in den Ort. Das wissen Sie genau."

Für ein paar Sekunden bleibt es still. Aus den Augenwinkeln beobachtet Lydia, dass die Förstersfrau ihre Hände knetet. Das ist ein Zeichen von List, denkt Lydia, was sagst du dazu, Gustav? Kommt herauf, um mich auszufragen, und weil sie hier keinen Erfolg hat, lädt sie mich ein zu sich nach Hause. Und dort säße ich dann wirklich in der Falle. Nein, so kriegt ihr mich nicht, ihr tückisches Volk aus dem Tal! Und du, Gustav, bist an allem schuld. Du könntest noch wunderbar hier bei uns sitzen, wenn du nicht so ein starrsinniger alter ...

„Tut Ihnen der Fuß weh, Frau Brause?"

„Wieso sollte mir der Fuß wehtun?"

„Ich dachte nur, weil Sie gerade so fest aufgestampft haben."

Aha, ich stehe genauestens unter Beobachtung, folgert Lydia immer noch erregt. „Er war mir eingeschlafen. Wenn ich so lange stehe, kann das schnell passieren", erwidert sie und ärgert sich erneut, dass sie so brav Rede und Antwort steht.

„Vielleicht arbeiten Sie zu schwer? Wir alle dürfen uns da nichts vormachen: Unser Körper baut mit der Zeit ab, dann ist er hie und da sehr dankbar für Unterstützung."

Lydia reagiert nicht darauf. Es ist offensichtlich, dass sie mit vierundsiebzig Jahren keinen Hof mehr alleine bewirtschaften kann. Deshalb beschränkt sich ihr Einsatz auf dem Brausehof auch auf das Notwendige, auf die wenigen Tiere und das Wohnhaus, aber das geht niemanden etwas an.

Der Rest des Wassers tröpfelt vom Filter in die kleine Glaskanne, es gibt keinen Grund mehr, noch lange hier zu stehen und Distanz zu wahren. Sie stellt das Gefäß auf den Untersetzer direkt vor Frau Blöchner, und diese schenkt ihnen beiden ein. Wohl oder übel muss Lydia nun auch ihren Platz am Tisch einnehmen. Zumindest können sie jetzt trinken und kauen. Und mit vollem Mund spricht man ja nicht. Dann wird auch bald schon der Förster wiederkommen und seine geschwätzige Greta hoffentlich schleunigst mit ins Tal nehmen. Und die wird erleichtert sein über sein Auftauchen, weil sie sich hier fühlen muss wie ein lästiges Insekt, wie die dicke Schmeißfliege, die im Moment immerzu gegen die Fensterscheibe schlägt und einen Ausgang sucht. Eine Fliege ohne Flügel, die Frau Förster ...

„Jetzt schmunzeln Sie schon wieder, Frau Brause. Es gibt wohl irgendetwas, was Sie belustigt?", fragt Frau Blöchner mit deutlicher Neugier in der Stimme.

„Mag schon sein", antwortet Lydia knapp und ein wenig geheimnisvoll. „Schneiden Sie Ihren Kuchen selbst an?"

„Gern." Lydia erhält das erste Stück, groß und sonnengelb, durchzogen von Rosinen und Karottenraspeln. Es schmeckt so himmlisch wie zu Adas Zeiten. Unauffällig drückt Lydia gegen ihre Hosentasche – natürlich ist er noch da, der Brief.

„Und? Schmeckt es Ihnen, Frau Brause?"

Wenn sie noch ein einziges Mal so formell »Frau Brause« zu mir sagt, ärgert sich Lydia, wie der Herr Schulthe von der Bank ...

„Ja, es schmeckt." Sie lässt sich ein weiteres Stück Kuchen auf den Teller legen und riskiert keinen Blick auf ihr Gegenüber. Sie will der Förstersfrau keine Gelegenheit geben, eine Plauderei zu eröffnen.

Doch diese legt ihre Kuchengabel zur Seite und ist durch nichts mehr aufzuhalten: „Ich bin nicht nur gekommen, um mit Ihnen Kaffee zu trinken. Ich würde gern wissen, was mit Ihnen los ist. Warum kommen Sie nicht mehr runter in den Ort? Sind Sie vielleicht krank? Haben Sie mit dem Laufen Probleme? Oder mit uns Dorfbewohnern? Warum haben Sie das Telefon abgemeldet? All das frag ich mich schon seit geraumer Zeit."

Lydia spült die Krumen auf ihrer Zunge mit einem Schluck Kaffee hinunter, dann starrt sie auf das Tischtuch. Ist das jetzt eine Chance für sie selbst, endlich einmal die Sache beim Namen zu nennen? Oder spekuliert ihr Gegenüber nur darauf, etwas aus ihr herauszulocken, was Lydia später bereuen würde?

„Woher wollen Sie wissen, dass ich nicht mehr runterfahre? Ich tu's doch, kaufe ein, alle paar Wochen."

„Sie wissen, wie ich das meine. Sie verbarrikadieren sich hier oben und meiden jeden Kontakt. Ich würde halt gerne wissen, warum."

Kann es sein, dass Frau Blöchner wirklich nicht im Bilde ist, was im Tal geredet wird? Ihre Stimme hat so aufrichtig interessiert geklungen, fast möchte Lydia glauben, dass diese Person wahrhaftig unwissend ist.

Noch einmal zeigt sich Lydia zurückhaltend. „Sie wissen doch genau, was los ist."

„Nein, ich weiß gar nichts. Was gibt es denn zu wissen? Erklären Sie es mir doch bitte, ja?"

Warum Lydia auf einmal das Gefühl hat, dass Frau Blöchner es ehrlich mit ihr meint, weiß sie selbst nicht, aber es erleichtert sie. „Weil man redet. Über mich."

„Und was redet man?"

„Nichts Gutes."

„Ich habe noch niemanden reden hören. Es heißt höchstens mal, dass man Sie überhaupt nicht mehr sieht. Ich meine, man hat sie ja früher auch nicht oft drunten gesehen, aber seit ..." Die Försterfrau richtet sich auf der Eckbank plötzlich kerzengerade auf, sodass sie Lydia einen ganzen Kopf größer erscheint als Gustav, wenn er dort auf seinem Platz saß. „Moment, Moment, wenn es das ist, was mir da gerade in den Sinn kommt, dann ... Das darf aber doch nicht wahr sein, Frau Brause! Sie hängen doch nicht immer noch diesem alten Gerücht nach, dass Sie ... etwas mit dem Tod Ihres Mannes zu tun hätten?"

Lydia sackt in sich zusammen. Jetzt ist es ausgesprochen. Nach einem knappen Jahr zum ersten Mal. Endlich hat ein Mensch sie persönlich damit konfrontiert. Und sie hat die Gelegenheit zu antworten, weiß schon im Voraus, dass man ihr zuhören wird.

„Doch. Genau das ist der Grund, warum ich mich zurückgezogen habe." Noch einmal bläht es sich auf, das Gefühl des Misstrauens. Ob Frau Blöchner schauspielert? Mit aller Intensität wird sich Lydia bewusst, wie weit ihr Vertrauen in andere Menschen verlorengegangen ist. Sie kann niemanden mehr richtig einschätzen. Nur Erfahrung und Austausch bringen Menschenkenntnis, das weiß sie aus der Vergangenheit. Man kann diese Kenntnis verlieren wie die Gabe des Musizierens, wie die Gaben der Geduld und des Vertrauens. Wie die Kunst eines guten Miteinanders.

Die Augen der Förstersfrau blicken mit einem Mal so aufrichtig traurig zu ihr hinüber, dass Lydia ergriffen den Kopf senkt.

„Wie schlimm muss das für Sie sein ... Wie einsam müssen Sie sich gefühlt haben, all die Zeit, in der Sie doch ohnehin schon alleine sind ...“

Lydia weiß, dass der Blick ihres Gegenübers auf ihr ruht, wagt es jedoch nicht, ihn zu erwidern, weil sie unsicher ist, ob sie Mitleid ertragen kann. Denn darauf läuft dieses Gespräch hinaus, wenn sie jetzt nickt oder einfach nur schweigt. Ob ihre Stimme aber mitspielt und ob sie die richtigen Worte findet für eine Antwort, weiß sie genauso wenig. Am meisten jedoch ringt Lydia mit sich selbst: Soll sie sich dieser Frau öffnen? Dann würde sie mit einem Mal den Kampf gegen die Unwahrheit beginnen müssen. Denn dass es ein Gerücht gibt oder gegeben hat, liegt auf der Hand. Lydia hat sich damals auf der Beerdigung weder verhört, noch ist ihr die Feindseligkeit entgangen, mit der man ihr begegnet ist.

„Sie brauchen nicht zu antworten, Frau Brause. Für solche Gemeinheiten gibt es keine Worte. Ich weiß, was geredet wurde. Aber Sie scheinen nicht zu wissen, dass ...

Sagen Sie, dann waren auch Sie wohl nicht in der Kirche, am Sonntag nach der Beisetzung, als im Gottesdienst die Fürbitte für Ihren Mann gelesen wurde?“

Jetzt horcht Lydia interessiert auf und hebt die Augen. „Nein, warum? Was gab es da?“ Ihr Herz pocht wild. Dieser letzte Satz hat eigenartig vielversprechend geklungen, so, als könne sich in der nächsten Minute alles zum Guten wenden.

Die andere räuspert sich, bevor sie antwortet: „Genau kann ich das nicht wiedergeben, mein Mann und ich waren ebenfalls nicht dort, also in der Kirche an jenem Sonntag. Wir waren auf einem Weinfest an der Nahe, mit dem Bus. Saison-Eröffnung, der erste Federweiße. Sie können sich sicher vorstellen, wie es klingt, wenn zwanzig angesäuselte Förster den Heimweg antreten. Der arme Busfahrer ...“

„Ja, und weiter? Ich meine, was wollten Sie denn gerade sagen, mit der Kirche?“

Die Förstersfrau muss lächeln – und Lydia fragt sich, ob das an ihrem Quengeln liegt.

„Was ich also sagen wollte, wir selbst waren nicht in der Kirche, aber man hat sich am nächsten Tag halt ... darüber ausgetauscht, im

Ort, über das, was Theo veranlasst hatte, im Gottesdienst, zusammen mit dem Pfarrer ...“

„Und was war das?“

„Frau Brause, nageln Sie mich bitte nicht fest. Das einzig Wichtige, was ich Ihnen hier sagen kann, ist, dass sich damit jedes Gerücht in Schall und Rauch aufgelöst hat. Fragen Sie Theo, oder besser noch, fragen Sie den Pfarrer. Er wird alles dokumentieren, was er von sich gibt und jemals gepredigt hat, das weiß ich von ...“

„Haben die in der Kirche etwa öffentlich über mich gesprochen?!“ Diese Vorstellung ist Lydia zutiefst zuwider: Sie sitzt hier oben und leidet, und drunten redet man vor allen Leuten über sie. Und selbst wenn das ihre Person in irgendeiner Weise entlastet haben sollte, so ist der Gedanke an ihren Namen im Rampenlicht unvorstellbar, beinahe unerträglich.

„Oh nein, da hab ich aber jetzt etwas angerichtet!“ Frau Blöchner wischt sich mit der Hand über die Stirn. „Das wollte ich nicht, wirklich, Frau Brause, die Verantwortung, jetzt etwas zu bezeugen, was ich nicht selbst gehört habe, will ich nicht übernehmen. Dafür ist die Angelegenheit zu heikel. Aber seien Sie doch, wenn Sie schon nichts davon wussten, fürs Erste einfach mal beruhigt, dass alles anders ist, als sie es dachten. – Glauben Sie mir, es gibt keine üble Nachrede. Wir Menschen neigen gern dazu, etwas ernsthaft anzunehmen, das wir uns im Kopf selbst zusammengebastelt haben. Und wenn wir dem nicht nachgehen, wird es für uns zur Wahrheit. Rufen Sie einfach Theo mal an. Ach nein, Sie haben ja kein Telefon mehr. Soll ich ihm sagen ...“

„Nein, nein, das brauchen Sie nicht, da finde ich schon selbst eine Lösung.“

Hier mischt jetzt kein Dritter mehr mit, beschließt Lydia. Sie hat so lange alleine gelitten und gerätselt, jetzt wird sie auch den Rest alleine in die Hand nehmen.

Der Brief in ihrer Hosentasche raschelt, als wolle er sie daran erinnern, dass auch zwischen diesen Zeilen noch etwas lauert, mit dem sie sich auseinandersetzen müssen wird.

Schritte nähern sich dem Haus, stapfen durch den Flur, die Küchentür wird aufgestoßen. „Und, die Damen? Ist noch ein Stück Kuchen für mich übrig?“ Ausladend greift die große Hand des Försters nach dem Brotmesser neben der Kuchenplatte.

Seine Frau schiebt sie beiseite. „Lass nur, ich schneide dir was ab. Setz dich hin, iss nicht immer im Stehen, Kuno!"

„Im Sitzen schmeckt es mir aber nur im freien Revier", verkündet er kauend.

„Dann ziehst du doch am besten um, mein Lieber."

„Das ist in der Tat eine schöne Vorstellung, da hätte ich vollends meine Ruhe. – Schneid mir am besten gleich noch ein Stück ab."

„Vielfraß."

„Danke." Er lüftet kurz den Hut und grinst. „Und? Habt ihr beiden euch gut unterhalten?", fragt er, abermals kauend und immer noch stehend.

Lydia wird von Wehmut erfasst – wie sehr fehlt ihr doch solch ein ganz alltäglicher Austausch mit ihrem Gustav ...

Frau Blöchner antwortet ihrem Mann etwas verhalten: „Na ja, unterhalten schon, aber ich habe etwas ausgeplaudert. Ich habe Frau Brause von der Fürbitte für ihren Mann erzählt, du weißt schon, von dem Sonntag nach der Beerdigung."

Kuno Blöchner hält inne. „Dann waren Sie nicht selbst in diesem Gottesdienst?", fragt er mit ungläubigem Blick auf Lydia.

Lydia schüttelt mit dem Kopf, fühlt sich wie ein ertapptes Kind und schaut zur Seite. Natürlich weiß sie, dass am Sonntag nach einer Beisetzung eine Fürbitte für den Verstorbenen und seine Hinterbliebenen stattfindet. Doch keine zehn Pferde hätten sie zu jenem Zeitpunkt zu dieser Gemeinde bewegen können.

„Ah ja, das erklärt so einiges", sagt der Förster zu sich selbst. Für einen Moment wirkt er recht nachdenklich, vergisst sogar zu schlucken. Dann wechselt er das Thema. Er berichtet vom Sturmschaden im Scheunendach, der möglichst bald repariert werden sollte. Natürlich auf Kosten der Versicherung, wie er betont.

So vieles wirbelt in Lydias Kopf herum, dass sie ein unverfängliches Gespräch sucht. Sie möchte auf keinen Fall, dass die beiden mit dem Gefühl von ihrem Hof weggehen, eine hilflose Bittstellerin zurückzulassen.

„Was machen die Söhne?", fragt sie deshalb mit heller Stimme.

Die Förstersfrau wirkt sichtbar erleichtert darüber, wie sich die Spannung zwischen ihr und Lydia zu lösen beginnt. „Wolfram macht im kommenden Frühjahr sein Abitur, das heißt, wenn er ordentlich dafür paukt, und Michel hat kürzlich seine Lehre als Maler abgeschlossen."

Eine weitere interessante Information setzt sich in Lydias Gedankenwelt obenauf. Sie beginnt sogar ein wenig zu zittern, aus einer kleinen, angespannten Freude heraus.

Dann erhebt sich Frau Blöchner von Gustavs Eckbankplatz und fragt, ob sie noch beim Abräumen und Spülen behilflich sein kann, doch Lydia wehrt entschieden ab.

„Das trauen Sie mir aber mal zu, dass ich das noch schaffe", sagt sie fast gut gelaunt.

Sie verlassen die Küche, das Haus, die Förstersfrau mit der leeren Kuchenplatte in der Hand. Im Hof bleibt sie stehen und übergibt die Platte ohne Kommentar ihrem Mann. Sie wendet sich Lydia zu und steht riesengroß, fast wie ein Baum vor ihr.

„Darf ich Sie mal in die Arme nehmen, Frau Brause?", fragt sie unvermittelt.

Lydia schaut zu ihr hinauf und hebt mit verdutzter Miene die Schultern. Doch schon im nächsten Augenblick wird sie umfangen von aufrichtiger Wärme, von den ausgestreckten Ästen eines schützenden Baumes, und es sind diesmal nicht ihre eigenen Arme, die ihren mageren Körper umschließen. Es sind die Arme eines anderen Menschen, und es fühlt sich so ungewohnt an, dass Lydia noch steif wie ein Brett dasteht, als das Försterpaar schon die Hofausfahrt hinter sich gelassen hat.

„Da siehst du mal, Gustav, was sich so alles tut, von dem man nichts ahnt. Ich weiß zwar immer noch nicht genau, worum es in der Kirche ging, aber das krieg ich schon noch raus."

Ein entfernter Tumult im Hühnergehege erinnert Lydia daran, dass sie, die passionierte Tierliebhaberin, heute weder die Hühner noch den kleinen Mozart gefüttert hat.

Nicht einmal den Wassertank der Kühe hat sie aufgefüllt, und verkrustete Hinterteile haben die zwei auch ...

„Es wird Zeit, dass die Kinder wieder hier aufkreuzen, was, Wotan? Es gibt einiges zu tun. – Hoffentlich sind die Geldscheine echt!" Das Sprechen macht ihr plötzlich erstaunlichen Spaß. Etwas Ausgesprochenes fühlt sich ganz anders an als nur Gedachtes. Deshalb bleibt sie noch eine ganze Weile im hörbaren Monolog mit ihrem Mann. Bis sie zuletzt den Brief aus ihrer Hosentasche angelt und ihn emporhält.

„Hierin wirst du erwähnt, so viel hab ich schon gesehen. Aber lesen werde ich ihn alleine. Vielleicht erzähl ich dir später, was darin steht, vielleicht auch nicht. Du musst ja nicht alles wissen, hättest ja hier bleiben können. – Aber bestimmt hast du mitbekommen, dass Blöchners Michel jetzt Maler ist. Ha, das ist sehr gut!"

Lydia versenkt den Brief wieder in der Tasche. Dann reibt sie sich genüsslich die Hände und macht sich auf den Weg zu ihren Hühnern.

15

Sie hat es geahnt: Das rätselhafte »M« unter diesem heimlichen Brief an Ada stammt von Margitta, der Erntehelferin, die gleich nach der ersten Saison auf dem Brausehof geblieben war und wie eine Adoptivtochter aufgenommen wurde, während sie und ihr Gustav schon zwanzig Jahre verheiratet waren. Margitta mit ihrem sonnigen Gemüt und einer außergewöhnlichen Wortgewandtheit brachte nach all der Armut und Anstrengung der ersten Nachkriegsjahre eine ungewohnte Zuversicht mit, die dem Brausehof insgesamt guttat.

Zwei Mal hat Lydia nun den Brief mit der schwungvollen Handschrift gelesen. Dazwischen hat sie ihn wieder zusammengefaltet, ist von ihrem Stuhl aufgestanden und ziellos durchs Haus gelaufen. Das Datum in der rechten oberen Ecke zeigt, dass dieser Brief vor fünfundzwanzig Jahren geschrieben wurde. Doch sein Inhalt geht ihr so nahe, wie sie es vorhin, bevor die Blöchners aufkreuzten, beim Lesen der ersten Satzfetzen nicht für möglich gehalten hätte.

Jetzt aber, wo sie alleine und ungestört die Lektüre fortsetzen konnte, erhalten die Wörter eine ganz andere Bedeutung. Auch wenn sie sich vom Kuchen und Frau Blöchners Umarmung gestärkt fühlte, taumelt sie nun mehr als dass sie geht. Sie hat sich mit Wotan nach draußen begeben, schaut sich auf ihrem Hof um, als wolle sie sich vergewissern, dass sich auch wirklich keine anderen Menschen mehr in dunklen Ecken und hinter Büschen versteckt halten, die plötzlich hervorspringen und sie erschrecken könnten.

Sie weiß noch immer nicht genau, was sie von Margittas Brief halten soll. Nicht im Geringsten hat Lydia geahnt, dass diese junge Frau und Ada sich so nahestanden ...

„Jetzt mach schon dein Geschäft", fordert sie den Appenzeller auf, „damit wir reingehen und noch mal in Ruhe alles lesen können." Denn noch schweben zwei Informationen wie Nebelschwaden in ihrem Kopf herum, die sie nicht zu durchdringen wagt.

Der Hund spürt ihre Ungeduld, dreht sich vor der Hecke am Rand des Hofes mehrmals um sich selbst. Mit einem Beifall heischenden Blick auf Lydia erfüllt er ihre Bitte, scharrt seine Hinterlassenschaft dann wie immer mit den Hinterbeinen Richtung Strauchwerk und folgt Lydia ins Haus. Sie dreht den Schlüssel im Schloss und setzt sich erneut an den Küchentisch. Abermals steht sie auf, um letzte gelbe Kuchenkrümel abzuwischen und das Wachstuch sorgfältig abzutrocknen, damit keines von Margittas Worten durch verlaufende Tinte verloren geht und eine ihrer Aussagen verändern könnte.

Es sind zwei Blätter, die beidseitig beschriftet sind. Sorgsam formuliert, spricht aus dem Brief eine fast schon gehobene Sprache, die sie mit der ungestümen, vor Ideen nur so sprudelnden Magd nicht so recht in Einklang bringen kann.

Lydia rückt ihre Brille zurecht, liest diesmal ihrem Hund den Brief laut vor, weil sie das Bedürfnis hat, das Gelesene zu teilen, damit sie nicht wieder ganz alleine damit fertig werden muss:

»*Meine liebe, geschätzte Ada.*

Wie hilfsbereit von Deiner Freundin Wilhelmine, uns über diesen Weg einen Briefwechsel zu ermöglichen. Du wie auch ich lehnen Heimlichkeiten ab, aber manchmal lässt einem das Leben keine andere Wahl. Und ich hoffe inbrünstig, dass unsere geheime Post Dir keine Probleme bereiten wird.

Mittlerweile schreiben wir das Jahr 1957, und das bedeutet, dass wir uns seit vier Jahren nicht gesehen und nichts voneinander gehört haben. Ich muss einfach wissen, wie es Dir geht, der Frau, die versucht hat, mir all das zu geben, was meine Mutter gern für mich getan hätte. Sie so früh zu verlieren, war schwer genug, und natürlich habe ich sie bis heute keinen Tag vergessen.

Aber von Euch aufgenommen zu werden wie ein Familienmitglied, werde ich genauso wenig vergessen. Du sollst auch und vor allem wissen, dass ich Deinem Magnus nicht zürne. Seine Denkweise und Moral ließen für ihn wohl nichts Anderes zu, als mich fortzuschicken, bevor jeder sehen konnte, dass in meinem Leib neues Leben heranwächst.

Du als Einzige weißt, wer der Vater ist, vielmehr, wer es wäre, wenn er denn zu mir gehalten hätte, der unbeschwerte, hübsche Bengel aus dem Dorf. Doch er hat sich zu unreif für eine Vaterrolle gefühlt, na, Du kennst ja alle Hintergründe. Und heute bin ich froh über seine Feigheit. Denn mittlerweile trage auch ich einen Ring am Finger. Mein Ehemann heißt Arno, und er hat sich schon vor zwei Jahren zu mir bekannt. Hier, wo wir jetzt leben, weiß niemand, dass er nicht der Vater meiner kleinen Lilli ist.

Ja, ich habe dasselbe Glück gehabt wie Du, liebe Ada. Auch Du standest einst alleine da, warst guter Hoffnung, wenn auch durch »andere Umstände« als ich, und warst schließlich Mutter. (In Anbetracht der Ausdrucksweise ist mir danach, zu schmunzeln, wie Dir jetzt gewiss auch ...)

Doch umgehend muss ich nun seufzen, denn ich weiß, wie schwer es für Dich war, mich gehen zu lassen und wie Du Dich für mich eingesetzt hast, um das Verständnis deines Magnus zu erlangen, hat er doch selbst das Kind eines Fremden aufgezogen. Vielleicht lag für ihn der entscheidende Unterschied darin, dass Dein Kindsvater angeblich tot war, meiner hingegen nur unsichtbar und namenlos? Wie dem auch sei, Ada, ich danke Dir, dass Du mir in meiner schwierigen Lage Dein eigenes Schicksal anvertraut hast, um mir Mut mit auf den Weg zu geben.

Ob Ihr Euren Gustav je über seine wahre Vater-Sohn-Beziehung aufgeklärt habt? Da ich selbst ja erst seit meiner Abreise davon weiß, habe ich versucht, meine Eindrücke vom Miteinander der zwei Männer im Nachhinein neu zu überdenken. So glaube ich heute, der Grund für die zahlreichen Auseinandersetzungen zwischen den beiden bestand darin, dass Gustav es wusste und sich Magnus gegenüber zu Dank verpflichtet sah, diesen aber nicht zeigen wollte ... Vielleicht liege ich mit dieser Annahme aber auch falsch, verzeih mir, solche Spekulationen stehen mir nicht zu.

Was mich aber immer noch sehr beschäftigt, ist die traurige Tatsache, dass meine Freundin Lydia nicht das Glück einer Mutterschaft erleben durfte. Doch sie ist so innig mit ihrem Gustav, dass man spürt, die beiden genügen sich, als Paar und nicht zuletzt als Seelenverwandte. Denn Lydia hat Gustavs leidlichen Ziegenpeter selbst bei mir nie zum Thema gemacht. Aber es ist verständlich, dass Themen wie die Entzündung der Geschlechtsorgane im Entwicklungsalter unter Eheleuten verbleiben. Trotzdem frage ich mich bis heute: Musste es denn ausgerechnet den lieben Gustav treffen, ein Jahr, bevor seine große Liebe auf dem Brausehof auftauchte? Ich hätte den beiden so sehr ein drittes und viertes Familienmitglied gegönnt. Die liebe Lydia wäre sicher eine besonders gute Mutter geworden und Du eine ebenso besondere Großmutter. Doch auf diese Fragen werden wir vom Leben keine Antworten erhalten, wie auch auf so viele andere nicht.

Und wie schade, dass ich Lydia auf diesem Weg über Wilhelmines Anschrift nicht einmal Grüße ausrichten lassen kann. Doch gerade Lydia soll nicht zwischen die Fronten geraten, indem sie sich in unsere Heimlichkeiten einreiht. Ich vermisse meine Freundin Lydia, und ich kann nur hoffen, dass es ihr gut geht. Deshalb bitte ich Dich, Ada, umarme sie wortlos von mir und schenke ihr in Gedanken meine guten Wünsche. Die Zuneigung, die Du für Lydia bereithältst, wird der entsprechen, die auch ich von dir empfangen durfte.

Du hast mir beim Abschied nahegelegt, immer im Austausch mit meinen Mitmenschen zu bleiben, weil das eigene Gesichtsfeld manche Dinge nur begrenzt erfassen kann. Und Du hast gesagt, dass andere uns die Dankbarkeit für das eigene Dasein lehren, weil manch einer von ihnen vielleicht mehr erduldet, als man selbst verkraften könnte.

Deine Ratschläge erweisen sich allesamt als richtig, und so danke ich Dir heute besonders für die gemeinsamen Lesestunden. Für unsere kleinen ausgewählten Markierungen in »unserem« Buch. Fast möchte man in jenen kostbaren Momenten glauben, die weise Verfasserin Edda Zirbel habe währenddessen in unserer Mitte gesessen, nicht wahr? Das Lesen an sich bereichert meinen Alltag immer noch, ja, ich möchte sagen, immer mehr. Gleichzeitig widme ich *mich dem Schreiben. Ja, Ada, ich versuche mich an eigenen kleinen Geschichten, und es fasziniert mich täglich aufs Neue, was man mit unserem Alphabet so alles an Ideen und geschriebenen Gedanken entstehen lassen kann.*

Nun erwarte ich mit Ungeduld Deinen Brief, liebe Ada. Ich weiß, es wird der einzige sein, den wir uns auf diese Weise genehmigen. Doch wir sollten das nicht mit schlechtem Gewissen tun, denn damit schaden wir keinem der Menschen, die uns am Herzen liegen. Und wer weiß, vielleicht kommt der Tag, an dem wir uns in aller Öffentlichkeit wieder in die Arme schließen können ...

In Liebe und Dankbarkeit für eine wundervolle gemeinsame Zeit immer, deine M.«

Lydia nimmt die Brille ab, klappt die Bügel zusammen und fegt das Gestell mit einer wegwerfenden Handbewegung über das Tischtuch. Es klirrt nicht einmal, als es auf dem Boden aufschlägt.

„Was ist, Wotan? Warum guckst du so ungläubig? Das war doch wohl alles gut zu verstehen! Dein Herrchen wurde adoptiert und war zeugungsunfähig. Ja, und? Wozu sollte er mir das sagen? So was spielt doch keine besondere Rolle in einer Ehe. Ada und Margitta hatten eine enge Beziehung und haben sich heimlich geschrieben. Was geht mich das an? Auch dass Ada lange Zeit wusste, dass Margitta geheiratet und eine kleine Lilli hat, braucht jemand wie ich doch nicht zu wissen. Und zusammen gelesen haben die beiden, wie schön. In diesem Buch hier."

Mit der linken Hand greift Lydia über Gustavs leeren Eckbankplatz hinweg nach dem dicken Buch auf der Fensterbank und schmeißt es ebenfalls so fest über den Tisch, dass es gleich neben Wotan auf den Boden schlägt. Der Hund springt auf und trottet mit eingeklemmter Rute zu seinem Kissen am anderen Küchenende, rollt sich dort zusammen und schielt mit abgelegtem Kopf und angelegten Ohren zu Lydia hinüber.

„Da staunst du, was? Für mich klingt das alles ganz logisch. Auch dass Ada Margitta ihr Schicksal anvertraut hat, ist doch wunderbar, findest du nicht? Dafür hat sie mich mit solchen Informationen verschont bis zu ihrem Tod. Was für eine rücksichtsvolle Person, unsere liebe, gütige Ada!"

Lydia springt so hastig von ihrem Stuhl auf, dass sie in ihrer Seite ein Gelenk knacken hört. Kurz reibt sie sich die Hüfte, bevor sie aus der Küche ins Wohnzimmer humpelt und dort aus dem Sekretär einen Block und einen Kugelschreiber holt. Wieder zurück am Küchentisch, breitet sie ein großes leeres Blatt vor sich aus.

„Hol mir meine Brille, Wotan. – Na los, die Brille, hab ich gesagt!"

Der Hund weiß, wie das empfindliche Gestell behutsam vom Boden aufzunehmen und in Lydias Schoß zu befördern ist. Diese Nummer haben sie oft genug geprobt, für alle Fälle und wohl auch für einen wie diesen, in dem Frauchen so grundlos aufgebracht reagiert.

Für Lydia kommt es nun darauf an, keine Rücksicht auf ihre verletzten Gefühle zu nehmen. Jetzt will sie rechnen, damit alles einen Sinn ergibt, zumindest rein zahlentechnisch.

Mit ungelenken langen Linien zeichnet sie eine Tabelle aufs Papier, die etwas misslingt und sie unweigerlich an das sich aufbäumende Oberdeck eines Dampfschiffes kurz vor dem Untergang erinnert. So zumindest sah es im Fernsehen aus, als die »Titanic« sich noch einmal aufgebäumt hat gegen ihr endgültiges Schicksal. Und so konzentriert, als müsse Lydia dieses Dampfschiff in Einzelteilen berechnen, rückt sie nun ihre Brille auf der Nase zurecht und setzt den Stift aufs Papier.

Wann war was? Nach solch einem Schema ist der alte Magnus immer vorgegangen, wenn er sich einen kompakten Überblick verschaffen wollte. Alles korrekt der Reihe nach und tabellarisch geordnet. Leben in Zahlen.

„Du wirst jetzt viele Zahlen hören, Wotan, dir wird der Schädel genauso brummen wie mir. Wir gehen von heute aus, vom ..." Lydia wirft einen Blick hinüber zum Wandkalender, „... vom 3. Juli 1982. Leg dich hin und stör mich ja nicht!" Höchst konzentriert begleitet Lydia mit der Zunge ihr verschnörkeltes Zahlenspiel, achtet darauf, dass sich eine möglichst ordentliche Übersicht ergibt:

Magnus:	**1883, † 1967*	*Ada:*	**1885, † 1969*
Gustav:	**1905, † 1981*	*Lydia:*	**1908,*
Ankunft Brausehof: 1922		*Heirat:*	*1928*

131

„Und im Jahr vor meiner Ankunft hat dein Herrchen seinen Ziegenpeter gehabt. Er hat mir nie etwas davon gesagt. Niemand hat mir das gesagt. Diese Krankheit in der Pubertät kann zu Unfruchtbarkeit führen, merk dir das, Hund. Ob dein Herrchen das überhaupt jemals selbst wusste?" Lydia setzt ihren Stift wieder aufs Papier:

Margitta: Ankunft auf Brausehof 1948 (mit 19 Jahren)
geblieben bis 1953 (dann schwanger)

„Da hat Magnus sie nämlich fortgeschickt, weißt du? Nur weil sie ein Baby in sich trug. Dieser verknöcherte Moralapostel! Wie schön hätte es für uns alle werden können mit einem kleinen Kind auf dem Hof. Jeder hätte sich kümmern können, und was glaubst du, wie gut uns so eine kleine Lilli getan hätte! Aber davon durfte ich selbst später nichts wissen, weil Margitta sich nur Ada anvertraut hat. Das war 1957, da hat sie Ada heimlich geschrieben. Zu der Zeit war Ada 72 und Margitta 28. Und ich war 49 und hatte von nichts eine Ahnung."

Auch die zuletzt genannten Zahlen hat Lydia notiert, kann jedoch kein System darin erkennen. Es sind Stationen ihres Lebens und des Lebens ihrer Familie, und wie es aussieht, haben die Daten allesamt ihre Richtigkeit. Gedankenverloren streicht sie Wotan über den Kopf. „Und dich gibt es hier seit 1973. Als es bei uns gebrannt hat, warst du knapp ein Jahr alt." Als Lydia jetzt ihren Hund ansieht, weiß sie, dass sie schielt, weil er wie gerügt den Blick abwendet – für Lydia immer der Beweis, dass sie ihren Kopf überfordert. Dennoch fehlt ein wesentliches Datum auf ihrem beschrifteten Schiffsdeck. Es ist kaum Platz zwischen den zwei Zeilen, wo es hingehört, doch sie versucht es:

Goldene Hochzeit: 1978.

Bisher hatte dieses Datum in ihrer Erinnerung einen dankbaren, magischen Rahmen. Es war einer der bewegendsten Tage in ihrem Leben. Doch jetzt hat dieser Rahmen eine Bruchstelle, in der sich ebenfalls ein Datum auftut, ein stilles Datum, das in einer Tabelle nichts verloren hat: Kinderwunsch seit 1928!

Lydia zerknüllt das Blatt mit beiden Händen. „Fang, Wotan!"

Eigentlich mag der Hund kein Papier zwischen den Zähnen, doch er öffnet gehorsam das Maul, fängt den Papierball und lässt ihn umgehend wieder fallen.

Lydia versucht zu lachen. „Dir schmeckt das alles genauso wenig wie mir, was?"

Wie schnell sich doch die Sichtweise verändern kann! Mit einem Mal sind es nicht mehr die Dorfbewohner, die ihr zusetzen, da hat die Frau des Försters wahrhaftig gute Arbeit geleistet, wenn auch hierbei endlos viele Fragen offen bleiben. Nein, jetzt sind es andere, die ihr Magenschmerzen bereiten – Gustav und seine Mutter.

„Wotan, komm mit, wir müssen ein Wörtchen mit Ada und deinem Herrchen reden!"

In der stillen Stube knipst sie das Licht an und stellt fest, dass die drei Rahmen auf dem Nachttisch immer noch mit dem Gesicht zur Wand stehen.

„Ja, jetzt wollt ihr mir nicht mehr in die Augen sehen, was?" Geräuschvoll dreht Lydia die Fotos auf der Glasplatte zu sich um. „Schämt euch, alle miteinander."

Doch sowohl Gustav als auch Ada und Magnus blicken ihr ungerührt ins Gesicht.

„Na, Gustav, wie fühlt es sich an, wenn man plötzlich verdächtigt wird, ein Lügner zu sein? Hoffst von Monat zu Monat mit mir, von Jahr zu Jahr, dass sich eine Schwangerschaft einstellen möge. Hast du dich verstellt oder hat deine liebe Mama dich vielleicht gar nicht aufgeklärt über die Risiken deines Ziegenpeters kurz vor meiner Ankunft? Könnte auch sein, dass Ada dich schonen wollte, deinen Stolz, damit du zumindest in Erwägung ziehen konntest, dass es an mir lag." Lydias Stimme zittert, doch hier hat sie das Wort. Im Augenblick kann sie noch nicht sortieren, was in ihr vorgeht. Ist es ihr eine Genugtuung, dass niemand gegen ihre Vorwürfe aufbegehren kann, oder ist sie enttäuscht, weil die reglosen Gesichter ihr nicht antworten können?

Das Foto ihres Schwiegervaters spiegelt Lydias Gesicht wider, als wolle es von sich ablenken.

„Nein, Magnus, so kommst du mir nicht davon! Vermutlich hast du schon während deiner Vorhaltungen gewusst, warum es keinen Nachfolger für den Brausehof geben kann. Warum dann aber diese verletzende Bemerkung, noch dazu am großen Tisch? Hast du deinem Sohn Gustav überhaupt gesagt, dass du nicht sein leiblicher Vater bist? Es wäre doch nichts dabei gewesen, wenn wir alle gemeinsam darüber gesprochen hätten. So viele Menschen sind in dieser Lage, nicht jeder Mann kann Kinder zeugen und nicht jede Frau kann Kinder gebären. Vielleicht hätten wir alle zusammen entschieden, einen Erben zu adoptieren, so, wie du einen Sohn als den deinen angenommen hast. Oder war dein Stolz so mächtig, dass du all die Tatsachen nur verkraften konntest, indem du sie geheim gehalten hast?"

Doch auch ihr Schwiegervater wird für den Rest ihres Lebens schweigen, und mit Bestürzung muss Lydia feststellen, dass ihr Fragespiel zu nichts führen wird.

Das Foto von Ada kann Lydia im Moment am wenigsten anschauen, zu tief sitzt die Enttäuschung über die liebenswerte, duldsame Frau, die sie zu Lebzeiten war. Dies mag eine der wenigen Aufnahmen ohne das stets am Hinterkopf geknotete Kopftuch sein. Kann es sein, dass sich hinter ihrer gütigen Miene ein Lügengespinst verbarg? Demnach dürfte sie gerade Ada jetzt nicht verschonen. Lydia schluckt und senkt den Blick.

„Wenigstens du mit deinem Feingefühl hättest dich mir anvertrauen können. Oder war dein Bedürfnis nach Harmonie so groß, dass nicht mal dein Mann von solchen Folgeschäden eines Ziegenpeters im Entwicklungsalter wusste? Sollte Magnus auf diese Weise wenigstens stolz auf seinen Adoptivsohn bleiben, wenn die zwei auch so schon oft genug über Kreuz lagen? Warst du womöglich eine Strippenzieherin und hast alles ein wenig gesteuert mit den Fäden in deinen Händen? Bestimmt musstest du all dein Wissen luftdicht unter deinen Kopftüchern verpacken, damit du selbst den Überblick behalten konntest, wem du was anvertraut hast, und dich nicht verplapperst.

Mensch, Ada, zumindest hättest du mir von Margitta erzählen können! Seit eurem Briefwechsel sind fünfundzwanzig Jahre vergangen. Und seit fast dreißig Jahren frage ich mich, wie es ihr wohl ergangen sein mag und ob sie überhaupt noch am Leben ist. Margitta und ich konnten doch so gut miteinander."

Immer noch unter dem Einfluss ihrer Jahresrechnungen zählt Lydia nun an den Fingern ab. Margitta müsste jetzt … neunundvierzig sein, und ihre Tochter Lilli … achtundzwanzig. „Vier Jahre nach Margittas Abreise hast du all das durch ihren Brief erfahren. Danach hattest du noch ... fast zwölf Jahre Zeit, mir davon zu erzählen. – Aber was rechne ich hier? Die Vergangenheit ist vergangen und jetzt ist es, wie es ist. Gestern war gestern und heute ist heute, der 3. Juli 1982. Und deshalb lass ich euch alle miteinander jetzt ..."

Irgendetwas unterbricht Lydias lautstarke Verabschiedung, eine Art Einfall, der sich nicht offenbaren will. Was hat sie gerade von sich gegeben? Lydia versucht, ihre Worte zu wiederholen, doch es will ihr nicht bewusst werden, was sie soeben hat stutzen lassen. „Na denn, wie gesagt, falls ihr Zeitlosen da oben nicht mitrechnet: Ab heute, dem 3. Juli 1982, zählt für nur noch die Gegenwart!" Dann fällt es ihr ein. Dieses Datum, zumindest Tag und Monat, haben sich tief in ihr Gedächtnis gebrannt, schon vor sehr langer Zeit.

„Heute wäre dein Geburtstag, Ada, der ... siebenundneunzigste." Lydia fasst sich an den Kopf. Ihr Gehirn fleht sie an, endlich mit der Rechnerei aufzuhören. Sie steht auf, streift mit den Augen noch einmal flüchtig die Fotografien, wendet sich ab und murmelt, während sie den Lichtschalter umdreht: „Dann feiert mal schön, ihr drei. Aber ohne mich. Ich hatte heute schon meinen Kuchen!"

Alles in ihrem Innern vibriert. Sie kann nicht gegen die fast körperlich spürbare Enttäuschung ankämpfen. All die Antworten, die ihr jetzt weiterhelfen könnten, wird sie niemals bekommen.

Während Lydia durch den langen, dunklen Flur läuft, fast so hektisch wie bei einer Flucht, wischt sie sich heiße, salzige Tränen von den Wangen. Kurz vor der Küchentür hält sie plötzlich inne: Vielleicht gibt es da doch eine Möglichkeit, zumindest auf einen Teil der Fragen noch eine Antwort zu erhalten ...

16

Seit drei Tagen ist es unerträglich heiß.

Solange Lydia zurückdenken kann, war der Juli für sie immer der anstrengendste Monat im Jahr. Ihr bekommt die Hitze nicht. Sobald das Thermometer 30 Grad erreicht, ist sie unkonzentriert und melancholisch. Besonders die Mittage verleihen ihr das Gefühl, mit dem Gesicht über einem Topf kochenden Wassers zu hängen, während die Sonne sich auf ihrem Höchststand keinen Meter zu bewegen scheint.

Selbst als der Hof noch bevölkert war, wurde sie an solchen heißen Tagen von der Befürchtung erfüllt, dass all die anfallenden Arbeiten niemals zu bewältigen wären. Natürlich lösten sich diese Bedenken jedes Mal in Luft auf. Viele Hände, Muskeln und gemeinsames Schaffen, und selbst am Ende des heißesten Tages war stets alles erledigt.

Heute hingegen mischt sich unter die hitzebedingten Beschwerden auch noch der bittere Geschmack der Einsamkeit. Niemand ist mehr da, mit dem sie reden und der ihr auch nur einen Handgriff abnehmen könnte.

Lydia ist kreuz und quer über den Hof gelaufen. Wildwuchs überall und über allem. Hier sollte man schleunigst nach Pflug und Harke greifen. Sie stöhnt und wendet den Blick ab. Am besten überlässt sie all das sich selbst, die Pflanzen gesellen sich zusammen, wie sie es für richtig halten.

Doch diesen Gedanken allein schon zu denken, beschert ihr ein schlechtes Gewissen. Wenn sie sich Ada und Magnus vor Augen holt, ist sie überzeugt, man erwarte von ihr, hier die Stellung zu halten und dieses unverdiente Erbe zu bewahren. Immerhin kam sie völlig mittellos hierher. Nun aber ist der Brausehof in ihrem alleinigen Besitz. Im Besitz einer Zugereisten. Zumindest die im Tal werden so darüber denken.

Was Lydia verwundert, ist, dass sich die Kinder nicht wieder haben blicken lassen. Das wird hoffentlich nicht an dem Zwanziger liegen, sei es, dass er sich als Falschgeld erwiesen hat – oder dass die

Kinderarbeit dadurch entlarvt wurde und es ihnen nun verboten ist, sich hier oben aufzuhalten.

Auch diesen Gedanken darf Lydia momentan nicht weiterspinnen, wenn sie nicht völlig verzagen will. So hält sie sich an der einzigen Neuerung fest, dem reparierten Dach. Es war ein hartes Stück Arbeit, die Tanne vom seitlichen Scheunendach zu befördern, ohne dass sie weiteren Schaden anrichtete.

Währenddessen hatte Lydia sich ins Haus verzogen. Die Kommandos der Männer und die Geräusche der Gerätschaften setzten ihr zu. Sie wird älter, das spürt sie besonders in Stresssituationen. Noch vor einem Jahr war sie belastbarer, kräftiger und vor allem zuversichtlicher.

Bei dem langen Gespräch neulich hat Theo ihr gesagt, sie leide zu ihrer Angst vor dem Feuer auch noch an einer ... wie hieß dieses Wort noch gleich, an einer Anthro...phobie, an einer Angst vor Menschen und Gesellschaft. Ob er das auf sich als ihr Gegenüber bezog? Hat sie Theo das Gefühl vermittelt, sie habe Angst vor ihm? Lydia kann diese Unterhaltung heute nicht mehr nachempfinden, zu viel hat sich danach noch in ihrem Kopf festgesetzt. Und seit sie Margittas Brief gelesen hat, kommt sie sich mit einem Mal fast genauso neu und fremd hier vor wie damals.

Wenn sie jetzt einen Zeitsprung versucht, sieht sie sich bei ihrer Ankunft auf dem Brausehof als ein ängstliches, abgemagertes und völlig entkräftetes junges Mädchen. Heute, als einzige Überlebende und noch dazu als Hofbesitzerin, ist sie nicht minder ängstlich, abgemagert, entkräftet. Und ebenso ziellos und ohne Hoffnung wie damals.

Von 1922 bis 1982. Sechzig Jahre liegen zwischen diesen Zahlen. Fast ein ganzes Leben hat sie hier verbracht.

Was beginnt jetzt? Ein einsamer, verbitterter Lebensabend, der nur noch Schwäche und Krankheit mit sich bringt? Wenn sie realistisch bleibt, kann es mit ihr und ihren Tieren nicht gut enden, da kann sie alles drehen und wenden, wie sie will – einer von ihnen hier oben wird immer übrig und auf der Strecke bleiben.

Ein Schatten über ihr lässt sie den Kopf heben. Der Milan. Ein wunderschöner Vogel, der jedoch in der Nähe ihrer Hühner nichts verloren hat. Er scheint zu wittern, dass sich das Federvieh bei diesen Temperaturen passiver verhält.

Lydia wedelt mit den Armen und klatscht in die Hände, um den Vogel auf sich zu lenken und zu vertreiben. Dass sie dabei den Rücken durchgestreckt hat, tat ihr gut und zeigt ihr, dass sich so gebeugt und deprimiert, wie sie schon den ganzen Tag umherschleicht, nichts erreichen lässt. Sie sollte zusehen, dass sie ihre Kräfte wiedererlangt. Auf keinen Fall darf sie den Hof verkommen lassen. Es gibt zwar keinen Nachfolger, aber es gibt sie selbst. Und sollte ihr wider Erwarten ein langes Leben beschieden sein, will sie es so angenehm und so lange wie möglich auf diesem Hof verbringen. Die Vorstellung an das, was nach ihr mit all dem Hab und Gut hier oben passieren könnte, schiebt sie beiseite.

Sie strafft die Schultern und beschließt, sich ein Beispiel an dem Mann auf ihrem Scheunendach zu nehmen. In sengender Hitze hat er in den vergangenen Tagen ohne zu klagen seine Arbeit verrichtet. Überhaupt war er sehr still und wortkarg gewesen. Angeblich kommt er unten aus dem Ort, doch weder sein Gesicht noch sein Name sagen ihr etwas. Aber was weiß sie schon über die Talbewohner? So richtig im Bilde war sie nie, dafür war sie zu wenig in die Gemeinschaft eingebunden. Sie will nun einfach hoffen, dass der Dachdecker nicht so zurückhaltend ihr gegenüber war, weil entgegen der Beteuerungen von Frau Blöchner die Leute noch immer schlecht über sie reden.

Lydia geht ins Haus und sperrt die Sonne aus, indem sie die geblümte Küchengardine zuzieht. Im Kühlschrank findet sie noch eine Kanne Pfefferminztee vom Vortag. Mit diesem wohltuend kühlen Getränk setzt sie sich zum ersten Mal auf Gustavs Eckbankplatz. Ohne darüber nachgedacht zu haben, hat sie damit die Erinnerung an den Vormittag des 1. September 1981 geweckt.

Wie fast jeden Morgen las Gustav ihr nach dem Frühstück aus der Zeitung vor. Es war ihr recht, dass die Schlagzeilen der Welt zuerst durch seinen Filter liefen, bevor sie von ihm das erfuhr, was er für sie auswählte. Schlimme Nachrichten hielt er bewusst zurück, er wollte sie mit nichts belasten, was ihre zart besaitete Psyche hätte erschüttern können.

„Wie meine Besuche im Tal", entfährt es ihr nun bei diesem Gedanken. „Alles hast du von deiner Lydia ferngehalten. Und nicht selten auch das, was sie interessiert hätte." Mit Daumen und Zeigefinger kneift sie in das Sitzkissen unter ihrem Gesäß, als würde sie Gustavs Schmerzenslaut erwarten.

Was sie heute verwundert, ist die Erinnerung daran, dass sie nach Gustavs Lesestunde nie das Bedürfnis hatte, sich die Zeitung einmal alleine vorzunehmen. Sie hat sich wohl auf sein Feingespür verlassen und es dankbar angenommen. Wie so vieles andere auch. Eine Zeitung gibt es im Briefkasten des Brausehofes deshalb schon lange nicht mehr.

So wählte er auch am 1. September letzten Jahres mit Bedacht, was er ihr vorlas. Lydias Lieblingsseite hob er auch diesmal bis zum Schluss auf. Sie erinnert sich genau, wie hinter der Zeitung sein erhobener Zeigefinger an ihre Aufmerksamkeit appellierte.

„»Wir gratulieren unserem lieben Ur-Opa Horst zum 95. Geburtstag. Bleib so rege und gesund, mach die zehn Jahrzehnte rund!« Das wäre doch was, Lydia, stell dir uns beide in dem Alter vor!" Und während Lydia sich wehmütig ihre bis dahin mit zahlreichen Nachkommen bevölkerte Küche ausmalte, hob Gustav seine Kaffeetasse: „Auf dich, lieber Horst, wer auch immer du sein magst, mach die hundert voll!"

Dann lachte er sein helles, lautes Gustav-Lachen. Wie hätte er auch ahnen können, dass dieser Geburtstag eines fremden Jubilars sein eigener Todestag werden würde ...

Ein letzter Kuss an der Haustür, bevor er seinen Hut aufsetzte, eigentlich mehr ein Schmatz denn ein Kuss, mit einem Aroma aus Kaffee und Leberwurst, so munter und geschäftig, wie es für Gustav üblich war. Und wie jeden Tag steckte er auch diesmal sein kleines zusammengeklapptes Fernglas in die Westentasche. Der tägliche Morgenspaziergang war mittlerweile der Ersatz für seinen früheren Weg zur großen Weide.

Er brauchte seine Routine, hatte sie für sein Rentenalter neu erfunden, wollte sich in einem festen Zeitrahmen bewegen, und da es nur noch die wenigen Kühe auf der Weide beim Haus gab, verlagerte sich sein Interesse hin zur Natur und zum Aufspüren und Betrachten des Freiwildes.

„Vielleicht läuft mir ja heute der Hirsch mal über den Weg. Dann erzähl ich dir nachher, wie er aussieht und wie groß sein Geweih ist." Er klopfte überzeugt auf das Fernglas in seiner Tasche.

„Ja, vielleicht siehst du ihn, ich drück dir die Daumen. Aber denk dran, Gustav, sei nicht so ..."

„... ich klettere in keinen Baumwipfeln herum und passe auch sonst auf mich auf", ahmte er, mit seinem Dialekt gefärbt, ihre tägliche Litanei der Besorgnis nach. „Aber trau mir doch noch ein bisschen was zu. Hier steh ich mit meinen sechsundsiebzig Jahren und bin immer quietschfidel."

„Gerade deshalb", entgegnete sie und versuchte sich an einem unbekümmerten Lächeln.

„Bisher hast du mich doch immer noch heil zurückbekommen, oder?", fragte er ein wenig schnippisch. Und versöhnlicher fügte er hinzu: „Du weißt ja, dass ich im Wald gut aufgehoben bin. »Mit Bäumen kann man wie mit Brüdern reden.«"

Gustav und sein Erich Kästner, hatte Lydia gedacht und geschmunzelt. Dann war er gegangen, mit Wotan an den Fersen, über den Hof, vorbei an Scheune und Stallungen und gleich darauf hinter der Kurve verschwunden. Es war das letzte Mal, dass sie ihren Mann lebend sah.

Warum sie gerade heute die Erinnerung an Gustavs letzten Lebenstag sucht, kann Lydia sich selbst nicht genau beantworten. Irgendetwas hat diesen Drang ausgelöst – und was immer es auch war, es muss damit zu tun haben, wie sie ihn und seine Eltern in der einst so stillen Stube zur Rede gestellt und vor den Kopf gestoßen hat.

Seit Tagen hat sie dieses Zimmer nicht mehr betreten. Waren es zuerst Ärger und Enttäuschung, folgten darauf Rätselraten und Vorwürfe, um schließlich all das in ihren wahren Empfindungen wie Pulver in einem Wasserglas aufzulösen, sodass nur noch die Sehnsucht nach Gustav übrig blieb – was sie auch veranlasst haben wird, sich jetzt auf seinen Platz zu setzen und ihrem letzten gemeinsamen Frühstück nachzuspüren.

Ihre von dem Brief hervorgerufene Wut auf Gustav und ihre Schwiegereltern sind Lydia nicht bekommen. Sie haben sie arg geschwächt, und Antworten hat sie trotzdem nicht erhalten.

Wenn es denn sein soll, wird sie ihre Antworten noch bekommen. Sie darf nur nicht vergessen, dass sie auch mit diesen alleine würde klarkommen müssen.

Ein neutraler Ansprechpartner wäre der Herr Pfarrer. Sie weiß, dass der Mann zwei Mal vor ihrer Tür gestanden hat. Das erste Mal kurz nach der Beisetzung, wahrscheinlich gehört sich das so, wenn ein Angehöriger alleine zurückbleibt. Das zweite Mal kurz vor Weihnachten. Doch Lydia hatte ihm die Tür nicht geöffnet. Er hatte das einkalkulieren müssen, denn auch er wusste nur zu gut, dass sie sich gleich nach der Beisetzung jeglichen Besuch verbeten hatte.

„Dass mir nur keiner mehr den Hof betritt", hatte sie am Friedhofstor über die Schulter nach hinten ausgestoßen, wo ihr aus Höflichkeit eine kleine Gruppe der Trauergäste gefolgt war, in der sich der Pfarrer wie auch Theo befanden. „Mein Trauerjahr gehört nur mir. Bleibt alle weg. Ich habe einen großen Hund, denkt daran!"

Während ihres hastigen Stolperschrittes den Waldweg bergan hallten in ihrem Innenohr die geflüsterten Vorwürfe der Gerüchtestreuer nach, die sie erst vor wenigen Minuten aufgeschnappt hatte. „Wenn sie es nicht war, warum hat sie dann keine Hilfe geholt?" Und als wäre eine solche Anschuldigung noch nicht genug gewesen, vernahm Lydia eine zischende Stimme: „... gierige alte Hexe!"

Lydia war fassungslos. Warum nur ging man davon aus, dass sie dabei war, als es passierte?

Zuerst hatte sie gegen ihr Selbstmitleid ankämpfen müssen – eine vom Schicksal geschlagene Witwe, die man zusätzlich mit faulen Eiern bewarf. Wie hatte es dazu kommen können? Das Leid drang ihr doch sichtbar aus allen Poren. Gönnte man ihr noch nicht einmal, was vom Brausehof noch übrig war? Nahm man ihr übel, dass sie sich so selten im Tal hatte blicken lassen? Warum stand man ihr so feindselig gegenüber? Hatte es wirklich etwas mit der dummen Bemerkung zu tun, die sie ein paar Wochen zuvor am Grab von Gustavs Eltern hatte fallen lassen?

Sie erinnert sich, dass es selbst am späten Nachmittag jenes Julitages noch genauso heiß gewesen sein musste wie heute. Die Blumen auf den Gräbern brauchten dringend Wasser und auf dem Friedhof herrschte Hochbetrieb.

Es wurde geharkt, gegossen und schwarzer Stein poliert. Die ungezwungenen Gespräche flogen in Mundart und ohne Rücksicht auf diesen Ort der letzten Ruhe über die Grabsteine hinweg. Noch jetzt weiß Lydia, dass sie dachte: fehlen nur noch die Bierflaschen zum Feierabend. Und dennoch hatte sie sich, warum weiß sie bis heute nicht, auf einmal wohlgefühlt in dieser unbeschwerten Gesellschaft.

Das Einzige, was ihre Unbeschwertheit trübte, war das Verhalten ihres Mannes an der Grabhälfte seines Vaters. Noch immer gab es keine Vergebung, Gustav rührte keinen Finger auf der Doppelgrabseite des verstorbenen Magnus. Ob sie ihn heute dazu bewegen konnte? Ihre Hoffnung ließ nicht locker.

Sie kniete auf dem Rand der Einfassung, um mit ihrer kleinen Harke in die Mitte der Grabstelle zu gelangen, während Gustav seine gefüllte Gießkanne neben ihr abstellte.

„Ich bin gleich fertig", sagte sie, „und dann bist du an der Reihe mit deiner Kanne." Ihre Worte gingen im allgemeinen Gemurmel der Umgebung unter.

„Der kriegt von mir kein Wasser", sagte Gustav bissig.

Lydia hob das Gesicht und fragte leise: „Und wenn ich dich mal ärgere und später hier liege, begießt du mich dann auch nicht?"

Da nahm Gustav die Gießkanne und antwortete: „Aber sicher doch. Mit Vergnügen", und er ließ einen Schwall kalten Wassers auf Lydias Kopf prasseln.

Sie schnappte nach Luft, fühlte sich für einen Moment in die Albernheiten ihrer Jugend zurückversetzt und stieß aus: „Warte ab, du Ungeheuer! Bald sorg ich dafür, dass du hier verbuddelt wirst! Dann gehört mir der ganze Hof – und du kriegst keinen einzigen Tropfen Wasser auf dein Grab!"

Diesmal gingen ihre Worte nicht unter. Sie schallten über den ganzen Friedhof. Alle schauten zu ihnen herüber und schwiegen. Als Gustav dann noch eine Bemerkung anhängte, die sie als lachende Witwe bescherzte, senkte manch einer der Anwesenden den Kopf, andere wiederum versuchten, in sein Lachen einzustimmen. Und Lydia musste für den Rest des Tages gegen ein zunehmend ungutes Gefühl ankämpfen, infolge dessen sie bis zu Gustavs Beisetzung, die keine zwei Monate später stattfand, keinen Fuß mehr ins Tal setzte.

Wie innig hatte sie ihn nach dieser Peinlichkeit belagert, jedes Mal, wenn er in den Ort hinunterfuhr. „Bitte, bring das wieder in Ordnung, hörst du? Schaff das wieder aus der Welt. Sag allen, dass es nicht so war, wie es sich angehört hat."

Gustav in seinem Gleichmut hatte sie ausgelacht: „Du glaubst doch nicht, dass irgendeiner das ernst genommen hat? Wenn jemand Spaß versteht, dann ja wohl die Leute in unserem Dorf!"

„Und jetzt haben sie wirklich ihren Spaß mit mir", seufzt Lydia vor sich hin, als sie über die Weide durch das meterhohe Gras schreitet, um nach den beiden Kühen zu sehen. „Dieses Dorf hat eine eigene Märchenfigur, eine Hexe auf einem Berg. Wer hat schon so was?" Sie kann einfach nur hoffen, dass Frau Blöchner die Wahrheit gesagt hat: Niemand redet mehr über sie, all das hat sich viel früher in Luft aufgelöst, als sie sich das hätte träumen lassen.

Doch auch das muss sie noch klären und bis dahin wird noch eine Weile vergehen.

Aufgebracht greift ihre Hand zur Seite und reißt ein Büschel Gräser aus, was ihr sofort wieder leidtut, weil sie sich seit jeher mit der Natur verbunden gefühlt hat und ihr nicht unnötig wehtun will. Früher, wenn die großen Wiesen abgemäht wurden und all die bunte Schönheit zu Boden stürzte, überlistete sie ihr Mitgefühl, indem sie im Stillen mit den immer wiederkehrenden Wildblumen triumphierte. Nicht einmal die giftgrüne Mähmaschine konnte ihnen ernsthaft etwas anhaben, und es gab seit dem Brand im Schober keine Sekunde, in der ihr dieses zerstörerische und schließlich selbst zerstörte Monstrum leidtat.

Früher hätte Lydia am liebsten alle Unkräuter rund um den Hof zusätzlich noch gedüngt, den Rainfarn, den Borretsch, die Kornblumen. Wie schade, dass es den Bauern gelungen war, die dunkelrosa Kornrade im Getreidefeld auszurotten. Lydia hatte diese Pflanze geliebt wie die Margeriten und den Rittersporn, und selbst den Löwenzahn pustete sie an, damit er sich kräftig vermehren konnte. Wenn Gustav sie dabei beobachtete, lächelte er in sich hinein, das entging ihr selbst dann nicht, wenn sie ihm den Rücken zukehrte.

Heute tut es Lydia weh, zu verfolgen, wie dieses üppige junge Leben über dem Erdboden wächst und gedeiht, und zu wissen, wie ihr Mann gleichzeitig unter der Erde immer mehr vergeht. Am schlimmsten kam ihr das vor, als in diesem Frühjahr die Krokuszwiebeln wieder austrieben, die er als Überraschung für sie überall um den Brausehof herum gesteckt hatte.

Mit müden Schritten stapft sie über die Wiese, ist sich bewusst, dass sie sich förmlich nur noch zwischen zwei Arten von Schlupflöchern hin und her bewegt – zwischen denen der Wühlmäuse und der eigenen Haustür. Ihr Hund, der liebend gern öfter den Wald erkunden würde, begleitet sie auf diesen kurzen Strecken ganz selbstverständlich. Auch jetzt ist er neben ihr wie ein stummer Schatten.

„Du darfst heute Abend wieder in Papas Sessel liegen." Sie krault das Tier zwischen den Ohren, wofür sie von der glatten, langen Tierzunge eine feuchte Spur über den Unterarm erhält.

Die zwei Kühe bieten aus der Ferne einen beruhigenden Anblick. Sie stehen bei der Tränke, dort, wo sie die Wiese abgefressen haben. Bis hierher ins hohe Gras würden sie sich nicht mehr wagen, das Alter hat auch die beiden träge gemacht.

Links von Lydia reihen sich ein paar Obstbäume aneinander. Sie wurden gut bestäubt im Frühling, die Bienen waren fleißig, wie an der reichen Frucht zu erkennen ist.

Lydia kann es schon vor sich sehen, wie die schwer beladenen Äste der Apfel- und Birnbäume sich bald zum Boden neigen werden wie zur Verbeugung: »Schaut her, kommt und bedient euch!« Bisher wurde auf dem Brausehof die Ernte immer restlos eingebracht, auch die dieser einzelnen, für den privaten Bedarf angelegten Obstbäume. Ob das auch in diesem Jahr so sein wird, kann Lydia noch nicht beantworten.

Wie sehr hat ihr immer der Anblick fremder Bäume zugesetzt, die ihrer Schätze Last nicht entledigt wurden, bis ein Teil des Obstes abfiel – und über die Würmer und den Erdboden zurückgeführt wurde in den Kreislauf des Baumes – und ein anderer Teil der Früchte zur selben Zeit an den Ästen verfaulte.

Lydia steht vor dem großen Kirschbaum, der durch und durch dunkelrot schimmert wie ein reich geschmückter Weihnachtsbaum. Es wäre wirklich praktisch, wenn die Kinder aus dem Tal sich bald wieder blicken ließen.

Wie gern hatte sie hier mit Gustav gesessen. Wo andere sich an materiellem Luxus ergötzten, war es für sie beide der Reichtum der Früchte und der Duft der Natur gewesen, der die schönsten Momente bereitete.

Lydia seufzt. Sie fühlt sich nicht gut. Die Sonne brennt ihr auf der Kopfhaut. Ihr Haar ist dünner geworden mit der Zeit. Sie sollte

Gustavs Strohhut aufsetzen, wenn sie schon in dieser Affenhitze herumlaufen muss.

Aus einem Impuls heraus drückt Lydia die Hand auf ihre Herzgegend – genau hier tut es weh, seit Gustav nicht mehr da ist …

Sie zieht den Kopf ein, schlüpft unter den beladenen Ästen hindurch und lässt sich nieder, lehnt sich mit dem Rücken an den Stamm des starken Kirschbaumes und blickt durch das Dickicht aus Blättern, Ästen und Früchten hinauf in den vor Hitze flimmernden Himmel.

„Kannst du mich sehen, Gustav? Hier sitze ich, an unserem Lieblingsplatz, einsam und ratlos und reich gesegnet mit reifen Kirschen, die ich nicht alleine ernten kann. Überhaupt gibt es auf unserem Hof so vieles, was im Argen liegt. Ich hab auch versucht, unseren Gemüsegarten zu bewirtschaften, hab gegraben, gepflanzt und gegossen. Die ersten Setzlinge wurden von den Kaninchen geholt, selbst Wotan sind die kleinen Räuber entgangen. Die Wildschweine sind bis zum Stall gekommen, bald sitzen sie bei mir in der Küche. Bestimmt hast du auch gesehen, dass unser Scheunendach wieder ganz ist. Und demnächst bekommst du einen richtigen Grabstein. Ich hab ja jetzt Geld, von wem auch immer es kommen mag. Sobald die Kinder mir bestätigen, dass die Scheine echt sind, nehme ich den Stein und eine schöne Einfassung in Angriff. Schade, dass du ein Einzelgrab hast. Mittlerweile bereue ich es, dass ich kein Doppelgrab beantragt habe. Wie gern würde ich mich neben dich legen, wenn es bei mir so weit ist. Aber du weißt ja, wie böse ich auf dich war, weil du dir wieder mal etwas beweisen musstest. Sonst würdest du nämlich jetzt hier bei mir sitzen, verstehst du?

Mich können sie von mir aus hier oben auf unserem Tierfriedhof verscharren, das wäre mir sowieso am liebsten. Gibt ja doch keine Menschenseele mehr, der etwas an mir liegt. Aber bis dahin muss ich noch einiges erledigen. Und leider auch Geld ausgeben.

Ich frage mich gerade, ob der anonyme Geldumschlag vielleicht von unserem Pfarrer kommt. Gesammelt in der Gemeinde, der es mittlerweile leidtut, dass sie mich verunglimpft und geschnitten hat."

Lydia muss laut lachen, als sie sich die Kollekte im Gottesdienst vorstellt: Portemonnaies öffnen sich und unter vielfachem Seufzen wandern dreitausend Mark in den Klingelbeutel. »Für unsere arme Schwester Lydia, der wir so großes Unrecht zugefügt haben. Lasst uns das wiedergutmachen! Wir klemmen den Umschlag zwischen die Gitterstäbe ihrer Voliere, und Frau Brause ist wieder fröhlich und mit uns versöhnt.«

Lydia schüttelt mit dem Kopf, muss immer noch schmunzeln. Bei einem solchen Aufruf wären gerade mal zwanzig Mark zusammengekommen. Und die haben sie ja jetzt durch die Kinder wieder zurückerhalten, denkt Lydia. Sie ist sich der Widersinnigkeit ihrer Gedankenfolge wohl bewusst, doch die belustigenden Fantasien haben ihr das Leben für eine Minute leicht gemacht.

Sie schaut hinüber zum Apfelbaum. „Dort hast du fast in der Spitze gehockt, Gustav, die Kehrseite gegen die lange Leiter gelehnt, ich konnte nie hinsehen. Aber dich hätte ich sehen wollen, wenn's umgekehrt gewesen wäre! Mal abwarten, wer sich in diesem Jahr in den Baum wagt. Da müsste auf jeden Fall wieder einer hinauf, die Äste sind zu stark zum Schütteln.

Was es hier übrigens nicht mehr gibt, seit ich alleine bin, sind die Stacheldrahtzäune. Alle abmontiert und zusammengewickelt. Die dicken Rollen liegen hinterm Stall, und ich hoffe, dass sich kein Kleingetier darin fängt und verletzt. Es gibt auch keine Fallen mehr für Maulwürfe und Mäuse. Wie ich die Folterwerkzeuge gehasst habe! Du hast nie gemerkt, wie oft ich die heimlich habe zuschnappen lassen, mit Stöcken und Zangen. Ja, mein Lieber, auch ich hab meine Geheimnisse gehabt. Nur – gegen das, was du mir da verschwiegen hast, komm ich mit meinen Geständnissen recht mickrig daher.“

Mittlerweile kann Lydia sich noch weniger einen Reim darauf machen, was vor vielen Jahren dazu geführt hat, dass Gustav so konsequent auf die Bemerkung seines Vaters über den ausbleibenden Erben reagierte. Durch die Offenbarungen in Margittas Brief muss Lydia jetzt weitere Gründe herausfinden. Dieses Rätsel kreist immerzu in ihrem Kopf herum. Angenommen, sie hätte diesen Brief früher gefunden und ihren Mann mit dem Inhalt konfrontiert? Mal abgesehen von den Vorwürfen, sie würde in Adas privaten Sachen herumschnüffeln, hätte Gustav sich wahrscheinlich aus der Affäre gezogen, indem er dem Thema einfach aus dem Weg gegangen wäre – so, wie er stets den Gesprächen über ein eigenes Kind geschickt aus dem Weg ging, indem er ihr jedes Mal versicherte, dass sie beide sich doch genügen würden.

Aber allein unter einem Kirschbaum zu grübeln, beschert ihrer unruhigen Verfassung im Moment auch keine Linderung. Lydia versucht, auf die Beine zu gelangen, flucht dabei vor sich hin: „Alte Leute setzen sich nicht auf den Boden, wenn niemand da ist, der sie hochziehen kann!"

Es gelingt ihr erst, als sie sich auf die Seite wälzt, sich dann im Sitzen um sich selbst auf die Knie windet und sich am Baumstamm hochzieht. Sie ahnt, wie gern Wotan ihr helfen würde. Fragend steht er vor ihr und winselt im gleichen Maße, wie sie stöhnt.

„Das alles kann nicht mehr lange gutgehen", sagt sie zu ihrem Hund. Es dauert eine Weile, bis sie sich im Stand stabil fühlt und den Rückweg zum Haus antritt. Was sie dort vorhat, weiß sie noch nicht. Aber sie muss unbedingt aus der Sonne, braucht dringend ein kühles Zimmer.

Als sie schließlich wie von ferne gelenkt vor der Tür zur stillen Stube steht, wird ihr bewusst, dass es ihr erst dann bessergehen kann, wenn sie die Angst vor dieser Schwelle überwunden hat.

In Adas Kammer ist es stockfinster, doch angenehm kühl wie immer. Lydia tastet sich voran und öffnet die quietschenden Fensterflügel. Dann stößt sie die Läden auseinander und dreht sich um.

Sie betrachtet Adas Bett, den kleinen Tisch an der Wand mit den wackligen Holzstühlen – Adas bescheidene persönliche Empfangsecke, wenn sie Besuch erhielt. Darüber hängt der golden eingefasste Spiegel, nicht minder blind als der hohe Spiegel im Hausflur. Ob sich darin jemals jemand genau betrachten konnte? Jeder ein Trugbild seiner selbst? Der Gedanke ist gar nicht so weit weg zu schieben, denkt Lydia schmunzelnd.

Ihr Blick wandert hinüber zu dem halbhohen Kleiderschrank. Lydia öffnet ihn.

Sie braucht irgendeine Art von Nähe, damit ihre verletzte Seele zur Ruhe kommt.

Ada war arm an normaler Garderobe, aber reich an Schürzen. Die Kopftücher, allesamt in dunklen Farben, stapeln sich zu Dreiecken gelegt und geplättet im oberen Fach. Jedes Weihnachten kam eines dazu – was sonst sollte man der anspruchslosen alten Bäuerin schenken? Im hohen Schrankteil hängen ein paar Kleiderröcke, schwarz, dunkelblau und braun, daneben einige wenige Blusen – zu jeder könnte Lydia, wenn sie gefragt würde, ein kleines Ereignis finden. Ehrfürchtig betrachtet Lydia den weißen Leinensack ganz rechts auf der Stange. Sie weiß, dass sich darunter Adas Sonntagsstaat befindet, die Ausgehgarderobe, hauptsächlich genutzt für den Kirchgang, denn allzu viele andere Festlichkeiten standen nicht im Kalender der Bäuerin.

Lautlos, wie Ada es tat, schließt Lydia den Schrank wieder und dreht sich zum Nachttisch. Bewusst sucht ihr Blick das Foto ihrer Schwiegermutter. Sie will Ada im Bewusstsein und im Herzen als die Person lebendig halten, die ihr immer lieb und teuer war. Nur so kann Lydia dieses neue beklemmende Gefühl besiegen.

Wie stolz war Lydia gewesen, als Ada sie nach ihrer Trauung mit Gustav in die Arme schloss und sie als Schwiegertochter willkommen hieß. All die ungetrübten Erinnerungen darf doch ein so spät entdeckter Brief nicht beflecken, sagt sie sich. Doch es ist ja nicht irgendein Brief. Es sind vielmehr Sätze darin enthalten, deren Inhalt mehr Lydia zustand als der Hofhelferin Margitta, die zwar Lydias Freundin war, aber gerade einmal vier Jahre am Brausehof lebte.

„Und genau das kreide ich dir an, liebe Ada. Ob ich das jemals verstehen werde?"

Mit zwei Fingern fährt Lydia zaghaft über das vertraute Gesicht im Bilderrahmen und schüttelt ratlos den Kopf.

Die Fotos der zwei Männer ignoriert sie. „Ihr beiden seid ein anderes Mal an der Reihe", wendet sie sich ab. Die Gedanken dieses Tages sind zu viel Ballast. Ein miserabler Tag, denkt Lydia und seufzt.

Doch umgehend muss sie lächeln. Ihr Gustav stand genau mit diesem Wort auf Kriegsfuß. „Ich schreibe miserabel mit »ie«", sagte er einmal zu ihr. „Das kommt eindeutig von mies. Dann haben die sich in dem Fall halt mit den Rechtschreibregeln vertan." Nichts und niemand hätten ihn umstimmen können.

Lydia kann sich sogar noch an seinen Blick über die Brillengläser hinweg erinnern, während er, über ein Blatt Papier gebeugt, auf seinem Standpunkt beharrte. Auf dem Foto vor ihr trägt Gustav keine Brille. Sie hält es weiter von sich weg und lässt das Tageslicht darauf fallen, sucht am Rande seines Nasenhöckers nach den kleinen Seitenkerben, die seine Brille dort eingegraben hatte. Auf diesem Bild sind sie nicht zu erkennen, genauso wenig wie all das, was sich hinter seiner Stirn verbarg.

Es ist kurz nach neun Uhr, als Lydia an diesem Abend vor ihrer Haustür auf der Bank sitzt. Vor dem sich rötenden Abendhimmel kreuzen sich die zart rosafarbenen Kondensstreifen mehrerer Flugzeuge. Ob man von so weit oben ihren Hof erkennen kann? Lydia ist nie geflogen, den Blick vom Himmel hinunter zum Erdboden wird sie auch nicht mehr erleben.

„Erst, wenn ich bei dir bin, Gustav", murmelt sie versonnen.

Während sie blinzelnd einem der Flugzeuge Richtung Nordwesten folgt, gerät etwas in ihr näheres Blickfeld, das nicht dorthin gehört. Lydia steht auf und geht auf den hellen ungewohnten Fleck in ein paar Metern Entfernung zu.

Diesmal ist er nicht zusammengerollt, der Umschlag zwischen den Gitterstäben der Voliere. Er ist auch etwas größer als der letzte. Und nicht weiß, sondern beigefarben.

Doch schon beim Abtasten ahnt Lydia, was diese Post enthält.

17

Die Dunkelheit irritiert Lydia.

Was geht hier vor sich? Sie hat ihre Augen doch weit geöffnet und sitzt unterm Kirschbaum ...

Die Sonne brennt durch das Blattwerk, auf ihrer Stirn haben sich Perlen gebildet. Sie weiß nicht, ob sie schwitzt oder friert, und manchmal wird ihr Körper geschüttelt wie ein erntereifes Obstbäumchen. In ihrem Kopf scheint eine zähflüssige Masse hin und her zu schwappen, und jedes Mal, wenn sie gegen die Schädeldecke schlägt, macht sich ein wellenartiger Schmerz breit.

Ihre Zunge gleicht einem steinernen Brocken und füllt ihren ganzen Mund aus.

Sie hat ungewöhnlich starken Durst. Doch das Haus ist so weit weg, außerdem müsste es ihr erst einmal gelingen aufzustehen ...

Sie will sich aufstützen, schlägt dabei mit der Hand gegen etwas, das ein klirrendes Geräusch verursacht, als es verschwindet; gleichzeitig hört es sich an, als zerschmettere Glas auf dem Boden. Das hier ist keine weiche Wiese ... Ihr Hund jault auf. Was passiert hier und warum sieht sie nichts mehr?

Dann haucht jemand heiß in ihr Gesicht, ganz nah, noch immer ist es stockfinster um sie herum. Die Orientierung erlangt sie erst, als etwas Feuchtes über ihre Wange streicht, von unten nach oben, immer wieder.

„Lass gut sein, Wotan, runter." Lydia dreht den Kopf zur Seite, spürt, dass ihr Kissen durchnässt ist. Es muss eine sehr dunkle Nacht sein, ohne Mondschein, denn nicht der winzigste Schimmer dringt durch die brüchigen Fensterläden.

Sie tastet nach links, sucht den Schalter ihres Nachtlichtes, doch die Lampe ist nicht zu finden. Genau die muss es gewesen sein, die dieses scheppernde Geräusch auf dem Boden erzeugt hat. Nichts ist ins Gras gefallen, sondern auf die Holzdielen, vielleicht sogar auf Wotan, der vermutlich vor ihrem Bett lag und sich erschreckt hat. Hoffentlich hat er keinen Splitter abbekommen ...

Sein Hecheln ertönt aber bereits vom Fußende des Bettes her.

„Platz, Wotan!" Er soll dort bleiben und sich nicht mehr dem Nachttisch nähern.

Unruhig rutscht Lydia im Bett hin und her, alles tut ihr weh. Sie ahnt, dass sie hohes Fieber hat. Nicht liegen bleiben, beschwört sie sich. Sie muss versuchen aufzustehen.

Schon als sie ihre Decke zur Seite schlägt, weiß sie, dass das nicht einfach werden wird. Sie ist vollkommen kraftlos, ihr Nachthemd, vom häufigen Waschen dünn wie Zellstoff, ist feucht und klebt an ihrem Körper. Ob sie zu lange in der Sonne war?

Vor allem ist ihr speiübel, ihr Magen will ihr Herz beiseite drücken.

Sie muss husten, trocken und stoßweise, hat dabei das Gefühl, ihre Rippen würden in ihre Lunge stechen. Sie krallt die Hände in die Matratze, versucht, den Oberkörper anzuheben. Irgendwann gelingt es ihr, sich auf den Ellbogen abzustützen.

Sie vernimmt das leise Winseln des Appenzellers. „Wotan", keucht sie, „mach was! Hol mir Wasser!" Sie kann ihre eigenen Worte kaum verstehen, so undeutlich kommen sie über ihre Lippen.

Wieder spürt sie im Dunkeln die Hundezunge, diesmal an ihren Fesseln. Der salzige Schweiß scheint ihm zu schmecken. Natürlich wird er nichts für sie tun können, aber es ist wichtig, dass er bei ihr ist, jetzt, in ihren elenden, wahrscheinlich letzten Stunden ...

Und dann, wenn sie hier verendet wie ein verwundetes Reh im Straßengraben, was soll dann aus Wotan werden? Niemand wird wissen, dass hier ein Hund dringend Hilfe braucht, ein gesundes Tier, das ohne Wasser und Futter jämmerlich in ihrer Schlafkammer eingehen würde. Diese Vorstellung verleiht Lydia die Kraft, sich ganz im Bett aufzusetzen.

Noch vor einem Jahr hätte sie jetzt ein flehendes Gebet gesprochen, doch seit Gustavs Tod ist für Lydia die tröstliche Leitung zum Göttlichen wie gekappt. Es gibt keinen Trost, keine Hoffnung, ihr Mann wurde ihr genommen, trotz ihrer Fürbitten und ihrer täglich bekundeten Dankbarkeit, miteinander alt werden zu dürfen.

„Da siehst du, wie du mich zurückgelassen hast! Nicht mal mehr an den Herrgott mag ich mich wenden. Jetzt mach was, Gustav, wenigstens dieses eine Mal!" Wieder scheint es ihr, als würde sie eine fremde Sprache sprechen, eine, die sie nie gelernt hat. Ob sie einen

Schlaganfall hatte, wie vor vielen Jahren ihr Schwiegervater? Ada wollte ihn nicht in ein Krankenhaus geben, es war abzusehen, dass er sich nicht mehr erholen würde. Noch vier Tage lag er daraufhin reglos in seinem Bett, bis der Tod ihn erlöste.

„Nicht jetzt!", stößt Lydia konzentriert aus. „Ich bin auf die Unterarme gekommen, also kann ich auch aufstehen." Mit einer seitlichen Drehung, ähnlich der unterm Kirschbaum, gelangt sie sitzend auf die Bettkante. Sofort sackt ihr Kreislauf ab, sie scheint sich mit dem Bett zu drehen. An ihrem Hals scheint ein Gewicht zu hängen, das sie nach vorne ziehen will.

Mit einer Hand fasst Lydia sich an die Kehle, die andere Hand sucht Halt am Nachttisch. Sie sieht Millionen von dunkelroten Kirschen leuchten. Dann spürt sie nur noch einen befreienden Absturz und einen dumpfen Schlag gegen die Schulter.

Als Lydia zu sich kommt, weiß sie sofort, was geschehen ist und wo sie sich befindet. Dieser Anblick von vereinzelten zarten Lichtstreifen an Tür und Wand bietet sich ihr jeden Morgen, wenn sie die Augen aufschlägt. Nur, dass sie die jetzt von weiter unten wahrnimmt.

Sie ist gestürzt in dieser Nacht, muss kopfüber vom Bettrand gefallen sein und für geraume Zeit das Bewusstsein verloren haben. Ihr Gesicht ruht seitlich auf dem linken Unterarm, es scheint unverletzt zu sein. Dafür aber schmerzt und brennt der Arm, als ob mehrere Rasierklingen darin stecken würden. Lydia versucht, ihn anzuheben, der Schmerz wird stärker. Auch das kann sie jetzt zuordnen: Die vermeintlichen Klingen werden Scherben der Nachttischlampe sein. Wie viele von diesen Splittern sich in ihr Fleisch gebohrt haben, kann sie noch nicht abschätzen.

Ein Beschützerinstinkt, stärker als der Schmerz, lässt sie umgehend reagieren: „Wotan, bleib weg von mir, hörst du? Bleib!"

Wo immer ihr Hund sich gerade in diesem Zimmer aufhalten mag, und vorausgesetzt, er konnte ihren mühsam formulierten Befehl verstehen, wird er gehorchen.

Mittlerweile klebt ihr die Zunge am Gaumen. Sie braucht dringend Flüssigkeit, bevor sie auch nur den Versuch wagt, aufzustehen.

„Wotan, mach die Tür auf. Na los, Tür auf!"

Umgehend hört sie weiter vorn beim Kleiderschrank ein Geräusch. Ihr Hund wird wohl auf dem langen Läufer am Bettende liegen.

„Tür auf!", bemüht sie sich noch einmal um einen deutlichen und konsequenten Tonfall. Wotan kann die Türen im Hausinnern alleine öffnen, das weiß sie. Oft genug hat er versucht, ihr ins Bad zu folgen, hat sich dazu kurz auf die Hinterbeine gestellt und seine schwere Pfote von oben herab auf den waagerecht stehenden Türgriff gedrückt. Schon sieht sie seinen dunklen Umriss die Lichtstreifen auf der Tür unterbrechen.

„Mach auf, Wotan!" Sie vernimmt den Sprung gegen das schwere Holz, aber gleich danach wieder den Aufschlag der Pfoten auf den Dielen.

„Versuch's noch mal, mach die Tür auf!" Wieder hört sie, wie ihr Hund sich gegen die Tür stemmt, hört seine Krallen schaben, diese dann auf dem Metall klirren und erkennt an dem quietschenden Nebengeräusch, dass die Schlafzimmertür aufgesprungen ist. Den Rest wird Wotan ohne Probleme mit nur einer Pfote schaffen.

Die Tür quietscht lauter, sie sollte überlegen, was ihr Hund für sie tun kann.

„Bring deinen Wassernapf. Dein Wasser. Bring!"

Was dabei herauskommen wird, kann Lydia sich denken, dennoch ist der Auftrag einen Versuch wert. Sie hört sein Tapsen durch den Flur, dann sein Zögern.

„Weiter, Wotan. Bring mir dein Wasser!"

Mit deutlich vernehmbarem Schlag hört sie, wie die Küchentür gegen den dahinter stehenden Stuhl stößt. Dann muss Lydia trotz ihrer Hilflosigkeit und ihrer Schmerzen schmunzeln. Wotans Schlabbern klingt einfach verlockend köstlich.

„Wotan, genug, lass das sein. Bring!" Ob ihre schwache Stimme überhaupt bis in die Küche vordringt? Doch der Hund werkelt wahrhaftig in der Ferne mit seinem Napf herum, der scheppernde Klang auf dem Küchenboden ist unverkennbar.

Noch einmal ruft Lydia hoffnungsvoll: „Fein, Wotan, bring – langsam!"

Im Flur pausiert der Hund immer wieder, und Lydia kann sich vorstellen, wie er den Napf mit seinem Maul packt und dreht, natürlich ist der Rest der kostbaren Flüssigkeit längst unterwegs verloren gegangen. Doch Lydia wird von einem warmen Gefühl durchflutet, weil sie sich auf ihr Tier verlassen kann. So gibt sie ihm vom Schlafzimmer aus auch den letzten Befehl, um ihn zu loben, als der Napf schließlich ins Zimmer geschleudert wird.

„Das hast du gut gemacht. Und jetzt mach Platz. Schlaf, Wotan."

Wenigstens er hat etwas getrunken. Wer weiß, wie lange sie beide hier noch ausharren müssen und ob sie selbst überhaupt noch einmal zu Kräften kommt. Im Augenblick liegt sie auf dem Boden wie ein kleines, hilfloses Kind.

Keinesfalls darf der Hund sich den Scherben um sie herum auch nur nähern. Es genügt, dass sie selbst darin liegt und es nicht wagt, sich zu bewegen.

Vielleicht würde ihr aber auch das nicht mehr gelingen, ihr Körper will einfach nicht mehr.

Eine bleierne Müdigkeit erfasst sie und kriecht hinauf bis in ihre Haarspitzen. Alles an ihr und in ihr wird schwer und schwerer. Ob das der Moment ist, in dem sich das Leben aus ihr zurückzieht?

Der dunkle Gong der Wanduhr im Wohnzimmer dringt zu ihr herüber. Wenn Lydia richtig mitgezählt hat, ist es elf Uhr. Durch die weit geöffnete Schlafzimmertür fällt helles Tageslicht vom Fensterchen in der gegenüberliegenden Haustür. Der Gang bis dorthin misst sieben Meter, wie Lydia weiß. Und am Ende dieser Strecke kratzt Wotan jetzt am Holz. Er will nach draußen.

In Lydias Gliedmaßen kribbelt es. Vorsichtig hebt sie den unversehrten Arm, fühlt sich an Stirn und Wangen. Der Schweißfilm der Nacht ist getrocknet. Lydia ist sich jetzt sicher, dass sie einen Sonnenstich hatte. Für diese Diagnose konnte sie sich viele Jahrzehnte selbst beobachten. Auf zu viel Sonne hat sie immer etwa zwölf Stunden lang reagiert, mit Schwäche, hoher Temperatur, Schüttelfrost und Übelkeit. Danach war meistens alles wie weggeblasen. So zumindest war es früher einmal. Mittlerweile wird es dem gealterten Körper schwerer fallen, sich zu erholen. Doch sie weiß jetzt, dass es ihr gelingen wird, wieder auf die Beine zu kommen.

Was hatte Gustav ihr damals unter sein Kästner-Zitat von den kleinen starken Blümchen zwischen den Eisenbahnschwellen geschrieben? Es dauert nicht lange, bis es Lydia einfällt: »Ich wünsche meiner Liebsten, dass auch sie, egal was passiert, immer die Kraft haben wird, wieder aufzustehen« ... Ja, so hatte er sich ausgedrückt.

Eine ihr fremde Art von Wille und Energie packt Lydia. Eine solche Situation darf sich nicht wiederholen. Es gibt Möglichkeiten, das zu verhindern.

Während sie sich mithilfe der Bettkante und des Nachttisches hochrappelt, versucht sie, den Schmerz in den Gelenken und im linken Unterarm zu ignorieren. Ihr gesamter Körper erscheint ihr fremd und steif. Doch dieser Körper hat ihr jetzt zu gehorchen! Und das allerletzte, was sie sich antun darf, ist Selbstmitleid.

„Wotan, warte, ich komme gleich!"

Als Lydia dann steht – mehr gebeugt als aufrecht, aber immerhin auf beiden Füßen –, wird ihr schwarz vor Augen. Sie fixiert einen Punkt an der Wand, zählt bis zwanzig, versucht, ihr Herz zu beruhigen, damit es gleichmäßig und langsam schlägt. Dann wankt sie zur Tür, hält sich dort fest, wartet wieder ein Weilchen, bevor sie durch den Rahmen in den geradeaus verlaufenden Teil des Hausflures blickt.

Dort steht ihr Hund gleich bei der Haustür und sieht sie fragend an. Ein paar Tropfen hat er nicht mehr zurückhalten können.

„Du Armer, du hast alles so prima mit mir durchgestanden. Dafür gibt's heute was Feines für dich."

Der Appenzeller winselt, er kennt dieses Lockwort sehr wohl, würde normalerweise auch sofort in die Küche laufen, jedoch überwiegt im Moment sein Drang, sich zu entleeren.

Für einige Sekunden genehmigt Lydia es sich, ihren linken Unterarm zu betrachten. Die Verletzung ist durch das getrocknete Blut nicht einzuschätzen und eine Sache für später. Bevor sie einen Fuß vor den anderen setzt, schweift ihr Blick durch den linken Teil des Flures zur Tür der stillen Stube. Sie sollte diese Kammer umbenennen – Rätselstube wäre wohl die passendere Bezeichnung. Doch alles, was sich hinter dieser Tür verbirgt, will sie heute genauso meiden wie den neuen anonymen Brief, der gestern Abend in der Voliere steckte. Sie muss erst wieder auf die Beine kommen.

In Wotans ungeduldiges Winseln hinein mischen sich weitere Geräusche. Sie kommen von draußen, vom Hof her. Wie gut, dass es dieses Oberlicht in der Haustür gibt. Auf nackten Füßen bewegt sich Lydia durch den Flur, immer mit einer Hand an der Wand entlang wie an einer Rettungsleine. Sie schlurft durch eine Wasserlache, die Pfütze muss ihr Hund beim Apportieren seines Napfes erzeugt haben.

Gleich darauf zieht sie sich auf Zehenspitzen an der Kante des Haustürfensterchens hoch. Ganz kurz nur erhascht sie in überstreckter Haltung einen Eindruck vom Hof, doch der genügt, um zu wissen, wer die Geräusche vorm Haus erzeugt: Die Kinder sind gekommen. Wie unpassend!

Sie öffnet die Tür nur so weit, dass Wotan ins Freie schlüpfen kann, ruft mit rauer, kraftloser Stimme: „Hallo, ihr da!"

„Wir wollten gerade klingeln", sagt Olav mit Vogel-F. „Wir wollen nämlich gern wieder was verdienen."

Der Geldschein muss echt gewesen sein, durchfährt es Lydia sofort. Ihre Züge entspannen sich. Am liebsten würde sie den Kindern antworten, dass es hier mehr zu verdienen gibt, als ihnen lieb sein kann. Doch all das will sie erst einmal alleine und in Ruhe überdenken. Sie wird diese Zwerge aus dem Tal schon zu beschäftigen wissen!

„Verhaltet euch ruhig und gebt auf meinen Hund Acht, bis ich die Tür wieder aufmache. Das kann eine ganze Weile dauern. Aber wenn ihr wartet, bekommt ihr eure Aufgaben von mir." Wer alles sich da vor ihrem Haus aufhält, kann Lydia vom Flur her nicht genau ausmachen. Es scheinen mehr Kinder zu sein als gewöhnlich. Womöglich hat Olav Werbung gemacht für diesen abgelegenen Ort, an dem man sein Taschengeld aufbessern konnte.

18

Durch das gekippte Küchenfenster dringt Kinderlärm, begleitet von Wotans Freudengebell. Lydia muss sich zwingen, das erquickende Wasser langsam zu trinken. Es ist bereits das dritte Glas, das sie auf die spröden Lippen stülpt, und es schmeckt köstlicher als alles, was sie in letzter Zeit zu sich genommen hat. Die eigenen Quellen hier oben sind mit das Wertvollste am Brausehof.

„Hoffentlich hält auch euer selbst gebasteltes Leitungssystem noch eine Weile, Gustav. Wie du siehst, hab ich die Nacht überstanden. Und jetzt hab ich Besuch!"

Die lärmenden Kinder bewegen sich zwar außerhalb des Sichtfeldes ihres Küchenfensters, doch immer mal wieder fällt ihr ein kleiner rot-weiß gepunkteter Ball auf, der draußen hin und her fliegt und zwischendurch auf das Pflaster springt. Die Kinder haben Wotan ein Spielzeug mitgebracht. Soll sie das erlauben oder die junge Meute belehren, dass man sich nicht in die Erziehung fremder Hunde einmischt?

Sogleich wird die Wohltat des frischen Wassers wieder durch Skepsis und Misstrauen geschmälert. Lydia ist bewusst, dass von allem, was von außen an sie herangetragen wird, es so gut wie nichts mehr gibt, das sie anstandslos akzeptieren kann. Wenn es ihr jetzt nicht gelingt, positiv in diesen Tag zu gehen und sowohl diesen Kindern als auch ihren eigenen Fähigkeiten im Umgang mit ihnen zu vertrauen, droht alles zu scheitern. Sie tritt vom Fenster zurück und begibt sich ins Badezimmer.

Die Wunde am Unterarm ist harmloser als angenommen. Zwei Splitter stecken unter der Haut, sind aber nach dem Säubern gut zu entfernen, da es den linken Arm betrifft und sie mit dem rechten »operieren« kann, wie sie die filigrane Arbeit mit der spitzen Pinzette bezeichnet. Der Kräuterschnaps auf den wunden Stellen brennt wie Feuer, wird aber die Verletzungen bestens desinfizieren.

Ein wenig wacklig ist sie noch auf den Beinen, doch nach und nach gelingt es ihr, sich zu waschen und anzukleiden. Dabei überlegt sie, mit welchen Aufgaben sie die Kinder betrauen könnte. Es scheinen mehr zu sein als die ihr bekannten drei Unkrautrupfer. In welchem Alter ist ein Kind zu welcher Arbeit fähig? Lydia weiß es nicht. Sie hat nur die Erfahrung der eigenen Kindheit, und da gehörten schwere Arbeiten zur Tagesordnung, wollte man essen und überleben. Die Eigenheit, neu geschöpfte Kraft sofort wieder zu vergeuden, hat Lydia sich bis heute beibehalten. Nur ist sie inzwischen vierundsiebzig Jahre alt – sie sollte diese Selbstüberschätzung ablegen, wenn sie weiter durchhalten will.

Mit Kräften zu haushalten, stand auch nicht auf der Tagesordnung des Brausehofes, dafür hatte der alte Bauer wachsam gesorgt. Er war nur zufrieden, wenn alles um ihn herum rotierte wie gut geschmierte Motoren. Umso erstaunlicher war es damals für Lydia, dass Gustav diesen übertriebenen Arbeitseifer schon gleich nach seines Vaters Tod reduziert hatte. Heute kennt sie den Grund für all die unterschiedlichen Auffassungen: Ihr Gustav hatte die Anlagen eines fremden Vaters, und diesen verdankte er sowohl seine Bequemlichkeit als auch den übertriebenen Wagemut, dazu großen Spaß an kleinen Dingen und Leichtigkeit selbst in unangenehmen Lebenslagen. All diese Neigungen offenbarten sich Lydia erst, seit sie beide alleine auf dem Hof lebten, sodass sie nicht selten sprachlos war, wenn er sie damit konfrontierte. Aber sie genoss den neuen Gustav, der so voller Überraschungen war. Leider aber auch über die Maßen leichtsinnig, was sie ihm noch über seinen Tod hinaus übel nimmt.

Lydia meidet jeden weiteren Blick in den Spiegel. Vorhin beim Waschen hat sie genug gesehen – ein Gesicht des Schreckens hat sie angeblickt, mit dunklen Schatten unter den Augen und roten Flecken auf Stirn und Wangen.

Jetzt hält sie inne und fragt sich, warum es draußen mit einem Mal so still ist. Die Kinder werden doch wohl ihren Hund nicht ins Tal oder den Wald mitgenommen haben?

Ihr Gang ist wieder erstaunlich leichtfüßig, als sie hinaus auf den Hof eilt, die viele Flüssigkeit hat ihre Gliedmaßen belebt. Sie hört Stimmen drüben in der Scheune, nicht nur Kinderstimmen, sondern auch tiefere.

Was wartet dort nun schon wieder auf sie? Sie kann es sich denken und dennoch – wie gern würde sie sich mit ihrem Hund einschließen und allem entziehen.

»Bleibe im Gespräch mit deinen Mitmenschen!« Derartiges hatte Ada laut Margittas Brief einst geraten. Lydia macht sich nichts vor: Das hat sie längst verlernt und sie fragt sich, ob es anders um sie stünde, hätte Ada auch ihr persönlich diesen Rat gegeben. Wieder spürt sie die kleine, stechende Eifersucht. Nicht Margitta war Adas Schwiegertochter! Fast will Lydia der Verdacht beschleichen, Ada und Gustav hätte eine stille Übereinkunft verbunden, um Lydia von allem fernzuhalten und sie an Haus, Hof und Familie zu binden. Und wie hätte sich ihr Leben fortgesetzt, wenn sie nach Gustavs Beisetzung nicht gleich geflohen wäre, sondern wirklich das Gespräch mit ihren Mitmenschen gesucht hätte? Aber ein Gespräch nach so argen Verdächtigungen und gemeinen Äußerungen, noch dazu in sprachloser Trauer? Kein Mensch wäre in dieser Lage dazu fähig gewesen!

Lydia ist bei der Scheune angelangt. Geschlichen ist sie, in Pantoffeln an der Hauswand entlang, und weiß nicht, was sie im Moment mehr beansprucht – die Frage, wer sich außer den Kindern noch hinter dem hölzernen Tor aufhält oder die intensiven Gedanken, die um ihre eigene Person kreisen.

Gelächter dringt nach draußen, hohes und tiefes. Es kann nichts Schlimmes dort drinnen vorgehen. Das bestätigt das Bild, das sich ihr beim Einstieg durch die Schlupftür des Scheunentores bietet: Sie sitzen zu fünft im Kreis auf Strohballen. Wotan liegt in der Mitte und sonnt sich im allgemeinen Interesse.

Die Kinder sind schlau, haben sich ein erlaubtes kühles Plätzchen gesucht, weil sie es nicht eingesehen haben, derart lange in der prallen Sonne auf ihre Aufträge zu warten. Doch jetzt muss es ganz schnell gehen, beschießt Lydia, damit sie die Kontrolle behält und jedes Feilschen und Wünschen im Voraus erstickt wird.

„Ah, ihr seid die beiden großen Brüder?", fragt sie, als sie bemerkt wird. Sie ist sich im Klaren darüber, dass sie den zwei Älteren wie ein Gespenst erscheinen muss.

„Ihr wollt auch Geld verdienen? Dann kommt mit. Für heute erlauben wir es uns, selbst zu entscheiden. Aber wenn ihr weiterhin kommen wollt, fragt ihr zu Hause, ob das in Ordnung geht. Habt ihr mich verstanden?"

Lydia nimmt sich nicht die Zeit, die großen Jungen zu befragen und genauer zu betrachten. Das wird sie nachholen, wenn die sich später erschöpft von der Arbeit wieder bei ihr einfinden; vielleicht hat sie dann eher die Oberhand.

Es muss den drahtigen Burschen schwerfallen, ihr nun im Schneckentempo zu folgen, sie glaubt die abschätzenden Blicke und Grimassen in ihrem Rücken zu spüren, doch sie verfolgt ein Ziel, und das darf seinen Preis fordern.

„Drüben auf der Weide steht ein überreifer Kirschbaum", kündigt sie mit nach vorne gerichtetem Blick an. „Ihr holt euch im Schuppen große Planen, die legt ihr um den Baum herum aufs hohe Gras. Die beiden Großen schütteln, eine Leiter wird nicht angestellt, aber ihr könnt mit Holzrechen ins Geäst langen und rütteln. Olav und Victor lesen die Kirschen auf. Aber schaut, wohin ihr tretet, ihr sollt die Kirschen nicht zu Mus verarbeiten. Die gefüllten Eimer und Körbe bringt ihr dann zum Haus. Olav weiß, wo ihr alles findet. Nehmt Wotan mit, er braucht Bewegung. Und dass ihr mir nicht zu viele Kirschen nascht. Sie seien euch gegönnt, aber ihr sollt nicht unbedingt mit Bauchschmerzen heimkommen. Haltet euch hauptsächlich im Schatten auf, damit ihr keinen Sonnenstich bekommt. Du, Verena, kommst mit mir ins Haus!"

Zum ersten Mal dreht sie sich um und sieht den beiden Neulingen in die Gesichter. Was sie darin lesen kann, bringt sie innerlich zum Schmunzeln. Weder Aufsässigkeit noch pubertäre Überheblichkeit, auch keine Unlust. Es sind ansehnliche Knaben, die zwei großen Brüder, und sie scheinen ihre Rede konzentriert verfolgt zu haben wie Schüler in der Schulbank. Sie nicken ihr lediglich ein wenig überrumpelt zu, dann lässt Lydia sie gemeinsam mit ihren kleinen Brüdern stehen und wendet sich ab.

„Und was soll ich im Haus arbeiten?", fragt Verena, das jüngste der Geschwister schon zum dritten Mal, als sie jetzt den Hausflur betreten.

„Du kannst mir die Haare waschen." Lydia geht voraus ins Badezimmer und zieht einen Stuhl vors Waschbecken. Ohne die Reaktion des Kindes abzuwarten, lässt sie sich nieder und legt ein Handtuch um ihre Schultern. Sogleich löst sie den vom Schweiß der Nacht verklebten, notdürftig gesteckten Knoten am Hinterkopf. „Dann lass uns anfangen. Komm her."

Als sich nichts regt, dreht Lydia sich um und sieht das Mädchen stocksteif in der Tür stehen, die Arme dickköpfig vor der Brust verschränkt. Ohne besondere Mimik sagt es: „Ich fass deine Haare nicht an. Die sind eklig."

Lydia beißt die Zähne aufeinander. So also sind Kinder. Gegen dieses Argument kann sie nichts ausrichten, die Kleine ist ihr fremd und steht nicht unter ihrer Erziehung. Sie weiß, dass sie das Mädchen dennoch entgeistert anstarrt. Mit ihren langen, fettigen Strähnen fühlt sie sich auf ihrem Stuhl diesem Kind gegenüber auf eine Weise unterlegen, mit der ihre Gefühlswelt nicht umgehen kann.

In dem kleinen Badezimmer liegt eine eigenartige Spannung in der Luft. Wenn Lydia jetzt zu ihrem Ziel gelangen will, wird sie so höflich bitten müssen, als wäre sie selbst hier der fremde Gast.

Unzählige Gedanken schießen ihr durch den Kopf, und längst nicht alle erweisen sich als durchführbar. Sie hat die Menschen von sich ferngehalten und verlangt jetzt, dass man sie in einem so verwahrlosten Zustand anfasst, dass selbst ein Kind seine Abscheu betont. Für Gustav war sie immer und jederzeit gut genug. Nun aber gibt es keinen Gustav und auch sonst niemanden mehr, der sich für sie zuständig fühlt. Dass ihr eine so persönliche Bitte, vielmehr ein Befehl, überhaupt in den Sinn gekommen ist, wundert sie selbst. Wahrscheinlich glaubte sie an eine Art weiblicher Solidarität – die Männer gehen ins Feld und wir Frauen widmen uns der Körperpflege ...

Irgendwie muss sie sich aus dieser peinlichen Lage winden, ohne die Würde zu verlieren. Sie schaut dem Mädchen streng in die Augen: „Natürlich sind meine Haare klebrig, ich hab sie eingeölt, damit sie schön weich werden nach der Wäsche. Und natürlich brauchst du sie nicht anzufassen, das mach ich mir schon selbst, Kind. Du sollst mir nur mit dem kleinen Brauseschlauch die Haare befeuchten und mir dann, wenn ich sie gewaschen habe, den Schaum ausspülen."

Wieder gibt sich das Mädchen unbeeindruckt, zuckt mit den Schultern: „Kann ich machen. Wenn da wirklich Wasser rauskommt."

„Warum glaubst du, es könnte kein Wasser aus dem Brausekopf kommen?" Etwas kokett fügt Lydia hinzu: „Wir sind hier doch auf dem Brausehof."

„Weil mein Bruder sagt, hier oben würde es bestimmt kein fließendes Wasser geben, obwohl ich ihm erzählt habe, dass es auf deiner Toilette eine Spülung gibt."

161

„Wie kommt dein Bruder denn auf so was?", hakt Lydia nach. Eine so abfällige Bemerkung kann doch nur aus dem Ort kommen!

„Na, weil er sagt, dass Wasser nicht den Berg hinauffließt."

Lydia entspannt sich, damit kann sie leben. „Da hat er sicher recht. Aber wir haben hier eigene Quellen, da wurden früher schon ganz besondere Wasserleitungen gelegt. Das funktioniert zwar etwas anders als bei euch, aber wie du siehst, klappt es."

Im Stillen begrüßt Lydia die Brücke, die das Kind ihr soeben geschlagen hat.

„Vielleicht wissen die Leute im Ort ja nicht genug über den Hof ... und über mich? Gibt es sonst noch etwas, das man sich da unten erzählt? Du kannst mich alles fragen, was du gerne wissen willst."

Als wäre dieses Angebot für Lydia nebensächlich, greift sie nach der Glasflasche mit dem selbst gemachten Shampoo aus Kernseife und Lavendelblüten und schraubt den Deckel ab.

Hinter ihr bleibt es kurz still, dann sagt das Mädchen: „Nein, sie sagen nichts über deinen Brausehof."

Doch dann kichert es. „Aber über dich hat mal jemand was gesagt."

Lydias Herz hämmert spürbar gegen den harten Stein des Waschbeckens, auf dem sie lehnt. „Und? Magst du es mir erzählen?"

„Du wärst ein Sauertopf. Was ist ein Sauertopf, Frau Brause? Kommt das daher, weil du immer so schlecht gelaunt bist und sauer aussiehst?"

„So, so, ich bin ein Sauertopf", lacht Lydia auf und wundert sich, dass ihr in der Tat zum Lachen zumute ist, zum einen, weil diese Information ihre geringste Sorge sein sollte und zum anderen, weil auch Gustav die Bezeichnung benutzte – für seinen Vater.

„Du siehst aber schön aus, wenn du lachst", gluckst das Mädchen. Es presst verschämt die Hände vor den Mund und lacht mit. Dann tritt es vor zum Waschbecken und ergreift mit der kleinen Hand den Brauseschlauch. Der Heißwasserboiler springt an und auf Zehenspitzen über Lydia gebeugt, verrichtet es seine Aufgabe, wartet danach, bis Lydia ihr Haar aufgeschäumt hat und spült es dann abermals aus. Anschließend richtet es den Föhn auf die langen Haare, die zu den Spitzen hin immer dünner werden.

„Warum hast du kein kurzes Haar?"

„Fändest du das schöner?"

Die Rückfrage dient mehr dem Bedürfnis, durch ein verlängertes Gespräch hier noch sitzen bleiben und entspannen zu können als tatsächlichem Interesse. Die letzte Nacht steckt ihr noch immer in den Gliedern, und die aufgestützten Ellbogen entlasten wohltuend ihren Rücken. Selbst der verletzte Arm tut nicht mehr weh.

„Ja, kürzere Haare würden mir besser gefallen. Dann müsstest du nicht immer ein Nest bauen. Du würdest bestimmt auch viel jünger aussehen. Weiße Bällchen auf dem Kopf tragen nur ganz alte Frauen."

Dem hastigen Atem des Mädchens hinter ihr entnimmt Lydia, wie aufgeregt es ihre Reaktion erwartet. Nun, die soll das Kind haben.

„Ich dachte, ich wäre eine uralte Frau? Aber wo du gerade von Bällchen sprichst, ich habe vorhin eines gesehen, ein rot-weißes. Habt ihr den Ball für Wotan mitgebracht?"

„Ich hab ihn gekauft. Von meinem Geld, das ich bei dir verdient hatte. Sechs Mark und ..."

„Ja, ich erinnere mich. Dann wisst ihr ja jetzt, dass der Zwanzigmarkschein von mir echt ist und dass ihr auch heute wieder echten Lohn erhaltet."

Lydia lobt sich im Stillen für die Kunst, das eigene Anliegen zu dem des Kindes gemacht zu haben.

„Dann sollten wir aber jetzt auch weiterarbeiten, damit du dir dein Geld ehrlich verdienst."

„Ja, und womit?"

„Du kannst mir die Haare abschneiden. – Sieh mich nicht so groß an, du findest kurze Haare schöner, also wirst du ja auch wissen, wie sie abzuschneiden sind."

Kneifen geht nicht mehr, liebes Kind, denkt Lydia, dafür warst du mir zu keck. Zudem weiß Lydia, dass sie in ihrem Leben keinen Frisiersalon mehr betreten wird. Wenn also nicht jetzt, wann dann?

„Ich habe eine gute Schere, eine richtige Frisösenschere. Du wirst das gut machen, davon bin ich überzeugt." Gustav hatte seine eigene kleine Schleifmaschine, auf dem Brausehof mangelte es nie an scharfen Messern, Klingen und Scheren.

„Geh in die Küche, sie liegt in der oberen Schublade."

Das Mädchen bewegt sich wie ferngesteuert. Lydia hat es überrumpelt mit diesem Auftrag, ganz sicher, denn welches Kind wird schon gebeten, einem Erwachsenen die Haare zu schneiden, noch dazu ohne jegliche Vorgabe für Form und Länge? Und was hier gleich auf dem Boden landet, werden keine kurzen Fransen sein, das scheint wohl auch Verena bewusst zu sein. Sie hört das leise Klirren aus der Küche, dann nähern sich langsam die kurzen Schritte.

„Nur keine Angst, du schaffst das. Dafür gibt es auch einen Bonus."

„Ich mag keine Bonbons, lieber Geld."

„Ein Bonus ist eine zusätzliche Summe. Jetzt kämmst du mir die Haare ganz glatt und dann fängst du an."

Die Konsequenz in Lydias Stimme soll dem Mädchen Ehrfurcht einjagen, schließlich geht es hier um eine neue Frisur, mit der man wird leben und zurechtkommen müssen!

„Wie viel soll ich denn abschneiden?", fragt Verena mit flatternder Stimme.

„Bis unters Kinn sollten sie noch reichen. Nicht kürzer, sonst erkenne ich mich ja selbst nicht wieder", lacht Lydia übertrieben laut. Schon beim ersten Schnitt bereut sie ihren Entschluss.

„Au! Weißt du denn nicht, wie man eine Schere bedient?" Als sie zur Seite schaut, sieht sie, dass das Mädchen das Arbeitsgerät ungelenk und mit beiden Händen gepackt hält. „Dann setzen wir uns jetzt in Ruhe an den Küchentisch und zerschneiden Papier und alles, was uns in die Quere kommt, und üben, was meinst du?"

Lydia wundert sich über die eigene Geduld und den aufmunternden Tonfall, den sie in dieser ungewohnten Atmosphäre zustande bringt. Ihr Vorschlag wird angenommen und sie erhebt sich stöhnend von ihrem Stuhl am Waschbecken.

„Schau mich an, Gustav. Ich weiß, dass du meine langen Haare mochtest. Aber jetzt muss ich dir nicht mehr gefallen, jetzt nehmen mich andere ins Visier. Und wenn es nur ein kleines Mädchen ist."

Die neue Frisur erinnert Lydia an ihre Hochzeit. Sie war zwanzig, hatte kinnlanges Haar, sanft gewellt, lediglich die Farbe hat sich mit den Jahren daraus zurückgezogen; um genau zu sein, hatte ihr Haar von der Heirat bis heute für diesen anderen Farbton vierundfünfzig Jahre Zeit.

Seit sie neulich die tabellarische Übersicht erstellt hat, orientiert sich Lydia mehr an Zahlen als an Ereignissen. Das Rechnen macht sie geistig reger und weniger gefühlsbetont. Sie war immer eine gute Rechnerin, zumindest im Zahlengebrauch des Alltags, und das kleine

Einmaleins wie auch die Multiplikationen im Zehnerbereich beherrscht sie auch heute noch fast im Schlaf.

„Was hätte ich alles lernen können, Gustav, nicht wahr? So viel ungenutzte Hirnmasse in meinem Kopf und nichts Herausforderndes zum Füllen. – Was meinst du, wie viel soll ich den Kindern für die Kirschernte geben? Ich habe an fünf Mark für jedes gedacht. Plus die gefüllten Eimer, die können sie so mitnehmen. Denn was soll ich mit so vielen Früchten?"

Lydia zuckt zusammen.

Es hat an der Badezimmertür geklopft.

„Mit wem sprichst du denn, Frau Brause?"

Dieses vorwitzige Ding schon wieder! Lydia holt zu der gewohnt zurechtweisenden Antwort aus, doch dieser Tonfall will nicht mehr zu ihr passen, wenn sie sich so anschaut. Nicht zu der neuen, wenn auch ungleichmäßigen Frisur und nicht zu ihrem guten Vorsatz.

„Mit mir selbst, Verena", flötet sie, wobei ihre kippende Stimme sie ein wenig an den kleinen Mozart erinnert, wenn er in seiner Voliere sein Spiegelbild besingt.

Verlegen wendet sie den Blick ab. Ob dieses Kokettieren mit einer neuen Persönlichkeit tatsächlich etwas bringt? Natürlich nur für sich selbst, nicht den anderen zuliebe. Ob sie sich für eine Veränderung genügend unter Kontrolle hat? Die geeigneten Versuchsobjekte dafür hätte sie ja bereits in ihrer Nähe.

„Du hast meine Haare gut geschnitten!", ruft sie mit melodischem Tonfall durch die geschlossene Badezimmertür. „Jetzt lauf bitte zu deinen Brüdern und sieh nach, ob sie zurechtkommen."

Die kurzen Schritte im Hausflur werden leiser und entfernen sich.

„Hast du gehört, Gustav? Ich habe »bitte« gesagt. War das übertrieben? Oder funktioniert nicht so das Miteinander?" Abgelenkt durch eine einzelne Strähne, die unter dem kerzengeraden Haarsaum störend hinausragt, greift Lydia noch einmal selbst zur Schere. Voller Konzentration auf ihr Spiegelbild schneidet sie den Haarzipfel ab, lockert dann mit den Händen die gesamte Frisur und begibt sich geradewegs ins Wohnzimmer.

Nur eine Viertelstunde, beschließt sie, und streckt sich auf dem Sofa aus. Um sich von der vergangenen Nacht zu erholen, wird sie noch ein paar Tage brauchen.

19

Das entfernte Murmeln erinnert Lydia an die früheren Skatabende. Die angelehnte Tür lässt nur unverständliche Laute zu ihr in die Stube dringen. Wie rücksichtsvoll von den Kindern – sie müssen sie hier entdeckt haben, denn sie flüstern.

Die Wanduhr schlägt vier Mal, sie hat zwei Stunden fest geschlafen. Sie weiß sogar noch von einer Stelle im Traum, an der sich ihr Kampf der vergangenen Nacht wiederholte, mit dem Unterschied, dass sie hierbei einfach zum Telefon auf ihrem Nachttisch greifen konnte. Wen sie angewählt hat, hat ihr Traum jedoch nicht verraten.

Nun versucht Lydia, sich an reale Telefonnummern zu erinnern, doch sie weiß keine einzige mehr. Die wenigen Male, die sie zu Gustavs Lebzeiten zum Hörer gegriffen hatte, bezogen sich auf kurze, notwendige Gespräche, meist nachgeschlagen im Register.

Doch jetzt belebt sie der Gedanke an ein eigenes Telefon, sie wird einen neuen Anschluss installieren lassen. Im Stehen prüft sie ihren Kreislauf, der Schwindel scheint sich vollständig zurückgezogen zu haben. Als sie in ihre Pantoffeln schlüpft, beschließt sie, sich ein weiteres Paar anzuschaffen. Bei dieser Hitze sind wollene Schuhe, in denen sich zusätzlich die Wärme staut, nicht angebracht.

Bildet sie sich das ein oder duftet es wirklich nach Kamillentee? Der Blick in die Küche hat nicht wenig Ähnlichkeit mit einer Puppenhaus-Szene: Fünf Kinder sitzen reglos um einen Tisch herum, alle mit rot verschmierten Gesichtern, verschwitzten Haaren und müden Augen, denen dennoch nicht Lydias neue Frisur entgeht, wie sie an den erstaunten Mienen feststellt. Aber sie erwartet keine Kommentare, ist sogar erleichtert, dass Verenas Brüder ihren Mund halten. Sie alle sitzen vor zwei leeren Tassen, die mitten auf dem Tisch stehen.

„Viktor und Frank hatten Bauchweh. Ich hab ihnen Tee gekocht", verkündet das Mädchen sogleich mit fürsorglichem Tonfall.

»Jetzt erobern die Früchtchen schon meine Küche!«, begehrt Lydia innerlich auf. Doch in Anbetracht der guten Vorsätze gilt es, sich selbst zu beweisen, dass sie sich zusammenreißen kann. „Das hast du gut gemacht", pflichtet sie der kleinen Verena bei. „Geht es euch denn jetzt besser?"

Erleichtert sieht sie die Brüder nicken. Fremde kranke Kinder würden ihr gerade noch fehlen! Ihr fällt ein, wie Ada früher übermäßigen Früchtekonsum neutralisiert hatte. „Wollt ihr gern eine Brotschnitte essen?"

Eigenartigerweise fällt ihr der zuvorkommende Tonfall nicht besonders schwer, weiß sie doch, dass ein weiterer Umgang mit den Kindern nur so gelingen kann. Schon wendet sie sich dem Brottopf zu, als alle überzeugt ablehnen.

„Da werdet ihr aber ordentlich genascht haben. Sind denn noch Kirschen übrig geblieben?", scherzt sie in die Runde und weiß nicht, ob diese Art von Humor dem der heutigen jungen Generation entspricht. Doch die drei Kleinen lachen, und Olav mit Vogel-F zeigt mit dem Finger auf die Tür. „Sehen Sie mal draußen nach, da stehen die vollen Eimer."

„Es sind acht", sagt der Älteste, den die anderen vorhin in der Scheune Boris genannt haben. „In der Spitze hängen aber noch viele Kirschen, wir durften ja nicht die Leiter nehmen."

„Das ist in Ordnung so, die restlichen lassen wir den Vögeln."

Wenn sie das richtig zuordnet, müsste dies der sechzehnjährige Knabe mit seiner heimlichen Freundin sein, von der Verena ihr erzählt hat.

Die Oberlippe von Boris ziert ein zarter Flaum, der Lydia an die allererste Begegnung mit Gustav erinnert, vor ewigen Zeiten, als sie auf dem Hof eintraf. Bereits wenige Wochen danach hatte sie sich heimlich gewünscht, dieser schon männliche Mund würde sie irgendwann einmal küssen. Ihr Wunschtraum hatte sich erfüllt, wenn auch erst zwei Jahre später, obwohl sie als Mädchen bereits sehr früh gespürt hatte, dass dieser ansehnliche, starke Sohn des Bauern auch Gefallen an ihr fand.

Sie weiß es noch, als wäre es gestern gewesen: Ihren ersten Kuss bekam sie drüben auf dem privaten Tierfriedhof. Sie weinte um ein Kälbchen, das sich gleich nach seiner Geburt beim unbeholfenen Aufrichten zwei Beine gebrochen hatte. Trotz all des in ihrer frühen Kindheit erlebten Leides ging ihr das Schicksal des jungen Tieres besonders nah – vielleicht war es zugleich die Erkenntnis, dass sich auch nach überstandenem Elend Krankheit und Not fortsetzten und der Mensch immer wieder gezwungen ist, sich seine Hilflosigkeit einzugestehen.

Gustav schien zu erkennen, was in ihr vorging. Dieser junge Bauer war äußerst empfänglich für sie und ihre Reaktionen. Er hatte Lydia an der Hand zum nächsten Baum geführt und sich dort mit ihr im weichen Gras niedergelassen. Da saßen sie eine ganze Weile, und er erklärte ihr mit all seinem gesammelten Wissen und in seinem speziellen Dialekt die Tierwelt, und dass es sich mit ihr genauso verhielt wie mit den Menschen.

„Wir alle leben nur, weil wir auch sterben. Im Grunde ist es ein Wunder, dass gerade wir beide hier sitzen. Bei so vielen, ja unzähligen Spermien, die jeden Tag in der Welt freigesetzt werden, haben wir zwei uns durchgesetzt und überlebt. Uns sollte es geben, das alles ist Bestimmung. Und das Kälbchen, es war schwach, sowieso kaum lebensfähig, und es hatte ein instabiles Knochengerüst. So ist die Natur, sie sortiert aus, überlässt den Starken das Feld. Dafür hat unser Muttertier Lottchen Zwillinge geboren, das kommt recht selten vor bei Kühen. Und schau, die sind beide gesund."

Dann schwieg Gustav plötzlich, wischte ihr die Tränen ab und legte zaghaft den Arm um ihre Schultern. Mit der anderen Hand umfasste er ihr Kinn, sein Daumen strich dabei zärtlich über ihre Wange. Und bevor Lydia fragen konnte, was denn eigentlich Spermien seien, näherte sich sein Gesicht dem ihren, immer weiter, bis sie nur noch ein einziges großes Gustav-Auge in der Mitte seiner Stirn wahrnahm und sie wie hypnotisiert die Augen schloss.

Der weiche Bartflaum kitzelte erst an ihrer Nasenspitze, dann an ihrer Oberlippe. Ihr Herz tat einen ängstlichen Hüpfer, hoffentlich konnte sie das, was er jetzt mit ihr vorhatte, zu seiner Zufriedenheit durchführen. Doch es war nicht schwer, es gelang ihr, ihn zurückzuküssen, ohne dass sie mit den Zähnen gegeneinander schlugen oder sich auf die Lippen bissen. Was ihr dagegen nicht mehr gelang, war, sich weiter auf diese neuartige Kunst des Küssens zu konzentrieren. Zu viele Gefühle pulsierten durch ihren Körper, auf und ab, von den Zehen bis zu den Haarspitzen, so warm und prickelnd wie Blubberperlen im Badewasser, wie sie die neuen Empfindungen damals für sich benannte.

Wenn sie jetzt zurückverfolgt, was er ihr damals alles auf dem Tier-friedhof erklärt hat, und sie dabei bedenkt, dass seine eigene Fortpflan-zungsfähigkeit wahrscheinlich in jener Zeit schon Schaden genommen hatte, so möchte sie es fast als eine Ironie des Schicksals bezeichnen ...

„Frau Brause? – Frau Brause, Sie müssen nicht da stehen, ich über-lass Ihnen meinen Stuhl", vernimmt sie Olavs heisere Stimme vom Küchentisch her.

„Was? – Ja, danke", sagt Lydia. Das war bereits ihr zweites Danke-schön, doch das galt mehr der Wohltat ihrer Erinnerung. Bisher haben die Gedanken an vergangene schöne Momente nur ge-schmerzt, jetzt weiß sie, dass sie die zulassen darf, weil sie ihr guttun. Das zu nutzen, wäre der größte Gewinn für dieses einsame Leben, denn es gibt so vieles, das sich ihre Gedanken bewahrt haben.

Nur ist im Moment einzig die Gegenwart gefragt. „Sagt mal, wie ist eigentlich euer Nachname?"

„Du kennst ihn", sagt Verena mit lockendem Tonfall, als wolle sie eine Ratestunde eröffnen. „Du brauchst nur deine grauen Zellen an-zustrengen."

„Ganz sicher kenne ich euren Namen nicht", gibt Lydia überzeugt zurück.

„Man sagt nicht Du zu fremden Erwachsenen", wirft Boris ein, „und solche Sätze schon gar nicht."

„Lass gut sein, sie ist doch noch so klein." Lydia weiß, dass sie das Mädchen mit dieser Beschwichtigung an seinem wunden Punkt ge-troffen hat. Diese eine Spitze musste sein; ein klein wenig darf Lydia durchblicken lassen, dass trotz all der Gewitztheit immer noch sie die Überlegene ist.

Doch auch diese verdeckte Maßregelung weiß das Kind für sich zu nutzen. Es kurbelt die ohnehin schon helle Stimme um weitere Jahre zurück: „Frau Brause ist eine Oma. Und zu Omas sagt man nicht Sie, sonst wäre sie ja keine Oma."

Wie schön wäre es, wenn du recht hättest, denkt Lydia wehmütig, denn dann gäbe es wirklich einen Enkel, einen Ansprechpartner, der ihr allein aus Gründen der Blutsverwandtschaft zur Seite stehen würde. Zudem gäbe es ein eigenes Kind, das diesen Enkel hervorge-bracht hätte. Was es hingegen nicht gegeben hätte: den folgenschwe-ren Streit zwischen Magnus und Gustav.

„Verena sagt das, weil sie unsere Großeltern vermisst", klärt Boris Lydia auf. „Als wir im Frühjahr hierher gezogen sind, mussten wir sie hinten lassen, und hinten ist sehr weit weg."

Ganz kurz wägt Lydia seine Worte ab. Diese Aussage beinhaltet nicht das Angebot nachzuhaken, woher sie kommen und warum sie hier gelandet sind. Vielleicht hatten sie ähnliche Gründe wie sie selbst, sich zurückzuziehen? Wertvoll aber ist die Erkenntnis, dass diese Familie mit hoher Wahrscheinlichkeit ihr gegenüber unvoreingenommen und ahnungslos ist. Kein Tratsch, keine Vorurteile scheinen zwischen ihnen zu stehen – ein guter Ansatz für eine erste neue Kontaktaufnahme im Ort. „Wie lautet denn nun euer Nachname?"

„Weiderich", antwortet der Knabenchor. Lydia betrachtet die Geschwister mit gerunzelter Stirn. Diesen Namen hat sie in der Tat schon gehört, doch sie kann sich nicht erinnern, wann und wo.

Die kleine Verena wippt angespannt auf der Eckbank hin und her. „Jetzt weißt du es, stimmt's?"

Abermals muss Lydia verneinen. „So leid es mir tut, Kinder, ich komm nicht drauf."

„Woher soll Frau Brause uns denn kennen? Wir sind neu und sie wohnt hier auf dem Berg", meldet der Älteste mit erhabener Miene und abwinkender Geste.

„Trotzdem hab ich recht!", ruft das Mädchen. „Weil Papa mir erzählt hat, dass er auf dem Brausehof das Dach repariert hat."

Der fleißige Dachdecker! Jetzt erinnert Lydia sich sogar an seinen Vornamen, weil sie ihn auf seinem kleinen Transporter gelesen hat: Waldemar Weiderich. Und ein so stiller, ausgeglichener Mann ist Vater von fünf Kindern ...

„Siehst du, jetzt weißt du es!", applaudiert das Mädchen beim Betrachten von Lydias Gesichtsausdruck.

„Ja, ich erinnere mich. Ich hab kein so gutes Gedächtnis. Aber ihr habt einen sympathischen Vater."

„Und einen ziemlich strengen", erlaubt sich nun der zweitälteste Junge das Wort. Er heißt Frank und ist vierzehn. Sie erfährt außerdem, dass die Familie die alte stillgelegte Mühle am Ortsrand bewohnt und es dort so viel zu renovieren gibt, dass alle mit anpacken müssen und sparsam gelebt wird. Dass es angeblich noch Jahre dauern wird, bis das Notwendigste fertig ist und dass erst dann der größte

Wunsch der drei jüngsten in Erfüllung gehen darf: ein umzäuntes Stück Garten für Hühner und andere Kleintiere.

„Und ein Telefon", fügt der Älteste hinzu.

„Das kann ich mir denken", sagt Lydia augenzwinkernd und verfolgt daraufhin amüsiert die stille Zurechtweisung des Großen an die kleine Schwester für den Verdacht, über seine heimliche Freundin geplaudert zu haben.

Lydia lobt sich innerlich für ihre Schlagfertigkeit – es ist gut zu wissen, dass sie im zwischenmenschlichen Bereich trotz ihrer Isolation den Durchblick nicht ganz verloren hat.

Vorrangig jedoch elektrisiert sie erneut das Erwähnen eines Telefonapparates. „Ich muss rasch etwas holen, das ihr im Ort für mich erledigen könnt. Wenn ich wieder da bin, bekommt ihr euren Lohn."

Mit einem großen rostigen Schlüssel geht Lydia über den Hof. Am Ende des Wohntraktes gibt es einen Kellereingang von außen, den sie selten benutzt. Einerseits gibt es dort unten kaum etwas, was ihr wichtig ist, zum anderen meidet sie die steile Treppe mit den ausgetretenen scharfkantigen Steinstufen um ihrer Gesundheit willen. Ein Sturz, und sie wäre bis ans Ende ihrer Tage hinfällig; hat Gustav ihr doch einmal erklärt, das Wort hinfällig käme von hinfallen.

Sehr groß ist der Kellerraum nicht, der Wohntrakt durfte, wie sie weiß, beim Bau nur teilweise unterkellert werden, mehr wurde nicht genehmigt wegen der Gefahr eines Hangrutsches. Doch gerade durch diese unregelmäßige Bauweise ist Lydia froh, nicht längst bei einem Unwetter mitsamt ihrem »losen Gemäuer«, wie sie den nicht untermauerten Teil des Wohntraktes nennt, ins Tal geschwemmt worden zu sein.

Ihren Schwiegereltern wiederum war dieser tiefe Keller sehr wertvoll, weil sie ihn in den Zeiten ohne Elektrizität als riesengroßen Kühlschrank nutzen konnten.

Langsam tastet sich Lydia an der Treppenseite hinunter. Von der Decke baumelt eine einzelne nackte Glühbirne, deren Schein kaum bis in die Ecken vordringt. Doch Lydia kann ihr Ziel schnurstracks ausmachen, es gibt nur eine Sache, die sie momentan interessiert, und die muss in dem ausrangierten wurmstichigen Schrank da vorne aufbewahrt liegen. Vor etlichen Jahren, kurz nach seiner Berentung von der Straßenmeisterei, hatte Gustav seine gesamte Bürokratie hier unten deponiert.

„Alter Papierkram ist nichts weiter als besserer Abfall", hatte er während seiner Sortierarbeiten vor diesem Schrank argumentiert. „Da oben spielt sich das Leben ab, und wenn ich wirklich mal was brauche, gehe ich eben schnell mal in den Keller. Ansonsten will ich den ganzen Papierkrieg droben aus den Augen haben."

Dennoch hat Lydia im Augenblick dasselbe ungute Gefühl wie neulich, als sie sich an Adas persönliche Schätze heranwagte. Das private Schriftgut von anderen hat sie immer mit demselben Respekt behandelt wie deren Aufenthalte im Badezimmer hinter verschlossener Tür.

So ignoriert sie jetzt all die gefüllten Ordner, zum einen aus Hemmung und zum anderen, weil sie weiß, dass sich darin nichts weiter als alte Behördenbriefe, Rechnungen und Dokumente befinden, die sie ihr Leben lang als Bäuerin ohnehin nichts angingen. Wahrscheinlich würde sie nicht einmal bei gezieltem Suchen etwas finden, denn Gustav war nicht ordentlich. Er wird seine Papiere weder alphabetisch noch chronologisch abgeheftet haben. Andererseits: Er versäumte nichts und schon gar nicht warf er etwas weg – vermutlich ist die Hälfte der Ordner überflüssig.

Auf Anhieb erkennt sie den kleinen verschlissenen Ledereinband wieder. Er liegt allein in einem Fach, als habe er das Recht dazu. Vollgestopft mit Handzetteln und Notizen, alten Ausweisen und dergleichen stehen die Deckklappen weit auseinander. Doch diese lederne Brieftasche ist mit einer Hand greifbar, sodass Lydia sich mit der anderen Hand an der steinernen Wand entlang wieder über die Treppe nach oben tasten kann.

Ein letzter Blick über die Schulter zurück nach unten – hier wird sie wohl niemals den Versuch starten, zu entrümpeln. Jeder Winkel ist vollgestopft mit alten Möbeln und Kisten, mit Gerätschaften aus der Vorkriegszeit und undefinierbarem Kram, der den Brausehofbewohnern zu schade war zum Wegwerfen. Menschen, die schlechte Zeiten durchleben mussten, gehen nicht achtlos mit Besitztümern um, das weiß sie von sich selbst.

Eine Ecke jedoch fällt Lydia ins Auge. Die von Brettern umrahmte Lagerstätte für Kartoffeln und Obst und Kohlen. Sie ist leer und wäre frei für ihre erst kürzlich entwickelten Ideen.

„Was meinst du, Gustav, soll ich? – Ach was, hör weg. Mit dir rede ich nicht mehr. Kannst gern für eine Weile verduften, alter Lügner. Hast mir so wichtige Dinge verschwiegen ... Aber das hier, das nehm ich mit nach oben, ob's dir passt oder nicht."

Lydia hat die Kinder um weitere Geduld gebeten. Sie sitzt im Wohnzimmer und durchsucht die hellbraune Lederbrieftasche. Beim eiligen Durchblättern der unterschiedlichsten Papierschnipsel begegnet es ihr wieder, das amüsierte Lachen ihres Mannes, das sie nach dem Öffnen des ersten anonymen Geldumschlags vernommen hatte. Warum das so ist, kann sie sich auch jetzt nicht beantworten, und daran, dass es einen zweiten Umschlag gibt, der immer noch verschlossen ist, will sie im Augenblick gar nicht erst denken.

In manchen Momenten kommt es ihr vor, als wolle das Leben sie verschaukeln, als wäre sie eine auserwählte Spielfigur in einem undurchschaubaren Plan. Doch jetzt braucht sie eine Adresse, und kurz darauf hat sie gefunden, was sie sucht. Sie schreibt zwei Zeilen auf ein Blatt Papier, steckt es in ein Kuvert und klebt es zu. Dann kramt sie aus ihrer Zigarrenkiste unten in ihrem Kleiderschrank nach ein paar Münzen und begibt sich zurück zu den Kindern.

„Ein Fünfmarkstück für jeden von euch. Zusätzlich könnt ihr die Kirschen mitnehmen. Verkauft sie, verschenkt sie, Hauptsache, ihr lasst sie nicht verderben. Einen vollen Eimer lasst mir da. Und im Schuppen findet ihr eine zweirädrige Handkarre, Olav kennt sie schon. Damit könnt ihr die Eimer ins Tal fahren. Am besten zieht ihr sie zu zweit. Und wenn es bergab geht, dreht ihr die Karre um, sodass sie vor euch herrollt. Gut festhalten, damit sie nicht umkippt. Aber ihr werdet das alles selbst herausfinden, so klug, wie ihr seid. Ach ja, und diesen Umschlag werft ihr in den Briefkasten. Hier ist Geld für eine Briefmarke. Dass ihr mir das ja nicht vergesst! Die Karre bringt ihr wieder mit herauf, sobald ihr daheim gefragt habt, ob es euch erlaubt ist, mir weiter zu helfen. Und eurem Vater bestellt ihr einen Gruß von Frau Brause."

„Und mein Bonus fürs Haareschneiden?", hakt das Mädchen nach. „Den hast du mir versprochen."

Dich wollte ich nicht vor mir in der Schulbank sitzen haben, denkt Lydia mit einem Schmunzeln im Hinterkopf. „Aber sicher, hier ist er. Zwei Mark zusätzlich. – Macht insgesamt?"

„Sieben Mark!"

Ah ja, ohne Dankeschön!, stellt Lydia für sich fest, als Verena strahlt und dabei all ihre halb herausgewachsenen Zähne zeigt.

„Den Ball darf Wotan behalten", fügt das Kind stattdessen hinzu und ringt damit im Gegenzug Lydia einen reflexartigen Dank ab.

Wer dich einmal zur Frau bekommt, hat nichts zu lachen, liegt es Lydia auf der Zunge, doch er wird dafür an Zuverlässigkeit auch nichts einbüßen müssen, hängen ihre Gedanken an, als die Kleine sich noch einmal nach ihr umdreht und ruft:

„Keine Sorge, ich denk an deinen Brief. Das schwöre ich dir!"

Ohne jede Regung sitzt Lydia nach dem Abmarsch ihrer jungen Helfer an ihrem Küchentisch. Es kommt ihr vor, als habe man sie mitten in den Tumult eines fremden Lebens hineingezogen. So vieles hat sie erfahren über diese Familie, über die Arbeit, Wünsche und Sparsamkeit in ihrem Zuhause, über den Zusammenhalt, der dem des ehemaligen Brausehofes nicht unähnlich ist.

Wichtig ist nun, dass die Kinder wiederkommen dürfen. Dass sie den Brief einwerfen und dass Lydia sich ihrer Ehrlichkeit und Zuverlässigkeit gewiss sein darf.

Dann könnte sich einiges hier zum Guten wenden. An dieser Hoffnung will sie einstweilen festhalten.

20

Ob ihr danach ist oder nicht – die Kirschen müssen verarbeitet werden. Von den Kindern hat sie vorhin verlangt, dass sie das frische Obst nicht verkommen lassen, dann sollte auch sie sich daran halten.

Noch immer liegt der beigefarbene Umschlag im Schrank, und immer noch ist er verschlossen. Je nachdem, was er beinhaltet, könnte er ihre angeschlagene Verfassung zusätzlich belasten, doch das Quäntchen neue Kraft sollte sie sich bewahren, weil ihr Arbeitstag erst jetzt beginnt.

Trotz vorgerückter Stunde scheint die Luft draußen zu flimmern, die Hitze mag sich nicht von kühleren Temperaturen verdrängen lassen. Fast möchte Lydia sich ein entlastendes Gewitter wünschen. Doch wenn sie abwägt, dann könnte es noch so heiß und schwül sein – sie würde sich trotzdem nie nach Blitz und Donner sehnen.

Mozarts kleiner Käfig steht in ihrer Nähe auf einem Stuhl. Den Vogel bei Hitze ins Haus zu holen, war eine Vorschrift von Theo. „Die Ziervögel mögen zwar aus exotischen Gebieten stammen, aber die Züchtungen sind oft sehr empfindlich."

Gustav sah das anders: „Macht keinen Waschlappen aus ihm, Tiere müssen anpassungsfähig werden." In dem Fall gab Lydia ausnahmsweise einmal Theo recht.

Mittlerweile entdeckt sie jeden Tag mehr, wie unbedarft sie sich an die Worte und Ansichten ihres Mannes gehalten hatte, und sie verfolgt irritiert, dass sie sich nun, da sie alleine lebt, zunehmend besser kennenlernt.

Musste Gustav sich erst verabschieden, damit sie zu sich selbst finden konnte? Ein egoistischer, abwegiger Gedanke, sagt sie sich und murmelt: „Verzeih mir, Gustav."

Doch sie gesteht sich schweren Herzens ein, dass etwas von dieser Anmaßung in ihr haften bleibt, und sie kann noch nicht einschätzen, ob ihr das wirklich bekommt.

Am frühen Abend erscheint eines jener seltenen Phänomene gleich über ihrem Hof: eine einzelne, hauchdünne dunkle Wolke, die einen feinen Nieselregen auf ihren Berg sprüht wie von einer unsichtbaren Sprenkleranlage, und die sich rasch wieder verflüchtigt. Als Lydia ihr nachschaut, glaubt sie in einem kaum spürbaren Windzug ein Flüstern zu hören: „Eine kleine Erfrischung für meine Liebste", und Lydia muss weinen. Sie weiß, wie oft sie Gustav in die Natur hineininterpretiert, doch dagegen kommt sie nicht an, will es auch nicht, denn Gustav war ein Teil der Natur.

In diesem Fall will es ihr erscheinen, als versuche er, ihr Vertrauen zurückzugewinnen.

Sie kann und will ihn nicht loslassen, möchte sich immerzu die Nähe zu ihm bewahren und erliegt auch jetzt der Versuchung, sich in seinem Leben aufzuhalten.

Sie sitzt vorm Haus auf der Bank, neben ihr liegt die verschlissene Brieftasche aus dem Kellerschrank. Lydia hat sie mit einem Stein beschwert, damit nichts davonfliegen kann, obwohl sie momentan dankbar für jeden erfrischenden Windstoß wäre. Einen kleinen Stapel von Papieren hat sie vorher herausgenommen, die sie nun durchblättert.

Ihr begegnen Quittungen, darunter auch ein Zettel mit einem Namen: Benno Treidel, dazu eine handschriftliche Telefonnummer. Wer das gewesen sein mag, will Lydia nicht einfallen. Theo Treidel hat keinen Sohn, war nie verheiratet, dafür mit Leib und Seele Mediziner, der sich für jeden Patienten die nötige Zeit ließ. Bestimmt handelt es sich bei diesem Benno um Theos Neffen, der ihn kürzlich hier oben abgeholt hat.

Wie lustig, dass sie gleich darunter ein nicht eingelöstes Rezept für sie selbst findet, ausgestellt vor ewigen Zeiten von Dr. med. Theodor Treidel. Sie erinnert sich augenblicklich, es ging um eine Erkältung, die sie nicht loswurde. Letztlich hatte sie sich jedoch gegen das Medikament mit der langen Liste von Nebenwirkungen entschieden und auf ihre Kräuterapotheke zurückgegriffen. Warum hatte Gustav dieses Rezept aufbewahrt? Für den Fall, dass sie es doch noch brauchte und einlösen wollte?

In diesem Moment lacht Gustav so hell und laut in ihrem Innenohr, dass Lydia es wie den schrillen Pfiff einer Trillerpfeife empfindet. Immer dieses Lachen zu den unmöglichsten Zeiten, was hat es damit auf sich? Führt sie es selbst herbei, um sich zu tadeln oder zu ermahnen oder um sich seine Stimme zu bewahren? Er fehlt ihr plötzlich so sehr, dass sie einzig den Wunsch verspürt, sich noch einmal in seine ausgebreiteten Arme fallen zu lassen, innig und geborgen, wie es früher für sie beide selbstverständlich war.

Das nächste Blatt Papier macht sie neugierig. Es ist ein uralter Brief an Gustav, ohne Umschlag, aber versehen mit einem Datum, das auf das Jahr 1925 hinweist. Die wenigen Zeilen deuten auf eine weibliche Handschrift hin, kindhaft und etwas unbeständig mal zur einen und dann wieder zur anderen Seite geneigt.

Liebster Gustav,
so lange haben wir uns nicht gesehen.
Ich hoffe, du hast mich nicht ganz vergessen?
Denk immer daran: Wir sind einander versprochen.
Ich werde weiter warten
Deine Minnie

Schmunzelnd streicht Lydia über die winzigen Blüten eines Vergiss-meinnicht-Zweiges, der neben dem Text klebt, kaum größer als ein kleiner Finger, und die trockenen Blüten, die das einstige Blau nur noch erahnen lassen, zerrieseln unter ihren Fingern.

Sieh an, Gustav hatte eine Verehrerin, wie interessant. Aber dieses Datum – zu jener Zeit verband doch sie selbst schon seit zwei Jahren eine heimliche Liebschaft mit Gustav ...

Ganz kurz wird Lydias Blick finster. Dann richtet sie sich auf der Bank auf, hat das Bedürfnis, sich eine Portion Stolz zu genehmigen, weil er sich für sie entschieden hatte. „Ja, liebe Minnie, wer auch immer du warst, es gibt keinen Gustav mehr, auf den du warten kannst. Sieh mich an, ich bin seine Witwe. Und ich durfte mein Leben mit ihm verbringen."

Warum aber bewahrte er dann Minnies Brief weiter auf? Schmei-chelte es ihm so sehr, dass jemand ihn verehrte?

„Alter Gockel! Na, ich weiß ja, dass du nichts wegwerfen konntest. Du bist ganz und gar der Sohn deiner Mutter. Heimliche Briefe waren wohl eure Spezialität, was?"

Trotz ihres scherzenden Tonfalls wiederholt sich ein Satz in ihren Gedanken: »Denk immer daran: Wir sind einander versprochen.«

Auch das hat man hier fein säuberlich von Lydia ferngehalten. Ob die beiden sich zugetan waren, bevor sie hier aufkreuzte? Ein Mädchen in Gustavs Alter, reif für eine von den Eltern vorgesehene Heirat? Zu jenen Zeiten konnte durchaus ein Eheversprechen bestanden haben. Heute probieren die jungen Leute vor einer Heirat erst einmal aus, welcher Partner es denn bitteschön sein soll – ähnlich wie bei einem Autokauf, wie Lydia in den Spielfilmen im Fernsehen verfolgen kann.

Sie erhebt sich von ihrer Bank und eilt ins Haus, ihr ist etwas eingefallen. Seit dem Unwetter hat sie sich nicht mehr um ihren Fernsehapparat gekümmert, hat nicht wie beschlossen ausgetestet, ob er noch funktioniert. Sie steckt den Stecker ein und versucht alles Mögliche, doch er gibt kein Lebenszeichen mehr von sich. Der einzelne heftige Donnerschlag, sie hat es geahnt, er muss in den Fernseher gefahren sein wie der vor acht Jahren in den Schober.

Jetzt ist auch diese Leitung zur Außenwelt für sie gekappt.

Trotzig geht Lydia in die Küche und nimmt sich den neuen namenlosen Umschlag vor, reißt ihn mit kindlicher Neugierde auf und stellt fest, dass sie mit ihrer Vermutung richtig liegt: Wieder enthält er Geld, und wieder sind es dreitausend Mark. Diesmal hört sie jedoch nicht Gustavs helles Lachen, als sie die begleitende Botschaft liest, auch wenn diese ebenso bündig verfasst ist wie beim letzten Mal. Diese hier wurde mit einer Schreibmaschine getippt:

»3.000 DM für Frau Lydia Brause zur freien Verfügung«.

Also kein »rechtmäßiges Geschenk« mehr wie beim ersten Brief ...

Kein weiterer Hinweis, Lydia weiß nicht, was sie davon halten soll, doch das Geld kommt ihr wie gerufen. „Ob du da oben ernsthaft eine Blütenfabrik betreibst? Bist im Himmel vielleicht so was wie ein Robin Hood, ein Wohltäter für die Bedürftigen? Und wenn nicht du es bist, der mich beschenkt, dann bedank dich für mich beim Absender, den kriegst du ja wohl raus mit deinem neuen Überblick von so weit oben.“

Lydia glaubt in diesem Moment genau so zu lächeln wie ihr Filmidol Katharine Hepburn, eine starke Person, oft vom Schicksal gefordert – aber durch ihre Weisheit und ihr ganz eigentümliches Charisma erreichte sie immer, was ihr wichtig war.

Vielleicht verehrt Lydia diese Schauspielerin so, weil Gustav ihrem Spencer Tracy sehr ähnlich sah und sie sich gut in die Zweisamkeit der beiden einfinden konnte ...

„Dein Spencer lebt auch nicht mehr, Katharine, und wie ich erfahren habe, warst du nicht mal auf seiner Beerdigung, aus Rücksicht auf die heimlichen Umstände, ich weiß, aber ich wette, du wirst wie ich immer noch mit deinem Liebsten in Verbindung stehen. Wahrscheinlich ist es nur das, was wir beide gemeinsam haben, denn so schön und beliebt wie du bin ich längst nicht."

Lydia lacht hämisch auf. Schön und beliebt – ausgemergelt und unbeliebt. Ihr Leben hier oben würde auch einen guten Spielfilm abgeben. An Inhalt fehlt es momentan in der Tat nicht. Sie will einfach hoffen, dass all die offenen Fragen ihr nicht für immer auf Schritt und Tritt folgen. Doch knifflige Rätsel lösen sich nicht in Luft auf, auch nicht, wenn die Zeit vergeht.

Aber auch diese neuen Geldscheine lösen sich nicht in Luft auf, sie sollte sie schleunigst in ihr Versteck befördern. Der Brausehof ist in letzter Zeit doch sehr belebt, und sie will niemanden in Versuchung führen.

Ihr Arm reicht gerade so bis hinauf zu Adas alten Dosen. Zucker und Salz – ihre geheimen Tresore, von denen ein jeder 1.500 Mark an Würze beinhaltet. Lydia muss lachen, als sie überlegt, ob sie jeweils 1.500 hinzufügt oder den einen Inhalt zum anderen umfüllt, um in der freien Platz für das hinzugekommene Geld zu machen.

„Solche Probleme würde manch einer gern haben, was, Gustav?"

Sie stellt die Gewürzdosen auf den Tisch und hebt die kleinen Deckel ab. Dann schüttelt sie den Kopf, nimmt die zwei Dosen noch einmal in die Hände und starrt abwechselnd hinein. Schon im nächsten Moment zieht sich ihr Magen zusammen. Beide Dosen sind leer. Es scheppert, als die Kraft aus Lydias Händen weicht und die Blechdosen auf dem Boden aufschlagen.

Das kann nicht sein! Nein, hier war niemand, der sie hätte bestehlen können. Niemals! Sie hat wieder einmal unkonzentriert gehandelt und das Geld in die Zigarrenkiste im Kleiderschrank geräumt, wie sie es mittlerweile, ohne es zu merken, immer macht.

Sie muss jetzt mit jemandem sprechen, die Spannung mit jemandem teilen, dem sie vertraut. Und während sie langsam den Weg zu ihrem Schlafraum nimmt, wählt sie dafür erneut ihr Idol aus.

„Es folgt die nächste filmreife Szene, Katharine, nur dass ich mich jetzt mehr mit der Witwe Bolte vergleichen muss, der man die Hühner

gestohlen hat: »Angewurzelt stand sie da, als sie in die Dosen sah ...«
Ja, so muss ich wohl gerade ausgesehen haben. Aber warte, wir schauen
im Kleiderschrank nach. Die vergessliche Lydia, nicht wahr? Du wirst
das selbst kennen, wie es ist, wenn man zu viel im Kopf hat."

Ihr Schlafzimmer empfängt sie, wie sie es am Vormittag zurückgelassen hat. Noch immer ist das Bett zerwühlt, noch immer liegen
die Scherben der Lampe davor auf dem Boden, immer noch ist der
Laden geschlossen und die Luft stickig und verbraucht. Doch das
rückt in den Hintergrund, das wird sie bewältigen, wenn sie nur ihren
neuen Reichtum wiederfindet.

Bange nimmt sie die kleine Kiste mit den dünnen Holzwänden
vom Schrankboden auf. Doch sie ahnt schon jetzt, dass sich hierin
nichts weiter befindet als das zurückgelegte Haushaltsgeld, sonst
wären ihr die gerollten Scheine ins Auge gefallen, als sie heute nach
den Fünfmarkstücken für die Kinder gekramt hat. Und sie behält
recht. Das andere Geld ist nicht darin. Jetzt zieht sich auch ihre Brust
zusammen, eine solche Enge hat sie in der letzten Nacht verspürt, da
bekam sie genauso wenig Luft wie jetzt.

Und was nun? Für diesen Diebstahl kommen nur die Kinder in
Frage. Sie waren so lange alleine in ihrer Küche; wenn sie an die großen Jungs denkt mit ihren langen Armen ... Wie sehr müssen sich die
fünf ins Fäustchen gelacht haben über die Münzen, die sie ihnen für
ihre Arbeit zusätzlich in die Hände gedrückt hat ...

Lydias Augen blitzen vor Zorn, als sie im Badezimmer vor den
Spiegel tritt und sich kaltes Wasser ins Gesicht schlägt. Neben ihr bellt
Wotan. Er wird sich fragen, was diese völlig neue Ausdünstung seines
Frauchens zu bedeuten hat.

Wie soll sie jetzt vorgehen? Ob auch das zu dem besonderen Plan
gehört, den sich das Leben für sie ausgedacht hat? Fordert es erst die
Versuchung, die Kunst des Widerstehens und gleich darauf die des
Entbehrens? Vielleicht um den Verlust ihres Ehemannes endlich in
den Hintergrund zu drängen? Geld – ein ganz neuer, ein anderer Verlust, mit dem sie noch nie zu tun hatte ...

Sie streckt sich im Wohnzimmer auf dem Sofa aus, horcht in sich
hinein, ob da irgendwo in der Tiefe Gustavs Lachen zu vernehmen
ist, doch hierüber kann wohl selbst er nicht lachen. Das einzige Geräusch kommt von der Wanduhr gegenüber, ein gleichmäßiger Trott,

unbeirrbar und laut, sodass Lydia aufsteht und das Pendel anhält. Wozu braucht sie noch die Uhrzeit? Nein, die ist unwichtig geworden, es gibt weder Termine noch einen Rhythmus.

Dann vernimmt sie aus der Ferne das Brüllen der zwei Kühe. Sie fordern ihr Wasser, natürlich, die beiden haben bei dieser Hitze ebensolchen Durst wie sie.

Lydia erhebt sich und wankt erschöpft durch den langen Hausflur. Wenn sie sich recht erinnert, wäre es schon am Morgen Zeit gewesen, mit dem langen Schlauch den fahrbaren Wassertank zu befüllen. Sie wird sich wohl oder übel dazu aufraffen müssen, wenngleich ihre Kräfte für heute restlos erschöpft sind. Warum war ihr das nicht eingefallen, als die Kinder noch hier waren? Diese Kinder mit ihren flinken Beinen und den langen Armen ...

Kann sie Kinder anzeigen, die ihr hier oben heimlich gegen Bezahlung geholfen haben? In einer so absurden Situation hat Lydia noch nie gesteckt. Kann sie überhaupt einen Diebstahl von etwas anzeigen, das ihr im Grunde gar nicht richtig gehörte? Wer würde ihr glauben, dass sie so viel Erspartes in ihren Gewürzdosen auf dem Küchenschrank aufbewahrt hat? Würde sie sich mit einem Gang zur Polizei vielleicht selbst ans Messer liefern? Alles eine Falle?

Nachdem sie im Stall den Wasserhahn aufgedreht hat, begibt sie sich zum Unterstand auf der Weide, sieht von hier aus zu, wie bereits die erste Kuh ihre Nase in der Tränke versenkt, während das frische Wasser in den Tank läuft. Wie neulich beim Unwetter sackt Lydia an der Wand des Unterstandes auf den Boden und umschließt ihre zitternden Beine.

Doch hier kann sie nachdenken, mit dem Blick über das Tal zur anderen Seite der Hügelkämme. Und sie grübelt, bis ihr der Kopf schmerzt. Wer war in ihrer Küche, seit sie das letzte Mal in die Dosen auf dem Schrank geschaut hat? Theo war der erste Mensch seit langer Zeit, der dort am Tisch gesessen hat. Doch Theo würde sie weder bestehlen, noch waren die Dosen zum Zeitpunkt seines Besuches schon gefüllt.

Das Gespräch mit ihm und ihr darauffolgender Trotz haben sie erst veranlasst, diese merkwürdigen Behältnisse für das viele Geld auszuwählen.

Frau Blöchner war eine Weile alleine in der Küche zurückgeblieben, als Lydia sich aus Hilflosigkeit in ihr Badezimmer verzogen hatte. Ob sie diese wenigen Minuten nutzte, um auf Lydias Küchenschrank nach einem Geldschatz zu suchen? Unvorstellbar.

Der Dachdecker Waldemar Weiderich – war er alleine in ihrem Haus in den Tagen seiner Arbeit auf dem Scheunendach?

„Vergiss es, Wotan! Er ist nicht mal auf mein Angebot eingegangen, die Toilette zu benutzen. Hat gesagt, dafür gebe es genügend Natur um ihn herum. Selbst sein Pausenbrot wollte er draußen essen. Ich sag dir, es waren die Kinder und nochmals die Kinder!"

Mit den Fäusten trommelt Lydia auf den harten, trockenen Boden ein, auf dem sie mehr kauert als dass sie aufrecht sitzt. Dann strafft sie die Schultern, wendet sich ihrem Hund zu.

„Wir warten noch, bis der Wassertank voll ist, dann fahren wir runter in den Ort. Ich stelle die Meute zur Rede, ohne dass die Eltern dabei sind. Ich verspreche ihnen sogar einen Schein extra, wenn sie ehrlich sind. Vielleicht gestehen sie sofort und alles soll vergessen sein. – Na los, worauf wartest du? Zieh mich auf die Beine!", versucht Lydia zu scherzen und sich selbst Mut zu machen.

21

Auch auf ihrer Fahrt ins Tal ist ein ermutigender Monolog für Lydia unerlässlich. „Hör auf zu denken", beschwört sie sich auf ihrem wippenden Sitz, „lass alles auf dich zukommen. Mit vierundsiebzig Jahren ist man fähig, abzuwägen und zu reagieren. Es kommt ohnehin anders, als man es sich ausmalt."

Wenn sie sich jetzt in nichtssagende Floskeln flüchtet, wird sie nicht spontan sein können, wird weder nach rechts noch links mit ihrer Meinung ausweichen können.

Noch nie hat sie eine Abwärtsfahrt so rasant gestartet, dazu ungekämmt, schmutzig und zerknittert. Es ist auch das erste Mal, dass ihr Hund nicht auf dem Trittbrett mitfährt. Wenn sie in ihrer Rage und Zerstreutheit im Graben landet, soll Wotan nicht der Leidtragende sein. Sie hat schon einmal Tiere festgebunden, die dadurch in einer brisanten Lage zu Tode gekommen sind ...

Ob die Kinder mittlerweile im Bett sind, zumindest die kleinen? In den Sommerferien und noch dazu bei diesen Temperaturen wohl eher nicht, obwohl sie von der Kirschernte erschöpft sein müssten; aber auch das ist abzuwarten. Selbst wenn sich ihre Ankunft bei der alten Mühle weiter verzögert, will sie versuchen, sich vorher an Gustavs Grab ein wenig zu beruhigen.

Der Lanz parkt unter den hohen Bäumen vorm Friedhofstor. Lydia tritt ein und sieht sich verstohlen um. Natürlich halten sich um diese Abendstunde weitere Menschen hier auf zum Gießen und Schwatzen, ganz so, wie an jenem verhängnisvollen Juliabend im vergangenen Jahr. Bestimmte Personen erkennt sie allein an ihrer Gestalt. Sie weiß, dass sie im Fokus des Interesses steht und reißt sich zusammen, hebt den Kopf und deutet ein Nicken nach allen Seiten an – sollen sie damit anfangen, was sie wollen. Manch einer nickt zurück, andere, an denen sie vorbeigeht, schauen sie erschrocken an, wissen sich offensichtlich nicht zu verhalten. Aber so ist es am besten, Lydia würde mit eventuellen Freundlichkeiten gar nicht mehr umgehen können. Ihr Ziel ist die rechte schattige Ecke.

So unbekümmert und aufrecht steht das Holzkreuz inmitten der beiden kleinen Buchsbäume, dass Lydia die Tränen in die Augen schießen.

Zwei Reihen davor auf selber Höhe werkelt die Bremmer-Hermine, eine zurückgezogene und verhärmte ehemalige Bäuerin, die seit ein paar Jahren ebenfalls Witwe ist. Sie beide sollten sich zusammentun – zwei freiwillig isolierte Frauen in derselben Situation, und soweit Lydia weiß, hat auch Hermine keine Kinder. Zugleich weiß sie aber auch, dass sie von dieser Frau nichts zu erwarten hat, da war schon sehr früh eine spürbare Distanz, auf die sich nicht aufbauen ließ. Auch jetzt drückt die Bremmer-Hermine das Kinn aufs Brustbein, deutlicher kann sie ihre Ablehnung nicht zeigen.

Deshalb ist es Lydia egal, was Hermine über sie denkt, als sie sich weit vorbeugt, um Gustavs Namen auf dem Holzkreuz zuzuflüstern: „Drück mir die Daumen, dass ich es richtig mache, gleich bei den Weiderichs.“ Und in Gedanken fügt sie scherzhaft und leichteren Herzens hinzu: „Denk dran, du willst einen schönen Grabstein. Dafür brauche ich das Geld, das man mir gestohlen hat.“ Hätte sie das laut ausgesprochen, wäre dies neuer Lästerstoff für die Talgemeinde: Da, hört, noch im Tod erpresst sie ihren Mann ...

Allein diese Spekulation lässt Lydia den Weg zurück zum Friedhofstor wieder mit gesenktem Haupt nehmen. Als sie auf ihren Traktor steigt, weht ihr der eigene Geruch entgegen, die Säure dringt ihr aus allen Poren. Vielleicht haben sie gar nicht so unrecht, wenn man sie als Sauertopf bezeichnet.

Wo sich das Haus der Familie Weiderich befindet, weiß Lydia auch ohne nähere Angaben so gut wie jeder andere hier. Es gibt nur die eine ehemalige Mühle im Tal, und die befindet sich vom Weg aus rechterhand, etwas außerhalb der Ortschaft, am Fuß ihres Berges.

Heute klappert jedoch keine Mühle mehr am rauschenden Bach, denkt Lydia, das dürftige Rinnsalbett füllt sich höchstens noch dann, wenn heftige Regenansammlungen den Hang hinabfließen.

Sie parkt ihren Traktor am Straßenrand, gleich vor dem Eingangsbereich. Im Hof sieht es nach viel Arbeit aus. Berge von unbearbeitetem Holz neben einem Hackklotz, Stapel von Brettern und Paletten mit Steinen, dahinter Farbeimer und Spachtelmasse in großen Papiertüten. Die Kinder haben ihr erzählt, in welch renovierungsbedürftigem Zustand sich ihr neues Heim befindet, sie haben nicht übertrieben.

Je mehr Lydia sich der wuchtigen Haustür nähert, umso unwohler fühlt sie sich. Ihr Körper ist von Kopf bis Fuß angespannt – und doch drohen ihre Beine nachzugeben.

Man wird sie nicht gehört haben, es zeigt sich niemand von selbst und sie betätigt den gusseisernen Klopfring an der massiven Holztür. Ob es noch das alte Mühlrad hinterm Haus gibt? Wenn das Gespräch gut verläuft, wird man es ihr bestimmt zeigen.

Drinnen werden Schritte laut. Sie wischt sich mit dem Handrücken über die Stirn und zwingt sich zu einer entspannten Miene. Leicht fällt ihr das nicht, immerhin wohnen hier junge Diebe, die ihr diese Stresssituation beschert haben.

Er erkennt sie sofort wieder. „Frau Brause, was für eine Überraschung! Stimmt etwas nicht mit dem reparierten Dach?", fragt Waldemar Weiderich. Sein kantiges Gesicht wirkt frisch gewaschen, sein feuchtes Haar ist streng zurückgekämmt. Das saubere Unterhemd, das ordentlich in seinem Hosenbund steckt, wurde an zwei Stellen mit zu dickem Garn gestopft, wie Lydia gerührt feststellt. Dieser Mann ernährt mit seiner anstrengenden Arbeit auf den Dächern anderer Leute seine siebenköpfige Familie. Und sie hat nun vor, ihnen Probleme ins Haus zu bringen ...

„Nicht? Was führt Sie denn dann zu uns?", fragt er munter und erschöpft zugleich.

„Dürfte ich vielleicht kurz mit Ihren Kindern sprechen?" Die Bitte ist Lydia schwergefallen, zumal sie nicht weiß, ob die jungen Leute ihr Versprechen gehalten und von ihrer Arbeit droben bei ihr auf dem Hof erzählt haben. Doch der Duft von heißem Fruchtsaft spricht für sich.

„Die Kinder, aber sicher. Erst mal danke für die Kirschen! War das eine Freude, Frau Brause. Wir erlauben uns, das ganze Obst für uns zu nutzen. Fünf Kinder haben ordentlich Appetit."

Der Mann will ihr jeden Wind aus den Segeln nehmen. Ob sie den eigentlichen Grund für ihr Auftauchen vertuschen soll, indem sie einfach nachfragt, ob es wirklich in Ordnung ist, dass seine Kinder ihr unter die Arme greifen, wo doch hier zu Hause schon genügend Arbeit anfällt?

„Die Kirschen hab ich Ihnen gern gegeben. Ich alleine kann so viel Obst doch gar nicht essen."

„Und jetzt wollen Sie gewiss selbst nachhören, ob von unserer Seite das ungewöhnliche Arbeitsverhältnis weiterhin genehmigt ist?"

So freundlich blickt er sie an, dass sie sich sagt: Greif zu, nimm dieses unverfängliche Thema an, es wird dir in den Mund gelegt und du kannst in Frieden wieder abziehen. Pfeif auf dein Geld. – Nein, auf keinen Fall! Du hast einen Grund, warum du hier hingefahren bist!

„Das auch, ja", erwidert Lydia. „Aber wie gesagt, hätte ich die Kinder gern selbst noch mal kurz gesprochen."

„Haben sie Ihnen etwas kaputt gemacht? – Frank, Viktor, Verena, Boris, Olav! Kommt ihr mal?"

Jetzt ist es zu spät. Sie wird hier im Türrahmen, unter den Augen des Vaters, ihre Anklage erheben. Das Schlimme ist, sie weiß immer noch nicht, wie sie sich ausdrücken soll. Was würde Gustav ihr raten? „Tu es, aber halte den Ball flach."

Ja, das würde er zu ihr sagen.

Sie vernimmt das Schaben von Stuhlbeinen, Schritte, viele Schritte auf hölzernem Boden, lauter, näher, dann stehen sie im Halbkreis vor ihr, mit aufgeweckten Gesichtern und rot leuchtenden Händen.

„Wie schön, alle machen sich an den Kirschen zu schaffen", merkt sie verlegen an. Unverzüglich reagiert der Älteste darauf: „Sie sagten ja, wir können damit machen, was wir wollen."

„Aber sicher, und ich freue mich, dass ihr sie behalten habt."

Es imponiert Lydia, wie er sich und seine Geschwister schon im Voraus verteidigt. Das nennt man wohl familiären Zusammenhalt, denkt sie, umso schwerer wird sich ein Vorwurf gestalten.

Ein ganz neuer Gedanke schießt ihr durch den Kopf. Vielleicht hat sich wirklich ein Fremder unbemerkt Einlass in ihr Haus verschafft, und zwar derjenige, der ihr den ersten Umschlag hat zukommen lassen, sich das Geld aber dann noch mal kurzfristig bei ihr ausgeliehen hat, um es ihr mit dem zweiten Brief wieder zurückzugeben ...

„Und wir dürfen auch wieder zu Ihnen kommen zum Geldverdienen!", durchbricht Olav ihren Gedankengang in einem Tonfall, der die Verteidigung des großen Bruders zusätzlich unterstreicht.

Ist so viel Ehrlichkeit im Kindesalter möglich?, fragt sich Lydia. Oder könnte es nicht vielmehr so sein, dass hier getroffene Hunde bellen, weil ihr Auftauchen einen berechtigten Grund hat, der die Jungs in Angst versetzt?

Wenn sie die Wahrheit erfahren will, muss sie das Wagnis eingehen.

„Ich freue mich, wenn ihr wieder zu mir raufkommt. Vorher wollte ich euch aber gern etwas fragen, und vielleicht könnt ihr mir helfen." Lydia fühlt sich wie in einem Schaukasten, zumal auch der Vater immer noch dabeisteht wie ein sechstes Kind und sie erwartungsvoll anblickt.

„Ich hatte in meiner Küche ... etwas Erspartes aufbewahrt. Habt ihr vielleicht gesehen, wo ich es hingelegt habe? Ich meine, es war so heiß und da ist man mit den Gedanken manchmal ..."

„Was bedeutet hingelegt, Frau Brause? Ist Ihnen Geld abhanden gekommen?" Waldemar Weiderichs Miene hat sich augenblicklich verändert.

„Nun ja, es ist ... nicht mehr da, und da dachte ich ..."

„Sie dachten, eines meiner Kinder hätte es an sich genommen?" Diese Frage des Vaters hat weder einen empörten noch einen kampfbereiten Unterton beinhaltet, sie klang so sachlich, als handele es sich um ein verlegtes Teesieb.

„Weiß jemand von euch, wo Frau Brauses Erspartes abgeblieben ist? Wenn ja, dann raus mit der Sprache. Mit so etwas scherzt man nicht."

Lydia starrt auf ihre Schuhspitzen. Ohne hinzusehen weiß sie, dass alle überzeugt mit dem Kopf schütteln. Das hier kann nur schiefgehen, wenn sie jetzt weiterbohrt.

Und trotzdem: Es waren die Kinder, zumindest eines von ihnen!

Sie hebt den Blick: „Bitte, denkt genau nach", sagt sie, und den Gesichtern sieht sie an, dass keinem die Schärfe in ihrer Stimme entgangen ist.

Jetzt wechselt der Vater die Fronten, reiht sich ein in die Schar seiner Kinder. Von dort aus und mit dem Blick auf Lydia wiederholt er: „Weiß jemand, wo Frau Brauses Geld ist?" Wieder dieser sachliche Ton, nur eine Spur lauter und deutlicher. Dass er bisher nicht nach der Summe gefragt hat, erleichtert Lydia. Denn zuzugeben, dass so viel Geld angeblich in ihrer Küche herumliegt, würde sie verstärkt in ein peinliches Licht rücken.

Die fünf schauen sich gegenseitig an, weichen dann einen Schritt zurück. Lydias Augen huschen hin und her und prüfen jede Miene.

Ganz eindeutig handelt es sich im Moment um eine ernst zu nehmende Verdächtigung.

Olav sieht aus, als würde er gleich anfangen zu weinen. Kein Mitleid jetzt, beschwört sich Lydia, wenn sie gleich zurückfährt auf ihren Berg, will sie Klarheit und am besten auch ihr Geld mitnehmen. Sie wundert sich, dass ihr bisher noch nicht Verenas außergewöhnliche Augen aufgefallen sind – sie hat regelrechte Katzenaugen, schmale Schlitze, die sie anfunkeln, als wolle das Mädchen sie warnen.

Boris, der Älteste, macht wieder einen Schritt nach vorn und breitet wie schützend die Arme zu beiden Seiten aus. „Wenn von meinen Geschwistern keiner sagt, dass er es weiß, dann weiß es auch keiner."

Waldemar Weiderich nickt den Worten seines Sohnes nach und verschränkt die Arme vor der Brust, sodass Lydia wieder einmal bewusst wird, dass ihr wahrer Gegner im Grunde die Einsamkeit ist. Dennoch gibt der Familienvater ihr keinesfalls das Gefühl einer Gegenwehr, er lässt sie nur mit unveränderter Stimme wissen: „Da hören Sie's, Frau Brause. Von uns kann Ihnen niemand weiterhelfen. Sie sagten ja selbst, es war heiß und da ist man manchmal mit den Gedanken woanders. Bestimmt finden Sie Ihr Geld irgendwo wieder."

Lydia nickt über alle Köpfe hinweg ins Leere, hofft, dass sich ihre Augen nicht füllen, würgt an dem Kloß in ihrem Hals und wendet sich zum Gehen. Ihr fehlen die Worte, ihr fehlt die Chance. Eine gegen viele, eine Einzelkämpferin – für sie keine unbekannte Rolle in diesem Ort.

„Was ist denn hier los?" Die fremde weibliche Stimme, die plötzlich zu hören ist, lässt darauf schließen, dass sich jetzt auch Mutter Weiderich dazugesellt hat. Doch Lydia winkt ab, dreht sich nicht mehr um. Ihre Kraft ist verbraucht, sie will nur noch auf den Lanz steigen und auf ihren Berg hinauffahren. Noch mehr familiäres Miteinander zu erleben, wäre für sie eine Steigerung der eigenen Einsamkeit.

„Wer war das, Waldemar?", vernimmt sie in ihrem Rücken erneut die Frauenstimme.

„Das war Frau Brause. Von ihr haben wir die Kirschen."

„Ach, Frau Brause vom Hof dort oben? – Frau Brause, warten Sie bitte, ich würde Sie gern kennenlernen!"

Wenn du wüsstest, warum ich hier bin, könntest du gut darauf verzichten, gute Frau, denkt Lydia resigniert. Der Anstand gebietet es ihr jedoch, sich umzudrehen.

Die Frau ist klein und zierlich. Das strohblonde Haar trägt sie zu einem langen Zopf geflochten, der ihr über eine Schulter nach vorn fällt. Ihre Züge sind sanft, fast kindlich, ihre Bewegungen lassen wenig körperliche Energie erahnen. Das blaue Kleid hängt wie eine Fahne um ihren Körper und gibt hellhäutige, sehr schlanke Arme frei. Lydia hält es für unmöglich, dass all diese Kinder, vor allem der große Boris, diesem zarten Leib entsprungen sein sollen. Und doch wird es so sein, wie es so vieles gibt, von dem Lydia keine Vorstellungen hat.

„Ich bin Rita Weiderich. Wollen Sie mit ins Haus kommen?", fragt die Frau mit einladender Geste, die Lydia in einen Zwiespalt stürzt. Ob das die Lage entspannen könnte? Allein die Bekanntschaft dieser liebenswerten Person zu machen, wäre ein Gewinn. Noch bevor sie antworten kann, hat Frau Weiderich in Lydias Haar gefasst. „Und diese schöne Frisur hat wahrhaftig meine Tochter zustande gebracht? – Warten Sie, so sieht es noch besser aus", sagt die Frau, kommt Lydia erneut ganz nah und klemmt ihr die kinnlangen Haare hinter die Ohren.

Hier scheint ein so reger innerfamiliärer Austausch stattzufinden, dass es Lydia fast unheimlich ist. Sie hat sich aber bereits entschieden, will das Angebot annehmen und mit hineingehen, falls die Frau es noch einmal zur Sprache bringt.

Der zweitälteste Sohn, der vierzehnjährige Frank, mischt sich ein. Ihn konnte Lydia bisher am wenigsten einschätzen – ein halbgares Bürschchen, still, immer nur beobachtend und ohne Blickkontakt. Er war ihr schon droben auf dem Hof ein stetes Fragezeichen.

„Frau Brause glaubt, wir hätten sie bestohlen", unterrichtet er jetzt seine Mutter.

Rita Weiderich macht große Augen, doch sie lächelt dazu, wenn auch sichtbar ungläubig. „Oh, das klingt nicht erfreulich. Und, habt ihr?"

Es ertönt ein fünffaches Nein, und während der Mutter von mehreren Seiten berichtet wird, worum es geht, schaut Lydia zur Seite, gräbt ihre Fingernägel in die Handflächen und fühlt, dass ihr Gesicht glüht.

„Dann mal alles der Reihe nach. Das müssen wir jetzt aufklären, damit heute niemand unzufrieden einschläft, nicht wahr, Frau Brause? Wo hatten Sie Ihre Ersparnisse denn aufbewahrt?"

Selbst wenn es jetzt peinlich wird, muss sie mit offenen Karten spielen. „Ich hatte es verteilt, ganz oben auf meinem Küchenschrank, in einer Zuckerdose und einer Salzdose. Ich lebe allein, da wird man aus Angst erfinderisch. Und leider war nach den Kindern niemand mehr im Haus. Was bleibt mir anderes übrig, als hier nachzufragen? Versetzen Sie sich in meine Lage, was hätten Sie getan?" Lydia hat mit Bedacht ihre Worte gewählt und bewusst langsam gesprochen, damit ihre Erklärung insgesamt auf fruchtbaren Boden stoßen kann.

Ein kurzer spitzer Aufschrei aus der Reihe der Kinder lässt alle Augen auf Verena blicken.

„An den Dosen war ich", sagt das Mädchen ohne jede Hemmung, und ohne weitere Aufforderung fügt es hinzu: „Ich bin auf einen Stuhl geklettert, weil der Zucker so hoch oben stand. Frank und Viktor hatten doch Bauchweh, und ich hab ihnen Tee gekocht. Der hat ihnen aber nicht geschmeckt, sie wollten ihn gerne süß trinken. Ich habe mit einer Hand in die Dosen gefühlt, mit der anderen Hand musste ich mich ja oben am Schrank festhalten. Aber es waren nur Papierröllchen drin, in allen beiden. Die hab ich rausgenommen und oben neben die Dosen gelegt, dann hab ich nochmal den Arm ausgestreckt und gefühlt, aber trotzdem war kein Zucker drin." Das Mädchen lacht schadenfroh. „Da mussten Viktor und Frank den Tee halt so trinken, weil ich ihnen gesagt habe, dass er ihnen auch ohne Zucker hilft. – War das jetzt Geld, die Papierrollen, meine ich?"

Lydia nickt. Ihr Herz pocht. Insgeheim ist sie froh, dass keiner der Brüder die Dosen vom Schrank geholt und den wahren Inhalt entdeckt hat.

„Okay, dann liegt dein Geld oben auf dem Küchenschrank", ergänzt Verena zuckersüß, dabei trippelt sie in ihren Hausschuhen aufgeregt auf der Stelle. Ihre Brüder stöhnen und Rita Weiderich sagt: „Na, das war ja ein richtiger Schulaufsatz, den du uns da gerade erzählt hast, noch dazu schön der Reihe nach." Sie lächelt ihre kleine Tochter zufrieden an, berechtigt, denkt Lydia, denn das Kind hat in der Tat nichts verbrochen.

Noch einmal ergreift die Mutter das Wort: „Da seht ihr, wie wichtig es war, dass Frau Brause zu uns gekommen ist. Es lässt sich vieles klären, wenn man darüber spricht."

Die Knaben senken kurz die Köpfe, Boris zuckt mit den Schultern.

Lydia weiß, dass es jetzt an ihr ist, etwas zu sagen. „Da bin ich ehrlich erleichtert. Schön, dass du uns das erzählt hast, Verena." Sie hegt keinen Zweifel daran, dass sie ihr Geld auf dem Schrank finden wird und wartet auf das angenehme Gefühl der Erleichterung. Stattdessen hat sie den Eindruck, dass sich eine Kälteschicht zwischen ihr und dieser eigentlich noch fremden Familie gebildet hat.

Rita Weiderich tritt auf sie zu und reicht ihr die Hand. „Trotz allem, schön, dass wir uns kennengelernt haben."

„Das finde ich auch", sagt Lydia scheu und wendet sich den Kindern zu: „Und ihr kommt wieder hinauf zu mir zum Arbeiten? Es gibt viel zu tun auf meinem Hof." Ein undefinierbares Gefühl der Freude steigt in ihr auf. Sollte sie doch wieder ein kleines Stück dazugehören, hier unten im Ort?

Olav nickt heftig, zugleich dringt die ruhige Stimme des Vaters über die Haarschöpfe seiner Kinder zu ihr vor: „Es ist schön, dass unsere Sprösslinge sich bei Ihnen ein wenig Feriengeld verdienen konnten. Nochmals danke für die Kirschen. Nur halte ich es nicht für ratsam, dass die Kinder wieder zum Arbeiten zu Ihnen kommen. Schauen Sie, das Vertrauensverhältnis ist gestört, Sie sind in der Absicht gekommen, hier bei uns junge Diebe zu entlarven. Das ist keine gute Basis mehr für ein ungetrübtes Miteinander. Obwohl ich mich aufrichtig für Sie freue, dass Ihre Ersparnisse noch da sind, wo sie hingehören. – Und ich hoffe auch, Ihr Scheunendach bleibt dicht", fügt er zwinkernd hinzu. Damit schiebt seine große Hand nacheinander fünf junge Menschen ins Haus und lässt Lydia mitsamt seiner Frau noch einen freundlichen Blick zukommen.

„Gute Heimfahrt", sagen beide, und Lydia gelingt es gerade noch zu nicken. Ihre Stirn ist plötzlich kalt wie Eis. Sie wendet sich zum Gehen und diesmal spürt sie ihre Tränen wie heiße Perlen auf ihren Wangen. Sie tropfen in ihre Hände, die versuchen, sie abzufangen und wegzuwischen, doch es werden immer mehr. In ihrem Innern scheint ein Damm gebrochen zu sein, der nun die Flut nicht mehr aufhalten kann. Je weiter sie sich vom Haus entfernt, desto lauter hört sie ihr eigenes Wimmern und kann nichts dagegen tun. Halbblind besteigt sie ihren Traktor, es dauert eine Weile, bis der Anlasser greift und sie ruckelnd mit drei Lenkmanövern den Lanz auf der schmalen Straße gedreht hat. Dazu rückwärts in den Hof der Weiderichs zu stoßen, käme in diesem Moment aus ihrer Sicht einem Vergehen gleich.

»Gerade begonnen und schon wieder alles kaputt«, lauten die Worte, die ihr unentwegt durch den Kopf jagen. Sie fühlt sich erbärmlich. Aus den Augenwinkeln sieht sie Rita Weiderich mit einem Geschirrtuch wedeln.

„Warten Sie, Frau Brause!" Sie kommt auf den Lanz zugelaufen. „Mein Mann wollte Sie noch etwas fragen."

Wie unbelastet sie klingt, denkt Lydia. Sie spürt, wie die reißende Flut in ihrem Körper der schwerelosen Zuversicht Platz macht. Gleich darauf steht der Familienvater atemlos neben ihrem Traktor, klopft mit einer Hand auf die Motorhaube und blickt ebenso unbekümmert drein wie seine Frau. „Wissen Sie, was? Ich hab eine Idee."

„Dann lassen Sie hören", ermuntert Lydia ihn mit halbwegs fester Stimme und innerem Frohlocken.

„Sie fahren doch jetzt bestimmt wieder hinauf auf Ihren Hof?"
Lydia nickt eifrig.

„Gut. Ich habe nämlich gerade das Trittbrett zwischen den Hinterrädern gesehen. Dort könnte ich doch Ihre Zweiradkarre und die leeren Eimer festbinden. Dann hätten Sie Ihre Sachen gleich wieder bei sich daheim. Ich meine, die Gelegenheit ist günstig, man wird sich ja wahrscheinlich so bald nicht mehr sehen."

„Das stimmt", erwidert Lydia mit nach vorne gerichtetem Blick. Dann verfolgt sie betäubt, wie der Vater seinen Söhnen zuwinkt und diese mit der Karre und den ineinander gestapelten Eimern über den Hof auf den Traktor zulaufen.

Sie steigt nicht ab, dreht sich nicht mehr nach ihnen um, hebt kurz die Hand zum Abschied und gibt Gas. Sie durchfährt den Ort so teilnahmslos, als gleite sie auf einer fest installierten Schiene durch ein fremdes, ödes Gelände, das man am liebsten schnell hinter sich lässt.

Auch als sie die lange Hecke des Friedhofs passiert, wendet sie den Blick nicht von der Straße ab, murmelt nur: „Siehst du, Gustav, ich hab deinen Rat befolgt und den Ball flach gehalten. Mein Geld werde ich gleich auf dem Schrank finden. – Leider gab es für die Weiderichs keinen Grund mehr, mir das alte Mühlrad hinterm Haus zu zeigen."

22

Wie bei jeder Rückkehr präsentiert sich der Brausehof Lydia auch jetzt wieder als Tor zur Stille und Abgeschiedenheit.

Mit Gustav war es immer das Tor zum eigenen kleinen Paradies gewesen. Heute bedeutet der Hof für sie sowohl Festung wie auch Verbannung. So empfindet sie es zumindest im Moment. Man will sie woanders nicht haben, sie hat sich nicht nur selbst für die Einsamkeit entschieden, im Gegenteil: Man überlässt sie erleichtert und ohne schlechtes Gewissen dieser selbstgewählten Isolation.

Lydia parkt ihren Traktor im Schuppen und kümmert sich nicht um die fixierte Karre und die Eimer auf dem Trittbrett. Von ihr aus können diese Sachen dort bleiben, sie hat nicht vor, in nächster Zeit wieder in den Ort zu fahren.

Hinter den westlichen Hügeln auf der anderen Seite des Tales ist die Sonne versunken, hinterlässt als Andenken an ihre Kraft und Schönheit einen rotgoldenen Schimmer auf allen Gipfeln, als hätte jemand sorgfältig ein glühendes Band darüber ausgerollt.

Den ganzen Weg hinauf hat Lydia überlegt, ob sie anders hätte vorgehen sollen mit ihrer Befragung, ob sie hätte warten sollen, bis die Kinder aus eigenen Stücken wiedergekommen wären und sie das Gespräch in Ruhe am großen Tisch hätte suchen können. Nur ist es kaum denkbar, solch einen geordneten Entschluss zu fassen, wenn man derart aufgebracht ist und nicht damit rechnet, dass die vermeintlichen Diebe sich überhaupt je wieder blicken lassen. Ja, hinterher hat man immer leicht reden, entlastet sie ihr Gewissen hinsichtlich der überstürzten Fahrt zu den Weiderichs.

Jetzt fühlt sie sich leer, wie ausgepumpt. Sie sperrt die Hühner in den Stall, dann schlurft sie kraftlos über den Hof und schließt die Haustür auf. Augenblicklich reibt der Appenzeller seinen dicken Schädel an ihren Beinen. Er muss schon hinter der Tür gewartet haben.

„Natürlich hast du den Traktor gehört, mein Guter, hier gibt es ja sonst nichts, was sich noch regt", redet sie dem Tier zu, indem sie sich über es beugt und eine seiner prallen Keulen klopft.

Wie immer, wenn sie das Haus betritt, führt ihr Weg mechanisch durch die erste Tür auf der rechten Flurseite in ihre Küche. Sogleich reibt sie sich die Augen, glaubt, nicht richtig zu sehen, was sie sieht. „Von wegen – hier regt sich nichts ...", murmelt sie und schiebt sich rückwärts hinter ihren Hund. „Was ist das denn?!" Lydia ist fassungslos. Sie wagt es nicht, sich ihrem Tisch zu nähern. Das mag gewesen sein, wer will – sie jedenfalls hat das dort nicht so hinterlassen.

„Wer war hier, Wotan?", flüstert sie und wiederholt ihre Frage schärfer. „Du weißt, wer hier war. Wer? Zeig es mir." Der Hund wedelt unbeschwert um sie herum, leckt ihr über den Handrücken – er scheint ihr nichts Ungewöhnliches mitteilen zu wollen, wirkt weder aufgeregt noch verändert.

Doch nun hat sie den eindeutigen Beweis, dass jemand in ihr Haus eingestiegen ist. Die Tür war verschlossen, als sie hier ankam, kein Fenster geöffnet. Es muss ein Einbrecher gewesen sein oder jemand hat einen eigenen Hausschlüssel ...

Die Botschaft mitten auf dem Tisch, hinterlassen auf der Vorderseite ihres neuen beigefarbenen Geldumschlages, lehnt aufrecht an einer der leeren Gewürzdosen. Daneben liegt ein kunterbunt eingewickeltes Päckchen, länglich wie eine Keksschachtel. Das Gesamtbild wirkt fröhlich, keinesfalls beängstigend.

Mit zitternden Fingern setzt Lydia ihre Brille auf, greift dann vorsichtig nach dem Umschlag, dessen Vorderseite mit einer ihr fremden Handschrift beschrieben ist. Ihr Geld steckt noch darin. Wer spielt hier mit ihr? Was wird sie in den anderen Zimmern erwarten? Vielleicht ist dieses Arrangement auf dem Küchentisch der Hinweis auf eine ernsthafte Bedrohung, eine Art Schnitzeljagd für eine wehrlose alleinlebende Frau, mit der man sich einen Scherz erlaubt oder der man ernsthaft schaden will ...

Ob sich ihr Leben abermals verändert, wenn sie liest, was dieser Eindringling für sie auf den Umschlag geschrieben hat? Feststeht, dass sich niemand mehr im Haus befindet, sonst würde der Hund ihr das umgehend signalisieren.

Sie lässt sich auf einen Stuhl sinken, zwingt ihre Augen auf den eng gerückten handschriftlichen Text. Er füllt die gesamte Vorderseite des mittelgroßen Kuverts aus. Doch schon die ersten drei Worte wirken beruhigend auf Lydia und sie hält den Umschlag näher unter ihre Augen:

Liebe Frau Brause,

Sie mögen mir verzeihen, dass ich das nächstliegende Papier, diesen auf dem Tisch liegenden Briefumschlag, für meine Nachricht benutze. Ich will nicht eigenmächtig in Ihrer Wohnung nach einem Schreibblock suchen.

Als ich hier ankam, stand die Haustür weit offen. Ihr Hund lag im Hof, doch Sie konnte ich nirgends ausfindig machen. Ich habe gerufen und gesucht, hatte schon befürchtet, Ihnen sei etwas zugestoßen. Dann habe ich festgestellt, dass auch Ihr Traktor nicht da ist, und vermutet, dass Sie vor Ihrer Abfahrt einfach vergessen haben, die Tür zu schließen.

Ich habe eine halbe Stunde auf der Bank gewartet, doch als Sie nicht kamen, habe ich mir erlaubt, Wotan ins Haus zu sperren und die Haustür zur Sicherheit hinter mir ins Schloss zu ziehen.

Genießen Sie das beigefügte Gebäck. Ich wollte es eigentlich mit Ihnen gemeinsam verzehren, aber das können wir mit neuem Kuchen nachholen.

Herzlichst – Ihre Greta Blöchner.

„So fühlt sich Erleichterung an, Wotan, weit mehr als die, dass mein Geld noch da ist!" Ein beiläufiger Blick zur oberen Blende des Küchenschranks begleitet Lydias Kommentar, jedoch reizt es sie im Augenblick nicht einmal, aufgrund von Verenas Schilderungen dort nachzuschauen. Viel stärker zieht das bunte Päckchen auf dem Tisch sie an.

„Schade, dass ich nicht daheim war", setzt sie wie gewohnt ihren Monolog fort. „Ich muss in meiner Wut mit wehenden Fahnen hier aufgebrochen sein, sogar dich habe ich nicht mehr beachtet, du hättest fortlaufen oder mir in den Ort folgen können; wer weiß, was dann passiert wäre. Wie gern hätte ich heute für die Frau Förster und mich Kaffee gekocht. Und geplaudert, mit einer richtigen erwachsenen Frau, die nichts gegen mich hat. Selbst wenn sie mein Durcheinander im Schlafzimmer entdeckt haben sollte oder das Geld in diesem Umschlag. Alles egal, Hauptsache, hier ist nichts Böses vor sich gegangen."

Das Gebäck sieht verlockend aus, ist dick mit Schokoladenglasur überzogen und eindeutig selbst gebacken. Quer darüber liegt ein kleiner gelber Umschlag, dessen Rückseite Spuren von Schokolade aufweist. Greta Blöchner wird es recht eilig gehabt haben, als sie dieses Päckchen packte, vermutet Lydia erfreut. Sie lächelt, als sie den ungeöffneten kleinen Umschlag zur Seite legt. Er mag nichts Schlimmes enthalten, dennoch sind solche Botschaften zurzeit das Letzte, was sie gebrauchen kann. Ein Gruß allein wird nicht darin stehen, denn die Frau des Försters war in der Absicht gekommen, sie persönlich zu begrüßen und mit ihr diesen Kuchen zu essen. Demnach gibt es etwas Zusätzliches zu berichten, und das soll warten. Erst einmal müssen die Fahrt ins Tal und der Schrecken der letzten Minuten verdaut werden. Für den Rest des Tages will Lydia nur noch ausruhen und sich erholen.

Im Abendrot spaziert sie gemächlich mit Wotan über die Wiese zum Kirschbaum. Entgegen ihrer Erwartungen haben die Kinder alles ordentlich hinterlassen, haben die Planen zurück in den Schuppen gebracht und keine abgeschlagenen Äste auf der Wiese hinterlassen.

Noch kann sie das Lachen der jungen Stimmen in ihrer Erinnerung abrufen. In ein, zwei Tagen aber wird auch das verebben, so, wie alle Stimmen, die ihr einst vertraut waren, sich aus ihrem Gedächtnis zurückgezogen haben.

„Alle, außer deiner, Gustav. Und die will ich mir mit allen Mitteln bewahren. Denn ohne dich gibt es auch mich nicht mehr richtig.“

In diesem Moment begräbt sie ihre Pläne, die sie gerade erst für Adas Stube geschmiedet hatte. Es gibt niemanden mehr, der ihr dabei helfen könnte. Wie froh war sie über die sichtbare Körperkraft der zwei ältesten Weiderich-Buben gewesen. Wie gut konnte sie sich ausmalen, was die alles für sie hätten erledigen können.

„Hat wohl nicht sein sollen, Gustav. Vielleicht war’s ja auch kein guter Gedanke, hier noch zu renovieren. Würde ja außer mir sowieso keiner mehr benutzen“, murmelt Lydia vor sich hin, als sie niedergeschlagen mit ihrem Hund den Rückweg antritt – einer der wenigen Wege, den sie und ihr einziger Freund weiterhin nehmen werden.

„Geh'n wir ins Haus, Wotan, und lecken unsere Wunden!“

Sie hat sich für Gustavs Betthälfte entschieden, weil sie keine Lust mehr hatte, auf ihrer Seite die durchgeschwitzten Laken der vergangenen Nacht zu wechseln und die Scherben der zerbrochenen Nachttischlampe zusammenzufegen.

Nun stellt sie fest, dass sie erstaunlich gut geschlafen hat. Es muss sich in Gustavs Bett noch etwas von seiner Ausgeglichenheit befinden, oder die positive Ausstrahlung rührt von etwas ganz anderem, von günstigen Magnetfeldern oder vom Stellplatz der Bettseite oder ganz einfach von seiner Matratze. Lydia fühlt sich wie ausgewechselt, ausgeruht und stabil für einen neuen Tag. Für heute wird sie sich etwas vornehmen, das sie weiterbringt. Irgendetwas, das sie fordert und fördert.

Im Badezimmer entfacht sie zur Heißwasserbereitung ein munteres Feuerchen im hohen kupfernen Ofen. Wie lange hat sie kein Bad mehr genommen? Immer nur diese Ganzkörper-Wäsche vor dem Waschbecken, mit dem dünnen Warmwasserstrahl, den der alte, brummende Boiler erzeugt – ja, ein Vollbad wird sie nehmen, mit den Brausetabs, die Ada ihr vor ewigen Zeiten einmal zum Geburtstag geschenkt hatte und die nach Minze duften. Ob sie noch schäumen, bleibt allerdings abzuwarten.

Unterdessen kann der Kaffee durchlaufen und auch das Radio wird sie in der Küche einschalten. Fremde Stimmen mit Informationen, die sie nicht betreffen, dazu Musik und Unterhaltung von außen. Und in der Wanne wird sie in Adas Buch stöbern, wird sich ausmalen, wie ihre Schwiegermutter gemeinsam mit Margitta in der stillen Stube gelesen und geredet hat.

Beim Frühstücken wird sie dann den kleinen gelben Umschlag von Greta Blöchner öffnen, wird so ihr persönliches »Wort zum Samstag« lesen. Lydia lächelt vor sich hin, während sie Wasser in die vorsintflutliche emaillierte Badewanne laufen lässt, die hoffentlich noch fest auf ihren vier Füßen steht. Dabei wedelt sie mit der Hand hin und her, um dem alten Brausetaler Schaum zu entlocken.

Sie hat von der frisch eingekochten Kirschmarmelade gegessen, oder besser gesagt hat sie den abgeschöpften Schaum auf ihr Frühstücksbrot gestrichen, was sie unweigerlich an frühere Erntezeiten erinnerte. Während sie jetzt den Abwasch erledigt, spielen sie im Radio den Siegertitel des neuen Eurovisions-Wettbewerbs, »Ein bisschen Frieden«. Sie hatte im Frühjahr die Sendung im Fernsehen verfolgt und sich damals schon darauf gefreut, es noch einmal zu hören. Jetzt passt sich dieses Lied wie vorbestellt Lydias Empfindungen an und weckt eine fremdartige Melancholie in ihr, die sie verhalten mitsummen lässt. Die in ihr aufkeimende Sehnsucht nach den Weiderich-Kindern verdrängt sie dabei.

Nachdem die Musik verstummt ist, erfährt Lydia durch die Nachrichten, dass im Bundesstaat Louisiana ein Flugzeug gleich nach dem Start abgestürzt ist. Hundertzweiundfünfzig Tote. „Auch ohne Krieg gibt es viel Leid. Aber heute wird nicht an den Tod gedacht, Gustav. Heute geht es mir seit Langem mal wieder richtig gut. Und so schlimm diese Nachricht sein mag, Louisiana ist weit weg vom Brausehof. Heute lesen wir lieber kleine, gelbe Briefe", überlistet sie die aufsteigende Schwermut. In dem Kuvert, das dem Kuchen beigelegt war, befindet sich eine handgemalte Karte: »Ein Gutschein für Lydia Brause, für einen Tag Männerarbeit nach Bedarf auf dem Brausehof.« Darunter die Unterschriften des Försters und seiner beiden Söhne.

„Seiner starken Söhne", betont Lydia für ihren Hund. „Weißt du, was das bedeutet, Wotan? Wir haben unseren Ersatz für Adas Stube! – Und du, Gustav, hast das garantiert gestern schon gewusst und bist nach meiner Klage wieder einmal grinsend auf deiner Wolke davongesegelt."

Eine ganze Weile sitzt sie über den Gutschein gebeugt da und spürt ihren Empfindungen nach, beobachtet sie wie aus der Ferne – ein kleiner zufriedener Gnom schwingt den Degen gegen eine ganze Armee von Zweiflern, die immerzu rufen: „Lehne ab! Mach dich nicht abhängig von anderen!" Fast glaubt Lydia, die warnenden Stimmchen lebensecht in ihrem Gehörgang zu vernehmen.

Mit beiden Händen stößt sie sich vom Tisch ab. „Ein Gutschein! Wie schön, da will mir jemand Gutes tun!", hält sie dagegen und wartet auf das beruhigende Gefühl der Vorfreude und der Dankbarkeit. Dann seufzt sie so tief, dass ihr Brustkorb beim Ausatmen in sich zusammensackt. „Wird noch ein weiter Weg sein, Gustav, bis ich zulassen kann, dass sich mir jemand nähert. Aber irgendwer muss ja mal der Erste sein, dem ich wieder vertraue." Und wem sonst, wenn nicht Greta Blöchner, fügt sie stumm hinzu.

Dieser Gutschein ist im Grunde kein Angebot, zu helfen, sondern ein Geschenk, wie eine Gabe zum Geburtstag. Und Geschenke lehnt man nicht ab.

Die Försterfamilie besteht nicht aus Spitzeln, die ihr schlecht wollen. Dennoch sollte sie jetzt endlich einmal ein vernünftiges Versteck für ihr Geld suchen. Während sie den oberen Schrankboden abtastet und wie von der kleinen Verena angekündigt die kleinen Banknotenrollen vorfindet, muss sie lächeln, weil sie sich die tapsigen Händchen vorstellt, die innerhalb weniger Sekunden für so üble Folgen gesorgt haben.

Es wird schwer sein, die Kinder ganz aus ihrer Erinnerung zu verbannen; sie sollen auch darin bleiben, doch Lydia weiß, dass sie sich hier oben nicht mehr wiedersehen werden.

Auch den von Greta Blöchner beschrifteten Umschlag leert sie nun auf dem Tisch aus. Ob diese nicht doch wusste, worauf sie da schrieb und genau das mit ihrer Wahl des Papiers unterstreichen wollte: »Du meine Güte, was bist du reich, du arme Witwe!« Wieder liegt die bösartige Unterstellung auf der Lauer und Lydia ist sich bewusst, dass sie machtlos ist gegen die immer wiederkehrenden Verdächtigungen und von ihr selbst erhobenen Vorwürfe. Sie kennt die Menschen nicht gut genug, hatte nie die Gelegenheit, sie zu studieren und zu vergleichen und somit ihre Erfahrungen zu machen. Immer gab es für sie den Ehemann, der sich überall und in jeder Situation vor sie stellte und für sie entschied. Es musste ihm doch klar gewesen sein, dass sie ohne ihn nicht lebenstüchtig wäre! Hatte er etwa damit gerechnet, dass er sie überleben würde? Oder hatte er sich gar nichts dabei gedacht und war einfach so mit seiner Frau verfahren, wie es ihm am liebsten war?

Und jetzt sitzt sie da mit viel Geld und wagt nicht, etwas damit anzufangen. Warum gibt der Absender sich nicht zu erkennen?

Wie dem auch sei: Es wird ihr nichts bringen, das Geld so lange in einem Versteck zu horten, bis sie vielleicht irgendwann einmal erfährt, wer ihr damit helfen wollte.

Sie entrollt die Scheine der ersten Lieferung. Zusammen mit den neuen ergeben sie ein dickes Bündel, das sie anschließend wie einen Stapel Spielkarten so lange dreht und zu einem Paket mit bündigen Kanten formt, bis ihr in den Sinn kommt, was Edda Zirbel über den Umgang mit Geld geschrieben hat. Lydia hat es vorhin in der Badewanne gleich mehrmals gelesen, sodass sie es sinngemäß wiederholen kann: »Sollten es mit Zahlen bedruckte Papierfetzen sein, die über unser wahres Glück bestimmen? Es ist von großem Wert, dass sie da sind, wenn man sie zum Leben braucht. Aber sie dürfen nicht unsere Seele und unseren Charakter einwickeln, sodass diese es nicht mehr vermögen, nach außen zu blicken auf die eigentlichen Bedürfnisse von uns und unseren Mitmenschen.«

„Was meinst du, Gustav, ob ich die Scheine verbrennen soll? Ich wette mit dir, dass ich sie nie anrühre. Wozu soll ich dann auf sie aufpassen und mir Stress machen, damit kein anderer sie findet oder sie mir wegnimmt?" Lydias Stimme hat während dieser Worte gezittert. Der Zwiespalt, in den sie soeben geraten ist, wird seine Zeit brauchen, um sich auszutoben und beide Hälften zu vereinen, bis sie einer Meinung sind. Bis dahin will sie ihr Geld lieber doch sorgsam aufbewahren. Und was läge da näher als die Nähe zur Feuerstelle, in der diese Scheine vielleicht wirklich letztendlich landen werden?

Im Nu hat sie das Notenbündel wieder in den Umschlag gesteckt und diesen ganz hinten im Kohlekasten versenkt. Etwas Papier und zwei Briketts davor, und Lydias angespannte Psyche ist augenblicklich wieder gelassener.

„Ist dir übrigens aufgefallen, dass ich heute meine eigene Kleidung trage? Ich werde deine Hemden in die Kommode auf dem Speicher packen. – Ja, das fühlt sich nach Verrat an, ich weiß. Ist es aber nicht. Ich muss den Gustav-Panzer endlich weglassen, damit ich mich in meiner eigenen Haut zurechtfinde."

Es ist kaum wahrnehmbar, dieses Gefühl der Angst vor dem Ungewissen und das innerliche Vibrieren, so, als stünde es hinter ihr und recke den Hals über ihre Schulter an ihr Ohr, um ihr zuzuflüstern, sie solle sich nicht übernehmen mit ihren neuen Vorsätzen.

„Doch, mein Lieber. Wenn ich alleine klarkommen will, muss ich meine Gedanken ein bisschen von dir weglenken. Ich mache sonst nur noch Rückschritte. Aber heute gehe ich den ersten Schritt vorwärts. – Warte noch, ich will dir etwas aus Adas Buch vorlesen, bestimmt kannst du mir das in deinem neuen Zuhause dort oben bestätigen."

Mit dem Werk der Edda Zirbel lässt Lydia sich auf der Bank vorm Haus nieder. Erst jetzt fällt ihr auf, dass sie sich von Anfang an, schon seit ihrer Heirat, hier am besten mit ihrem Mann unterhalten konnte. Die Bank ist mittlerweile eine andere, wahrscheinlich sogar die dritte seitdem, aber dieser Platz hat nach wie vor etwas Beruhigendes, wenn nicht gar Magisches. Vielleicht sucht Lydia deshalb nach Gustavs Tod genau hier die Erinnerung und die Nähe zu ihm.

Die ausgewählte Stelle im Buch findet sie sofort – während ihres Bades hatte sie eine Haarnadel griffbereit und diese zwischen die Seiten geklemmt.

„Hör gut zu, Gustav. Diese Schriftstellerin scheint sehr viel Lebenserfahrung gesammelt zu haben. Ada hat so schöne Stellen unterstrichen. Die hier zum Beispiel: »Würden wir Menschen uns einen Tag lang von hoher Warte aus beobachten, wir würden unser absurdes Hasten und Streben wie auch den Kleinkram, der uns zermürbt, milde belächeln. Doch würden wir uns all das zugleich selbst nachsehen, denn die Gier und die Schnelllebigkeit unserer Zeit verlangen uns dergleichen ab. Worauf es jedoch im Leben ankommt, verlieren wir dabei aus den Augen. Der Blick auf das Wesentliche gelingt nur aus der Distanz zu den Dingen und den Umständen, die uns gefangen halten. Es sei denn, wir vermögen es, uns tief in uns selbst hineinzubegeben und dort die Wahrheit zu suchen und die Ursprungskraft, die uns allen zu eigen ist. Denn die Dinge sind nicht immer so, wie sie scheinen – es liegt auch mit an unserer Interpretation derselben.«"

Längst ist es nicht mehr in erster Linie Gustav, an den sich dieses Vorlesen richtet. Erneut stellt Lydia sich vor, wie ihre Schwiegermutter und Margitta sich über derartige Philosophien austauschten und sich gegenseitig Ratschläge gaben. Natürlich entstand dadurch ein ganz besonderes Vertrauensverhältnis, in dem für Unbeteiligte kein Platz war.

Die beiden Frauen trugen einen Reichtum in sich, der ihr, Lydia, über all die Jahre verschlossen blieb. Warum hatte man sie nicht teilhaben lassen an diesen Lesestunden? Traute man ihr nicht zu, dass sie solche Texte verstand?

„Vermutlich hast du das abgeblockt, Gustav. Wo hätte es auch hingeführt, wenn deine ungebildete, naive Ehefrau sich auf einmal mit solchem Gedankengut befasst hätte? Vielleicht hätte sie sich so verändert, dass sie sich nicht mehr immer hätte steuern und für sich entscheiden lassen, sondern wäre eines Tages vielleicht sogar einmal ganz eigene Wege gegangen? Oh, ja, das hätte passieren können. Und der arme Gustav hätte die Kontrolle verloren ... Tut mir leid, mein Schatz, dass ich so aufgebracht bin, aber genau so denke ich im Moment. Die Frau, die dieses Buch geschrieben hat, hat sich auch urplötzlich verändert. Sie schreibt, sie wurde ausgeraubt. Ihr wurde alles gestohlen, und genau dadurch ist sie ans Schreiben gekommen. Das steht gleich vorn im Buch, da bedankt sie sich sogar bei dieser Person, die dadurch das Leben der Verfasserin auf den Kopf gestellt hat, zum Positiven hin.

Vielleicht wäre es gar nicht schlecht, wenn mir wirklich jemand das viele Geld stehlen würde! Über Geld habe ich nie nachgedacht, jetzt ist welches da, und ich weiß nicht, wie ich damit umgehen soll. Und immer das viele Ich und Ich-Denken. Ich habe mich im ganzen Leben nicht so viel mit mir selbst beschäftigt wie in diesen letzten Monaten. Aber es bekommt mir nicht, weil ich mit meinem Kopf nichts anzufangen weiß. Lieber hab ich einen Tag vor mir voller Arbeit und Pflichten als einen Tag mit mir alleine ohne Sinn und Ziel. Für mich geht es eigentlich nur noch ums Überleben, aber da ist nichts mehr, auf das ich mich freue.

Und genau deshalb geh ich jetzt andere Wege, Gustav. – Jetzt reiße ich erst mal all die Blumen und Gemüsepflanzen aus, die kaputt oder vertrocknet sind. Ihr Anblick zieht mich jeden Tag aufs Neue runter, weißt du? Ich muss die Vergänglichkeit aus meinem Blickfeld verbannen. Frisches, junges Leben muss herbei. Am besten wäre ein Tapetenwechsel, neue Farben unmittelbar über den verblichenen der Vergangenheit. Und hin und wieder Kinderlachen, ja, das würde mir gut tun. Aber gerade das hat mir das viele Geld kaputtgemacht.

Ob ich es spende? Einem Waisenhaus? Ich war ja selbst in einem, da reichte am Ende das Essen nicht für uns alle. Gerade die Weiderichs könnten mein Geld gut gebrauchen. Aber nach meinem Auftritt dort jetzt mit Geld anzurücken, wäre blanker Hohn. Die würden es nicht annehmen, würden glauben, ich würde es ihnen bei nächster Gelegenheit vorhalten. Außerdem haben die ihren Stolz. Und ihnen einen Umschlag anonym unterzujubeln, würde auch gleich auf mich hinweisen, als eine Art Wiedergutmachung."

Lydia unterbricht sich und beginnt lauthals zu lachen. „Aber weißt du, wer mein Geld sofort nehmen würde? Die Ortsgemeinde im Tal! Als Spende einer Bürgerin, die sich damit gern ihren guten Ruf zurückkaufen möchte, aber unter der Bedingung, dass der an den Pranger gestellt wird, der das böse Gerücht gestreut hat. Wie wär's, Gustav, würde dir das gefallen?" Wieder lacht Lydia, um gleichzeitig zu spüren, wie wenig ihr zum Lachen zumute ist. Jetzt kann sie einfach nur hoffen, dass die Kinder ihren Brief eingeworfen haben, sonst kommt sie mit ihren guten Vorsätzen nicht voran. „Aber wenn alles klappt, wie ich mir das vorstelle, hast du dich erst mal dünn zu machen, mein Lieber! Dann bringt mich nämlich nichts und niemand mehr durcheinander, auch du nicht."

23

Wie entlastend doch dieser Wetterumschwung für den Körper ist, wie wohltuend die abgekühlte Luft, sogar ohne ein vorausgegangenes Gewitter, so empfindet es Lydia, als sie einen Blick auf das Thermometer wirft. Über Nacht ist es um acht Grad gefallen, und nun ist der Himmel klar und stahlblau.

Auf dem Dach des Wohntraktes sitzen jetzt ständig zwei Raben. Ob sie vorhaben, ihr etwas zu stehlen? Doch das ausgiebige Schnäbeln sagt ihr, es wird ein Pärchen sein, das sich einen neuen Platz für seine Zweisamkeit sichern will.

Lydia erinnert sich an eine Unterhaltung mit ihrem Mann. Sie standen vor der Voliere, kurz nachdem Mozarts Weibchen tot von der Stange gefallen war. Gustav überlegte ernsthaft, für den kleinen Witwer ein Rabenweibchen einzufangen. „Die lassen sich gut erziehen, hab ich gehört. Dem könnten wir Kunststücke beibringen."

„Ja, so wie unser Mozart die Zauberflöte zwitschert", hatte Lydia ihm ins Gedächtnis geholt. „Außerdem heißt es: »Erziehest du dir einen Raben, wird er zum Dank dir die Augen ausgraben.«"

„Sieh an, meine Frau ist abergläubisch!", hatte Gustav gekontert. Bevor er sich geschlagen gab, versuchte er gern, das Thema umzuwandeln und anderes ins Rampenlicht zu zerren. Wobei er natürlich sehr wohl wusste, dass Lydia mit Aberglauben nichts am Hut hatte.

Gläubig, ja, das war sie, wie auch ihr Mann. Dankbarkeit und Fürbitte gehörten zum täglichen Gebet. Wenn Lydia jetzt abwägt, war das Leben mit dem festen Glauben an Gott leichter und unbeschwerter, man konnte abgeben und auf Erbetenes hoffen. War Gustav wirklich so dominant in ihrem Leben, dass er auch ihren Glauben mitnahm, als er für immer ging? Oder hat der Glaube für Lydia seinen Sinn verloren, seit ihr Mann für immer von ihr fortgeholt wurde? Vielleicht beantwortet ihr die Zeit diese Frage auf ihre Weise. Sie wird abwarten müssen, was geschieht.

Unterdessen hat sie ganz andere Dinge in Angriff genommen: Seit zwei Tagen wirkt sie ohne Unterlass in allen Ecken des Hofes, wobei

sie sich nur ganz kurze Pausen genehmigt. Nun gibt es zwei Abfall-
berge. Einmal ist der Komposthaufen auf die doppelte Höhe ange-
wachsen, zum anderen stapeln sich am Ende des Hofes jetzt alte
Eimer, Körbe, Flaschen, Gläser, Schachteln, Blumentöpfe, Seile, Decken; was auch immer überflüssig war, sich als nutzlos erwiesen hatte
und von Lydia fortgeräumt werden konnte, ist jetzt auf diesem Müll-
berg vor jener Ecke des Stalls gelandet, die Lydia ohnehin nur äußerst
ungern passiert.

Ihr Schwiegervater wäre empört, wenn er sehen könnte, wie sich
seine gehorteten Schätze jetzt dort türmen.

Warum sie plötzlich bei der Entrümpelung eine solche Kraft und
Entschlossenheit an den Tag legte, konnte sich Lydia nur mit der Re-
densart erklären, die Ada so gern von sich gab: „Der Faden ist aller
Knäuel Anfang.“ Und irgendwo musste Lydia ja den Faden zu ihren
neuen Vorsätzen aufnehmen.

Doch bei allem, was sie in Angriff nimmt, hofft sie gleichzeitig
auch auf die Zuverlässigkeit der Kinder, auf das Versprechen der kleinen Verena, Lydias eiligen Brief einzuwerfen.

Der Beweis, dass es gehalten wurde, nähert sich am Vormittag von
Lydias drittem Aufräumtag. Er kommt über die Hofeinfahrt auf sie
zu, immer noch auf seine Krücke gestützt, doch sein Knie scheint
wieder sicherer und belastbarer zu sein.

„Du hast nach mir geschickt, und hier bin ich“, sagt Theo etwas
atemlos.

„Du bist doch nicht den ganzen Weg hier hoch gelaufen?“, entrüstet sich Lydia sofort mit schlechtem Gewissen.

„Bewahre! Ich bin mit der Bahn gefahren und ein Taxi hat mich
vorn am Briefkasten ausgeladen. – Aber bei dir scheint sich ja einiges
zu tun, wie ich sehe ...“ Sein Stock deutet auf den Gerümpelhaufen.

„Reiner Zeitvertreib“, scherzt Lydia, um ihre Freude über sein Erscheinen zu verbergen. Dass er mit dem Zug anreisen musste, passt
ihr gar nicht. Und doch hat er die Kosten und die Strecke mit einem
Taxi von der gewiss acht bis zehn Kilometer entfernten Bahnstation
für diesen Besuch auf sich genommen, weil sie ihn herbeizitiert hat.

„Auto fährst du selbst wohl gar nicht mehr?“

„Schon seit ein paar Jahren nicht mehr. Die Augen und die Konzentration haben beängstigend nachgelassen. Aber schön, dich so

munter zu sehen, Lydia. Ich hatte schon befürchtet, dich hier in einem riesigen Dilemma anzutreffen."

„Warum das denn?", fragt sie gespielt entsetzt, obwohl ihr durchaus bewusst ist, dass der knapp gehaltene Brief mit der eindringlichen Bitte, möglichst bald zu ihr auf den Brausehof zu kommen, solche Befürchtungen bei Gustavs altem Freund auslösen würde.

„Vielleicht ist ja auch nur meine Meinung zu deiner neuen Frisur gefragt?", witzelt Theo hörbar verlegen.

„Meine Frisur, ja, die ist ganz neu. Aber jetzt komm erst mal ins Haus, ich hab kalten Kräutertee im Kühlschrank." Sie weiß, wie liebend gern Theo ihren kalten Tee im Sommer trinkt, und seit ihr Brief an ihn unterwegs ist, hält sie täglich dieses Getränk bereit. Wie vermutet, schürzt er genüsslich die Lippen und grinst vor sich hin. Er scheint sich auf ein Gespräch mit ihr genauso zu freuen, wie sie den Austausch mit ihm für unbedingt notwendig hält, wenn sie mit ihren vielen neuen und unbeantworteten Fragen weiterkommen will.

Schließlich muss sie sich eingestehen, dass sie nur durch die Hoffnung auf sein Erscheinen all die neuen Informationen aus Adas Stube auf Eis legen und mit ihrem Grübeln pausieren konnte.

„Du wirkst nicht so, als würdest du körperliche Hilfe erwarten", stellt Theo frohgemut fest, als er sich auf einem Stuhl am Küchentisch niederlässt. „Du scheinst Redebedarf zu haben, stimmt's?"

Lydia nickt, während sie zwei Henkeltassen mit Tee füllt. „Redebedarf, ja, in rauen Mengen. Und tu mir den Gefallen: Sei offen und ehrlich mit mir! Von denen, um die es geht, lebt fast niemand mehr."

Theo setzt sich aufrecht hin und muss sich erst mal räuspern. „Dann will ich auch gleich mit der Ehrlichkeit anfangen", brummt er. „Ich habe nämlich vermutet, dass es dich – nach unserem Besuch neulich in der Schonung – jetzt zu der Stelle im Wald zieht."

Entsetzt schüttelt Lydia den Kopf. „Wenn du das wirklich glaubst, dann hast du dich aber gründlich getäuscht! Dort bringen mich keine hundert Pferde hin."

„Dann ist dir der Anblick der Schonung wohl auch nicht bekommen?"

Wieder verneint Lydia mit einem Kopfschütteln. „Das nicht und nicht der Brief, den ich zur gleichen Zeit in Adas privaten Unterlagen gefunden habe."

„Ach, du hast sie endlich geknackt, die Ada-Stube?", fragt Theo mit übertrieben erstauntem Blick, sodass Lydia sich fragt, was ihn veranlasst, solch ein Wort zu benutzen, und woher er weiß, dass sie die Kammer der Schwiegermutter nie mehr betreten hat. Doch Theo verlangt nicht von ihr, dass sie lange herumrätselt.

„Ich weiß, wie heilig deinem Mann Adas Zimmer war. Gustav hat mir noch im vergangenen Jahr erzählt, dass nur er das Zimmer seiner Mutter betritt und dass das auch so bleiben soll. – Nicht besonders nett von ihm, dir gegenüber, meine ich, was? Das hab ich ihm auch so gesagt, doch du kennst ... kanntest ja Gustav. Er fand, dass jedem auch sein ganz persönlicher Anteil am Leben zustehe, nicht alles müsse transparent für andere sein."

Lydia schluckt schwer. Für andere ... hat Gustav gesagt. War sie für ihren Mann manchmal einfach nur eine andere? Wieder hat sie das Gefühl, dass ihre Ehe, so gut und schön sie sie erlebt hat, keinesfalls so offen und übersichtlich war, wie sie glaubte. Sie war immer überzeugt, sie kenne ihren Mann wie sich selbst, wisse Bescheid über seine Gedanken, die ausgesprochenen wie auch die verschwiegenen. Hatten sie sich nicht versprochen, sich immer alles zu erzählen über ihre Gefühle und Wünsche, auch über die Ängste und Sehnsüchte, die nur sich vollkommen innig zugetane, vertraute Menschen untereinander austauschen?

Lydia reagiert mit demonstrativ erhobenem Haupt. „Wie dem auch sei, jemand musste Adas Stube ja mal öffnen. Ich lebe auch nicht ewig, da sollen es später keine Fremden sein, die als Erste in ein privates Zimmer eindringen und womöglich in solchen Briefen herumwühlen." Er soll ihre Kränkung nicht spüren, ihre Vergangenheit mit Gustav muss nicht im Nachhinein in den Augen anderer beschädigt werden, und in diesem Fall ist selbst Theo solch ein anderer. Obwohl ihr nichts übrig bleibt, als gerade ihn an ihrer Enttäuschung teilhaben zu lassen, wenn sie mehr erfahren will.

Theo nickt ihren Worten nach und nimmt einen Schluck Tee, bevor er sich erneut räuspert. „Und du hast also ... einen Brief dort gefunden, der Fragen aufwirft?"

„Nicht nur Fragen. Ich bin sogar ziemlich sprachlos. Und ich kann jetzt nur hoffen, dass du mir weiterhilfst. Du bist Gustavs ältester Freund, kommst bestimmt schon seit dreißig Jahren auf den Hof."

„Seit 1948, als ich meine Praxis im Ort eröffnet habe." Theos Hände zittern ein wenig, streichen abwechselnd über seine entblößten Unterarme. Seine Haut wirkt klebrig, er ist verschwitzt, stellt Lydia schielend fest, die Hitze scheint ihm zuzusetzen. Seine Arme sind denen von Gustav sehr ähnlich, dasselbe Sommerbraun mit den schimmernden Härchen, die gleich über den Handgelenken beginnen, und wenn sich die Muskeln anspannen ...

Lydia wird sich ihres Starrens bewusst, als Theos Augen den ihren folgen. Rasch setzt sie eine unverfängliche Miene auf. „Ich stelle gerade fest, dass dein rechter Arm dicker ist als der linke. Das kommt wohl durch die Krücke?"

„Da sagst du was: Wer Armmuskeln aufbauen will, braucht sich nur das Knie operieren zu lassen", lacht Theo, dann flicht er konzentriert die Finger ineinander, ohne Lydia anzusehen. „Und ... was gibt es da in diesem Brief, das dich rätseln lässt?", fragt er mit so dünner Stimme, als fürchte er ihre Antwort.

Das interessiert auch ihn, denkt Lydia, doch darauf war sie vorbereitet. Alles, was Gustavs Leben und Umgebung betrifft, berührt auch seinen Freund Theo.

Ganz kurz ist sie versucht, Margittas Brief zu holen, doch wofür sich diese Blöße geben? Zu lange hat man ihn ihr vorenthalten, als dass sie ihn jetzt herumzeigen müsste.

„Wusstest du, dass Gustav nicht der leibliche Sohn von Magnus war?" Lydia weiß, dass sie mit dieser Frage mit der Tür ins Haus fällt und eine Art Verhör eröffnet hat. Doch das lässt sich nun nicht mehr rückgängig machen. Sie will etwas erreichen, also wird sie sich diese Eindringlichkeit erlauben.

Noch antwortet Theo nicht. Sie wartet, gibt ihm die Zeit, sich zu sortieren und spürt, dass sein Zögern die Antwort vorwegnimmt.

„Ja, das wusste ich", sagt Theo, bevor er den Blick hebt.

„Und, was glaubst du, warum hat Gustav es mir nicht gesagt?"

Die feste Stimme fällt Lydia schwer, genau so schwer wie ihrem Gegenüber.

„Weil er es selbst nicht wusste."

Lydia presst die Lippen zusammen und nickt. Also lag sie richtig mit ihrer Vermutung, die sich gleich zu Beginn gegen Adas Aufrichtigkeit richtete. Sie hat ihrem Sohn nie gesagt, dass er adoptiert wurde.

„Und woher weißt du es?", fragt sie bemüht ruhig und bestimmt. Sie sieht, wie unwohl sich Theo fühlt. Er hat mit derart tief greifenden Themen nicht gerechnet, denkt sie. Er wird gehofft haben, mit Gustavs Tod all den Heimlichkeiten für immer entkommen zu sein. Doch sie hat vor, den Freund ihres Mannes weiter zu fordern. Jetzt sitzt er hier in ihrer Küche, genau da, wo sie ihn haben wollte, und sie wird nicht lockerlassen, bis sie erfahren hat, was er bereit ist preiszugeben.

„Ich weiß es von Ada", sagt Theo bündig und ein wenig trotzig.

„Und ... wusste Magnus, dass Gustav nicht sein Sohn war?"

Theo nickt. Zumindest dieses Bild der Vergangenheit erschließt sich Lydia. Ihr Gustav ist fest davon ausgegangen, dass Magnus sein Vater war. Und er konnte ja schlechterdings etwas gestehen, von dem er selbst nichts wusste.

Ein paar Atemzüge lang genehmigt sich Lydia das angenehme Gefühl der Erleichterung, bevor sie unter dem Tisch die Hände zu Fäusten ballt und erneut anhebt zu fragen: „Wusstest du auch, dass Gustav sehr wahrscheinlich keine Kinder zeugen konnte?" Bitte nicht nicken, versucht Lydia die Antwort telepathisch zu beeinflussen.

Theo senkt abermals den Kopf. „Wie Ada mir erzählte, war er sehr schwer an Mumps erkrankt, mit etlichen Komplikationen. Damals konnte man das noch nicht eindeutig feststellen, aber der Arzt schnitt wohl das Thema bei ihr an. Er riet ihr, ihren Sohn das wissen zu lassen, für den Fall, dass er einmal heiraten und ..."

„... und Vater werden wollte. – Und? Hat Ada ihren Sohn aufgeklärt?" Wieder hofft Lydia auf Adas Stillschweigen und Theos Kopfschütteln. Doch ohne sie anzusehen, murmelt er: „Ja, sie hat es Gustav gesagt."

„Seit wann? Ich meine, wie früh wusste er Bescheid?"

„Ada hat es ihm unmittelbar vor eurer Hochzeit gesagt. Wenn ich mich richtig erinnere, hat sie ihm außerdem schon ganz am Anfang eurer Beziehung eingebläut, dir bloß nichts von seinem Ziegenpeter zu erzählen."

Lydia ist aufgestanden, wandert in der Küche umher. „Aber warum nur? Ich verstehe das nicht. Sie hat mir ein Leben lang das Gefühl gegeben, dass sie mir vertraut. Ich als Gustavs Zukünftige hatte doch das Recht ..."

„Eben deshalb. Sie hatte Angst, dass du es dir anders überlegen könntest. »Halte es für dich«, soll sie gesagt haben, »sonst wird diese wundervolle junge Frau dich vielleicht nicht heiraten.« Das hat Gustav mir einmal erzählt. Wir beide haben uns ja erst kennengelernt, als wir schon die vierzig überschritten hatten."

„Ah ja, dann hast auch du ihm also nicht geraten, ehrlich mit mir zu sein. Ich meine, es wäre doch immer noch früh genug gewesen ..."

„Früh genug für was, Lydia? Gustav zu verlassen?"

Lydia blitzt ihn aufgebracht an. „Vielleicht hätten wir ein Kind zu uns nehmen können! Ich weiß doch selbst am besten, wie es ist, ohne Eltern aufzuwachsen. Was wäre denn dabei gewesen? Schön hätte es werden können, glücklich hätten wir sein können mit so einem Entschluss!" Sie ist lauter geworden, als sie wollte.

„Ihr wart glücklich zusammen", sagt Theo mit belegter Stimme.

„Ja, das waren wir", gibt Lydia ihm recht, „aber das eine hat mit dem anderen doch nichts zu tun." Sie hält inne, wundert sich, dass sie sich dafür nie zuvor interessiert hat. „Sag, warum hast du eigentlich keine eigene Familie, keine Kinder?"

Sie spürt, wie Theo mit sich ringt, doch sie wartet beharrlich ab; diese Antwort soll er ihr jetzt geben.

„Weil meine Zukünftige mich kurz vor der Heirat verlassen hat. Sie hatte keine Lust, ihren Mann mit den vielen Patienten zu teilen."

Sollte das der Grund sein, warum er seinem Freund nicht geraten hat, ehrlich mit seiner Lydia zu sein? Hatte Theo sich aus Respekt vor dem festen Band einer bestehenden Ehe zurückgehalten, um nicht mitverantwortlich dafür zu sein, wenn auch sie auf seinen Rat hin einen Rückzieher gemacht hätte?

Lydia spürt, dass sie hier nicht noch tiefer vordringen darf, wenn ihre Unterhaltung sich in ihrem Interesse fortsetzen soll. Sie zwingt sich zur Konzentration. „Verrätst du mir, welchen Grund Ada hatte, Gustav nichts von seiner Adoption zu erzählen?"

Auch das kann Theo augenblicklich wiedergeben: „Ada sagte: »Mein Sohn wird niemals erfahren, dass er nicht Magnus' leibliches Kind ist, das würde ihn nur noch mehr von seinem Vater entfernen.« – Nicht nur du, Lydia, auch Magnus wusste nichts von den Folgen, die solch ein heftiger Ziegenpeter im fortgeschrittenen Jugendalter nach sich ziehen kann."

Lydias Gedanken überschlagen sich. Sie lag auch mit dieser Vermutung richtig: Magnus war im Gegensatz zu Gustav nicht informiert, sonst hätte er nicht die entwürdigende Bemerkung am großen Tisch von sich gegeben. Oder wollte er ganz gezielt nur sie damit treffen? Aber nein, das wäre ja dann ...

Lydia ist ganz durcheinander, dennoch spricht sie aus, was ihr soeben in den Sinn kommt: „Dann wird Gustav gewusst haben, dass sein Vater nichts von den Folgen ..., also von seiner ...“

„Ich weiß, was du sagen willst. Und du vermutest richtig. Ada hat ihrem Sohn anvertraut, dass sie ihrem Mann nichts von den Befürchtungen des Arztes gesagt hat – und Gustav geraten, dass auch er es für sich behält. – Ein komplizierter Haufen seid, ihr, ihr Brauseleute!“ Dann springt Theo auf, stützt sich am Tisch ab und es sieht so aus, als wolle er zu Lydia eilen.

„Ist dir schlecht?“, fragt er erschrocken. „Du bist ja kreidebleich. Hast du Kreislaufprobleme?“

Mit der Hand wehrt Lydia ab. Sie füllt ein Glas mit Leitungswasser und stürzt es die trockene Kehle hinunter. Sie wusste, dass dieses Gespräch mit Theo anstrengend würde, und noch ist es nicht vorbei.

„Wusste Gustav denn, dass seine Mutter und Margitta sich regelmäßig in Adas Zimmer getroffen und miteinander gelesen haben?“ Als sie Theos Miene prüft, muss sie wider Willen schmunzeln. Der arme Kerl, denkt sie, damit hat er nicht gerechnet, als er zu mir kam.

Wieder überlegt Theo nicht lange. „Ob sie sich regelmäßig getroffen haben, weiß ich nicht. Gustav hat auch nichts davon erzählt. Ich weiß nur, dass Ada so gut wie gar nicht lesen konnte.“

„Was?! Sie konnte nicht lesen?“

„Kaum, vielleicht ein wenig. Kaum lesen und kaum schreiben.“

„Aber wie ..., ich hab sie doch immer mit dem Buch da sitzen sehen, ... wie konnte sie dann ... Das passt doch alles nicht zusammen!“

„Ich weiß, was du dich fragst, Lydia. Ich hätte gleich zu Beginn damit rausrücken sollen, aber man hat mir hier oben schon so viele Versprechen abgenommen, dass ich nicht mehr weiß, auf welche davon ich mich bei euch konzentrieren soll. Immerhin war ich Arzt, da nimmt man die Schweigepflicht sehr ernst. Vielleicht haben mich genau deshalb alle in die Pflicht genommen.“

„Was wolltest du sagen, womit hättest du gleich zu Beginn rausrücken sollen?", erinnert Lydia ihn forsch.

„Was ich sagen wollte, und ich muss dich um Verzeihung bitten, dass ich mich die ganze Zeit so unwissend gebe: Ich kenne den Brief von Margitta mit all den Punkten, auf die du mich angesprochen hast. Ich habe ihn Ada damals vorgelesen und sie hat mir die Antwort diktiert. Und dass du das gemeinsame Buch der beiden gefunden hast, ist mir schon neulich aufgefallen, da hat es hier auf der Fensterbank gelegen."

Lydia nickt. Sie erinnert sich, dass sie Theo innerlich beschworen hatte, ja nicht das Thema darauf zu bringen, weil sie fand, dass es ihn nichts anging. Ob er sich andernfalls ihr gegenüber ehrlich zu alldem geäußert hätte, darüber will sie jetzt nicht nachdenken. In ihrem Kopf arbeitet es bis in die Haarspitzen.

„Dann hast du gewiss auch die Widmung vorn im Buch gelesen?", fragt Theo zögernd.

„Die Widmung, ja. Und ganz unten die Anmerkung mit Tinte, dass das Buch ein Geschenk für Ada ist. – Wie lustig, jemand schenkt Ada ein Buch, obwohl sie gar nicht richtig lesen kann. Das war garantiert kein Geschenk von Magnus. Von Gustav wohl auch nicht ..." Weiter, befiehlt sie sich, vergiss nicht, was du ihn wirklich fragen wolltest!

„Sag mal, Theo, kennst du eigentlich eine Minnie?" Lydia hat sich wieder ihm gegenüber am Tisch niedergelassen, um so seine Reaktionen besser im Blick zu haben. Er sieht sie mit interessierten Augen an.

„Eine Minnie? Nein. Wer soll das sein?"

„Ich hab selbst keine Ahnung. Ich habe einen Brief von ihr gefunden, aus der Zeit vor unserer Hochzeit. Angeblich waren sie und Gustav sich versprochen." Lydia versucht sich an einem gleichmütigen Lächeln.

„Nein, das war zu lange vor meiner Zeit. Von einer Minnie weiß ich wirklich gar nichts." Er wirkt sichtbar erleichtert, dass wenigstens eine von Lydias Fragen ihn nicht aufs Glatteis führt. „Du machst dir anscheinend sehr viele Gedanken, was?"

„Könnte man so sagen, ja. Deshalb brauch ich dich ja so dringend."

„Dann bitte, frag alles, was dir auf dem Herzen liegt." Sein Gesicht hat sich entspannt, vielleicht, weil er glaubt, den höchsten Berg ihrer Nachforschungen bezwungen zu haben.

„Danke, Theo. Also weiter: Weißt du, ob Ada und Margitta später noch mal Kontakt hatten? Persönlichen, meine ich."

„Ob sie sich noch einmal gesehen haben? So viel ich weiß, nicht. Telefoniert haben sie miteinander, ein paar Mal. Ada kam in meine Praxis. Ich habe ihr den Apparat auf meinem Schreibtisch überlassen. Der Brausehof hatte zwar damals schon sein eigenes Telefon, aber dadurch, dass Magnus Margitta ja vom Hof verwiesen hatte, durfte er nichts davon erfahren."

Lydia schießt ein Gedanke durch den Kopf. „Was war mit Gustav? Wusste er von dem Kontakt zwischen seiner Mutter und Margitta?"

Theo wischt sich über die Stirn. „Du stellst vielleicht Fragen, Lydia! Mein alter Schädel soll das alles gespeichert haben. – Aber warte, nein, angeblich wusste gar niemand davon. Auch nicht von dem Briefwechsel, der lief ja über Wilhelmine ..."

„Das ist mal etwas, das ich zufällig auch weiß!", triumphiert Lydia kurz, doch gleich darauf seufzt sie, schließt dabei die Augen und reibt sich die Schläfen.

„Sag mal, Theo, hab ich mein ganzes Leben hier oben vielleicht nicht begriffen? Es hat sich so vieles hinter meinem Rücken abgespielt. Was meinst du, hat Ada mich überhaupt gemocht? Die ganze Strippenzieherei, irgendwie scheint sie alles gesteuert zu haben, die stille Ada."

Theo greift nach Lydias Arm. „Wenn ich von etwas vollkommen überzeugt bin, dann von Adas Zuneigung zu dir. – Weißt du, manchmal muss man geliebten Menschen die Wahrheit verschweigen, wenn man sie nicht belasten will. – Nein, widersprich mir nicht! Jetzt hörst du mir mal einfach nur zu, Lydia! Warum hat Ada nicht gewollt, dass du von Gustavs Mumps erfahren solltest? Weil sie Angst hatte, dich dann vielleicht nicht zur Schwiegertochter zu bekommen. Warum hat sie sich zum Lesen heimlich mit Margitta getroffen? Weil sie sich vor dir geschämt hat, dass sie jemanden brauchte, der ihr vorliest. Und warum hat sie Gustav nichts von seiner Adoption erzählt? Weil sie befürchten musste, dass es zwischen ihm und Magnus dann noch viel früher zum Zerwürfnis gekommen wäre. Sie kannte nämlich ihren Magnus, seinen Jähzorn und seinen Dickschädel, obwohl er gerade den seinem Sohn hätte vererbt haben können, was?" Theos Gesicht legt sich zum Lächeln in Falten und Lydia nickt beinahe ehrfürchtig, weil für den Bruchteil eines Augenblicks ihr Mann in der Küche anwesend zu sein scheint.

Erneut setzt Theo an zu sprechen. „Und warum sollte Magnus im Gegenzug nichts von den Folgen eines späten Ziegenpeters erfahren? Das beantwortest du dir bitte selbst, du hast die beiden Männer in großem Respekt voreinander lange Zeit hautnah erlebt."

Lydia erobert sich mit erhobenem Zeigefinger das Wort: „Aber jetzt verrate ich dir etwas, was nicht einmal du weißt, lieber Theo. Ich habe nämlich mein gutes Verhältnis zu meinem Schwiegervater bis zuletzt aufrechterhalten. Auch Gustav wusste davon nichts, weil das für alle das Beste war und ich niemanden in die Heimlichkeiten hineinziehen wollte. Und? Was sagst du dazu?" Ein winziges Lächeln des Triumphs huscht über Lydias Züge.

Auch Theo lächelt, hebt dann jedoch ebenfalls seinen Finger: „Was sagt dir das in Bezug auf den heimlichen Kontakt zwischen Ada und Margitta?"

Lydia nickt stumm, dann wiederholt sie: „Für alle das Beste."

„Genau", sagt Theo, dem Lydia ansieht, wie gern er mit dieser Art Schlusspunkt die Fragestunde beendet hätte. Nur noch eins, denkt sie, dann hast du es in der Tat überstanden, und die letzte Frage liegt ihr bereits auf der Zunge, als Theo noch einmal ausholt: „Merk dir das, Lydia, du warst mit das Liebste, was Ada hatte. Wie dir sicher schon aufgefallen ist, weiß ich vieles von ihr und über sie. Ada brauchte wohl einen außenstehenden und zugleich nahen Menschen wie mich, dem sie sich anvertrauen konnte. Und das hat sie mir hundertmal beteuert: »Gebt acht auf meine Lydia. Sie ist das Kind, das ich nie ... also, das Mädchen, das ...«"

„Stopp, Theo! Was genau hat sie damit sagen wollen? Sie hatte doch einen Sohn."

Theo ist dunkelrot angelaufen. „Sie meinte, die Tochter, die sie nie hatte ..."

Lydia spürt, wie er sich windet, genauso entnimmt sie seinem Stimmwechsel die Unwahrheit, die wie ein zynisch kichernder Schleier zwischen ihnen umhertänzelt. Hier muss sie nachhaken, wenngleich seine Antwort plausibel erscheint. Mittlerweile ist sie jedoch so feinfühlig für Theos Tonfall, dass sie über seinem Kopf ein Warnlicht aufleuchten sieht, sobald er mit der Wahrheit zu kämpfen hat.

„Theo, wenn es da irgendwas gibt, was wichtig für mich ist, dann sag es mir. Ich bin so alt, ich habe das Recht, mit der Wahrheit zu leben."

Er kann ihr nicht in die Augen sehen. „Bitte zwing mich nicht, Lydia. Ich habe Ada auf Gustavs Leben geschworen, dass ich niemals ..."

„Gustav ist schon tot. Also, was?"

Doch Theo deutet nur ein gesenktes Kopfschütteln an. Sein stoßweiser Atem verrät, wie er sich aus der Lage zu befreien versucht, in die er sich selbst hineinmanövriert hat. Doch auf seine Gefühlslage kann sie jetzt keine Rücksicht nehmen.

„Raus mit der Sprache, Theo!"

Als Theo sie weder ansieht, noch ihr antwortet, ahnt Lydia, wie schwer er sich tut und dass er sie nicht belügen will.

„Na gut, dann gebe ich mir die Antwort eben selbst: Gustav war ... nicht nur nicht ... der leibliche Sohn von Magnus, sondern auch nicht der von Ada. hab ich das richtig formuliert? Bitte, ein Nicken genügt mir schon, damit hast du dein Wort nicht gebrochen."

Nach ein paar Sekunden erhält Lydia ein kaum wahrnehmbares Nicken, und sie spürt, dass sie jetzt äußerst vorsichtig sein muss, wenn sie nicht will, dass Theo sich ganz verschließt und das Weite sucht. Er ist ihr zu nichts verpflichtet, und genau das wird auch ihm selbst bewusst sein.

Sie atmet tief ein. Mit dieser Neuigkeit wird sie sich später alleine auseinandersetzen, und sie wird sich abermals vor einem Fragenkatalog wiederfinden. War Gustav vielleicht eine Waise wie sie selbst? War er das Kind von Verwandten oder Freunden? Sie wundert sich, wie emotionslos sie mit einem Mal ist, leer und resigniert. Sie versucht, alles bisher Gehörte wegzufegen, stellt sich dabei sogar den Besen vor, mit dem sie über einen beschmutzten Boden kehrt, bis dieser sauber ist. Dann schlägt sie einen ganz neuen Ton an, einen unverfänglichen, der Theo aufblicken lässt. „Übrigens, was ganz anderes, Theo."

Als sie seine Augen sieht, erschrickt sie. Er muss außerordentlich leiden, das war nicht ihre Absicht. Sie ist doch froh, dass es wenigstens ihn noch in ihrem Leben gibt, den besten Freund ihres Mannes.

„Da gibt es noch was, und ich will versuchen, es kurz zu machen. Du sitzt hier nicht auf dem Verhör-Bänkchen, tut mir leid, wenn es dir so vorkommen sollte. Ich bin wirklich dankbar, dass du gekommen bist. Vor allem brauche ich deinen Rat. Hier gehen nämlich seltsame Dinge vor sich, und du bist der Einzige, dem ich davon erzähle. – Also, armer Theo, wie du siehst, nutzt schon wieder eine Brause deine Verschwiegenheit aus."

Sie lachen beide, wenn auch gezwungen, und Lydia erzählt ihm von den zwei anonymen Geldumschlägen, von den unterschiedlichen Begleitzetteln bis hin zu ihrer Befürchtung, man wolle ihr eine Falle stellen. Theo hört ihr aufmerksam zu, und sollte er verblüfft sein, so lässt er sich das nicht anmerken. Im Gegenteil, er ist überaus konzentriert, als er ihr antwortet.

„Solche Fallen gibt es nicht, Lydia. Dann hätte jemand schon nach dem ersten Umschlag die Sache beendet und abgewartet, und nicht noch einmal dieselbe Summe investiert. Es ist bestimmt kein übler Scherz, so reich ist niemand, der sich mit so viel Geld einen Spaß erlaubt."

„Glaubst du?"

„Das glaube ich. Behalte das Geld, da will dir jemand helfen, und du wirst bestimmt noch früh genug erfahren, wer das ist. Wenn ich könnte, würde ich auch von mir noch was drauflegen, so sympathisch und stark, wie du bist."

Sätze wie diesen kann Lydia im Augenblick am allerwenigsten gebrauchen. Hier sollen keine Schmeicheleien über den Tisch fliegen, sondern freundschaftliche Ratschläge. Deshalb geht sie nicht auf Theos Bemerkung ein. „Ich bin leider noch nicht fertig mit meinem Fragebogen, Theo", sagt Lydia entschuldigend.

Theo stöhnt und lacht zugleich: „Ich höre." Er lehnt sich auf dem Tisch nach vorn und reckt ihr sein Ohr entgegen.

Sie erzählt von Greta Blöchners Besuch und von ihrer Andeutung, im Gottesdienst nach Gustavs Beisetzung habe es eine Art Entlastung ihrer Person gegeben. „Die sollst du gemeinsam mit dem Pfarrer in die Wege geleitet haben, Theo. Was gab es da? Wurde über mich gesprochen?" Im Grunde ist diese Frage für Lydia die schwerste in diesem Gespräch gewesen, und sie ist froh, dass sie ihr überhaupt über die Lippen gekommen ist.

Jetzt erweckt Theo den Eindruck, als würde er hellwach. „Wenn du das Thema heute nicht angesprochen hättest, hätte ich es zur Sprache gebracht. Ich weiß, dass du damals nicht in der Kirche warst. Und ich hatte schon bei meinem Besuch neulich das Gefühl, dass du immer noch an dem alten Gerücht zu knabbern hast."

Lydia nickt. „Erzähl mir von dem Gottesdienst. – Ich höre", ahmt sie Theo nach, indem jetzt sie ihm theatralisch das Ohr zuwendet.

„Dann hör genau zu. Es war eine gute Gelegenheit, die Schandmäuler endlich zu stopfen. Es ist ja keinem entgangen, was an Gustavs Beisetzung gemunkelt wurde. Wer auch immer das gemeine Gerücht in die Welt gesetzt hat – spätestens am Sonntag danach hat er von der ganzen Gemeinde sein Fett abgekriegt. Und selbst wenn die Person nicht in der Kirche gewesen sein sollte, hat man es ihr garantiert bei der nächstbesten Gelegenheit unter die Nase gerieben." Theo blickt zufrieden drein, scheint sich an seiner Erinnerung zu laben. „Ich selbst durfte nach der Fürbitte für Gustav – und seine Angehörigen, wohlgemerkt – als Freund des Verstorbenen ein paar Worte an die Gemeinde richten. Es waren nur drei oder vier Sätze, aber die lösten allseits Beschämung aus, das konnte man von vorn recht gut beobachten."

Lydia akzeptiert geduldig die Pause, die Theo jetzt einlegt. Sie weiß, wie schwer man sich tut, wenn es darum geht, sich selbst hervorzuheben. Dann fragt sie zaghaft: „Und? Verrätst du sie mir, diese Sätze?"

Theo wirkt verlegen, als er sich feierlich erhebt und sich überwindet, seine Ansprache über Lydias Kopf hinweg für die leere Küche zu wiederholen: „Sehr geehrte Anwesende, als ältester Freund des Verstorbenen erlaube ich mir, in seinem Namen die trauernde Ehefrau von jeglichen Verleumdungen freizusprechen. Zum Zeitpunkt seines Unfalls, und es war ein tragischer Unfalltod, den mein lieber Freund erlitten hat, habe ich bei Lydia Brause zu Hause gesessen und gemeinsam mit ihr auf seine Rückkehr gewartet, damit wir zu dritt zusammen essen konnten. Leider vergeblich, wie wir erfahren mussten. Deshalb bitte ich Sie alle im Dorf, diese Tatsache zu akzeptieren, die Wahrheit zu achten und die Trauer der Witwe zu respektieren. Ich danke Ihnen."

Theo nimmt seinen Platz wieder ein und schneidet eine Grimasse. „Und? Was sagst du?"

„Du hast in der Kirche gelogen. Ist dir das bekommen?" Lydia hat ihm ergriffen zugehört und bemüht sich, ihre Rührung und Erleichterung mit einer scherzhaften Geste zu verdrängen, indem sie strafend den Zeigefinger hebt. Doch ihr Herz ist leichter geworden, so befreit wie lange nicht mehr.

„Und wie mir das bekommen ist! Der Pfarrer hat gleich danach das Thema der üblen Nachrede noch einmal aufgegriffen. Und dass man später draußen vor der Tür die Köpfe zusammensteckte und tuschelte, kannst du dir ja sicher lebhaft vorstellen. Genau das war meine Absicht."

„Danke, Theo. Schade, dass ich davon nichts mitbekommen habe. Aber wichtig ist, dass du mir glaubst. Ich war daheim, als es passiert ist, und habe auf Gustav gewartet. Und als er eine Stunde nach unserer Essenszeit noch nicht da war, hab ich mir Sorgen gemacht und bin losgezogen, um ihn zu suchen. Und ich habe Gustav gefunden. Wotan saß neben ihm und ist ihm keinen Zentimeter von der Seite gewichen, obwohl der gute Hund nass war bis zum Hals. Aber das weißt du ja alles. Wie wertvoll, dass Gustav einen Freund wie dich hatte."

„Die Freundschaft gehört zu den ältesten Gesetzen der Menschheit", sagt Theo, „und ohne Gustav ist auch für mich das unbeschwerte Leben vorbei."

Als seine Hand sich auf sein Gesicht zubewegt, weiß Lydia, dass Theo eine Träne fortwischt. Doch sie hat kein Verlangen nach einer gemeinsamen Trauerstunde, hat sich längst leergetrauert. Stattdessen hat sie sich fest vorgenommen, endlich die Niedergeschlagenheit zu überwinden, ihren neuen gefassten Vorsätzen zu folgen und auf keinen Fall auch nur einen einzigen Schritt zurückzuweichen. Auch nicht in Anbetracht der Neuigkeiten, die sie heute aus Theos Mund erfahren hat.

Seiner Träne folgt eine zweite und eine dritte. Sie lässt ihm den Moment, ohne sich bemerkbar zu machen. Als er sich wieder gefasst hat, sagt er in ermutigendem Ton, und seiner Stimme ist nicht der geringste Beiklang von Betrübnis mehr zu entnehmen: „Weißt du, Lydia, das Leben besteht aus steter Veränderung. Auch die Menschen im Tal haben sich in diesem zurückgelegten Jahr verändert. Manch einen wird es vielleicht gar nicht mehr geben. Dafür gibt es andere, Fremde, die ..."

„Ich habe welche kennengelernt", unterbricht ihn Lydia, „soll ich dir von ihnen erzählen?"

Theo blickt erstaunt drein und führt seine Tasse mit dem leuchtend grünen Getränk an die Lippen. Er schmatzt dem Geschmack nach und sagt: „Aber sehr gern!"

Lydia genießt es, ihm den Verlauf der Bekanntschaft mit den Kindern zu erzählen und auch das jähe Ende nicht zu verschweigen.

„Und jetzt bist du todtraurig, dass der Kontakt nach so kurzer Zeit schon wieder abgebrochen ist", sinniert Theo vor sich hin. „Wirklich schade, das hätte dir gerade jetzt richtig gutgetan. – Hast du ihnen denn nicht gesagt, dass es dir leidtut mit deinem Verdacht?"

„Wozu? Verena hätte sich entschuldigen müssen. Durch ihre vorwitzige Stöberei ist es ja erst dazu gekommen."

„Lydia, Verena ist ein Kind. Du bist doch hier die Erwachsene, das Vorbild. Du hättest sagen können …"

„Ich habe gesagt, ich freue mich, dass sie uns erzählt hat, dass sie an meinen Dosen war. Aber das hat den Eltern wohl nicht genügt. Das Vertrauensverhältnis sei gestört oder die Basis, was weiß ich, wie der Vater sich ausgedrückt hat. Und? Das stimmt doch auch."

Theo sieht Lydia eine Weile schweigend an, dann zuckt er mit den Schultern. „Wenn du das so siehst – das entscheidest du am besten für dich selbst. Ich kann dazu nur sagen: Solange wir ausschließlich um uns selbst kreisen, werden wir uns anderen nicht nähern können, zumindest nicht auf eine Weise, die uns wirklich guttut. Bekomme ich noch einen Tee?"

Eine halbe Stunde plaudern sie noch über unverfängliche Dinge.

„Was meinst du, soll ich mir wieder ein Telefon gönnen? Und einen neuen Fernsehapparat? Ach ja, und Adas Stube würde ich gern renovieren, ich hab da schon meine Vorstellungen. Die Blöchners haben mir einen Gutschein geschenkt. Ich finde, sie könnten die Malerarbeiten übernehmen und Adas Bett abschlagen, im Kartoffelkeller wäre Platz zum Lagern. Alles, was mir zu schwer ist, könnten sie umräumen oder runtertragen."

Theo lacht, während Lydia ihre Wünsche aufzählt. „Ich sehe, du steigst wieder munter ins Leben ein. Tu genau das, wonach dir ist. Wenn du willst, kümmere ich mich um deinen Telefonanschluss. Und um einen Fernsehapparat. Mein Neffe wird sich gewiss als Chauffeur anbieten."

„Dein Neffe, stimmt. Sag mal, kann es sein, dass wir uns schon mal begegnet sind? Er kam mir irgendwie bekannt vor, als er dich neulich hier abgeholt hat, wenn es auch ewig lange her sein muss."

„Ich denke nicht. Er ist ein Stadtmensch, und an abgelegene Orte wie deinen Hof zieht es ihn normalerweise nicht. Das wäre für ihn die reine Zeitverschwendung."

Lydia wiegt rätselnd den Kopf hin und her. Dann beschließt sie gemeinsam mit dem alten Freund ihres Mannes, dass all die Themen und Fragen, die sie heute besprochen und geklärt haben, von nun an der Vergangenheit angehören sollen.

„Die paar Jahre, die wir vielleicht noch auf dieser schönen Welt verbringen, dürfen wir uns als abschließende Freude möglichst sorglos gestalten, was meinst du?", fragt Theo, als er auf seine Armbanduhr schaut und die wenigen Minuten zählt, bis sein Taxi ihn wie vereinbart wieder mitnehmen wird. Lydia nickt und nimmt ihm das Versprechen ab, sich schleunigst um ihren Telefonanschluss zu bemühen, damit sie sich wieder in das „menschliche Treiben" einreihen kann.

„Und wenn du das nächste Mal am Bahnhof stehst, dann rufst du deinen Freund Kuno Blöchner an. Ihr habt doch noch Kontakt, ihr zwei?"

„Klar haben wir Kontakt. Aber als dein Brief kam, war ich mir unsicher, ob du willst, dass er davon weiß. Ich meine, du hättest dich ja auch an ihn wenden können, falls du irgendwelche Hilfe brauchtest. Ihr wohnt ja nur einen Katzensprung voneinander entfernt."

Lydia schüttelt den Kopf. „Für die Hilfe, die ich brauchte, kamst nur du infrage. Außer dir hab ich niemanden mehr, dem ich mich voll und ganz anvertrauen kann." Fragend sieht sie Theo in die Augen, und als er wortlos nickt, drückt sie ihm die Hand zum Abschied so fest, dass er sich der Wahrheit ihrer Worte ohne den geringsten Zweifel sicher sein darf.

24

Wenn Lydia sich jetzt in der stillen Stube aufhält, fühlt sie sich der
Natur – dem Himmel und den Tannenspitzen – sehr nahe.

Adas Kammer hat sich in kurzer Zeit zu einem kleinen Paradies
gemausert. Fast möchte Lydia von sich behaupten, dass sie inmitten
dieser Wände nur noch in Grün und Blau und Türkis denkt.

Tritt sie jetzt durch die Tür am Ende des Flures, streift sie ganz bewusst alles ab, was seelische Nöte und Sorgen anbelangt. Sie hat nicht
mehr vor, sich mit schmerzhaften Gedanken zu foltern. Ihrem Mann
fühlt sie sich hier noch näher als in seiner Betthälfte, in die sie umge-
zogen ist, obgleich auch diese neue Schlafstätte ihr sehr behagt – sinkt
sie doch seitdem jeden Abend in einen tiefen, erholsamen Schlaf.

Den kleinen Tisch und die Stühle von Ada hat Lydia übernommen, und selbst die hat Michel, der junge Maler, passend zu Wänden
und Decke gestrichen. Wie stark sie doch sind, die drei Blöchner-
Männer! Im Nu wurden Adas Bett und ihr Kleiderschrank zerlegt
und in den Keller gebracht. Stattdessen haben sie das Sofa aus dem
Wohnzimmer in die neue Stube getragen, ebenso den Fernsehtisch,
auf dem mittlerweile ein neues Gerät steht.

Theo hat sich um vieles gekümmert, ihr den modernen Apparat
anliefern lassen und ihn so eingestellt, dass sie allein damit zurechtkommt. Auch das aus Adas Hinterlassenschaft stammende Foto mit
den zwei schneeweißen Ziegen hat er für Lydia vergrößern und rahmen lassen. Als sie einen Platz an der Wand gefunden und die beiden
Halsbänder mit den Glöckchen an die oberen Kanten geheftet hatte,
waren Theos Augen übergelaufen und er musste sich abwenden. Lydia
wunderte sich einmal mehr über sein ausgeprägt emotionales Wesen.
Sie sagte sich, dass der Freund ihres Mannes sentimentale Momente
nicht mehr gut ertragen konnte, was wohl daran lag, dass er alleine in
seinem geschlossenen Kreis lebte und wirkte, ohne jedes Ventil der
seelischen Erleichterung, im Grunde ähnlich wie sie selbst.

Gleich unter dem Foto von Gerti und Bertinchen hat Lydia die
Aufnahmen von Gustav und seinen Eltern angebracht. Wie schon

zuvor auf Adas Nachttisch arrangiert, hat sie auch jetzt den Sohn zwischen Mutter und Vater platziert, wie immer auch diese kleine Familie einmal zusammengefunden hatte. Stets aufs Neue machen Lydia die sichtbaren Anzeichen von Lebensfreude in Gustavs Zügen betroffen. Genauso wach und kraftvoll hatte er sie im vergangenen Jahr nach seinem letzten Abschiedskuss angesehen.

Auch für den Telefonanschluss in der Küche hat Theo gesorgt. Er füllte den Antrag aus, sie brauchte nur noch zu unterschreiben. Ebenso hat Theo versucht, ihre Hemmschwelle abzubauen, indem er mit ihr übte, einfach draufloszuwählen und festzustellen, ob der richtige Kandidat am anderen Ende zu hören war. Mehrfach benutzten sie dazu die Försterfamilie und Theos Neffen Benno als Versuchskaninchen, die amüsiert mitspielten, bis Lydia zu guter Letzt die Übungen als Alberei bezeichnete und auf stur schaltete. Jetzt liegt ein Telefonbuch gleich neben dem Apparat, auch ein paar handschriftliche Nummern sind bereits aufgelistet – wie die von Theo, von Blöchners und die des kleinen Supermarktes im Ort. Theo hatte Lydia versichert, dass sie dort anrufen und sich die bestellte Ware ausliefern lassen könnte, sollte ihr einmal nicht danach sein, sich auf ihren Lanz zu schwingen. Zuletzt ist noch die Telefonnummer des Pfarrers dazugekommen.

Der Pfarrer war vor zwei Wochen ihr erster offizieller Gast in der stillen Stube.

„Diese blaue Tischdecke erinnert mich an einen klaren See am Abend", hatte er beim Eintreten gesagt, vielleicht nur, um etwas zu sagen. Doch Lydia freute sich, dass er damit das ausdrückte, was sie mit den ausgewählten Farben beabsichtigt hatte. Auch die grüne Tagesdecke von Adas Bett, die jetzt auf dem Sofa unter dem Fenster zum Wald liegt, faszinierte ihn. „Man glaubt, man lässt sich auf jungem Moos nieder", stellte er sichtbar begeistert fest und ließ sich für einen Moment in die Polster sinken.

Dass Pfarrer Loisius so kurz nach Fertigstellung der Stube hier oben auftauchte, schreibt Lydia Greta Blöchner zu, der sie im Stillen sehr dankbar dafür ist. Die lebensbejahende, selbstbewusste Frau ist Lydia mit jedem Tag mehr ans Herz gewachsen. So oft war sie schon hier oben, immer mit irgendwelchen Leckereien, und als ihre Männer sich hier nützlich machten, rückte sie sogar mit einem Eintopf an.

„Ich möchte Sie um einen Gefallen bitten", sagte sie gleich zu Beginn der Malerarbeiten ihres Sohnes. „Nennen Sie mich doch bitte Greta und sagen Sie »Du« zu mir, und lassen Sie mich weiterhin Frau Brause sagen. Mir wäre das so am liebsten, und Ihr Mann hätte sicher nichts dagegen einzuwenden gehabt."

„Könnten wir uns nicht auf etwas einigen, was mir selbst am liebsten wäre?", entgegnete ihr Lydia. „Ich nenne Sie Greta und sage du. Und du nennst mich Lydia und meinetwegen Sie, wenn es dir anders schwerfallen sollte." Und Greta Blöchner hatte heftig genickt und in Lydias Hand eingeschlagen. „Ja, ich bleibe gern beim Sie, Lydia, das erscheint mir angemessen." Daraufhin hatte sie angeboten, dass ihre Jungs, wo sie schon einmal auf dem Brausehof arbeiteten, für Lydia auch gleich die Johannisbeeren mit abpflücken könnten.

So hatte Lydia beim Besuch von Pfarrer Loisius vor zwei Wochen frisches Naschwerk anzubieten. Doch wusste sie zunächst nicht recht, wie sie sich verhalten sollte, als er ihr gegenübersaß. Einem Pfarrer in Zivil war Lydia noch nie begegnet, zumindest keinem, der ihres Wissens nach Pfarrer war und eine karierte kurze Hose trug.

„Ich war schon zwei Mal hier oben, Frau Brause, aber ich habe Sie leider nicht angetroffen."

Lydia nickte vor sich hin, sie mochte ihm nicht sagen, dass sie ihn sowohl gehört als auch gesehen, nur nicht die Tür geöffnet hatte, weil sie niemanden sehen wollte, auch nicht ihn.

Seltsam, sie hatte damit gerechnet, dass sich jede Stube mit andächtiger Frömmigkeit füllen würde, sobald ein Pfarrer sich darin aufhielt. Doch stattdessen strahlte Pfarrer Loisius wohltuende Fröhlichkeit aus. „Die meisten glauben, zu meinem leidlichen Nachnamen gehöre unbedingt auch der Vorname Aloisius. Doch da vertut man sich, ich heiße nämlich schlicht und einfach Fritz. Außerdem meinen die Leute, mir gegenüber müssten sie sofort innere Bilanz ziehen und Schuld und Gewissen auf die Zunge holen oder in tiefe Gedärme hinabwürgen. Dabei gefällt es mir immer besonders, wenn es um die ganz alltäglichen Dinge im Leben geht. Ich bin doch keine Institution, sondern ein Mensch wie jeder andere." Was ihn veranlasste, ihr gleich zu Beginn all das zu erzählen, konnte Lydia nicht einschätzen. Sie vermutete, dass er nicht über ihre Trauer sprechen wollte und kramte in ihrem Gedächtnis, was sie ihm wohl an alltäglichen Dingen zu berichten hatte, damit er zufrieden war. Doch er erlöste sie von ihrem Kopfzerbrechen und griff genau das Thema auf, von dem sie dachte, er wolle es umgehen. „Wenn Sie noch arg unter dem Verlust Ihres Mannes leiden, können wir gern darüber reden, auch über die Unwahrheiten, die über Ihre Person kursierten. So ist das bei uns Menschen: Man glaubt oft allzu gern, was über andere geredet wird, besonders das Unglaubliche. Aber bei all den Spekulationen war wohl doch jedem klar, dass es ein Unfall war. Schlimm genug für Sie, dass dann auch noch die polizeilichen Untersuchungen vor Ort stattfinden mussten. Haben Sie denn mittlerweile ein wenig Abstand gewonnen?"

„Abstand, ja, doch, den hab ich. Es ist fast ein Jahr vergangen, und ich weiß ja jetzt, dass Sie es Dr. Treidel erlaubt haben, für mich zu sprechen ... in Ihrer Kirche ... vor allen Leuten", brachte Lydia stotternd hervor.

Pfarrer Loisius schlug sich auf die nackten Knie. „Fein! Dann würde ich jetzt gern von den Beeren kosten. Ich verrate Ihnen dafür auch ein Puddingrezept meiner Mutter, ein Johannisbeer-Vanille-Dessert."

„Oh ja, warten Sie, ich schreibe mit!", erwiderte Lydia dankbar – und da sie so oft und gern in ihrer neuen Stube saß, hatte sie auch sofort Papier und einen Stift zur Hand. Auch jetzt noch befindet sich Schreibmaterial in dem kleinen Sekretär, der ebenfalls aus dem Wohnzimmer hier herüber transportiert worden war, und gleich obenauf liegt das Werk von Edda Zirbel, in dem Lydia oftmals zwischen ihrer Tagesarbeit zur Ablenkung und Erbauung herumblättert.

Nachdem Pfarrer Loisius wie ein Schulmeister sein Rezept diktiert hatte, zog er eine Schachtel aus seiner dicken ledernen Tasche, die er neben dem Stuhl abgestellt hatte: einen relativ flachen Schuhkarton mit Deckel, auf den Seiten die Abbildung der Sandalen, die er gerade trug. Ob er sich Ersatzschuhe mitgebracht hat? Lydia wunderte sich, war doch dieser noch recht junge Mann ein Mensch, dem man jedes seiner Worte wie auch seine Handgriffe unweigerlich als begründet abnahm. Er stellte die Schachtel auf die seeblaue Tischdecke und entnahm ihr zwei dicke Bündel von Briefumschlägen. Nicht schon wieder Briefe, dachte Lydia und versuchte, sich ihre Erregung nicht anmerken zu lassen.

„Diese Umschläge gehören allesamt Ihnen, Frau Brause. Ich hatte unserer Gemeinde nach der Fürbitte und Dr. Treidels Ausführungen nahegelegt, Ihren Wunsch der zurückgezogenen Trauerzeit zu respektieren und eventuelle Beileidsbekundungen im Pfarrbüro abzugeben, die ich Ihnen zu gegebener Zeit aushändigen würde. Und jetzt werden Sie vielleicht auch mehr davon haben als damals."

„So viele?", brachte Lydia hervor, nachdem sie erst mal schlucken musste.

„Ja, so viele. Die können Sie alle in diesem wunderschönen Zimmer in Ruhe durchlesen. Ich bin mir sicher, Sie begegnen wohltuenden Kondolenzwünschen."

Lydia konnte ihr Zittern nicht unterdrücken. Beim Anblick der sorgsam umwickelten Briefstapel musste sie sich vor Rührung an der Tischkante festhalten.

„Das dachte ich mir, dass diese Menge an Post Sie überwältigen würde, genau so, wie ich mir dachte, dass jetzt die Zeit gekommen ist, sie Ihnen zu bringen. Denn wie Sie selbst sagten, besteht mittlerweile ein gewisser Abstand zu diesem Unglück. Es macht schon einen Unterschied, auf welche Weise wir einen geliebten Menschen verlieren. So sollten Sie beim Lesen vielleicht auch den zeitlichen Abstand berücksichtigen und bewusster damit umgehen können, was all die Menschen mit ihren Worten gleich nach der Beisetzung ausdrücken wollten." Er nickte ihr aufmunternd zu. Lydia vollzog mit ihren Händen eine hilflose Geste und nickte wortlos zurück.

Er hat recht, dachte sie dabei, nicht nur der Verlust selbst, sondern auch die Art und Weise, wie Gustav ums Leben gekommen war, hatte ihr lange Zeit keinen Raum mehr für andere Gefühle gelassen.

Doch mit diesem Pfarrer in der kurzen Hose, der sie mit einer Sandalenschachtel besuchte, konnte sie sogar über ihre schönen, ungetrübten Zeiten auf dem Hof plaudern, konnte ihm ohne Wehmut von ihrer Jugend und von den vielen Menschen erzählen, die einmal hier zusammen lebten und arbeiteten. Ihre Stimme klang warm in dieser auf einmal nicht mehr stillen Stube.

„Wie schön, wenn man in Ihrem Alter auf solchen persönlichen Reichtum zurückblicken kann. Das kann nicht jeder, das wissen wir beide. Auch nicht auf so viele gemeinsame Ehejahre. Verzeihen Sie, dass ich das so direkt sage, aber damit habe ich nicht Unrecht, nicht wahr?"

Mit einem Lächeln unter ihren ernsten Zügen nickte Lydia verlegen und legte ihre Bäuerinnenhände im Schoß ab, betrachtete sie wie die Hände einer anderen Person, die reich gesät und geerntet hatte und nun mit gutem Gewissen ausruhen durfte. In der Gegenwart dieses jungen Pfarrers mochte sie sich selbst, bewunderte sich gar ein wenig für das jahrzehntelange Durchhalten und all den Fleiß, mit dem sie auch diesem gelehrten Mann einen großen Schritt voraus war.

Als er sich schließlich verabschiedete, mit rot verschmiertem Mund – die Schale mit den Johannisbeeren war geleert bis auf die hauchdünnen Stängel –, lud er Lydia ein, doch wieder einmal einen Gottesdienst zu besuchen. Lydia nickte eifrig und bedankte sich, bevor sie sich noch fragen hörte: „Sagen Sie, wer hat eigentlich damals den Holzrahmen und das Kreuz für meinen Mann besorgt? Sie wissen ja, dass ich selbst nicht mehr ..."

„Oh ja, die Grabeinfassung, daran erinnere ich mich noch gut. Es waren Dr. Treidel und Herr Blöchner. Die haben auch die verwelkten Kränze entsorgt, den von der Straßenmeisterei und die anderen Blumen, von wem auch immer die waren. Den Grabschmuck hatten Sie wohl gar nicht selbst gesehen?" Er wartete nicht auf ihre Antwort, drückte ihre Hand und sagte, diese angenehme Stunde würde er sehr gern mit ihr wiederholen.

Nachdem er gegangen war, hatte Lydia sich beinahe euphorisch, ganz ohne Furcht oder Bedenken, auf die Bündel mit den Briefen gestürzt. Den Gedanken an den erwähnten Grabschmuck und daran, dass darunter nicht eine einzige Blume von ihr, Gustavs Ehefrau, war, schob sie einstweilen beiseite. Nicht in dieser unbelasteten schönen Stube, dachte sie, das war Grübelmaterial für die Küche.

„Da sieh einer an, Wotan, so viel Post hat über Monate für uns im Pfarrhaus gelegen, und wir haben nichts davon gewusst. Rein gar nichts. Hättest du nicht wenigstens bellen können, als wir mit dem Traktor daran vorbeigefahren sind?" Das Wort hatte ihren Hund animiert, sofort loszubellen, dann widmete sich seine Nase wieder dem Stuhlkissen, auf dem sich der fremde Hosenboden niedergelassen hatte.

Dieser Besuch hat genau heute vor vierzehn Tagen stattgefunden. Und morgen, am Sonntag, hat Lydia vor, die Einladung des Pfarrers wahrzunehmen und zum ersten Mal wieder einen Gottesdienst zu besuchen. Natürlich in Begleitung von Greta Blöchner, denn trotz der vielen Beileidsbriefe würde Lydia den Mut, sich alleine dort zu zeigen, noch nicht aufbringen.

25

Der Sonntagmorgen hat Ähnlichkeit mit den Feiertagen der Vergangenheit.

Alles findet gemächlicher statt als an den Werktagen, obwohl es Lydia wohl bewusst ist, dass sie selbst den Tagesrhythmus steuert. Und heute ist ihr dabei regelrecht festlich zumute.

Die beiden Fensterflügel im Schlafzimmer sind weit geöffnet. Auf dem unteren Bettende liegt die Federdecke zum Lüften aus, dazu dringt Vogelgezwitscher ins Zimmer wie ein kleines bestelltes Orchester.

Lange steht Lydia vor ihrem Kleiderschrank, streicht über den grauen Sommermantel, der sie für gewöhnlich bei ihren Kirchgängen begleitet hat. Sie schüttelt den Kopf, diesen Mantel hat sie zum letzten Mal zu Gustavs Beisetzung getragen – und sie wird das Gefühl nie vergessen, als stächen die anklagenden Blicke den dünnen Stoff in ihrem Rücken durch.

Nach dem Besuch von Pfarrer Loisius hatte sie bis Mitternacht mit der Nase in den Kondolenzbriefen gesteckt. Dabei stieß sie auf höfliche, trostreiche Worte – und den meisten Briefen lag ein Geldschein bei.

Dieser Kirchgang heute wird nach zehn Monaten ihr erster öffentlicher Auftritt in der Talgemeinde sein. Nach Monaten voller Verbitterung und Wut. Nun ist es an der Zeit, den Kondolenzschreibern gegenüberzutreten und zu danken. Ob sie wissen, dass sie die Briefe bekommen hat? Wenn auch gut gemeint, so ganz richtig war es nicht von Pfarrer Loisius, sie ihr erst jetzt zu bringen. Andererseits hat er schon zweimal den Anlauf genommen, sie zu besuchen und hätte ihr die Briefe dabei vor die Tür legen können. Aber damit wäre er zu weit gegangen, hatte sie sich doch jeglichen Besuch im Trauerjahr verbeten. Nein, sie darf sich nicht beklagen, sollte vielmehr alles als gut gefügt annehmen und das Beste daraus machen.

Lydia entscheidet sich für ihre waldgrüne Strickjacke und einen dunkelblauen Rock. Worin sie jedoch keine Wahl hat, sind die

Schuhe, da bleiben ihr nur die schwarzen halbhohen, in denen sie an jenem finsteren Tag auf ihren Berg geflohen war. Diese Schuhe werden heute neu eingelaufen, werden sich an andere Schritte und eventuelles Rasten auf einer Stelle gewöhnen müssen; dann, wenn sie mit anderen Schuhen im Kreis versammelt stehen und Geduld für Lydias Gespräche aufbringen müssen. Ob solche Gespräche stattfinden werden? Und wird man sie überhaupt am Miteinander teilhaben lassen? Sie, die sie für manche im Dorf vielleicht noch immer eine Hexe ist?

Noch einmal betrachtet sich Lydia in dem halbblinden Flurspiegel, der sie wie immer übertrieben schmal und verzerrt wiedergibt. Nein, so lang und dürr ist sie in Wirklichkeit nicht, auch wenn die Trauer ihr drei Kilo abgenagt hat.

„Sagen wir einfach, ich wäre gewachsen, was meinst du, Wotan?"

Der Hund hat durch ihre Aufmachung längst begriffen, dass er nicht dabei sein darf, was immer sein Frauchen auch vorhaben mag, und schielt daher nur teilnahmslos zu ihr nach oben.

Als Lydia durch die Tür ins Freie tritt, hört sie den Dreiklang der Kirchenglocken heraufwehen, was in ihren Ohren zum ersten Mal wieder wie eine Einladung klingt.

Sie streckt die Arme von sich und atmet tief ein und aus. Durch die hohen Bäume neben dem Wohnhaus geht ein kühler Wind, der, obgleich erst Mitte August, schon den Herbst erahnen lässt. Die Blätter glänzen von der Feuchtigkeit der Nacht, es muss geregnet haben, während sie geschlafen hat.

Sie betrachtet die Landschaft, die Hügelreihe auf der anderen Seite mit ihren sattgrünen Wäldern. Noch wird es dauern, bis sie sich färben. Aber schon jetzt trägt Lydia die Zuversicht in sich, dass dieser Anblick sie im Gegensatz zum letzten Herbst nicht traurig machen, sondern erfreuen wird. Sämtliche Schönheiten der Natur waren in der Zeit ihres Trauerschmerzes wie machtvolle Werkzeuge, die sie zwickten und peinigten, um ihr die Vergänglichkeit noch intensiver bewusst zu machen.

Im Grunde ist es ein Wunder, dass sie sich ganz alleine aus dem Sumpf der Verzweiflung gezogen hat, ohne jeglichen Trost von anderen Menschen. Selbst wenn sie es zugelassen hätte und Theo und Greta früher gekommen wären, sie hätten nichts ausrichten können.

Aber jetzt sollte sie gerüstet sein, für den Fall, dass Greta überpünktlich kommt.

Mit ihrer alten schwarzen Handtasche sitzt Lydia abholbereit auf der Bank neben der Haustür. Wenn sie die Nase in das zerknitterte Innenfutter dieser Tasche steckt, holen sie Gerüche aus uralten Zeiten ein. Sowohl Gustav und Ada als auch Magnus und Margitta und sogar ihr Viehzeug stecken darin, deren persönliche Duftnoten wie auch so manche Stimmung: Freude, Reichtum, Armut, Sorgen, Lachen, Tränen. Es ist die einzige Handtasche, die sie in den letzten zwanzig Jahren besessen hat. Ein einsames umhäkeltes Taschentuch steckt darin, säuberlich gefaltet – sie hatte es an Gustavs Beisetzung nicht gebraucht. Wut und Fassungslosigkeit hatten den Tränenstrom nach innen geleitet, wo das Meer ihrer Verzweiflung ihn aufnahm. Nun hat sie jedoch nicht mehr vor, diesem Meer einen Ablauf zu ermöglichen. Es soll wie eine Pfütze durch die umgebende Wärme einer neuen Zuversicht von selbst verdunsten, bis nur noch ein krustiger Boden zurückbleibt.

Lydia liebt es, in solchen Vergleichen zu denken und ihren Kopf zu fordern. Seit sie in ihrer neuen Stube in Adas Buch stöbert und nachempfindet, mit welchen Themen sich zwei von ihr geliebte Menschen einst beschäftigt haben, siedelt sich ein völlig neues Gedankengut in ihrem Kopf an. Noch weiß sie nicht, ob es das Charisma der stillen Stube ist, der Farben, die sie schon immer fasziniert haben und in deren Mitte sie sich nun nach Belieben aufhalten kann, oder ob die Sätze der Verfasserin sie jedes Mal mit neuer Energie erfüllen. Was es auch sein mag – beides zusammen tut ihr einfach nur gut, und wenn sie ihre Stube betritt, möchte sie mit keinem Menschen auf der Welt tauschen.

Einen kleinen Zwiespalt bereitet ihr dabei das Bedürfnis, ihren Gustav außen vor zu lassen. Er gehört nicht hier herein, wenn sie sich, wie Edda es ausdrückt, auf ihre geistige Reise in die eigene Mitte begibt. In dieser Stube genügt seine stete Präsenz auf dem Foto an der Wand, von dort darf er ihr zulächeln, ihre Gedanken dabei jedoch nicht beeinflussen. Ob ihr das zuträglich ist, weiß sie noch nicht, sie wird es herausfinden, die Zeit dafür will sie sich nehmen.

Kerzengerade auf ihrer Bank sitzend, hält Lydia plötzlich inne und legt den Kopf schief: Was war das? Ihr Blick fliegt nach rechts. Das Geräusch kam aus dem ehemaligen Stall, es klang protestierend und kläglich zugleich. Von der anderen Seite nähert sich ein Wagen. Lydia bewundert die zügige Fahrweise. Greta fährt den Jeep ihres Mannes so sicher, als hätte sie nie etwas anderes gemacht. Sie begrüßt Lydia lachend und dreht in großem Kreis das Auto im Hof. Wieder ertönt das Geräusch von rechts aus dem Stall, es ist eindeutig kein Mensch.

Lydia ist aufgestanden, umklammert ihre Tasche, dreht den Kopf nach rechts und links.

„Was ist los, Lydia? Sind Sie noch unsicher, ob Sie mitfahren wollen?", fragt Greta durch das heruntergekurbelte Fenster.

„Nein, nein, ich hatte nur gerade etwas gehört. Könnte sein, dass ein Fuchs in den Stall gelangt ist und nicht mehr herausfindet."

Greta überlegt, wirft einen Blick auf ihre Uhr. „Wenn wir jetzt erst noch auf Fuchsjagd gehen, kommen wir zu spät zum Gottesdienst. Also, was machen wir? Entscheiden Sie das."

Lydia denkt an das arme Tier, das sich gefangen fühlen wird, sagt sich aber gleichzeitig, dass das Geräusch auch aus dem Wald gekommen sein könnte – und selbst wenn ein Fuchs im Stall wäre, würde sie nicht den Mut aufbringen, dort die Tür zu öffnen, damit das fliehende Tier womöglich noch ihre Beine streift.

„Wir lassen den Fuchs warten. Es gibt hier ja keine Gans mehr zu stehlen", antwortet Lydia, während sie in den Jeep einsteigt und aufgeregt ihre Beine im Fußraum ordnet. Wann hat sie das letzte Mal in einem Auto gesessen? Es wird etliche Jahre her sein.

Die kleine Kirche glänzt in der Morgensonne. Wie von Zauberhand gestreift, vermittelt sie wieder den friedlichen Eindruck von früher. Für eine Sekunde glaubt Lydia, sich in der Gesellschaft von Ada zu befinden, als sie durch die hohe Eingangspforte in das kühle Innere treten, dessen Atmosphäre nichts mehr mit der Außenwelt gemeinsam hat.

Ob sich mit kleinen Anmerkungen auf Adas guten Ruf aufbauen lässt?

„... dieses Lied hat meine Schwiegermutter am liebsten gesungen ..."

„... das hat Ada auch so oft gesagt ..."

Nein, sie wird weder lobhudeln noch schöntun, es wird sich von selbst zeigen, wie man ihr nach all der Zeit begegnet, spätestens nach dem Gottesdienst.

Lydia schreckt zusammen, weil sich unvermittelt ein Arm um ihre Schultern gelegt hat. „Wo wollen Sie sitzen, Lydia?", fragt Greta direkt in ihr Ohr.

Am liebsten hier hinten, denkt Lydia, gleich mit dem Rücken an der Wand.

„Ich glaube, vorn", antwortet sie. Man darf, ja, man soll sie sehen. Oder, mit den Worten von Edda Zirbel: »Man ist überall da willkommen, wohin man sich selbst voller Überzeugung einlädt. Denn es sind unser Geist und unser Bedürfnis, die unsere Ziele bestimmen.«

Wie gern würde Lydia sich jetzt in ihrer stillen Stube verkriechen und lesen, würde sogar freiwillig die Stalltür öffnen und den Fuchs zwischen ihren Beinen hindurch entwischen lassen, wenn sie tauschen könnte. Doch nun ist sie hier, und angeblich wird niemand mehr über sie reden. Das heißt, gerade über sie wird man heute reden, da darf sie sich nichts vormachen.

Ob sie überhaupt vorzeigbar ist? Elegant war sie noch nie, hat sich auch nie für andere Augen zurechtgemacht – und schon gar nicht in den letzten zehn Monaten das Talent dafür erworben. Doch als sie sich auf einem Platz in einer der vorderen Bänke wiederfindet, mag sie über solche Belanglosigkeiten nicht mehr nachdenken. Das wird an diesem Ort liegen, an der andächtigen Ruhe, obwohl hier viele Menschen versammelt sind, und an dem ganz besonderen Licht, das den kleinen Altarraum gleich vor ihr durchflutet. Es schimmert in allen Farben, erzeugt von den Sonnenstrahlen, die – nach den Ästen der Bäume vor der Kirche – auch noch die kleinen bunten Mosaikscheiben der bleiverglasten Fenster durchdringen und über die blütenweiße Altardecke tanzen, auf der eine große Kerze flackert.

Was hier der Einzelne empfindet, bleibt jedem anderen verborgen. Wie Edda schreibt, ist der menschliche Kopf kein Fenster für den Betrachter und genau deshalb von einer undurchsichtigen Schädeldecke umgeben.

Ob außer ihr noch andere Leute in der Kirche dieses Buch kennen? Vielleicht die Tochter oder die Enkelin einer Freundin von Ada, der es einst von Ada selbst empfohlen wurde? Es ist nicht auszuschließen, aber wohl kaum herauszufinden. Und ob sie alle der Predigt zuhören werden, ist genauso ungewiss, sagt sie sich, als sie sich umschaut und von hier und da ein zögerliches, meist verblüfftes Lächeln erhält. Warum eigentlich ist man an solch einem Ort so zahlreich versammelt? Bestimmt geht es vielen bei ihrem Kirchgang vorrangig um die heilsame Atmosphäre und darum, hier etwas Belastendes abzustreifen und dafür etwas mitzunehmen, mag es neue Energie sein oder auch Zuversicht, vielleicht ein gestärktes Gefühl des Glaubens oder der Hoffnung. Manch einer wird auch nur herkommen, weil er dazugehören will oder weil eben Sonntag ist. Wie auch immer, für dieses kleine Dorf ist die Kirche erstaunlich gut gefüllt. Und Pfarrer Loisius ist anzumerken, dass ihm das gefällt.

Während er sein Begrüßungswort an die Gemeinde richtet, nickt er kaum merklich in ihre Richtung. Lydias Hände beginnen erneut zu zittern. Sie knetet ihr Taschentuch so lange, bis sich Gretas Hand mit sanftem Druck auf die ihren legen und sich die Anspannung löst.

Zum ersten Orgelspiel summt sie leise mit wie damals neben Gustav. Was im Anschluss gepredigt wird, dringt jedoch nicht in ihren Verstand. Stattdessen fühlt sie sich ihrem Mann plötzlich so unbeschwert nahe, wie sie es bisher noch nicht erlebt hat. Er ist irgendwo dort oben, sie sitzt hier unten, na und? Muss deshalb das Band zwischen ihnen durchtrennt sein? In dieser Kirche haben sie sich das Jawort gegeben – und es war nicht die Rede davon, dass sie sich, wenn einer den anderen überlebt, nichts mehr zu sagen haben dürften.

Lydia lächelt, als sie sich noch einmal vor diesem Traualtar stehen sieht. So jung war sie gewesen und so verliebt. Ihr Gustav war der stärkste, klügste und schönste Mann auf der ganzen Welt. Und er hatte sie ausgewählt, das Leben mit ihm zu verbringen.

Wie ein ruhig fließendes Rinnsal sickert eine nicht enden wollende Folge von Erinnerungen in ihr Bewusstsein, die sie kommen und gehen lässt. Wenn sie in die bunt leuchtenden Fenster schaut, verselbständigen sich ihre Gedanken und sie sieht ihren Mann in seiner Arbeitskluft am Wiesenrain stehen, gar nicht weit von ihr entfernt, sieht den Klatschmohn im Getreidefeld im Wind schaukeln, sieht Gustavs Finger darauf deuten, hört seine Stimme, die ihr erklärt, dass so die Samenkörner gestreut werden. Sie sieht sich mit ihm durch den frühlingshaften Wald streifen, vorbei an einem bestickten Teppich aus weißen Buschwindröschen, hört, wie er sagt, dass diese Blümchen nur so lange blühen, wie das Blätterdach darüber noch nicht geschlossen ist. Hört, wie er sagt, dass die rosa Igelblüten der

Kratzdistel unzählige Insekten ernähren, schichtet mit ihm gemeinsam Zweigabfälle als Unterschlupf für Echsen und andere Kleintiere auf. Gleich darauf sieht sie sich mit Gustav im Wohnzimmer sitzen, wo die Schatten seiner Fingerspiele über die Wand huschen, sieht lustige Figuren, eigens für sie aus einem geknoteten Taschentuch gebastelt, damit sie lacht und ihren Spaß hat. Sie verfolgen gemeinsam die Wettervorhersage im Fernsehen, er vor allem, um am nächsten Tag zu beweisen, wie falsch »die Besserwisser« damit lagen. „hab ich doch gesagt: Haben die Dinge fremden Geruch, kommt der Regen zu Besuch. Und nicht die Sonne!" Gleich darauf beugen sie sich über die vorbereitete fruchtbare Erde, Lydia saugt den ganz eigenen Duft der Natur ein und er unterrichtet sie: „Grab die Bohnen nicht zu tief ein. Sie liegen am liebsten gleich unter der Erdoberfläche, weil sie gern die Glocken läuten hören, merk dir das."

Wenn er sich von ihr unbeobachtet glaubte, brauchte er kein Taschentuch. Entweder schniefte er so geräuschvoll wie eine Dampflok oder er drückte den Daumen gegen das eine Nasenloch und schnäuzte kraftvoll durch das andere.

„Schlimmer als unsere Ferkel", kommentierte Magnus diese Angewohnheit seines Sohnes. Sie sieht ihren Schwiegervater neben dem Radio sitzen, wie er sich mit höchster Konzentration das »Landschaftsbarometer« anhört; niemand durfte währenddessen einen Laut von sich geben. Ob Gustav trotz all der Streitigkeiten mit seinem Vater dennoch dessen Leitspruch dankbar befolgt hatte? »Eine Frau gehört einzig an die Seite ihres Mannes, alle Ablenkung verführt zur Distanz.«

Lydia hebt den Blick zu Pfarrer Loisius, der munter vor sich hin predigt und nichts von ihren Träumereien ahnt. Was wohl dieser junge Pfarrer von den Ansichten des alten Bauern halten würde? Rasch senkt sie wieder den Kopf, muss schmunzeln, weil sie ihn so einschätzt, dass er womöglich den Gottesdienst um ein Viertelstündchen verschoben hätte, um mit ihr dem Geräusch aus dem Stall auf den Grund zu gehen, hat sie doch soeben Wortfetzen seiner Ansprache aufgeschnappt, die verdeutlichen wollen, dass nicht nur den Menschen, sondern ebenso den Tieren der ihnen gebührende Lebensraum auf dieser Welt unbedingt zusteht.

Gustav hatte ihr alles über Füchse erzählt und Lydia fand, dass er ihnen sehr ähnlich war: gute Zähne wie auch gute Augen und Ohren, eine ganz besondere Nase, ausdauernde Muskeln und ein Allesfresser. Wie oft kehrte ihr Mann heim mit gesammelten Waldpilzen und bestand darauf, dass Lydia für sie beide diese ihr unbekannten Gewächse zu einer Mahlzeit verarbeitete. Wenn sie sich dann weigerte, solch vergiftendes Gemüse, wie sie es scherzhaft nannte, überhaupt in die Hände zu nehmen, hob er nur die Schultern, bereitete sie für sich selbst zu und aß sie direkt vor ihren Augen. Während sie noch die Luft anhielt und panisch auf eine Reaktion wartete, hielt er schon längst seinen Verdauungsschlaf. Wobei er immer wieder aufwachte, zufrieden über die natürliche Beute in seinem Bauch und mit einem belustigten, spitzfindigen Kommentar auf den Lippen.

»Du alter Tarzan, woher stammst du wirklich, wenn du nicht der Sohn von Ada warst?« Irgendwie hatte sie immer den Eindruck gehabt, ihr Mann sei den Tieren aufs engste verbunden und eins mit der Natur. Wie amüsant es war zuzusehen, wenn er sich mit dem Ackergaul unterhielt und daraufhin die weichen Lippen des Tieres zuckten, als wolle es ihm antworten; und wie traurig, als es mit dem guten alten Gaul zu Ende ging und Gustav ihn erlösen musste ...

Lydia schießen die Tränen in die Augen und sie lässt den Blick konzentriert über die Decke kreisen. Gleich über ihr endet die hölzerne Empore. Eine fette Spinne macht sich an der äußeren Kante zu schaffen. Ähnlich Adas Aussage, der Faden sei aller Knäuel Anfang, hatte Gustav Lydia einmal erklärt, wie das Radnetz einer Spinne entsteht: „Irgendeinen Anfang muss es ja geben. Am ersten Faden lässt sie sich in die Tiefe hinab, dann wartet sie, dass diesen Spinnfaden ein Luftzug erfasst und an einen zweiten Punkt anhaftet. So legt sie nach und nach ein Grundgerüst an und baut dann spiralförmig ihr Netz." Das größte Spinnennetz, das Lydia derzeit auf ihrem Hof zu wissen glaubt, befindet sich unter dem Dachüberstand am Ende des Wohnhauses. Und gleich darunter ragt aus dem Zwischenraum der Pflastersteine eine Königskerze empor. »Du würdest staunen, wie stolz sie ihren kargen Platz behauptet, Gustav«, denkt Lydia. Oder hat sie es vor sich hin geflüstert, weil Greta sie kurz von der Seite ansieht? Lydia lächelt mit einem Stirnrunzeln zurück. Sie erinnert sich, dass sie mit genau solch einem hilflosen Runzeln ihren Mann bedachte, wenn er seine kleinen Reime von sich gab, meistens dann, wenn ihn die Romantik packte und er ihr den Augenblick zu etwas Besonderem machen wollte. Selbst wenn das Metrum seiner selbst gebastelten Gedichte meist zu wünschen übrig ließ, so hatten sie doch stets einen gehaltvollen Inhalt, der Lydia anrührte ...

Sie fährt zusammen, die tiefen Orgelpfeifen haben eingesetzt. Hastig ergreift sie ihr Gesangbuch. Wenigstens hierbei will sie geistesgegenwärtig mitwirken, es kann gut sein, dass sie an ihrem ersten Kirchbesuch unter Beobachtung steht, zumindest glaubt sie, von den seitlichen Nachbarbänken Blicke auf sich zu spüren. Ihre Singstimme ist dünn, verfehlt häufig die Töne und klingt innerhalb des kräftigen Gemeindegesanges fremd in ihren eigenen Ohren. Eine kurze Passage der Melodie unterbricht Lydias Konzentration aufs Neue. Sie kommt ihr bekannt vor, erinnert sie an einen sympathischen Wanderer, der vor langer Zeit pfeifend auf ihrem Hof erschien und um ein Glas Wasser bat. Er erzählte ihr und ihrem Mann, er habe für ein paar Wochen sein Bündel geschnürt, um der Heimat zu entfliehen, wo man nicht gut auf ihn zu sprechen sei.

„Was hat man gegen Sie?“, hatte Lydia erschrocken gefragt, denn allein die Vorstellung von übel gesonnenen Mitmenschen zog ihr die Kehle zusammen. Ohne Umschweife hatte der Wanderer erwidert: „Nichts, was wahr ist. Aber Sie wissen ja, womit der Mensch sein Geltungsbedürfnis so gerne speist: Gelobt sei, was ihn stark macht, und das sind vor allem der Klatsch und das Verbreiten von Gerüchten.“ Dann hatte er seinen Rucksack geschultert und war pfeifend – mit den Tönen dieser kurzen Orgelmelodie – davonmarschiert.

Wahrscheinlich würde sich auch Pfarrer Loisius, sollte er einmal aus diesem Dorf verjagt werden, ein Lied pfeifend auf den Weg machen, sinniert Lydia schmunzelnd.

Draußen vor der Kirche ist es, wie es immer war: Einmal in der Woche schüttelt man sich die Hände. „Dann sind sie sauber“, lautete Gustavs Kommentar, „und das passende Gesicht zur Festtagskluft hat man auch gleich mitgebracht.“

Seltsam, dass auch er sich hie und da zynisch über die Dorfbewohner äußerte, doch im Grunde schloss er sie beide mit einer solchen Bemerkung ein. Aber so funktionierte Gustavs Haltung der Gesellschaft gegenüber: Mal war er gern einer der ihren, ein andermal distanzierte er sich von der großen Masse. So richtig schlau war selbst

Lydia nie aus seinem Wesen geworden; wie auch, wenn der Vergleich mit seiner Mutter Ada in Wahrheit gar nicht begründet war?

Aber jetzt hat sie vielleicht einen kleinen Stein zur Aufklärung ins Rollen gebracht: Das Anliegen, das jeder Kirchbesucher in diesem Gottesdienst ganz für sich in einer stillen Minute äußern konnte, bestand für Lydia aus einem einzigen Satz: „Bitte, lieber Gott, mach, dass Theo seinen Schwur bricht und mir Gustavs wahre Wurzeln verrät."

Hatte Lydia eben noch den Eindruck, dass es hier auf dem Vorhof der Kirche auch heute noch sei wie früher, so gesteht sie sich jetzt ein, dass gar nichts mehr so ist, wie es mal war. Sie ist jetzt eine Einzelperson, nicht mehr die Ehefrau am Arm des Bauern. Natürlich wird auch ihr die Hand geschüttelt, doch es kommt ihr vor, als habe sie eine Hand zu viel, eine, die nicht weiß, wohin mit sich, und die ihre Handtasche umklammert, als sei es der Arm eines beschützenden Begleiters. Wenn ihr auch größtenteils die Namen der Leute einfallen, bei denen sie sich zum Gruß gleichzeitig für die Kondolenzgabe bedanken kann, weiß sie, dass sie hier die Außenseiterin bleiben wird. Sie spürt die heimlichen Blicke, die sie wie Fingerspitzen betasten, um sich dann wie elektrisiert zurückzuziehen. Etwas von dem Gerücht ist an ihr haften geblieben, und wie es aussieht, kann – oder will – sich keiner dagegen wehren. Sie hält die abschätzenden Blicke aus, weiß, dass es so wie früher nicht mehr werden wird, und doch ist es in einem Punkt genau wie einst: Sie war das Mitbringsel hier im Tal, wurde Gustav zuliebe akzeptiert, weil er sie nun mal zur Frau gewählt hatte. Um ihrer selbst willen wurde sie hier jedoch noch nie akzeptiert. Auch heute ist sie wieder ein Mitbringsel, das der Försterfrau. Dennoch ist es ein Glück, dass es die Menschen gibt, denen etwas an ihr liegt – auch wenn es nicht mehr als eine Handvoll sind. Leider wohnt Theo nicht mehr hier, doch nun hat sie ein Telefon und kann mit ihm reden, wann immer ihr danach zumute ist. Und natürlich Greta, die neben ihr steht und sie aus den Gedanken reißt: „Lydia, wie sieht's aus? Haben Sie Lust, mit uns zu Mittag zu essen?"

„Einen Moment, die Damen", mischt sich eine männliche Stimme ein. „Einen Händedruck lang muss der Sonntagsbraten noch warten können." Pfarrer Loisius strahlt bis zu den Ohren und umfasst mit beiden Händen Lydias Rechte. „Wie hat Ihnen der Gottesdienst gefallen? Hat Ihnen die Predigt etwas gegeben, Frau Brause?", fragt er etwas leiser.

Lydia fühlt, wie die Röte in ihre Wangen schießt. Sie schluckt. „Ja, besonders das, was Sie über die Tiere und ihren Lebensraum gesagt haben ... und ..."

„... und danach haben sich Ihre Gedanken verselbständigt", ergänzt er frei heraus, sodass Lydia verlegen den Kopf senkt und ihre Schuhspitzen betrachtet. Dabei entgehen ihr nicht die Füße des Pfarrers, die unter dem langen Talar herausragen. Sie stecken in Socken und in den bequemen Sandalen, die ihr schon bekannt sind. Wie frei und ungehindert muss dieser Mann sich doch fühlen, wie unverkrampft lebt er sein wahres Wesen, denkt Lydia voller Bewunderung, und ihr fällt ein, wie Edda Zirbel sich zu solcherlei Themen äußert: »Rechenschaft ist der sichere Gürtel, der das abschnürt, was andere nichts angeht. Ehrlichkeit hingegen befreit ...«

„Es stimmt, ich war mit den Gedanken nicht bei der Sache. Ich war ... bei meinem Mann", gibt sie schüchtern und mit befreiender Ehrlichkeit im Herzen zu.

„Aber wie schön, Frau Brause! Gerade die Kirche soll doch ein Ort der Besinnung sein, der inneren Einkehr. Hier soll jeder das finden, was seiner Seele guttut. Und falls Ihnen danach ist, ich schließe Ihnen jederzeit unsere Kirche auf." Noch einmal drückt Pfarrer Loisius ihre Hand und schenkt ihr sein sonniges Lächeln. „Ach, und ich darf Ihnen sagen, wie sehr ich mich über Ihre Entscheidung freue. Frau Blöchner hat mir Ihre Zusage schon mitgeteilt."

Von welcher Entscheidung spricht er? Lydia sieht fragend zu Greta Blöchner empor, doch die winkt ab. „Ja, ja, das geht alles klar. Auch Ihnen noch einen schönen Sonntag!" Dann zieht sie Lydia mit sich. Und so verwirrend der Augenblick auch sein mag, so freudig stellt Lydia fest, dass es einen weiteren Menschen gibt, der zu ihr steht. Der Pfarrer des Dorfes wird nicht zulassen, dass man sie hier unten ausschließt.

Hinter ihr ruft jemand ihren Namen, wieder eine männliche Stimme, vielmehr eine knabenhafte. „Hallo Frau Brause, alles okay bei Ihnen da oben?"

Kaum hat Lydia sich umgedreht, verschwindet eine ganze Gruppe Jugendlicher aus ihrem Sichtfeld. Aber sie hat ihn erkannt, den zweitältesten Sohn der Weiderichs; nur sein Name will ihr nicht einfallen. Von der anderen Seite streicht jemand über ihren Rücken, und wieder dreht Lydia sich halb um sich selbst und blickt in das Gesicht von Rita Weiderich.

„Die angehenden Konfirmanden", klärt sie Lydia lachend auf, „und unser Frank mittendrin. Sie mussten eine ganze Stunde stillsitzen. Umso eiliger haben sie's jetzt." Die sanfte und zugleich lebensfrohe Stimme der zierlichen Frau hat sich Lydia ins Gedächtnis gebrannt, sie hätte sie auch ohne das entsprechende Gesicht dazu sofort einordnen können. Die Freude, dass die Mutter der Kinder sie von selbst anspricht, kann Lydia kaum verbergen.

„Dann richten Sie Frank aus, dass ich mich freue, ihn und seine Geschwister kennengelernt zu haben. Und dass … sie alle … jederzeit bei mir auf dem Hof willkommen sind. Auch ohne zu arbeiten." Da ist es wieder, das befreiende Gefühl der Ehrlichkeit.

Rita Weiderich winkt ab. „Sagen Sie das besser nicht zu laut. Von unseren Jüngsten hören wir kaum mehr anderes als das Wort Brausehof. Selbst mein Mann meint, da muss schon ein ganz besonderes Band entstanden sein zwischen Ihnen und unseren Kindern." Etwas ratlos zuckt Rita Weiderich die Schultern, und Lydia weiß, dass ihr ein unverbindliches Lächeln gelungen ist. Die auferlegte Distanz zwischen ihr und den Kindern hängt spürbar zwischen ihnen in der Luft, aber noch wagt keine der beiden, sie zu überbrücken. Allein diese kurze Unterhaltung hat den Besuch im Tal gelohnt, denkt sie mit einem ganz neuen Gefühl von Selbstsicherheit.

Umgehend wird sie jedoch aufs Neue gefordert, weil sie im Hintergrund einen Namen aufschnappt, der sie auf der Stelle hellhörig macht. Ihr Kopf fliegt herum, sie kneift die Augen zusammen, um ihre Weitsicht zu schärfen, und bündelt all ihre Konzentration. Doch sie sieht nur die Frauen, die sie schon vorher zusammen dort hat stehen sehen. Auch Rita Weiderich ist abgemeldet, als Lydia nun Greta beiseite zieht. „Da hat gerade jemand von einer Minnie gesprochen. Wer heißt hier Minnie?"

Greta Blöchner sieht sich um und flüstert Lydia ins Ohr: „So wird die Bremmer-Hermine genannt. Minnie wird die Abkürzung für Hermine sein."

»Vergiss nicht, dass wir einander versprochen sind.«

Unmöglich! Niemals ist diese verhärmte, finstere Person das Mädchen von einst, das Gustav diesen sehnsuchtsvollen Brief geschrieben hat. Erst kürzlich auf dem Friedhof konnte Lydia sich fast hautnah davon überzeugen, wie der Bremmer-Hermine die Bitternis aus allen Poren sprang. Unzugänglich und spröde – und seit ein paar Jahren Witwe. Vielleicht trauert sie auf eine Weise um ihren Mann, die kein Außenstehender so recht nachvollziehen kann? Vielleicht wäre sie, Lydia, demnächst sogar selbst die geeignete Ansprechpartnerin für die arme Hermine, die rein zufällig Minnie genannt wird? Vielleicht, vielleicht, immerzu vielleicht! Dieses Wort bringt Lydia schon seit geraumer Zeit keinen Schritt weiter. Sie mag es nicht einmal mehr denken – vielleicht kann nichts oder alles bedeuten. Es wird vieles zu klären sein, wenn sie ihr Leben wieder voll und ganz in die Hand nehmen will, aber dazu braucht es Fakten, denen sie unbedingt nachgehen will.

„Wie sieht es denn nun aus, Lydia? Mittagessen bei Blöchners? Ja oder nein?", fragt Greta mit guter Laune in der Stimme.

„Vielleicht", sagt Lydia. „Doch vorher möchte ich dich bitten, mit mir im Stall nachzusehen."

Kaum sitzen sie in Gretas Jeep, greift Lydia die Bemerkung des Pfarrers wieder auf: „Sag, Greta, was habe ich denn nun für eine Entscheidung getroffen, meine Zusage, über die sich Pfarrer Loisius so freut?" Herausfordernd schaut sie die Fahrerin dabei von der Seite an, sodass Greta Blöchner lachen muss und sich bei ihrer Antwort dennoch hörbar schwertut.

„Ich habe uns beide mit angemeldet zu unserem Gemeindeausflug, einer Busfahrt und einer Schifffahrt auf dem Rhein, für nächsten Monat."

„Ach, und da will ich mitfahren?", fragt Lydia mit gespielt scharfem Unterton.

„Ich denke doch ... Oder etwa nicht?"

„Sagen wir: vielleicht."

„Ja, vielleicht klingt doch schon mal gut", freut sich Greta und tritt temperamentvoll das Gaspedal durch.

26

Die obere Hälfte der Stalltür steht einen Spaltbreit offen, wogegen der untere Teil von innen verriegelt ist.

Lydia und Greta stehen davor, sehen sich fragend an, ohne sich zu bewegen.

„Seltsam", flüstert Lydia, „wenn's umgekehrt wäre, ergäbe es einen Sinn. Dann könnte man zum Beispiel an einen Fuchs denken. So aber kann es eigentlich nur ein großer Vogel sein, falls überhaupt ein Tier im Stall ist. Was ich mit Sicherheit weiß: Gestern Abend war auch die obere Klappe verriegelt; ich gehe immer noch mal überall nachsehen, bevor ich dir Haustür abschließe. Aber riech doch mal, Greta!"

Für Lydia ist es ein völlig fremdartiger Geruch, der aus dem Türspalt dringt. Im nächsten Moment ist ein Geräusch aus dem Stall zu vernehmen, es schabt, klopft, dann rüttelt es, als würde sich ein Pferd schütteln und zugleich den Staub aus den Nüstern schnauben. Ein Scharren, dann wieder ein Schnauben ... Eindeutig befindet sich ein Tier hinter dieser Tür.

Gustav würde jetzt mit gespannter Erwartung die Ärmel hochkrempeln und rufen: „Na, dann wollen wir doch mal nachsehen!", und mit entschlossener Hand die obere Klappe ganz aufreißen. Die beiden Frauen jedoch halten sich gegenseitig an den Oberarmen fest, als Lydia mit zittrigen Fingern den Verschlag ein paar Zentimeter weiter nach außen zieht. Ihr Gesicht schiebt sich zu der schmalen Spaltöffnung vor, dabei kalkuliert ihr Verstand ein, dass von drinnen bereits ein Wesen zum Sprung ansetzt.

Greta sieht ihn zuerst, ihre Position gewährt den besseren Einblick. Sie atmet befreit durch, und zu Lydias stiller Freude wechselt Greta aus eigenem Antrieb zum Du über. „hab keine Bange, Lydia, uns droht keine Gefahr. – Warte, ich mach auf."

Mit entspannter Miene zieht sie den Türverschlag ganz auf und ihr Arm vollführt eine schwungvolle Geste wie zu einer vorbereiteten Überraschung. „Da, schau, wer hier ist. Na, was sagst du? Bestimmt ein Geschenk für dich!"

„Wie kommt der denn hierhin?!", stößt Lydia perplex aus. In ihr erwacht alles zum Leben, und sie weiß nicht, ob sie lachen oder schimpfen soll.

Der Esel steht ihnen seitlich zugekehrt im Mittelgang des Stalles, auf Halshöhe mit einem Seil an den oberen Balken einer Kuhbox festgebunden. Es ist ein recht altes Tier, das erkennt sie auf Anhieb, wenngleich sie nie einen Esel hatte. Doch von Gustav weiß sie so einiges über diese Tiere. Zum Beispiel, dass die gerade noch neugierig aufgestellten Ohren, die der Esel jetzt zur Seite dreht, Angst ausdrücken. Seine großen Augen fixieren Lydia und Greta wachsam, sein Körper wiederum bleibt starr und vollkommen reglos. Er wirkt ungepflegt, das graubraune Fell weist Unebenheiten und Büschel auf, die vermutlich kurz vorm Ausfallen sind, seine stehende Mähne ist verfilzt, die weißen Stellen an seinem Bauch und um Augen und Maul sind schmutzig und verkrustet.

„Er trägt etwas um den Hals", stellt Greta fest, die langsam in die benachbarte Box gegangen ist und so das Tier aus sicherer Entfernung von vorn betrachten kann.

Der Esel hat Lydia den Kopf zugewandt. Trotz der Wachsamkeit hat er stumpfe Augen, denkt Lydia, er hat resigniert, scheint mit nichts Gutem mehr zu rechnen.

„Treten Esel nach hinten aus?", will Greta wissen. „Dann bleibst du besser dort stehen." Sie erweckt den Eindruck eines interessierten Kindes, das neugierig den Hals überdehnt, damit ihm auch ja nichts entgeht.

Sie ist naiv, denkt Lydia, Greta glaubt ernsthaft an ein Geschenk. Lydia selbst versucht, einen klaren Kopf zu behalten. Was auch immer das hier zu bedeuten hat, sie muss die Zügel in der Hand behalten. Das hier ist ihr Hof, ihr Stall, aber wieder scheint jemand sie mit einer schriftlichen Botschaft foppen zu wollen, es sei denn, auf dem Pappschild, das um den Hals des Esels an einer Schnur hängt, steht nur sein Name.

„Lies vor!", fordert sie Greta trocken auf. Noch will und darf sie sich nicht von ihrer Tierliebe überfluten lassen und Gefühle entwickeln, die sie allein beim Anblick eines hilflosen Lebewesens überwältigen.

„Nimm mich auf ... ich wurde ... vorm ... Metzger gerettet", liest Greta stockend die Worte vor, die sie in gebeugter Haltung nacheinander entziffern kann. „Oh nein, der Arme!", stöhnt sie, und ihr abwartender Blick ist auf Lydia gerichtet. Dann drückt sie mit zwei Fingern ihre Nasenspitze zusammen. „Er riecht gar nicht gut. Verwahrlost, würde ich sagen. Oder riechen Esel etwa immer so?"

Das Tier hebt Greta den Kopf entgegen, schüttelt ihn, sodass Greta ein Stück zurückweicht. „Ob er mir zugenickt hat? Oder wollte er Insekten verscheuchen?"

Lydia beschließt, Greta auf den Boden der Tatsachen zurückzuholen.

„Er ahnt, dass er seinem Schicksal machtlos ausgeliefert ist. Da ist nicht mehr viel Lebensmut in dem Tier. Wer weiß, was dieser Esel mitgemacht hat. Wahrscheinlich hat er sogar begriffen, warum er beim Metzger stand, in einem Hinterhof, nehme ich an, festgebunden wie hier, wird sogar schon Blut von drinnen gewittert haben, das Schicksal hatte längst über ihn entschieden. So dumm sind Tiere nicht, dass sie das nicht erfassen. Gerade Esel sind überaus intelligent." Lydia hat mehr laut gedacht als gesprochen. „Und von mir wird jetzt erwartet, dass ich ihn bei mir aufnehme, weil ich ein Herz für Tiere habe – und den Platz dafür." Sie schickt Greta einen wutblitzenden Blick. „So was nennt man Erpressung. Ich bin vierundsiebzig, Greta! Was soll ich mit einem Esel anfangen?"

Nur mit seinen Pupillen folgt das Tier den Bewegungen der Frauen, und immer noch verweilt sein Körper in der starren Haltung. Es ist die Angst, die ihn so reglos macht, weiß Lydia durch Gustavs Schilderungen. „Ein Esel ist kein Fluchttier wie ein Pferd, wahrscheinlich rührt daher die Bezeichnung sturer Esel", hat Gustav einmal gesagt. Schimpfworte, für die der Mensch die Tierwelt bemühte, konnte er nicht ausstehen – er ließ es nicht einmal zu, dass jemand die Gans als dumm oder eine Sau als dreckig titulierte. Für einen Augenblick schmerzt Lydia die Sehnsucht nach ihrem Mann so heftig, dass sie die Erinnerung durch eine konzentriert abwehrende Geste vertreiben muss. Und nicht einmal darauf reagiert der Esel, er zuckt mit keinem Muskel.

Greta schleicht erneut um das Tier herum. „Er muss über Nacht hierher gebracht worden sein", sagt sie mit immer noch kindlicher Neugierde und einem Anflug von detektivischem Spürsinn in der Stimme. „Du hast geschlafen, sonst hättest du etwas gehört. Aber er muss dich heute Vormittag gehört und gerufen haben. Da, schau, man hat ihm einen Eimer mit Wasser hingestellt. Vermutlich hat er den beim Trinken vor sich hergeschoben und umgeworfen. Und dann bekam er Durst und hat gebrüllt."

„Ein Esel ist bescheiden, Greta. Er kommt lange ohne Fressen und Wasser aus. Wenn er schreit, ruft er seine Artgenossen, und nicht nach Lydia Brause", sagt Lydia mit emotionslosem Tonfall. Sieh dem Tier nicht in die Augen, beschwört sie sich erneut, du weißt, was das in dir auslöst!

Greta angelt aus ihrer Hosentasche ein Bonbon hervor, wickelt es aus und legt es in die Mitte ihres gestreckten Handtellers. „Darf ich?"

„Das fragst du mich? Mir gehört der Esel nicht", antwortet Lydia, die wieder einen Schritt zurückgetreten ist und die Arme vor der Brust verschränkt hat.

Immer noch sichtbar gebannt von der hautnahen Begegnung mit einem so großen, fremden Tier lässt Greta nicht locker. „Ich meine, glaubst du, das Bonbon schadet ihm? Der Zucker und so weiter?"

„Was soll einem todgeweihten Esel noch schaden? Da müsstest du schon den Metzger fragen, dem er gestohlen wurde."

Greta sieht sie erschrocken an und seufzt. „Du kannst ihn gar nicht einfach so bei dir aufnehmen, richtig? Es würde sich irgendwann herumsprechen, dass du einen Esel hast. Wahrscheinlich würdest du angezeigt wegen Diebstahls."

Lydia nickt wortlos. Im Moment geht es ihnen beiden um ganz unterschiedliche Dinge. Im Grunde ist Lydia gerührt vom fürsorglichen Wesen der Freundin, sie muss Greta nicht auch noch mit ihren Gedanken belasten, das ist allein ihre Sache.

„Lass uns nicht länger herumrätseln, Greta, und mach dir keine Sorgen. Ich habe da eine Ahnung. Bis heute Abend weiß ich garantiert mehr. Jetzt braucht unser Freund hier erst mal was zu fressen und frische Luft. Und die richtige Gesellschaft."

Es ist zwei Uhr am Nachmittag. Der Esel steht sichtbar gelockert bei den Kühen auf der Weide. Solch ein soziales Wesen fühlt sich nur wohl in Gesellschaft, und nachdem Greta sich überzeugt hatte, wie das Tier sich nach und nach entspannte, konnte sie beruhigt heimfahren. Das Mittagessen im Hause Blöchner hatte Lydia schließlich abgelehnt. „Ich muss heute unbedingt hier erreichbar sein, ob im Haus oder auf dem Hof.", hatte sie aufgrund ihrer unausgesprochenen Vorahnung argumentiert, und Greta nahm es ihr nicht weiter krumm.

Lydia hat sich einen Teller Gerstensuppe vom Vortag aufgewärmt und sitzt am Küchenfenster. Sie weiß, auf wen sie wartet. Der Tonfall hat ihn verraten, den Zweitältesten der Weiderichs, wie er an ihr vorbeilief, auf dem Vorhof der Kirche, und so geheimnisvoll fragte: „Alles okay bei Ihnen da oben?" Sofort hatte Lydia gespürt, dass dahinter ein tieferer Sinn steckte, der sich ihr noch erschließen würde. Das »Okay« von Frank hatte drei Fragezeichen am Ende. In Anbetracht des sonst so wortkargen Jungen musste es eine Art Zeichen sein, dass er ihr etwas zu sagen hatte, was er vorerst noch unter Verschluss halten musste.

Jetzt kommen sie über den Hof getrottet, mit gesenkten Köpfen: Boris, der Älteste, und sein Bruder Frank, der Vorkonfirmand. Verstohlen blicken sie sich um, bis der Jüngere unauffällig auf die entfernte Weide deutet und seinen Bruder siegesbewusst in die Seite boxt.

Wartet nur ab, ihr beiden, denkt Lydia, in deren Körper jede Faser zuckt. Sie kann nicht deuten, was in ihr vorgeht, ob sie die jungen Tierfreunde bewundert für ihren Entschluss und die nächtliche Aktion – oder ob sie aufgrund der kriminellen Machenschaften, in die sie unfreiwillig verwickelt wurde, wütend und entrüstet ist. Sie beschließt, einfach ihrem inneren Bedürfnis zu folgen. Das hier muss schleunigst und sauber geklärt werden. Sie tritt aus der Haustür, stemmt die Hände in die Hüften, eine Pose, die sie bei anderen nie leiden mochte.

„Wollt ihr euren Esel besuchen? Dann mal hurtig, er muss gesäubert und gebürstet werden. Und zwar jeden Tag. Und er braucht Heu aus der Scheune. Sucht das gute trockene raus, es darf kein Schimmel daran sein. Und sagt euren Eltern Bescheid, dass ihr einen Esel gestohlen habt, um den ihr euch jetzt kümmern müsst."

Es ist wie damals bei ihrem ersten Besuch hier oben, denkt Lydia, genau so, ohne großartige Begrüßung, hatte sie diese beiden noch fremden Weiderich-Söhne mit in die Aufgaben einbezogen. Und genauso aufmerksam blicken die Jungs sie jetzt an, spürbar bereit, ihre Befehle zu befolgen. Ein wenig Strafe muss sein, beschließt Lydia, als sie hinzufügt: „Und der Metzger muss auch informiert werden. Aber der wird einen Ersatz verlangen, immerhin hätte er mit der Eselswurst einen schönen Batzen Geld verdienen können."

Die Knaben sind stehen geblieben, senken ertappt und ratlos die Köpfe, und es dauert eine Weile, bis Boris den Blick hebt. „Was sagen wir dem Metzger? Ich meine, er hatte den Armen hinterm Schlachthaus festgebunden und morgen wäre er dran gewesen! Bei so was kann man doch nicht einfach nur zusehen ... oder wegsehen."

Er hat Lydia aus der Seele gesprochen. Genau so hätte sie als Mädchen geantwortet, mit dem Unterschied, dass sie schon damals hier auf dem Hof alle Mittel zur Verfügung hatte und jedes Tier nach Belieben unterbringen konnte. Die Rührung lässt ihr die Augen feucht werden und sie wendet ihr Gesicht zur Seite.

„Ich mache euch einen Vorschlag. Ich gebe euch Geld und ihr kauft damit den Esel frei. Traut ihr euch das zu? Aber ehrlich bleiben und genau beschreiben, wo ihr ihn untergebracht habt und dass es allein eure ... Tat war." Sie muss über ihre Wortwahl schmunzeln, ebenso über die strahlenden Gesichter, die im Augenblick mehr an Kleinkinder erinnern als an halbwüchsige Gernegroße.

Der unnahbare Frank tritt vor und kann seine Reaktion nicht so rasch abwägen, wie sie ihm über die Lippen kommt: „Danke, Frau Brause! Sie sind echt klasse!"

Zwei Stunden später machen sich die Jungen wieder auf den Heimweg. Voller Stolz haben sie ihr bis ins Detail von ihrer Nacht- und Nebelaktion berichtet, haben sich ihr geöffnet wie Enkelkinder ihrer Großmutter.

Lydias Herz will überlaufen vor Freude, dass ein Schlachtesel ihre Verbindung zu den Kindern wiederhergestellt hat. Sie streichelt das Tier, das rasch zutraulich geworden ist und sich mittlerweile direkt bei den Kühen aufhält, denen sie dankbar ist, dass sie den Neuankömmling sofort akzeptiert haben, obwohl die beiden nie zuvor Kontakt zu einem Esel hatten. Ohne ihn beiseite zu drängen, sehen sie zu, wie auch er seine Nase gegen den Wasserspender am Wagenfass drückt.

Doch jetzt muss sie erst einmal ihren eigenen Belangen nachgehen, so, wie sie es in der Kirche beschlossen hat.

Theos Telefonnummer kennt sie längst auswendig. Er meldet sich auch sofort. Sie erzählt ihm von ihrem Kirchgang wie auch die ganze Eselgeschichte, wohl wissend, dass er amüsiert und interessiert zuhört. Und nachdem sie ihm anvertraut hat: „Den Jungs habe ich für den Metzger das Geld aus den Kondolenzbriefen mitgegeben. Wenn die da unten wüssten, dass sie mit ihren Beileidsgaben nicht der armen Witwe, sondern einem Esel das Leben gerettet haben ..."

Lydia hört Theo herzhaft lachen, doch dann wird sie ernst und kommt auf das Eigentliche zu sprechen. „Heute Abend um acht ruf ich dich wieder an. Und bis dahin hast du Zeit zu überlegen, wie du mir dein Geheimnis über Gustavs Herkunft verraten kannst. Heute brauch ich eine Antwort, Theo, und keinen Tag später."

Sie legt den Hörer auf die Gabel und fühlt den Schlag ihres Herzens im Hals. Manchmal scheint es kurz auszusetzen, oder es hüpft in ihrer Brust herum und will sich vom geordneten System ihres restlichen Körpers nicht bändigen lassen. Aber Herzschlag hin oder her, heute ist der geeignete Tag für die Wahrheit!

Am Abend wählt Lydia noch einmal die gleiche Nummer.

Wenn er jetzt nicht abhebt, drückt er sich, und das würde sie ihm für immer übel nehmen. Sie wartet, zählt die Freizeichen mit, fühlt die Wut in sich aufsteigen ...

Dann hört sie seine Stimme: „Treidel?" Er klingt ein wenig außer Atem.

„Wo hab ich dich hergeholt, Theo?"

„Von da, wo jeder ab und zu mal hin muss."

Lydia lacht erleichtert auf. In wenigen Minuten wird sie ihre Antwort haben, ein beinahe glorreiches Gefühl. Ob sich das neue Wissen um die Herkunft ihres Mannes auf ihren Alltag auswirken wird, auf ihr Gemüt?

„Und? Was hast du mir zu sagen, mein Freund?" Sie hat den Freund hervorgehoben wie eine wichtige Erinnerung – und ist sich sicher, dass Theo ihren Wink richtig verstanden hat, nicht als Drohung, sondern als selbstverständliche Verpflichtung einem bedeutsamen, ihm nahestehenden Mitmenschen gegenüber.

Theo räuspert sich, und Lydia muss, wie so oft, wenn sie den Hörer in der Hand hält, über diese einzigartige Erfindung staunen: Da redet sie in eine Plastikmuschel hinein und weiß, dass ihre Stimme über viele Kilometer entfernt aus einer anderen Muschel dringt und verstanden wird, ohne dass sie draußen vom Rande ihres Hügels aus über die Berge hinweg schreien muss.

„Ich tu mich außerordentlich schwer, Lydia. Was glaubst du, wie ich mich fühle, wenn ich Ada gegenüber meinen Schwur breche?"

„Was glaubst du, wie du dich erst fühlen wirst, wenn du mir jetzt nicht sofort die Wahrheit sagst!", erwidert Lydia, und diesmal hat sie darauf geachtet, dass ihre Aufforderung in der Tat wie eine Drohung klingt.

„Du hast die Antwort doch Tag für Tag vor Augen, Lydia, steckst mit deiner Nase doch mitten drin."

„Was sagst du da? Ich weiß nicht, wovon ... Theo, jetzt gib mir meine Antwort! Sei doch nicht albern. Die Toten brauchen keine irdischen Schwüre mehr, aber die Lebenden sind auf ehrliche Auskünfte angewiesen. Gustav war mein Mann und ich will einfach nur wissen, wessen Eltern Kind er war. Ich wette mit dir, dass er es dir arg verübeln würde, wenn er sehen könnte, wie du mich zappeln lässt. Vielleicht nimmt er es dir sogar von dort oben krumm, dass du nicht mal ihm gesagt hast, was du über ihn weißt. Er hat ja selbst bis zuletzt geglaubt, dass Ada ihn zur Welt gebracht hat. Also rette deine Haut und mach das wieder gut!"

Am anderen Ende ertönt ein gequältes Stöhnen. „Wenn du wüsstest, wie fest sich ein Mund über so viele Jahre hinweg versiegeln kann. Stell es dir doch nur umgekehrt vor: Du hast Ada etwas auf Gustavs Leben geschworen und hast es dein Leben lang für dich behalten, und jetzt sollst du plötzlich entgegen deiner Überzeugung damit herausrücken und einen heiligen Eid brechen ... Pass auf, Lydia, lass mich dir noch den einen Hinweis geben, der dich garantiert selbst darauf bringt. Bis morgen hast du alles alleine herausgefunden, und ich garantiere dir, das wird sich besser anfühlen, als müsstest du immer denken, dass du mich seelisch gefoltert und ausgequetscht hast wie eine Zitrone."

Lydia lacht, um sich eine Gelegenheit zum Nachdenken zu geben. Sie weiß, wie gnadenlos sie mit Gustavs Freund umgeht und dass ihr das nicht unbedingt zusteht.

„Und wenn nicht? Ich meine, wenn ich es nicht herausfinde?"

„Wenn nicht, dann sag ich dir alles, was ich weiß."

Theo schickt seinem Versprechen ein bewusst lautes Stöhnen hinterher. Doch Lydia spürte schon vorher, wie ernst es Theo mit seinem Vergleich der Folter ist.

Ein Hinweis, das klingt nicht schlecht, fast verlockend. Sie hat bisher so vieles selbst enträtselt, dann sollte sie sich und ihm diese eine Chance noch gewähren, damit ihr Verhältnis auch weiterhin ungetrübt bleibt.

„Ja, gut, dann mal raus mit der Sprache. Gib mir einen Anhaltspunkt. Aber verulke mich nicht, Theo."

Lydia wartet mit hastigem Atem. Er schweigt. Aber auch sie sagt nichts mehr, sie wird so lange stumm bleiben, bis er ihr antwortet, und wenn sie die ganze Nacht mit dem Hörer am Ohr hier sitzen muss.

Irgendwann vernimmt sie wieder sein Räuspern und lehnt sich zufrieden auf ihrem Stuhl zurück, weil sie Theo so gut kennt, dass sie weiß: Dies ist der Auftakt zu seiner Antwort.

„Ich hab dir ja schon gesagt, du steckst jeden Tag mit deiner Nase darin."

Wie ein Lichtblitz durchzuckt es Lydia. „In Adas Buch! Ich finde das, was ich wissen will, irgendwo im Buch von Edda Zirbel. Ada hat alles, was ihr etwas bedeutet hat, darin markiert. Richtig, Theo? Stimmt's? hab ich recht? Sag schon, Theo!"

„Nun, also, schau selbst, Lydia", stottert er. „Ich sag nichts mehr. Nur noch eins, denn das wirst du nirgends finden: Dein Gustav hatte blaues Blut in den Adern."

„Wie, blaues Blut ... Was meinst du damit? Mein Gustav war ein Adliger?! Hahahaha! Jetzt verulkst du mich doch noch, solche Scherze macht man aber nicht über Menschen, die gestorben sind, Theo."

„Gute Nacht, Lydia." Er hat aufgelegt. Und Lydia sitzt noch eine Weile auf ihrem Stuhl, der tutende Hörer liegt achtlos in ihrem Schoß.

27

Die vergangene Nacht hat Lydia stark gefordert. So froh sie über die Willensstärke ist, mit der sie all die Herausforderungen der letzten Wochen bis zum gestrigen Sonntag gemeistert hat, merkt sie doch jetzt, dass sie mit ihrer Kraft am Ende ist.

Dass Wotan während der ganzen Zeit freiwillig zu ihren Füßen unter dem kleinen Tisch der Stube zugebracht hat, rechnet sie ihm hoch an. Der Hund scheint von dem neuen Hofbewohner geträumt zu haben, weil er im Schlaf dieselben Laute von sich gab, wie er sie auch am Tag für den Esel benutzt hatte: eine Spur warnend, mit einer Portion Neugierde und einer wiederholten Aufforderung zum Spiel.

Lydia hat das komplette Buch von Edda Zirbel durchforstet, hat mit Brille und später zusätzlich mit einer Lupe die gekennzeichneten Textstellen auf den über dreihundert Seiten genauestens inspiziert, so aufmerksam, als hielte jede einzelne die ganz spezielle Botschaft für sie bereit. Zwei Kannen Tee hat sie dabei geleert und eine lange Rolle Kekse verzehrt. Doch jetzt, am frühen Morgen, empfindet sie das Versteckspiel nur noch als albern. Es wäre doch alles so einfach gewesen – sie hatte eine Frage, Theo hätte sie beantworten können und das wäre es dann auch schon gewesen. Zumindest für ihn. Für sie selbst hätten neue Ausgangspunkte natürlich neue Gedankengänge nach sich gezogen, aber das wäre dann alleine ihr Problem gewesen, dem sie sich gerne gewidmet hätte.

Obwohl sie behaupten kann, dass sie in all dem Gelesenen regelrecht nach Rosinen gepickt hat, ist sie, was ihre eigentliche Frage anbelangt, leer ausgegangen.

Wiederum unterhaltsam war die halbe Stunde, in der sie sich auf ein paar Seiten festgelesen hatte, weil Edda Zirbel dort einiges über ihr Privatleben schildert, über ihre Jahre in einem vornehmen Mädcheninternat. Wie unterschiedlich diese Schriftstellerin und Lydias Schwiegermutter doch die Zeit um die Jahrhundertwende verbracht haben ... Während Adas Elternhaus mit Arbeit und Mühe das tägliche Brot herbeischaffen musste, lebte Edda Zirbel in der Welt der feinen

Gesellschaft. Sie stammte aus einem wohlhabenden Anwesen aus der Gründerzeit, aus einem Haushalt mit Personal und regelmäßigen Festveranstaltungen in den eigenen Räumen. Da Edda seit ihrem zehnten Lebensjahr ohne Mutter aufwuchs und ihr Vater viel auf Reisen war, plante und repräsentierte sie schon als heranwachsende Tochter die häuslichen und gesellschaftlichen Angelegenheiten, empfing die feinen Herrschaften und diskutierte – ohne das Wissen ihres Vaters – allzu gern in versammelter Männerrunde über politische Themen. Ihre Belesenheit wurde belächelt und zugleich geschätzt, vergaß sie dabei doch nie die guten Manieren und ihre selbstsichere Ausstrahlung. Nur die sich ihr geziemende weibliche Bescheidenheit perlte an ihr ab. Sie wusste genau, was sie für ihr Leben wollte, und das waren Bildung und karitative Tätigkeiten.

Dass sie sich dann irgendwann doch einem Ehemann versprach und ihm Kinder gebar, versetzte sie, wie Lydia dem Buch entnimmt, später selbst in Erstaunen. Sie betont, dass sie es einzig ihrem Schreiben verdanke, die Rolle der pflichtbewussten, dankbaren Gattin und fürsorglichen Mutter verkörpern zu können. Wer ihr heimliches Manuskript letztendlich einem Verlag zukommen ließ, will Edda Zirbel hier nicht erwähnen, denn nicht alles brauche belegt und transparent zu sein.

Auf den in der Widmung erwähnten Diebstahl oder Überfall, was immer ihr widerfahren sein mochte, das ihr angeblich den Raum zum Schreiben gewährt hat, geht sie mit keinem Wort ein. Lydia vermutet, dass dieser wunde Punkt das Leben der Autorin stärker beeinflusst hat, als der Leser es erahnen kann.

Viele kleine Zeitungsausschnitte hat Lydia in der Nacht in diesem Buch gefunden, so hauchdünn von den Jahren geplättet, dass die meisten sich bisher nicht von selbst zwischen den Seiten gezeigt haben: Kochrezepte, Gedichte und Hausmittelchen, die Ada ausgeschnitten hat. So viele Informationen und Gesammeltes, nur kein einziger Hinweis auf ihren Gustav! Aber den wird Theo ihr heute liefern, er hat es ihr versprochen.

Dass Lydia schon vor Tagesanbruch auf den Beinen ist, kommt ihren Tieren zugute. Die Hühner dürfen den Sonnenaufgang erleben und Wotan streift mit ihr ein Stück in den erwachenden Wald hinein, stemmt sich hier und da gegen einen Baum, um einem fliehenden Eichhörnchen nachzubellen, und steckt seine Nase in frisch benutzte Erdbauten. Auch Mozart bekommt schon frühzeitig seine Körnerration und frisches Wasser. Auf der Kuhweide halten sie sich besonders lange auf. Der Neuling wirkt ganz entspannt, steht ein paar Meter abseits der Kühe und schläft im Stehen. Lydia wird sich ausführlich informieren, wie sich die Haltung eines Esels gestalten sollte. Er wird eventuell für einige Stunden am Tag ein Stückchen abgetrennten Grund brauchen, damit er sich nicht wie die Kühe immerzu von Gras ernährt. Zudem wird er ein Kraftfutter brauchen, seine Hufe müssen untersucht und er muss entwurmt werden. Aber in all das wird sie die Weiderich-Knaben einbeziehen.

Nach ihrem Aufenthalt auf der Weide gräbt Lydia ein paar selbst gezogene Blühpflanzen aus, verstaut sie in einem Korb und macht sich mit ihrem Hund zu Fuß auf den Weg ins Tal. Heute fühlt sie sich zum ersten Mal wieder wie die Bäuerin vom Brausehof, als sie sich festen Schrittes ihren Berg hinabbegibt. Sie wird alleine auf dem Friedhof sein, so früh zieht es keinen Dorfbewohner zu den Gräbern.

Doch sie hat sich geirrt: Zwei Reihen vor Gustavs Holzumrahmung kniet die Bremmer-Hermine neben dem Stein ihres Mannes, murmelt gedämpft vor sich hin und buddelt dabei selbstvergessen in der taufeuchten Erde herum. Es scheint, als hätte sie ihrem Verstorbenen viel zu berichten, eine Bestätigung für Lydia, dass sie nicht die Einzige ist, die sich ihrem Ehemann auch nach dessen Tod mitteilen möchte. Als Lydia auf gleicher Höhe ist, hebt Hermine den Kopf. „Hier dürfen keine Hunde rein." Mehr sagt sie nicht, doch Lydia betrachtet dieses Aufeinandertreffen als eine günstige Gelegenheit, dieser rätselhaften Person ein wenig näherzukommen.

Ob sie sich einladen lässt, sie einmal droben zu besuchen? Wie sie die Frauen im Ort einschätzt, wird es kaum jemanden geben, dem die Bremmer-Hermine der Mühe einer Einladung wert ist. Wer sich hier zurückhält, wird ausgegrenzt, das kann Lydia nur zu gut bestätigen.

„Guten Morgen, auch schon so früh auf den Beinen?", sagt Lydia gut gelaunt. „Wir alten Witwen, was? Könnten eigentlich schlafen bis in die Puppen. Aber was tun wir? Stehen noch vor Tagesbeginn auf und besuchen unsere Männer! Als hätten wir uns nicht schon genug um sie gesorgt und gekümmert." Lydia ist stehen geblieben, sie wird eine Reaktion erhalten, das erfordert schon die Einsamkeit dieses Ortes, an dem sich nur sie beide aufhalten, und seltsamerweise fühlt sie sich im Augenblick in der stärkeren Position. Für den kaum greifbaren Zeitraum eines Wimpernschlages spürt Lydia, wie es sein kann, wenn man sich seinen Mitmenschen ungezwungen und selbstbewusst nähert, und wie leicht sich damit das Leben anfühlt.

Doch die Frau neben dem glänzenden schwarzen Grabstein hebt nicht einmal mehr den Kopf. Dafür ist es Wotan, der aktiv wird. Sein Frauchen hat gesprochen, also darf er sich als Begleiter ihrer Absicht anschließen. Er tapst um die Grabsteine herum, setzt sich neben die Bremmer-Hermine und legt seine Pfote auf den Randstein.

Er hat die strengen Züge dieser in sich gekehrten Person wahrhaftig zum Zucken gebracht, stellt Lydia von der Seite her fest. Leider gibt es für sie keine Überschneidungen mit dem Leben der anderen, und so sucht sie ein Thema, die peinliche Distanz zu durchdringen.

„War schön, der Gottesdienst gestern, was?"

„Mhm", nickt Hermine vor sich hin.

„Und unser Pfarrer Loisius ist ein beeindruckender junger Mann."

Wieder nickt die andere kaum merklich, doch Lydia sieht plötzlich Tränen, die auf den blanken Stein tropfen. Die Bremmer-Hermine weint. Kann eine Trauer so unendlich sein? Wie sie auf dem Grabstein lesen kann, ist August Bremmer schon seit vier Jahren tot. Lydia hat ihn kaum gekannt, von seiner Beisetzung hatte sie gar nichts mitbekommen. Ein zurückgezogenes Ehepaar aus einem kleinen Haus am Rande des Dorfes, einer abgelegenen Ecke, in der Lydia bisher so gut wie nie war, weil sie keinen Grund hatte, dort hinzugehen. Auch Gustav hatte sich nie um Hermine geschert, aber unsympathische Menschen ignorierte er grundsätzlich, da war er ein Sturkopf sondergleichen.

„Ich würde mich freuen, wenn Sie mal zu mir hochkommen würden. Morgen, zum Nachmittagskaffee? – Na, dann schönen Tag noch, Hermine", sagt Lydia, um einen unbekümmerten Tonfall bemüht. Sie wird ja sehen, ob ihre Einladung angenommen wird. Und wenn nicht, hat die Bremmer-Hermine halt so entschieden.

Mit Wotan an den Fersen schreitet sie um die benachbarten Gräber herum bis zu der immerzu schattigen Stelle am Ende des Friedhofes.

„Jetzt kriegst du ein paar Blumen von unserem Hof, Gustav. Ich hoffe nur, dass sie, so ganz ohne Sonne, hier auch Wurzeln schlagen. – Übrigens", fügt sie flüsternd hinzu, „hast du auch ganz andere Wurzeln, als wir beide dachten. Sobald ich mehr weiß, erzähl ich es dir – falls du es da oben nicht schon erfahren hast. Ach ja, und wir haben jetzt einen Esel, aber bestimmt hast du das auch schon gesehen."

Sie betrachtet noch einmal die lila und roten Pflanzen, die sie über die kleine Grabfläche gleichmäßig verteilt hat, dann wendet sie sich zum Gehen. Hermine kniet immer noch unverändert auf dem Kies neben der Einfassung.

Ganz bewusst wählt Lydia wieder den direkten Weg an ihr vorbei, mit dem Bedürfnis, der armen Trauernden zumindest einen Hauch von Trost dazulassen. „Irgendwie beneide ich Sie um das Doppelgrab, Hermine. Ihre Seite ist schon für Sie reserviert, ich dagegen werde nie neben meinem Mann begraben werden."

Hermines Kopf bewegt sich kaum merklich zur Seite, als sie in Lydias Richtung murmelt: „Selber schuld."

Spätestens jetzt kann sich Lydia sicher sein, dass sie morgen keinen Besuch zum Kaffee erhalten wird.

Auf dem Rückweg, am Fuße ihres Berges, vertritt Lydia sich den linken Knöchel. Unter Stöhnen lässt sie sich ins Gras am Wegrand sinken, rollt ihren Strumpf herunter und reibt ihre Fessel.

„Na mach schon, du darfst", geht sie auf ihren Hund ein, der sie fragend beäugt. „So viel Speichel wie du hab ich nicht." Wotans lange Zunge kühlt zwar für den Moment die schmerzende Stelle, doch Lydia weiß, dass sie damit keinen steilen Hügel mehr besteigen kann.

„Und jetzt?", fragt sie Wotan, der sich so artig neben sie setzt, als gehöre das zu ihren Plänen. Während er abwartet, was als Nächstes passiert, betrachtet er die Landschaft um sie herum, stößt mit der Schnauze zwischendurch immer wieder Lydias Knie an und verhält sich des Weiteren vorbildlich ruhig.

„Auf, geh'n wir die paar Meter links rein zu den Blöchners. Bestimmt können die uns heimfahren." Der Hund passt sich Lydias langsamem Humpelschritt an, immer die Augen nach oben auf ihr Gesicht gerichtet, und Lydia lobt ihn, ist sie sich doch bewusst, wie viel Neues es hier für ihn zu erschnuppern gäbe.

Sie hat sich richtig erinnert, das Forsthaus der Blöchners liegt höchstens hundert Meter weiter am unteren Ende des Hügels. Inmitten des Grüns der Bäume ist es im Sommer kaum dort auszumachen.

Greta Blöchner öffnet ihr im gepunkteten Schlafanzug. Die roten Locken stehen auf einer Seite wie Pfeile vom Kopf ab, um auf der anderen Seite, plattgedrückt vom Kissen, wie ein Bilderrahmen anzuliegen. Sie ist sogleich hellauf besorgt, was Lydia geschehen sein mag, weil sie so unvermutet um diese frühe Stunde vor der Tür steht.

„Aber gewiss wirst du heimgefahren, Lydia. Willst du vielleicht noch etwas frühstücken? Eine Tasse Kaffee?“ Als Lydia dankend ablehnt, platzt die Frage aus Gretas Mund heraus, die schon von Anfang an fast greifbar auf ihrer Zunge gelegen hat. „Wie geht's dem Esel?“

„Gut, gut, er hat sich eingewöhnt. Ach, weißt du was, Greta? Du übernimmst die Patenschaft für ihn.“ Lydia ist sich sicher, Greta damit eine große Freude zu machen, zugleich kann sie davon ausgehen, dass sie so noch öfter zu ihr auf den Hof kommt.

„Aber gern! Was macht denn eine Eselpatin? Sorgt sie für Leckereien? Was frisst denn so ein Esel? Und sag, wie heißt er eigentlich? Du hast mir gestern Abend am Telefon nur von den beiden Weiderichs erzählt. Und dass es ein Eselmädchen ist. Hat es denn überhaupt einen Namen?“

„Die Jungs wollen sich heute entscheiden, nachdem sie dem Metzger gebeichtet haben. Wenn der nicht weiß, wie der Esel heißt, fällt die Wahl wohl auf Sina oder Nelly.“

Wie vermutet, ist Greta Blöchner wieder hellauf entzückt. „Glaubst du, du kannst ihn reiten?“, fragt sie mit leuchtenden Augen.

„Ich reite doch nicht auf einem Esel durch die Gegend! Das würde meinem guten Ruf gerade noch fehlen! Außerdem sieht sein Rücken nicht so aus, als wolle er unbedingt noch Lasten tragen.“

„Du bist keinem eine Last“, entgegnet Greta liebevoll. Dann ruft sie nach ihrem Mann, der schon angekleidet durch den Hausflur schreitet.

Zehn Minuten später kann Lydia die eigene Tür aufschließen. „Danke, Herr Blöchner, fürs Heimfahren. Heute telefoniere ich übrigens mit Ihrem Freund Theo. Er will mir etwas Wichtiges verraten“, ruft sie sie dem Förster zu, der im Auto sitzen geblieben ist. Es tut ihr gut, andere wissen zu lassen, dass sie wieder mit den Leuten spricht.

„So?", fragt er, und wirkt augenblicklich verstört. Hat er selbst etwa keinen Kontakt mehr zu Theo – oder warum reagiert er so seltsam?

„Soll ich ihm einen Gruß ausrichten?", fragt Lydia, die ihre Neugierde gern mit seiner Antwort befriedigen würde. Doch er wird nicht anders können als zu bejahen, wer würde auch auf eine solche Frage mit Nein antworten ...

„Ja, einen Gruß von mir. Er soll aber nicht zu viel Wichtiges verraten", gibt Kuno Blöchner mit aufgesetzt neckendem Tonfall zurück, und es entgeht Lydia nicht, dass er dabei puterrot geworden ist.

Pünktlich am frühen Nachmittag erscheinen Boris und Frank. Sie haben eine Tüte mit Maiskörnern mitgebracht. „Das fressen Esel gern", erklärt Frank stolz, und den unbeschwerten Mienen entnimmt Lydia erleichtert, dass ihr Gespräch mit dem Metzger positiv verlaufen sein muss. Oder haben sie ihn noch gar nicht aufgesucht? Darauf sollen die beiden von selbst zu sprechen kommen, auch auf die Reaktion ihrer Eltern, beschließt Lydia. So viel Verantwortungsbewusstsein sollten große Knaben haben. Erst eine Weile später fällt ihr ein, dass sie womöglich das Geld immer noch mit sich tragen, doch Lydia wundert sich, wie gleichgültig sie mit dem Gedanken umgeht. Nie mehr wird sie den Weiderich-Kindern auch nur eine Spur von Misstrauen entgegenbringen.

Aus der Ferne beobachtet sie das Treiben auf der Kuhweide, schnappt auf, wie sie den Esel Sina nennen, vielleicht der Beweis dafür, dass der Metzger ihnen den richtigen Namen des Tieres nicht nennen konnte – wenn dieser arme, abgeschobene Esel überhaupt je einen hatte.

Bis zum Abend ist Lydias Knöchel auf den doppelten Umfang angeschwollen. Sie hat ihre Verletzung den ganzen Tag in den Hintergrund geschoben, ist durch die Gegend gehumpelt, immerzu mit den Gedanken bei dem bevorstehenden Telefonat mit Theo. Jetzt hat sie sich einen Kräuterwickel um das pochende Gelenk geschlungen und den Fuß hochgelegt. Sie sitzt in der neuen Stube vorm Fernseher und schaut sich eine Tiersendung an: »Voraussetzungen für eigene Hühnerhaltung.« Demnach sind die Gegebenheiten auf ihrem Hof äußerst günstig, nur das lehmige, festgetretene Gelände entspricht nicht unbedingt den besten Bedingungen, doch das ist ihr schon lange bewusst. Da sich jetzt aber die Kinder wieder blicken lassen, könnten die Hühner schon bald von einem erweiterten Gehege mit Grasuntergrund profitieren.

In der Küche läutet das Telefon. So schnell, wie es wieder aufhört, kann Lydia sich nicht durch den langen Flur bewegen. Ob das Theo war? Ob er ihrem Anruf zuvorkommen wollte, weil auch er von Neugier geplagt wird? Natürlich wäre es ihm am liebsten, wenn ihre Recherchen erfolgreich verlaufen wären, doch sie wird ihn enttäuschen. Deshalb muss Dr. Theodor Treidel seinen Ada Brause abgelegten Schwur heute brechen, so leid es Lydia auch für ihn tut. Aber irgendwann ist alles genug, sie ist kein kleines Mädchen mehr, das man über die Eiersuche bis zum Osternest führt.

Lydia schiebt einen Stuhl zu dem schon lange stillgelegten schmiedeeisernen Herd, der ihr jetzt als Telefontisch dient. Sie hat Vorsorge getroffen für dieses sicherlich aufregende Telefonat: Auf einem Tablett steht ein Glas Wasser, reines kühles Quellwasser aus ihrem Wasserhahn. Ob es tatsächlich noch so rein ist, bezweifelt Lydia, denn wer weiß, was sich im alten, eigens gebastelten Leitungssystem des Brausehofes mittlerweile an fremden Organismen tummelt, das mit dem Wasser aus den alten Rohren schießt. Doch bisher scheint es ihr keinen Schaden zugefügt zu haben, und es schmeckt immer noch so köstlich wie früher. Neben dem Wasserglas liegt auf Adas Buch ihre Brille. Keine rechte Fundgrube, denkt Lydia und trommelt auf dem brüchigen Einband herum. Dann setzt sie sich aufrecht auf ihren Stuhl und wählt.

Theos Stimme klingt gehetzt, nicht, als hätte er sich angestrengt bewegt, vielmehr hört sich sein Atem stoßartig und überspannt an.

„Hattest du gerade schon mal versucht anzurufen?", fragt Lydia genauso angespannt.

„Ja, das habe ich. – Und, wie sieht's aus?"

„Ich hab mir die Nacht um die Ohren geschlagen, Theo, aber ich komm nicht weiter. Jetzt bist du an der Reihe. Los, gib dir einen Ruck!" Sie hört sein Grummeln, sieht ihn vor sich, wie er sich mit der Hand immerfort den Bart glatt streicht.

„Das Buch hat dir also keine Antwort gegeben? Schade, ich hätte es mir für dich gewünscht, so ein richtiges Aha-Erlebnis."

„So was brauch ich nicht. Ich will einfach weiterkommen mit all den Brausehof-Rätseln. Zum Forschen bin ich zu alt."

„Na gut. Hast du Adas Buch vor dir liegen? Dann schlag den Anfang auf, die Seite mit der Widmung."

Lydia gehorcht mit hämmerndem Herzen. „Da hab ich sie, die Seite mit der Widmung."

„Lies vor", fordert Theos Stimme durch die Hörmuschel.

„Das Gedruckte oder das Handschriftliche?"

„Das offiziell Gedruckte, auf der Seitenmitte."

Er scheint das Buch gut zu kennen, stellt Lydia erstaunt fest. Sie schiebt ihre Brille zurecht. „Du meinst den Abschnitt, wo sie schreibt, dass man sie bestohlen hat?"

„Bestohlen?" Sie vernimmt Theos verborgenes Lachen. „Von mir aus nenn es so. Also lies."

„»Gewidmet sei dieses Werk der Person, die meinen größten Reichtum an sich genommen und mir somit den Weg hin zu meiner wahren Bestimmung ermöglicht hat.« – Und? Sag ich doch: Sie ist mal beklaut worden, und weil sie auf einmal nichts mehr hatte, hat sie zum Stift gegriffen und geschrieben."

Es raschelt, als würde Theo mit dem Kopf schütteln. „Und was steht unten geschrieben, mit Tinte?", setzt er seinen Schulmeisterton fort.

„Für Adelinde und ihren Sohn, in stiller Verbundenheit, Weihnachten 1950", liest Lydia vor, um gleich im Anschluss festzustellen: „Das ist das Jahr, in dem das Buch wohl auch erschienen ist, wie ich gerade sehe ..."

„Und welches Ereignis gab es Weihnachten 1950 bei euch zu feiern?"

„Jesu Geburt. – Und Gustavs Geburtstag!", lässt Lydia sich auf Theos Ratespiel ein. „Weihnachten 1950 war sein ... 45. Geburtstag."

„Und die Widmung, Lydia, was glaubst du, wessen Handschrift das ist?", fragt Theo nun betont langsam.

„Die Schrift desjenigen, der dieses Buch für Ada gekauft hat, um es ihr zu Weihnachten zu schenken. – Oder ein Geschenk für Gustav? – Halt! Ist das vielleicht sogar die Schrift von ..."

Ein Schwall eiskalten Wassers scheint sich über Lydias Schädeldecke zu ergießen.

„Moment, Moment ... Hat Edda Zirbel das selbst geschrieben? Du meinst, sie hat Ada das Buch geschenkt? Weil Ada vielleicht ihr Fan war und die größte Leseratte aller Zeiten, was?" Lydia lacht ihrer Bemerkung hinterher, wird dann aber, weil Theo nichts erwidert, umgehend wieder ernst. „Haben die beiden sich gekannt? Edda und Ada – eine lustige Kombination. Aber was bedeutet die Widmung weiter oben ..." Sie ahnt selbst, warum sie plötzlich so unbedacht hektisch plappert, will noch hinauszögern, was irgendwo tief in ihr bereits begonnen hat, Gestalt anzunehmen.

„Man muss bei Reichtum nicht immer gleich an Geld denken, Lydia. "

„Wenn du noch ein Mal so belehrend meinen Namen sagst, leg ich auf, Theo! Ich fühl mich ja wie auf der Schulbank! – Also, was hast du gesagt? Bei Reichtum nicht immer gleich ... Du meinst ... dieser Reichtum war ... ihr Kind? Ihr Baby? Aber ..."

„Edda Zirbel hat Gustav geboren, Lydia. Und die Frau auf dem Umschlag, das ist sie selbst. Vielleicht solltest du ihr Buch mal richtig lesen und dich nicht nur mit den markierten Stellen anderer begnügen? Und nimm auch den Titel mal unter die Lupe."

„»Über allem die Harmonie«", sagt Lydia schroff, „ich weiß, wie das Buch heißt." Mehr will ihr im Augenblick nicht zu Theos Offenbarung einfallen. Dafür kann ihre Erinnerung unverzüglich eine Stelle zitieren: »... denn nichts ergibt sich genau so, wie man es erwartet hat. Was am Ende zählt, sind die Momente, in denen wir geliebt haben. Doch die Liebe setzt innere Harmonie voraus ...«

Für eine kleine Ewigkeit bleibt die Leitung still, ein vollkommenes Schweigen, wie Lydias Geist es braucht, um das Gehörte zu verinnerlichen und ihm einen noch ganz unberührten Raum zuzuweisen, eingehüllt in eine schützende Membran, damit es weder ausbrechen noch jemand darauf zugreifen kann, nicht einmal sie selbst.

„Aha. Daher also Gustavs poetische Ader", gelingt Lydia ein halbwegs angebrachter Kommentar. Sie schluckt mehrmals, hofft, dass ihre Stimmbänder noch mitmachen und schnieft in den Telefonhörer: „Tut mir leid, Theo, ich leg jetzt auf. Darf ich dich in einer halben Stunde wieder anrufen?"

„Natürlich darfst du das."

„Und noch was: Ich soll dir einen Gruß von Kuno Blöchner ausrichten. Er sagt, du sollst mir nicht zu viel Wichtiges verraten. Was er damit gemeint hat, weiß ich nicht. Na, ist ja auch für dich bestimmt, ich muss auch nicht alles wissen. Aber die Geschichte von Ada und Edda erzählst du mir, ja? Du wirst sie doch kennen, Adas Geschichte." Lydias Stimme ist zum Ende hin immer leiser geworden, gedämpft von dem Taschentuch, das sie vor ihre bebenden Lippen presst.

„Ich erzähl dir alles, was Ada mir erzählt hat. Vielleicht verstehst du dann, warum sie sich selbst so in Schweigen hüllte und einen Vertrauten brauchte. Einen, der in gewissen Situationen für sie den Überblick behielt. – Dann fang dich mal, Lydia, du kannst anrufen, wann du willst, auch noch nach Mitternacht."

28

„Adelinde Krämer war siebzehn Jahre alt, als sie kurz nach der Jahrhundertwende ihre Stellung auf dem Anwesen der Familie von Blauenberg antrat.

Bis dahin hatte sie ihrem Vater und ihren zwei Brüdern den Haushalt und, wann immer es ihre Zeit zuließ, auch den Gemischtwarenladen ihres Vaters geführt. Beanstandungen der Kundschaft über fehlerhaften Geldwechsel oder unstimmiges Zusammenrechnen gab es nie, denn das beherrschte Adelinde so gut wie ihre Koch- und Putzarbeiten, wogegen auf ihre Probleme mit dem Lesen und Schreiben zur Zeit ihrer Schulpflicht nicht eingegangen werden konnte, weil ihr verwitweter Vater sie so früh wie möglich am heimischen Herd brauchte.

Seine Frau war kurz nach der Geburt ihres dritten Jungen, Adelindes jüngstem Bruder, gestorben, und auch der Säugling erreichte nur seinen zweiten Lebenstag, dann folgte er seiner Mutter in das Grab. Zu jenem Zeitpunkt war Adelinde selbst erst elf Jahre alt, doch der Ernst des Lebens griff über Nacht nach ihr wie die Klaue eines Raubvogels – ihre Kindheit war schlagartig vorbei. Sie legte all ihre Sorge und Fürsorge in das Gedeihen ihrer beiden verbliebenen Brüder, sieben und neun Jahre alt, und ihr weites Schwesternherz nahm die Knaben in sich auf, wie es ansonsten nur eine liebende Mutter vermag.

Umso schwerer fiel ihr nach einigen Jahren dann der Abschied von daheim, doch die Zeit war gekommen, dass ein Zubrot für die Familie unerlässlich war. Dass sie jedoch in einem so angesehenen Haus eine Anstellung fand, verdankte sie den Geschäftsbeziehungen ihres Vaters, denn Adelindes mangelhafte Bildung hätte ihr ansonsten einen solchen Weg versperrt.

Als sie zum ersten Mal das bemerkenswerte Anwesen sah, das von nun an ihre Arbeitsstelle sein sollte, sackte ihr der Mut bis hinunter in die Schuhe. Hier würde sie sich niemals bewähren können, die Sitten und Bräuche der feinen Gesellschaft waren ihr so fremd wie deren Paläste und Kleider.

Ihr Arbeitgeber, Johann Freiherr von Blauenberg, hatte schon früh seine Gemahlin an den Typhus verloren, der gemeinen Krankheit, die überall um sich griff und so viele Menschen gnadenlos dahinraffte. Als er bemerkte, dass er der Erziehung seines einzigen Kindes, der heranreifenden Tochter Edda, nicht mehr gewachsen war, brachte er sie kurzerhand in einem Mädcheninternat mit gehobenen Ansprüchen unter.

Dann kam der Tag, an dem Edda von Blauenberg wieder nach Hause zurückkehrte, und da ihr Vater viel auf Reisen war, bestand er auf zuverlässiges Personal und eine strenge Privatlehrerin für seine Tochter, damit diese ihre Zeit nicht an unnütze Belange vergeudete oder gar auf dumme Gedanken kam.

Der Privatunterricht fruchtete, Edda verschlang alles, was ihr an Lehrstoff vorgesetzt wurde. Das Lesen wie auch das Beobachten und Studieren ihrer Mitmenschen waren ihre Leidenschaften.

Als Adelinde Krämer in ihrem Haus Einzug hielt, war sogleich abzusehen, dass die beiden jungen Frauen mehr verband als ein Herrinnen- und Dienstbotenverhältnis.

Bereits nach einem halben Jahr wechselte Adelinde von der Küchenhilfe zur privaten Gesellschafterin. Freiherr von Blauenberg setzte auf Adelindes Vernunft und Einfluss, brachte diese bürgerliche junge Frau doch die gewünschte weibliche Bescheidenheit und Zurückhaltung mit in die Stube seiner verwöhnten und überaus willensstarken Tochter.

Adelinde, von Edda nur noch Ada genannt, wurde rasch zu Eddas engster Vertrauten und wich nicht von der Seite ihrer Herrin. Trotzdem geschah das, was in Anbetracht einer so reizenden und wertgeschätzten Dame in häufiger Herrengesellschaft kaum vermeidbar war: Edda verliebte sich und Ada hielt die Wacht vor ihrer Zimmertür, was jedoch nicht im Sinne des Hausherrn war. Wenn auch nur eine Liaison für wenige Wochen, so hatte sie doch zur Folge, dass die junge Herrin schwanger war. Den beiden Frauen blieb nichts anderes übrig, als mit gesenkten Häuptern vor den Freiherrn zu treten und es ihm zu beichten. Johann von Blauenberg tobte und gebot äußerstes Stillschweigen. Tagelang verließ er sein Arbeitszimmer nicht, und als er die Tür wieder öffnete, verlangte er nach einem Gespräch unter sechs Augen. Er schickte seine Tochter und deren Gesellschafterin auf eines seiner fernen Anwesen, in eine Art Zwangsurlaub, getarnt als Bildungsreise, aus dem sie zu dritt zurückkehrten, zwei Wochen nach der Geburt des kleinen Gustav im Winter 1905. Er war ein Weihnachtsgeschenk, wie Edda und Ada den Neugeborenen heimlich bezeichneten, ein Geschenk von Edda an Ada. Keines mit roter Schleife, sondern während der Übergabe begossen mit Tränen der Traurigkeit. Natürlich wurde im Herrenhaus so allerlei gemunkelt, lebte der Säugling der Gesellschafterin doch gemeinsam mit ihr und der Tochter des Hauses in deren Gemächern. Die Milch erhielt er von der Herrin, ansonsten kümmerte sich die Bedienstete um ihn – dies jedoch immer hinter zugezogenen Vorhängen.

Bis zum Mai des neuen Jahres verweilte Ada noch mit ihrem Kind auf dem Anwesen des Geschlechtes von Blauenberg. Mittlerweile hatte ein neu eingestellter Stallbursche ein Auge auf die vermeintliche junge Mutter geworfen, wenn sie mit dem großen korbgeflochtenen Kinderwagen auf den privaten Parkwegen spazierte. Auch Ada war ihm zugetan, was dem Freiherrn nicht entging, und so nutzte dieser die günstige Konstellation und verheiratete den Stallburschen Magnus Brause mit der Bediensteten Adelinde Krämer. Als Hochzeitsgeschenk erwarb er für das Paar einen weit entfernt gelegenen, leer stehenden Hof auf einem Hügel, zugehörig dem nahen Dorf im Tal. Da Freiherr von Blauenberg ein gebildeter Mann war, wusste er um das neue Adoptionsgesetz. Aus der Ferne kümmerte er sich um die entsprechenden Papiere, damit Adelinde, Magnus und Gustav alsbald eine rechtmäßige Familie waren.

Als er die Unterlagen zum entfernten Brausehof brachte, gewährte er seiner flehenden Tochter einen einzigen und letzten Besuch. Die beiden Freundinnen konnten kaum voneinander lassen, doch Ada beobachtete auch, wie es Edda unverändert zu dem kleinen Gustav hinzog. Trotz aller Verbundenheit bestand Ada auf einen Vertrag, eine Verzichtserklärung zu Lebzeiten und ein Besuchsverbot. Es brach ihr fast das Herz, als sie die Freundin in Tränen aufgelöst verabschieden musste, doch hier durfte und musste sie vorrangig an ihr Familienglück denken. Diesen Vertrag hinterlegte sie bei einem Notar, all das ganz ohne das Wissen ihres Mannes, weil auch er niemals erfahren sollte, wer Gustavs leibliche Mutter war.

In den letzten Minuten ihres Miteinanders hatte Edda der zurückbleibenden Ada dann zugeflüstert: „Dir als Einzige verrate ich nun etwas: Als Ersatz für meine Zuneigung zu meinem, verzeih, deinem kleinen Jungen, gewähre ich mir das, wofür es sich auch für mich zu leben lohnt. Selbst wenn mein Vater es entdeckt und mich aus dem Haus verbannt: Ich werde die Menschen studieren und heimlich schreiben! Den Raum dafür hast du mir geschaffen, und dafür bin ich dir sehr dankbar, weil mir niemals erlaubt worden wäre, ein vaterloses Kind großzuziehen."

Die zwei Frauen haben sich nie wiedergesehen.

Ada behütete den kleinen Gustav wie ihren Augapfel, wurde nach zwei Jahren selbst schwanger, verlor die Leibesfrucht aber schon im vierten Monat und ließ ihren Mann daraufhin nie wieder so nahe an sich heran, dass so etwas noch einmal passieren konnte. Sie konzentrierte sich dafür umso mehr auf ihr Kind, sodass Magnus den Stachel der Eifersucht auf den Jungen wie auch auf dessen ihm völlig unbekannten Erzeuger niemals richtig zu fassen bekam. In seinem Innern begann ein Geschwür der Distanz zu wuchern, das kein ungetrübtes Verhältnis zu dem kleinen Gustav mehr zuließ.

Noch nicht einmal Adas Vater und ihre Brüder erfuhren die wahren Hintergründe. Ein paar Mal besuchten sie die junge Familie Brause auf ihrem Hof. Dann blieben Adas Brüder im Krieg – und ihr Vater kam, um ihr mitzuteilen, dass sie nun sein einziges noch lebendes Kind sei. Der Verlust seiner Söhne schwächte den einsamen Mann. Kurz darauf verstarb er, woraufhin Ada ein letztes Mal in ihren Heimatort zurückkehrte, um ihn zu bestatten.

Ada wurde immer schweigsamer, besann sich ständig darauf, wie sie zwischen ihrem zunehmend starrsinnigen Mann und ihrem nicht minder eigenwilligen Sohn vermitteln und schlichten konnte. Das forderte neben der Arbeit auf dem Hof all ihre Kräfte. Ihr Mann ließ es ihr an nichts fehlen, gewährte ihr volles Entscheidungsrecht auf dem Brausehof, stellte Helfer für die Ernte ein und ließ Ada Kriegsversehrte sowie Flüchtlinge aufnehmen, ohne dass er sich einmischte. Magnus war bewusst, dass er die eigene Landwirtschaft einzig und allein Ada verdankte. Vor diesem Hintergrund legte er größten Wert darauf, dass Gustav weder von der Adoption erfuhr noch davon, dass der Brausehof das Geschenk eines gnädigen feinen Herrn war, dem der Vater als Stallbursche gedient hatte.

Magnus Brause wollte sich seinen Stolz wahren, und dafür war er bereit, auf ein gutes Verhältnis zu Gustav zu verzichten. Gustav seinerseits spürte diese stille Ablehnung, konnte sie aber nicht einordnen. Seine Kindheit war unbeschwert. Er hatte ein gesundes Selbstbewusstsein und spürte, dass die Hand seiner Mutter immerzu über allem lag und dass sie die notwendigen Fäden für eine erträgliche Atmosphäre zog. Und irgendwann kamst dann du, Lydia", fährt Theo mit seinem Bericht über Adas Leben fort.

„Gleich vom ersten Tag an teilte sich ihre Liebe durch zwei, das hat Ada mir gestanden. Sie wusste, dass ihr Junge, was auch immer geschehen mochte, an deiner Seite glücklich und sicher wäre. So lange ich zurückdenken kann, hat sie nie einen Unterschied zwischen ihrer Zuneigung für dich und für Gustav gemacht. Du warst die Tochter an ihrer Seite, die sie sich von Beginn ihrer Ehe an gewünscht hatte. Durch dich hat Ada sich nie allein gefühlt. Und dann wurdest du ihre Schwiegertochter. – Ja, und ich kam erst hinzu, als ihr schon längst ein Ehepaar wart. Ich habe selten eine so stimmige Einheit erlebt wie dich und Gustav. – Lydia? Bist du noch dran? Lydia?"

So dumpf und undeutlich dringt Theos Stimme plötzlich zu ihr vor, als sei er neben ihr in der Wand einzementiert. Lydia weiß, woran das liegt: Es ist ihr Verstand, der sich über das Gehör gelegt hat, als Schutz vor weiteren Informationen.

„Die arme Ada! Arme, arme Ada! Wie konnte sie nur mit so vielen Geheimnissen leben", jammert sie ins Telefon. Es ist gleich Mitternacht und Lydia glaubt, ihr Gehirn arbeiten zu hören. Solche Offenbarungen in ihrem Alter prallen an keiner festen, massiven Fassade mehr ab, sie dringen durch die Poren des alten Gemäuers und stauen sich an jenen Stellen, die am empfindlichsten sind. So ähnlich hat Edda Zirbel sich in ihrem Buch geäußert; wahrscheinlich war sie, als sie es schrieb, selbst nicht mehr die Jüngste, was auch erklären würde, warum ihr Buch erst 1950 erschienen ist.

Wie ein Endlosband wiederholt sich in Lydias Innenohr die Nachricht, dass diese ernste Frau auf dem Buch Gustavs leibliche Mutter ist. Und alles, was zwischen den Buchdeckeln steht, ist deren Gedankengut und Erfahrungen entsprungen. Das gesamte Werk muss aus einem sehnsuchtsvollen Geist heraus und mit dem Bewusstsein des Verlustes ihres größten Reichtums – ja, jetzt versteht Lydia die Widmung – verfasst worden sein. Wem in der Familie Lydia mit all dem neuen Wissen im Augenblick am nächsten steht, kann sie sich nicht beantworten. Ist es Ada? Oder Edda? – Gustav wurde viel Leid erspart, ohne dass er es auch nur geahnt hat.

„Jetzt müsste ich eigentlich alles noch mal neu überdenken, was ich von Edda Zirbel gelesen habe", sagt Lydia mehr zu sich selbst als zu Theo. Doch seine wohlklingende Stimme, wenn auch mittlerweile in einem müden Tonfall, meldet sich ruhig und deutlich zurück. Er scheint mit dem Mund ganz nah an der Sprechmuschel zu sein.

„Du hast ja recht: Wenn man alles verstehen will, muss man schlussfolgern. Aber jetzt mach nicht so einen Wirbel um die Vergangenheit, Lydia. Es war, wie es war. Und es ist, wie es ist. Wenn du vom Leben noch was haben willst, dann öffne dich für die, die noch da sind. Nur von denen hast du etwas zu erwarten."

Doch Lydia ist noch so überwältigt, dass sie sich erst einmal sammeln muss. Mit fahrigen Bewegungen trinkt sie ein paar Schlucke Wasser, es tropft ihr aus den Mundwinkeln hinunter auf die Bluse, dann lacht sie mit einem Mal auf, ein freudloses, schepperndes Lachen.

„Gustav von Blauenberg! Nicht Brause, nein, von Blauenberg. Und stell dir vor: So hätte ich dann auch geheißen!"

Theo scheint bemüht, sich in ihre gekünstelten Lachgeräusche einzureihen. Doch Lydia gibt ihm nicht die Gelegenheit, sich auf sie einzustellen. Umgehend wird sie wieder ernst, fast grob. „Und ich musste mich mit dem halsstarrigen alten Magnus auch noch heimlich verbünden, weil er mir leidtat. Er sollte zumindest im Frieden mit seiner Schwiegertochter sein Leben fortsetzen können, wenn schon sein Sohn so abweisend zu ihm war. – Der arme Gustav, die arme Ada, die arme Edda ..."

„Und jetzt auch noch die arme Lydia", setzt Theo im gleichen klagenden Tonfall fort.

Lydia spürt Wut in sich aufsteigen. „Du hast gut lachen, hast das alles die ganze Zeit gewusst. Wenn man selbst betroffen ist und so was erfährt, kann man nicht einfach so schnell wieder zur Tagesordnung übergehen. Du und Ada, wie habt ihr das bloß ausgehalten mit so viel Geheimniskrämerei?!" Sie weiß, dass sie Theo mit ihrem Vorwurf unrecht tut. Aber sie braucht ein Ventil – und Theos Ohr empfindet sie dafür nicht nur als geeignet, sondern auch als gerechtfertigt. Mit immer noch streitlustigem Unterton fährt sie fort. „Vielleicht hättest du Ada raten sollen, dass sie sich ihrem Mann anvertraut und am besten auch Gustav. Dann hätte jeder gewusst, woran er ist, und die beiden Männer hätten sich besser vertragen. Vielleicht hat Ada ja genau auf so einen Ratschlag von dir gewartet?"

„Das habe ich getan, Lydia, was glaubst du denn? Ich habe ihr so richtig ins Gewissen geredet, habe ihr bewusst gemacht, dass eine Familie nicht auf eine einzige große Lüge aufgebaut sein darf. Habe Ada gewarnt, dass all das nicht gut gehen kann, aber wie du siehst, hat sie bis zuletzt durchgehalten. Ada war überzeugt, dass Verschwiegenheit das beste Mittel war. Schon in jungen Jahren haben ihr die Umstände – und später dann das Harmoniebedürfnis – den Mund zugebunden."

„Das Sprechen hat sie sich selbst verboten. Sie hätte es besser einmal richtig knallen lassen und abwarten sollen, was passiert!" In Lydia kochen Erregung und Unverständnis bis zum Überlaufen hoch.

„Du könntest recht haben, Lydia. Sogar Edda Zirbel hat irgendwann dazu geraten ..."

„Die zwei hatten doch wieder Kontakt?", wirft Lydia erstaunt ein.

Theos Nein kommt zögernd, wohl wissend, was das zur Folge hat. So beugt er, wie seine schnelle Aufklärung beweist, lieber vor, als sich weitere Zurechtweisungen anzuhören. „Du vermutest richtig: Ich selbst stand in Kontakt mit Edda Zirbel."

Lydia schnappt nach Luft, stellt sich aber bei ihrer folgenden zynischen Frage getrost auf Theos beruhigende Verneinung ein. „Wahrscheinlich noch hinter Adas Rücken, was? – Theo, der Doppelagent", versucht sie ihrer Frage einen scherzhaften Beiklang zu verleihen.

Als sie wider Erwarten keine Antwort erhält, weiß sie nicht mehr, was sie von all dem halten soll. „Weißt du was, Theo? Ich bekomme langsam den Eindruck, dass der allergrößte Schwindler in dem ganzen Theater du warst. Mich würde wirklich interessieren, was du gefühlt hast, wenn du deinem Freund ins Gesicht gesehen hast und mehr über ihn wusstest als er selbst."

„Das kann ich dir genau sagen: Ich habe ihm einfach nur gewünscht, dass er sein unbeschwertes Gemüt behalten kann, wenn schon das seiner Mutter und mein eigenes vollkommen durch den Wind waren. Und oft habe ich Gustav einfach nur beneidet, weil er so ahnungslos all das genießen durfte, was ihm wichtig war, und das waren seine Mutter, sein Hof, seine Tiere und vor allem seine Frau."

Lydia seufzt. Ihr Brustkorb schmerzt, sie kann jedoch nicht einschätzen, ob das von den aufregenden Neuigkeiten herrührt oder von ihrer krummen Sitzhaltung. Ihr ist danach, das Telefonat zu beenden, zumal auch Theo am anderen Ende ausgiebig gähnt. „Mein Kopf ist voll bis an den Rand", sagt sie daher zu ihm.

„Meiner auch", gibt er betroffen zurück, „und das schon seit vielen Jahren. Ich hab mich bestimmt nicht darum gerissen, in so vieles eingeweiht zu werden und gleichzeitig alles für mich behalten zu müssen. Mal sehen, wie es mir morgen damit geht, dass ich mir all das endlich von der Seele reden konnte. Vermutlich besser als dir, denn jetzt trägst du es mit dir herum. Eines sollst du noch wissen: Edda ist zwei Jahre vor Ada gestorben. Sie hatte sich in ein Sanatorium zurückgezogen und mir von dort noch eine Ansichtskarte geschrieben."

Lydia will gar keine Details mehr wissen. Angeblich hatte Edda Zirbel irgendwann doch noch eine eigene Familie, einen Mann namens Zirbel und Kinder, die um sie getrauert haben. Wie auch immer: Sie hat gewiss ein rundes, schönes Leben geführt.

Etwas an der ganzen Sache ist für Lydia jedoch noch unstimmig: „Du, Theo, wenn Ada nicht lesen konnte, warum hab ich sie so oft mit Eddas Buch da sitzen sehen?"

„Dann versetze dich mal kurz in Ada hinein: Die zwei Frauen waren einmal ganz enge Vertraute, die durch ein unglaubliches, ein schmerzhaftes Geheimnis miteinander verbunden waren. Ada hat sich jeden Tag das Foto auf dem Buch angeschaut und auch darin geblättert. Vielleicht konnte sie dank der Markierungen ja doch etwas anfangen mit einzelnen Passagen, die Margitta ihr damals vorgelesen hatte. Das Buch war schließlich der einzige Weg, auf dem sie mit ihrer Freundin für den Rest ihres Lebens noch in Kontakt treten konnte."

„Über allem die Harmonie, ich weiß. Arme, arme Ada", sagt Lydia zum Abschluss ihres Telefongespräches. Dann legt sie auf und macht sich bewusst, dass der Brausehof, ihr Zuhause und ihr Besitz, auf den sie und Gustav so stolz waren, nicht mehr und nicht weniger war als die Abfindung eines reichen Adligen, der damit den Ruf seiner Tochter retten wollte.

29

Nicht im Traum wäre es Lydia jemals eingefallen, einen Schmerz willkommen zu heißen. Doch an diesem Morgen betrachtet sie ihn als
einen Rivalen für ihre Seelenqualen: Wie gut, dass sie sich den Fuß
vertreten hat!

Über Nacht hat er sich nochmals verschlimmert. Es pocht darin
so gleichmäßig wie die Pumpe in einem Grubenschacht, und wenn
sie auftritt, durchschneidet der Schmerz sie von der Sohle bis zur
Schädeldecke.

Lydia hat die Behandlung vernachlässigt, hat stattdessen ihren
Grübeleien und ihrer Fassungslosigkeit gefrönt, beides nicht allein
ausgelöst durch die neuen Informationen, sondern durch Theos jahr-
zehntelangen geheimen Wissensvorsprung. Wie konnte er nur so
schauspielern? Wenn es hierbei nur um sie ginge, könnte sie das weg-
stecken. Doch all das betraf in erster Linie seinen besten Freund Gustav, und in ihren Augen macht eine richtige Freundschaft bei so
entscheidenden Dingen von selbst Halt, gerade vor familiären Geheimnissen. »Wenn mein Freund nicht wissen darf, was ihn selbst
betrifft, will ich es auch nicht wissen.« So sollte das laufen, sagt sich
Lydia, wenn sie auch selbst mit einer ernsthaften Freundschaft kaum
Erfahrung sammeln konnte.

Es mag ja sein, dass es Gustav so vollkommen unwissend am besten ging, trotzdem hätte ihm die Wahrheit über seine Herkunft zu-
gestanden, ganz gleich, ob es ihm zugesetzt hätte oder nicht.

Als neue Mitwisserin ist Lydia so gehemmt, dass sie ihm nicht einmal auf seinem Foto guten Gewissens in die Augen schauen kann.
Niemals, und davon ist sie felsenfest überzeugt, niemals hätte ihr Ehemann solch ein Versteckspiel mit ihr oder mit seinem Freund getrie-
ben. Immerhin findet sie jetzt einen Trost darin, dass es zumindest
zwischen ihr und ihrem Mann keine tiefer greifenden Geheimnisse
gab als seinen verschwiegenen Ziegenpeter ...

Außerdem verlangt diese feuerrote, angeschwollene und schmerzende Fessel nun all ihre Aufmerksamkeit und auch die Energie zu-

rück, mit der Lydia ihre nächtliche Gedankenmühle angetrieben hat. Sie schafft es nicht einmal bis hinüber ins Hühnergehege.

Ob es ihr behagt oder nicht: Sie braucht Hilfe. Theo ist dafür genau der Falsche. Ihn will sie weder sehen noch kann sie ihm die weite Anreise zumuten, ganz zu schweigen von seinem operierten Knie. Zudem sind sie beide sichtbar und spürbar alt geworden. Auch Theo wird genug mit sich und seinen vier Wänden zu tun haben, wenn er noch nicht einmal eine Putzhilfe in Anspruch nimmt. „Solange ich noch nicht tatterig bin", verriet er ihr neulich, „will ich versuchen, alles selbst zu regeln. Ich war immer ein Einzelgänger, bin es gewohnt, für mich zu sorgen."

Trotz Lydias Enttäuschung gibt es Augenblicke, in denen Theo ihr leidtut. Solche heiklen Geheimnisse zu hüten – und mit ihnen im Hinterkopf auch noch den betroffenen Menschen gegenüberzutreten –, kostet sicher viel Kraft und dürfte gehörig am Gewissen nagen. Was hat Ada sich nur dabei gedacht, dass sie den Hausarzt ihrer Familie als versiegelten Kummerkasten für sich alleine beanspruchte? Es kann dafür nur eine Erklärung geben, mit der Lydia sich halbwegs arrangieren könnte: Theo und Ada hatten sich längst gut gekannt und ausgetauscht, bevor die beiden jungen Männer ihre Freundschaft schlossen. Lydia nimmt sich vor, Theo nie danach zu fragen, damit diese Möglichkeit in ihren Augen fortbestehen kann. Und eigentlich sollte sie froh sein, dass sie von all dem verschont geblieben ist, denn im Grunde hat man sie mit dieser Verschwiegenheit geschützt.

Der Schmerz im Fuß lässt sie aufstöhnen. Sie fegt alle Gedanken beiseite, der Hof ruft nach Taten und Lydia ruft Greta an.

Keine halbe Stunde später biegt der grüne Jeep in die Hofeinfahrt. Es fällt Lydia ebenso schwer wie Theo, andere um Hilfe zu bitten, doch hier und heute geht es nicht anders. So presst sie mühsam heraus, was im Moment zu tun ist. Greta lacht sie aus, auf ihre gefällige, mädchenhafte Art, die nicht zulässt, aus einer Mücke einen Elefanten zu machen, wo doch, wie sie sagt, nichts einfacher als Hilfsbereitschaft ist.

Notlagen wie ihre jetzige werden sich jedoch häufen, da darf Lydia sich nichts vormachen. Sie weiß, dass es mit ihr alleine hier oben nicht gut enden kann. Die unwiderrufliche Tatsache des Alterns muss auch Edda Zirbel beschäftigt haben:

»Solange man jung ist, kann man unbedacht mit Jahreszahlen um sich schleudern. Dann aber bricht mit einem Mal ein Wandel ein, und man beginnt aus einer erschreckenden Erkenntnis heraus, gar schon mit Tagen und Stunden zu geizen.«

Während Lydia aus der Ferne beobachtet, wie Greta mit dem schwarzgelben Gartenschlauch – »der Schlange im Wespenkleid«, wie Gustav ihn nannte – jetzt den Wassertank auf der Kuhweide nachfüllt, spürt sie alten Empfindungen nach: Greta kommt ihr vor wie eine der Feldbestellerinnen nach dem Zweiten Weltkrieg, die förmlich um Arbeit bettelten, damit ihr Aufenthalt auf dem Brausehof seine Berechtigung hatte.

Ob sie sich nach jemandem umschauen sollte, der für Kost und Logis bei ihr lebt und ihr dafür unter die Arme greifen kann? Gibt es solche Übereinkommen heutzutage noch? Durch die stete Zurückgezogenheit ist für Lydia irgendwann die Zeit stehen geblieben. Es gab sie und Gustav, den Hof und die Tiere und die Natur, viel mehr brauchten sie nicht, denkt sie hinter dem gekippten Küchenfenster. Sie sitzt auf Gustavs Eckbankplatz; zum ersten Mal hat sie diesen Platz eingenommen, ohne sich dessen bewusst zu sein. Gustav-Gespräche führt sie derzeit keine. Durch ihr neues Wissen ist eine Hemmschwelle entstanden und sie beschleicht das Gefühl, sie sollte ihn nicht länger als stetes offenes Ohr beanspruchen. Gustav hat seinen Weg von dieser Erde fort genommen, er darf sich ausruhen, von ihr entfernen, darf seine weite Reise antreten, darf, wann immer er will, ihre Nähe suchen, die Nähe zu seiner irdischen Heimat, aber auch im nächsten Moment wieder in seine neue Heimat zurückkehren.

Was einem akut trauernden Menschen wie ein gehaltloser Zuspruch vorkommt, scheint ein Körnchen Wahrheit zu bergen: Die Zeit heilt.

Die dazu passende Seite in Eddas Werk hat Lydia mit Adas gehäkeltem Lesezeichen markiert, und sie ist froh, dass sie das Buch gleich neben sich auf der Fensterbank greifen kann:

»Die Zeit lindert auch seelische Wunden. Es mag daran liegen, dass das Leben den Zurückgebliebenen rücksichtslos weiter fordert, vielmehr ihn auffordert, sich dem zuzuwenden, was ihm zusätzlich zur Bürde des Verlustes an weiterem eigenen Weg zugedacht ist. Für den einen wird es Lebenswille heißen, für einen anderen vielleicht Neugierde, ein dritter wird von Funktionieren sprechen.«

Was jedoch nicht auf die Bremmer-Hermine zutrifft, ergänzt Lydia für sich: Hermine scheint sich ganz bewusst ihre Trauer bewahren zu wollen, wendet sich ihr zu, wie man sich einer sterbenden Pflanze widmet, auch wenn man nur den dürren verbliebenen Stängel noch festhalten kann. Warum quält Hermine sich so? Vielleicht, weil sie weiß, dass es für sie keine gesunden, blühenden Pflanzen mehr geben wird? Hermine hat resigniert, erwartet von niemandem mehr etwas, wohl auch nicht vom Leben.

Theo hatte nicht Unrecht, als er Lydia riet, sich denen zu widmen, von denen sie in ihrem Leben noch etwas zu erwarten hat, und dazu gehört diese Hermine sicher nicht.

Greta hat den Küchentisch verschoben und stattdessen einen Stuhl vor die Eckbank gestellt, damit ihre Freundin den Fuß hochlegen kann. Lydia betrachtet das dick umwickelte Körperteil, auf das sie angewiesen ist, darauf, dass es funktioniert und ihr dient. Dies ist nur eine vorübergehende Einschränkung, das weiß sie sehr wohl. Wie elend aber das Leben wäre, wenn sie statt ein paar Stunden immer so sitzen müsste, noch dazu ohne eine Person, die ihr liebevoll die notwendigen Handreichungen zukommen ließe! Nein, das hier kann nicht immer so weitergehen, dazu ist die Ausgangslage zu ungünstig! Daran, und an nichts anderes sollte sie denken, wenn sie den Grübelschalter in ihrem Kopf umlegt und Vergangenem nachhängt, denn was gestern war, hilft ihr nicht weiter.

Theo hatte es richtig formuliert: „Es war, wie es war, und es ist, wie es ist." Für sie sollte einzig die Gegenwart zählen, in der sie versucht, eine Lösung für jetzt und für die Zukunft zu finden, für sich und für ihren Hof. Eine Lösung, mit der sie ruhig schlafen kann und nicht wie das Kaninchen vor der Schlange darauf wartet, bis vielleicht wirklich Qual und Hilflosigkeit wie ein Keulenschlag auf sie niederfahren.

Wieder blickt Lydia zur Weide hinüber. Soeben striegelt Greta voller Hingabe den Esel. Fast so zärtlich, wie Gustav einst den grünen Lanz poliert hat, denkt sie – und muss dann plötzlich selbst darüber lachen.

Ob sie Greta bitten soll, ihr den urzeitlichen Aktenordner von Magnus aus dem Keller zu holen, in dem er alles abheftete, was er an bürokratischen Papieren besaß? Dieser verschlissene Ordner war sein Heiligtum, niemand außer ihm durfte ihn anfassen, obwohl Ada heimlich darüber lachte, weil sich ihrer Ansicht nach nur »Nutzloses« darin befand. Doch wenn man bedenkt, dass Ada kaum lesen konnte, wird sie nicht genau im Bilde gewesen sein – und es ließe sich womöglich sogar die Schenkungsurkunde eines Freiherrn von Blauenberg darin finden ...

War das gerade ein echtes »Hallo?«, das durch das gekippte Fenster gedrungen ist? Oder hat sie sich dieses helle Rufen eingebildet, das in Wirklichkeit nur in ihrem Kopf stattgefunden hat, ihre innere Stimme, die sie frühzeitig davor warnen will, wieder in die Vergangenheit zurückzufallen?

„Hallo? Ist hier jemand?" Das kam eindeutig von draußen, vom Hofeingang her, den sie aus ihrer Sitzposition heraus nicht einsehen kann. Eine weitere Stimme gesellt sich dazu, eine männliche, und gleichzeitig mischt ein wimmerndes Geräusch mit, wie von einem Tierchen, das nach Nahrung ruft.

Auf der fernen Weide sieht sie Greta winken: „Ich komme!"

Lydia lehnt sich vor und reckt den Hals so gut es geht um die Ecke. Es ist ein junges Paar, das auf die Haustür zukommt, mit einem Kinderwagen, über dessen Rand kurze, speckige Arme zu quengelnden Tönen wedeln und nackte Beinchen in protestierendem Rhythmus in die Luft strampeln.

Ein Kleinkind, eine Spezies, zu der Lydia nie Kontakt hatte. Ein einziges Mal hat sie solch ein winziges Wesen in ihren Armen gehalten, ein Gefühl, als trüge sie eine Puppe aus Porzellan vor sich her, deren sichtbare Zerbrechlichkeit Lydia veranlasste, sie möglichst rasch wieder in sichere Obhut abzugeben.

Jetzt hat die herbeigeeilte Greta die Fremden erreicht. Sie ist außer Atem und wischt sich mit der Hand über den verschwitzten Haaransatz, sodass sie den Heustaub auf der glänzenden Stirn gleichmäßig verteilt. Lydia möchte hinauslaufen und sie umarmen. Greta gibt ihr eine Sicherheit, wie es zurzeit kein anderer Mensch vermag, und so hat Lydia bereits innerlich dem bevorstehenden Gemeindeausflug zugestimmt, für den Greta sie ungefragt angemeldet hat. Greta wird dabei nicht von ihrer Seite weichen und sie werden gemeinsam einen schönen Tag verbringen.

Durch ihren Fensterspalt versteht Lydia jedes Wort, das die Fremden draußen nun mit Greta wechseln: Anscheinend hat man auf der anderen Seite des Hügels geparkt für einen Spaziergang, die fremde Gegend hat zweifellos ihre Schönheiten, doch bereiten solche steilen Wege untrainierten Waden Schmerzen, und außerdem wird es für das Kind zu lang, wenn man dem Weg von hier aus auch noch bis hinunter in den Ort folgt; und wer weiß, ob in diesem kleinen Nest um diese Zeit ein Lokal geöffnet hat, in dem man die Kleine wickeln und füttern kann ...

„Einen Augenblick, ich frage die Bäuerin", hört Lydia Greta sagen.

Die Bäuerin, damit ist sie gemeint, empfindet Lydia ein wenig stolz, und um welches Anliegen es der jungen Familie geht, hat sie ja bereits belauscht. Die Bäuerin wird Ja sagen zu der Bitte, das kleine mitgeführte Wesen im Haus wickeln und füttern zu dürfen. Beides jedoch hier bei ihr in der Küche: Die Bäuerin will schließlich den Überblick behalten!

Mit unbewegter Miene verfolgt Lydia das gesamte Szenario von ihrem Eckbankplatz aus. Den Wickelprozess gleich vor ihr auf dem Küchentisch, das halbnackte kleine Geschöpf auf der ausgebreiteten Unterlage, die man dem Kinderwagen entnommen hat, dann die Erleichterung des Kindes, als es von seiner Hinterlassenschaft befreit wird, während im heißen Wasserbad eine gläserne Milchflasche mit Gummisauger siedet.

„Sie können das Ding draußen in die Mülltonne werfen", ist der einzige Satz, den Lydia von sich gibt, nachdem sie hin und her überlegt hat, wo sich solch eine gefüllte Plastikwindel entsorgen ließe. Der Komposthaufen ist nicht der geeignete Zersetzungsort, und die Materialien zu trennen, will sie diesem zutiefst modernen Elternpaar nicht zutrauen und auch nicht zumuten. Bei Gästen hat immerhin auch Ada Zugeständnisse gemacht.

Jetzt hängt in der Brausehofküche ein ganz und gar unbekannter Geruch in der Luft, nach süßem Öl und Puder und Welpenmist. Genauso fremd ist Lydia der Anblick des Zubehörs, das man neben dem Wickelkind ausgebreitet hat: eine wippende Plastikflasche mit einer gelben Flüssigkeit, nach deren Gebrauch sich der Fenchelatem, der dem kleinen Mundloch entströmt, mit den Düften der Kosmetik vermischt. Feuchte Tücher aus der Dose, zartrosa Cremebehälter, eine Haarbürste so fein, dass man damit ohne Weiteres den kleinen Mozart massieren könnte. Aus einem Netz am Kinderwagen zieht die junge Mutter einen weichen Stofffetzen, der sich vor Lydias Augen zu einem Phänomen entrollt – einer Kniebundhose à la Gustav, jedoch bunt gestreift und im Zwergenformat. Es folgen Sandalen, wie Pfarrer Loisius sie trug, mit winzig kleinen Schnallen und Riemchen. Eine Rassel in der Form eines Käfers, die auf Knopfdruck eine Melodie spielt, die Lydia schon vor langer Zeit bewusst aus ihrem Gedächtnis gestrichen hat: »Maikäfer, flieg, dein Vater ist im Krieg.« Ob diese Eltern wissen, was sich hinter diesen Tönen verbirgt? Dass das Pommerland, in dem sich die Käfermutter aufhält, abgebrannt ist?

Lydia erfährt, dass der Vater der Kleinen in einen Reiter- und Ponyhof hineingeboren wurde, ein Anwesen mit Ferienwohnungen als Attraktion für Familienurlaube.

Das könnte der Grund sein, warum die junge Frau ihren Mann so ungeduldig an der Hand aus dem Haus zieht, um den Hof zu besichtigen. Die begeisterten Kommentare dringen durch das gekippte Küchenfenster, hinter dem noch immer Lydia auf ihrer Eckbank sitzt. Ihr Bein lagert nach wie vor auf dem Stuhl, nur ihr Oberkörper hat ein wenig die Haltung geändert. Man hat ihr vor dem Ausschwärmen das kleine Wesen in die Arme gedrückt, mitsamt der erwärmten Milchflasche.

Im ersten Moment ist Lydia sprachlos. Dann fragt sie sich, warum man ihr ein fremdes Kind einfach so anvertraut. Weil sie mit ihrem umwickelten Fuß auf ihrem Platz festsitzt und keinen Unfug anstellen kann? Weil sie sowieso untätig dasitzt und man ihr auch eine Beschäftigung gönnt? Weil sie den Eindruck erweckt hat, sie würde nur darauf warten und es als Ehre betrachten, den gesäuberten Säugling endlich selbst anfassen zu dürfen? Oder ist die junge Mutter es gewohnt, dass man ihr bei Bedarf das Kind abnimmt? Eine verwöhnte Generation, die alles hat und sich alles genehmigt, das auf jeden Fall. Dennoch scheinen sie Pferde und auch die sonstige Natur zu mögen, sonst würden diese Fremden nicht auf ihrem Hügel herumspazieren. Vielleicht suchen sie Nostalgie und betrachten die Landschaft hier als eine Art Museum – und sie wie ein lebendiges Ausstellungsstück –, so begeistert, wie sich die Frau von einem mickrigen, nahezu ausgestorbenen Bauernhof zeigt. Oh ja, das ist sogar schon bis zu Lydia durchgedrungen: Viele der Jungen stehen auf Altes, um es zu verändern, umzubauen, zu renovieren, damit sie gegenüber dem Großteil ihrer Altersgenossen etwas Besonderes vorzuweisen haben. Lydia weiß noch nicht, ob sie das als Missbrauch des Bewährten und Praktischen betrachten oder ob sie sich über diese neue Welle der Begeisterung fürs Landleben freuen soll.

Gerade noch hat Lydia sich den Blick aus ihrem Fenster erlaubt und den anderen zugesehen, wie sie draußen von einem Gebäude zum nächsten gehen. Doch nun fährt ein plötzlicher Ruck durch ihre Arme. Der kleine Körper darin hat sich aufgebäumt und lang ausgestreckt, die Beinchen sind kerzengerade und die winzigen Hände zu Fäusten geballt. So weit es kann, hebt das Kleinkind das Gesicht dem nahen Flaschensauger entgegen, den Mund hungrig geöffnet. Noch einmal holen seine Beine Anlauf, beugen und strecken sich wie aufmüpfig, dann folgt ein auffordernder Laut. Lydia muss schmunzeln – es wird großen Kohldampf haben und protestiert, weil die sichtbare Nahrung nicht wie gewohnt zu ihm kommt. Kaum aber nähert sich die Milchflasche dem hochroten Gesichtchen, schnappt sich der kleine Mund auch schon den Sauger und zieht so kräftig daran, dass das Gummi sich zusehends platt zusammenzieht. Noch ein paar Mal versucht die kleine Schnute, ihm etwas zu entlocken, doch als das nicht funktioniert, fängt das Baby an zu quäken. Es ist wie bei den Lämmern, denkt Lydia, sie muss die Flasche so halten, dass aus dem Sauger die Luft entweicht.

„Hör bitte auf zu schreien", flüstert sie beschwörend, „sonst glauben deine Eltern, ich würde dir was antun." Nach und nach geraten sie beide in einen offenbar auch den Säugling zufriedenstellenden Rhythmus. »Denk einfach an die Lämmchen«, sagt sich Lydia immerfort.

Mittlerweile hat sich der kleine Körper entspannt, die Fäuste sind gelockert und der Blick des Kindes hat sich in Lydias Augen gebohrt, versucht während des Trinkens ohne einen Wimpernschlag, ihren Blick einzufangen und festzuhalten. Und Lydia versucht sich an einem ebenso festen Blickkontakt, der erst noch eine gewisse Scheu überwinden muss, bevor er gelingt. Dennoch ist es ein beruhigendes Bild, dieses nuckelnde Köpfchen. Zwischendurch hebt sich die puppenkleine Hand, will nach Lydias Nase greifen, streicht über Lydias Kinn, sodass sie ihren Kopf ein wenig beugt und den tastenden Fingerchen entgegenkommt. Irgendwann senken sich die durchsichtigen Lider über die hellblauen Kinderaugen, zugleich wird das Saugen unregelmäßig, bis es sich schließlich ganz einstellt und die kurzen Arme zu beiden Seiten herabsinken.

Ein Instinkt sagt Lydia, dass jetzt die eingesogene Luft aus dem fest gewordenen Bauch weichen muss, wenn es keinen Rückfluss geben soll. So ist das bei allen Säugetieren. Ihre Kühe rülpsen den ganzen Tag über, auch die Schafe brauchten den Gasausstoß, ebenso Gerti und Bertinchen, ihre Ziegen. Sie hat oft genug gesehen, wie solche kleinen hilflosen Kinder nach einer Milchmahlzeit in eine zuträgliche Position gebracht werden und ihnen der Rücken geklopft wird, während die Tierwelt das Rülpsen zum Glück alleine bewältigt.

Wie ein schlaffer Rucksack hängt der Säugling kurz darauf über Lydias Schulter, und ihre Hand tätschelt unbeholfen den kleinen Rücken und das in Plastik verpackte Hinterteil. Dabei fährt ihre Nase hier und da verstohlen über den weichen Flaum auf dem duftenden Köpfchen. Ganz kurz hat Lydia das Gefühl, in ihrem Leib ziehe sich alles in warmen Wellen zusammen, und sie weiß, sie wird dieses Empfinden speichern. Es wird sie nachts so sanft aus ihrem Schlaf holen, wie es einst ihre mädchenhaften Gefühle für Gustav vermochten. Doch so, wie Gustav fort ist, wird auch in wenigen Minuten dieses kleine Bündel von ihr fortgeholt werden. Ein ganz frisches, neues Leben, dem sie ins Ohr flüstert, es möge eine gute Zukunft haben in dieser turbulenten, anstrengenden und oft verrückten Welt.

Wotan ist der Erste, der sich wieder in der Küche blicken lässt. Natürlich sagt ihm dieser Säugling in den Armen seines Frauchens nichts; er wird das Kind für ein exotisches Tier halten, mit dem er nichts anfangen kann. Eilends kontrolliert er, ob ihm wenigstens das Wasser in seinem Napf geblieben ist, dann rollt er sich auf seinem Platz an der Wand gegenüber zusammen, legt den Kopf ab und behält Lydia mit nur einem geöffneten Auge im Blick.

„Und? Hat es kleine Kämpfe gegeben?", fragt die atemlose junge Mutter, die Wotan mit wippendem Pferdeschwanz gefolgt ist. „Ich meine, gleich am Anfang, als es unserem Vielfraß bestimmt wie immer nicht schnell genug ging?"

Das hätte sie aber vorher sagen können, denkt Lydia verärgert. Doch sie lässt sich nichts anmerken und hebt im Sitzen den schlafenden Säugling seiner Mutter entgegen. Ihr Nacken wird sie dafür bestrafen, das spürt sie schon jetzt. Solche Verrenkungen steckt ihr Körper nicht mehr wie früher einfach weg.

„Es hat alles geklappt, wie Sie sehen. Und aufgestoßen hat die Kleine auch schon, sogar zwei Mal." Es soll ihr niemand nachsagen, sie wisse nicht mit Kleinkindern umzugehen!

„Das ist ja großartig. Dann war das ja etwas ganz Besonderes, was, Bienchen? Da bist du gerade von einer richtigen Uroma gefüttert worden. So eine haben wir leider nicht daheim." Sie bettet das Kind in den Wagen und drückt ihm einen Kuss auf die Stirn. Und Lydia senkt den Kopf und zuckt mit den Schultern. Was sie denkt, geht niemanden etwas an.

„Gefällt Ihnen mein Hof?", fragt sie stattdessen.

„Eine vortreffliche Gebäudeanordnung! Daraus ließe sich bestimmt was machen."

„Sie können ihn mir gern abkaufen", hört Lydia sich sagen, bevor sie sich ihrer Worte bewusst wird. Nicht einmal der alte Magnus begehrt dabei in ihrer Erinnerung auf. Es war weder sein Erbe noch sein mühsam errungenes Gut, das er sein Leben lang als solches so hoch gepriesen hat. So viel weiß Lydia jetzt. Und sie wird sich hüten, sich länger mit einem schlechten Gewissen zu belasten, selbst wenn sie wirklich an einen Verkauf denken sollte. Sie kann frei entscheiden, was mit dem Brausehof geschehen soll. Selbst ihr Gustav hatte sich in seinen letzten Lebensjahren nicht mehr großartig um seinen Besitz geschert, fast kommt es ihr vor, als hätte er sich seinen inneren Abstand dazu bewahren wollen.

„Das ist aber ein freundliches Angebot", sagt die junge Frau, „und ein gelungener Scherz, denn ich glaube Ihnen mit keinem Wort, dass Sie diesen schönen Flecken freiwillig aufgeben würden. Aber jetzt im Ernst: Ich erwähnte bereits das große Gestüt mit den Ferienunterkünften. Das ist unser Zuhause und es gibt viel zu tun bei uns. Ausnahmsweise haben wir selbst gerade mal ein paar Tage Urlaub und sehen uns in dieser fremden Umgebung um. Bei uns ist die Landschaft platt und eben. In die Berge wollten wir nicht, man muss es ja nicht gleich übertreiben mit einem kleinen Kind. Aber eine Luftveränderung und diese schön gestreuten Hügel hier, das ist mal etwas ganz anderes."

Dann wartet ab, bis ihr in meinem Alter seid, denkt Lydia, dann seid ihr froh über euer Flachland. „Und jetzt wollen Sie wohl noch runter in den Ort?", fragt sie neugierig.

„Frau Blöchner hat uns angeboten, uns zu unserem Auto zurückzubringen, dann nehmen wir die Straße im Tal zwischen den Hügeln hindurch und sehen uns den Ort an. Er wurde uns daheim jedenfalls als lohnenswertes Ziel empfohlen."

Lydias Augen weiten sich und sie muss schlucken. „So, so, dann sollten Sie das auch befolgen", sagt sie mit viel versprechendem Tonfall. Vielleicht hat diese junge Familie ja das Glück, weitere richtige Uromas betrachten zu können.

Die Fremden bedanken sich für das erfrischende Wasser, den Toilettengang und die Umsorgung der kleinen Sabine. Dann beobachtet Lydia, wie Greta ihren Kofferraum öffnet, der junge Vater den Kinderwagen zusammenklappt und ihn einlädt.

Noch einmal winkt Lydia ihnen von ihrem Fensterplatz aus zu, bevor das Auto vom Hof verschwindet. Wie einfach und bequem es die jungen Leute heutzutage doch haben, denkt sie, alles ist zusammenklappbar und in Dosen verpackt oder hat Reißverschlüsse und reagiert auf Knopfdruck – und scheint nicht einmal teuer zu sein.

Doch all das ist in ihren Augen gar nichts gegen die Tatsache, dass jemand das Dorf im Tal als sehenswertes Urlaubziel anpreist. Und zum allerersten Mal seit vielen Monaten lacht Lydia so anhaltend laut und schallend in die Küche hinein, dass Wotan erschrocken seinen Platz verlässt und sich lieber in den Flur legt.

„Sag mal, wer war das denn? Kennst du ihren Namen? Und das Nummernschild, woher kamen die?", überfällt Lydia Greta mit Fragen, als sie kurz darauf wieder zurück auf den Hof kommt.

„Der Name, warte, ich glaube ... Suttler oder so ähnlich. Mir völlig unbekannt. Und das Kennzeichen hat mir auch nichts gesagt. Aber das waren drei Fragen von dir. Jetzt bin ich dran, Lydia. Stimmt es, dass du der Frau deinen Hof angeboten hast? So hat sie es zumindest erzählt."

Nach kurzem Zögern nickt Lydia und kräuselt dazu ihre Stirn. „Sei doch mal realistisch", sagt sie mit frustriertem Unterton. „Ich werde nicht jünger und bin ganz alleine auf dem Hof, weit abseits von allem."

„Aber wohin willst du denn? Willst du dir eine Wohnung im Ort mieten?"

„In unserem attraktiven Urlaubsort, wie ihn diese Fremden genannt haben?", gibt Lydia lachend zurück. „Da bleib ich lieber hier oben und vereinsame."

„Schau mal, du hast doch jetzt den Anfang gemacht, warst in der Kirche, bald machen wir unseren Ausflug, und du wirst auch sonst wieder unter die Leute kommen."

Lydia weiß zu schätzen, wie besorgt Greta um sie ist. Doch Greta gehört zu einer anderen Generation, sie soll sich nicht durch die Fürsorge um eine alternde Frau von ihresgleichen fernhalten.

„Du hast recht", sagt sie daher, „das Thema schieben wir beiseite. Noch geht es ja, und mit dem Fuß wird es sicher auch bald besser."

„Dann sag mir, was ich jetzt noch für dich tun kann", fordert Greta ihren nächsten Auftrag ein, als wäre sie von der Arbeit zu Hause freigestellt. Dennoch ist ihr anzumerken, dass ihr die Vorstellung nicht gefällt, ihre Besuche auf dem Brausehof eventuell einmal einstellen zu müssen. Ob das mit an dem Esel liegt, wagt Lydia innerlich schmunzelnd zu spekulieren.

„Wenn du noch die Wäsche aufhängen könntest, die steckt seit gestern in der Maschine." So lange Lydia zurückdenken kann, war der Montag auf dem Brausehof der Waschtag. Das hat sie übernommen wie eine bewährte Tradition, außer dass mittlerweile ihre Waschmaschine nicht mehr jeden, sondern nur noch an einem Montag im Monat laufen muss, weil es nicht mehr viel zu waschen gibt.

„Und wenn du mir danach einen Ordner aus dem Keller heraufholen könntest, wäre ich für den Rest des Tages zufrieden wie ein satter Säugling", scherzt sie, um eine spürbar bedrückte Greta etwas aufzuheitern. Ihr wiederum wird der nichtsnutzige Ordner von Magnus die Stimmung anheben, dessen ist sich Lydia sicher.

30

Bildet sie sich das nur ein oder riecht der abgenutzte Ordner wirklich nach Magnus?

Nervös und verstohlen wie ein Dieb sieht Lydia sich um, ob niemand in der Nähe ist, der ihr dabei zusehen könnte, wie sie mit der Nase den gesamten Ordner beschnuppert.

Die von Greta angekündigte Wiederbevölkerung des Brausehofes ist bereits eingetreten, die Weiderich-Kinder sind heute alle fünf erschienen. Der Grund dafür liegt auf der Hand, denn natürlich kann Lydia mit der Attraktivität eines Esels nicht mithalten. Doch genau so soll es ja auch sein. Diese Kinder fordern ihren Geist und tun ihr gut. Die kleine Verena hat ihr ein Bild gemalt, es klebt an der Fensterscheibe, weil so angeblich die verwendeten Farben besser zur Geltung kommen. Mit feierlicher Miene hatte das Mädchen es ihr überreicht und mit einer zusätzlichen Information nicht hinterm Berg halten können: „Und morgen bring ich dir ein Geschenk mit. Dafür müsste eigentlich dein Fuß wieder heil sein, aber es geht auch so, im Sitzen. Trotzdem wäre es besser, du könntest wieder laufen, und zwar richtig schnell."

Wenn Lydia dieses Gemälde nun betrachtet, in der Mitte ein Grautier mit großen Ohren, umringt von fünf kleinen Streichholzgestalten, am Rand eine größere mit weißen Haaren – dieses halb angetrocknete Weiß riecht eindeutig nach Zahnpasta –, braucht sie keine großartige Fantasie, um die junge Malerin zu durchschauen. Da sie bei diesem gewitzten Kind aber selbst dem kleinsten Detail noch eine Bedeutung unterstellt, ist ihr beim Betrachten nicht das winzige unpassende Gebilde etwas abseits der übrigen Figuren entgangen, das ihr eigentlich eine alarmierende Botschaft sein müsste. Vermutlich Verenas angekündigtes Geschenk, doch auch damit wird man irgendwie noch fertig werden, beschließt Lydia milde seufzend.

Was sie beruhigt, ist der Brief von Rita Weiderich, den Boris ihr mit einer genervten Grimasse ausgehändigt hat und in dem seine Mutter betont, dass einzig Lydia darüber entscheiden soll, ob und wann die Kinder den Hof aufsuchen dürfen. Außerdem müsse sie keine Verantwortung für ihre Rasselbande übernehmen. Schließlich, dass Arbeiten jeder Art, denen die Kinder zustimmten, in Ordnung seien, und die Geschichte mit dem Esel beweise, welch großes Herz doch die Bäuerin des Brausehofes habe. Auf den Ausflug an den Rhein freue Rita Weiderich sich besonders, da sie sich ehrlich gesagt erst eingetragen habe, nachdem sie die Teilnehmerliste im Gemeindebüro gesichtet und festgestellt habe, dass auch Lydia und Frau Blöchner dabei seien.

Einen Satz hat Lydia besonders mitfühlend aufgenommen: »Leider müssen wir feststellen, dass wir in diesem neuen Wohnort nicht gut Fuß fassen und hoffen nur, dass wir uns dies nicht selbst zuzuschreiben haben.«

„Oh nein, gute Frau", hatte Lydia dem Schreiben lautstark bestätigt, „hier fällt jeder, der zugezogen ist, durch das Raster. Ohne die urwüchsigen dörflichen Wurzeln wächst man hier nicht an!"

Wieder ein Brief. Lange hat Lydia weder Post bekommen noch irgendetwas anderes gelesen. Doch das hat sich gründlich geändert, seit sie den ersten Umschlag mit der geheimnisvollen Botschaft und dem Geld bekam. Und vor allem seit der Entdeckung von Edda Zirbels Werk, das für Lydia jetzt von einer ganz neuen Aura umgeben ist – so, wie den Aktenordner der ganz eigene Geruch von Magnus' Schuhcreme- und Stallmistduft einhüllt. Wenn Lydia mit der Nase in den Papieren die Augen schließt, scheint ihr Schwiegervater neben ihr zu stehen, mit seinen großen, zementharten Händen, aus denen Fleiß und Regsamkeit einem förmlich entgegensprangen. Ein zwiegespaltener Mensch muss er gewesen sein, wie Lydia erst jetzt so viele Wesenszüge an ihm mit einem Wort zusammenfassen kann. „Und ich werde dich noch besser begreifen, nachdem ich deinen Ordner studiert habe", murmelt sie mit einem von Schalk durchwobenen Blick auf den Stapel von vergilbtem Papier.

„Theo, hast du ein bisschen Zeit?", fragt Lydia in die Sprechmuschel ihres Telefons.

„Was soll mich schon großartig vom Telefonieren abhalten?", antwortet Theo gedehnt, aber hörbar froh über ihren Anruf. „Höchstens die drei Kaffeebecher und Schneidebrettchen, die ich noch abtrocknen muss. – Was liegt der Bäuerin vom Brausehof auf der Seele?"

„Nichts liegt ihr auf der Seele, sondern vor ihr auf dem Tisch. Greta hat mir den Ordner von Magnus aus dem Keller geholt, und weil ich hier eh mit einem dicken Fuß festsitze ..."

„... meinst du, du müsstest weiter in der Vergangenheit stochern", ergänzt Theo Lydias Rede auf seine Weise. „Lass doch den alten Kram, wo er ist. Sag mir lieber, was mit deinem Fuß passiert ist! Da hat man sich gerade mal seelisch gefangen, dann muss sich der Körper querstellen, was? Wir sollten langsam anfangen, uns unsere Leiden einzuteilen. Brauchst du meinen ärztlichen Rat?"

„Nur dein Ohr. Du weißt so viel über die alten Brausebauern, da sollst du einfach dabei sein, wenn ich sie mir jetzt noch mal vorknöpfe."

„Das gibt doch nur wieder Verwirrungen. Setz dich lieber vor den Fernseher oder lies in Eddas Buch. Back dir einen Pfannkuchen oder strick dir warme Socken für den kommenden Winter, wenn du in der Schonung Gustavs Tännchen verkaufst. Aber bleib in deinem Leben, Lydia. Schau mal, ich hab dir jetzt alles erzählt, was ich weiß, wonach suchst du denn noch?"

Lydia lacht. „Der Papierkrieg von Magnus unterhält mich ausgezeichnet. Was soll denn da noch an bösen Überraschungen kommen? Aber ich verrate dir, wonach ich suche, und bis jetzt hab ich sie noch nicht gefunden, die Schenkungsurkunde eines Freiherrn von Blauenberg. Immerhin könnte sie ja für mich von Bedeutung sein, jetzt, wo ich die alleinige Besitzerin des Hofes bin. Aber vor allem brenne ich darauf, zu erfahren, wie er sich darauf ausgedrückt hat, vor fast achtzig Jahren. Vielleicht so: »Da Frau Adelinde Krämer das Kind meiner Tochter übernommen hat, habe ich sie zu Stillschweigen verdonnert und ihr und ihrem Ehemann Magnus einen Bauernhof geschenkt, in der Hoffnung, dass sie damit die Klappe hält und zufrieden ...«"

„Das findest du lustig, Lydia? Ich kann mich erinnern, dass du Ada erst kürzlich dafür bemitleidet hast. Also mach den Deckel zu und weg mit dem alten Plunder! Mir gefällt die Lydia der Gegenwart."

„Und die Lydia der Gegenwart interessiert sich für den Brausehof der Vergangenheit. Aber wenn du keine Lust hast, das mit mir gemeinsam zu durchstöbern, dann leg halt auf. Ich mache jedenfalls weiter."

Sie hört Theo stöhnen. „Na gut, von mir aus, erzähle es mir. Was hast du denn bisher gefunden?"

Mit kindischer Freude über ihren kleinen Sieg räuspert sich Lydia, bevor sie ihre Aufzählungen startet. „Erst mal jede Menge Lieferpapiere aus der Landwirtschaft. Magnus hat wirklich jeden Schnipsel aufgehoben. Und viele Leergutpapiere für Milch, ururalte, da wird es hier noch keine eigenen Kühe gegeben haben. Und dann das hier, ein Soldbuch von ... Warte, was steht da? Diese verwischten Handschriften und die verblassten Stempel kann doch kein Mensch mehr entziffern! ... Ach was, das interessiert auch keinen. Aber hier: ein entwertetes Sparbuch. Magnus hat jeden Monat dreißig Mark eingezahlt, bestimmt hat er die heimlich abgegriffen!" Lydia lacht übermütig, es macht ihr Spaß, die Vergangenheit mit erfundenen Geschichten zum Leben zu erwecken – und zugleich zu wissen, dass sich niemand mehr gegen ihre Fantasien wehren kann. Schließlich hat man sie die ganze Zeit über die Finanzen im Dunkeln gelassen. Wer will es ihr da verübeln, dass sie sich jetzt endlich einmal einen Überblick verschafft? Auch sie hat hier schließlich tüchtig mit angepackt! Die handschriftlichen Einträge mit zumeist derselben Unterschrift am Sparbuchrand weisen darauf hin, dass Magnus es fast immer mit demselben Bankangestellten zu tun hatte, so viel erkennt sogar sie als Laie beim Durchblättern. „Über zehn Jahre lang hat er eingezahlt. Und dann hat er alles mit einem Mal abgehoben. Das war 1964. Was wird er damit wohl gekauft haben? – Oh, hinten im Buch ist was angeheftet. Sieh an, eine Rechnung. Damit hat er den Lanz gekauft. Das war mal ein sinnvolles Sparen, was? – Theo? Bist du noch dran?" Anstatt seiner Stimme vernimmt Lydia ein helles Klirren im Hörer. Ob sie ihn gelangweilt und er deshalb den Hörer abgelegt hat, um seine Tassen abzutrocknen? Doch gleich darauf vernimmt sie seine Stimme.

„Ich hab mir kurz was zu trinken geholt. Dein Vorlesen macht mich durstig. – Was sagst du, hat er damit angeschafft?"

„Den Traktor, aus zweiter Hand, steht hier. Darf ich dann jetzt also weitermachen?", fragt Lydia mit aufgesetzter Schärfe.

„Nur zu, befriedige deine Neugier."

„Hier hab ich jetzt einen kleinen, dicken Umschlag, darauf steht: Essensmarken, Bezugsmarken, Reichsmark-Noten ... Zugeklebt. Ich weiß noch, wie Gustav solches Zeug gehasst hat. Dass sein Vater es gesammelt und aufgehoben hat, konnte er nie begreifen. Er hat immer gemeint, es seien doch endlich bessere Zeiten angebrochen, wer würde denn da an solchen armseligen Erinnerungen hängen. Wir könnten doch alle froh sein, dass zu Kriegszeiten keiner aus der Familie einberufen wurde. Damit hatte er ja recht und wer weiß, vielleicht hätte ich meinen Gustav im andern Fall schon viel früher hergeben müssen. – Warte, jetzt leg ich den Hörer mal eben ab", sagt Lydia, während Theos Stimme vom Tisch her versucht, sie zu bitten, jetzt nicht noch weiter in diesem uninteressanten Kram zu wühlen. Doch Lydia hat längst eine Messerschneide in die Oberkante des prallen Umschlages gestoßen. „So viele Märkchen!", empört sie sich, ohne den Hörer wieder aufzunehmen. „Das hätte doch noch jede Menge Nahrung gegeben. – Sieh an! Was ist denn das? Magnus, dieser Schlauberger! Hierin hat er seine Urkunde versteckt, weil er genau wusste, dass Gustav den Umschlag nicht mal mit dem kleinen Finger berühren würde. Ach, und auch die Adoptionspapiere, so klein gefaltet wie ein Notenschein ..." Aufgeregt nimmt Lydia den Hörer wieder in die Hand. „Hast du mitgehört?", fragt sie atemlos.

„Ja, habe ich, und ich höre wahrhaftig immer noch zu." Theos Stimme klingt gespielt genervt, und doch weiß Lydia, dass er interessiert in seinen Bart schmunzelt.

Ihre Worte überschlagen sich, kommen nur bruchstückhaft und undeutlich über ihre Lippen, da Lydia vor lauter Ungeduld den gesamten Text des Adoptionspapiers auf einmal erfassen möchte: „»Es erschienen ... Adelinde Brause, geborene Krämer, am soundsovielten ... und Magnus Brause ... durch Vorlegung der Ladung festgestellt ... die leibliche Mutter Adelinde und so weiter, ist mit der Kindesannahme des geehelichten Magnus Brause einverstanden ...« Hier haben sie beide unterschrieben. Oh weih, Ada konnte wirklich nicht schön schreiben ... Da hat Magnus unterschrieben, auch nicht viel leserlicher ... und weiter oben steht: Kind Gustav – wie sich das anhört! – Ach, warte, Theo, ich lese dir auch noch vor, was auf der Schenkungsurkunde steht: »Hiermit bestätige ich, Johann Freiherr von Blauenberg, den Eheleuten Magnus Brause und Adelinde, geborene Krämer, nunmehr Brause, die Schenkung des Anwesens ...« Und hier, ein Lageplan vom Brausehof und den Feldern ... ist das aufregend, Theo! Aber das musst du dir demnächst alles selbst ansehen. Der arme Gustav hat all das jedenfalls nie zu Gesicht bekommen, so gut, wie es versteckt war." Lydias Herz pocht wild vor Stolz, diese Dokumente selbst gefunden zu haben. Mittlerweile liegen sämtliche Papier aus dem Ordner verstreut auf dem Tisch, weil die alten Klammern und das poröse Papier dem hastigen Blättern nicht standgehalten haben. Doch das ist Lydia gleichgültig, sie werden ohnehin in einen Karton wandern, damit sie jederzeit auf jedes einzelne Blatt zugreifen kann.

„Und hier, das wird dich interessieren, Theo, hier ist eine Kranken-Pflegeanleitung: ganz kurz und groß und deutlich geschrieben, für Ada, damit sie ihrem Mann Gutes tun konnte. Rate, von wem!"

Theos Antwort folgt erfreulich rasch, er scheint ihr Programm konzentriert zu verfolgen. „Wer sonst, wenn nicht Dr. Theodor Treidel, wird schon Pflegeanleitungen auf dem Brausehof verteilt haben?", brummt er in den Hörer, „als der Leibarzt der Bauern."

Lydia lacht auf. Nachdem sie kurz auf die Weide geschaut hat, auf der immer noch die Kinder hin und her springen, wendet sie sich der mit Tinte geschriebenen zerknitterten Liste zu, stellt sich vor, wie Ada versucht hat, Theos Ratschläge zu entziffern und diese gleich neben Magnus' Lager aufbewahrt hat.

„Das muss gewesen sein, als Magnus diese starke Grippe hatte. Da lag er da wie ein Häufchen Elend, hat geklagt und gejammert. Ada musste den ganzen Tag neben seinem Bett sitzen und ihn immerfort mit irgendetwas behandeln. Weißt du das noch? Du hast all deine gesammelten Hausrezepte aufgeschrieben, weil Magnus keine »giftigen« Medikamente einnehmen wollte. Er hatte es nicht so mit der Medizin", erinnert sich Lydia, und Theo ruft belustigt in den Hörer: „Genau, immer eine große Klappe, aber wenn's ihm an den Leib ging, war er wie ein kleines Kind."

„Ja, so war er. Du hast ihn abgehört und für Ada aufgeschrieben, sie solle ihm Brustwickel machen und Zwiebelsirup ansetzen, zwei Kannen Thymiantee am Tag sollte er trinken ..." Lydia hält inne. Sie hört Gustavs Lachen. Warum vernimmt sie ausgerechnet jetzt sein amüsiertes Lachen im Innenohr? Noch einmal liest sie quer über die alten Ratschläge, wieder erschallt dieses Lachen. Und plötzlich dämmert es ihr. Noch ist es nicht richtig greifbar, dennoch enthält diese Liste ein Signal, das sie veranlasst, das Telefongespräch zu unterbrechen. „Ich ruf dich gleich wieder an, Theo. Bleib in der Nähe." Schon hat sie aufgelegt. Nach dem langen Sitzen erscheint ihr der verletzte Fuß schwer wie Blei, doch es drängt sie wie von einem Magneten angezogen in ihre neue Stube.

Während sie sich humpelnd mit der linken Hand an der langen Flurwand abstützt, trägt sie in der rechten ihre Lesebrille und die soeben entdeckte alte Liste mit den Hausrezepten.

Noch will sie nicht wahrhaben, was in ihr groß und größer wird. Doch wenn es so sein sollte, wie sie vermutet, wird sie einen sehr unangenehmen Anruf machen müssen.

Wie immer überwältigt sie der saubere Waldesduft der gelüfteten Stube, als sie die Tür öffnet. Aus dem kleinen Sekretär kramt sie ein paar Zettel hervor und lässt sich damit auf der moosgrünen Sofadecke nieder. Sie setzt die Brille auf, begutachtet die Schnipsel mehrere Male, und ihr begleitendes Nicken wird immer überzeugter. Sie lässt den Kopf in die Hände sinken, verharrt eine Weile in brütenden Gedanken, dann starrt sie lange Zeit die Wand an, bis sie sich aufrappelt und wieder den Weg zur Küche nimmt.

So simpel, so banal, und doch so aufschlussreich. Warum ist ihr das erst jetzt aufgefallen? Sie und Gustav haben jedes Mal gelacht, wenn Theo seine Rezepte für Lydia geschrieben hatte, sein unverkennbares Ypsilon in ihrem Vornamen, das laut Gustav so aussah wie eine Mistgabel; angeblich konnte niemand so unbedacht so hervorragende Mistgabeln zeichnen wie Theo, den liegenden Halbkreis, mitten geteilt von der senkrechten, lang nach unten führenden Geraden, sodass die Gabel drei gleich lange Zinken hatte. So, wie das Ypsilon in ihrem Namen auf den alten Rezepten aus dem Sekretär und ebenso auf der Pflegeliste im Thymiantee. Jedes Mal aufs Neue hatte Gustav darüber gelacht und sich lustig gemacht. Und auch kürzlich, als Theo für sie den Antrag für ihren Telefonanschluss ausgefüllt hatte, lebte in Lydias Kopf Gustavs Lachen auf. Theos unverkennbares Ypsilon.

Er hebt sofort ab. „Was war denn los? Warum hast du so plötzlich aufgelegt? Hattest du dir wehgetan?"

„Nein, aber ich glaube, du mir. Sei ehrlich: War der erste Geldumschlag von dir? Der mit den dreitausend Mark und der Bemerkung: Für Lydia Brause ... Na, du weißt bestimmt selbst am besten, was darauf stand. Und jetzt lüg mich bitte nicht mehr an, Theo, das haben wir beide nicht nötig."

Sie hört seinen schweren Atem, natürlich fällt es ihm schwer, zu gestehen. Doch jetzt soll die Zeit der Halbwahrheiten und Geheimniskrämerei ein für alle Mal vorbei sein. „Also war er von dir. Ich will gar nicht wissen, wer ihn für dich hierhin gebracht hat. Da lag ein Zigarettenstummel auf dem Pflaster, aber du rauchst nicht. Ich nehme an, du hattest deinen Neffen, diesen Benno, damit beauftragt, richtig?"

„Mhm."

„Und der zweite Umschlag? Warum hast du den Begleitzettel dafür mit der Maschine getippt? War dir selbst eingefallen, dass dich deine Handschrift verraten könnte? Obwohl ich sagen muss, du hast dir viel Mühe gegeben, dein Schriftbild zu verfremden. Nur halt dein typisches Ypsilon, das ist dir dabei durchgegangen."

„Der andere war nicht von mir."

„Na komm, was für ein Zufall aber auch! Da schickt mir gleich noch jemand dieselbe Summe hinterher? Ich hatte schon vermutet, man hätte in der Kirche für mich gesammelt. Und dabei hab ich dich doch darauf angesprochen, habe mit dir so lange über die zwei Umschläge gesprochen. Und die ganze Zeit über hast du verwundert getan und dich dumm gestellt, so, wie man es mit einem kleinen Kind macht, das glaubt, es hätte einen Diamanten zwischen den Glasscherben gefunden. – Warum hast du das getan, Theo? Hast du dich derart in dein Labyrinth verrannt, dass du den Ausweg nicht mehr findest? Du hättest mich doch ganz einfach fragen können, ob du mir was leihen sollst, falls ich etwas brauche. Traust du Gustav nicht zu, dass er für mich gesorgt hat? Ich hab doch meine Rente, die reicht mir. Selbst wenn ich in Not wäre, müsstest doch nicht du für mich aufkommen. Was meinst du, wie ich mich jetzt fühle? Du hast doch auch nichts zu verschenken, Theo." Lydia holt tief Luft und stößt einen verächtlichen Laut aus. „Wie gut, dass ich noch nichts Großartiges damit unternommen habe. Den Fernsehapparat konnte ich sogar aus meinem Zigarrenkistchen bezahlen, so sparsam lebe ich. Ich brauche nicht mal die Hälfte meiner kleinen Rente im Monat, es bleibt immer was zurück. Und dann schenkst du mir anonym sechstausend Mark ... Theo, du spinnst doch! Die kriegst du umgehend wieder zurück!"

„Von mir war nur ein Umschlag."

Lydia ist wütend und gerührt zugleich. Er mag es gut gemeint haben, aber das steht für sie momentan nicht im Vordergrund. „Gib jetzt bitte zu, dass auch der zweite Umschlag von dir war. Hauptsache, du lügst mich nicht mehr an."

„Von mir war nur der erste", wiederholt Theo mit einer Vehemenz, die Lydia ihm sofort Glauben schenken lässt, weil er damit durchblicken lässt, dass es mit seinem Wissen zwei Umschläge gab, von denen seiner der erste war.

„Dann sag mir jetzt, von wem der zweite war!" Sie weiß, dass er ihren Tonfall einschätzen und diesem entnehmen kann, dass sie nicht aufgeben wird.

„Von Kuno."

„Wieso denn von Kuno?! Was hab ich denn mit dem zu tun?" Dann dämmert es ihr. „Ah ja. Vermutlich hat Greta das alles angeleiert?" Noch weiß Lydia nicht, was sie davon halten soll. Würde Greta derart vor ihr schauspielern können? In dem Fall hätte Greta ihre Notiz auf ihren eigenen Umschlag geschrieben, als sie Lydia daheim nicht angetroffen und die Haustür für sie zugezogen hatte ...

„Um Himmels Willen, Lydia, damit hat Greta nicht das Geringste zu tun, und sie darf es auch nicht wissen!" Theo atmet sehr schnell. „Versprich mir das, ja? Und wenn du dich noch so sehr darüber ärgerst: Bitte halte Greta da raus!"

„Dann sag mir: Wo »raus«? Da gibt es doch einen Grund, dass ausgerechnet ihr beiden mir Geldgeschenke macht. Verkauf mich nicht für dumm, bitte Theo! Hattet ihr eine Tippgemeinschaft, vielleicht mit Gustav, von der ich nichts wusste?" Immerhin waren die drei Männer Skatfreunde und leidenschaftliche Spieler obendrein. Lydia lässt nicht locker: „Raus damit, Theo, sonst ruf ich auf der Stelle Kuno an und lass mich von ihm aufklären!"

„Nein, nein, das lass bitte sein. Also gut: Das Geld hat Gustav uns gegeben. Wir sollten es aufbewahren, für alle Fälle. Und Kuno und ich waren der Ansicht, jetzt ist der Fall eingetreten, dass du es gebrauchen könntest."

Lydia ist verwirrt. Ihre Augen fliegen in der Küche umher, als suchten sie etwas äußerst Wichtiges. Sie kann sich keinen Reim aus Theos Antwort machen, kann aber auch nicht sagen, was genau sie daran irritiert.

„Aber warum denn so heimlich? So hintenherum? Ich versteh das nicht. Außerdem passt es gar nicht zu Gustav, dass er so viel Geld hatte ... und überhaupt. – Aber lassen wir das für heute, ich hab jetzt keine Lust mehr auf Ratespielchen. Schon wieder so eine Offenbarung aus deinem Mund, und ich dachte doch, zwischen uns gäbe es keine Geheimnisse mehr. Na, wie auch immer, einen Wunsch erfüllst du mir noch: Kommt bitte mal alle beide zu mir herauf, du und Kuno. Kann sein, dass ich noch ein paar Fragen habe. – Und lasst mich nicht zu lange warten."

Der Hörer in Lydias Hand ist feucht, als sie ihn grußlos auf die Telefongabel legt. Seltsamerweise gelingt es ihr, das Gefühl der Aufregung zu verscheuchen. Sie greift nach Eddas Buch, verlässt die Küche und setzt sich neben der Haustür auf ihre Bank. Weiter vorn auf der Weide toben und lachen die Kinder, mitten unter ihnen Wotan mit seinem rotweiß gepunkteten Ball. Lydias Herz macht einen zusätzlichen Hüpfer, während sie lächelt und sich dann dem Gesicht der Frau auf dem Buch zuwendet.

31

Lydia hatte recht mit ihrer Ahnung, was die winzige Gestalt am Rand von Verenas selbst gemaltem Bild darstellen sollte. Nun hat dieses hingekritzelte Wesen Gestalt angenommen. Es ist das angekündigte Geschenk für Lydia und liegt bereits in ihrem Schoß; ein Geschenk, das diese kleine gewitzte Göre sich im Grunde selbst gemacht hat.

Unaufhörlich schlägt die junge Katze ihre kleinen Tatzen in Lydias Blusenstoff, zieht kreuz und quer lange Laufmaschen in das verwaschene Gewebe, um gleich darauf die spitzen Zähne in ihren Handrücken zu schlagen.

Verenas Argumente während der feierlichen Übergabe am Vortag waren wieder einmal haarsträubend einleuchtend, denkt Lydia mit ungläubigem Kopfschütteln.

„Erstens hast du etwas mehr Gesellschaft, zweitens hast du mal was zu tun und dein weher Fuß lernt wieder, schneller zu laufen, weil du sie einfangen musst, bevor sie dir wegläuft. Drittens hast du schon einen Esel und einen Hund und einen Hahn. Mit der Katze dazu kannst du die Bremer Stadtmusikanten aufstellen. Und viertens komme ich jetzt jeden Tag hierher, die Katze muss unbedingt wissen, dass es auf der Welt noch mehr Menschen gibt als dich."

Warum es von äußerster Wichtigkeit ist, dass dieses junge Kätzchen auf den Namen Helma hören soll, wird Lydia auch noch herausfinden.

„Du wirst gut erzogen", raunt Lydia in den zarten Flaum des aufgerichteten Öhrchens. „Hier auf dem Hof haben schon viele Katzen gelebt. Die letzte war ein Kater, er hieß Marschall. Seinen Korb gibt es noch, du kannst ihn haben. Und Wotan hast du zu gehorchen. Wage es nicht, ihn zu kratzen oder zu belästigen! Glaub mir, Helma, wir werden dir zeigen, wie das bei uns läuft."

Aus großen Augen erhält Lydia aufmerksame Blicke, während sie zu dem jungen Tier spricht. Sie gibt der platten Nase einen Stüber mit dem Zeigefinger. „Hast ja gestern gehört, was meine Freundin Greta zu dir gesagt hat: Junges Blut tut Alter gut. Greta ist ja der Ansicht, ich sollte hier eine Art Kontakthof eröffnen, für Alt und Jung mit Zugang nach Bedarf. Jeder für jeden. Sie hat gereimt wie mein Gustav: »Eine bunte Familie aus Mensch und Tier, wo sonst soll das gelingen, wenn nicht hier.« Ich würde Greta gerne erzählen, wie die Brausebauern wirklich zu ihrem Hof gelangt sind, was meinst du?"

Augenblicklich fasst Lydia sich laut schimpfend an die Nasenspitze. „Kleines Biest, du hast mir wehgetan! Aber immerhin war das eine deutliche Antwort."

Und ehrliche Antworten tun oftmals weh, fügt sie in Gedanken hinzu, als sie das grauschwarze Bündel von ihrem Schoß scheucht und sich mit ihrem speichelbenetzten Taschentuch die Blutstropfen von der Nase tupft. Wer bei unangenehmen Fragen Aufrichtigkeit verlangt, sollte sich darauf einstellen, dass er tief getroffen werden könnte; das hat sie in letzter Zeit zur Genüge erfahren.

Die Besuche der Kinder jedoch lehren sie aufs Neue, dass jedes Alter die passende Waagschale für große und kleinere Nöte hat. So konnte sie sich am Vortag gut in Viktor hineinversetzen, den mittleren der Weiderich-Geschwister, der gleich nach Verenas Geschenk mit seinem Hausaufgabenheft aufwartete.

„Wir haben jetzt Algebra im Matheunterricht. Helfen Sie mir?"

„Aber gewiss. Zeig mal her."

Lydia war gespannt, was sich hinter diesem Fremdwort verbarg. In Anbetracht von Viktors Alter würde sie ihm mit ihren Rechenkünsten des kleinen und großen Einmaleins auf jeden Fall weiterhelfen können.

„Was verstehst du denn nicht?"

„Warum ergibt Minus mal Minus Plus, Frau Brause? Hier im Beispiel heißt es, dass minus zwei mal minus zwei plus vier ergibt."

Lydia hatte geschluckt und gemeint: „Warum fragst du nicht deine großen Brüder?"

„Weil ich mich schäme. Die lachen doch schon los, wenn ich nur mit meinem Heft ankomme."

Dieses Geständnis zusammen mit dem Vertrauensbeweis eines pubertierenden Knaben berührte Lydia tief und sie nahm sich vor, den Jungen nicht ohne eine Lösung für sein Schulproblem wieder gehen zu lassen.

So setzte sie unter Viktors ungelöste Aufgaben einen Vermerk. Warum sollten immer nur andere das Privileg einer schriftlichen Botschaft nutzen?

Sie brauchte allerdings erst ein paar Anläufe auf Schmierpapier, bis die Nachricht an Viktors Lehrer zu Lydias Zufriedenheit formuliert war:

Als Aufsichtsperson über die Hausaufgaben von Viktor Weiderich habe ich anzumerken, dass Sie als Lehrer darauf achten sollten, Ihre Schüler für das wirkliche Leben tauglich zu machen und ihnen nachvollziehbare Rechenweisen vorzulegen. Wenn wir draußen minus zwei Grad haben und es doppelt so kalt wird, gelangen wir noch längst nicht mit vier Grad über den Gefrierpunkt.
Gez. Lydia Brause

Heute hatte Viktor ihr sein Heft mit der Reaktion seines Lehrers vorgelegt, er wirkte ein wenig verlegen und deprimiert.

Wie doch solch ein neunmalkluger Humor den Unterricht auflockern kann! Meine Schüler haben diese Lachpause allesamt begrüßt, werte Frau Brause.

„Was das nun wieder zu bedeuten hat?", murmelte Lydia vor sich. Sie hat kaum mehr Erinnerungen an ihren eigenen kargen Schulunterricht, kann sich kein Bild machen von der heutigen Lehrerschaft, geschweige denn vom Umgang zwischen Schülern und Lehrern. Deshalb kommentierte sie Viktor gegenüber die mit Rotstift verfasste Antwort in seinem Heft auf ihre Weise: „Ich rede mal ein Wörtchen mit deinen großen Brüdern. Wenn sie so viel Zeit haben, sich um einen Esel zu kümmern, dürfte da auch etwas übrig sein für ein bisschen Rechenunterricht für einen jüngeren Bruder. Und zwar, ohne ihn auszulachen. Sonst müssen sie sehen, wo ihre Eselin Sina bleibt." Dabei zwinkerte sie Viktor verschworen zu und beließ es dabei.

Jetzt ist er mit seinen Geschwistern auf dem Heimweg ins Tal, und Lydia kann es drehen und wenden, so oft sie will, sie hat keine weiteren Ideen und Worte für diese Angelegenheit. Sie lebt schon so lange in ihrer kleinen Welt, dass sie es nicht wagen will, den Umgang dieser Kinder mit der großen Welt zu beeinflussen. Mittlerweile ist sie sich sogar unsicher, ob es klug war, ein gemeinsames Gespräch mit Kuno und Theo gewünscht zu haben. Allein gegen zwei – das hat sie in ihrem ganzen Leben nie durchstehen müssen, für dergleichen war immer Gustav zuständig. Diesmal aber hat er es zu verantworten, dass sie in diese Situation gebracht wurde.

Sie ahnt, dass zwischen den beiden Männern ein reger Austausch stattfinden wird, bevor sie sich zu ihr begeben. Auch sie braucht etwas Zeit und Abstand, um zu überlegen, wie sie wirklich zu dieser finanziellen Unterstützung steht, von der anonymen Übergabe einmal abgesehen, die sie schon fast als unanständig empfindet. Sich derart täuschen, wenn nicht gar foppen zu lassen, darauf kann sie in ihrem Alter und insbesondere als die Frau eines Freundes getrost verzichten. Sollte Gustav aber wahrhaftig etwas für Notfälle zur Seite gelegt haben, wird sie das Geld annehmen; nicht umsonst haben sie beide über Jahre hin anspruchslos und genügsam gelebt. Zudem weiß sie, wie einnehmend und energisch ihr Mann sein konnte, wenn er sich etwas in den Kopf gesetzt hatte. Die beiden Freunde werden kaum eine Chance gehabt haben, ihm einen solchen Wunsch abzuschlagen. Den Wunsch, sein Erspartes auf die Seite zu legen und es so lange zu verwahren, bis man froh ist, darauf zurückgreifen zu können. Und vor allem seiner Frau Lydia nichts davon zu sagen, weil sie Heimlichkeiten nicht ausstehen kann ... Dass Gustav in seinem tiefen Wesen anders war, als sie dachte, versteht sie jetzt eine Spur besser – er hatte das eigenwillige Wesen seiner Mutter Edda Zirbel im Blut.

32

Seit dem Telefonat mit Theo sind vier Tage vergangen.

Gestern Abend hat er Lydia wissen lassen, sie hätten vor, heute Nachmittag zu ihr zu kommen. Da seine Stimme seltsam zurückhaltend und seine wenigen Worte wie vorher einstudiert klangen, hatte auch Lydia ihm nur kühl und knapp zugesagt.

Es wird ein unangenehmes Zusammentreffen werden, kein freundliches wie zuletzt bei der Renovierung, dafür ist die Angelegenheit zu heikel.

Wie schade, dass gerade jetzt, wo sie sich gefangen hat, die Stimmung zwischen ihnen umzuschlagen droht. Doch sieht sie keinen anderen Ausweg, als reinen Tisch zu schaffen.

Nun regnet es, die Art Regen, die Lydia sonst so mag, warm und andauernd, begleitet von einem leichten Westwind, der die dicken Tropfen wie aufgereihte Perlen an den Fensterscheiben der Hausfront entlanglaufen lässt, während es im Innern nach Tee und Gebäck duftet und man sich, entschuldigt durch das Wetter, zufrieden im Sessel zurücklehnt.

Lange hat Lydia überlegt, ob sie den Tisch wirklich in der Stube decken soll, aus Angst, es könne sich Verdruss in das neue, unbelastete Zimmer einschleusen. Doch dann schob sie ihren Pessimismus beiseite. Schließlich hat sie nicht im Entferntesten vor, einen Streit vom Zaun zu brechen. Viel lieber sollte sie darauf bauen, dass die wohltuende Atmosphäre der Stube sich positiv auf ihr Beisammensein auswirkt.

So soll auch ihre Aufmachung ihre Selbstsicherheit unterstützen. Den blauen Rock und die weiße Bluse hat sie ordentlich gebügelt und sich Adas zierliche Silberbrosche in der Form eines Blütenzweiges an den Kragen gesteckt. Sie klemmt ihr frisch gewaschenes Haar hinter die Ohren und klopft ein wenig Creme in ihre Wangen ein.

Nicht viel später hört sie draußen auf der Kieseinfahrt Autoreifen knirschen. Warum ihr das Herz bis zum Hals schlägt, kann Lydia sich nicht beantworten – es sind doch nur Gustavs alte Freunde, die hier gerade genauso vorfahren wie früher.

Dennoch ahnt Lydia, dass etwas geschehen wird, weil an der ganzen Geschichte etwas faul sein muss – das will ihr Bauchgefühl ihr immerfort mitteilen.

Es kann aber auch sein, dass sie aufgeregt ist, weil sie gleich über Gustav sprechen werden. Oder war es Theos verhaltene Art, die sie so verängstigt hat?

Es läutet. Wie wohlerzogene Konfirmanden begrüßen die zwei Männer Lydia mit höflichem Händedruck, es fehlt nicht viel, und sie deuten einen Diener an.

Sie muss diese befremdliche Stimmung auflösen, sonst wird sie sich, wenn es darauf ankommt, allein auf weiter Flur fühlen und ihren Standpunkt nicht überzeugend vertreten können.

Lydia geht voraus, bildet sich ein, zwei finstere Blicke in ihrem Rücken zu spüren, und öffnet die Tür zur Stube. Mit einer Handbewegung bietet sie den Männern das Sofa neben dem Fenster an, zieht dann einen kleinen Beistelltisch mit Verköstigung hinzu und nimmt selbst ihren Platz am größeren Tisch gegenüber ein, gleich neben der bereitgestellten Teekanne. Auf einem zweiten Stuhl in ihrer Nähe fläzt sich die junge Katze auf einem Kissen und spielt mit alten Wollknäueln – ganz bewusst von Lydia zur allgemeinen Ablenkung so arrangiert, zumal dies der Lieblingsort ihres neuen Heimtieres ist. Am liebsten würde Lydia noch Wotan hinzurufen, damit der sich mit der Schnauze auf ihre Schuhe legt. Doch wo sich die junge Katze aufhält, bleibt ihr Hund momentan noch freiwillig fern. Zu anstrengend, teilen seine etwas beleidigten Augen mit, wenn er den Schwanz einklemmt und sich verdrückt. Die Männer wiederum zeigen sich angetan von dem kleinen verspielten Lebewesen, das sich im Augenblick an Kunos Hosenbein festkrallt und sich das Köpfchen reibt.

„Sie heißt Helma, fragt mich nicht, warum. Das Weiderich-Mädchen hat sie mir geschenkt, den Grund dafür kenne ich wiederum bestens." Sie versucht sich an einem unbeschwerten Tonfall, während sie sich zugleich mit einem kurzen Blick in die verschlossenen Mienen auf dem Sofa fragt, wer hier wohl gleich das eigentliche Thema eröffnen wird.

„Schön, deine Stube", sagt Theo.

„Ja, wirklich sehr einladend und gemütlich", pflichtet Kuno ihm bei.

Und jetzt weiß Lydia, was es ist, das dieses ungute Gefühl in ihr ausgelöst hat und verstärkt: Wer jemandem etwas Gutgemeintes hat zukommen lassen, braucht allein um dieser Tatsache willen keine solch befremdliche Zurückhaltung an den Tag zu legen wie jetzt Kuno und Theo, selbst wenn man einen so suspekten Weg der Übergabe gewählt hat. All das ließe sich in Nullkommanichts wieder aufheben, wenn es eingesehen und offen darüber gesprochen würde.

„Ihr trinkt doch bestimmt eine Tasse Tee? – So, und jetzt erzählt mir von Gustav und seinem geheimen Reichtum", fordert Lydia die Männer ermutigend auf.

Theo schöpft Atem und klopft sich aufs Knie, versehentlich auf das falsche, wie Lydia seiner verzerrten Mimik entnimmt. „Warum um den heißen Brei herumreden?", beginnt er. „Das Geld stammt noch aus der Versicherungssumme, die euch nach dem Scheunenbrand ersetzt wurde. Es war sozusagen – übrig. Gustav hatte keine Verwendung dafür und wollte, dass wir es für ihn aufbewahren."

„Ah so, Versicherungsgeld", wiederholt Lydia bedächtig. „Und warum durfte ich nichts davon wissen? Ich meine, hatte er Angst, ich würde es einplanen für irgendwelchen Luxus? Ansprüche erheben? Mir etwas sündhaft Teures kaufen wollen? Sagt mir doch einfach, warum er das vor mir verheimlicht hat. Oder ... hatte er eine Überraschung geplant?" Ihr Herz schlägt leichter, denn daran hat sie noch gar nicht gedacht.

„Eine Überraschung, genau! Das könnte der Grund gewesen sein", wirft Kuno ein. Für Lydias Empfinden kam dieser Lichtblick etwas zu schnell, und sofort verwirft sie diese einzige versöhnliche Vorstellung wieder.

„Na kommt, seid ehrlich, ihr Männer! Ich habe meinen Mann begraben, ich will nicht auch noch den Glauben an seine Aufrichtigkeit verlieren. Das passiert nämlich, wenn ich keine Antwort bekomme. Aber die könnt ihr mir bestimmt geben?" Lydia weiß, dass sie wie eine dieser Lese-Großmütter aus dem Fernsehen aussieht, als sie die beiden mit leicht gesenktem Kopf von unten erwartungsvoll anschaut.

Wieder ist es Theo, der das Wort ergreift; Kuno hingegen erinnert Lydia an eine aus Holz geschnitzte Marionette mit seinen kantigen, unbeweglichen Zügen und den unnatürlich roten Kreisen auf seinen Wangen.

„Gustav hat uns nicht gesagt, was er damit vorhatte, wahrscheinlich nichts Bestimmtes. Nachdem die Versicherung gezahlt hatte, sah er nicht ein, das Geld wieder in landwirtschaftliche Maschinen zu stecken. Er schien keine Lust mehr auf die Hofarbeit zu haben. Die gemieteten Maschinen hat er ersetzt, was weiß ich, welche das waren, vermutlich wirst du das besser wissen als wir. Seine eigenen wollte er nicht mehr nachkaufen, das wurde ihm aus Altersgründen anerkannt, der Wert dafür jedoch miterstattet, na, und das nahe Pachtland hat er der Gemeinde abgekauft. Den Rest hat er uns gegeben, „aufbewahren für den Notfall", hat er gesagt, und dass Finanzen Männersache seien. Du weißt doch, dass er dich aus allen Geldangelegenheiten rausgehalten hat, das dürfte dir doch nicht neu sein. Bestimmt wollte er sich mit dir einfach nur noch ein schönes Leben machen." Theo greift seine Teetasse und schlürft ein paar Schlucke, doch Lydia entgeht nicht, dass seine Finger dabei zittern. Theo hat nie gezittert, er muss innerlich stark erregt sein. Es scheint ihm unter die Haut zu gehen, dass er seinem alten Freund im Nachhinein in den Rücken fallen muss.

„Das haben wir ja auch getan", bestätigt Lydia, „uns ein schönes Leben gemacht. Dazu brauchten wir nicht viel anderes als auch vorher. Unser Luxus war die viele freie Zeit, das Leben mit ein paar wenigen Tieren, die Natur ... Er sollte sich auch nicht mehr abmühen, dafür war er schließlich jahrelang zusätzlich bei der Straßenmeisterei beschäftigt. Den Ruhestand habe ich ihm wirklich von Herzen gegönnt. Außerdem weiß ich ja jetzt, dass er gar nicht unbedingt der Bauer ..." Lydia beißt sich auf die Lippe, sie muss abwägen, was sie sagt, denn Kuno weiß nichts von Gustavs wahren Wurzeln. Oder etwa doch? Im Moment kann sie nichts mehr richtig einschätzen. Wie muss es Theo all die Jahre ergangen sein mit so viel geheimem Wissen ... „Wie auch immer, jetzt weiß ich ja Bescheid", setzt sie neu an. „Es stimmt, ich war nie seine Ansprechpartnerin, wenn es um Geldsachen ging. Und ihr habt seinen Wunsch ernst genommen und ihm zuliebe den Mund gehalten. Aber ihr müsst verstehen, dass ich mich jetzt, im Nachhinein, durch die anonymen Umschläge veralbert fühle, gerade weil wir beide das Thema auch noch durchgekaut haben." Lydia schickt einen halb entschuldigenden, halb vorwurfsvollen Blick zu Theo hinüber, der wiederum seinerseits denselben Blick für sie bereithält.

Kuno hingegen sieht an Lydia vorbei. Ihm war es die ganze Zeit über sichtbar unangenehm, hier zu sitzen. „Siehst du, hab ich es nicht gleich gesagt, dass so was Folgen hat?", fährt er in gedämpft aggressivem Ton seinen Freund an, woraufhin Theo fast verärgert abwinkt.

Jetzt sollen sich nicht auch noch die beiden zerstreiten, denkt Lydia versöhnlich. Es ist traurig genug, dass Gustav seinen beiden Freunden entrissen wurde. Und dass Kuno besser als Theo begreift, warum sie so enttäuscht reagiert hat, ist verständlich, denn er wird sich das Ganze umgekehrt mit einem Geheimnis seiner Greta gegenüber vorstellen, was Theo wiederum nicht nachvollziehen kann, weil er keine Ehefrau hat.

„Lassen wir es damit jetzt gut sein", lenkt Lydia ein. „Ich behalte das Geld, und wenn ich ehrlich bin, habt ihr genau den richtigen Zeitpunkt dafür getroffen. Aber ihr müsst mich auch verstehen, ich habe eine Menge Energie in mein Rätselraten um die Umschläge gesteckt. Ich wollte das gerne endgültig geklärt haben. Das haben wir ja nun getan." Sie deutet auf die Gebäckschale vor dem Sofa. „Und jetzt greift doch mal zu."

Das war ein gutes Stück Arbeit, empfindet Lydia und atmet trotz der Erkenntnis über Gustavs Heimlichtuerei befreit durch. Derartiges darf ihre Beziehung zu den Freunden ihres Mannes nicht erschüttern; sie lebt alleine hier und sollte die gute Basis schleunigst wieder in Gang bringen.

Warum sich die Stimmung in der Stube aber immer noch nicht entlädt, kann Lydia sich wiederum nicht erklären. Es ist doch jetzt alles gesagt und vergeben und ausgesprochen, doch es scheint so, als hätte sich der ursprüngliche Dunst der Distanz weiter verdichtet.

Sie steht auf und öffnet das Fenster. Sogleich erobert die frische, abgekühlte Waldluft die kleine Stube und nur noch das leise Rauschen und Tröpfeln ist zu vernehmen, weil niemand mehr spricht oder sich bewegt.

Was stimmt denn hier noch immer nicht, fragt sich Lydia ratlos. Seit Kunos Einwurf wirkt auch Theo mehr leblos als lebendig. War es doch nicht Gustavs Idee, Lydia außen vor zu halten? Dann dämmert es ihr, und ihr wird abwechselnd heiß und kalt.

»... hab ich es nicht gleich gesagt, dass so was Folgen hat? ...« Es ist Kunos Bemerkung, die hier noch in der Luft hängt. Was meint er

298

mit »so was«? Allmählich begreift sie, warum Kuno und Theo ganz offensichtlich ein schlechtes Gewissen plagt: Sie haben die Versicherung betrogen! Gustav hatte endlich eine Gelegenheit, sich seine so verhassten Beiträge wiederzuholen. Oh ja, sie kann sich gut vorstellen, wie gelegen ihm das kam. Versicherungen waren immer ein rotes Tuch für ihn, und seine Titulierungen dafür hätte niemand hören dürfen. Bis auf seine Freunde, die muss er mit allen Mitteln überredet und überzeugt haben, dass sie sich auf sein schmutziges Geschäft mit falschen Angaben der Maschinen und sonstigen Lügereien einließen. Demzufolge ist es ganz logisch, dass sie nichts von dem unlauteren Gewinn wissen durfte.

„So ist das also", stößt Lydia aus. „Da geb ich dir recht, Kuno: So was hat keine guten Folgen. Ihr braucht mir auch gar nichts mehr zu erklären. Es war Gustavs Idee, und er hat euch weich geknetet, bis ihr zugestimmt habt." Ihre Stimme ist rau und beherrscht von der Wut auf ihren Mann, die unaufhaltsam in ihr aufsteigt. Gleichzeitig breitet sich ein Kribbeln in ihr aus wie von einer gestörten Ameisenlegion. Jetzt versteht sie auch die Botschaft, die sie Kuno vor kurzem von Theo ausrichten sollte: „... Dann sag ihm, er soll aber nicht zu viel Wichtiges verraten."

Die kleine Katze sitzt eng an ihre Beine gerückt zu ihren Füßen wie ein junger Anwalt, ihre feinen Sinne sind bereits sensibel für die Aura des Frauchens. Lydias Hand bewegt sich in dem weichen Fell auf und ab. Sie konzentriert sich auf ihren Atem. Das hier darf ihr nicht aufs Neue den frisch eroberten Boden unter ihren Füßen wegziehen, dafür hat sie schon Schlimmeres hinter sich gebracht. Dennoch beginnen ihre Schläfen zu pochen und auf ihrer Zunge stellt sich ein schaler Geschmack ein. So fühlt sich Verrat an. Wie von Geisterhand gezeichnet, taucht ein Gesicht vor ihr auf, das sie lange nicht einordnen konnte.

„Und deinen Neffen Benno, den Büromenschen, kann ich wohl auch damit in Verbindung bringen? – Keine Lügen mehr, Theo!" Jetzt erinnert sie sich, dass sie den jungen Mann nach dem Brand ein paar mal hier oben mit Gustav hat sprechen sehen; daher also kam er ihr bekannt vor, als er Theo bei ihr abholte.

Dieser sieht jetzt vor sich auf den Boden, dann hebt er kurz die Schultern, lässt sie wieder sinken. „Der Gutachter", nuschelt er in seinen Bart. Ein fast stummes Geständnis, das Lydia in Rage versetzt.

„Erzählt schon! Jetzt habt ihr doch nichts mehr zu verlieren. Ich begreife alles. Betrüger seid ihr, alle miteinander! Und Gustav allen voran."

Es ist das erste Mal, dass Kuno ihr direkt in die Augen blickt. „Aber gezündelt hat er!" Seine Hand deutet auf Theo, der sein Gesicht in den Händen verbirgt und laut aufstöhnt.

Dieses eine kleine Wörtchen – hat sie sich verhört? – will Lydias Schultern wie ein Schwergewicht niederdrücken. Ihr Stuhl beginnt sich zu drehen, die Wand gegenüber scheint sich nach innen zu wölben und auf sie zuzubewegen.

Die Stimmen der beiden Männer werden gleichzeitig laut, hallen wild durcheinander.

„Seid mal ganz still!", befiehlt Lydia energisch, damit das Gehörte in ihr Bewusstsein sickern kann. Nein, das kann nicht sein. Es war doch ein Blitzeinschlag, und Gustav hatte sie brüllend geweckt, damit sie aus dem Haus gelangte, bevor die Flammen auch das erobern konnten ... Der teuflische rote Schein über den Stallungen, der beißende Qualm, der ihr entgegenschlug ... Theo, der sie auffing und ihr eine Spritze zur Beruhigung gab ... er hatte sie schon im Gepäck gehabt, genau für diesen Fall ... Die angekündigten heftigen Gewitter, alles bis ins Kleinste geplant ... nur dass sie als Einzige auf dem Hof davon nichts wusste ...

„Natürlich durfte ich nichts wissen, ihr brauchtet ja einen Zeugen, für den Einschlag ...", flüstert sie in ihre Hand, die den Schrecken für sie auffangen soll und es nicht vermag, sich stattdessen ganz auf ihren Mund drückt, als wolle sie ihr jedes weitere Wort verbieten, damit nicht alles noch schlimmer wird. Im Grunde kann es aber schlimmer nicht mehr werden. Fast wünscht Lydia, sie hätte es nie erfahren.

Langsam hebt sich ihr Zeigefinger zur Wand neben der Tür. „Da, schaut, die beiden habt ihr auf dem Gewissen", sagt sie mit tränenerstickter Stimme. Erst jetzt fällt ihr auf, wohin Kuno die ganze Zeit über so verstohlen geschaut hat, immer und immer wieder. Darum also drehte sich der Streit der drei Männer gleich nach dem Brand, in dem ihr Name fiel. Die Brandstifter hatten es versäumt, sich davon zu überzeugen, dass sich im Schober auch wirklich keine Tiere mehr befanden.

„Seht genau hin!", schreit Lydia gequält auf. „Das ist das Einzige, was ich noch von euch erwarten kann! Gerti und Bertinchen mussten jämmerlich verbrennen, wegen euch! Wegen Gustavs Geldgier!" Sie springt von ihrem Stuhl auf und reißt die beiden Glockenbänder vom Rahmen, schleudert sie den Männern auf dem Sofa entgegen. „Da habt ihr euer Andenken! Bindet es euch am besten um die Handgelenke, oder noch besser um den Hals, damit ihr euch immer an euren ertragreichsten Skatabend erinnert." Gleich darauf nimmt sie Gustavs Foto von der Wand und lässt es zwischen ihnen allen auf dem Boden zerschellen. „Und du, schäm dich, du zu allererst!"

Dann wendet sie sich ab und schlägt beide Hände vor ihr Gesicht, weint hemmungslos und geräuschvoll, bis sie eine Hand auf der Schulter spürt. Ohne sich umzudrehen, wehrt sie die Berührung ab und sinkt auf ihren Stuhl. Es war Theo, der gerade noch hinter ihr stand und sich nun wieder neben Kuno niedergelassen hat.

Mit rasendem Herzen, roten Augen und feuchten Wangen blickt sie den Männern direkt ins Gesicht – die beiden sollen sich zu dem bekennen, was sie getan haben. Kuno sitzt nach wie vor reglos da und starrt auf den Boden. Theo hat sichtbare Tränensäcke unter den Augen. „Dann solltest du Adas Foto aber auch abhängen", sagt er matt und heiser.

„Was hat Ada damit zu tun? Sie war doch schon längst tot, als das passiert ist."

„Ada hatte Gustav geraten, wenn er einmal finanzielle Engpässe hätte, solle er einfach den Schober mit den Maschinen abfackeln. Nur den Lanz solle er vorher in Sicherheit bringen." Theo drückt die Handflächen gegeneinander, reibt sie wie nach getaner Arbeit, dann legt er sie auf den Schenkeln ab, als habe er vor, sie gleich wieder zum Einsatz zu bringen; nach der nächsten plausiblen Entlastung seiner Person.

„Wir hatten aber keine finanziellen Engpässe", begehrt Lydia auf. Ada, oh Ada, wie konntest du nur ...

„Laut Gustav aber doch", sagt Theo gewichtig. „Der geliehene Mähdrescher war kaputt, Gustav hatte ihn wohl zweckentfremdet eingesetzt, auf steinigem Grund, das Schneidewerk und die Achse waren völlig demoliert und das fiel wohl nicht in den versicherten Bereich der Leihfirma. Die Kosten dafür wären wahrscheinlich alle auf ihn zurückgefallen. So hat er es uns jedenfalls gesagt. Außerdem hatte er über Jahre hindurch die Pacht bei der Gemeinde anschreiben lassen, da erschien ihm der Vorschlag seiner Mutter als die Rettung."

„Dabei war sie nicht mal seine Mutter", fügt Lydia wie betäubt hinzu.

„Was?!" Kuno hat sich so plötzlich aufgerichtet, dass Lydia ein verächtliches Lachen entwischt.

„Ja, Kuno, da staunst du. Lass dir doch mal von deinem Freund erzählen, was er alles über so viele Jahre an Geheimnissen mit sich rumgeschleppt hat. Ihm muss der Kopf doch immerzu gedröhnt haben mit so vielen Heimlichkeiten darin. Außerdem – was spielt es denn jetzt noch für eine Rolle, was stimmt und was nicht? Ihr könnt endlich ganz offen und ehrlich sein, bei mir habt ihr doch nichts mehr zu verlieren, höchstens noch untereinander."

Kuno räuspert sich mehrmals, bis seine Stimme fest ist. „Also, ich für meinen Teil verweigere jede Aussage."

„Das ist mir ehrlich gesagt vollkommen schnuppe. Wartet einen Moment, ich komme gleich wieder. In der Zeit könnt ihr ja eure Köpfe zusammenstecken, so, wie ihr's seit Jahren macht."

Ein Instinkt sagt ihr, dass sie richtig liegt mit dem, was sie vorhat zu tun. Er führt sie wie ferngesteuert zum Kohlekasten in der Küche, wo Wotan sich lang auf den Holzdielen ausgestreckt hat und sie ohne weitere Bewegungen angähnt.

„Du kannst weiterschlafen, dich brauch ich nicht, mein Guter. Aber es ist schön, dass es dich gibt – das einzige männliche Wesen, dem ich noch etwas zu sagen habe."

Mit zwei entschlossenen Schritten steigt sie über ihren Hund hinweg und öffnet den Kasten.

Ein paar Minuten später kehrt sie zurück in die stille Stube, die sich gerade jetzt um ihren Namen verdient macht. Niemand sagt etwas, niemand schaut sich an. Wahrscheinlich haben die Männer selbst in ihrer Abwesenheit kein Wort gewechselt. Dass sie auf diese Weise entlarvt würden, vielmehr sich selbst verraten, hätten sie wohl niemals vermutet. Hätte Kuno nicht diesen einen kleinen Satz von sich gegeben, wären sie in aller Eintracht auseinandergegangen, dessen werden sich auch die Männer bewusst sein. Doch auf die Folgen für die beiden kann sie keine Rücksicht mehr nehmen, da müssen sie selbst durch. Und sie wird es ihnen noch ein Stück schwerer machen müssen.

„Hier, das nehmt ihr euch wieder mit. Ich nehme an, es gehört euch sowieso. Wie nennt man das noch? Schweigegeld oder Abfackelprämie? Auf jeden Fall will ich damit nichts zu tun haben. Ich hoffe, jeder hat seinen Originalumschlag zurück, darin stecken doch gewiss ein paar Kaufwünsche oder Pläne. Und wenn ihr etwas übrig behaltet, könnt ihr eurem Freund gern eine feste Grabeinfassung bezahlen, von mir kriegt er nämlich keine mehr." Ihre eigene Stimme klingt fremd in ihren Ohren, ein solches Maß an Zynismus und Verachtung hat sie noch nie hineingelegt, vielmehr hineinlegen müssen, denn beides – und nichts als das – ist hier wahrlich angebracht. Durch Gustavs Tod und die zunehmende Verwahrlosung des Hofes mochte sich bei den beiden Männern das Gewissen eingeschaltet haben – vielleicht wollten sie es durch diese milde Gabe nach so vielen Jahren entlasten ...

„Dann können wir unser Treffen ja jetzt beenden. Eine Bitte hab ich noch, vielmehr einen Befehl", sagt Lydia eindringlich und wendet sich Kuno zu. „Ich will, dass Greta alles erfährt, bis ins kleinste Detail, denn es muss wenigstens einen Menschen auf der Welt geben, dem ich noch vertrauen und mit dem ich offen sprechen kann. Und wagt es nicht, mir das gute Verhältnis zu ihr auch noch kaputtzumachen."

Da sie mitten in der Stube stehen bleibt und sich nicht wieder hinsetzt, erheben sich auch die Männer, mit gesenkten Häuptern und ihren Umschlägen in den Händen wie Schulbuben mit einer auferlegten Strafarbeit.

Theo sucht Lydias Blick, und sie gewährt ihm den für den Bruchteil eines Augenblicks. „Glaub mir, Lydia, wenn ich Gustav gerade vor mir hätte, ich würde ihm eine reinhauen", sagt er mit nur noch wenig Kraft in den Stimmbändern.

Es ist auch ihre allerletzte Kraft, mit der sie ihm gespielt ungerührt antwortet: „Leider kann ich dir keinen Gustav mehr bieten, du musst dir schon selber eine knallen."

Sobald sie alleine ist, wird sie auf der Stelle zusammenbrechen – es wird höchste Zeit, dass sie die Männer verabschiedet. Sie geht zielstrebig voraus zur Haustür, öffnet sie und tritt zur Seite, zieht ihre Hand zurück, als Theo danach greifen will.

„Gibst du uns denn noch die Gelegenheit zu erzählen, wie sich der Abend wirklich abgespielt hat?", wagt er zaghaft den Versuch einer Rechtfertigung, und die Hoffnung in seiner brüchigen Stimme ist nicht zu überhören.

„Damit ich mir alles noch besser vorstellen kann? Vielleicht wollt ihr mir verkaufen, dass euch zufällig ein brennendes Streichholz ins Stroh gefallen ist? – Nein, kein Wort mehr darüber. Ich denke", Lydia weiß noch nicht, wie sie diesen Satz beenden wird. Schon jetzt brennt er in ihrer Kehle, doch sie verlässt sich ganz auf ihr wahres Bedürfnis, als sie fortfährt: „Ich denke ... wir sehen uns nicht mehr wieder." Dann drückt sie die Tür zu.

Nur noch ein Gedanke hält sie aufrecht: Hoffentlich bleibt Greta ihr gewogen!

Sie hört Autotüren schlagen und den Motor starten, unregelmäßig tuckert er auf, mal mehr, mal weniger, so, als würde er von einem unsicheren Gasfuß bedient.

Normalerweise wäre es jetzt Theo, den sie in einer solchen Verfassung anrufen würde. Doch Theo sitzt in diesem Täterauto, er fällt aus, und das wohl für immer. Und an Greta kann sie sich im Augenblick erst recht nicht wenden. Was dieses Gespräch nach sich ziehen wird, ist momentan noch völlig ungewiss. Dennoch braucht sie jemanden zum Reden.

Nicht einmal in die neue Stube kann sie sich zurückziehen, um sich zu erholen. Zu entsetzlich wären die Erinnerungen. In der stillen Stube hat die Hoffnung der Enttäuschung Platz gemacht – es ist genau das passiert, was sie unbedingt vermeiden wollte.

Ihr bleibt nur eine Möglichkeit, sich ein wenig zu beruhigen. Es liegt in der Küche auf der Fensterbank, das Buch von Edda Zirbel. Lydia setzt sich an den Tisch und betrachtet unverwandt die Dame mit der reinweißen Bluse. So ähnlich wird sich Ada gefühlt haben, wenn sie über die Wahrheit nachdachte, mit diesem Buch in der Hand.

»Über allem die Harmonie.«

„Was hat der Drang nach Harmonie schon alles angerichtet", sagt Lydia zu der Verfasserin des Werkes. „Da kannst du sehen, welch kleinen Kriminellen du in die Welt gesetzt hast. Wer weiß, was sein leiblicher Vater für einer war."

Und auch Ada, denkt Lydia bitter, sie war in der Tat eine Strippenzieherin, wenn sie Gustav sogar geraten hat, den eigenen Hof anzustecken.

Lydias Körper erschlafft. Doch tief in ihr glimmt ein Funke, den sie nicht verglühen lassen will. Sie ist stark geblieben bis zuletzt und dankbar für ihre klaren Sinne. Bis zum bitteren Ende hat sie durchgehalten und ist geistesgegenwärtig geblieben. Und sie hat richtig reagiert. Richtig im eigenen Interesse, denn ob es auch für die anderen richtig war, was sie zum Schluss verlangt hat, bleibt einstweilen dahingestellt. Sie hat nicht vor, einen Keil zwischen Kuno und seine Frau zu treiben, doch in diesem Fall braucht es klare Fronten, wie auch immer die beiden das untereinander lösen mögen. Jetzt kann Lydia nur hoffen, dass ihre Freundin Greta sich wieder blicken lässt, mit der alten Verbundenheit, und dass sie trennen kann, was ihre Ehe und was ihrer beider Beziehung ausmacht.

„Fast ein unzumutbarer Wunsch", sagt Lydia zu Edda Zirbels Bildnis. „Genauso unzumutbar wie das, was du und dein Vater von Ada verlangt habt."

33

Eine angenehme Augustsonne hat den Regen abgelöst. Nun zeigt sich die Natur in satten, dunkler werdenden Farben, die darauf vorbereiten, welche bunte Pracht der nahende Herbst bereithält. Alles wiederholt sich und funktioniert wie jedes Jahr. Auch Lydia funktioniert.

Nachdem sie mit den Kindern das Hühnergehege um ein kleines, aber saftiges Stück Grasland erweitert hat – mit langen Steckstäben und sichtbar laienhaft gespanntem Drahtzaun –, fordert nun Olav mit Vogel-F seine Rechte ein. „Endlich mal wieder Traktor fahren!"

Es lenkt Lydia zumindest oberflächlich von dem tief sitzenden, nagenden Schmerz ab, als sie mit den Kindern eine Fahrt nach der anderen über sämtliche vom Hof aus erreichbaren Wald- und Feldwege unternimmt. Zwischendurch füllt Boris, der Älteste, mit einem der bereitgehaltenen Kanister den Tank auf.

Verena ist es gelungen, ihre kleine Katze für eine halbe Minute auf dem Rücken des Esels abzusetzen. Wie sie betont, ist dies der Beginn der Übungen zu einer Aufführung der Bremer Stadtmusikanten. Jetzt erfährt Lydia auch den Grund für die Auswahl des Katzennamens. „Meine Freundin heißt Helma, sie hat einen Hund, einen Spitz, den sie Verena nennt, weil er frech und vorlaut ist. Deshalb heißt meine Katze wie meine Freundin, weil Helma eine Kratzbürste ist."

Wie gern hätte Lydia zumindest halb so viel Selbstbewusstsein wie dieses Mädchen. Ihre eigene Selbstsicherheit wurde erneut wie von einem unsichtbaren Hammer zerschlagen. Deshalb sind es gerade die albernen Kindereien, die sie aufrecht halten, und die erlebt sie mit den einzigen Menschen, zu denen sie noch Kontakt hat.

Bisher ist ihr Telefon stumm geblieben. Was sie davon halten soll, kann sie sich selbst nicht beantworten – mal wünscht sie, dass dieser Draht zu ihr sich rührt, gleichzeitig ängstigt sie sich davor. Lydia hat seit drei Tagen keine Nahrung mehr zu sich genommen, der Faustschlag in die Magengrube hat ihr sowohl den Appetit als auch die Fähigkeit, Festes zu schlucken, genommen. In ihrer neuen Stube war sie nur kurz, um die Läden zu schließen, ist dabei über den zerbrochenen

Bilderrahmen achtlos hinweggestiegen. Auch die Tassen der Männer stehen nach wie vor so auf dem Beistelltisch, wie sie zurückgelassen wurden. Es würde Lydia nicht gelingen, sie auch nur anzufassen.

Mit dem Brand vor acht Jahren war auch ein Stück ihrer Person gebrochen. Mühsam hatte sie sich einen Teil davon zurückgeholt. Nun ist noch viel mehr zerbrochen. Der gesamte Brausehof erscheint ihr wie ein einziges Lügengebilde.

Hat hier überhaupt irgendetwas gestimmt? Am dunkelsten erscheint ihr der Schatten der Enttäuschung über ihren Ehemann. Im Grunde war er keinen Deut besser als jeder andere Straftäter. Beim Gedanken an die schauderhafte Gewitternacht mit dem höllisch roten Feuer und ihrer Unwissenheit brennt der Schmerz wie glühendes Eisen in Lydias Brust. Zwei Nächte hat sie wach dagelegen, hat nicht einmal die Kraft aufgebracht, sich zu entkleiden und fühlte sich einfach nur verloren.

Am Abend des dritten Tages nach dem gebeichteten Verrat klingelt ihr Telefon. Es ist Theo. „Kommst du zurecht, Lydia?", fragt er so leise, als spräche er vom anderen Ende der Welt zu ihr.

„Ich muss."

„Wenn ich etwas für dich ...“

„Nein. Aber danke, Theo."

„Darf ich dir vielleicht jetzt mal kurz erzählen, wie die Brandnacht wirklich war? Gibst du mir die Chance?“

„Weißt du, dazu hattet ihr alle drei so lange die Gelegenheit, jetzt kenne ich die Wahrheit und ich will nichts mehr davon hören. Alles, was du offenlegst, macht die Sache doch immer nur noch schlimmer. – Ruf mich besser nicht mehr an, Theo."

„Ach Lydia, mir tut das alles so unendlich leid. Aber wenn ich ganz ehrlich bin, fühle ich mich besser damit, dass es endlich, endlich mal ausgesprochen werden konnte. Aber ein paar Dinge würde ich dir dazu gerne noch sagen, die solltest du unbedingt wissen ...“

„Ich leg jetzt auf, Theo."

Lydia hält den Hörer noch in der Hand, als die Verbindung längst unterbrochen ist. In Wahrheit könnte Theo tausend Dinge für sie tun, könnte ihr zuhören beim Schimpfen, beim Fluchen, könnte ihr weitere Fragen beantworten, doch all das will sie sich versagen. Theo war so viele Jahre wie ein Mitglied der Familie, genoss ihrer aller Sympathie und Vertrauen, doch Lydia würde sich selbst verraten, wenn sie den Kontakt zu einem Verräter wie ihm aufrechterhielte.

Das war's, denkt sie nach diesem wohl allerletzten Telefonat mit ihm, es gibt jetzt niemanden mehr, dem sie sich anvertrauen kann. Natürlich könnte sie Gott im Himmel anrufen. Eigentlich hat er immer eine Rolle in ihrem Leben gespielt, sie hat ihn in ihren Alltag eingebunden und war ihm dankbar für das schöne Leben, das sie führen durfte. Doch wozu soll sie ihm all das erzählen? Er hat doch alles mitbekommen. Auch den bösen Plan, den Brand, den Griff zum Streichholz, und er hat stillschweigend dabei zugesehen, so auch beim Todeskampf ihrer Ziegen.

„Weißt du, Gott, du magst ja allwissend sein, aber wahrscheinlich bin ich weitsichtiger als du. Für mich gibt es nämlich keine Lösung mehr. Das Feuer wird mich verfolgen bis ans Ende meiner Tage. Mit Gustav werde ich böse bleiben bis in alle Ewigkeit. Er hat mich mit seiner Geldgier genauso hintergangen wie die Versicherung, nur dass er mit der nicht verheiratet war. Und mit seinem Leichtsinn hat er sein Leben aufs Spiel gesetzt und es verloren. Der Hof wird unter meinen Augen verfallen, weil mich die Kräfte verlassen. Außerdem wird mich die Einsamkeit auffressen wie ein hungriger Löwe, und meine Tiere bleiben alleine zurück und gehen jämmerlich ein. Da staunst du, was ich alles besser weiß als du, nicht wahr? Aber vielleicht sagst du dir: Die Welt dreht sich nicht nur um Lydia Brause. Sie hat genug Glück gehabt, es ist nichts mehr übrig für sie. Vielleicht ist sie einfach nur unzufrieden, weil sie nicht weiß, wie viel Leid es wirklich auf der Erde gibt. Weil sie sich nämlich isoliert und tatsächlich alles nur noch um sie selbst drehen lässt. Mag ja sein. Wenn niemand mehr da ist, um den man sich sorgen kann, sorgt man sich halt um sich selbst. So sind wir Menschen nun mal gestrickt. – Von dir bin ich nicht weniger enttäuscht als von Gustav und von Theo oder Ada. Denn das hier kriegt niemand mehr gerettet. Keiner von euch. Und ich allein erst recht nicht." Nach diesem verzweifelten Gebetsversuch vor einer Stunde hat sie sich einsamer gefühlt als je zuvor.

Natürlich hat sie auch in Eddas Buch gelesen, hat so lange geblättert, bis sie fand, was die Autorin zum Thema Leichtsinn zu sagen hat, vielmehr hatte, denn auch Edda Zirbel lebt ja längst nicht mehr. Im Gegensatz zu Gustav und Ada hat aber sie immerhin versucht,

Ratschläge und richtungsweisende Worte zu hinterlassen, die Lydia schon aus so manchem Stimmungstief gerettet haben.

Immer noch liegt das Buch auf ihrem Schoß, und wieder einmal nimmt das Foto sie gefangen: Das also war ihre wahre Schwiegermutter. Ob diese jemals erfahren hat, dass ihr Sohn geheiratet hat? Sein zweites Zuhause hat sie gekannt, denn angeblich war sie damals hier auf dem Hof, kurz nachdem sie ihr Kind gezwungenermaßen gegen den Brausehof eingetauscht hatte. Sie hatte ein Bild von der Umgebung, in der er aufwuchs, wird sich vorgestellt haben, wie er sich auf diesem Hof bewegte, seine ersten Schritte machte und groß und größer wurde. Doch sie ist nie mehr hier aufgekreuzt, weil Ada auf einen endgültigen Schnitt bestand. Arme Schwiegermutter Edda.

Immer, wenn Lydia das Buch in den Händen hält, sitzt die junge Katze aufrecht auf Gustavs Eckbankplatz. Von hier aus hat sie den Überblick über die Küche und gleichzeitig über den Hof. Nachdem das Tier festgestellt hat, dass Lydia sich endlich einmal ein wenig entspannt auf ihrem Stuhl zurücklehnt, kehrt auch bei der Katze die Ruhe ein. Sie reinigt sich, leckt mit ihrer rauen rosa Zunge über das schwarzgraue Fell. Dabei nehmen die spitzen Öhrchen, die bis eben noch aufmerksam nach vorn gerichtet waren, wieder die ursprüngliche Haltung ein, bis ein Vogel im Tiefflug am Fenster vorbeisegelt und die Katzenpfote aufgebracht gegen die Scheibe schlägt. Obwohl Lydia zugesehen hat, schreckt sie bei diesem Geräusch zusammen. Ihr Nervenkostüm ist so empfindlich, als hätte die Katze in jede einzelne Faser ihre Krallen hineingeschlagen.

„Gib Ruhe!", schimpft sie und schlägt mit der Faust auf den Tisch. Anstatt die Flucht anzutreten, rollt der kleine wollene Körper sich zusammen und umschlingt sich mit dem dünnen Schwänzchen, dessen Spitze gleich vor dem Kopf erwartungsvoll auf und ab wedelt. Wer auf Gustavs Platz sitzt, scheint seinen Dickschädel sofort zu übernehmen, folgert Lydia unter erheitertem Seufzen – hoffentlich nicht auch seinen Leichtsinn. Ihr Blick wandert zurück auf die ausgewählte Seite in Eddas Buch:

»Warum das Wort Leichtsinn so negativ besetzt ist, soll der erklären, der keinen leichten Sinn besitzt. Desgleichen der Übermut: Nur der Sieger hat ihn zu eigen, den übermäßigen Mut.«

„Wenn du das so siehst, liebe Edda, dann wirst du das deinem Sohn mit in die Wiege gelegt haben. Gustav besaß beides, den Leichtsinn und den Übermut. Und beides zusammen hat ihn von mir fortgerissen."

Das Telefon klingelt erneut. Theo wird es nicht wieder bei ihr versuchen, er versteht ihre Sprache besser als jeder andere. Ob es Greta ist? Sie wäre gerade im Moment ein Rettungsanker in tiefer, dunkler See. Aber nur, wenn sie sich zugänglich zeigt. Andernfalls wäre dies ein erneuter Stoß vor den Kopf, der letzte womöglich – weitere Menschen stehen für Tiefschläge in Lydias Leben nicht mehr zur Verfügung; von den Kindern einmal abgesehen, doch in ihnen schlummern keine schockierenden Offenbarungen.

Lydias Hand zittert wie ihre Stimme, als sie sich meldet.

Es ist Greta, in der Tat. „Kommst du zurecht, Lydia?", will auch sie wissen.

„Es geht, danke für deine Nachfrage." Noch lässt sich nichts entnehmen, woraus Lydia etwas schließen könnte. Es bleibt ein paar Sekunden still am anderen Ende. Dann ertönt, wenn auch leise, Gretas glockenheller Sopran: „Macht es dir etwas aus, wenn ich erst in zwei Tagen zu dir hochkomme?"

„Nimm dir alle Zeit, die du brauchst", sagt Lydia mit gütigem Tonfall. Greta wird wissen, dass sie ahnt, warum sie um diesen Aufschub bittet. Sie und ihr Mann werden vieles besprechen und durchkauen müssen. „Die Hauptsache ist, dass du wiederkommst", fügt Lydia ebenso leise hinzu.

„Du kannst dich auf mich verlassen." Damit legt Greta auf. Sie wollte sich hörbar nicht am Telefon zu irgendetwas äußern, und Lydia kann sich vorstellen, welche Diskussionen und Vorwürfe wie auch Verteidigungen über den Tisch der Blöchners fliegen. Dafür kennt sie Greta nur zu gut: Sie arbeitet große Herausforderungen sauber und der Reihe nach ab, bis sie mit dem Ergebnis zufrieden ist. Deshalb traut Lydia ihr auch zu, dass sie trennen kann zwischen ihrer Beziehung zu ihrem Mann Kuno und ihrer Freundin Lydia, selbst in festgefahrenen Situationen wie dieser.

Im Nu öffnet sich etwas in Lydia, das den ersten Sonnenstrahl wieder bis in ihr Inneres vordringen lässt. Ein einfacher Satz von Greta hat einen heilenden Film über die Wunde gelegt.

So stimmt Lydia wohlgemut am nächsten Nachmittag dem Wunsch der zwei jüngsten Weiderich-Söhne zu. „Morgen ist schulfrei, Frau Brause. Wir würden heute Abend gern in Ihrer Scheune übernachten. Die Strohlager bauen wir uns selbst, und einen Schlafsack bringen wir auch mit. Wir mögen es, wenn es uns gruselt."

Dann wartet, bis ich euch in meinem Nachthemd besuche, denkt Lydia amüsiert, einen so abschreckenden Geist habt ihr noch nicht gesehen.

„Ja, das dürft ihr", sagt sie zu den erwartungsvollen, pauswangigen Gesichtern.

Ein mondloser, schwarzer Himmel liegt über dem Brausehof. Immer noch huschen draußen die Kegel der Taschenlampen umher. Jetzt wird es Zeit, denkt Lydia, und gibt von der Haustür aus den beiden Jungen den Befehl, sich endlich in die Scheune zu begeben und leise zu sein. Hier ist allein sie als Autorität angesagt. Sie kann sich vorstellen, dass solch eine Übernachtung in einer alten Scheune für Viktor und Olav etwas Besonderes ist, wenn sie das Bedürfnis danach auch selbst nicht nachfühlen kann – in der armseligen Zeit ihrer eigenen Kindheit bestand keinesfalls der Wunsch, im Heu zu schlafen, wenn es in der Nähe ein richtiges Bett gab. Es muss das Abenteuer sein, das hier lockt, und sie will versuchen, etwas dazu beizusteuern.

Nach einer halben Stunde ist draußen alles still. Dass ihr Hund sich das präparierte Betttuch überstreifen lässt und es nun wie eine Schleppe über den dunklen Hof mit sich zieht, rechnet Lydia ihm hoch an. Fast geräuschlos öffnet sie die Einstiegsklappe im Scheunentor, befiehlt Wotan hindurch zu springen und flüstert: „Such!"

Schon vernimmt sie im Innern die willkommenen Aufschreie, die flapsigen Stimmen, noch unbelastet von pubertierenden Höhen- und Tiefenschwankungen – das Nachtgespenst ist ihr gelungen.

Sie steigt selbst durch das Schlupftor. Dann erstarrt sie auf der Stelle.

„Seid ihr denn von allen guten Geistern verlassen?! Das hier ist eine Scheune aus altem Holz, mit viel trockenem Heu und Stroh! Blast sofort die Kerzen aus, aber langsam und vorsichtig. – Ich hätte euch doch ein bisschen mehr Verstand zugetraut!" Ganz kurz begehrt eine verteidigende Stimme in ihr auf: Wie kann sie von solchen unreifen

Knaben Verstand verlangen, wenn den nicht einmal drei erwachsene Männer mit Erfahrung an den Tag legen konnten ...

„Siehst du, Olav? Ich habs ja gesagt." Selbst im Schummerlicht der Kerzen ist die Schamesröte auf Viktors Wangen auszumachen.

„Du bist hier der Ältere", sagt Lydia streng. „Wenn man weiß, dass etwas nicht sein darf, lässt man es nicht zu und verbietet es!"

„Olav hat immer Streichhölzer in der Tasche, sogar in der Schule!", verteidigt sich der Große. „Laufend muss Papa ihm Hausarrest geben, weil er wieder mit Feuer gespielt hat." Seinen Blick richtet er dabei auf den Bruder, der ihnen in seinem Schlafsack unbewegt den Rücken zukehrt.

„Dann wird es Zeit, dass Olav begreift, was passieren kann."

„Ja, ja, ich weiß: Paulinchen war allein zu Haus'. Blablabla", dringt es hörbar genervt und beleidigt aus dem benachbarten Schlafsack. Olav schämt sich und schmollt.

Wer Paulinchen ist, weiß Lydia nicht – in diesem Zusammenhang könnte es sich um das abschreckende Beispiel eines Zündelkindes handeln –, doch dem wird sie auf der Stelle Konkurrenz machen.

„Warte, Viktor", hält Lydia den Großen auf. „Lass mich die Kerzen ausblasen. Macht eure Taschenlampen an. Ein Funke, der ins trockene Heu fliegt, und im Handumdrehen steht die Scheune lichterloh in Flammen."

Lydia hört Olav mit Vogel-F einen verächtlichen Laut ausstoßen, und in ihr beginnt alles vor Wut zu vibrieren. Sie reißt sich zusammen, es ist nur die eine Nacht, für die sie die Aufsicht über fremde Kinder übernommen hat, und das wird sich mit Sicherheit nicht wiederholen. Doch dieses eine Mal will sie nutzen, im Sinne der Familie Weiderich.

„Wenn ihr wollt, erzähl ich euch eine Gruselgeschichte, was meint ihr?"

Mit Befriedigung registriert Lydia die Begeisterung, mit der die beiden Burschen ihren Vorschlag aufnehmen.

„Am besten erzählen Sie uns was über uns. Über Olav und mich als Hauptpersonen", schlägt Viktor vor, wobei sich seine Stimme fast überschlägt.

Lydia benetzt ihre Fingerspitzen mit Speichel, bläst vorsichtig die Kerzen aus und drückt jeden einzelnen Docht noch einmal feucht zusammen.

Sich Geschichten für Kinder auszudenken, bedeutet für sie absolutes Neuland, und im Grunde könnte sie auf eine solche Herausforderung getrost verzichten. Doch da sich der sonst so umgängliche Olav auf einmal so uneinsichtig gezeigt und ungezogen aufgeführt hat, braucht auch sie mit ihrem Vorhaben keine falsche Rücksicht zu nehmen.

„Ja!", ruft Olav aus seiner dunklen Ecke. „Eine Gruselgeschichte, mit uns als Feuerwehrmännern!"

Aha, er will das, was ihn so reizt, gerne bekämpfen, sagt sich Lydia. Stolz auf ihre psychologische Erkenntnis, zieht sie sich eine Sitzkiste herbei.

„Gib mir dein Kopfkissen, sonst komm ich gleich nicht mehr hoch und ihr habt mich die ganze Nacht neben euch hocken", fordert sie Viktor auf, bei dem sie seit ihrem persönlichen Einsatz in Sachen Mathematik einen Stein im Brett hat.

Sie schiebt sich das bunt gemusterte Kissen unter ihr Gesäß und verschafft sich eine einigermaßen angenehme Sitzposition. Dann legt sie den Zeigefinger vor die Lippen:

„Dann passt auf: Viktor und Olav Weiderich beschlossen eines Tages, eine abenteuerliche Nacht in der Scheune des Brausehofes zu verbringen. Sie kannten die Bäuerin gut, deshalb erlaubte sie den Jungen, mit ihren Schlafsäcken in ihre Scheune einzuziehen."

Das Kichern aus Olavs Ecke darf sie nicht verschüchtern, zum Glück ist es dunkel und ihr Gesicht fällt nicht in den Lichtkegel der abgelegten Taschenlampen.

Dir, mein lieber Kleiner, wird das Lachen gleich vergehen, beschließt Lydia. Noch hat sie keine rechte Vorstellung von dem, was sie den Kindern erzählen wird, nur eine Ahnung, doch sie beschließt, sich von ihren Ideen selbst überraschen zu lassen.

„Die Buben hatten Taschenlampen mitgebracht, sehr zur Freude der Bäuerin, weil es in der riesigen Scheune nur eine kleine Beleuchtung gleich hinter dem Eingangstor gab. Aber insgeheim hielten sie etwas in ihrem Gepäck verborgen, von dem die Bäuerin nichts wusste. Es waren mehrere Kerzen – und ein Päckchen Streichhölzer. Dinge, die in einer hölzernen Scheune mit viel Heu und Stroh nun wirklich nichts verloren haben."

„Ist ja gut", tönt Olav aus seiner Ecke. Lydia muss schmunzeln. Nichts ist gut, Kind, und das wirst du mir noch heute Abend bestätigen.

„Irgendwann in der Nacht, draußen war es stockfinster, weil nicht mal der Mond hinter den Wolken hervorkam, zog einer der Jungen seine Streichhölzer aus dem Rucksack und zündete die Kerzen an. Sofort loderten um sie herum kleine fröhliche Flämmchen auf. Den beiden gefiel die gruselige Dunkelheit, zumal plötzlich ein vierbeiniges Gespenst durch die Scheunenklappe sprang. Schneeweiß, mit nur zwei Gucklöchern dort, wo eigentlich Augen hätten sein müssen.

Das Gespenst lief sogleich auf die Jungen in ihren Schlafsäcken zu, und weil das Hinterteil vor Freude hin und her wedelte, erkannten sie natürlich sofort, dass es der Hofhund war. Die Bäuerin hatte ihn hergeschickt, damit er in der Nacht über die Kinder wachen sollte. Bald schliefen sie auch schon ein, mit noch einem Geheimnis, von dem die Bäuerin nichts ahnte: Ganz hinten in der Scheune hatten sie Sina, die Eselin angebunden, weil ihnen die große, völlig dunkle Scheune so alleine nun doch nicht geheuer gewesen war.“

„Das stimmt doch gar nicht!“, protestiert Olav, sodass Lydia völlig unbeeindruckt erwidert: „Es ist ja auch nur eine Geschichte und ein Beispiel, wie sich alles zugetragen haben könnte. Du willst doch auch ein Feuerwehrmann sein, und das stimmt schon mal gar nicht. Du bist nämlich das Gegenteil: ein Feuerteufel. Also halte jetzt deinen Mund und hör einfach zu: In der Nacht zog ein leichter Wind auf. Durch die Ritzen in der Scheunenwand brachte er die Kerzen zum Flackern. Die Jungen schliefen tief und träumten von schönen Dingen. Bis auf einmal einer von ihnen durch ein lautes Knistern gleich in der Nähe geweckt wurde. Er öffnete die Augen und erschrak fürchterlich, denn rund um sie herum brannte das Heu. Die Flammen fraßen sich so schnell voran, dass sie die alten Balken erfassten, und im Nu brannte alles, wohin er auch schaute. Er rüttelte seinen Bruder an den Schultern, brüllte ihm ins Ohr: »Feuer! Es brennt! Wach auf!« Doch der brummelte nur: »Lass mich in Ruhe, ich will schlafen.«

Der hellwache Junge bekam vor Eile den Reißverschluss an seinem Schlafsack nicht auf und kletterte aus der oberen Öffnung heraus. Was sollte er jetzt tun? Es gab kein Wasser, nichts, das ihm helfen könnte beim Löschen ...“

„Erzähl nicht so was Blödes, wir wollen uns doch nur gruseln“, beschwert sich Olav, und Lydia entnimmt seiner dünnen Stimme, dass er bereits seine liebe Not hat, die Geschichte weiter zu ertragen.

„Wie auch immer, das Feuer fraß sich weiter voran. In den hinteren Teil der Scheune konnte der Junge nun gar nicht mehr hineinsehen. Aber dort stand das Eselmädchen. Es schrie entsetzlich, spürte schon den Rauch und schrie um sein Leben. Aber es war ja festgebunden."

„Hör auf!"

„Das Feuer hatte jetzt auch die Dachbalken erreicht, und einer davon stürzte mit lautem Krachen auf das brennende Heu herab. Das weckte dann auch den Bruder auf. Er konnte gar nicht glauben, was er sah, hörte den Esel rufen, sein klägliches Iihh-Aahh, doch zu ihm war der Zugang bereits versperrt. Dann vernahmen sie beide ein Winseln. Es kam aus einer anderen Ecke. Der Hund war eingeklemmt."

„Sei jetzt still, oder ich hau ab!", ruft Olav, während die dunklen Augen seines Bruders vor Anspannung glitzern und er fast ohne zu atmen in seinem Schlafsack der Geschichte lauscht.

Lydia genießt es, die Regie über diese verhasste Szene zu haben und lässt sich nicht aufhalten. „Der zweite Bruder sprang auf und rief nach dem Hund. Wieder erklang dieses Winseln, er musste verletzt sein, brauchte unbedingt Hilfe.

Auch im Tal musste man mittlerweile den höllenroten Feuerschein gesehen haben, der in den Nachthimmel emporloderte, denn bis auf den Hof war Sirenengeheul zu vernehmen. Im nächsten Moment fing auch das Scheunentor Feuer und der Ausgang war versperrt. Immer noch versuchte einer der Brüder, zu dem jaulenden Hund zu gelangen. Er hob ein Brett nach dem anderen hoch, deren Enden bereits heiß und verkohlt waren. Dann sah er den Hund. Er lag auf der Seite und Blut lief ihm aus dem Nacken. Ein einstürzendes Teil war auf seinen Rücken gefallen, er konnte sich nicht mehr bewegen. Der Junge rief nach seinem Bruder, doch der versuchte, den Esel zu retten."

Je stärker Olav sich im Protest gebärdet und mit den kleinen Fäusten auf seinen Schlafsack einprügelt, um so mehr gerät Lydia in Erzählrage. Sie bemerkt, dass Olav sich bereits panisch umsieht, kann wahrscheinlich nicht mehr ganz zwischen Wahrheit und Geschichte unterscheiden, ist Lydia gegenüber längst ins unbedachte Du verfallen, obwohl gerade er seine kleine Schwester immer auf diese Höflichkeitsform aufmerksam gemacht hatte.

„Sei doch endlich still!"

„Ich weiß gar nicht, worüber du dich so aufregst, Olav. So etwas passiert nun mal, wenn man mit Feuer spielt. Und du wirst ganz bestimmt einmal einen schlimmen Brand erleben, wo du nicht mal ohne Streichhölzer in die Schule gehen kannst. Also hör auf zu meckern, ich denke, Viktor will hören, wie meine Geschichte ausgeht."

Selbst Viktor, der bis jetzt wie gebannt zugehört hat, zuckt nur mit den Schultern. Das ist gut, denkt Lydia, sehr gut ist das. Ihr werdet mir jetzt folgen bis zum bitteren Ende! Dann wird auch der Brause-hofbrand endlich einmal zu etwas nützlich sein: als mahnendes Beispiel, mit dem die Weiderichs vor einer solchen Katastrophe hoffentlich verschont bleiben.

Um ihre Geschichte so realistisch wie möglich zu vermitteln, wechselt Lydia die Zeitform. „Die Sirenen sind jetzt so laut, dass sie den Brüdern in den Ohren schmerzen. Schon fliegt der erste Schlauch durch eine Öffnung im Tor bis vor die Füße der Kinder. Sie hören, wie draußen jemand schreit: »Wir haben hier oben keinen starken Wasserstrahl, nur die Quellen! Ob wir das Feuer überhaupt löschen können? Jungs, helft mal mit, nehmt den Schlauch in die Hände, damit wir euch rausziehen können!« Doch die Brüder wollen unbedingt vorher die Tiere retten und lassen den Schlauch einfach liegen. Das Feuer tobt immer ungestümer. Ein beißender Qualm brennt in ihren Augen und Lungen. Sie beginnen zu husten. Hinter ihnen stehen längst die Schlafsäcke in Flammen. Doch endlich gelingt es dem älteren, den wimmernden Hund aus seiner Ecke zu zerren, sodass sie ihn gemeinsam zu der Öffnung ziehen können, von wo aus ihn die Feuerwehrleute ins Freie holen. »Und jetzt ihr!«, ruft einer der Männer. »Los, bückt euch und raus mit euch!« Doch das Loch im Tor ist zu klein für die Brüder."

Olav hält sich die Ohren zu. Sein Bruder Viktor sagt tapfer: „Ich glaube, jetzt haben Sie genug erzählt, Frau Brause."

Auch Lydias Herz rast, doch sie bemüht sich um einen lockeren Tonfall. „Wie ihr meint. Eigentlich wird es jetzt erst richtig spannend, denn jetzt geht es nicht mehr ums Feuer, jetzt geht es um Leben und Tod." Ihr Blick fliegt kurz zu Olav hinüber, der in seinem Schlafsack kauert und sein Gesicht in den Stoff drückt.

„Schon gut, wenn ihr so müde seid, lass ich euch jetzt mal schlafen. Wenn ihr morgen die Fortsetzung hören wollt, braucht ihr es mir nur zu sagen." Sie zwinkert Viktor, dem Älteren, verschworen zu und erhält ein halbwegs gelungenes Zwinkern zurück.

Jetzt wird er zusehen müssen, wie er seinen kleinen Bruder beruhigt. Doch das ist ihr gleichgültig. Hier war der Gruseleffekt gefragt – und den haben sie bekommen.

„Soll Wotan bei euch bleiben? Oder soll ich ihn mit ins Haus nehmen? Ich meine, weil er schnarcht, das könnte euch stören."

„Dalassen", wimmert Olav mit immer noch verstecktem Gesicht. „Aber der Esel da hinten in der Ecke …"

„Sina steht bei den Kühen auf der Weide", sagt Lydia unbekümmert. „Dann schlaft gut." Es braucht zwei Anläufe, bis sie sich von der Holzkiste in die Senkrechte gearbeitet hat, dann gibt sie Viktor sein Kopfkissen zurück. „Wenn was ist, ihr braucht nur drüben am Wohnhaus zu klingeln."

Sie ist ein paar Schritte gegangen, als sie von einem raschelnden, leichten Gegenstand im Rücken getroffen wird. Sie ahnt, was es war, muss jedoch im Dunkeln mit der Hand auf dem Boden tasten, bis sie es findet: Olavs Streichholzschachtel.

Dann steigt sie durch die Schlupfklappe und zieht sie hinter sich zu.

Es dauert eine Viertelstunde, bis es klingelt. Lydia nickt und lächelt dazu. Sie hat längst alles vorbereitet, doch auch ihr ist es lieber so. Es wird für sie alle drei ein unruhiges Einschlafen werden, nur will sie sich nicht gleichzeitig auch noch um fremde Kinder in der fernen Scheune sorgen müssen.

Sie stehen vor der Tür mit ihrem Schlafgepäck unter den Armen, Wotan mit treuem Blick daneben.

„Es ist zu warm in der Scheune", sagt Viktor, und Olav fügt hinzu: „Und außerdem pieken die Strohhalme."

„Das ist aber schade. Dabei hattet ihr euch so gefreut. Dann kommt mal rein."

Lydia führt die beiden zu ihrem eigenen Schlafzimmer mit dem Doppelbett. Keiner der Jungen kommt auf die Idee, dass auch sie eine Schlafstätte braucht. Die Brüder klettern zwischen die gesteppten Decken, drehen ihre Gesichter voneinander weg und Viktor sagt nur noch: „Licht aus." Dann zieht Lydia den Kopf zurück und schließt die Tür.

Wie gut es tut, Kindern Geborgenheit zu schenken. Ebenso gut hat es aber auch getan, ihnen die Ehrfurcht vor dem Feuer zu vermitteln. Dass auch sie davon profitiert, hat sie gleich gemerkt, noch während des Erzählens. Im Grunde hat sie ihre eigenen Ängste und Eindrücke an einen geeigneten Adressaten übertragen. Alles einmal aussprechen, was sie verfolgt. Wie gut ihr das getan hat! Wie über die Maßen gut ...

Selbst die Erinnerung an den Schock in der stillen Stube ist mit einem Mal verblasst. Sie kann ohne jenes bange Gefühl dort ihr Nachtlager auf dem Sofa einnehmen, hat die Scherben von Gustavs zerschmettertem Bilderrahmen bereits vom Boden aufgefegt und sein Foto in einem Ersatzrahmen untergebracht. Die Glockenbändchen, die sie den Männern in ihrer Verzweiflung entgegengeschleudert hatte, hängen wieder an den Rahmen von Gerti und Bertinchen, und auch den kleinen Beistelltisch hat sie leergeräumt. Die Tassen hat sie gespült, doch das Gebäck ist im Mülleimer gelandet. Naschwerk, an dem sich kriminelle Hände bedient haben, hat einen bitteren Beigeschmack.

34

Nachdem sich vermutlich jeder der drei durch die Mühen seiner Träume gekämpft hat, nehmen sie nun gemeinsam das Frühstück ein. Erstaunt registriert Lydia, dass Olav ihr die peinigende Moralgeschichte nicht übel nimmt. Er verhält sich ihr gegenüber wie auch sonst, leert bereits seinen zweiten Becher Kakao, ist nur etwas ruhiger an diesem Morgen. Eine Feststellung aber verrät sein stilles Trauma: „Sina sieht heute ziemlich fröhlich aus."

Dazu seufzt er tief und aufrichtig. Ihm scheint es so zu ergehen wie vor acht Jahren Lydia. Der zerstörte Schober war ihr egal, nur ihre Ziegen zählten. Sie beneidet das Kind um den Unterschied, dass es sich nur mit einer Fantasiegeschichte auseinanderzusetzen hat. Sie hofft jedoch, dass sie dem Jungen nicht allzu sehr zugesetzt oder ihn gar verstört hat – und sie sich dafür nicht vor einer aufgebrachten Rita Weiderich wird rechtfertigen müssen.

Kaum sind die Brüder nach dem Frühstück zur Weide aufgebrochen, steht deren Mutter tatsächlich vor Lydias Tür. Sie habe endlich einmal selbst sehen wollen, wo es ihre Kinder Tag für Tag so voller Ungeduld hinzieht und zeigt sich hellauf begeistert vom gesamten Brausehof. Auch das ursprünglich geplante, selbst errichtete Nachtlager ihrer Söhne zeigt Lydia ihr, und während die Frauen sich in der Scheune auf Strohballen gegenübersitzen, fasst Lydia sich ein Herz und berichtet ausführlich vom vergangenen Abend.

„Ich hoffe, ich habe damit keinen Schaden angerichtet", endet sie mit aufkommender Gewissensnot, weil Rita Weiderichs Augen immer größer geworden sind.

„Da haben Sie bitte keine Sorge, Frau Brause. Im Hinblick aufs Zündeln kann unser Olav gar nicht fest genug an die Hand genommen werden. Ich hatte ihn mir gestern vorm Aufbruch extra noch einmal vorgeknöpft, und Sie sehen ja: Trotzdem hat er gemacht, was er wollte.

Haben die beiden Ihnen eigentlich von seiner verbrannten Matratze erzählt ...? Nein? Olav wollte testen, ob sein Schlafanzug wirklich feuerfest sein würde, wie es auf dem Schildchen stand. Er hat ihn auf sein Bett gelegt und ein Streichholz daran gehalten. Wir konnten zum Glück rechtzeitig eingreifen, aber die Matratze ist hinüber, völlig verkokelt. Das gab dann eine Woche Hausarrest in den Sommerferien. Wenn es Ihnen gelungen ist, ihm das Feuer zu verleiden, bekommen Sie von mir einen Orden verliehen. Wissen Sie ..." Rita Weiderich spielt verlegen mit ihrem Ehering. „Wie soll ich es sagen ... Olav findet in seiner Schulklasse keine Anerkennung. Zu seinen drei älteren Brüdern muss er aufsehen und unsere Verena ist ihm schon jetzt in vielem überlegen. Sie hat ihn verstandesmäßig längst eingeholt. Er will imponieren, will irgendetwas vorweisen, was kein anderer ihm nachmachen kann. Bei Ihnen auf dem Traktor ist er ein ganz Großer. Ich weiß auch, dass er mit Ihnen angibt, mit dem Hof und dem Esel, und dass viele seiner Schulkameraden ihn dafür beneiden und neugierig sind, aber, verzeihen Sie mir die Offenheit, ich habe auch gehört, dass die anderen nicht hier hinauf dürfen."

Lydia schluckt. „Wahrscheinlich glaubt man, dass ich Kinder auffresse. Wer knuspert an meinem Häuschen ... sozusagen ...“

Doch weder Lydia noch Rita Weiderich ist nach diesem Witz zu lachen zumute. Die Augen der Mutter blicken vielmehr teilnahmslos: „Es ist in der Tat ein eigenartiges Völkchen da unten. – Aber jetzt pack ich mir meine Söhne unter den Arm und nehme sie mit, dann haben Sie wenigstens für den Rest des Tages Ihre Ruhe vor ihnen.“

Wenn Rita Weiderich zum Abschied nicht noch einmal betont hätte, wie froh sie sei, dass auch Lydia am Gemeindeausflug teilnehme, hätte sich Lydia spätestens nach diesem Gespräch abgemeldet. Für manch einen wird sie immer die Hexe vom Berg bleiben.

Dennoch: »Gemeinsam ist man stark.« Diesen altbewährten Spruch gab es schon – oder besonders – in Lydias Kindheit, vor allem auf der Flucht vor dem Hunger.

Und auch jetzt sind sie zu zweit, vielmehr zu dritt, denn auch Greta Blöchner ist eine Zugezogene und wird Lydia nicht nur aus Gründen der Barmherzigkeit mit zum Ausflug angemeldet haben.

Greta erscheint wie versprochen am nächsten Nachmittag. Sie stellt ihren gefüllten Korb ab und blickt Lydia nur ganz kurz in die Augen. Dann umfängt sie sie mit ihren langen Armen, und für Lydia sind alle Befürchtungen um den Fortbestand ihrer Freundschaft wie weggeblasen.

Ohne auf das belastende Thema des Brandes einzugehen, essen sie Gretas Kuchen und trinken Lydias Kaffee. Eine stille Übereinkunft lässt sie darauf abzielen, dass genügend Zeit bleibt, um sich auszutauschen. Doch beim Kuchenessen darf man genießen und schweigen.

Von der kleinen getigerten Katze Helma ist Greta so angetan, dass sie zu vergessen scheint, was der vorrangige Grund für ihren Besuch ist. Kein einziges Mal schaut sie auf die Uhr, und doch entnimmt Lydia ihr irgendwann eine wohlbekannte Ungeduld. „Jetzt gehen wir aber schleunigst zum Eselchen", sagt sie zu Greta, als der Tisch abgeräumt ist. Als hätte diese nur auf diese Gelegenheit gewartet, zieht sie mit einer Art Zaubergeste eine Tüte mit Karotten aus ihrem Korb: „Sina bekommt doch auch Mineralien?"

„Sicher. Sie benutzt den Leckstein der Kühe und knabbert an der Rinde meiner Obstbäume herum. Was soll's, den Bäumen ist's egal, und mir auch. Es ist sowieso ungewiss, wie lange es uns alle hier oben noch geben wird."

Wieder legt Greta ihren Arm um Lydias Schultern und schlendert mit ihr und Wotan wortlos über den Hof, hinüber zur Weide. Der Esel kommt ihnen bereits entgegen. Greta genießt den kitzelnden kurzen Bart unter seinem Maul, als er ihr die Karotten aus der Hand frisst.

Sie gehen weiter zum Rand des Hügels, dahin, wo die Weide endet und ein kleines Stück begraster Steilhang in den abwärts führenden Wald mündet.

„Fast genau dort unten wohnen wir", stellt Greta wie jedes Mal an diesem Ort fest, wenn sie das besondere Panorama genießt. „Wenn der Wald nicht dazwischen wäre, könnte ich auf unser Dach spucken."

Auch Lydia hatte bis zum letzten Sommer gerne hier gestanden, neben Gustav, den Blick über das Tal auf die Farbenvielfalt der umliegenden Wälder gerichtet, die wie Flicken an den Hügelwänden kleben.

„Hier kommt man sich vor wie auf einem Logenplatz im Theater", merkt Greta fasziniert an. Lydia erwidert nichts, sie war noch in keinem Theater und erst recht nicht auf einem Logenplatz. Sie kann nur vermuten, dass damit eine erhöhte Zuschauerposition gemeint ist. Sie hier oben und die anderen dort unten …

„Der Boden ist ganz warm. Wie wär's?", schlägt Greta jetzt vor, und Lydia weiß, dass es nun Zeit ist, über Unangenehmes und Schmerzhaftes zu reden.

„Hier sitzen wir", sagt Greta, „beide von unseren Männern enttäuscht. Kuno hat gesagt, es sei dir wichtig, dass ich alles erfahre. Die zwei Verbündeten kamen von dir aus gleich zu uns nach Hause und saßen wie entlarvte Schulknaben vor mir und haben erzählt. Und ich bin aus allen Wolken gefallen. Dann fingen sie an, sich zu verteidigen. Damit waren sie aber bei mir an der falschen Adresse! Wer so viele Jahre über eine Straftat schweigt, braucht nicht mit Absolution zu rechnen, wenn sie nun auch noch eher unfreiwillig ans Tageslicht kommt."

Lydia passt sich Gretas Haltung an, stützt sich mit den Händen nach hinten ab und überkreuzt die gestreckten Beine, neben denen sich ihr Hund niederlässt und sich die Hitze aus dem Körper hechelt.

„Ich begreife das alles nicht, Greta", sagt sie und schluckt schwer. „Allein die Vorstellung, dass Gustav etwas so Schlimmes geplant hat und völlig normal neben mir gelebt hat, ohne dass ich das Geringste geahnt habe ..."

„Geplant war das ja Gott sei Dank nicht", wirft Greta so überzeugt ein, dass Lydia erschrocken aufhorcht, als hätte sie selbst etwas verbrochen. Natürlich war die Aktion geplant, einer Brandstiftung gehen doch Absichten voraus ...

„Das wäre ja wohl die Höhe gewesen", schaltet sich Greta in ihre Gedanken ein, „denn dann hätte Kuno von mir nichts mehr zu erwarten. Aber schlimm genug, dass sie's überhaupt getan haben. Ich glaube, ich hab im Leben noch nicht so heftig mit meinem Mann diskutiert wie in den letzten Tagen. Und ich finde es schade, verzeih mir, Lydia, aber ich find's schade, dass du deinem Gustav nicht mehr den Kopf waschen kannst!" Greta fühlt sich mit ihrer Bemerkung im Nachhinein spürbar unwohl. Doch in Lydia erwacht eine unerklärliche Neugierde. Jetzt oder nie, beschwört sie sich, entweder lässt sie sich erzählen, was Greta weiß, oder sie verlässt sich für immer auf das, was sie – vielleicht ja nur unvollständig – von Theo und Kuno gehört hat oder gehört zu haben glaubt. Und wenn es nur einen winzigen Lichtblick in diesem pechschwarzen Tunnel gibt, der ihren Glauben an Gustavs Zuneigung und Ehrlichkeit in ihren Augen zumindest ein kleines Stückchen wiederherstellt. „Verrätst du mir, was genau die Männer dir erzählt haben?", wagt Lydia zu fragen, bevor sie es sich anders überlegen kann.

So hat sie gerade sich selbst überlistet, denkt sie – oder vielmehr den Teil von ihr, der nichts mehr davon wissen wollte; überlistet in der Hoffnung, ihre geschundene Seele zu retten.

„Gewiss erzähle ich es dir! Wenn du willst, bis ins kleinste Detail. Ich habe den Brand ja auch noch in Erinnerung, vor allem deine Fassungslosigkeit und die Trauer um Gerti und Bertinchen. Es war ein schrecklicher, schicksalhafter Blitzeinschlag. Aber jetzt zu erfahren, wie es wirklich war, wollte zuerst auch nicht in meinen Kopf. In den letzten zwei Tagen habe ich das, was ich jetzt erfahren habe, in Gedanken immerfort durchgespielt. Ich kenne die wahre Geschichte der Männer auswendig wie einen Film, den ich mir zehn Mal am Tag anschaue. – Kuno sagte mir, ihr hättet euch darüber leider nicht mehr ausführlich unterhalten können, weil du nichts mehr davon hören wolltest. Aber das ist verständlich, dir hat's auch so schon gereicht. Und mir beinahe auch, wenn Kuno und Theo nicht darauf bestanden hätten, mir jede Kleinigkeit genau zu schildern."

Lydia wird plötzlich heiß und kalt. Schon wieder eine Offenbarung, schon wieder eintauchen in ein Schreckensszenario, mit dem sie später erneut alleine dasitzt. „Wenn du meinst, dass ich das verkrafte ...", sagt sie vorsichtig.

„Besser als das, was bei dir hängen geblieben ist", sagt Greta und nickt dazu so heftig, dass der Funke der Überzeugung auf Lydia überspringt.

„Wie gesagt, Lydia, geplant war das Feuer schon mal nicht. Das ist das Wichtigste, was du vorab wissen sollst. Die Männer haben Karten gespielt wie sonst auch. Du hattest Kopfschmerzen und Gustav hat sich Sorgen gemacht und immer mal wieder nach dir gesehen. Kuno sagte, Gustav habe urplötzlich seine Karten hingeschmissen, sei aufgestanden und habe die Küchentür zugezogen. Dann habe er ihnen gestanden, dass es finanziell schlecht um den Hof bestellt sei. Dass seine kleine Rente nicht ausreiche zum Leben und für die Unterhaltung der Gebäude, und dass Pachtgebühren für die Ländereien seit Jahren aufgelaufen seien, die man jetzt von ihm fordern würde. Eine geliehene Landmaschine sei durch sein Verschulden kaputt und auch das ginge nun auf seine Kosten – solche Schäden würden von keiner

Versicherung erstattet. Daraufhin habe Gustav auf das gesamte Versicherungssystem geschimpft, da bezahle man für alles und jedes seine Beiträge und wenn es dann einmal hart auf hart käme ... Theo habe angeboten, ihm Geld zu leihen, aber Gustav soll geantwortet haben, dass er dann doch nur wieder bei jemand anderem in der Schuld stünde. Er muss restlos deprimiert gewesen sein. Ja, und dann hat es draußen wohl ordentlich gekracht. »Das war ein Einschlag!«, habe Gustav gerufen und sei hinausgelaufen, die anderen beiden hinterher. Es hatte in der Tat einen Baum getroffen, gleich hinter dem Schober, er sei bis zur Mitte gespalten gewesen. »Hätte es nicht ein paar Meter weiter vorn reinhauen können?«, soll Gustav gewettert haben. Und dann habe er auf dem Absatz kehrtgemacht und sei mit zwei Kanistern zurückgekommen. Kuno und Theo hatten sich wegen des heftigen Regens im Schober untergestellt und ihn ungläubig angestarrt. »Du spinnst doch!«, hatten sie ihn angefahren, doch Gustav sei nicht mehr zu bremsen gewesen. »Das Gewitter ist auf meiner Seite, kapiert ihr das nicht? Selbst meine Mutter hat mir mal dazu geraten ... Kippt die Dinger aus, über alles etwas drüber, im Traktorschuppen ist noch mehr davon.« Er habe ihnen Streichhölzer zugeworfen, sich dann umgedreht, um ins Haus zu gehen und sich zu vergewissern, dass du und Wotan in Sicherheit sein würdet. »Die Kühe und die Ziegen sind ja auf der Weide«, soll er gesagt haben, und: »Wartet ab, es macht puff, und dann übernimmt der Regen. Der marode Schober ist längst überfällig, der hält keinem Blitzeinschlag mehr stand. Und außerdem, Theo, ist dein Neffe doch ein Gutachter.«

Theo habe ihm den Vogel gezeigt und gesagt, da mache er nicht mit, auf keinen Fall. Er habe Gustav gewarnt und ihn darauf hingewiesen, wie weit der nächste Hydrant entfernt sei, falls die Feuerwehr ausrücken müsse. Doch Gustav meinte, das bisschen würden die im Notfall noch mit Schaum bewältigen.

Noch einmal hätten Theo und Kuno ihn für verrückt erklärt und ihn gewarnt: »Lydia wird dir das arg verübeln, niemals wird sie das gutheißen und mit ihrem Gewissen vereinbaren können!« Doch Gustav habe geantwortet: »Lydia wird eingeweiht, sobald alles gelöscht und geregelt ist. Ich krieg dann zwar die Ohren lang gezogen, aber Geheimnisse gibt es zwischen uns nicht.« Und dann sei er noch einmal auf die beiden zugegangen und hätte ihnen ernsthaft ins Gesicht geblickt. »Ich dachte, wir wären Freunde?« Er muss so besessen von seinem Gedanken gewesen sein, dass nichts und niemand ihn mehr vom Gegenteil überzeugen konnte."

Bevor Greta weiterspricht, rückt sie näher an Lydia heran und schlingt wie schützend ihren Arm um sie, wiegt sanft ihren zitternden Körper und wartet eine Weile ab.

„Ja, und dann haben die beiden ... mitgemacht. Sie haben sich mies gefühlt dabei, aber sie haben's getan. Danach sind alle drei zurück ins Haus und haben abwechselnd um die Ecke zum Schober hingeschaut. Das Feuer wurde größer und immer heftiger, ein Tank ist explodiert und Gustav muss gelaufen sein, um dich zu wecken. Er geriet in Panik, weil er damit nicht gerechnet hat. Kuno alarmierte die Feuerwehr und Gustav befahl Theo, sich um dich zu kümmern. Und weil unser guter Doktor trotz seines Ruhestandes immer noch gewissenhaft seine Tasche für Notfälle im Auto bereitgehalten hat, konnte er etwas für dich tun, damit du schläfst und dich beruhigst. – Tja, und hinterher gab es den großen Streit. Gustav hat den beiden vorgeworfen, sie hätten die Tiere hinten im Schober bemerken müssen. Er muss richtig geheult haben, weil du so gelitten hast und weil er selbst auch an den beiden Ziegen hing, das vor allem, weil sie dir so ans Herz gewachsen waren. Und als es später ums Geld ging, hat er beschlossen, die Landwirtschaft aufzugeben und keine Maschinen mehr nachzukaufen. Stattdessen hat er Theo und Kuno jeweils dreitausend Mark gegeben, für den Fall, dass du einmal alleine zurückbleibst. Dann sollten sie es dir bei Bedarf zukommen lassen, aber sie mussten ihm hoch und heilig versprechen, dass du nie erfährst, woher er das Geld hatte. Zuletzt hatte Gustav dann betont, falls er es sei, der einmal alleine bleibt, sollten sie das Geld einem Tierheim geben, er wolle von diesem Blutgeld nie mehr etwas sehen, es wäre schon schlimm genug, dass er all das für immer vor dir verbergen müsste."

Greta hat ihren Arm zurückgezogen und umschlingt damit jetzt ihre eigenen Knie. Sie schüttelt den Kopf und fügt hinzu: „Theo hat Kuno und mich übrigens über alles aufgeklärt, was er von Ada weiß und was er dir kurz vorher so alles gestanden hat. Über die Adoption, von der Gustav selbst nichts gewusst hat und über all die anderen Geheimnisse, mit denen Theo sich so lange herumplagen musste. Ich bin ziemlich platt, kann ich dir sagen."

Lydia ist mit einem Mal ganz ruhig geworden. Das Einzige, was sich an ihr regt, sind ihre hochgezogenen Augenbrauen, zu mehr reicht ihre Kraft nicht aus. Ihr Herz schlägt langsam, zu langsam, weil sie das Gefühl hat, dass ihre Hände und Füße keinen Kontakt mehr zum restlichen Körper haben. Auch ihre Stirn ist eiskalt und ihre Oberlippe zuckt, ohne dass sie es aufhalten kann.

So war das also, denkt sie. „Gehen wir zurück?", fragt sie. „Ich glaube, du musst mir auf die Beine helfen."

Sie bewegen sich schweigend voran, stolpernd und völlig ausgelaugt. Im Moment gibt es keine Worte, die Lydia auf der Zunge liegen und gerne ausgesprochen würden. Sie fühlt sich wie ausgehöhlt. Selbst die Orientierung auf der eigenen Weide geht ihr für einen Augenblick verloren, sodass sie sich irritiert umsieht.

Greta scheint es ähnlich zu ergehen. Nicht einmal der Esel am Weiderand bei der Tränke erhält einen Blick von ihr. Im Haus nimmt sie dann ihren Korb auf.

„Ich nehme an, du brauchst jetzt Zeit für dich", sagt sie. „Kann ich dich denn mit all dem alleine lassen?"

Als Lydia nickt, wirkt Greta wieder wie das ungeduldige Kind, sodass Lydia fragt: „Du willst doch bestimmt noch mal zu Sina, sollen wir umkehren?"

„Nein, das nicht ... Es ist nur ... ich würde gerne mal Gustavs richtige Mutter sehen. Theo sagt, du hättest ein Bild von ihr, auf einem Buch, das sie geschrieben hat. Stimmt das? War deine Schwiegermutter eine Schriftstellerin?"

„Wie es aussieht, scheint das so zu sein. Wer allerdings mein richtiger Schwiegervater ist, werde ich wohl nie erfahren. Garantiert war er ein Dickkopf – und zugleich ein Bruder Leichtfuß." Lydia muss ein wenig lachen. Sie umarmt Greta kraftlos, aber eine Frage beschäftigt sie noch: „Und zwischen dir und Kuno, ich meine, ihr habt euch ja auch hierdurch ..."

„Da brauchst du keine Angst zu haben", gibt Greta ein wenig munterer zurück. „Durch dick und dünn, so heißt es doch, nicht wahr? Die damalige Aktion war recht dick. Dafür war es zwischen Kuno und mir jetzt mal zwei Tage lang recht dünn." Sie versucht sich an ihrem unvergleichlichen Greta-Kichern, dann wird sie umgehend wieder ernst. „Natürlich war dieses Geständnis ein Schock für mich.

Immerhin ist mein Mann ein Brandstifter und hat das viel zu lang vor mir verheimlicht. Und wer weiß, ob ich es jemals erfahren hätte, wenn es sich jetzt nicht so ergeben und du von Kuno Ehrlichkeit verlangt hättest. Es gibt wohl immer mal Phasen, in denen man um eine Ehe kämpfen muss. Aber ich will nicht zulassen, dass sich jetzt grundsätzlich bei mir ein Misstrauen gegenüber Kuno einschleicht. Und ob du es glaubst oder nicht: Ihr seid mein Vorbild, du und Gustav. Ihr seid über fünfzig Jahre miteinander durch dick und dünn gegangen und habt ganz andere Zeiten miterlebt als wir. Und immer war euer Miteinander intakt. – Aber ich kann gut verstehen, dass du zurzeit nichts von Theo und Kuno wissen willst, irgendwer muss ja mal etwas abkriegen von deiner Wut. Kannst du denn trotzdem verstehen, dass ich Gustav gerade jetzt gern ein paar Blumen aufs Grab stellen würde? Irgendwie hab ich das Bedürfnis zu zeigen, dass ich ihn mochte. Mal sehen, vielleicht kriegt er einen Kaktus."

Ohne Lydias Antwort abzuwarten, schreitet Greta mit ihren langen Beinen über den Hof, schwenkt dabei den Korb in der Hand und winkt in der Kurve noch einmal zurück.

Lydia schließt die Haustür. Sie ist gespannt, wie sie sich den Rest des Tages fühlen wird, wenn sie sich ihren gefürchteten Erinnerungen hingibt und sie durch den neuen Wissensstand austauscht.

Zugleich wird sie darauf achten müssen, dass sie einen Rat von Edda Zirbel nicht unberücksichtigt lässt: »Wie wertvoll für unseren Geist, wenn sich unsere wahren Empfindungen nicht vor uns verstecken müssen, nur weil wir nicht mit ihnen umgehen können. Viel dienlicher ist es unserer seelischen Gesundung, wenn unsere Gefühle sich austoben dürfen, bis sie sich erschöpft von selbst in einer Ecke verkriechen und uns vorher mit Klarheit beschenkt haben.«

35

Am 1. September wird das Wetter plötzlich herbstlich.

Für Lydia bedeutet dieser erste Tag im September zugleich den ersten Todestag ihres Mannes. In den vergangenen zwei Wochen hat sie Edda Zirbels Rat befolgt und ihren wahren Gefühlen gelauscht, hat sie toben und wirken lassen, mit dem Ergebnis, dass in ihr einzig die Sehnsucht nach Gustav zurückgeblieben ist.

Schon früh am Morgen ruft Theo an. Ohne nach ihrem Befinden zu fragen, kommt er gleich auf den Grund seines Anrufes zu sprechen: „Soll ich dich heute in die Kleine Klamm begleiten?"

Allein die Vorstellung, diesen Tag als Anlass zu nehmen, den Unfallort ihres Mannes aufzusuchen, macht Lydia sprachlos. Sie schluckt, wartet, schluckt abermals, bevor sie antwortet:

„Ich brauche keinen Begleiter. Aber schön, dass du heute an Gustav gedacht hast." Dann hängt sie den Hörer in die Gabel und richtet sich gerade auf, lässt ihre Schultern kreisen und wartet auf die inneren Stimmen – Herz und Verstand sollen sich einigen und ein Ergebnis an die Oberfläche schicken.

In der Zwischenzeit legt sie ihr Bettzeug aus und reinigt das Badezimmer, füttert Mozart und säubert den Boden der Voliere. Ihr Vogel braucht wieder Gesellschaft, sie weiß doch selbst am besten, wie man verkümmern kann, wenn man keine Gelegenheit hat, sich auszutauschen oder sich zu beschäftigen. Im Falle Mozart hat sie bisher für ihn entschieden, dass er genau so einsam seinen Tag begehen muss wie sie. Er selbst hat keine Wahl, er ist auf ihr Einfühlungsvermögen angewiesen, und das bedeutete für ihn: keine Kontakte zur eigenen Spezies.

„Armer Vogel, die Kinder sollen dir ein Weibchen besorgen. Mein Geplapper verstehst du nicht und deine Artgenossen fliegen frei über dir herum und scheren sich nicht um dich."

Sie erhält eine ganz eigene Mozartweise zur Antwort, mit schief gelegtem Köpfchen, rotierenden dunklen Augen und trippelnden Zehen auf der dicken Stange. Schon solch eine winzige Zuwendung nimmt der Vogel dankbar an und beschenkt im nächsten Augenblick seinen Unterhalter mit einem Lied.

Noch einmal betritt Lydia den großen Vogelkäfig, und es dauert nicht lange, bis Mozart auf ihrer Handkante sitzt und ihre Nase schnäbelt. So zart, denkt sie dabei, so zerbrechlich und auf jedes Futterkorn von außen angewiesen. Was, wenn ich morgens mal nicht aufstehen kann oder überhaupt nicht mehr aufwache? Lydia schiebt diese Vorstellung sofort beiseite. Mozart wird versorgt werden, es gibt Greta und die Kinder, die sich so bedachtsam um ihre Tiere kümmern würden, als seien es die eigenen.

„Was meinst du, soll ich heute dahin gehen, wo Papa gestorben ist?" Dem Vogel scheint es gleichgültig zu sein, er zeigt Lydia lieber, wie er höher und höher hüpft und seine Spielsachen antippt, damit sie sich bewegen. Jedes Mal kommentiert er einen Erfolg stolz mit ein paar Tönen aus seiner winzigen Kehle, ganz bewusst für sie ausgewählt.

„Wie gut konnte Papa euch alle nachmachen, weißt du das noch? So viele Pfeiftöne hatte er drauf. Den Bussard hat er damit angelockt und die Amseln haben sich mit ihm unterhalten."

Ob Gustav auch in seinen letzten Lebensminuten noch gepfiffen hat, wie er es beim Wandern grundsätzlich machte? Lydia wundert sich, dass sie bei dieser Vorstellung nicht sentimental wird. Das könnte an einer Stelle liegen, die sie erst heute Morgen in Eddas Buch gefunden hat. Es ging um die Beeinflussung der eigenen Stimmung, und dieses Thema hatte Lydia gerade an diesem 1. September neugierig gemacht.

Sie kehrt ins Haus zurück, schenkt sich eine Tasse Tee ein und schlägt erneut das Buch auf. Mittlerweile hat es zahlreiche Eselsohren. Doch wen sollte das stören? Gerade dadurch wird es immer mehr zu ihrem persönlichen Besitz. Während Ada gekritzelt und markiert hat, macht Lydia nun unübersehbare Knicke, und das, was sie sucht, befindet sich recht weit hinten, beim dritt- oder viertletzten Markierungsknick.

»Die Welt ist so, wie meine Tage es sind. Setze ich mich nieder und zähle alles Leid, welches mir bekannt ist von Mensch und Tier und Natur, so ist die Welt voll des Leids. Zähle ich hingegen die Schönheiten, welche mir bekannt, ob gute Worte und Taten, Pflanzenduft oder die Perfektion des Lebens, so ist die Welt voll der Schönheit. Wir vermögen es jedoch kaum, beides in die Waage zu bringen, denn für uns persönlich ist die Welt so, wie wir unsere Tage sehen.«

Wie sieht sie diesen ersten Todestag ihres Mannes?

Die Frage kann Lydia sich plötzlich ganz klar beantworten: Sie will teilhaben an Gustavs letzten Eindrücken. Sie schlüpft in ihre dünne Jacke und schlingt ein Tuch um ihren Hals. Diese vorherbstliche, feuchtkühle Waldluft legt sich ihr gerne auf die Stimmbänder, und das will sie abwenden, auch wenn es sein kann, dass es ihr in Kürze ohnehin die Sprache verschlägt. Zusammen mit Wotan verlässt sie das Haus.

Diesen Weg hat sie seit einem Jahr nicht mehr eingeschlagen. Eigentlich ist es der schönste aller Waldwege in dieser Gegend, bequem und romantisch zugleich.

Unter einem natürlichen Spalier von geneigten Ästen treten Lydia und Wotan ein in den gemischten Wuchs von Laub- und Nadelbäumen. Große Farne und hohe Gräser säumen ihren Weg, deren Farben sich schon recht sommermüde präsentieren, und aus dem breit gestreuten Springkraut ergießen sich Fontänen von lila Blüten. Zwischen bemoosten Steinen, Blättern und Halmen blitzen glatte Pilzköpfe hervor, Gustav kannte sie alle, vermochte es aber nicht, Lydia die Angst auszutreiben.

Jedes Mal hatte er sich gewundert, wie gering ihr Vertrauen in sein Wissen war. „Ich setze dir doch keine giftige Nahrung vor!", hatte er sich empört und vor ihren Augen verlockend geschmatzt, jedoch ohne Erfolg – Lydia blieb standhaft.

Wotan ist sichtbar begeistert, dass sie diesen Weg endlich einmal wieder nehmen, und seine Nase bewegt sich auf der ganzen Strecke immerfort am Boden, entlang der niedrigen Schösslinge und jungen Austriebe, die wer oder was auch immer vor ihm markiert oder gestreift haben mag.

Noch weigert Lydia sich, diesen Weg als den letzten von Gustav zu akzeptieren. Würde sie aber tiefer in ihr Bewusstsein eindringen, müsste sie genau das zugeben: Dies war der Weg seiner letzten Lebensstunde. Die letzten Schritte, die er unternahm, ohne zu wissen, dass er den Rest dieses Tages nicht mehr erleben würde. Ebenso war es der letzte gemeinsame Weg von Wotan mit seinem Herrchen. Ob der Hund eine Ahnung hat oder sich sogar instinktiv erinnert?

Noch ist Lydias Schritt fest und zielgerichtet, obwohl sie sich schon jetzt zu fragen beginnt, ob sie diesen schicksalhaften Ort überhaupt sehen will. Der bevorstehende Eindruck könnte eine erneute seelische Erschütterung auslösen, Bilder hervorrufen, die sie bis in den Schlaf verfolgen. Oh ja, sie kennt diese Geister, die sich festkrallen wie die Pfoten einer jungen Katze im feinen Gewebe und nicht loslassen, sodass man sie überallhin mitschleifen muss, und sobald man sich falsch bewegt, reißen sie haarfeine Wunden in die Haut, die wiederum bei der geringsten Berührung brennen und schmerzen wie versengende Flammen.

Sie gelangen an die Stelle, wo der Weg einen Umweg anbietet, eine Gelegenheit, die Kleine Klamm zu umwandern bis zu einer Stelle, die beide Waldseiten mit einem festen Steg verbindet. Auf diesem Umweg käme man über einen großen Bogen auf der vorderen Hofseite wieder heraus, gleich bei ihrem Briefkasten. Gustav hat ihn nicht genommen. Hätte er es doch nur getan!

Wie an jeder Weggabelung steht Wotan auch jetzt genau in der Mitte und wartet auf ein Kommando, welche Richtung er einzuschlagen hat. Lydias Kopf deutet stumm nach rechts und ihr Hund versteht und läuft voraus. Damit hat sie über ihr Ziel entschieden.

Das folgende Wegstück, von allen nur »die Kleine Klamm« genannt, hat Gustav immer gern aufgesucht, ganz besonders als Kind, wie er so oft erzählte. Dann hat er sich diesen doch eher unscheinbaren Bachlauf als reißenden Fluss in einer richtigen Gebirgsschlucht ausgemalt. Und wenn er mit seinen Freunden die etwa sechs Meter tiefen Hänge aus Geröllerde und Laub hinabstieg und wieder raufkletterte, fühlte er sich wie ein richtiger Bergsteiger, seinen kleinen Rucksack auf dem Rücken, in dem sich Butterschnitten befanden für eine verdiente Rast auf dem bezwungenen Gipfel. Das Trinkwasser entnahmen sie der Quelle, die den Bach speist und von der aus er ins Tal hinabführt.

Bis heute gibt es einzelne Stellen, an denen sich die Hänge enger einander zuneigen. Bei Frost bilden sich dann an den überstehenden steinigen Kanten lange Eiszapfen, die in der Tat an eine richtige Gebirgsschlucht erinnern.

Das Kind in Gustav hatte sich nie ganz verabschiedet. Jeder Spaziergang beinhaltete bis zuletzt auch immer ein paar bewusst gewählte waghalsige Schritte.

Ob die Gemeinde mittlerweile den umgekippten Baumstamm über dem Geländeeinschnitt entfernt hat? Solche Arbeiten werden von der anderen Seite des Hügels aus in Angriff genommen und liegen außerhalb der Sichtweite des Brausehofes.

Schneller als vermutet öffnen sich vor Lydia nun die Zweige und sie steht unmittelbar am Schauplatz des Geschehens. Die Klamm liegt völlig ruhig vor ihr. Lydia schließt die Augen und legt ihre Hand auf die Herzgegend. Sie hat es schon gesehen: Der bemooste Stamm liegt immer noch wie ein Ersatzsteg über der Schlucht, wie eine Einladung an Wagemutige, zur anderen Seite hinüberzubalancieren.

Ob die Eltern im Tal ihren Kindern seit Gustavs Unfall diesen reizvollen Ort zum Klettern und Spielen verboten haben? Ist vielleicht durch Gustavs Sturz von diesem glitschigen Baumstamm schon junges Leben bewahrt geblieben? Womöglich erzählt man von diesem Unfall als abschreckendes Beispiel.

Aber warum musste es ausgerechnet ihr Gustav sein, der jetzt andere von halsbrecherischen Kletteraktionen fernhält? Ihr Gustav, den man dort unten gefunden hat, auf dem Rücken liegend und mit dem Kopf genau auf dem einzigen spitz herausragenden Stein im Bachbett »in seiner waldgrünen Filzjacke und der Kniebundhose; sein Hut nicht mehr auffindbar«, wie es hieß, wahrscheinlich langsam mitgezogen vom rieselnden Rinnsal, was nicht von Belang war für die Ermittlungen, wie man ihr sagte. Es handele sich eindeutig um Selbstverschulden, habe man doch auf dem Moos des Stammes keine weiteren Abdrücke gefunden als das markante Profil seiner festen Schuhe.

Noch kann Lydia nicht bis auf den Grund sehen, dazu müsste sie noch ein paar Meter vortreten. Doch das mögen andere tun: Für sie hört die Suche nach Erinnerung hier auf. Die Stelle des tödlichen Aufpralls will sie nicht mehr sehen, hat sie doch genau dort unten das Wertvollste verloren, was sie je hatte.

Sie fährt zusammen, als Wotan zur Seite prescht und aufgebracht losbellt. Zugleich vernimmt sie ein giftiges Fauchen, dazu den panischen Schrei eines Menschen, welchen Geschlechtes auch immer. Durch das Dickicht schimmert etwas Dunkles, das sich bewegt, das größer wird – ein Mensch, der sich aufrichtet und dabei schimpft.

Lydia ruft Wotan zu sich, er gehorcht, wenn auch widerwillig, bellt aber ungezügelt weiter in dieselbe Richtung. So verhält er sich vor allem bei fremden Katzen. Und sie hat richtig vermutet, denn ganz in der Nähe steht sie, mit kampfeslustig aufgerichtetem Schwanz.

Jemand ruft nach ihr, die Katze heißt Katz. „Katz, hierhin!" Die Stimme einer Frau.

Es sind nur einige wenige Meter, die Lydia von ihr trennen, und ohne weiteres Abwägen kriecht sie durch das hohe Gestrüpp auf diese Person zu.

Da hält sich jemand an Gustavs Todestag an genau der Stelle auf, an der er vom Baumstamm gefallen war, noch dazu eine Frau. Sie will auf der Stelle wissen, wer das ist. Dass sie mit ihrer Vermutung richtig liegt, stellt sich heraus, als Lydia den letzten Ast aus dem Weg schiebt. Es ist die Bremmer-Hermine. Also war es doch sie, die Gustav den Brief geschrieben hatte, den Jungmädchen-Brief mit dem Hinweis, dass man sich versprochen sei und sie auf ihn warten werde.

Doch noch weiß sie nicht, wie das zusammenpassen soll. Hermine trauert unsäglich ihrem August nach, aber dann begibt sie sich am 1. September, auch noch fast genau zur Todesstunde, zum Unfallort von Gustav ...

Sie läuft dunkelrot an, die Frau in Lydias Alter, vielleicht zwei, drei Jahre älter, schätzt Lydia, wenn sie damals schon Gustav versprochen war. Wollte er nichts mit ihr zu tun haben, weil Hermines Schwärmerei ihm auf die Nerven ging? Auf einmal erinnert sich Lydia, dass Gustav, wenn sie beide Hermine begegneten, ihr immer gleich den Rücken zukehrte oder sogar die Straßenseite wechselte. Oder war es Gustav einfach nur wichtig, Lydia gegenüber den Eindruck zu vermeiden, dass ihn je etwas verbunden hätte mit dieser »Minnie«?

Das alles ist Lydia jetzt gleichgültig, es geht ihr um das Hier und Heute. Unbedingt muss sie herausfinden, was das Frauenzimmer hier zu suchen hat. Allerdings weiß sie schon jetzt, dass sie mit der Bremmer-Hermine kein vernünftiges Gespräch wird führen können. Weder Verstand noch Ausdruckskraft würden das zulassen, aber Antworten geben wird sie können, auf ihre ganz eigene, bündige Art, wie Lydia bereits auf dem Friedhof feststellen konnte.

Diese Begegnung soll auch kein höfliches Plauderstündchen werden. Als sie Hermine erst jüngst auf dem Friedhof zu sich eingeladen hatte, war ihr das ohnehin nur in einem Anflug von Mitleid herausgerutscht. Und jetzt sitzt sie hier, hat ihre Katze mitgebracht, die garantiert ein Kater ist, sonst würde Wotan sich nicht so feindselig gebärden.

„Was führt dich denn heute hierher, an den Unfallort meines Mannes?", fragt sie geradewegs und schaut Hermine in das faltige Gesicht, das wie immer von einem dunklen Kopftuch eingerahmt ist.

Warum Lydia von dem sich nun über sie ergießenden Wortschwall nichts versteht, liegt weniger am Dialekt, sondern vielmehr an den wirren Worten, die wohl nur in Hermines eigener Welt einen Sinn ergeben mochten. Eindeutig ist nur der Tonfall, und der ist ganz und gar nicht freundlich.

So lässt sich Lydia auf dem Boden nieder und befiehlt ihren Hund ein Stück entfernt in die Platzstellung. Dann deutet sie mit der Hand neben sich, damit auch Hermine sich wieder ins Gras setzt, auf die bereits platte Stelle, an der sie vorher saß. Die Frau wickelt ihr Tier in ihre Schürze ein, es kann noch nicht sehr alt sein, weist noch Züge und Bewegungen einer recht jungen Katze auf.

„Ist das ein Kater?", fragt Lydia, um dem Gespräch einen Anfang zu geben.

„Ja, ein Kater", wiederholt Hermine schnippisch. Lydia will gar nicht wissen, warum dieser junge Kater Katz genannt wird. Das muss sich mangels Fantasie so ergeben haben, sagt sie sich. Lydia hat nun auch keine Lust mehr auf Höflichkeitsfloskeln, sie spricht Hermine auf die einzige Weise an, die diese versteht.

„Sag mir, warum du hier bist. Du weißt doch sicher, dass es Gustavs Todestag ist?"

Die andere nickt. Doch in ihre Psyche zu blicken, ist unmöglich, so verschlossen, wie sie sich Lydia gegenüber gibt.

„Bist du ihm immer noch ... innerlich verbunden?", wagt sich Lydia vor und hofft, dass Hermine mit dieser Frage etwas anfangen kann.

Hermine strahlt eine eigenartige Nervosität aus, gibt dann einen verächtlichen Laut von sich und vollzieht mit der Hand eine wegwerfende Geste. Also nicht. Warum ist sie aber dann hierher gekommen?

Um sich zu konzentrieren, sieht Lydia jetzt geradeaus, über die Kleine Klamm hinweg, dann folgt ihr Blick den Stämmen der hohen Bäume, die bis hinauf in den Himmel ragen. Alles um sie herum ist still, bis auf das ferne Rauschen der Wipfel. Eine einzelne Träne drängt sich aus ihrem Auge und sie lässt sie unbeachtet über ihre Wange rollen.

Eine zweite folgt jedoch nicht, vielmehr nimmt sie einen erneuten Anlauf: „Hast ja recht, Hermine, uns beide verbindet nur, dass wir zwei Kriege erleben mussten, andere Gemeinsamkeiten haben wir wohl keine. Aber jetzt antworte mir! Ich will alles darüber wissen, was du mit Gustav zu schaffen hattest – und was du hier oben zu suchen hast, an seinem Todestag. Also los, nun rede schon!", sagt sie schroff.

Die Bremmer-Hermine scheint sich noch entscheiden zu müssen, wiegt geheimnisvoll den Kopf hin und her, sodass Lydia sich schon auf eine Verteidigung einstellt. Doch urplötzlich schnappt Hermine nach Luft und schüttet einen Schwall von halben Sätzen und Worten über Lydia aus. Erstaunlicherweise kann sie diesmal dem unsortierten Geschnatter weitgehend folgen und das Wesentliche entnehmen. Und wenn sie einmal etwas nicht versteht, vermeidet sie es bewusst, Hermine in ihrem offensichtlichen Drang zu unterbrechen, das alles loszuwerden und sich mit manch einer Aussage bewusst großzutun.

Immer wieder wechselt Hermine in einen jammernden Tonfall, der Lydia rasend macht, zumal er ein völlig unbegründetes Selbstmitleid erkennen lässt.

Halte weiter durch, beschwört sich Lydia in stetig wachsendem Entsetzen, während ihre Finger sich in den Erdboden krallen. Mehrere Male würde sie am liebsten einfach aufspringen und der Frau neben sich eine Ohrfeige verpassen.

Welch eine Dreistigkeit, welche Unverfrorenheit, sich so unbekümmert über so Schwerwiegendes zu äußern, noch dazu unfassbare Geständnisse als Lappalie abzutun! Doch gerade jetzt darf Lydia auf gar keinen Fall überstürzt reagieren, sonst liefe sie Gefahr, dass diese plötzlich so geschwätzige Person ihr etwas vorenthält.

In der Tat erfährt Lydia etwas so Wesentliches, dass die bezaubernden Geräusche des Waldes für sie immer mehr in Lärm ausarten. Jedes Vogelgezwitscher, jedes Knistern im Geäst beginnt in ihren Ohren zu dröhnen, als würde es zusehends mit einem Lautstärkeregler hochgefahren, sodass alles in ihrem Kopf wirr durcheinander hallt. Ihre Nerven sind zum Zerreißen gespannt und sie spürt, wie sie sich zu vergessen droht.

Doch ein ungewohnt starker Wille lässt Lydia so reagieren, wie es der Augenblick von ihr verlangt. „Erzähl mir das alles noch einmal. Ich bin nicht so geschwind im Denken wie du", fordert Lydia mit strengem Blick und würgender Kehle. „Und zwar langsam und deutlich. Reiß dich mal zusammen, dich kann man ja kaum verstehen!"

Völlig ungehemmt, fast stolz, wiederholt Hermine ihre Ungeheuerlichkeiten. Lydia muss feststellen, dass sie alles richtig zugeordnet und begriffen hat. Ihr Herz rast, sie hat Worte auf der Zunge, die nicht in ihre Welt passen, und muss sich zwingen, sie nicht auszusprechen. Doch es fällt ihr schwer. So beängstigend schwer, dass sie sich auf ihre geballte Faust setzen muss und mit unmissverständlichem Tonfall befiehlt: „Steh auf, Hermine, pack deinen verdammten Kater und geh! Und wage es ja nicht, mir noch einmal über den Weg zu laufen!"

Mit herablassendem Schnauben und einem zynischen, wenn nicht gar befreit wirkenden Grinsen dreht Hermine sich auf die Seite, sodass sie sich zuerst auf dem Unterarm und dann auf dem Knie abstützen kann, ohne ihren Kater loszulassen, um sich schließlich mit unterdrücktem Ächzen ganz zu erheben. Dabei gönnt sich Hermine noch einen letzten Satz, der Lydias Miene erneut gefrieren lässt.

Einen letzten Blick wagt sie noch in das Gesicht der Bremmer-Hermine, um abermals erkennen zu müssen, dass es der anderen eine Wohltat war, ihr gesamtes Gedankengut bei der genau richtigen Empfängerin abgeladen zu haben. Indem Hermine alles ausspucken konnte, was sie so lange unter Verschluss hielt, hat sie nun ihren Kopf wie einen Mülleimer geleert, und in Lydia wächst die Überzeugung, dass es kein Zufall war, dass sie sich hier getroffen haben. Jeder, selbst der dümmste, einfältigste Mensch, muss irgendwann mal Dampf ablassen …

Ausgerechnet jetzt, als Lydia der finsteren, gebeugten Gestalt nachschaut, die sich mehr schleppend als gehend fortbewegt, kommt ihr ein Ratschlag in den Sinn, der ausnahmsweise nicht von Edda stammt, den dafür aber schon Ada kannte: »Belaste dich nicht mit dem, was du vergeben kannst.«

Falls Lydia dazu wirklich einmal bereit sein sollte, müsste sie über hundert Jahre alt werden. Denn was sie soeben erfahren hat, kann sie auf keinen Fall mit sich alleine ausmachen. Und schon gar nicht vergeben.

36

Lydia kennt sich aus in den Wäldern. So zitiert sie Wotan, ohne weiter nachzudenken, bei Fuß und schlägt einen schmalen Pfad abwärts ein, von dem sie weiß, dass Kuno Blöchner ihn selbst angelegt hat und dass er geradewegs zum Forsthaus führt. Ob sie sich jedoch nach diesem Schock auf die Unebenheiten des Trampelpfades konzentrieren kann, ist ihr zu ungewiss. Deshalb schickt sie ihren Hund voraus, der es versteht, Lydia auf Hindernisse aufmerksam zu machen. Das hat sein Herrchen ihm beigebracht, für Situationen wie diese.

Während des Abstieges hinken Lydias Schritte hinter ihren Gedanken her. Wie in ihrem Trauerjahr, als sie weder von den Talbewohnern noch von anderen Menschen etwas wissen wollte, scheinen fast alle wieder gegen sie zu sein oder sich an ihr schuldig gemacht zu haben. Erneut steht sie alleine da, zutiefst enttäuscht von Gustavs Freunden – und mit einem Hof, mit dem sie nicht mehr fertig wird. Und jedes Mal, wenn sie gehofft hatte, alles füge sich zum Guten, traf sie mit voller Wucht der nächste Keulenschlag. Sie braucht Hilfe, sie braucht jemanden zum Reden. Sie braucht Greta.

Dass Kuno ihr öffnen könnte, hat Lydia nicht bedacht. Ihr Drang nach Gretas Ohr war so zielstrebig, dass sich jede andere Möglichkeit verbot.

Er zeigt sich höchst überrascht, bittet Lydia sofort herein. Ihren keuchenden Atem und ihre Verfassung scheint er richtig zu deuten. Er tritt zur Seite und weist sie mit ausgestrecktem Arm schweigend zum Esszimmer. Der Anblick von Greta am gedeckten Esstisch wirkt sich umgehend beruhigend auf Lydia aus, und deren gewohntes Temperament bringt sie sogar zum Lachen.

„Lydia! So früh? Und zu Fuß? Setz dich doch. Zwischenfrühstück. Möchtest du auch? Ist was passiert? Warum rufst du denn nicht an? Bist du überfallen worden? Ist was mit dem Esel? Wotan will doch bestimmt Wasser trinken, na, komm mit mir, mein Guter."

Lydia hat sich einen Stuhl unter dem Tisch hervorgezogen und sieht Greta und Wotan nach, wie sie in der Küche verschwinden.

Ganz unauffällig hat Kuno ihr Tasse und Teller vorgesetzt und sich dann hurtig aus dem Staub gemacht. Soll er nur, der Brandstifter, denkt Lydia mitleidlos, er darf ruhig noch eine Weile leiden und sich schlecht fühlen, selbst wenn er damals kaum eine Wahl hatte. Aber er hatte ein Gewissen, und das blieb auf der Strecke!

Greta hat wieder am Tisch Platz genommen und greift in den Brotkorb. Lydia weiß, wie groß ihr Appetit ist – allein ihr Temperament wird seinen Teil einfordern. Sie hingegen nimmt nur eine Tasse Kaffee an, ihr Magen ist wie zugeschnürt.

„Und jetzt erzählst du mir, was passiert ist." Alle Neugier beeinflusst nicht Gretas Lust am Essen, sie schneidet ein Brötchen durch und bestreicht es mit Butter und Marmelade, beißt hinein und sieht Lydia mit fragenden Kulleraugen an.

Doch selbst ihr vergeht sichtbar der Appetit, als sie vernimmt, was Lydia von Hermine erfahren hat. Es fällt Lydia schwer, die Reihenfolge einzuhalten, zumal die Ereignisse von Hermine völlig anders gewichtet worden waren als Lydias eigene Empfindungen. Doch gerade dadurch hat sie so manches über Hermines Vergangenheit erfahren.

So soll es Anfang der zwanziger Jahre eine stille Absprache zwischen Hermines Vater und Magnus gegeben haben, die ihre Kinder als künftiges Ehepaar vorsah. „Du wirst einmal die Bäuerin vom Brausehof!", war Hermine versprochen worden. Und da sie schon damals eine Außenseiterin war, hat sie mit dieser Aussicht nicht hinterm Berg gehalten.

Ein einziges Mal habe sie mit Gustav darüber sprechen können, beim Heumachen. Er soll zwar nicht gerade begeistert gewesen sein, habe aber Hermines Offenbarung auch nicht als Unsinn abgetan. So blieb sie an der Sache dran, erinnerte Gustav mit ihrem Briefchen an das Versprechen ihrer Väter und wartete auf seinen Antrag.

Der jedoch wurde hinfällig, als Gustav Lydia heiratete. Das ganze Dorf machte sich über Hermine lustig und riss sogar noch Witze über die verschmähte Brausehof-Bäuerin, als Hermine schon längst mit August verheiratet war.

Angeblich war August Bremmer der einzige Mensch, der Hermine je verstanden hatte. So jedenfalls hatte Hermine es heute Lydia gegenüber jammernd dargestellt.

„In der Kirche sieht man sie ab und zu", wirft Greta ein. „Aber ansonsten verkriecht sie sich in ihrem Häuschen am Ende des Dorfes oder sie hockt neben dem Grabstein ihres Mannes. Ist halt eine verkorkste Schrulle, die Bremmer-Hermine, und mir war sie noch nie ganz geheuer."

„Na, dann warte ab, wie's weitergeht", kündigt Lydia an, deren Kräfte durch den starken, heißen Kaffee allmählich zurückkehren.

„Bin ganz Ohr", sagt Greta, noch spürbar ahnungslos, was sie erwartet.

Lydia erbittet sich eine weitere Tasse Kaffee und gibt sich Mühe, das vorhin Gehörte für Greta verständlich wiederzugeben – auch wenn jetzt sie es ist, der es schwerfällt, die Dinge beim Namen zu nennen.

„Hermine hat sich im letzten Jahr einen jungen Kater zugelegt, »ein wildes Kerlchen«, wie sie sich ausdrückte. Er streunt wohl gerne durch die Gegend und war ihr heute vor genau einem Jahr weggelaufen, Richtung Wald, und sie hinter ihm her. Außer Atem sei sie gewesen, als sie droben bei der Kleinen Klamm ankam. Dort habe sie Gustav mit Wotan entdeckt, die beiden kamen ihr entgegen. Aber keine Spur von ihrem Kater, bis Wotan ihn aufgespürt und ihm nachgesetzt habe. Vor lauter Angst sei der Kater auf den Baumstamm geflohen, der über der Klamm lag. Da habe er dann in der Mitte festgesessen, sich nicht vor und nicht zurückgetraut. Und Wotan soll am Rand der Klamm gestanden und gebellt haben.

»Den holst du jetzt sofort dort runter!«, will Hermine zu Gustav gesagt haben. Er habe ihr nur den Vogel gezeigt und geantwortet, das solle sie mal schön selbst tun. Außerdem würde ihr Katzenvieh schon zurückkommen. Richtige Katzen könnten klettern und hätten ein gutes Gleichgewicht.

Hermine sei böse geworden, habe Wotan am Halsband gepackt und gedroht, ihm einen Tritt zu verpassen, sodass er in die Tiefe stürzen würde. Gustav habe ihr ja schließlich auch einen Tritt verpasst, woraufhin ihr Ansehen im Dorf abgestürzt sei. – So jedenfalls hab ich es Hermines wirrem Gebrabbel entnommen. Ihre Ausdrücke waren unter aller Würde", fügt Lydia immer noch ungläubig hinzu.

Inzwischen hat Greta ihr Brötchen auf dem Teller abgelegt. „Und dann? Du willst mir doch nicht sagen, dass sie Gustav wahrhaftig mit Wotans Leben erpresst hat?!"

„Doch, das will ich damit sagen. Weil Hermine es fast stolz zugegeben hat. Sie sagte zu mir: »Du hattest dein Leben lang seinen Bauernhof, da wollte ich wenigstens seine Hilfe für meinen Kater. Ich hab ihn wieder, wie du siehst. Aber dein Gustav, der ist jetzt eben auch für dich gestorben.«"

„Also ist Gustav ... auf den Balken, und dabei ..."

Lydia nickt und schaut unter sich. „Er soll ihr den Kater zugeworfen haben. »Zum Glück fallen Katzen immer auf ihre Füße«, hat Hermine zu mir gesagt. Angeblich hat sie Gustav ausgelacht, will gesagt haben, er glaube doch nicht ernsthaft, dass sie seinen Hund hätte abstürzen lassen. Dann habe sie ihr Tier genommen und sei gegangen."

„Und Gustav ..."

„... muss ausgerutscht sein, wie es die Polizei anhand der Spuren schon festgestellt hat. Aber warum genau und wie er zu Fall kam, das werden wir wohl nie erfahren. Hermine hat sich angeblich nicht mehr nach ihm umgedreht. Sie hätte wohl etwas hinter sich gehört, aber das hätte ja im Wald alles Mögliche sein können. Ob es ein Ruf oder ein Schrei war, habe sie nicht erkennen können, als alte Frau habe sie sich schließlich auf die eigenen Schritte konzentrieren müssen."

Greta hat ihre angebissene Brötchenhälfte gegen die Wand geworfen und dazu ein Schimpfwort ausgestoßen.

„Es geht noch weiter, leider", sagt Lydia leise.

„Was soll denn da noch folgen?!" Greta ist außer sich. Sie hat die Hände zu Fäusten geballt wie Lydia noch vorhin neben Hermine. Es tut Lydia gut, die Wut zu teilen, und sie fährt fort: „Im Dorf konnte Hermine sich endlich einmal wieder in den Mittelpunkt stellen. Sie behauptete, sie hätte Gustav vor seinem Unfall im Wald gesehen und er wäre nicht alleine gewesen. Aber geholfen hätte ich ihm ja offenbar nicht. – Zu mir meinte sie vorhin, sie hätte meinen Ruf im Ort damit doch nur mal für kurze Zeit geschädigt. Ihr Ruf hingegen sei durch meine Schuld ihr ganzes Leben lang geschädigt worden, weil alle über sie gelacht hätten." Lydia muss schlucken, ihre Stimmbänder sind hörbar angegriffen. Sie nimmt einen Schluck aus ihrer Tasse. „Bevor sie ging, hat sie zu mir gesagt: »Jetzt sind wir quitt, wir zwei!«"

Greta ist aufgesprungen. „Aha, daher das Gerücht! Diese Hermine! Die sollte man sofort ... was weiß ich, der Polizei ... oder im Dorf ... oder ... wir fragen Kuno, was man da machen kann!"

340

Lydia hält Greta am Arm fest. „Man sollte, man könnte. Hermine hat nichts verbrochen. Sie hat sich auf ihre Art gerächt, hat Gustav ihre Meinung gesagt, aber der Sturz war nicht geplant. Genauso wenig wie das Feuer vor acht Jahren. Manche Dinge passieren einfach, ohne dass man es wollte.

Lydia weiß, wie ihre Freundin mitfühlt und für Hermine nur noch Hass empfinden kann. Doch so, wie sie sich selbst – zu ihrer eigenen Verwunderung – nicht aus der Fassung bringen ließ, so muss Lydia nun Greta vor deren Impulsivität beschützen. Das fehlte ihr schließlich gerade noch, dass ihre beste Freundin sich ihr zuliebe strafbar macht! Dabei war es schon schlimm genug, dass sie ihr den Streit mit Kuno wegen des Versicherungsbetruges nicht ersparen konnte.

Das heutige Erlebnis mit Greta zu teilen, hat Lydia neue Kraft verliehen. Neue Klarsicht und wiederkehrende Energie. Wenn sie die Wahl hätte, weiter im Dunkeln über Gustavs Unfall zu bleiben oder fortan mit dieser Wahrheit zu leben, so würde sie sich auch jetzt noch für die Wahrheit entscheiden, so weh ihr das alles auch tut. Denn jetzt weiß sie, dass Gustav keinesfalls sein Leben leichtfertig aufs Spiel gesetzt hat, sondern einem Tier das Leben retten wollte, vielmehr zwei Tieren – dem jungen Kater und nicht zuletzt ihrem Hund.

„Lydia, du meine Güte, was muss jetzt in dir vorgehen?", klagt Greta mitfühlend. Doch sie scheint Lydia anzusehen, dass diese damit umgehen kann, dass sie vielleicht sogar besser mit ihrer Wut auf Hermine umgehen kann als mit ihren stillen Vorwürfen Gustav gegenüber. Oh ja, Greta versteht vieles, sie versteht alles, was Lydia betrifft.

„Einen kleinen Anschlag auf die Bremmer-Hermine erlaubst du mir aber schon?", beschließt Greta mehr, als dass sie fragt. „Mir wird da etwas einfallen, das ihr einen Denkzettel verpasst und keinen Verdacht auf dich oder auf mich lenkt, versprochen."

Lydia kann nicht anders als wortlos und mit einem warmen Gefühl zu nicken.

„Und jetzt fährst du mich auf meinen Hof, ja?", bittet sie Greta abschließend. „Für heute bin ich genug durch die Gegend gelaufen."

Es dauert etwa zwei Stunden, bis Lydias Telefon klingelt. Es ist Greta, wie so oft völlig außer Atem. „So, die Bremmer-Hermine kann suchen, bis sie schwarz wird. Ich hab ihr den Kater geklaut. Morgen bring ich ihn rauf zu dir, da hat Verenas Kätzchen ein bisschen Gesellschaft. Nur bis zum Gemeindeausflug in drei Wochen, dann setze ich ihn wieder heimlich bei Hermines Haus ab. Keine Widerrede. Wenn ihn jemand entdeckt, ist er dir halt zugelaufen."

Trotz eines beklemmenden Gefühls muss Lydia schmunzeln. Gretas Anruf hat ihr eine – wie sie findet berechtigte – Schadenfreude beschert. Ein vermisster Kater löst im Normalfall keine tiefe Depression aus, doch die Bremmer-Hermine in ihrer unverfrorenen und primitiven Dummheit könnte einen solchen Verlust als einen stillen Racheakt des Schicksals auslegen, der sie wie ein Spuk am Jahrestag ihrer Untat einholt und ein Opfer für ihre Mitschuld einfordert. Sie wird sich auf die Suche nach ihrer »Katz« begeben und in ihrer trostlosen Einsiedlerei nur hoffen können, dass ihr die verdiente Rache erspart bleibt.

Der Abend dieses 1. September ist warm und windstill. Von ihrer Bank aus betrachtet Lydia den sternenklaren Himmel. Zum wiederholten Mal liest sie eine Stelle in Edda Zirbels Buch, die diese dem nächtlichen Zauber gewidmet hat. Mittlerweile genügt nicht mehr das nach draußen fallende Licht aus der Küche, sondern Lydia braucht den Strahl ihrer Taschenlampe, um sich Eddas Formulierung erneut in den Sinn zu holen.

»Das nächtliche Firmament, von so vielen schon versucht einzufangen mit Worten oder Farben, fasziniert immer wieder neu. Dieser Anblick ist ein Geschenk gleichermaßen an Mensch und Tier und an Arm wie auch Reich, und wessen Augen es nicht sehen können, dessen Geist wird es fühlen, weil wir alle spüren, dass da so viel mehr über und um uns ist, als wir uns eingestehen wollen.«

Lydia klappt das Buch zu. So oft schon hat es hier draußen neben ihr auf der Bank gelegen, und jedes Mal hat es sie beglückt, als seien manche Aussagen eigens für sie geschrieben worden.

„Wenn ich doch nur wüsste, wo du dich gerade aufhältst, Gustav. Du bist schon so lange so weit weg und dein Gesicht verblasst immer mehr", flüstert Lydia in die stille Nacht hinaus. „Du musst verstehen, dass ich böse auf dich war. Ich hatte dich innig gebeten, nicht auf Bäume zu klettern, das galt auch für umgestürzte Baumstämme. Aber du wusstest wohl, dass ich es dir nie verziehen hätte, wenn du ohne unseren Hund heimgekommen wärst. Du hättest es ohnehin niemals übers Herz gebracht, Wotans Leben aufs Spiel zu setzen. Überhaupt zeigt sich jetzt alles, was ich dir vorgeworfen habe, in einem anderen Licht. So viele Rätsel, so viel Unfassbares, und auf einmal so ganz andere Erkenntnisse ... Wer weiß, vielleicht hat der Rechenlehrer von Olav ja recht damit, das Minus mal Minus ein Plus ergibt?"

Lydia wischt sich mit den Händen über die feuchten Wangen und seufzt. Sie weiß, wie mitgenommen sie momentan aussieht, hat sich nur kurz im Spiegel angeschaut und erschrocken die dunklen Ringe unter ihren Augen wahrgenommen.

„Du hast sie doch jetzt alle in deiner Nähe, Gustav. Vielleicht könntet ihr mir alle ein bisschen weiterhelfen, du, Magnus, Ada, Gott, und auch meine Eltern wirst du kennengelernt haben. Dann gibt es da auch noch Edda Zirbel, aber dazu sag ich nichts, das müsst ihr beide selbst regeln, lieber Gustav von Blauenberg. – Jedenfalls wird irgendeiner von euch da oben doch eine Idee haben, wie es für mich weitergehen könnte ... Ich brauch ja gar nicht viel, nur die Aussicht auf ein bisschen Hilfe für meinen kleinen Rest an Leben, einen winzigen Lichtblick, dass ich es schaffe und für die Tiere sorgen kann und nicht untergehe, besonders im Winter, der steht ja bald schon vor der Tür. Das Geld aus den beiden Umschlägen habe ich zurückgegeben, davon hätte ich so einiges reparieren lassen können. Aber wenn du es schon nicht haben wolltest, wie sollte ich es erst annehmen? Daran klebt immerhin das Blut meiner Ziegen ... Aber das Thema ist für mich erledigt. Jetzt erwarte ich erst mal Hermines entführte »Katz«.

Wie sich das Drama in der Kleinen Klamm tatsächlich zugetragen hat, das fängt mein kleiner Kopf erst langsam zu begreifen an. Deswegen tut es im Moment auch gar nicht mehr so weh. Du warst nicht leichtfertig. Es war ein tragischer Unfall, noch dazu aus Tierliebe. Das ist für mich ganz, ganz wichtig, mein Liebster."

37

Zwei Mal muss sich Lydia nach dem Schlüssel bücken, bevor es ihr nach längerem Stochern gelingt, die Haustür aufzuschließen. Und erst nachdem sie im Flur das Licht angeknipst hat, entfernt sich der kleine Transporter mit dem Schriftzug des Dachdeckers Waldemar Weiderich hupend von ihrem Hof.

„Wir sind wieder da, Mozart!", ruft Lydia in die Wohnstube hinein. Sofort vernimmt sie das vertraute Rasseln und Klirren aus dem dunklen Zimmer, begleitet von einem begrüßenden Gezwitscher in den höchsten Tönen.

Wotan ist unterdessen an ihr vorbei in die Küche gelaufen, Lydia hört sein aufgeregtes Schlabbern aus dem Wassernapf. Nicht nur ihr, sondern auch ihm scheint es so vorzukommen, als seien sie seit Ewigkeiten nicht mehr hier gewesen. Mit tropfender Schnauze bedrängt er Lydia, sodass diese sich am Schrank festhalten muss.

„Lass mich doch erst mal ankommen", lacht sie, „wir waren gerade mal einen Tag getrennt, wir beide. Aber ich glaube, es war der allererste in unserem Leben, was?"

Lydia ist sich sicher, dass Wotan in den vergangenen zwölf Stunden der Mittelpunkt in der alten Mühle war. Helma haben die Weiderichs gleich dabehalten, aber sie ist ja auch Verenas Katze. „Und dir soll's recht sein, dass du hier wieder das Regiment hast", murmelt Lydia ihrem Hund zu, wobei sie sich darauf konzentriert, den Stuhl nicht zu verfehlen, auf dem sie sich noch im Mantel niederlässt.

Hat sie sich jemals vom Brausehof so weit entfernt wie heute? Selbst die verblichene Küchentapete will ihr fremd erscheinen. Und in ihren Ohren hat sich eine Kulisse aus schwatzenden Stimmen verfangen wie das Rauschen in der großen Muschel, die ihr vor vielen Jahren jemand geschenkt hat. Jemand, der das große, weite Meer gesehen hat – das sie selbst vielleicht auch im nächsten Jahr das erste Mal zu sehen bekommt.

Auf dem Fußboden, mitten unter dem Lichtkegel der Deckenlampe, liegt noch das Lieblingsspielzeug von Hermine Bremmers

Kater – der gummierte Dichtungsstöpsel aus Lydias Badewanne. Es ging hoch her zwischen Hofhund Wotan, Katze Helma und Kater Katz. Und so schön es war, für Lydias Nervenkostüm war dieses tägliche Gerangel der Tiere um ihre Gunst und die Vorherrschaft auf dem Brausehof einfach zu viel.

Greta hat den entführten Kater genau nach ihrem Plan erst gestern beim Bremmer-Haus wieder abgesetzt. Drei Wochen lang, so erzählt man sich laut Gretas gespitzten Ohren, sei die verzweifelte Hermine jeden Tag um die Häuser und am Wald entlang gelaufen und habe immer nur ihr jammerndes „Katz, komm!" ausgestoßen.

Umso größer wird die Freude des Wiedersehens sein, ahnt Lydia und rügt sich gleichzeitig für das aufsteigende Mitgefühl.

Im Sitzen versucht sie sich aus ihrem Mantel zu schälen, bleibt dabei mit einem Ärmel an der Stuhllehne hängen und lacht über ihr eigenes Ungeschick, weil sie weiß, dass ihr Gehirn mit promillehaltigem Blut versorgt wird. Eine der Chorfrauen bewegte sich auf der Heimfahrt im Bus ständig mit einer Weinflasche durch die Sitzreihen und füllte unaufgefordert die Becher nach.

Als Lydia nun endlich den Kampf gegen ihren Mantel gewonnen hat, trägt sie ihn in den Flur zur Garderobe und verfehlt mehrmals den Haken. Ihr Blick wandert nach oben zum Hutnetz. Sie überlegt nicht lange, reckt sich und ergreift das persönlichste aller Andenken an ihren Mann. Bis heute hat dieser Hut dort unberührt gelegen. Niemand weiß, dass sie selbst ihn ein paar Tage nach Gustavs Tod gefunden hat, am Fuße des Hügels in einer Ausbuchtung des Bachbettes. Dort hatte er sich verankert, als hätte er auf Lydia gewartet. Während Gustav reglos in der Klamm lag, hatte seine Kopfbedeckung den Sonntagsspaziergang alleine fortgesetzt. Lydia hatte den Hut daheim ausgestopft und ihm so seine Form wiedergegeben.

Sie drückt ihr Gesicht in das Innenfutter, es riecht nicht mehr nach Gustav. Dafür ist aber sein Gesicht wieder präsent. Seit sie erfahren hat, was wirklich geschehen ist, kann sie jeden einzelne seiner Züge wie auch seine Bewegungen und Stimme lebensnah abrufen, ohne dass Gustavs imaginäre Gegenwart von Vorwürfen überschattet wird und sich wie ein Schatten über ihre Erinnerung legt.

„Na kommt, ihr beiden, geh'n wir rüber zu Papa", sagt sie, als sie den Tragering des Vogelkäfigs ergreift und mit Mozart und Wotan die Tür am Ende des langen Flures ansteuert. In der neuen Stube stellt sie Mozarts Käfig auf den kleinen Tisch, gleich vor Adas Spiegel mit dem goldschimmernden Rahmen.

Wie schade, dass so ein Spiegel nicht die Gedanken des Betrachters aufnehmen und speichern kann – er hätte ihr viel über Ada erzählen können, über ihre Freuden und Sorgen, ihre Heimlichkeiten und nicht zuletzt über all die Strippen, die sie wie ein Spinnennetz kreuz und quer durch den Brausehof gezogen hat.

Gerade erst heute hat sich wieder eine davon um Lydia geschlungen, so stark und lang wie die Lianen in ihren heiß geliebten Tarzan-Filmen. Sie muss unbedingt Gustav davon erzählen!

Lydia dreht sich zur Wand, an der die Fotos ihrer Familie hängen.

„Guck nicht so, Gustav, ich weiß, ich war seit gestern nicht mehr hier. Und ich habe einen Schwips. Dafür bin ich jetzt aber auch mit dem halben Dorf per Du. Von Pfarrer Loisius habe ich das aber nicht angenommen. Selbst wenn er nur halb so alt ist wie ich, kann ich doch unseren Pfarrer nicht mit Fritz anreden! – Der Gemeindeausflug war mindestens so ertragreich wie deine Herbstspaziergänge. Du hattest jedes Mal einen Korb voller Pilze mitgebracht, die ich nicht essen wollte. Dafür habe ich vom Ausflug einen Korb voller Neuigkeiten mitgebracht, die du nicht hören willst. Ich erzähl sie dir trotzdem. Weil ich nämlich am Ausflug gar nicht richtig teilgenommen habe. – Deine Lydia hat sich abgesetzt. Da staunst du, was?"

Gustavs Gesicht bleibt reglos. Nur wenn Lydia sich zu den Seiten hin fortbewegt, folgen ihr seine Pupillen. Das hat er noch nie getan ... es werden wohl Auswirkungen des Weines sein, die ihr diesen Eindruck vermitteln.

„Was glaubst du, wo ich war, als die anderen mit dem Schiff auf dem Rhein unterwegs waren? Das errätst du nie, Gustav. Nie errätst du das! Auf der Hinfahrt haben wir eine Rast gemacht. Ich bin ausgestiegen und Greta hat mich sofort hinter den Bus und auf die andere Seite des Parkplatzes gezogen. Und wer stand dort? Niemals errätst du das. Ich hab sie ja auch nicht gleich erkannt. Sie stand da wie bestellt, und das war sie auch. Dank eines neuen geheimen Bündnisses, diesmal zwischen Theo und Greta."

Wie schon auf dem Parkplatz steigen Lydia erneut die Tränen in die Augen. Sie lässt sich beseelt auf einen Stuhl sinken und fährt gedankenverloren mit dem Finger an den Gitterstäben von Mozarts Käfig auf und ab, erzeugt dabei eine unmelodische Tonfolge, woraufhin sich der kleine Vogel ängstlich in die hintere Ecke seines Käfigs verzieht, Lydia hingegen wie aus einem Traum erwacht.

„Es war Margitta, ob du's glaubst oder nicht, Gustav. Wir haben geheult und gelacht und uns hundert Mal umarmt; ich sie fester als sie mich, weil sie ja auf unser Treffen vorbereitet war. Ich bin in ihr Auto eingestiegen und wir sind irgendwohin gefahren, wo wir in Ruhe sitzen und reden konnten. Wir beide ganz alleine. Greta hat uns nachgewinkt und bis über beide Ohren gestrahlt – die kleine hinterhältige Ratte, wie ich sie einfach kurz mal schimpfen musste. Sie und Theo in einen Topf, dazu einen Schuss Ada-Würze – und fertig ist die Geheimnissuppe." Für einen Moment legt Lydia den Kopf in den Nacken, ihr ist etwas Wichtiges eingefallen.

„Dein Freund Theo – das darf ich nicht vergessen: Er wird morgen hierhin kommen. Das haben wir schon vergangene Woche vereinbart, denn zwischen uns gibt es jetzt einiges zu bereden. Von Ada einmal abgesehen, hat Theo es von uns allen am schwersten gehabt. Wie muss er sich manchmal gefühlt haben, der Arme, und all das uns zuliebe. – Und jetzt auch noch diese unglaubliche Überraschung beim Ausflug ... Obwohl auch hier wieder Adas Einfluss der stärkste war. Sie soll Theo ein weiteres Versprechen abgenommen haben, nämlich dass er mich unbedingt wieder mit Margitta zusammenbringt, sollte ich einmal alleine auf dem Brausehof zurückbleiben. Und jetzt habe ich das Gefühl, dass Adas Fäden an dieser Stelle für mich alle zusammenlaufen. Weil ich fortgehe von hier, Gustav. Bis spätestens Weihnachten werde ich den Hof verlassen haben. Das gefällt dir genauso wenig wie Greta, befürchte ich. Aber Margittas Vorschlag klang zu verlockend. Sie sagte, es wäre ihr größter Wunsch, wenn ich meinen Lebensabend bei ihr und ihrer Familie verbringen würde. Erstens hätten sie Platz ohne Ende – und außerdem würde sie mir herzlich gerne das zurückgeben, was wir damals für sie getan haben. Aber keine Angst, Gustav, der Brausehof bleibt in Brausehänden!"

Lydia ist aufgestanden und steht erneut vor dem Foto ihres Mannes. Ein wenig verlegen prüft sie seine Miene, doch die regt sich mit keinem Wimpernschlag. Sie versteht – er will mehr erfahren. „Weißt du, in den letzten zwei Wochen ist mir vieles klar geworden. Das mit mir hier droben alleine wird nicht mehr lange gut gehen. Ich habe mich stundenlang mit Greta und auch mit den Weiderichs unterhalten. Und jetzt, nach Margittas Angebot, ist auf einmal alles ganz klar, das haben wir vorhin gleich nach der Rückkehr am großen Tisch in der alten Mühle besprochen: Wir werden eine Art Pachtvertrag machen. Der Hof bleibt mein Eigentum aber es werden ihn andere bewohnen. Die Weiderichs können sich nichts Schöneres vorstellen, als sich hier oben auszubreiten. Hier ist Platz, hier sind die Gebäude, die sie für die geplante Tierhaltung brauchen. Und, nun ja, so sehr mir meine eigenen Tiere fehlen werden, haben diese ja nun die Kinder, denen sie mindestens genauso ans Herz gewachsen sind. Sobald Waldemar und Rita ihre Genehmigung haben, dürfen sie hier an- und aus- und umbauen. Das wird wohl bis zum Frühjahr dauern, bis dahin ist täglich jemand hier oben, um sich um die Tiere zu kümmern. Die Kühe, die Hühner und auch der Esel können während der Umbauzeit hier bleiben. Wotan und Mozart kommen natürlich mit mir, und Rita Weiderich hat dem Umzug nur unter der Voraussetzung zugestimmt, dass sie die stille Stube für sich ganz alleine bekommt. Bei so einer temperamentvollen Meute braucht sie hin und wieder eine Rückzugsmöglichkeit, sagt sie. Die stille Stube wird still bleiben und genau so, wie sie ist, Gustav. Es werden nur andere Bilder an der Wand hängen, weil ich euch alle mitnehme, einschließlich Gerti und Bertinchen."

Ihre raue Stimme weist Lydia darauf hin, dass sie überfordert ist und eine Pause braucht. Doch schon kurz darauf steht sie von ihrem Stuhl auf, um Gustavs Foto anzutippen: „Und jetzt zeig mir, ob du sauer bist oder ob du dich für mich freuen kannst! Ich geb dir ein bisschen Zeit zum Nachdenken und hole mir in der Zwischenzeit in der Küche die Flasche Wein, die jeder zum Abschluss von Pfarrer Loisius bekommen hat. Schlafen werde ich ja doch nicht können, dazu bin ich viel zu aufgeregt mit all den Neuigkeiten im Hinterkopf. – Ob wir überhaupt einen Korkenzieher haben?"

Der Korken liegt in Bruchstücken auf dem Tisch neben dem Vogelkäfig. Irgendwann ist es Lydia doch noch gelungen, ihn aus dem Flaschenhals zu befördern, und jetzt betrachtet sie die goldgelbe Flüssigkeit in ihrem hohen Saftglas gegen das Licht.

„Lach mich ruhig aus, Gustav, ich weiß, das schickt sich nicht, aber im Bus haben wir aus Plastikbechern getrunken. Jetzt trinke ich aus meinem eigenen Glas auf mein eigenes Wohl. Und auf das von Wotan und Mozart!"

Während Lydia das Glas an die Lippen setzt, schielt sie zu Gustavs Bilderrahmen hinüber. Sie setzt es wieder ab, ohne einen Schluck genommen zu haben.

„Mach dir bewusst, dass nicht nur ich von hier weggehe. Ihr alle seid ja auch nicht mehr da. Irgendwann komme ich nach, aber das kann eventuell noch eine Weile dauern. Und bis dahin darf ich mir das Leben so schön wie möglich machen. Glaub mir, Waldemar Weiderich wird etwas ganz Besonderes aus dem Brausehof machen. »Eine hervorragende Gebäudeaufteilung«, hat er gesagt, und genauso hatte sich neulich die junge Frau ausgedrückt, die mit dem Säugling hier aufgetaucht war. Das war übrigens Margittas Tochter Lilli, habe ich heute erfahren." Lydia schüttelt den Kopf und lächelt versonnen. „Noch so ein Geheimnis, bei dem es um mich ging. Margitta hatte ihr aus Neugierde über die momentanen Verhältnisse am Hof empfohlen, sich in dieser Gegend doch auch mal unser Dorf und den Brausehof anzuschauen. Sie hat ihr erst später verraten, dass sie dort einmal selbst gelebt und gearbeitet hat. Und durch ihre Tochter hat Margitta dann erfahren, dass hier eine alte Bäuerin alleine lebt. Dann muss sie sich wohl umgehend an Theo gewandt haben – und der hat den Rest mit Greta ausgeheckt."

Jetzt ist Lydia danach, ein paar Schlucke aus ihrem Glas zu nehmen, und während sie trinkt, gleitet ihr Blick über den alten angepinselten Spruch von Ada, gleich neben der Tür: »Es sind die kleinen Dinge, in denen die Schönheit und die Freude liegen.«

Die kleinen Freuden können in kürzester Zeit zu übergroßen Freuden heranwachsen, denkt Lydia, immer noch erstaunt über die plötzliche Wendung und die neuen Perspektiven für ihr Leben. Ihr hastiger Atmen, oder ist es der Wein?, beschert ihr einen Schluckauf.

„Zum Wohl, Ada. Irgendwie habt ihr alle das doch recht gut gemacht mit euren Plänen für mich, trotz eurer Geheimniskrämerei ... Und es ist schön, dass ich euch so wichtig war ... Nur allzu gerne hätte ich in deiner Stube einen Weihnachtsbaum aufgestellt. Aber das wird dann wohl schon Rita tun. – Apropos ... " Wieder setzt Lydia ihr Saftglas an die Lippen, trinkt und verschluckt sich vor Mitteilungsdrang, sodass sie heftig husten muss.

„Apropos Weihnachtsbaum, Gustav, die Tännchen in der Schonung wird Waldemar in der Adventszeit den Leuten im Dorf anbieten. Dann hat jeder, der sich einen auswählt, seine persönliche Erinnerung an dich. Die Menschen hier werden dich nicht vergessen. Außerdem haben Kuno und Theo mich beim Wort genommen und dir eine massive Grabeinfassung besorgt, mit einem schönen Gedenkstein. Er ist – wie soll ich ihn beschreiben ...“ Es fällt Lydia ein klein wenig schwer, sich auszudrücken. „Er ist grauschwarz mit etwas braun darin, ein bisschen wie Marschalls Fell es war, nur dass der Stein in den Lücken glitzert, da, wo Marschalls Fell ausgefallen war. Ach, egal, mach dir selbst ein Bild, aber ich weiß ja, dass dich so was nicht im Geringsten interessiert. Ich lass dich ja auch nicht zurück, ich denke doch, dass du mit mir kommst, weil der Brausehof im Grunde ja auch nichts anderes ist als ein Gebilde aus Stein auf Stein. Die Tiere komme ich besuchen, mindestens drei Mal im Jahr, hat Margitta versprochen. In der restlichen Zeit habe ich es mit anderen Tieren zu tun. Mit Pferden. Margittas Schwiegersohn hat den Pferdehof seiner Eltern übernommen, als seine Mutter starb. Und ich werde gebraucht in der Pension und als Betreuerin der kleinen Sabine, stell dir das vor! Ich hab sie hier schon im Arm gehalten und gefüttert und von nichts eine Ahnung gehabt! Sie würden sich sehr über eine Uroma freuen, weil sie selbst keine hätten ... Ach Gustav, jetzt versteh ich so vieles, aber ich begreife immer noch nicht so ganz, dass du nicht mehr bei mir bist. Trotzdem fühle ich mich innerlich auf einmal versöhnt mit euch allen, seit ich euch nicht mehr böse bin. Ich meine, seit ich keinen Grund mehr habe, euch böse zu sein. Na, du weißt schon, wie ich das meine.“

Lydia springt auf, hält sich jedoch sofort wieder am Stuhl fest, weil die geschäftige Geschwindigkeit in Verbindung mit Pfarrer Loisius' Weißwein ihr zusetzt.

„Warte, ich will dir etwas vorlesen.“

Edda Zirbels Buch liegt in der Küche auf der Fensterbank – ein recht weiter Weg bis dorthin, den Lydia – wie nach ihrem Sonnenstich – auch jetzt mit einer Hand an der Wand entlang nimmt. Es ist wichtig, dass sie auf sich aufpasst und nichts mehr riskiert, solange sie hier noch alleine lebt. Es sind zwar nur noch ein paar Wochen, bis sie endgültig in einem ständig belebten Umfeld wohnt, doch selbst diese kurze Zeitspanne könnte durch unbedachte Handlungen und Bewegungen über ihr Los entscheiden.

Eddas Werk ist Lydia ans Herz gewachsen wie ein junges Tierchen, das einem anvertraut wird und bei dem man täglich neue Wesenszüge entdeckt, die man in das künftige Miteinander einbezieht.

Besonders gefreut hat Lydia sich über Margittas Vorschlag, dieses Buch über die Weihnachtszeit gemeinsam zu lesen. Sie kann es schon vor sich sehen, wie sie nebeneinander unter einer geschmückten, leuchtenden Tanne sitzen, draußen jagen dichte Schneeflocken über den Pferdehof, und Margitta gießt ihnen heißen Tee ein ...

„Jawohl, jetzt bin ich mal an der Reihe!", sagt Lydia triumphierend, als sie mit dem Buch den Rückweg zur neuen Stube antritt. Nicht minder gespannt ist Lydia auf Edda Zirbels Grab. Margitta und Theo kennen es und haben vor, mit Lydia dorthin zu fahren. Verraten haben sie ihr nur, dass auf dem Stein ein Zitat von ihr eingraviert ist, das Lydia mit Sicherheit längst bekannt ist.

Oh ja, das kann gut sein, sie kennt schon viele Stellen aus dem Werk dieser Frau mit dem milden, nachdenklichen Blick und der reinen weißen Bluse. Umso schöner, diese Texte alle noch einmal zusammen mit Margitta zu ergründen.

„Da bin ich wieder, Gustav." Lydia schließt die Tür der Stube. Um die Aura dieser kleinen Kammer – die wohltuende Stille – zu wahren, entschließt sich Lydia zu einem Flüsterton, als sie sich ihre Brille aufsetzt und sich über das aufgeschlagene Buch beugt:

„»Nur ein liebendes Denken führt zur wahren inneren Harmonie. Und sobald wir diese mit guter Absicht freilassen, um sie zu teilen, wird sie sich emporschwingen und sich auf alles um uns herum ergießen, sodass auch wir selbst wieder damit benetzt werden.«"

Lydia klappt das Buch zu und greift nach ihrem fast geleerten Saftglas. „Aber was lese ich dir hier an Lebensweisheiten vor? Mit Sicherheit kennst du die längst alle! Auch meine Neuigkeiten werden für dich nicht mehr neu gewesen sein. Ich kann mir lebhaft vorstellen, wie du jetzt zufrieden grinsend die Augen schließt und dich zurücklehnst, weil du genau diese Lösung für deine Lydia ersonnen hast."

Tipps für die Zeit nach diesem Buch

Kann ein Handzettel unter dem Scheibenwischer das Leben des Finders auf den Kopf stellen? – Der 29-jährigen Henrike passiert genau das: Eine kleine Botschaft lässt sie die Sicherheit eintauschen gegen Ungewissheit, veranlasst sie, einen Plan zu entwickeln, der zum Schicksal weiterer Menschen wird. Menschen, die sie bis dahin nicht einmal gekannt hat. Und ganz unerwartet mischt die Liebe die Karten neu, sodass Henrikes Mut und Kampfgeist gefordert sind, um ihr Luftschloss Wirklichkeit werden zu lassen.

Christiane Fuckert:
Der Schlüssel zum Luftschloss
364 Seiten, Broschur
ISBN 978-3929656-09-1. 16,80 Euro
Verlag Christoph Kloft

Christiane Fuckert / Christoph Kloft:
Requiem mit zwei Leichen
Limburg: Erster Fall für die Pfarrhaus-
Ermittler. 176 Seiten, Broschur
ISBN 978-3-89796-268-2. 9,90 Euro
Gardez! Verlag Michael Itschert

René Klammer:
Wir kannten uns
Roman. 192 Seiten, fadengebunden mit Schutzumschlag
ISBN 978-3-943580-08-2. 19,80 Euro
Roland Reischl Verlag